GRAHAM MOORE

Die letzten Tage der Nacht

Pressestimmen:

»Ein wunderbar recherchierter, unendlich unterhaltsamer Roman, der noch lange nachklingt.«
Gillian Flynn

»Ein großartiges Vergnügen vor detailreicher Kulisse.«
Noah Hawley

»Dieser fesselnde historische Roman beleuchtet einen faszinierenden Moment der amerikanischen Geschichte.«
People

»Ein mitreißendes Porträt amerikanischer Erfinder. Moore beschwört das New York des Goldenen Zeitalters so lebendig herauf, dass es sich anfühlt, als wäre es erst gestern gewesen.«
Entertainment Weekly

Der Autor:

Graham Moore, Jahrgang 1981, arbeitet als Drehbuchautor und Schriftsteller. 2015 gewann er den Oscar für das beste Drehbuch; *The Imitation Game* wurde mit Benedict Cumberbatch und Keira Knightley verfilmt. Bei Eichborn erschien auch sein Debüt *Der Mann, der Sherlock Holmes tötete* und 2020 sein aktueller Roman *Verweigerung*. Graham Moore lebt in Los Angeles.

Die Übersetzerin:

Kirsten Riesselmann ist studierte Kulturwissenschaftlerin und ausgebildete Redakteurin. Sie arbeitet als Journalistin und Übersetzerin unter anderem von Leslie Jamison, Elmore Leonard und DBC Pierre. Kirsten Riesselmann lebt in Berlin.

GRAHAM MOORE

DIE LETZTEN TAGE DER NACHT

ROMAN

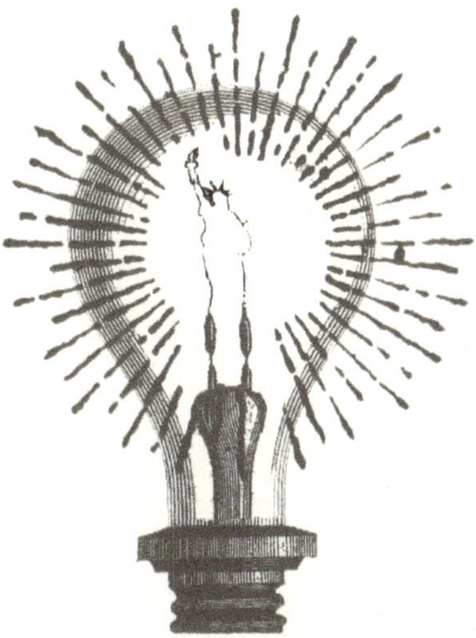

Aus dem Englischen von
Kirsten Riesselmann

eichborn

Die letzten Tage der Nacht ist ein historischer Roman. Jenseits der bekannten realen Personen, Ereignisse und Örtlichkeiten, die in dieser Geschichte eine Rolle spielen, sind sämtliche Charaktere, Orte und Geschehnisse der Fantasie des Autors entsprungen bzw. werden fiktiv behandelt.

Dieser Titel ist auch als Hörbuch und E-Book erschienen

Die Bastei Lübbe AG verfolgt eine nachhaltige Buchproduktion. Wir verwenden Papiere aus nachhaltiger Forstwirtschaft und verzichten darauf, Bücher einzeln in Folie zu verpacken. Wir stellen unsere Bücher in Deutschland und Europa (EU) her und arbeiten mit den Druckereien kontinuierlich an einer positiven Ökobilanz.

FSC
www.fsc.org
MIX
Papier aus verantwortungsvollen Quellen
FSC® C014496

Eichborn Verlag

Titel der amerikanischen Originalausgabe:
»The Last Days of Night«

Umschlaggestaltung: Massimo Peter-Bille nach einer Vorlage
von © Sian Wilson/S&S Art Dept
Satz: hanseatenSatz-bremen, Bremen
Gesetzt aus der Lucida Std
Druck und Einband: GGP Media GmbH, Pößneck
Printed in Germany
ISBN 978-3-8479-0113-6

2 4 5 3 1

Sie finden uns im Internet unter eichborn.de

Für meinen Grossvater
Dr. Charlie Steiner,
der mir, als ich neun Jahre alt war, bei einem Ausflug zu den Bell Laboratories beibrachte, der Wissenschaft mit Hochachtung zu begegnen. Er war in Sachen Intelligenz, Freundlichkeit und Bescheidenheit ein Vorbild, dem ich tagtäglich nacheifere.

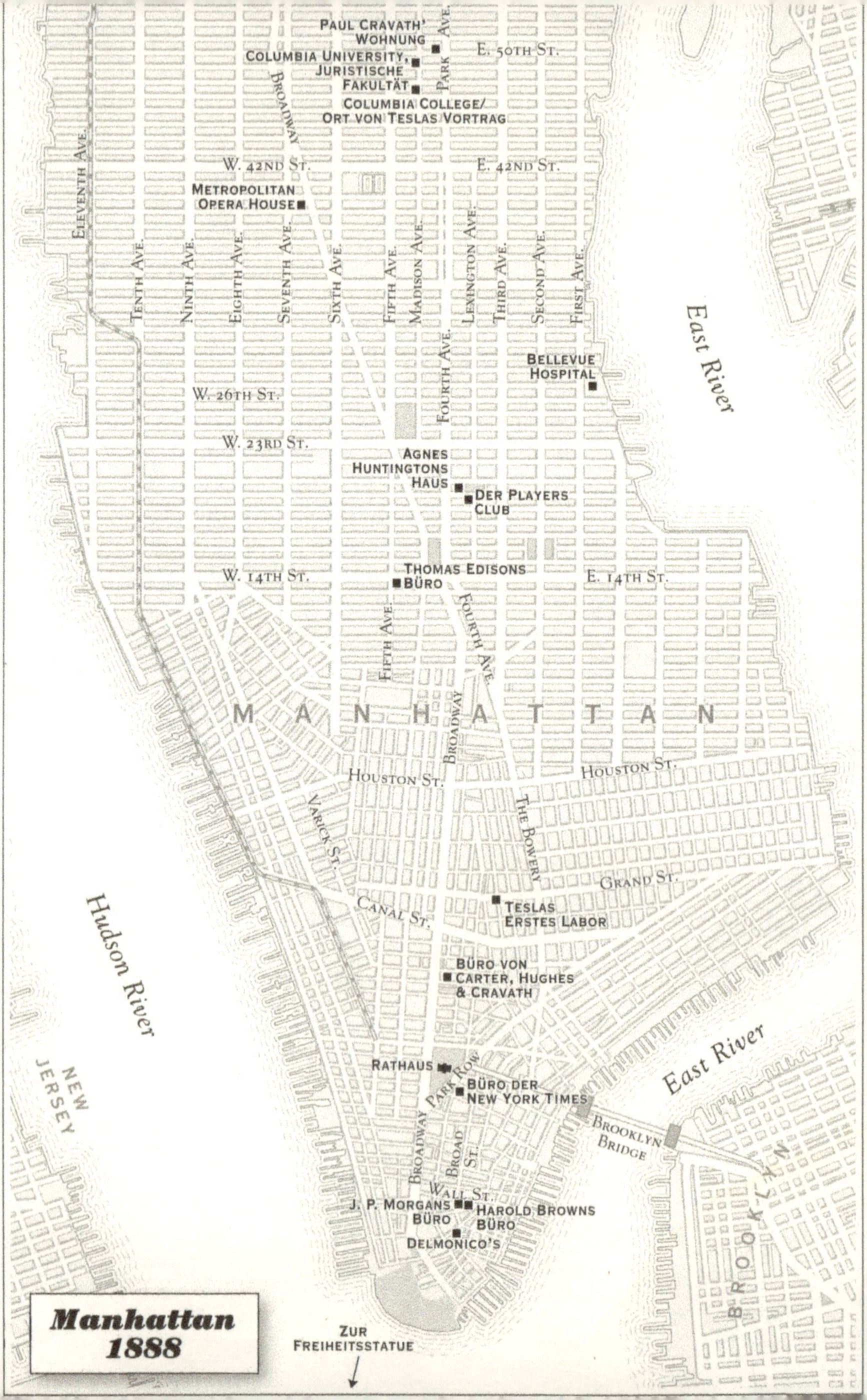
Manhattan
1888
PAUL CRAVATH'
WOHNUNG
COLUMBIA UNIVERSITY,
JURISTISCHE
FAKULTÄT
COLUMBIA COLLEGE/
ORT VON TESLAS VORTRAG
PARK AVE.
E. 50TH ST.
BROADWAY
W. 42ND ST.
E. 42ND ST.
METROPOLITAN
OPERA HOUSE
ELEVENTH AVE.
TENTH AVE.
NINTH AVE.
EIGHTH AVE.
SEVENTH AVE.
SIXTH AVE.
FIFTH AVE.
MADISON AVE.
LEXINGTON AVE.
THIRD AVE.
SECOND AVE.
FIRST AVE.
FOURTH AVE.
East River
BELLEVUE
HOSPITAL
W. 26TH ST.
W. 23RD ST.
AGNES
HUNTINGTONS
HAUS
DER PLAYERS
CLUB
W. 14TH ST.
THOMAS EDISONS
BÜRO
E. 14TH ST.
FIFTH AVE.
FOURTH AVE.
BROADWAY
M A N H A T T A N
HOUSTON ST.
HOUSTON ST.
VARICK ST.
THE BOWERY
GRAND ST.
Hudson River
CANAL ST.
TESLAS
ERSTES LABOR
BÜRO VON
CARTER, HUGHES
& CRAVATH
NEW
JERSEY
RATHAUS
PARK ROW
BÜRO DER
NEW YORK TIMES
East River
BROOKLYN
BRIDGE
BROADWAY
BROAD ST.
WALL ST.
J. P. MORGANS
BÜRO
HAROLD BROWNS
BÜRO
DELMONICO'S
BROOKLYN
ZUR
FREIHEITSSTATUE

TEIL I
VORSTÖSSE

Sehen Sie denn nicht, dass Steve keine Ahnung von Technologie hat? Er ist nur ein hervorragender Verkäufer ... Er hat keine Ahnung von Technik, und 99 Prozent von dem, was er sagt und denkt, sind falsch.

– BILL GATES

KAPITEL 1
DIE LETZTEN TAGE DER NACHT

Die Leute wissen nicht, was sie wollen – bis man es ihnen zeigt.

– STEVE JOBS

11. Mai 1888

An dem Tag, an dem er Thomas Edison zum ersten Mal begegnen sollte, sah Paul im Himmel über dem Broadway einen Mann bei lebendigem Leib verbrennen.

Der Vorfall ereignete sich an einem späten Freitagvormittag. Als Paul aus seinem Bürohaus auf die überfüllte Straße trat, näherte sich das Gedränge zur Lunchzeit gerade seinem Höhepunkt. Paul gab im steten Fluss der Fußgänger eine imposante Gestalt ab: Er war einen Meter neunzig groß, breitschultrig, glattrasiert und mit seinem schwarzen Mantel, dazu passender Weste sowie langer Krawatte so gekleidet, wie es von einem berufstätigen jungen Mann in New York erwartet wurde. Seine sauber links gescheitelten Haare hatten vor Kurzem begonnen, zu leichten Geheimratsecken zurückzuweichen. Er sah älter aus als seine sechsundzwanzig Jahre.

Als Paul sich in das Getümmel auf dem Broadway stürzte, bemerkte er im Vorbeigehen, dass da ein jüngerer Arbeiter in der Kluft von Western Union auf einer Leiter stand. Er machte sich an den Stromkabeln zu schaffen, diesen dicken, schwarzen Leitungen, die seit Neuestem den Himmel über der Stadt durchzogen und immer wieder über Kreuz liefen mit den dünneren, älteren Telegrafendrähten. Im Frühlingswind war aus ihnen ein verworrenes Knäuel geworden. Der Western-

Union-Mann versuchte, die beiden Kabelstränge zu entknoten, und sah dabei aus wie ein in monströse Schnürsenkel verheddertes Kind.

Eigentlich stand Paul der Sinn nach einem Kaffee. Der Financial District von New York war für ihn immer noch neu, genauso wie die Räumlichkeiten seiner Kanzlei in der zweiten Etage des Hauses Nr. 346 am Broadway. Er hatte sich noch nicht entschieden, welches der umliegenden Cafés er bevorzugte. Eines lag ein Stück weiter nördlich auf der Walker Street. Und dann gab es noch das auf der Baxter Street, mit dem Hahn an der Tür, das zwar en vogue war, in dem man aber nicht so flott bedient wurde. Paul war müde. Die frische Luft im Gesicht tat gut. Er war an diesem Tag noch nicht vor der Tür gewesen. In der vergangenen Nacht hatte er im Büro geschlafen.

Als er den ersten Funken sah, wusste er nicht sofort, was vor sich ging. Der Arbeiter bekam eines der Kabel zu fassen und zog daran. Dann hörte Paul einen Knall – einen kurzen, merkwürdigen Knall –, und den Mann durchlief ein Zittern. Später würde Paul sich erinnern, einen Blitz gesehen zu haben, auch wenn er das, was er da sah, im ersten Moment nicht einordnen konnte. Der Arbeiter kämpfte darum, den Halt nicht zu verlieren, und griff mit der freien Hand nach einem anderen Kabel. Was, wie Paul später erkennen sollte, sein Fehler war. Denn so hatte er eine Verbindung hergestellt. Er war zu einem lebenden Stromleiter geworden.

Und dann schlugen aus seinen beiden Armen orangefarbene Funken.

Die Köpfe der Menschen, die an jenem Morgen auf der Straße unterwegs waren, schienen sich alle im selben Moment zu drehen. Mit breitkrempigen Zylindern einherstolzierende Bankiers, Gehilfen von Aktienhändlern, die zur Wall Street spurteten und sich geheime Mitteilungen gegen die Brust drückten, Privatsekretärinnen in dunkelgrünen Röcken und dazu passenden, eng geschnittenen Jacketts, Buchhalter, die sich schnell ein Sandwich besorgen wollten, Damen in Doucet-Kleidern, auf

Stippvisite aus der Gegend rund um den Washington Square, Lokalpolitiker, erpicht auf ihren Entenfleisch-Lunch, sowie eine ganze Kohorte von Pferden, die dick bereifte Droschken über das unebene Kopfsteinpflaster zogen. Der Broadway war die Verkehrsader, über die die Versorgung von ganz Lower Manhattan lief. Ein der Welt bisher unbekannter Reichtum quoll aus diesen Straßen. Am Morgen hatte Paul noch in der Zeitung gelesen, dass John Jacob Astor gerade offiziell reicher geworden war als die Königin von England.

Alle starrten auf den Mann dort oben. Eine blaue Flamme schoss aus seinem Mund und setzte seine Haare in Brand. Seine Kleider waren innerhalb von Sekunden verkohlt. Er kippte nach vorn, die Kabel immer noch um die Arme gewickelt. Seine Füße baumelten gegen die Leiter. Er hing da wie Jesus am Kreuz. Die blaue Flamme schoss ihm weiterhin aus dem Mund und schmolz ihm die Haut von den Knochen.

Noch hatte niemand geschrien. Paul wusste immer noch nicht genau, was er da sah. Gewaltsamkeiten hatte er durchaus schon erlebt. Schließlich war er auf einer Farm in Tennessee aufgewachsen, und am Ufer des Cumberland River waren Tod und Sterben wenig sensationelle Anblicke. Aber so etwas wie das hier hatte er noch nie gesehen.

Das Geschrei brach erst epochale Sekunden später los, als sich das Blut des Mannes auf die Zeitungsjungen unter ihm ergoss. In wilder Flucht stoben die Menschen fort vom Schauplatz des Geschehens. Erwachsene Männer rissen Frauen um. Die Zeitungsjungen rannten durch die Menge, ohne bestimmtes Ziel, sie rannten einfach nur – und versuchten, sich das verkohlte Fleisch aus den Haaren zu ziehen.

Die Pferde stiegen auf die Hinterhand und traten mit den Vorderbeinen in die Luft. Ihre Hufe flogen den in Panik ausbrechenden Besitzern entgegen. Paul stand wie erstarrt, bis er einen Zeitungsjungen vor die Räder eines Zweispänners fallen sah. Die Hengste rissen an ihrem Geschirr, machten einen Satz nach vorn und zogen die Räder auf die Brust des Jungen zu. Paul war sich seiner Entscheidung, vorwärts zu springen, nicht bewusst – er tat es einfach. Er bekam den Jungen an der Schulter zu fassen und zog ihn von der Straße.

Mit dem Mantelärmel wischte er dem Kind Schmutz und Blut aus dem Gesicht. Aber noch bevor er nachsehen konnte, ob der Junge verletzt war, floh dieser schon wieder in die Menge hinein.

Paul hockte sich an einen nahestehenden Telegrafenmasten. In seinem Magen rumorte es. Er merkte, wie er um Luft rang, und versuchte, im Staub sitzend, ruhiger zu atmen.

Es dauerte weitere zehn Minuten, bis Glockengeläut die Ankunft der Feuerwehr ankündigte. Ein von drei Pferden gezogener Löschwagen hielt neben der makabren Unfallstelle. Ein halbes Dutzend Feuerwehrmänner in schwarz geknöpften Uniformen hob seine ungläubigen Augen gen Himmel. Einer griff instinktiv zu seiner dampfbetriebenen Feuerspritze, die restlichen waren starr vor Entsetzen. Einen solchen Brand hatten sie noch nicht erlebt. Das hier war Elektrizität. Und das unheimliche Wunder eines menschengemachten Blitzes war für sie so rätselhaft und unverständlich wie eine alttestamentarische Plage.

Während der Dreiviertelstunde, die die verängstigten Feuerwehrmänner brauchten, um den verkohlten Leichnam loszuschneiden und herunterzuholen, saß Paul gebannt da. Er saugte jedes Detail in sich auf, nicht, um sich alles zu merken, sondern um das alles wieder vergessen zu können.

Paul war Anwalt. Und was seine bis hierhin erst kurze Karriere im Rechtswesen mit seinem Gehirn angestellt hatte, war, dass er Einzelheiten als tröstlich empfand. Seine zutiefst menschlichen Ängste ließen sich nur durch das enzyklopädische Beherrschen von Detailwissen lindern.

Paul war von Berufs wegen Schöpfer von Geschichten. Er war ein Märchenerzähler, und er erzählte sehr präzise Märchen. Seine Arbeit war es, eine Reihe voneinander unabhängiger Ereignisse zu nehmen, zu entschlacken und so in einen Zusammenhang zu stellen. Die einzelnen Bilder dieses Vormittags – eine Routinearbeit, ein linkischer Irrtum, eine hilflos zupackende Hand, eine volle Straße, ein Feuerfunke, ein tropfender Leichnam, ein blutbeflecktes Kind – ließen sich zu einer Geschichte zusammensetzen. Mit einem Anfang, einem Mittelteil und einem Ende. Und mit Geschichten ist es schließlich so: Sie kommen zu einem Schluss, und dann sind sie auch wieder vorbei. Darin liegt ihre so verzweifelt benötigte Magie. Die Geschichte des heutigen Tages könnte, sobald er sie für sich zu Ende erzählt hätte, eingepackt, beiseitegelegt und nur, wenn nötig, wieder hervorgeholt werden. Eine richtig aufgebaute Geschichte würde seinen Verstand vor der Entsetzlichkeit der ungefilterten Erinnerung bewahren.

Paul war bewusst, dass sogar eine wahre Geschichte immer Fiktion ist, ein zweckdienliches Werkzeug, mit dem wir die chaotische Welt um uns herum zu Verständlichkeit ordnen. Fiktion ist die Erkenntnismaschine, die die Spreu der Sinneseindrücke vom Weizen der Gefühle trennt. Die wirkliche Welt ist voller kleiner Geschehnisse, sie birst vor Ereignishaftigkeit. Die meisten dieser Vorkommnisse aber lassen wir in unseren Geschichten außer Acht, damit sie vernünftig und in ihren Beweggründen logisch erscheinen. Jede Geschichte ist so eine Erfindung, eine technische Vorrichtung, die sich gar nicht so stark von der unterscheidet, die an jenem Vormittag die Haut eines Mannes von dessen Knochen gesengt hatte. Eine gute Geschichte lässt sich zu einem kaum weniger gefährlichen Zweck einsetzen.

Weil er Anwalt war, handelten Pauls Geschichten von Moral. In seinen Erzählungen gab es nur Täter und Opfer. Nur Lügner und Verleumdete. Diebe und Bestohlene. Paul entwickelte seine Figuren sehr genau und sehr umsichtig, bis zu dem Punkt, an dem die Rechtschaffenheit seines Klägers oder des Beschuldigten, den er vertrat, überwältigend deutlich zutage trat. Die Aufgabe eines Prozessanwalts war nicht, der Fakten habhaft zu werden, sondern vielmehr aus diesen Fakten eine Geschichte zu konstruieren, deren moralische Schlussfolgerung eindeutig und unabweisbar war. Genau darum ging es bei Pauls Geschichten: eine unbestreitbare Sicht auf die Welt darzulegen. Eine Sicht auf die Welt, die sich wieder in Luft auflöste, sobald die Welt in eine Ordnung gebracht und ein angemessener Verdienst eingestrichen war. Ein mitreißender Anfang, ein spannender Mittelteil, ein befriedigendes Ende, vielleicht noch eine letzte kleine Kehrtwendung, und dann ...: weg damit. Katalogisieren, im Karton verstauen, ins Lager bringen und sicher verwahren.

Um die heutige Geschichte wieder zum Verschwinden zu bringen, musste Paul also nichts weiter tun, als sie sich selbst zu erzählen. Sich die Bilder wieder und wieder vor Augen zu halten. Erlösung durch Wiederholung.

Aber wie sich herausstellte, war ein lichterloh brennender Leichnam über dem Broadway nur das Zweitentsetzlichste, was Paul Cravath an jenem Tag zu sehen bekommen sollte.

Später am Abend – seine Sekretärin war längst auf dem Weg zu ihrer Wohnung in Yorkville, seine Seniorpartner hatten sich in ihre dreistöckigen Häuser auf der Upper Fifth Avenue zurückgezogen, Paul selbst hatte es versäumt, zu seiner Junggesellenwohnung auf der 50. Straße aufzubrechen, und stattdessen mit dem Füller so viele Aktennotizen geschrieben, dass sich an seinem rechten Mittelfinger eine Blase bildete – stand irgendwann ein Botenjunge vor der Tür zur Kanzlei. Er hatte ein Telegramm in der Hand, mit folgendem Inhalt: »Ihre Anwesenheit ist umgehend erwünscht. Es gibt viel zu besprechen. Strikt vertraulich.«

Unterschrieben war die Nachricht mit: »T. Edison«

KAPITEL 2
DER ZAUBERER VON MENLO PARK

Zur Hölle noch eins, Regeln gibt es hier nicht – schließlich wollen wir doch etwas auf die Beine stellen.

– THOMAS EDISON,
HARPER'S MAGAZINE, SEPTEMBER 1932

Bevor er zur Tür ging, zog Paul sich die Krawatte fest und griff nach seinem Mantel. Seit beinahe einem halben Jahr war er mit einem Gerichtsverfahren beschäftigt, das er gegen Thomas Edison führte, aber kennengelernt hatte er den berühmtesten Erfinder der Welt bislang noch nicht.

Edison musste von dem Ereignis gehört haben, dem überaus öffentlichen tödlichen Stromunfall eines Mannes auf einer innerstädtischen Straße. Mit Sicherheit würde er darauf reagieren. Aber was wollte er von Paul?

Bevor er das Büro verließ, zog Paul einen Ordner aus einer Schublade, entnahm ihm einige Unterlagen und steckte sie sich in die Innentasche seines Wollmantels. Was Edison auch planen mochte: Er hätte eine eigene Überraschung auf Lager.

Zu derart später Stunde war es auf dem Broadway duster. Die wenigen Gaslaternen malten lediglich einen dünnen gelblichen Schein auf das Kopfsteinpflaster. Nur in einiger Entfernung funkelte es: Die Wall Street im Süden war eine Festung aus hell strahlendem elektrischem Licht inmitten einer schmutzig über Manhattan hängenden Glocke aus Rauch und Gas.

Paul wandte sich dem dunklen Norden zu und hielt schnell eine vierrädrige Droschke an.

»Fifth Avenue Nummer 65«, wies er den Kutscher an. Während die Edison General Electric Company ihr berühmtes Labor zwar immer noch in New Jersey betrieb, hatte der Hauptsitz des Unternehmens mittlerweile eine deutlich schickere Adresse.

Der Fahrer drehte sich zu Paul herum. »Treffen Sie den Zauberer?«

»Ich kann mir kaum vorstellen, dass seine Mutter ihn so nennt.«

»Seine Mutter ist doch schon lange tot«, gab der Droschkenkutscher zurück. »Wissen Sie das nicht?«

Die Legenden, die sich um Edisons Geschichte rankten, fand Paul ein ums andere Mal erstaunlich. Binnen eines knappen Jahrzehnts im Licht der Öffentlichkeit hatte Edison sich zum Hänschen Apfelkern der Gegenwart gemausert. Was einen wütend machen konnte – aber man musste ihm schon lassen, dass er das geschickt angestellt hatte.

»Edison ist auch nur ein Mensch«, sagte Paul. »Selbst wenn die *Sun* anderes behauptet.«

»Er vollbringt Wunder! Blitze in einer Glasflasche. Stimmen in einem Kupferdraht. Welcher Mensch vermag denn so etwas?«

»Ein reicher.«

Die vor sich hin trottenden Pferde brachten sie den Broadway hinauf, vorbei an der ruhigen Houston Street und den modernen Reihenhäusern auf der 14. Straße. Die Stadt lag im Dunkeln. Dann aber bogen sie auf die Fifth Avenue ein. Plötzlich rückten die elektrischen Lampen in den Blick, die diese Straße erhellten. Noch wurde der Großteil New Yorks nachts mit Kohlengas beleuchtet, jenem flackernden Licht, das die Stadt seit hundert Jahren heller machte. Aber in jüngster Zeit hatte eine Handvoll begüterter Geschäftsleute ihre Häuser mit diesen neuartigen elektrischen Glühbirnen ausgestattet. In einigen wenigen Straßen traf man jetzt auf ungefähr 99 Prozent der Elektrizität Amerikas, Straßen, deren Namen allgemein bekannt waren: Wall Street, Madison Avenue, 34. Straße. Und mit jedem Tag wurden diese Straßen einen Hauch heller, immer dann, wenn ein weiteres Haus ans Stromnetz angeschlossen wurde. Die hoch oben hängenden Kabel wirkten wie Festungsmauern rund um jeden dieser Häuserblocks. Wenn Paul die Fifth Avenue hinaufschaute, sah er Fortschritt.

Und trotzdem: Sollte er erfolgreich sein, würde er das illuminierte Imperium von Edison einstürzen sehen.

Es war elf Uhr abends, als Paul das Haus Nummer 65 auf der Fifth Avenue betrat. Die untersetzten Männer hinter den Fensterscheiben trugen ihre Schusswaffen recht beiläufig mit sich herum. Sie hatten aber auch keinen Grund für kriegerische Drohgebärden. Nur jemand sehr Dummes hätte dieses Gebäude furchtlos betreten.

Ein bärtiger Mann mittleren Alters wartete am zentralen Treppenaufgang und streckte Paul die Hand entgegen. Er lächelte nicht. »Ich bin Charles Batchelor.«

»Ich weiß, wer Sie sind«, sagte Paul. Batchelor war Edisons rechte Hand: der Vorsteher seines Labors und gleichzeitig sein oberster Schläger. Wenn Edison schmutzige Wäsche zu waschen hatte, dann ließ Batchelor den Zuber ein. In den Zeitungen stand, man treffe den einen nie ohne den anderen an. Im Unterschied zu seinem Arbeitgeber gab Batchelor allerdings keine Interviews. Nie war sein Gesicht neben dem von Edison auf einer Titelseite zu sehen.

»Er wartet bereits auf Sie«, sagte er jetzt und führte Paul die Treppe hinauf. Edisons Büro lag im dritten Stock. Batchelor öffnete eine Flügeltür aus Eichenholz und hieß Paul eintreten, blieb selbst aber ohne ein weiteres Wort gleich hinter dem Eingang stehen. Es war, als würde er unsichtbar, solange er keine weiteren Anweisungen erhielt.

Der Raum war üppig ausgestattet. Mit Antikleder bezogene Sessel. Ein Mahagoni-Schreibtisch mit Glasplatte, auf dem elektrische Gerätschaften herumstanden. Eine Liege in einer der hinteren Ecken. Den Gerüchten zufolge schlief Edison nur drei Stunden pro Nacht. Wie bei den meisten Gerüchten über Thomas Edison war Paul sich nicht sicher, wie glaubwürdig dieses war.

Entlang der Wände mit ihren gemusterten Tapeten waren alle paar Meter hübsche elektrische Glühbirnen in Rosenform angebracht worden. Und Grundgütiger, was waren sie hell!

Paul blickte auf seine Hände hinunter. Ihm wurde bewusst, dass er die eigenen Hände noch nie bei elektrischem Licht gesehen hatte. Er konnte die blauen Adern unter der Haut erkennen. Dazu Sommersprossen, Pockennarben, Schrammen, Schmutz und die unansehnlichen Furchen, über die ein Mann im Alter von sechsundzwanzig Jahren bereits verfügte. Der verräterische Mittelfinger, der immer zuckte, wenn er nervös war. Paul hatte das Gefühl, dass nicht nur das Licht neu war, sondern er gleichermaßen. Es brauchte lediglich einen glühenden Faden, und schon war er enttarnt als einer, der zu sein er nie für möglich gehalten hatte.

Hinter dem breiten Mahagoni-Schreibtisch saß Thomas Edison und rauchte eine Zigarre.

Er sah besser aus, als Paul erwartet hatte, und war schlanker, als es auf Fotos den Anschein hatte, dazu besaß er den kräftigen Unterkiefer eines Mannes aus dem Mittleren Westen. Obwohl schon jenseits der vierzig, war Edisons Haar noch immer so wirr und ungekämmt wie das eines Schuljungen. Einen weniger imposanten Mann hätte das älter aussehen lassen; bei Edison wirkte es, als gäbe es eben wichtigere Dinge, um die er sich zu kümmern hatte. In dem grellen Licht konnte Paul sogar das Grau seiner Augen ausmachen.

»Guten Abend.«

»Warum bin ich hier, Mr Edison?«

»Gleich zur Sache also. Diese Eigenschaft schätze ich bei meinen Anwälten.«

»Ich bin nicht Ihr Anwalt.«

Edison hob auf eigentümliche Art die Augenbrauen und schob dann ein Blatt Papier über den Schreibtisch. Paul zögerte erst – er hatte nicht vor, seine Stellung aufzugeben. Dann aber wollte er doch sehen, was Edison ihm da zeigte, und trat vor.

Es war eine Kopie der Titelseite der *New York Times.* TOD IN DEN KABELN!, lärmte die Schlagzeile. ENTSETZLICHES SCHAUSPIEL – LEITUNGSMONTEUR AUF KABELNETZ GEGRILLT. In der Spalte darunter stand ein erregter Artikel, der die Gefahren der Elektrizität anprangerte. Die Redakteure stellten infrage, ob es tatsächlich sicher war, kreuz und quer durch die Stadt Stromleitungen zu spannen, die voller roher, noch unzureichend verstandener Energie steckten.

»Das ist die Zeitung von morgen«, sagte Paul. »Wie sind Sie da denn drangekommen?«

Edison überhörte die Frage. »Ihre kleine Firma, wie heißt sie noch? Sie sitzen da doch ganz in der Nähe, oder nicht?«

»Ich habe gesehen, wie es passiert ist.«

»Ach, tatsächlich?«

»Ich habe gesehen, wie der Mann in Flammen aufging, und ich war da, als die Feuerwehrleute seinen Leichnam aus den Kabeln schnitten. Aber die Leitungen auf dem unteren Broadway sind ja nicht die Ihrigen. Und auch nicht die meines Mandanten. Das sind Leitungen der U.S. Illuminating Company. Und da ich – dem Himmel sei Dank – nicht der Anwalt von Mr Lynch bin, geht mich diese Angelegenheit nichts an. Genauso wenig hat sie zu tun mit dem Zwist zwischen Ihnen und George Westinghouse.«

»Glauben Sie das wirklich?«

»Warum bin ich hier?«

Edison hielt kurz inne und sagte dann: »Für den Fall, dass Sie das noch nicht bemerkt haben, Mr Cravath: Hier wird ein Krieg geführt. Innerhalb der nächsten Jahre wird jemand ein Stromnetz errichten, das die gesamte Nation mit Licht versorgt. Dieser Jemand könnte ich sein. Oder Mr Westinghouse. Nach dem heutigen Tag wird es sicher nicht mehr Mr Lynch sein. Der wird bis morgen früh von der Presse vernichtet worden sein.«

»Klingt nach einem guten Tag für meine Seite.«

Edison ließ Asche von seiner Zigarre auf ein goldenes Tablett fallen und sagte dann:

»Im vergangenen Jahr hatte ich eine Menge Gegenspieler, denen ich mich hätte widmen können. Nach dem heutigen Tag habe ich nur noch einen. Ihren Mandanten. Entweder ich gewinne – oder Mr Westinghouse. So einfach ist das. Mein Unternehmen ist zehnmal so groß wie seines. Ich bin ihm in der Herstellung dieser Technologie um sieben Jahre voraus. J.P. Morgan selbst hat mir nie versiegende finanzielle Mittel für unsere Expansion zugesagt. Und ich ... Nun ja. Ich denke, Sie wissen, wer ich bin.«

Edison nahm einen tiefen Zug von seiner Zigarre und stieß dann eine Rauchwolke in die Luft. »Ich habe Sie herbestellt, um Ihnen diese eine Frage zu stellen: Glauben Sie wirklich, dass Sie auch nur den Hauch einer Chance haben?«

Daraufhin bedachte er Paul mit einem Blick, der dem eines Hundefängers für einen zum Tode verdammten Streuner glich.

»Mr Cravath, ich habe die Glühbirne erfunden. Nicht George Westinghouse. Deswegen verklage ich ihn auch auf allen Ebenen. Westinghouse ist ein reicher Mann, und Sie werden bei dem Versuch, mich in einem Spiel zu schlagen, das ich längst gewonnen habe, nichts weiter tun als sein Vermögen zu verschleudern. Wenn die ganze Sache hier vorbei ist, wird Westinghouse' Unternehmen mir gehören. Auch Ihre Kanzlei wird mir gehören. Also lassen Sie's gut sein. Die Grenze ist gezogen. Wer sich mir in den Weg stellt, wird Schaden nehmen. Ihnen zuliebe wünsche ich mir, dass Sie nicht dazugehören.«

In den Winkeln von Edisons grauen Augen bemerkte Paul ein sonderbares Runzeln, das er nicht gleich einordnen konnte. Aber, ja ... Thomas Edison betrachtete ihn sorgenvoll.

Und das machte Paul wütend.

»Ich bin erfreut darüber, dass Sie mich heute Abend hergebeten haben«, sagte er. »So haben Sie mir die Umstände erspart, mit Ihnen einen Termin ausmachen zu müssen.«

»Ach tatsächlich? Und worüber wollten Sie mit mir sprechen?«

»Ich wollte Ihnen eine weniger schöne Nachricht überbringen. Gegen Sie ist nämlich Klage erhoben worden.«

»Ist das so?«, kam es von Edison, und seine Lippen umspielte der Ansatz eines Lächelns. »Von wem?«

»Von George Westinghouse.«

»Mein lieber Junge, ich glaube, Sie verwechseln da etwas.«

»Wir haben Gegenklage gegen Sie eingereicht.«

Edison lachte auf. »Weswegen?«

»Weil Sie *unser* Patent auf die Glühbirne verletzen.«

»Aber ich habe die Glühbirne erfunden.«

»Das hat das Patentamt auch behauptet. Nur ... Sind nicht doch schon Glühlampenpatente vor dem Ihrigen erteilt worden? Hatte vor Ihnen nicht doch schon jemand Ansprüche auf einen ähnlichen Entwurf geltend gemacht?«

Edison erfasste schnell, worauf Paul hinauswollte. »Sawyer und Man? Aber das ist doch ein Witz. Deren Entwürfe sind Lichtjahre von den meinigen entfernt. Sollten diese beiden mich verklagen wollen, dann dürfen sie das gern tun.«

»Ich fürchte, das können sie nicht. Denn sie sind nicht mehr im Besitz ihrer Patente.« Paul hielt die Dokumente hoch, die er eingesteckt hatte, bevor er das Büro verlassen hatte, und schob sie Edison über den Mahagoni-Schreibtisch zu. »Wir aber schon.«

Edison begutachtete die vor ihm liegenden Papiere. Während er las, dass die Westinghouse Electric Company mit William Sawyer und Albon Man eine Lizenzvereinbarung getroffen hatte und dass Westinghouse jetzt über das alleinige Recht verfügte, elektrische Lampen nach dem patentierten Entwurf dieser beiden herzustellen, zu verkaufen und zu vertreiben, trommelten seine Finger eine leise Begleitmusik auf die dicke Schreibtischplatte.

»Das ist ja ausnehmend clever, Mr Cravath«, kam es schließlich von Edison. »Ja, in der Tat. Ich verstehe, warum George Sie so gut leiden kann.«

Westinghouse beim Vornamen zu nennen und damit Vertrautheit zu signalisieren, war ein kalkulierter Schachzug. Edison schob die Unterlagen wieder über den Tisch zurück. Dann lehnte er sich in seinem tiefen Sessel weit nach hinten und hob erneut an zu sprechen: »Ich habe einige Nachforschungen über Sie angestellt. Ich hoffe, das stört Sie nicht weiter.«

»Ich kann mir nicht vorstellen, dass da viel zu finden ist.«

»Sie haben vor zwei Jahren das Studium an der juristischen Fakultät der Columbia University als Jahrgangsbester abgeschlossen. Woraufhin Ihnen Walter Carter höchstpersönlich einen Lehrstuhl anbot. Fürchterlich eindrucksvoll. Aber anderthalb Jahre später verlässt Carter die Universität, und Sie folgen ihm in seine neue Kanzlei. Werden sofort zum Partner gemacht. Mit sechsundzwanzig Jahren.«

»Ich bin eben frühreif.«

»Sie sind ehrgeizig. Vor sechs Monaten waren Sie noch Juniorpartner in einer neu gegründeten Kanzlei. Sie hatten noch keinen einzigen Fall selbst verhandelt. Und dann schaffen Sie es irgendwie, Ihren allerersten Mandanten zu akquirieren: Mr George Westinghouse, den Mann, gegen den ich gerade erst Klage erhoben habe, eine Klage, bei der es um mehr Geld geht, als Sie, Ihre Kinder und Kindeskinder in Ihrem gesamten Erdenleben je zu Gesicht bekommen werden.«

»Mr Westinghouse hat eben ein Auge für Talent.«

»Sie sind ein Kind, das angeheuert wurde, um im größten Patentrechtsstreit in der Geschichte dieses Landes als Hauptprozessanwalt aufzutreten.«

»Ich bin sehr gut in dem, was ich tue.«

Edisons Lachen kam als ein tiefes Grollen. »Ach, kommen Sie schon, Mr Cravath. *So* gut ist niemand. Wie haben Sie George dazu bekommen, Sie als seinen Anwalt zu bestellen?«

»Mr Edison«, sagte Paul, »warum tun Sie so, als wären Sie von mir beeindruckt?«

»Wie kommen Sie darauf, dass meine Bewunderung nicht echt ist?«

»Weil ich auf der Fifth Avenue in der obersten Etage im Büro des erfolgreichsten Erfinders der Menschheitsgeschichte stehe, einem Mann, der sein erstes Patent mit einundzwanzig angemeldet und mit dreißig seine erste Million verdient hat, dessen Äußerungen jedweder Natur in Blockbuchstaben auf die Titelseite der *New York Times* gedruckt werden, als wäre er das Orakel von Delphi, und den der Präsident der Vereinigten Staaten mitsamt dem Großteil seiner Bürger buchstäblich für einen Zauberer hält, dessen Name bei jedem Kind, das einen Schraubenschlüssel und einen Traum hat, Ehrfurcht auslöst – und bei jedem Bankier auf der Wall Street Angst. Und *dieser* Mann soll *mich* für ehrgeizig halten?«

Edison nickte seelenruhig. Dann wandte er sich zum ersten Mal seinem weiterhin an der Tür stehenden Mitarbeiter zu: »Mr Batchelor, wären Sie wohl so freundlich und holten mir diese Unterlagen, die auf Maryannes Schreibtisch liegen?«

Als Batchelor zurückkam, trug er einen fast meterhohen Papierstapel auf dem Arm.

»Einfach hier auf den Schreibtisch legen, das wäre ganz wunderbar, danke«, sagte Edison. »Nun, ich muss Ihnen wahrscheinlich nicht sagen, dass das hier alles Anklageschriften sind.«

»So, wie es aussieht, zumindest ein Großteil davon«, sagte Paul nach einem flüchtigen Blick auf die Blätter.

»Dreihundertzehn«, sagte Edison. »Auf diesem Stapel befinden sich, soweit ich weiß, dreihundertzehn Anklageschriften. Und sie alle richten sich gegen Tochtergesellschaften von Westinghouse.«

»Es sind dreihundertzwölf«, stellte Batchelor richtig. »Die Rhode-Island- und die Maine-Klage sind heute Abend noch fertig geworden.«

»Richtig, richtig. Dreihundertzwölf also. Sie sehen, ich prozessiere nicht nur gegen Sie. Ich gehe gerichtlich gegen alle vor, mit denen Sie Geschäfte machen. Ich klage gegen alle, mit denen Sie jemals Geschäfte gemacht *haben:* Jede Westinghouse-Tochtergesellschaft, jeder private oder staatliche Herstellungsbetrieb, jede Fabrik, jede Vertriebsniederlassung. Und die Sache ist die: Ich muss gar nicht jeden dieser Prozesse gewinnen. Noch nicht einmal den Großteil davon.

Ich muss nur einen einzigen gewinnen. Sie erheben Gegenklage? Ich wünsche Ihnen viel Glück. Denn Sie werden mich nicht nur einmal schlagen müssen. Sie werden mich dreihundertzehn, Entschuldigung, dreihundertzwölf Mal schlagen müssen. Ohne Ausnahme.«

Edison fuhr mit dem Finger über die Mahagoni-Platte, vorbei an den geheimnisvollen Schachteln, versiegelten Glasröhrchen und dünnen Kupferstreifen bis hin zu einem schwarzen Knopf neben der Schreibtischkante.

»Gefällt Ihnen die Aussicht?« Edison sah aus dem Fenster. Jenseits der Scheiben erhob sich der untere Teil Manhattans aus dem Meer. Die Stadt flimmerte im Zwielicht von brennendem Öl und Gas, durchsetzt vom gelegentlichen Funkeln einer elektrischen Glühbirne. »Man kann die Freiheitsstatue von hier aus sehen.«

Da war sie, tatsächlich: Lady Liberty, gut zu sehen, obwohl so weit weg auf Bedloe's Island. Paul dachte zurück an seine ersten Besuche in New York, als ihr Arm noch im Madison Square Park ausgestellt wurde, so lange, bis die Stadt dann genügend Geld aufgebracht hatte, um sie fertigzustellen. Vorher hatte Paul mit Freunden im Schatten ihres Ellbogens gepicknickt.

Das Licht der Statue war über die Entfernung nur schwach zu erkennen. Aber seine Quelle war eindeutig elektrisch. Die Fackel wurde von einem Stromgenerator betrieben, der auf der Pearl Street an der Südspitze der Insel stand. Es war Edisons Generator. Es war Edisons Licht.

»Der Standort Pearl Street hat uns in letzter Zeit einige Probleme bereitet«, sagte Edison. »Es gab hin und wieder Instabilitäten.« Er drückte kurz auf den schwarzen Knopf.

Und plötzlich ging das Licht aus. Ein Fingertippen von Thomas Edison, und die Fackel der Freiheitsstatue in fünf Meilen Entfernung erlosch.

»Strom kann eine derart unsichere Sache sein. Gas war immer so schön vorhersehbar. Sie nehmen eine Fuhre Kohle. Erhitzen sie, filtern sie, setzen sie unter Druck, nehmen ein

Streichholz – und voilà: eine Flamme, die ein Zimmer erleuchtet. Mit der Elektrizität ist es komplizierter. Es gibt so viele verschiedene Arten von Glühbirnen – unterschiedliche Glühfäden, Gehäuse, Generatoren, Vakuen. Gibt es irgendwo auch nur eine Fehlfunktion, werden wir prompt ins finstere Mittelalter zurückgeworfen. Und trotzdem wird das alte Versorgungssystem zunehmend obsolet. Ein neues entsteht, um seinen Platz einzunehmen. Sobald es stabil läuft, also perfektioniert ist und allgegenwärtig, wird es kein Zurück mehr geben. Wissen Sie, die Polizei hat mir gesagt, dass alle Formen von verdammenswerter Gewalt an öffentlichen Orten rückläufig sind, sobald meine Lichter in Betrieb gehen. Dank meiner Helligkeit ist der Arbeitstag des Menschen nicht länger an den Sonnenuntergang gekoppelt. Die Produktivität in den Fabriken verdoppelt sich. Ob es Mitternacht ist oder Mittag – das macht keinen Unterschied mehr. Die Nacht unserer Vorfahren nähert sich ihrem Ende. Das elektrische Licht ist unsere Zukunft. Der Mann, der es kontrolliert, wird nicht nur zu einem unvorstellbaren Vermögen gelangen. Er wird nicht einfach nur die Politik diktieren. Er wird nicht bloß die Kontrolle haben über die Wall Street, Washington, die Zeitungen, die Telegrafengesellschaften und die Millionen elektrischer Haushaltsgeräte, von denen wir jetzt noch nicht einmal zu träumen wagen. Nein, nein, nein. Der Mann, der die Elektrizität beherrscht, wird zum Herrscher über die Sonne am Firmament.« Und mit diesen Worten drückte Thomas Edison erneut auf seinen schwarzen Knopf, und die Fackel der Statue ging wieder an.

»Die Frage, die Sie umtreiben sollte«, sagte er dann und lehnte sich im Sessel zurück, »ist nicht, wie weit zu gehen ich bereit bin, um zu gewinnen. Die Frage ist: Wie weit gehen Sie, bevor Sie verlieren?«

Ein guter Anwalt bekommt es nicht so leicht mit der Angst zu tun. Ein sehr guter Anwalt bekommt es überhaupt nie mit der Angst zu tun. Als Paul aber auf die weit entfernte und trotzdem so hell leuchtende Freiheitsstatue blickte, auf die rätselhaften Gerätschaften auf Edisons Schreibtisch, auf die dreihundertzwölf Klagen, die er abzuschmettern hatte, und auf das bleiche Gesicht des Mannes, der mit einem Finger zu tun vermochte, was sich Generationen von Newtons, Hookes und Franklins noch nicht einmal hätten vorstellen können, da hatte er eben doch Angst. Denn in diesem Augenblick erkannte Paul, was wahre Macht war.

Macht war ein Bedürfnis. Ein derartiges Bedürfnis nach etwas Großartigem, dass einen absolut nichts davon abhalten kann, es sich zu holen. Mit einem solchen Bedürfnis war der Sieg keine Frage des Willens, sondern lediglich eine Frage der Zeit. Und Thomas Edisons Bedürfnis zu gewinnen war größer als das jedes anderen Menschen, dem Paul je begegnet war.

Alle Geschichten sind Liebesgeschichten. Paul erinnerte sich, dass irgendein berühmter Mensch das einmal gesagt hatte. Thomas Edisons Geschichte machte da sicherlich keine Ausnahme. Alle Männer bekommen die Dinge, die sie lieben. Die Tragödie mancher Männer ist nicht, dass ihnen das Geliebte verwehrt bleibt, sondern dass sie sich wünschen, etwas anderes geliebt zu haben.

Leise sagte Edison: »Versuchen Sie's nur, wenn Sie denken, Sie könnten mich aufhalten. Aber Sie werden es im Dunklen tun müssen.«

KAPITEL 3
WUNDERKINDER

Wenn man etwas Bedeutsames tun möchte, ist es notwendig, leicht unterbeschäftigt zu sein.

– JAMES WATSON, MITENTDECKER DER DNA

Ein Jahr zuvor war Paul noch ein strebsames junges Ausnahmetalent mit einer der begehrtesten Stellungen in der New Yorker Juristerei gewesen – und hatte noch keinen einzigen eigenen Mandanten gehabt.

Im Frühling '86 war er einige Wochen vor seinem Abschluss an der juristischen Fakultät der Columbia University von dem ehrenwerten Walter Carter persönlich rekrutiert worden. Daraufhin nahm Paul eine Referendarstelle in der Kanzlei Carter, Hornblower & Byrne an. Er sollte bei Mr Carter selbst in die Lehre gehen. Hatte es damals einen Jurastudenten in der Stadt gegeben, der hinter diesem Posten nicht her war – Paul war ihm nie begegnet.

Daher brach für ihn eine Welt zusammen, als sich die Kanzlei nur wenige Monate später aufzulösen begann. Carter und Byrne sprachen plötzlich nicht mehr miteinander. Den Grund ihrer Zwistigkeiten erfuhr Paul nie; er spielte zum damaligen Zeitpunkt für ihn aber auch keine Rolle. Die beiden Partner gingen auseinander und gründeten jeweils neue Kanzleien, und Paul musste sich für eine Seite entscheiden.

Byrne nahm Hornblower mit, dazu sowohl den Großteil der Mandanten als auch praktisch das gesamte Renommee. Wäre Paul mit Byrne gegangen, wäre er Referendar bei der Kanzlei mit dem vermutlich besten Ruf der Stadt geworden.

Im Unterschied dazu sollte Carters neue Kanzlei nur ein Zwei-Mann-Betrieb sein. Wenn Paul mit einstiege, wären sie zu dritt. Carter hatte sich mit einem unerfahrenen Anwalt zusammengetan, Charles Hughes, der sogar noch jünger war als Paul, allerdings auch im Begriff stand, Carters Tochter zu ehelichen. In dem Familienunternehmen sollte es keine Referendare geben. Bedeutsame Mandanten hatte man ebenfalls noch nicht vorzuweisen. Alles würde einzig und allein abhängen von Carters gutem Namen, der jedoch in letzter Zeit durch das Zerwürfnis mit Byrne Schaden genommen hatte.

Aber gerade weil seine neue Firma so klein war, konnte Carter Paul etwas anbieten, was Byrne nicht bieten konnte: die Partnerschaft. Sicher, die von Carter vorgeschlagene Aufteilung – 60/24/16, und Paul mit dem Minderheitsanteil – war weit entfernt von großzügig. Und trotzdem ... Bei keiner anderen Kanzlei der Welt würde Pauls Name so bald an der Tür stehen.

Wollte Paul also Byrnes Referendar sein? Oder Carters Partner?

Die Kanzlei Carter, Hughes & Cravath öffnete ihre Pforten am 1. Januar 1888.

In jener ersten Zeit war es von vorrangiger Bedeutung, Mandanten zu gewinnen. Carter schürfte in seinen jahrzehntealten Geschäftskontakten. Es erwies sich als hilfreich, dass Hughes die Eisenbahngesellschaft Rome, Watertown, and Ogdensburg Railroad früher schon mal in einem eher nebensächlichen, dafür aber langwierigen Prozess vertreten hatte. Paul hingegen konnte auf nichts weiter zurückgreifen als eine Handvoll Kumpels aus Universitätszeiten und eine einigermaßen annehmbare Verkaufsstrategie. Als es ihm aber nach Ablauf der sechsten Woche immer noch nicht gelungen war, auch nur einen einzigen Dollar Umsatz zu machen, wurde aus seiner Zuversicht langsam Enttäuschung. Jede Stunde, die er in der Stille seiner Nutzlosigkeit allein am Schreibtisch zubrachte, enttarnte ihn als Hochstapler.

Seine ehemaligen Kommilitonen stellten sich weder als hilfreich noch als mitfühlend heraus. »Ach, das ist ja mal wieder typisch Paul«, sagten sie, wenn er sich mit ihnen in ihren Clubs auf einen Scotch traf. »Es muss furchtbar hart sein, alles zu bekommen, was man will.«

Und das war es tatsächlich. Aber wie konnte er ihnen den Druck und die Unsicherheit einer Stellung begreifbar machen, für die sie sich gegenseitig frohgemut das Messer in den Rücken gerammt hätten? Ein jeder von ihnen wollte das, was er hatte. Aber Menschen, die ihm seinen Erfolg neideten, zu erzählen, dass ebenjener Erfolg nicht das bedeutete, was er sich erhofft hatte, sondern niemals nachlassenden Druck und Sorgen, die ihm immer noch mehr abverlangten – das wäre Verrat an seinen Träumen gewesen. Ein Aufgeben seiner ehrgeizigen Ziele aus, so nahm er irrtümlicherweise an, falscher Bescheidenheit.

Paul hatte schon immer ein Ausnahmetalent sein wollen. Aber was niemand ihm jemals gesagt hatte, war, dass Wunderkinder sich nicht wie Wunderkinder fühlen, sondern einfach nur alt. In dem Augenblick, in dem über ihr volles Erblühen gesprochen wird, fühlen sie sich bereits welk. Wenn sie für ihre Frühreife oder ihr jugendliches Genie gerühmt werden, weisen sie diesen Ruhm weit von sich, denn tief in ihrem Herzen wissen sie, dass sie längst uralt und im Verfall begriffen sind. Erst, nachdem viele Jahre der erbrachten Leistung sie von ihrer Unsicherheit befreit haben, erfahren sie, dass sie nun keine Wunderkinder mehr sind, sondern einfach nur außerordentliche Erfolgsmenschen. Und sie werden sich innerlich winden. Denn erst im Verblassen ihrer Großartigkeit werden sie erkennen, dass sie tatsächlich Wunderkinder waren.

Manchmal hatte Paul sich insgeheim gewünscht, wieder ein einfacher Kanzleiangestellter zu sein.

Aber dann kam vollkommen unerwartet die Einladung zu einem Dinner auf dem Anwesen von George Westinghouse. Es stellte sich heraus, dass Pauls entfernter Onkel Caleb vor

Jahren eine Stelle in einer Westinghouse-Niederlassung in Ohio angetreten hatte. Als Caleb zufällig hörte, wie ein Mann aus der Chefetage sich verzweifelt über die ideenlose juristische Vertretung der Firma äußerte, machte er einen Vorschlag: Er habe da einen Neffen in New York, einen klugen jungen Mann. Nachgerade ein Wunderkind, das im aufsehenerregenden Alter von nur sechsundzwanzig Jahren just zum Partner des weithin geschätzten Walter Carter bestellt worden sei. Mr Westinghouse solle sich doch einfach einmal mit ihm zum Essen treffen. Vielleicht habe der Junge ja die eine oder andere Idee.

Als Caleb erstmalig über Pauls Vater ausrichten ließ, dass er seinen Neffen der Westinghouse Electric Company anempfohlen hatte, fühlte Paul sich leise beschämt. Für ein derartiges Mandat war er demütigend wenig qualifiziert. Er konnte sich die höfliche Ablehnung, mit der Westinghouse der Erwähnung seines Namens begegnet sein musste, lebhaft vorstellen.

Paul schrieb seinem Vater sogar, dass derartige familiäre Unterstützung zwar ganz sicher gutgemeint, aber eben doch auch etwas naiv sei. Er sei hier schließlich in New York und nicht in Tennessee. Als Antwort schickte Erastus Cravath eine kurze Nachricht zurück, die zwei Bibelstellen aus den Sprüchen und eine Mahnung an die herzliche Umarmung Jesu enthielt. Es war nicht der erste Briefwechsel, der Paul das Gefühl gab, dass sein Vater die Tiefe der Gewässer, in denen er schwamm, nicht ganz ermessen konnte.

Und doch traf zu Pauls Überraschung zwei Wochen später ein Brief bei ihm ein: »Mr George Westinghouse (Pittsburgh, Pennsylvania) erbittet sich morgen Abend das Vergnügen Ihrer Gesellschaft beim Dinner.«

Auf dem Weg nach Pittsburgh fuhr Paul zum ersten Mal in einem Zugabteil erster Klasse. Während der ganztägigen Reise nahm er sein einziges gutes, sorgfältig zusammengelegtes Dinner-Jackett nicht ein Mal von den Knien. Seine größte Angst war, dass dieses Jackett, das er am Vorabend hatte von

Hand bügeln lassen, Falten bekam. Denn er hatte keinen Ersatz. An der juristischen Fakultät hatte er gelernt, dass man ein schwarzes Dinner-Jackett bei jedem formellen Abendessen tragen konnte, ohne dass irgendjemandem auffiel, dass man nur dieses eine besaß.

Am Bahnhof in Pittsburgh angekommen, wurde Paul zum *Glen Eyre* geleitet, Westinghouse' Privatzug. Der brachte Paul – und zwar Paul allein – die sechs Meilen hinaus nach Homewood, den grünen Vorort, in dem die Familie Westinghouse ihre weiße Backsteinvilla bewohnte. *Ein Mann, der genügend Züge entwirft*, dachte Paul, *bekommt irgendwann eine eigene Lokomotive*. Westinghouse aber hatte gleich eine eigene *Bahnstrecke*.

Der Tisch war für sechzehn Personen gedeckt: ein paar Ingenieure aus Westinghouse' Labor, ein Yale-Professor auf Besuch, einige hohe Tiere aus der Eisenbahnbranche und ein deutscher Investor, dessen Namen Paul nicht einmal richtig verstand. Marguerite Westinghouse hieß sie alle, an dem mit Sèvres-Porzellan und reingoldenem Besteck eingedeckten Tisch Platz zu nehmen, während ihr Ehemann sich um seine Salatsauce kümmerte. Marguerite erklärte, dass George das Dressing nach dem Rezept seiner Mutter immer selbst mache – davon könne ihn keine noch so große Armee angestellter Köche abhalten. In zwanzig Jahren Ehe habe sie ihrem Mann nicht einmal einen Salat zubereitet. An Marguerites Lächeln ließ sich ablesen, dass sie diese Geschichte häufig zum Besten gab, aber immer noch gern erzählte.

George Westinghouse begrüßte Paul mit einem festen Handschlag und einem langen Blick in die Augen. Um ihn anschließend gänzlich zu ignorieren. Westinghouse war eine imposante Erscheinung. Er hatte den Körperbau eines Bären, stattliche Koteletten und einen ausufernden, grau melierten Schnauzbart, der die Oberlippe vollständig und noch dazu einen Großteil der Unterlippe verdeckte. Er war zwar ein paar Zentimeter kleiner als Paul, aber der junge Anwalt fühlte sich neben ihm trotzdem zwergenhaft.

Bei Tisch wurde fast ausschließlich gefachsimpelt. Paul gab den Versuch zu folgen schnell auf. Die Eisenbahner waren alte Freunde von Westinghouse, noch aus den Siebzigerjahren, als sie alle zusammen Millionäre geworden waren. Sie stellten endlose Fragen über seine Druckluftbremsen. Einer von ihnen versuchte gar, Paul in die Unterhaltung einzubeziehen.

»Stimmen Sie Mr Jensons Hypothese denn nicht zu, Mr Cravath?«

»Ich bin mir sicher, dass ich das würde, wenn ich auch nur die leiseste Idee hätte, um was es hier geht«, gab Paul zurück und hoffte, dabei einen gewitzten, nonchalanten Eindruck zu machen. »Ich fürchte nur, ich habe die Naturwissenschaften in der Schule ausgelassen. Und der Mathematik auch den Laufpass gegeben.«

Der Gesichtsausdruck von Westinghouse am anderen Ende des Tisches machte deutlich, dass Pauls kesser Einwurf die falsche Taktik gewesen war.

»Der Tod der mathematischen Bildung wird der Tod dieses Landes sein«, stellte der Erfinder in den Raum. »Eine ganze Generation junger Männer, die noch nie von der Infinitesimalrechnung gehört hat, ganz zu schweigen davon, dass sie nicht über die Fähigkeit verfügt, momentane Änderungsraten zu bestimmen. Was wollt ihr jungen Leute bloß erfinden?«

»Nun, nichts«, gab Paul zurück. »Wenn Sie das mit dem Erfinden übernehmen, dann kann sich meine Generation ja darum kümmern, Ihre Rechte vor Gericht zu verteidigen.«

Westinghouse zuckte mit den Schultern und richtete seine Aufmerksamkeit wieder auf die Crème fraîche, die seine Suppe aus geröstetem Kürbis zierte.

Und das war die Gesamtsumme dessen, was Paul zur Unterhaltung beisteuerte. Seine einzige Chance, bei Westinghouse Eindruck zu schinden, hatte er vergeben. Paul ließ seine Verlegenheit an dem Bordeaux aus. Wer wusste schon, ob er je wieder eine derart teure Flasche kredenzt bekäme?

Durch eine flapsig hingeworfene Bemerkung des Professors wurde er kurzzeitig aus der Niedergeschlagenheit gerissen, mit der er das Weinglas fixierte. Es waren nur ein paar Worte, die Paul über den Tisch hinweg auch nur halb verstanden hatte. Es ging um das Institut für Physik in Yale. Der Professor grummelte etwas über einen neuen Promovenden. Der übliche griesgrämige Tratsch des akademischen Betriebs. Doch ein Wort stach heraus. »Ein Neger im Physikinstitut?«, meinte der Professor mit müdem Kopfschütteln. »Ein paar von denen am College zu haben ist das eine. Aber als Lehrkraft? Und noch dazu in den Naturwissenschaften?«

»Wäre es Ihnen lieber, er hielte seine Vorlesungen woanders?« Es war bereits ausgesprochen, als Paul auffiel, dass er das tatsächlich laut gesagt hatte.

»Pardon?«, kam es von dem eindeutig überraschten Professor.

»Ich ... nun ja ...«, stammelte Paul. Weiterzusprechen wäre Wahnsinn, geradezu grob unhöflich. Da übernahm der Wein das Reden für ihn. »Ich gehe davon aus, Sie würden es bevorzugen, wenn der Mann andernorts Physik lehrte? Wenn er statt Ihrer Studenten die nichtsnutzigen Trottel am MIT mit sich hinabzöge?«

»Nichtsnutzige Trottel vom MIT habe ich selbst schon mehr als nur ein paar kennengelernt«, sagte Westinghouse im Versuch, die Situation in aller gebotener Eile zu entschärfen.

»Vielleicht könnte er ja an einer seiner eigenen verdammten Universitäten Vorlesungen halten«, sagte der Professor.

»Unglücklicherweise«, erwiderte Paul, »gibt es an keinem der Neger-Colleges einen Physik-Studiengang. Obwohl ich mir habe sagen lassen, dass man an der Fisk Universität bald einen einrichten wird. Eine Generation, die man ansonsten an die Felder hätte verlieren können, wird stattdessen mehr von Ihren Druckluftbremsen und von elektrischer Verdrahtung verstehen, als ich jemals in der Lage wäre.«

»Und woher wissen Sie das?«, fragte der Professor.

»Weil mein Vater einer der Gründer der Fisk University ist.«

Die Tischrunde verstummte. Paul hatte die Unbehaglichkeit der Situation mit der Kraft einer Westinghouse-Dampfmaschine um ein Vielfaches vergrößert.

»Ihr Vater hat ein Neger-College gegründet?«, kam es mit Neugierde in der Stimme vom Gastgeber.

»Das ist bei uns Familientradition, Mr Westinghouse«, sagte Paul.

Normalerweise war Paul nicht besonders stolz darauf, diese Geschichte zu erzählen. Er stimmte zwar den politischen Überzeugungen seiner Eltern zu, aber er stolzierte nicht herum und gab sie überall zum Besten. Vielleicht lag es am Wein. Vielleicht auch an der Scham, sich bei einem so eleganten Dinner derart fehl am Platz zu fühlen. Oder es lag schlicht an der Liebe zu seiner Familie, die ihn, sollte er in New York scheitern, mit Freuden wieder in dem Farmhaus in Tennessee aufnehmen würde. »Schon mein Großvater hat sich sehr früh für ein kleines College in Ohio engagiert, ein College mit dem Namen Oberlin. Er ist für die Bildung von Frauen eingetreten, und das College wurde sein großes Experiment. Männer und Frauen gemeinsam in Vorlesungssälen. Ich selbst habe dort studiert. Meine Eltern lernten sich am Theologischen Seminar von Oberlin kennen, heirateten, und mein Vater wurde Diakon. Im Krieg diente er als Kaplan, was ihn zu einem Anliegen brachte, das ihm ebenso viel bedeutete wie meinem Großvater die Frauenbildung: die Bildungsprobleme nämlich, mit denen es die Neger im Süden zu tun haben. Mein Vater ist ein tief gläubiger Mann und hatte das Gefühl – er hat es bis heute –, dass Gott ihn aus einem ganz bestimmten Grund auf diese Erde geschickt hat. Und er glaubt, erkannt zu haben, welcher Grund das ist: ein College zu gründen, das für den Neger aus den Südstaaten das tut, was Yale für den reichen New Yorker getan hat.«

Auf Pauls Ansprache folgte kein Applaus. Nur das unbehagliche Klirren von Suppenlöffeln gegen Porzellan. Er hatte keine kluge intellektuelle Argumentation geführt. Er hatte sich schlicht zum Narren gemacht.

Das Dinner nahm seinen Gang. Die Schamesröte färbte

Pauls Gesicht während der gesamten Käsespeise. Und dann sagte Westinghouse etwas, das nicht nur Paul, sondern auch jeden anderen Gast am Tisch überraschte.

»Würde es Ihnen etwas ausmachen, mich in mein Arbeitszimmer zu begleiten, Mr Cravath?«

Immer noch unsicher, ob Westinghouse sich nicht versprochen hatte, folgte Paul dem Erfinder in dessen Arbeitszimmer. Der Schreibtisch allein schien größer zu sein als Pauls gesamte Wohnung in Manhattan. Der Boden war mit dicken Perserteppichen ausgelegt, ein mit Technikzeitschriften bestücktes Regal reichte bis unter die Decke. Westinghouse schloss die Tür hinter ihnen.

»Zigarre?«, bot er an.

»Nein, danke«, sagte Paul. »Ich rauche leider nicht.«

»Ich auch nicht. Ich kann den Geruch nicht ausstehen. Aber Marguerite sagt, es sei unhöflich, keine Zigarren für Gäste da zu haben.« Er goss einen uralten Scotch in zwei Whiskygläser. »Mein Junge, ich habe den Eindruck, Sie könnten eine ehrliche Haut sein.«

»Ich bin geschmeichelt, Sir. Auch wenn ich mir nicht sicher bin, ob Ehrlichkeit in meiner Branche ein erstrebenswerter Ruf ist.«

»Ich habe neuerdings einen recht dringenden Bedarf an einem Mann mit Überzeugungen.« Westinghouse legte eine Pause ein, suchte offenbar nach einem Weg, das anstehende Thema möglichst treffend zur Sprache zu bringen. »Gegen mich wird Klage erhoben.«

Darüber war Paul sehr wohl im Bilde. Seitdem die Einladung zum Dinner bei ihm eingegangen war, hatte er sämtliche Zeitungsberichte über Westinghouse' rechtliche Schwierigkeiten verschlungen. Der Streit wurde überaus öffentlich ausgetragen. »Thomas Edison hat Sie verklagt wegen der Verletzung seines Patents auf die Glühfadenlampe.«

»Edisons Glühbirnen sind furchtbar – die Konstruktion ist von minderer Qualität und hinkt zwei Generationen hinter den meinigen her. Es gibt ein Dutzend Firmen im ganzen

Land, deren Konstruktionen besser entwickelt sind als die von Edison. Nur rein zufällig sind meine Birnen die mit Abstand besten von allen.«

»Ihre sind vielleicht die besseren. Aber Edisons waren die ersten. Juristisch von Belang ist Letzteres. Sie haben das Problem, dass er derjenige mit dem Patent ist.«

»Ich habe Edisons Glühlampenentwurf nicht kopiert. Ich habe ihn lediglich verbessert. Und zwar erheblich. Im Vergleich mit seiner verhält sich meine Glühbirne wie ein Motorwagen zu einem Pferdegespann. Wäre es denn gerecht, Herrn Benz den Verkauf von Ersterem aufgrund der Existenz von Letzterem zu verbieten? Natürlich nicht. Edison zieht also gar nicht gegen mich vor Gericht, sondern gegen den Fortschritt selbst, weil ihm die Fähigkeit abgeht, ihn zu erfinden.«

»Das klingt, als könnten Sie einen sehr guten Anwalt gebrauchen«, stellte Paul in den Raum.

»Einen sehr guten Anwalt, der keine Angst vor Thomas Edison hat.«

Westinghouse faltete seinen ausladenden Körper in einen ledernen Armsessel und nippte an seinem Scotch. »Sollten Sie sich der Sache der Gerechtigkeit verpflichtet fühlen, dann kann ich Ihnen versprechen, dass Sie keine gerechtere Sache finden werden als unsere Verteidigung gegen Edison. Ihre Kanzlei ist klein. Das ist gut. Wenn ich jemanden beauftrage, erwartete ich seine volle Aufmerksamkeit. Auch ich habe Nachforschungen getätigt. Kein Grund, so überrascht aus der Wäsche zu schauen. Einen Anwalt kann sich jeder besorgen, Mr Cravath. Ich aber brauche einen Partner. Ich brauche einen ehrenhaften Mann, der keine Angst davor hat, mich auch mit schwierigen Wahrheiten zu konfrontieren. Technisch gesehen bin ich der versierteste Erfinder unserer Zeit. Was manche Menschen einschüchtert. Sie vielleicht auch?«

»Sie beeindrucken mich«, sagte Paul, »aber einschüchtern tun Sie mich nicht – und das wird auch weiterhin nicht geschehen. Was in Bezug auf Thomas Edison übrigens nicht anders aussieht.«

Westinghouse ließ ein leises Lachen hören. »Das glauben sie am Anfang alle. Und dann merken sie, in was sie da hineingeraten sind.«

»Und in was würde ich hineingeraten?«

»In dieses Verfahren ... Und das ist beachtlich.«

»Ohne Zweifel.«

»Noch sind meine Buchhalter dabei, sich die Zahlen anzusehen, um den Umfang der ganzen Sache näherungsweise ermessen zu können. Es ist quasi unmöglich, für die elektrische Innenraumbeleuchtung einen exakten Wert festzulegen, Sie verstehen.«

»In meiner vorherigen Kanzlei, in der ich ebenfalls für Mr Carter gearbeitet habe, war ich mit einem der Prozesse der Investmentbank Kuhn und Loeb befasst.« Paul übertrieb. Er hatte mit dem Fall nur peripher zu tun gehabt. Was Westinghouse allerdings sicher nicht wissen konnte. »Es ging um eine Schadensersatzklage über 275 000 Dollar. Ziemlich beispiellos. Und wir haben gewonnen.«

Westinghouse hob eine Augenbraue. »Das ist viel Geld.«

»Ja.«

»Thomas Edison verklagt mich auf eine Milliarde Dollar.«

Westinghouse studierte den Ausdruck auf Pauls Gesicht und verzog den Mund dann – zum ersten Mal an diesem Abend – zu einem großen, breiten Lächeln.

»Nun denn«, meinte er. »Wollen Sie den Job noch?«

KAPITEL 4
Ein Kompromissvorschlag

> Überhaupt konnte man nicht erfolgreich Wissenschaft treiben, ohne sich darüber klar zu sein, daß die Wissenschaftler – im Gegensatz zu der allgemeinen Auffassung, wie sie auch von Zeitungen und von Müttern mancher Forscher verbreitet wird – zu einem beträchtlichen Teil nicht nur engstirnig und langweilig, sondern auch einfach dumm sind.
>
> – JAMES WATSON, MITENTDECKER DER DNA

Alle erforderlichen Dokumente wurden nach New York geschickt, die Verträge wanderten von hier nach dort und wurden unterschrieben. Mit Geld gefüllte Koffer kamen an. Westinghouse zahlte nicht nur pünktlich – er zahlte sogar im Voraus. Carter, der Seniorpartner, war überglücklich. Der jüngere Hughes hingegen war unverhohlen eifersüchtig, immerhin hatte der Juniorpartner gerade einen Vertrag mit einem der vornehmsten Mandanten im ganzen Land abgeschlossen. Aber die Modalitäten ihrer Partnerschaft ließen keinen Zweifel: Paul war derjenige, der Westinghouse als Mandanten gewonnen hatte, und das bedeutete, dass es sein Fall war. Die Seniorpartner konnten zwar ihre 84 Prozent des Honorars einbehalten, aber die Anerkennung bekamen sie nicht.

In den folgenden drei Monaten hörte Paul wenig von seinem einzigen Klienten. Er erhielt nichts von ihm, was als Einführung oder Orientierungshilfe hätte dienen können. Das Spezifische des Rechtswesens schien Westinghouse nicht weiter zu kümmern. Wenn Paul technische Zeichnungen diverser fraglicher Apparate erbat, erhielt er sie unverzüglich und kommentarlos. Wenn Paul seinem Auftraggeber Kopien seiner Einlassungen schickte, kam keine Antwort. Ihre unregelmäßigen Treffen in Pittsburgh brachte Westinghouse größtenteils schweigend zu. So, als wartete er auf etwas, das Paul noch nicht ausgesprochen hatte. Paul reagierte auf das Schweigen seines Mandanten, indem er einfach immer weiterredete. Wortreiche Ausführungen waren seine bestmögliche Annäherung an Freundlichkeit.

Nur, wenn es um irgendeinen wissenschaftlichen Punkt ging, kam Leben in Westinghouse. Dann sprach er lange und mit überlauter Stimme. Westinghouse schien nur zwei Arten der Interaktion zu kennen: schweigen oder Vorträge halten. Oft hatte Paul das Gefühl, dass Westinghouse ihm nicht richtig zuhörte. Dann stellte er ihm eine Frage. Meist brütete Westinghouse in diesen Fällen noch lange über irgendwelchen auf seinem Schreibtisch liegenden Unterlagen, bevor er eine Antwort gab – zu einem vollkommen anderen Thema.

Manchmal hatte Paul auch den Eindruck, dass er genauso gut das Silber seines Mandanten hätte polieren können, statt zu versuchen, sein Unternehmen zu retten.

Das einzige nicht wissenschaftliche Thema, bei dem der Ältere eine klare Regung zeigte, war Edison. Bei jeder Erwähnung dieses Namens schlich sich ein verächtliches Grinsen in Westinghouse' Gesicht. Angesichts der Unterstellung – die Edisons Anwälte in aller Umständlichkeit formuliert hatten –, dass Edison die Glühbirne erfunden habe und Westinghouse sich widerrechtlich an dessen Arbeit bereichere, sprudelte die Empörung nur so aus Westinghouse heraus.

Und wer hatte recht? Paul war weder Wissenschaftler noch Ingenieur. Er wusste es nicht. Seine Aufgabe war es, seinen Mandanten mit Feuereifer zu verteidigen, und das würde er tun. Seine eigene Zukunft hing davon ab, dass er hier erfolgreich war. Wenn Westinghouse ihm nur irgendeine Hilfe gewesen wäre.

An dem Tag, nachdem der Monteur über dem Broadway in Flammen aufgegangen war und das mitternächtliche Treffen mit Edison stattgefunden hatte, brach Paul umgehend nach Pittsburgh auf. Nicht, dass er bei seinem Mandanten höflich um eine Audienz ersucht hätte: Er telegrafierte einfach nur, dass er am Abend da sein würde.

Als Paul eintraf, fand er Westinghouse im Labor. Ohne Überzieher und mit hochgekrempelten Ärmeln, ganz versunken in die Betrachtung einer stählernen Scheibe auf der Werkbank vor ihm.

Während Paul die Ereignisse referierte, die sich in Edisons Büro zugetragen hatten, liebkoste Westinghouse das Gerät vor ihm, fuhr zärtlich mit den Fingern über dessen ungeschliffene Kanten. Als könnte seine Berührung ausreichen, um den unvollendeten Mechanismus zum Leben zu erwecken.

»Edison hat versucht, mich einzuschüchtern«, erklärte Paul. »Was nicht unbedingt schlecht ist, denn es bedeutet, dass er selbst vor irgendetwas Angst hat.«

Westinghouse wedelte mit einer Hand durch die Luft. »Sie sagen, er hatte eine Vorrichtung auf seinem Schreibtisch, mit der er die Fackel der Statue ein- und ausschalten konnte? Das ist nicht möglich.«

Paul war unsicher, was er darauf sagen sollte.

»Wie groß ist die Entfernung zwischen der Fifth Avenue und der Freiheitsstatue?«, überlegte Westinghouse laut. »Das müssen vier Meilen sein. Oder sogar fünf. Undenkbar, dass Edisons Strom eine derartige Strecke überbrückt. Sein Strom schafft es vom Generator aus nur wenige Hundert Meter weit. Wie sah sie denn aus?«

»Na, wie die riesenhafte Statue einer Frau, die eine Fackel in der Hand hält und …«

»Nein, nein, diese Vorrichtung. Auf dem Schreibtisch. Wie sah der Schalter aus?«

Paul starrte seinen Mandanten an. Während er sich sammelte, zog er den Windsor-Knoten seiner langen schwarzen Krawatte fest. »Ich fürchte, Sir, daran kann ich mich nicht erinnern.«

»Es ist das Entfernungsproblem«, hub Westinghouse mit einem Vortrag an. »Meine Leute verbringen schlaflose Nächte bei dem Versuch, es zu lösen. Elektrischer Strom mit einer Spannung, wie sie notwendig ist, um eine Glühbirne mit Energie zu versorgen, kommt nicht weiter als ein paar Hundert Meter. Dann versiegt er. Edison muss ein telegrafisches Signal gesendet haben – ja, das ist es. Es war ein Morsecode an den Mann im Kraftwerk Pearl Station, der dann wiederum die Fackel für ihn an- und ausgemacht hat. Das ist die einzig mögliche Erklärung. Undenkbar, dass Edisons Team das Entfernungsproblem gelöst hat. Das glaube ich nicht.«

Paul ließ sich keine Reaktion ansehen. Als Herzblutingenieur neigte Westinghouse dazu, sich geradezu manisch auf winzigste technische Feinheiten einzuschießen, dabei aber die größeren, drängenderen Probleme aus dem Blick zu verlieren. Hier ging es um eine Milliarde Dollar, und Westinghouse war ausschließlich an der Form von Edisons Schaltern interessiert. Paul musste seinem Mandanten irgendwie beibringen, dass es keine Rolle spielte, wessen Schalter eleganter konstruiert war: Wenn es Edison gelang, ihn bis zur Bedeutungslosigkeit zu verklagen, würde Westinghouse höchstens noch Dynamos auf einem Hinterhof in der Bowery basteln.

»Außer«, fuhr Westinghouse fort, »dieses Schauspiel war eigentlich für mich gedacht und gar nicht für Sie. Er kann ja davon ausgehen, dass Sie mir Bericht erstatten, und wollte mich glauben machen, dass er das Entfernungsproblem gelöst hat. Mir will er Angst machen. Tja. Das hat wohl nicht geklappt, was?«

»Sie können Anwälte nicht besonders gut leiden, habe ich recht, Sir?«, fragte Paul.

Ein neugieriger Ausdruck legte sich auf Westinghouse' Gesicht. Paul hatte seine Aufmerksamkeit gewonnen.

»Ich mache Ihnen keinen Vorwurf. Aber nichtsdestoweniger haben Sie zum jetzigen Zeitpunkt einen Anwalt bitter nötig. Und ich wiederum brauche Sie, um meinen Job erledigen zu können.«

»Also schön.«

»Zu meinen Aufgaben gehört es, jede potenzielle Vorgehensweise zu identifizieren, die möglicherweise Ihren Interessen dient. Vor allem, wenn Ihnen diese Vorgehensweise vorher noch gar nicht bewusst gewesen sein mag.«

Westinghouse zog sich einen Stuhl heran und setzte sich. Paul konnte nicht sagen, ob er seinen Mandanten mit seiner Predigt oder lediglich mit seiner Unverfrorenheit beeindruckt hatte.

»Ich würde es begrüßen, wenn wir über einen Kompromiss nachzudenken begännen«, schlug Paul vor.

»Einen Kompromiss?«

»Der Ihnen und Ihren Produkten zugutekommt. Ob sie nun gerecht ist oder nicht: Das ist die Welt, in der wir leben.«

»Was genau meinen Sie denn mit einem Kompromiss?«

»Das zu bestimmen steht mir nicht zu«, sagte Paul diplomatisch. »Es gibt eine Vielzahl von Wegen, auf denen ein Kompromiss erzielt werden kann. Uns bleibt noch Zeit, um zu entscheiden, welcher der Ihnen zuträglichste wäre.«

»Zum Beispiel?«

»Beispielsweise eine Fusion. Die Westinghouse and Edison Electrical Company. Oder nennen Sie sie die American Electrical Company. Um es einfach zu halten, streichen wir vielleicht lieber Ihre beiden Namen. Oder – wie wäre das? Eine Lizenzvereinbarung, ähnlich der, die wir mit Sawyer und Man getroffen haben. Sie verkaufen Edisons Generatoren und zahlen dafür eine Lizenzgebühr, während er Ihre Glühbirnen verkauft, die seinen ja weit überlegen sind, und er zahlt dafür an Sie eine Lizenzgebühr. Oder Sie verkaufen, im Rahmen eines ähnlichen Lizenzsystems, beide sowohl Ihre eigenen Glühbirnen und Generatoren *als auch* die des anderen und lassen die Verbraucher entscheiden, welche sie favorisieren.«

»Meine sind besser.« Westinghouse' knapper, aber vollkommen ernst gemeinter Einwurf riss ein Loch in den Gesprächsfluss.

»In Ordnung.« Was hätte Paul auch sonst sagen sollen?

»Edisons Glühbirnen gehen ständig kaputt. Seine Generatoren müssen sogar noch öfter repariert werden als seine lausigen Telegrafen. Wissen Sie, dass die Glühbirnen, die er verkauft, nur halb so lange halten wie meine? Und nur Dreiviertel der Helligkeit produzieren? Ein Produkt also, das in jeglicher Hinsicht minderwertig ist. Und trotzdem kaufen die Leute sie in Wagenladungen. Er verkauft viermal so viele wie ich, trotz der Konstruktionsmängel. Wer weiß warum? Merken die Leute denn nicht, dass Edison die Geduld fehlt – ganz zu schweigen von der handwerklichen Fähigkeit und Raffinesse –, um tatsächlich Qualitätsprodukte zu entwickeln? Sein Konzern stellt derart viele Dinge her und hat eine derart große Produktpalette – aber trotzdem ist jedes einzelne Ding, Sie entschuldigen, Mist. Schlichtweg Mist. Edison produziert Mist und verkauft so viel davon, dass niemandem auffällt, dass alles nur Mist ist. Mist ist das, was Thomas Edison erfunden hat. Die Glühbirne dagegen habe ich erfunden. Ich habe sie perfektioniert, ich habe sie gebaut. Meine ist die beste Glühbirne der Welt – und sie wird ständig besser.«

Sein Mandant erinnerte Paul an niemanden so sehr wie an Edison. Die beiden Männer ähnelten sich auf fast perverse Art und Weise. Jeder war sich seines eigenen Genies so sicher, dass er für das des anderen nur Verachtung übrig hatte.

Das Ego von Westinghouse war keineswegs kleiner als das seines Feindes. Pauls vordringlichste Aufgabe, das dämmerte ihm nun, würde nicht sein, mit Edison zu verhandeln. Zuerst würde er mit seinem eigenen Mandanten verhandeln müssen.

»Das weiß ich, Sir«, sagte Paul. »Was aber bringt es Ihnen, der Beste zu sein, wenn Sie davon in den Bankrott getrieben werden? Sie führen ein Unternehmen. Eines der größten im Lande. Und die Bandbreite dessen, was mit diesem Unternehmen in Zukunft geschehen mag, ist überaus groß. Sie haben eine ganze Menge an Handlungsmöglichkeiten. Und meine berufliche Pflicht ist es, Ihnen diese Möglichkeiten bewusst zu machen.«

Neben der Tür hing Westinghouse' kohlrabenschwarzer Mantel. Ohne Paul eines Blickes zu würdigen, ging er zu ihm und zog ein zusammengefaltetes Blatt Papier aus der Innentasche. Überaus behutsam, als wäre dieses Papier ein deutlich zerbrechlicherer Gegenstand als eine seiner Maschinen, brachte er es zurück und reichte es Paul.

»Ich habe Edison vor einem halben Jahr geschrieben«, sagte er dann. »Noch bevor Sie an Bord kamen. Ich habe ihm genau einen solchen ›Kompromiss‹ vorgeschlagen. Ich hege keinerlei romantische Träume, David gegen Goliath zu spielen. Ich weiß, wie unsere Chancen stehen. Alle lieben den Außenseiter, aber das heißt nicht, dass sie gern ihr Geld in ihn investieren. Also habe ich Edison geschrieben und den Versuch einer Einigung unternommen. Hier ist seine Antwort.«

Paul sah auf den Brief hinab. Er kam von Thomas Edison selbst und bestand aus nur einem Wort: »Niemals.«

»Also, mein Junge«, sagte Westinghouse, nachdem Paul einen Augenblick gebraucht hatte, um all das zu verarbeiten. »Sie sollen doch so etwas wie ein Rechtsvirtuose sein. Beweisen Sie's.«

KAPITEL 5
DER SONDERBARE FALL DES U.S. LETTERS PATENT NO. 223,898

> Ich bin nicht gescheitert. Ich habe nur zehntausend Herangehensweisen gefunden, wie es nicht funktioniert.
>
> – THOMAS EDISON

Wer hatte die Glühbirne erfunden?

Um diese Frage ging es. Offiziell wurde der Rechtsstreit zwischen der Edison Electric Light Company und der Mount Morris Electric Light Company geführt, aber jeder wusste, dass diese Firmen nur Tochtergesellschaften waren, Platzhalter, rechtlich zulässige Vertretungen ihrer Mutterkonzerne. Sogar die Anwälte, die diesen eine Milliarde Dollar schweren Fall verhandelten, sprachen schlicht von *Edison vs. Westinghouse*. Die ihnen vorliegende Angelegenheit: das U.S. Letters Patent No. 223,898, vergeben an Thomas Edison am 27. Januar 1880, das die Erfindung einer »elektrischen Glühfadenlampe« beschrieb. Von der Presse kurzerhand mit dem Spitznamen »Glühbirnenpatent« versehen, war es fraglos das wertvollste Patent, das in der Geschichte der Vereinigten Staaten jemals erteilt worden war. Und George Westinghouse wurde beschuldigt, dieses Patent verletzt zu haben.

Aber, so klärte Paul seinen Mandanten auf, auch ein auf den ersten Blick so einfach gestricktes Problem ließ sich oft in zahlreiche Facetten zerlegen. Im Grunde hing alles davon ab, wie man die einzelnen zur Debatte stehenden Begriffe genau definierte: »Wer«, »erfand«, »die« und – dieser Begriff war natürlich der wichtigste – »Glühbirne«?

Als Paul mit den Recherchen für diesen Fall begann, brachte er sehr bald in Erfahrung, dass die ersten elektrischen Lampen schon fast hundert Jahre früher erfunden worden waren. Bereits im Jahr 1809 hatte Sir Humphry Davy öffentlich frühe »Bogenlampen« vorgeführt. Indem er eine Batterie an zwei Kohlestäbe anschloss, hatte er einen U-förmigen Elektrizitätsfaden erzeugt, der einen Bogen über die Lücke zwischen den beiden Stäben spannte. Die Lichtexplosion war blendend hell und eignete sich perfekt dazu, dunkle Außenbereiche auszuleuchten, allerdings musste diese Sorte Licht zunächst sicherer und zuverlässiger gemacht werden.

Was im Laufe der folgenden Jahrzehnte auch geschah. Michael Faraday erschuf in den 1830er-Jahren die ersten handbetriebenen Stromgeneratoren, indem er Magnete durch Drahtwendeln bewegte. Der belgische Erfinder mit dem erstaunlichen Namen Zénobe Théophile Gramme verbesserte Faradays Generatoren und baute in den 1870er-Jahren den ersten Elektromotor – dazu entwickelte er einfach einen umgekehrten Generator. Um 1878 herum verkaufte der Amerikaner Charles Brush monströse Systeme aus Kohlebogenlampen für Außenbereiche an Städte und Gemeinden im ganzen Land. Rund um den Globus vertrieb ein Russe namens Pawel Jablotschkow seine so genannten elektrischen »Kerzen«. Nach demselben Prinzip konstruiert wie Davys erste Bogenlampen, waren diese »Kerzen« allerdings sehr viel kleiner und eigneten sich schon fast für den Gebrauch im Innenraum …

… Aber eben auch nur fast. Keine dieser frühen Entwicklungen war für den Haushalt bestimmt – nicht eine Hausfrau in Amerika hätte die Anbringung einer Lampe befürwortet, deren Gebrauch kompliziert und Reparatur teuer waren – und die mit großer Wahrscheinlichkeit die Vorhänge in Brand gesetzt hätte. Und dann war da noch die Qualität des Lichts selbst. Die nämlich war bei den Bogenlampen grauenvoll.

Hässlich. Dem aus der Nähe betrachtenden menschlichen Auge unangenehm. Die sich bogenförmig zwischen den Stäben wölbende Elektrizität war noch zu elementar. Die Hitzeentwicklung war zu gewaltig. Gaslampen blieben fürs Erste die deutlich sicherere und schönere Variante.

An diesem Punkt betrat Thomas Edison das Parkett, längst wegen seiner Arbeit an Telegraf und Telefon der gefeiertste Erfinder der Welt. Am 16. September 1878 ließ Edison auf den Seiten der *New York Sun* verlauten, er habe das Problem gelöst, ein verlässliches, sicheres und vor allem angenehmes Innenraumlicht zu erzeugen. Denn er habe die »elektrische Glühfadenlampe« erfunden. Der bewundernden Presse erzählte er, innerhalb weniger Monate würde er in ganz Lower Manhattan elektrische Leitungen für Innenraumlicht verlegt haben.

An dem Tag, an dem Edison seine Entdeckung verkündete, fielen die Aktienkurse aller großen Gaskonzerne in den Vereinigten Staaten und Großbritannien um mehr als zwanzig Prozent. Die Wissenschaft war weniger beeindruckt: Von ihren Lehrstühlen herab reagierten Akademiker zunächst mit Skepsis, anschließend mit unumwundenem Spott. Das sei unmöglich, behaupteten sie. Gleichstrom so stetig durch einen Glühfaden laufen zu lassen, dass ein sanftes, konstant brennendes Leuchten erzeugt werde, sei undenkbar. Dazu zeige sich die Elektrizität viel zu widerspenstig. Sie sei gänzlich anders als Kerosin oder Schieferöl, diese natürlichen, von Gott geschaffenen und vom Menschen für seine Zwecke handwerklich veredelten Elemente. Elektrizität sei eine *Naturgewalt*, die Bändigung des elektrischen Stroms vergleichbar mit der Unterwerfung der Schwerkraft unter den menschlichen Willen, mit dem Reisen durch die Zeit. Es gebe Dinge auf dieser Welt, an denen noch nicht einmal die Naturwissenschaft herumdoktern dürfe. Edisons »sanftes Leuchten« verstieße gegen sämtliche anerkannte Gesetze der Physik.

Und dann, so entnahm Paul den alten Zeitungausgaben, die er in seinem Büro genauestens studierte, hatte Edison eine Reihe privater Vorführungen abgehalten. Nur einige ausgewählte Reporter und potenzielle Investoren waren geladen. Die Männer, die Geld in das Unternehmen mit dem geplanten Namen Edison General Electric Company stecken sollten, wurden immer nur für wenige Minuten eingelassen, um die leuchtenden Glühbirnen zu sehen. Zeichnungen oder Entwürfe wurden ihnen nie gezeigt. Und trotzdem waren diese Männer hin und weg von dem, was sie in einem bewachten Hinterzimmer zu sehen bekamen. Zum ersten Mal in ihrem Leben wurden sie Zeugen einer ganz neuen Art von Licht. Atemlos beschrieben sie es in ihren Blättern, Zeitschriften und Journalen, in ihren Geschäftsberichten für Aktionäre. Die Paul jetzt, zehn Jahre später, noch einmal las. Die Männer schrieben, als hätten sie eine neue Farbe entdeckt. Eine Farbe, der sie den Namen »Edison« gaben.

Am 4. November 1879, mehr als ein Jahr, nachdem er die Erfindung seiner Apparatur in der Presse verkündet hatte, reichte Thomas Edison endlich auch das Patent auf die Glühfadenlampe ein. Eine Kopie des Patentantrags hatte Paul zuoberst auf seinem Schreibtisch liegen. Er starrte sie tagtäglich an. Dieser Antrag barg das Schicksal seines gesamten Falls. Wenn das Patent tatsächlich juristische Gültigkeit hatte, dann würde in den Vereinigten Staaten niemand anderer als Edison Glühbirnen herstellen und vertreiben dürfen. Sollte es Paul nicht gelingen, den Patentanspruch für nichtig erklären zu lassen, besäße Thomas Edison das Monopol auf das Licht selbst.

Die Geschichte von Edisons Erfindung war wasserdicht, das Patent war ihm problemlos erteilt worden. Aber in Pauls Beruf war keine Geschichte jemals so simpel. Mit nur einer winzigen Verschiebung der Perspektive, einer kaum merklichen anderen Gewichtung ihrer Parameter, könnte man Edisons Geschichte vielleicht auch so darstellen, dass sie das exakte Gegenteil erzählte.

Wer also hatte die Glühbirne erfunden?

Zunächst war da das »Wer«. Edison war in seinem Labor kein einsamer Wolf – ganz und gar nicht. Wie viele hatten ihm geholfen? Wenn die Arbeit anderer zur Entwicklung von Edisons Leuchte beigetragen hatte, war deren Arbeit dann sein Eigentum? Oder könnte auch noch jemand zumindest auf Teile von Edisons angeblichem Durchbruch Anspruch erheben? Zudem war in Tausenden weiteren Laboren der Vereinigten Staaten und Europas an genau diesem Problem gearbeitet worden. Hatte Edison vielleicht Ideen verwendet, die andernorts entwickelt und in einer der vielen beliebten Technikzeitschriften veröffentlicht worden waren? Ob nun bewusst verübt oder nicht: Diebstahl blieb Diebstahl.

Zweitens: »erfand«. War Edisons Glühfadenlampe eine grundlegend neue Erfindung oder nur eine verbesserte Version einer schon früher entwickelten Apparatur? Das Gesetz legte fest, dass ein Patent nur dann gültig war, wenn die darin beschriebene Erfindung einen bedeutenden Durchbruch darstellte. Man kann nicht einfach die Idee eines anderen leicht verändern und die daraus hervorgegangene Maschine als seine eigene bezeichnen. Es muss sich um einen tatsächlich neuen Gegenstand handeln. Hatte Joseph Swan nicht längst Patentrechte auf Glühfadenlampen erwirkt? Oder Sawyer und Man? Was machte den Unterschied aus zwischen Edisons Glühbirne und den anderen? Was machte Edisons zu einer Erfindung?

Drittens: »die«. Das vielleicht heikelste Wort von allen. Wenn Edison tatsächlich derjenige gewesen sein sollte, der das Erfinden übernommen hatte, und wenn sich tatsächlich eine Erfindung ereignet haben sollte, dann bliebe die Frage: Hatte er tatsächlich »die« Glühbirne erfunden – oder einfach nur »eine« Glühbirne? Warum der bestimmte Artikel? Es konnte so viele Sorten von Glühbirnen geben wie Rosen, die in den Gartenanlagen des Central Park blühten. Was machte Edisons Birne so überragend? Die Anwälte der Edison General Electric Company behaupteten ja nicht, dass Edison das Patent auf eine bestimmte Konstruktionsweise einer bestimmten Glühbirne besaß. Sie machten geltend, dass das Patent sämtliche Konstruktionsweisen sämtlicher Glühbirnen abdeckte. Daraus folgerten sie, dass keine andere Firma überhaupt ein Recht darauf hatte, Glühfadenlampen herzustellen, denn das Glühlicht selbst sei von Edisons Patent abgedeckt.

Was der Kern der ganzen Angelegenheit war. George Westinghouse, Eugene Lynch, Elihu Thomson und Dutzende weiterer Mitbewerber verkauften alle unterschiedliche Lampen. Westinghouse' waren kürzer und hatten gerade, nicht gewendelte Glühfäden. Die Lampen von Eugene Lynch hatten, bevor sich der unglückselige Zwischenfall mit dem brennenden Arbeiter ereignet und seine Firma in die Insolvenz getrieben hatte, einen breiteren Fuß gehabt. Gehörten all diese Spielarten nicht zu der unendlichen Bandbreite von Objekten, die wir als »Glühbirne« bezeichnen würden? Wenn Paul es umsichtig anging und logisch argumentierte, könnte er doch die These anbringen, dass Thomas Edison zwar das Patent auf eine ganz bestimmte Glühbirne habe, aber unmöglich die *Idee* einer Glühbirne habe patentieren lassen können. So könnte Edison eventuell verhindern, dass Westinghouse eine spezifische Art von Glühbirne vertrieb, aber er könnte seine Konkurrenten nicht davon abhalten, Glühbirnen per se herzustellen.

Und zu guter Letzt dieser magische neue Begriff selbst: »Glühbirne«. Niemand wusste, wo er herkam oder wer ihn geprägt hatte. Dass es in »Birnen« »glühte« war ja erst seit einigen Jahren so, seit ... nun ja, seit Thomas Edison eben. Der Begriff war hängengeblieben und Gemeinplatz geworden. Trotzdem war ein Rechtsanwalt in Pauls Stellung verpflichtet zu fragen: Worauf bezog sich der Begriff tatsächlich? Wodurch wurde etwas zu einer Glühbirne? Das Gesetz sah vor, dass ein patentierbares Gerät »eine Neuheit« zu sein habe. Niemand konnte also ein Patent einreichen auf etwas, das es bereits gab – auf Truthahn-Sandwichs zum Beispiel, die hungrige Amerikaner seit Generationen aßen. Aber – und das war noch wichtiger – man konnte auch kein Truthahn-Sandwich mit Sauerkraut oben drauf patentieren lassen, auch wenn man der Erste in Amerika war, der etwas derart Widerwärtiges zusammenstellte. Eine derartige Erfindung hätte jedem Koch im betrunkenen Zustand zufällig unterlaufen können.

Folgerichtig musste diese Frage gestellt werden: Wenn Thomas Edison und seine Phalanx an Anwälten behaupteten, dass sein Patent die Idee einer Glühbirne als Ganzes abdeckte, konnte man dann nicht sagen, dass, nun, die Idee der Glühlampe schon längst in der Luft gelegen hatte? Hatte die Menschheit nicht seit Jahrzehnten fieberhaft daran gearbeitet, genau so ein Ding zu bauen? Hatten Ingenieure und Wissenschaftler die Möglichkeit eines solchen Konzepts nicht schon seit 1809 immer wieder diskutiert? Die Idee einer Glühbirne war wohl kaum »neu« – neu war nur Edisons, zugegebenermaßen ziemlich clevere, technische Zeichnung. Paul würde lediglich aufzeigen, dass Edisons Arbeit an der Glühbirne der höchste immergrüne Baum in den Appalachen war. Großartig und bemerkenswert, ja sogar ruhmvoll, aber trotzdem nichts weiter als ein einzelner Sprössling inmitten einer sehr viel größeren Anpflanzung.

Wer also hatte die Glühbirne erfunden? Darauf konnte es nach Pauls Überlegungen mehrere Antworten geben. Und der Regierung stand es nicht zu, Innovation gleich im Keim zu ersticken, während das ganze Feld noch am Anfang stand. Zu behaupten, dass Thomas Edison die Glühbirne erfunden hatte, war einfach schlecht für die freie Marktwirtschaft. Und für den wissenschaftlichen Fortschritt. Schlecht fürs Geschäft. Schlecht für die Verbraucher. Schlecht für die Vereinigten Staaten von Amerika.

»Wissen Sie was«, sagte Westinghouse, nachdem Paul ihm mehrere Stunden lang hauptsächlich monologisierend seine Strategie dargelegt hatte, »Sie hatten recht: Ich kann Anwälte nicht besonders gut leiden.«

Er betrachtete die Sonne, die draußen hinter den schmalen Laborfenstern unterging.

»Aber für einen Anwalt scheinen Sie zumindest halbwegs anständig zu sein.«

KAPITEL 6
HEUSCHRECKEN

> Ich kann jederzeit Mathematiker anstellen, aber sie mich nicht.
>
> – THOMAS EDISON

In diesem Frühjahr fielen die Gerichtsverfahren zur Glühlampe über das Land herein wie eine Heuschreckenplage. Erst schwärmten die erhobenen Klagen die Küste entlang – von New York über Washington nach Philadelphia –, dann breiteten sie sich gen Westen über die Prärie aus. Die Attacke hatte biblische Ausmaße, die Stimmung unter den Anwälten war endzeitlich.

Etwas Vergleichbares hatte Paul noch nicht erlebt. Aber das hatte niemand. Paul wusste um frühere Patentrechtsstreitigkeiten. Jahrzehntelang hatte es wiederholt Scharmützel wegen des einen oder anderen Aspekts des Telegrafen gegeben. Die Nähmaschine, die mittlerweile in jedem anständigen Haushalt anzutreffen war, hatte eine donnernde Flut von Forderungen und Gegenforderungen hervorgerufen. Aber verglichen mit dem hier waren all das Lappalien gewesen. Jetzt liefen nicht nur dreihundertzwölf unterschiedliche Verfahren zwischen Thomas Edison und George Westinghouse, sondern auch Dutzende weitere zwischen kleineren Stromunternehmen, die sich mit vergleichbarem Furor gegenseitig verklagten.

Aus seinem angrenzenden Büro kam Carter regelmäßig bei Paul vorbei, schützte Hilfsbereitschaft vor und fragte, ob Paul irgendeinen Ratschlag gebrauchen könne. Paul schaffte es mit Leichtigkeit, die Hilfsangebote seines früheren Mentors auszuschlagen. Hughes war in dieser Hinsicht geschickter: Er *ersuchte* Paul um Rat. Für die Ausdauer und die sofort zu durchschauende Falschheit, mit der er das tat, musste Paul ihm fast schon Anerkennung zollen. Hinterlist konnte er ihm kaum unterstellen, seine stümperhaften Lügen waren fast so gut wie Ehrlichkeit. »Meine Mandanten bei National Steel«, so sagte er beispielsweise, »würden sich mehr als geschmeichelt fühlen, wenn sie wüssten, dass ihre Verträge zusätzlich von dem Genie begutachtet werden, das George Westinghouse vertritt.« Das konnte Paul nicht ablehnen, aber er wusste genug über Hughes' rivalisierenden Ehrgeiz, um ihn so weit wie möglich von den Akten fernzuhalten.

»Sagen Sie, Cravath«, begann Hughes eines Frühlingsnachmittags, als er Pauls Büro betrat. Das quadratische Gesicht und das vor der Zeit gelichtete Haar verliehen ihm ein nachdenklich-besonnenes Aussehen. »Etwas geht mir in letzter Zeit nicht mehr aus dem Kopf: Es will mir so scheinen, dass wir, während Edison da draußen Pläne gegen uns schmiedet, vielleicht ein wenig darüber nachdenken sollten, welche Karten er auf der Hand hat.«

Natürlich fiel Paul auf, wie plump Hughes von »uns« und »wir« sprach, aber er sagte nichts dazu.

Verschwörerisch schloss Hughes die Tür hinter sich. »Haben Sie mal darüber nachgedacht, einen Spion einzusetzen?«

Paul legte seinen Waterman mit der geraden Kappe hin. Der Füller hatte mittlerweile eine dauerhafte Narbe auf seinem Finger hinterlassen. Auch nur kurze Unterbrechungen waren eine angenehme Erholung.

»Einen Spion?«, fragte er zurück.

»In Edisons Werkstätten. Jemand, der seine Pläne an uns weitergibt. Seine Strategie.«

»Ein Spion klingt recht melodramatisch.«

»Ich kann uns dabei helfen, einen aufzutreiben.« Mit Schwung klatschte Hughes eine Zeitung auf Pauls Schreibtisch. Mit einem kurzen Blick darauf stellte Paul fest, dass es sich um die *New York Times* vom selben Tag handelte – in der

Redaktion saßen zwar nicht die schamlosesten Edison-Speichellecker der Stadt, aber vom Gegenteil dessen war man dort auch weit entfernt. Die Geschichte, auf die Hughes nun mit ausladender Handbewegung hinwies, versteckte sich hinter Dutzenden von Börsennachrichten und den Seiten mit den Traueranzeigen. Die Überschrift lautete: EDISON FEUERT LEITENDE ANGESTELLTE. Der Artikel beschrieb ausführlich das sprichwörtliche Blutbad, das eine Entlassungswelle gerade angerichtet hatte: Einem Dutzend Ingenieuren aus Edisons Labor war bereits gekündigt worden.

»Thomas Edison kann nicht mal niesen, ohne dass gleich eine Nachricht von nationalem Rang daraus wird«, meinte Hughes. »Die Zeitungen haben ihn genauer im Blick, als wir das je leisten könnten.«

»Und warum setzt er seine Top-Leute vor die Tür?«

»Weil er jemanden braucht, dem er die Schuld in die Schuhe schieben kann. Was, wenn in Edisons Forschungslabor irgendetwas nicht so läuft, wie er sich das vorstellt, und er deshalb diverse Ingenieure ausprobiert, bis er endlich einen hat, der hinkriegt, worum es ihm geht – was auch immer es ist?«

Eine einleuchtende Möglichkeit. Aus Edisons Blickwinkel hatte Paul diese Vorkommnisse noch gar nicht durchdacht. Was trieb den großen, hoch oben in seinem Büro auf der Fifth Avenue thronenden Mann um? Was hatte er, der die Freiheitsstatue per Knopfdruck zum Leuchten brachte, noch nicht erreicht?

Paul ging ein Licht auf: »Es geht um die Entfernung. Er bekommt das mit der Entfernung immer noch nicht hin. Wie bei der Statue.«

»Welche Statue?«

»Die Freiheitsstatue. Hat Westinghouse mir mal erklärt. Oder es zumindest versucht. Elektrischer Strom, wie ihn Edison und Westinghouse herstellen, fließt nicht weiter als ein paar Hundert Meter. Er kann nicht von Edisons Büro auf der Fifth Avenue bis runter nach ... – wie auch immer. Westinghouse war sich jedenfalls in diesem Punkt vollkommen sicher:

Es spielt keine Rolle, wie groß der Generator ist, den man baut: Elektrischer Strom überbrückt einfach keine Strecke, die länger ist als ein Häuserblock.«

»Warum?«

»Keine Ahnung. Aber wenn ich Westinghouse richtig verstanden habe, ist es ein wirklich schwerwiegendes Problem. Seinen eigenen Leuten bereitet es schlaflose Nächte, dass sie es nicht gelöst bekommen. Alle paar Straßen einen Generator aufzustellen, wozu beide Unternehmen gezwungen sind, ist extrem teuer, und von Effizienz kann auch nicht die Rede sein.«

Hughes deutete auf die Namen der ehemaligen Edison-Mitarbeiter. »Dieser Mann hier, der in dem Artikel erwähnt wird ... Reginald Fessenden.«

»War einer von Edisons besten Ingenieuren. Arbeitete direkt unter Charles Batchelor.«

»Was bedeutet, dass er mit fast absoluter Sicherheit mit diesem Entfernungsproblem befasst war. Besser noch: Laut *Times* war er seit vier Jahren bei EGE beschäftigt.«

»Ja und?«

»Also, wenn ich vier Jahre für jemanden gearbeitet und tagtäglich mein Bestes gegeben hätte und dann eines Morgens ohne viel Federlesens gefeuert würde, weil ich es – zusammen mit meinem gesamten Team – nicht geschafft hätte, ein Problem zu lösen, das bislang auch sonst niemand gelöst hat, dann hätte ich mit einer gewissen Person ein kleines Hühnchen zu rupfen.«

KAPITEL 7
RIVALITÄTEN

> Die Fehlfunktion eines Teils, das daraufhin nicht mehr mit den anderen Teilen zusammenarbeitet, bringt eine Maschine insgesamt durcheinander und macht sie für den gewünschten Zweck funktionsuntüchtig.
>
> – THOMAS EDISON

Reginald Fessenden war noch jünger als Paul. Weder der dichte Backenbart noch das Zwirbelbärtchen über der Oberlippe halfen dabei, ihn älter wirken zu lassen. Aber wenn Fessenden sprach, nahm er eine professorenhafte Haltung ein. Während er unter seinen runden Brillengläsern hindurchlugte, reckte er das Kinn, und seine Worte kamen mit Bedacht. Er dozierte wie ein alter Mann.

Paul vermutete, dass Fessenden allen Grund hatte, den Professor zu spielen – immerhin hatte er jüngst eine Anstellung als solcher gefunden. Nach seinem plötzlichen Ausscheiden bei EGE war ihm eine Stellung als Lehrkraft im Fach Elektroingenieurwesen an der Purdue University in Indiana angetragen worden. Im Handumdrehen war er nicht mehr Konstrukteur vakuumierter Glasröhren auf der Fifth Avenue, sondern ein Mann, der inmitten der Weizenfelder von Indiana unterrichtete, wie einfache Motoren funktionierten. Als Paul ihm zwei Wochen nach dem Gespräch mit Hughes in seinem schmucklosen Büro auf dem Campus einen Besuch abstattete, gewann er nicht den Eindruck, als wäre Fessenden über die unerwartete Wendung, die seine Karriere genommen hatte, besonders erfreut.

»Meinetwegen kann Thomas Edison gern in der Hölle schmoren.«

Der blaue Morgen des Mittleren Westens fiel durch die Sprossenschiebefenster. Die Luft schmeckte sauber. Paul allerdings war weit davon entfernt, sich sauber zu fühlen. Er hatte im Nachtzug kaum geschlafen und keine Zeit gefunden, sich umzukleiden. Die Falten in seinem weißen Oberhemd versteckte er unter einem schwarzen Mantel.

»Sie haben Ihre Anstellung bei Edison also gar nicht freiwillig aufgegeben?«, stellte Paul sich dumm.

»Das hätte ich wohl besser tun sollen. Es ist töricht von ihm, wenn er glaubt, er käme ohne mich zurecht. Ohne uns. Ohne uns alle. Es war ein Massaker. Es ging irgendwie um den Preis seiner Aktien. Sein Krieg gegen Ihren Mandanten kostet ihn durchaus Kapital. Es ist aber nicht meine verdammte Aufgabe, mir Gedanken über seine Aktien zu machen, so viel kann ich Ihnen sagen. Mein Job war es, ihm seine Maschinen zu entwerfen, was ich ziemlich außergewöhnlich gut gemacht habe.«

»Und was ist mit dem Entfernungsproblem?«

Fessendens Augen wurden schmal. »Warum fragen Sie?«

Paul erklärte, dass er Hilfe brauche. Dass er, wenn er Westinghouse' Prozess gegen Edison gewinnen wollte – der beiden übel mitgespielt hatte: Fessendens Karriere habe er schließlich genauso brutal beendet wie die von Westinghouse vergiftet, mit seinen Verleumdungsklagen wegen geistigen Diebstahls –, so viel wie irgend möglich wissen müsse über die internen Organisationsstrukturen in Edisons Labor. Dass er über die Arbeitsabläufe zum jetzigen Zeitpunkt genauso viel erfahren müsse wie über die vor einigen Jahren, als Edison die Glühbirne patentieren ließ. Fessenden verfüge, so führte Paul aus, über Informationen, die in seinen, Pauls, Händen sehr viel nützlicher wären als bei ihm.

Fessenden hörte schweigend zu. Sein Gesichtsausdruck gab nichts preis. Erst, als Paul geendet hatte, hob er eine Augenbraue und stellte eine vielsagende Frage:

»Und was genau bieten Sie mir an, Mr Cravath?«

Fast hätte Paul gelächelt. Diese Wissenschaftler waren tief in ihrem Herzen doch alle Geschäftsleute.

»Mein Eindruck ist«, sagte Paul, »dass Sie möglicherweise Bedarf an einer neuen Arbeitsstelle haben.« Er deutete aus dem Fenster auf die sich weithin erstreckenden Felder Indianas. In einiger Entfernung zogen zwei alte Arbeitspferde Wasserkübel über den ausgedörrten Boden.

Schon vor Tagen hatte er das Stellenangebot vorbereitet: Pittsburgh. Das Labor von Westinghouse. Leiter der Entwicklungsabteilung. Als Paul die Stelle beschrieb, zitterten Fessendens Lippen. Ob George Westinghouse, fragte er nach, eine derartige Leitungsposition tatsächlich an jemanden so junges vergeben wolle?

»Nun«, erwiderte Paul, »mir fiele da noch eine weitere einigermaßen gehobene Stellung in seinem Unternehmen ein, die er jemandem anvertraut hat, der ein gutes Stück jünger ist, als zu erwarten stand.«

Als Fessenden sich zurücklehnte, quietschen die rostigen Räder seines Stuhls. »Gefällt es Ihnen denn dort?«

Paul hob die Schultern. »Sollten Sie andernorts eine bessere Stellung finden, lassen Sie es mich doch wissen.«

Fessenden grinste. »In Ordnung«, sagte er, »ich bin dabei.«

Sie unterzeichneten das Vertragliche an Ort und Stelle. Die Konditionen waren so großzügig, dass Fessenden sich nicht die Mühe machte, Rücksprache mit seinem Anwalt zu halten. Seine Vergütung würde ausgesprochen gut ausfallen.

»Also, was wollen Sie wissen?«, fragte Fessenden, als Paul seinen Füllfederhalter wieder zurück in die Tasche steckte. Die Antwort war: so einiges. Wie funktionierte Edisons Labor? Wie sah die organisatorische Struktur aus? Und auch wenn Fessenden noch kein Mitarbeiter gewesen war, als Edison das Glühbirnenpatent angemeldet hatte: Was hatte er von Männern, die bereits da gewesen waren, darüber gehört?

»Die Aufgaben hat Edison immer vorgegeben«, erläuterte Fessenden, »und wir hatten sie zu lösen. Bei ihm lief alles übers Experimentieren. Endloses, nervenzehrendes Experimentieren. Wissen Sie, Erfinden geht nicht so, wie es die Presse gerne darstellt. Erfinden bedeutet nicht: Edison steckt zusammen mit einer Kiste voller Drähte in einem dunklen Raum. Es ist vielmehr ein System. Eine Industrie. Der Mann an der Spitze, also Thomas, sagt: *Wir bauen jetzt eine Glühbirne. Hier habt ihr sämtliche Arten und Weisen, auf die Menschen vorher schon versucht haben, Glühbirnen zu bauen. Die funktionieren aber nicht. Und jetzt findet ihr hier einen Weg, der eben doch funktioniert.* Und dann werden fünfzig von uns für ein Jahr an diese Aufgabe gesetzt. Und irgendwann hat man dann ... eine Glühbirne.«

»Dann hat Edison bei seinem Glühlampenentwurf also tatsächlich Gebrauch von bereits vorhandenen Technologien gemacht?«, fragte Paul aufgeregt.

»Ja, natürlich.«

»Hat er sich im Vorfeld denn irgendeines der bereits existierenden Patente angesehen? Das von Sawyer und Man? Oder das von Houston?«

»Wie gesagt, ich war ja nicht dabei, aber ausgehend von dem, was ich weiß, hat er das zweifelsfrei getan.«

Pauls Pulsschlag beschleunigte sich. Nichts anderes hatte er zu hören gehofft. »Und welche genau?«

»Ich bin mir sicher, dass er sämtliche bereits vergebenen Patente studiert hat, Mr Cravath. Aber nicht so, wie Sie sich das jetzt vorstellen. Thomas hat sie nicht benutzt, um herauszufinden, wie er ein Problem lösen könnte, sondern wie er es *besser nicht* lösen sollte.«

Paul wurde es schwer ums Herz, als Fessenden weitersprach. »Thomas' Herangehensweise fragt nicht: Wie lautet die richtige Antwort? Sondern: Versuchen wir es mit jeder möglichen Antwort, bis wir eine finden, die zumindest nicht falsch ist. Und was das geistige Eigentum anbelangt, in dessen Besitz Ihr Mandant ist: Thomas war hoch erfreut darüber, wie falsch dessen Antworten waren.«

Pauls Mut sank. Er bohrte noch ein paar Stunden weiter, aber von Fessenden bekam er nichts, was ihm weiterhalf.

Nach allem, was Fessenden wusste, hatte Edison den Entwurf für seine Glühbirne tatsächlich im eigenen Labor entwickelt.

Noch nie hatte Paul von etwas Vergleichbarem gehört wie Edisons Fabrik voller Genies. Westinghouse war verantwortlich für ungeheure Meisterleistungen in der Produktion – ausnehmend gut gebaute Geräte, die in Hunderten von Fabriken hergestellt wurden, in denen jeweils nur ein Bauteil gefertigt wurde. Eine regelrechte Produktionskette. Edison dagegen hatte ebenfalls eine Fabrik errichtet, eine, die zwar keine Maschinen, dafür aber Ideen produzierte. Ein industrieller Prozess des Erfindens. Hunderte von Ingenieuren, vor die Aufgabe gestellt, ein großes Problem in hierarchischer Ordnung zu lösen, jeder Einzelne verantwortlich für einen kleinen Teilaspekt. Auf diese Art und Weise konnte Edison Probleme angehen, die komplexer waren als die aller anderen.

Es war genial. Es war unerfreulich, verstörend und katastrophal genial.

Als Paul fertig war, ging die Sonne gerade über den Weizenfeldern unter. Es war ein langes, wenig gewinnbringendes Verhör gewesen. In der kommenden Woche würde Fessenden nach Pittsburgh kommen und seine Arbeit im Labor von Westinghouse beginnen. Die Ingenieure würden ihn ein weiteres Mal befragen, aber Paul hegte nicht mehr allzu viel Hoffnung, dass noch viel Verwertbares ans Licht kommen würde. Vielleicht gab es das eine oder andere spärliche technische Detail, das dem Westinghouse-Labor zum Vorteil gereichen würde. Aber etwas, das ihm bei dem Verfahren, von dem die Existenz dieses Labors abhing, nützlich sein könnte, hatte er nicht bekommen.

»Es tut mir leid«, sagte Fessenden, als Paul sich erhob. »Ich fürchte, das war nicht so hilfreich, wie Sie gehofft hatten.«

»Zweifelsohne wird Mr Westinghouse noch eigene Fragen haben, aber ich bin fürs Erste soweit zufrieden.« Es gab keinen Grund, warum Fessenden auch noch deprimiert sein sollte. Westinghouse würde ihn, wenn er in Pittsburgh eintraf, voll größtmöglichem Enthusiasmus brauchen.

Als Paul seine eingeschlafenen Beine ausschüttelte, sagte Fessenden beiläufig: »Falls Sie mit einem anderen ehemaligen Entwickler von Edison Kontakt aufnehmen wollen, der mehr schmutzige Wäsche liefern kann als ich ... Ich könnte Ihnen jemanden nennen, dem sie vielleicht einen Besuch abstatten sollten.«

»Dafür wäre ich Ihnen sehr dankbar. Von wem sprechen Sie?«

»Von einem fürchterlichen Trottel, was aber vor dem Hintergrund Ihrer gegenwärtigen Bedürfnislage nicht gänzlich unpraktisch sein dürfte. Er ist ein Ingenieur-Ingenieur, falls Sie verstehen, was ich meine. Konversation ist nicht gerade seine Stärke. Er spricht mit einem vollkommen unverständlichen Akzent – ich glaube, es war Serbisch. Er kam frisch von den Docks an der South Street und roch noch nach Meersalz, als er vor ein paar Jahren eine Anstellung bei der EGE bekam. Ab der Minute seines Eintreffens wurde er von allen anderen nachgerade gehasst, was wahrscheinlich das Einzige war, was er während der Dauer seiner Beschäftigung vollbracht hat. Es ist nicht von der Hand zu weisen, dass er klug ist, aber etwas Sinnvolles brachte er trotzdem kaum zustande. Er war nicht in der Lage, mit irgendjemandem zusammenzuarbeiten, steckte immer viel zu tief in seinen eigenen Projekten. Und am Ende hatten er und Edison einen schlimmen Streit. Niemand hat je herausgefunden, worum es dabei eigentlich ging, aber wir konnten hören, wie sie sich anschrien. Charles Batchelor musste den armen Mann dann aus dem Gebäude begleiten. Danach haben wir ihn nie mehr wiedergesehen. Das war ... vielleicht vor drei Jahren? Aber wenn Sie jemanden suchen, der sicherlich ganz begierig darauf ist, Edison übel nachzureden, dann könnte er Ihr Mann sein.« Dann setzte Fessenden mit Blick zur Decke noch leicht nuschelnd hinzu: »Falls Sie es schaffen, auch nur ein Wort zu verstehen, das aus seinem Mund kommt.«

»Wie heißt er denn?«, fragte Paul und zog seine Federhalter wieder hervor.

KAPITEL 8
DER GEIST VON NIKOLA TESLA

Es macht mir nichts aus, in der Öffentlichkeit als Erfinder des Internets bezeichnet zu werden. Aber ich schätze es, wenn dieses Bild strikt getrennt bleibt von mir als Privatmensch, denn Prominenz tut dem Privatleben nicht gut.

– TIM BERNERS-LEE

Nikola Tesla war tot. Zumindest hatte Paul diesen Eindruck.

Keine Menschenseele hatte mehr von ihm gehört, seitdem er vor drei Jahren Edisons Labor so plötzlich im Streit verlassen hatte.

In der Gemeinschaft der Elektroingenieure, so erkannte Paul allmählich, stand man untereinander in engem Kontakt. Man tauschte sich aus, und man tratschte. Den Arbeitgeber zu wechseln – wie Fessenden es gerade getan hatte – war nicht unüblich. Was es nur noch auffälliger machte, dass man von Tesla so gar nichts mehr gehört hatte.

Niemand hatte mit ihm gesprochen. Niemand hatte ihn gesehen, niemand hatte einen Brief von ihm erhalten, niemand ein Telegramm. Vielleicht, so dachte Paul, war er nach Europa zurückgekehrt. Vielleicht war er auch in eine gänzlich andere Branche gewechselt. Oder der Schwindsucht zum Opfer gefallen. Es war, als hätte Tesla nicht nur die Drahtspulen in Edisons Labor hinter sich gelassen, sondern auch gleich seine gesamte sterbliche Existenz.

Er war ein Geist. Eine amüsante, von Ingenieur zu Ingenieur weitergetragene Anekdote. Erinnern Sie sich noch an diesen großgewachsenen Kerl? Der mit dem lustigen Akzent? Was für ein Spinner! Was ist wohl aus ihm geworden, was meinen Sie?

Offenbar nichts weiter.

Bei seinem nächsten Besuch auf Westinghouse' Landsitz suchte Paul nach einer Gelegenheit, seinem Arbeitgeber gegenüber neben den Neuigkeiten bezüglich seiner jüngsten Auftritte vor Gericht auch den von der Bildfläche verschwundenen Ingenieur zu erwähnen. Bislang belief sich Pauls Verfahrensstrategie vor allem aufs Zeitschinden; die so gewonnene Zeit könnte sich durchaus noch als wertvoll erweisen. Edisons Patent auf die Glühlampe lief in sechs Jahren aus. Sollte Paul es schaffen, über diesen langen Zeitraum hinweg Gründe gegen ein letztgültiges Urteil gegen ihre Seite vorzubringen, wären sie aus dem Schneider. Sehr langsam zu verlieren war fast genauso gut wie zu gewinnen.

Als Paul eintraf, wies der Butler ihn darauf hin, dass die Säulenhalle des Haupthauses zurzeit frisch gestrichen werde. Ob es Mr Cravath etwas ausmache, ihm zum Hintereingang zu folgen?

Paul versuchte, den Gedanken loszuwerden, dass dies ein Zeichen war. Er setzte sich in einen kleinen Sessel, der in den rückwärtigen Korridor gestellt worden war, und die Minuten zogen sich.

Paul wartete über eine Stunde. In seiner Aktentasche befanden sich diverse Papiere, die noch gelesen werden wollten, aber er holte sie nicht heraus. Wenn Westinghouse ihm etwas beweisen wollte, dann würde er gleichziehen und bei Westinghouse' Ankunft sicher keinen gelangweilten oder abgelenkten Eindruck machen.

Als Paul schließlich seinen Namen hörte und sich umdrehte, sah er Marguerite Westinghouse, die ihn mit vor der Brust verschränkten Armen sorgenvoll musterte. Das weiße Haar der Dame des Hauses war zu einem schicken Knoten geschlungen. Sollte sich Marguerite in ihrem Leben je der Uneleganz schuldig gemacht haben, hatte Paul davon nicht im Ansatz etwas mitbekommen.

»Paul«, sagte sie in familiärem Ton, »bitte sagen Sie mir, dass mein Mann Sie nicht hat warten lassen.«

»Nicht der Rede wert, Ma'am.«

Marguerite lächelte. Natürlich war es das. »Sie sind ein überaus höflicher junger Mann. Kommen Sie doch bitte mit.«

Paul folgte Marguerite durch das gesamte Haus bis in die große weiße Küche. Vor der Schwelle blieb Marguerite stehen und wandte sich an Paul.

»So hält George es mit allen jungen Männern«, sagte sie.

»Aha.« Das, was Paul vor allem hörte, war die Wendung »mit allen jungen Männern«. Er war also nichts weiter als der jüngste Neuzugang in einer langen Reihe von Protegés des großen George Westinghouse. Marguerites unterschwelliges Mitleid hatte eine Wirkung, die sie sicher nicht beabsichtigte: Paul fühlte sich noch stärker verunsichert.

»Sie machen Ihre Sache gut«, sagte sie und schien seine Gedanken gelesen zu haben. »Aber darf ich Ihnen vielleicht einen Rat geben? George verbringt seine Tage meistens in der Fabrik. Nicht im Labor. Er sieht so gern zu, wie seine Dinge gebaut werden.«

Paul wusste nicht recht, worauf sie hinauswollte.

»In den Fabrikhallen ist es ziemlich laut, wissen Sie«, fuhr sie fort, als Paul eindeutig immer noch nicht begriffen hatte, was sie meinte. »Also sprechen Sie laut, wenn Sie mit ihm reden. Es mag hin und wieder den Eindruck erwecken, als sei er unhöflich, aber eigentlich hat er nur Probleme damit, Sie akustisch zu verstehen.«

Paul lächelte. Er dachte an die vielen spontanen, verwirrenden Gesprächswendungen zurück, die Westinghouse ihren Unterhaltungen schon zugemutet hatte. Diese Information erklärte doch einiges.

Und erneut war er beeindruckt von Marguerite. Sie hatte ihm das nicht erzählt, um das Vertrauen ihres Ehemanns zu missbrauchen, sondern weil sie wusste, dass ihr Mann Pauls Hilfe dringend benötigte.

Als sie die Küche betraten, trafen sie darin auf George

Westinghouse, der auf einem Schemel hockte und über eine Schale mit, wie Paul schnell feststellte, Salatsauce gebeugt war.

»Liebling, ich habe deinen Anwalt im Flur vorgefunden«, sagte Marguerite. »Wenn du ihn dort so lange warten lässt, werden wir ihn wohl zum Abendessen einladen müssen.«

Westinghouse sah auf. Der sanfte Tadel in der Stimme seiner Frau war ihm nicht entgangen. »Kommen Sie rein, kommen Sie rein«, sagte er nur.

Marguerite schien das als Hinweis zu verstehen, die beiden Männer allein zu lassen.

Als Paul Westinghouse auf den neuesten Stand in Sachen der dreihundertzwölf gegen sie laufenden Verfahren brachte, sprach er mit lauter Stimme. Aufschübe, Verzögerungen, Vertagungen – das waren Pauls Mittel. Seinen gut begründeten Einwand, dass Westinghouse' Glühlampe das Patent von Edison gar nicht verletzte, würde er als Nächstes anbringen, wenn auch so langsam, wie irgend machbar. Westinghouse ließ ein paar anerkennende Grunzer hören. Erst als Paul auf die unbedeutende Angelegenheit eines ehemaligen Angestellten von Edison zu sprechen kam, wurde Westinghouse munter.

»Tesla?«

»Ja, Sir. Er ist wie vom Winde verweht.«

»Nikola Tesla?«

»Ja, Sir«, sagte Paul noch etwas lauter. Marguerites Rat erwies sich als nicht ganz so nützlich wie erhofft.

»Wo habe ich diesen Namen bloß schon mal gehört?«

»Ich fürchte, da kann ich Ihnen nicht weiterhelfen.«

»Merkwürdiger Name.« Fast beschwörend wiederholte ihn Westinghouse, als ließe er sich so einfacher verorten.

Dann stand er abrupt auf und führte Paul in sein mit Büchern überladenes Arbeitszimmer. Paul wurde bewusst, dass er seit seinem ersten Besuch in diesem Haus vor mittlerweile so vielen Monaten nicht mehr in diesem Raum gewesen war.

»Tesla ... Tesla ...«, kam es von Westinghouse, während er

auf seinem Schreibtisch einen großen Stapel Briefe durchblätterte, der nach unerledigter Korrespondenz aussah. Paul konnte sich nur schwer vorstellen, dass Westinghouse in seinem Briefverkehr auf dem Laufenden war.

»Hier!«, rief Westinghouse und klang hochzufrieden. »Das ist ein Brief von Thomas Martin. Ein Wissenschaftler, der manchmal auch als Journalist arbeitet. Gibt ein technisches Journal namens *Electrical World* heraus.«

»Ich kann leider nicht behaupten, dass ich es abonniert hätte.«

»Da verpassen Sie was.« Westinghouse reichte Paul den Brief. Unter dem obenliegenden Blatt mit seinen wenigen handschriftlichen Zeilen lugte ein zweites Papier hervor, auf dem sich eine überaus detailreiche technische Zeichnung befand. Paul konnte sich keinen Reim darauf machen, er konnte nur erkennen, dass sie sehr komplex zu sein schien.

Paul überflog den Brief. »Ihr Freund Mr Martin gibt hier an, er habe diesen Schaltplan von einem Fremden namens Nikola Tesla erhalten, der ihn um eine Veröffentlichung gebeten habe?«

»Und Martin, der ob der Gewagtheit dieses Entwurfs durchaus interessiert ist, fragt mich, ob ich so freundlich sein könnte, ihn mir einmal anzusehen. Und zu beurteilen, ob er überhaupt herstellbar sein könnte.«

»Herstellbar?«

»Etwas zu zeichnen ist die eine Sache, mein Junge. Sogar Thomas Edison zeichnet ganze Füllhörner voller Schund. Es ist aber etwas gänzlich anderes, ein Ding zu entwerfen, das sich in der Praxis auch bauen lässt. Das funktioniert. Das nämlich ist es, was ein echter Erfinder tut: Er entwickelt herstellbare Geräte.«

»Und ist Teslas Entwurf herstellbar?«

Westinghouse nahm den Brief wieder an sich, bevor er antwortete. »Ich habe noch ein paar meiner Leute einen Blick darauf werfen lassen – und eines muss man Ihrem Gespenst lassen: Dieser Entwurf ist durchaus interessant. Wenn auch entschieden unausgereift. Es würde noch Monate dauern, ihn so weit zu vervollkommnen, dass er sich vielleicht umsetzen ließe.«

»Gibt der Brief denn Teslas Adresse an? Liefert er mir irgendeinen Hinweis, wie ich ihn ausfindig machen kann?«

»Nein, Ihnen nicht«, gab Westinghouse zurück. »Aber mir. Mir liefert er diesen Hinweis schon.«

Er deutete wieder auf die Zeichnung. »Mr Martin hat eingewilligt, die Zeichnung zu veröffentlichen. Außerdem hat er Tesla darum gebeten, die Funktionalität seines Entwurfs in einer öffentlichen Darbietung zu beweisen. Martin hat Tesla dazu überredet, seine Arbeit vor dem American Institute of Electrical Engineers zu präsentieren, einer Organisation, bei der ich – Sie werden es sich schon gedacht haben – Mitglied bin.«

Die Darbietung sollte in nur wenigen Wochen in New York stattfinden. Wenn Paul Tesla über seine Tätigkeit in Edisons Labor befragen wolle, sei er herzlich eingeladen, als Westinghouse' Gast mitzukommen.

Als sie ins Labor zurückkehrten, um weitere Angelegenheiten zu besprechen, hatte Paul neuen Mut gefasst. Er hatte keine Vorstellung, was er mit diesem geheimnisvollen Mr Tesla anfangen sollte. Aber ein Feind von Edison konnte nichts anderes sei als ein Freund von Westinghouse.

KAPITEL 9
MR TESLA HAT DA ETWAS, DAS ER IHNEN NICHT ZEIGEN MÖCHTE

Wissenschaft lässt sich als die Kunst der systematischen Übervereinfachung beschreiben – die Kunst zu entscheiden, was wir zu unserem Vorteil vernachlässigen können.

– KARL POPPER

Drei Wochen später bahnte Paul sich mit George Westinghouse einen Weg durch die abendliche Menschenmenge auf der 47. Straße. Westinghouse war eindeutig kein New-York-Liebhaber. Die Betriebsamkeit, das Gewühl und höchstwahrscheinlich auch der Lärm waren ihm zu viel. Stolz erzählte er Paul, er sei zwei Jahre nicht in Manhattan gewesen. Dieser Mr Tesla müsse jetzt aber schon eine aufsehenerregende Darbietung auf die Beine stellen, damit es gerechtfertigt sei, dass er eine derartige Glückssträhne freiwillig abreißen lasse.

Die beiden Männer erreichten die Ecke an der Madison Avenue, wo vor ihnen der sich über mehrere Blocks erstreckende Campus des Columbia College lag. Begleitet vom dröhnenden Geläut der St.-Thomas-Kirche betraten sie die Rasenflächen. Paul war geraume Zeit nicht mehr an seiner Alma Mater gewesen. Als er sich plötzlich wieder zwischen den steingrauen Quadern der neoklassizistischen Gebäude bewegte, hatte er das Gefühl, sich auf einer Zeitreise zu befinden. Sie kamen an dem ehemaligen Institut für Taubstumme vorbei. Das Haus war vor Jahren von den klugen Treuhändern der Columbia University aufgekauft worden. Wegen steigender Studentenzahlen wurden zurzeit fast überall neue Flügel angebaut. Die juristische Fakultät lag zur 49. Straße hin, am nördlichen Rand des Campus. Als Paul die Studenten auf dem Rasen betrachtete, die sich alle so offenkundig nicht um ihr Äußeres scherten, fühlte er sich unfassbar alt. War es wirklich erst ein paar Jahre her, dass er so jung gewesen war?

Sich an dem Ort des eigenen Erwachsenwerdens schon fremd und gegenüber seinen Altersgenossen alt zu fühlen, während man für die eigenen Partner noch ein junger Mann war – das waren Anzeichen einer Enthobenheit gegenüber der eigenen Generation, symptomatisch für alle jung Erfolgreichen. Paul verspürte den instinktiven Wunsch, wieder hier und erneut ein Student zu sein, der sich noch zu beweisen hatte. Und trotzdem erinnerte er sich auch daran, wie angespannt und unglücklich jene Jahre gewesen waren. Inmitten der begüterten Kinder des New Yorker Großbürgertums hatte er sich als der arme Junge aus Tennessee gefühlt. Er hatte gedacht, schon am Oberlin College, inmitten der Söhne von Kaufmännern und Eisenbahnern, unter Wohlhabenden gewesen zu sein – aber den wahrhaft Vermögenden war er bis dahin schlicht noch nicht begegnet. In der Zeit vor seinem Studium an der Columbia University hatte er sich nie als arm empfunden.

Als er Westinghouse in die ingenieurwissenschaftliche Fakultät führte, fiel Paul auf, dass er bei Weitem nicht der einzige Graduierte war, der unter dem neuen steinernen Torbogen hindurchschritt. Die Veröffentlichung von Teslas Entwürfen war eindeutig eine Werbung für den heutigen Abend gewesen, der sicherlich mit einem alles andere als gewöhnlichen Vortrag aufwarten würde – auch wenn »gewöhnlich« bei einer so jungen Organisation wie dem American Institute of Electrical Engineers und in einem noch derart unerprobten Wissenschaftsfeld nicht viel heißen mochte.

Als er und Westinghouse zwei unbesetzte Stühle ganz hinten in dem langen Saal in Beschlag nahmen, sah Paul viele Reihen vor ihnen ein bekanntes Gesicht: Charles Batchelor.

Als ihre Blicke sich kreuzten, zwinkerte er Paul zu. Dann wandte er sich wieder um und tauchte ein in ein Meer aus Ingenieuren.

Also war auch Thomas Edison Tesla auf den Fersen. Natürlich.

Die Entwurfszeichnungen, die Thomas Martin in der vorigen Woche in der *Electrical World* publiziert hatte, waren zwar noch unvollständig, versprachen aber, das Anfangsstadium eines gänzlich neuen Apparats zu sein, auch wenn die Pläne für dessen Funktionsweise noch kaum Indizien lieferten. Aber trotzdem hatte das, was Tesla da gezeichnet hatte, offensichtlich ziemlich revolutionäres Potenzial.

Niemand wusste genau, was Tesla enthüllen würde. Westinghouse hatte gesagt, dass man sich auf der Grundlage der Zeichnung Hunderte verschiedener elektrischer Gerätschaften vorstellen könne. Das Geheimnisvolle machte das Potenzial nur noch größer.

Sie warteten eine halbe Stunde. Mit der größer werdenden Verspätung wuchsen auch die Erwartungen. Die Stimmen aus der dicht an dicht sitzenden und stehenden Menge wurden mit jeder verstreichenden Minute, in der Tesla nicht erschien, lauter und nachdrücklicher. Die Stühle knarzten unter dem Gewicht der Mutmaßungen.

Schließlich gingen die Türen des Haupteingangs auf. Durch sie schritt Thomas Martin – Westinghouse erkannte ihn –, der wiederum jemanden in den Saal führte, der nur Nikola Tesla sein konnte. Er war schockierend dünn, gut und gern knapp zwei Meter groß, trug einen fein säuberlich gezwirbelten Schnurrbart und akkurat mittig gescheiteltes, glattes schwarzes Haar. Pauls erster Gedanke war, dass man ihn in P.T. Barnums Zirkus ausgeliehen haben musste. In seinem steif gebügelten Anzug und mit den übermäßig pomadisierten Haaren machte Tesla zwar einen tadellosen Eindruck, schien sich aber trotzdem sichtlich unwohl zu fühlen, als er jetzt vom Veranstalter geradezu in Richtung Bühne gezerrt wurde. Unbeholfen setzte Martin Tesla auf einen freigehaltenen Platz in der ersten Reihe, um hierauf postwendend das Podium zu betreten.

Alle machten sich bereit für die Darbietung des heutigen Abends.

»Zu Beginn möchte ich das Offensichtliche benennen«, sagte Martin mit durchdringender Stimme. »Unser Ehrengast ist nicht besonders gern hier.«

Der gewitzte Einstieg wurde mit wohlmeinend leisem Gelächter aus der Menge quittiert. Martin war so etwas wie die graue Eminenz der New Yorker Ingenieurgemeinde. Naturwissenschaft wurde, wenn man die Zusammensetzung des Publikums als Indikator werten durfte, wohl immer mehr zum Spielplatz junger Männer – und Martins weißer Bart machte deutlich, dass er nicht mehr zu dieser Gruppe gehörte.

»Nikola Tesla ist ein Genie«, fuhr er jetzt fort. »Und wie viele andere Genies auch ist er ein im Grunde seines Herzens überaus reservierter Mensch. Aber sei es, wie es sei: Er hat sich davon überzeugen zu lassen, uns an diesem heutigen Abend an seiner außergewöhnlichen Begabung teilhaben zu lassen. Entdeckungen wie die seinigen, so werden Sie sicherlich in Kürze feststellen, sind nicht dafür gedacht, im Dunkeln zu bleiben.« Aus Martins angedeutetem Lächeln konnte Paul die Zufriedenheit ablesen. Martin meldete hier vor versammeltem Publikum einen Besitzanspruch an. Tesla war seine Entdeckung. Infolgedessen würde er auf alles, was Tesla in diese Welt setzen mochte, sein Anrecht geltend machen.

»Gentlemen«, fuhr Martin fort, »ich werde Sie, falls Sie mir diese letzte Unbotmäßigkeit noch gestatten, nicht länger mit einführenden Worten zu unserem Ehrengast langweilen. Er hat darum ersucht, Details aus seinem Leben, die vor dem jetzigen Zeitpunkt liegen, keine weitere Erwähnung zukommen zu lassen, da sie für das, was der heutige Abend bringen wird, kaum von Bedeutung sind. Ich werde seinem Wunsch also entsprechen und stelle Ihnen ohne langes Federlesen vor: meinen Freund und Kollegen Nikola Tesla. Er hat da etwas, das er Ihnen *nicht* zeigen möchte.«

Es dauerte einen Moment, bis nach dieser Ansprache der Applaus aufbrandete. Martin war bereits vom Podium gesprungen. Dafür stieg Tesla jetzt zur großen Kreidetafel ganz vorn hinauf und wandte sich dem Auditorium zu. Sein Blick war in die Ferne gerichtet, die Hände hatte er tief in die Taschen geschoben. Der Beifall ebbte ab. Tesla schien es nicht zu bemerken. Er legte keinerlei Notizen oder Zettel mit Stichpunkten vor sich aufs Rednerpult. Er nahm kein Stück Kreide und tat auch sonst nichts, was einen Beobachter zu der Annahme hätte verleiten können, dass er tatsächlich einen Vortrag halten wollte.

Er starrte nur immer weiter in eine unbestimmte Ferne. In welcher Welt dieser Mann auch leben mochte: Er war ihr einziger Bewohner. Ihm schien nicht im Geringsten bewusst, dass vor ihm Hunderte Anwesende saßen, bereit, ihm an den Lippen zu hängen. Dafür musste er allerdings so freundlich sein, überhaupt etwas von sich zu geben.

»Bitte Sie entschuldigen mein Gesicht«, ließ sich schließlich Tesla vernehmen, mit hoher Stimme und starkem Akzent. »Meine Blässe ist so weiß wie bleich. Meine Gesundheit ist in einem Zustand von der Verwahrlosung.«

Angesichts des Kuddelmuddels zwischen serbischem Akzent und bizarrem Satzbau benötigte Paul einige Augenblicke, um sich davon zu überzeugen, dass Tesla tatsächlich Englisch gesprochen hatte. Offenkundig beherrschte Tesla das Rohmaterial der Sprache durchaus – Wörter und kurze Sätze –, agierte beim Anwenden komplexerer Sprachbestandteile – Grammatik und Satzbau – allerdings vollkommen beliebig. Es war, als werfe Tesla sämtliche Wörter, die er zu einem bestimmten Thema kannte, hoch in die Luft und ginge dann weg, ohne abzuwarten, wo sie landeten.

»Labore sind Orte besser geeignet für Maschinen als für Personen«, sprach Tesla weiter. »Aber bin ich abgeschweift. Die Notiz, die erhalten habe ich wegen der Vortrag heute Abend, war ziemlich kurz, und ich bislang nicht war imstande, das Thema zu behandeln ausführlich wie gewünscht. Meine Gesundheit, wie gesagt ich habe. Ich erbitte Ihre freundliche Nachsicht, und meine Belohnung möge liegen in Ihrer geringfügigem Beifall.«

Und damit marschierte Nikola Tesla aus dem Saal.

KAPITEL 10
WECHSELSTROM

Und bedenke immer, daß es unmöglich ist, sich so auszudrücken, daß man nicht mißverstanden werden kann; es wird immer einige geben, die etwas mißverstehen.

– KARL POPPER

Thomas Martin gab sein Bestes, um die Menge wieder zu beruhigen. Seinem gekränkten Gesichtsausdruck nach zu urteilen, war diese Einlage gerade nur die jüngste in einer langen Reihe von Rebellionen des Nikola Tesla gewesen.

Sollte es Martins Absicht gewesen sein, Tesla als sein Eigentum zu beanspruchen, dann erweckte diese fortschreitende Katastrophe genau den gegenteiligen Eindruck: Tesla gehörte niemandem.

Und kam dann recht plötzlich wieder durch die weit geöffneten Flügeltüren hereingestürmt. Er betrat den Saal so schnell, wie er ihn verlassen hatte. Aber diesmal zog er einen vierrädrigen Wagen hinter sich her, über den ein langes schwarzes Tuch gebreitet war. Von den unregelmäßigen Ausbuchtungen der Tuchoberfläche her zu schließen musste etwas Merkwürdiges darunterliegen. Etwas, das Tesla im ihm passenden Moment wohl doch noch vorführen wollte. Paul fühlte sich an einen Zauberer in Vorbereitung eines Tricks erinnert.

»Das Sujet, das zu Ihrer Kenntnisnahme zu bringen ich die Ehre habe, ist neuartiges System der elektrischen Verteilung und Stromübertragung.« Teslas Worte kamen in einer Lautstärke, die eher zu einem Mittagessen mit einem alten

Freund gepasst hätte als zu einem mit Hunderten von Zuhörern besetzten Vorlesungssaal. Im Publikum zischte man sich im Bemühen, Tesla zu verstehen, gegenseitig an. Paul blickte zu Westinghouse. Ob der alte Mann auch nur ein Wort verstand?

»Wechselströme sind die Basis des Gebrauchs meines Systems, denn sie gewähren spezifische Vorteile vor den Gleichströmen, die sind gebräuchlich hierzulanden in diesen Tagen und Zeiten. Ich bin zuversichtlich, dass ich sofort kann erbringen den Nachweis für die überlegene Anpassungsfähigkeit von Wechselstrom an sowohl Stromübertragung als auch Gegebenheiten von Motoren.«

Mit der gerade erst wiederhergestellten Ruhe im Auditorium war es augenblicklich vorbei. Aus allen Ecken des Hörsaals kamen erst einzelne, dann vielfache ungläubige Rufe: »*Wechselstrom?*«. Was Tesla da gesagt hatte, schien heftig umstritten.

Mit einer zackigen Bewegung nahm Tesla das schwarze Tuch ab und enthüllte drei metallene Geräte. Für Paul sahen diese Apparate, die jeweils ungefähr doppelt so groß waren wie eine Schreibmaschine, aus wie Gebilde aus Drahtspulen, hohlen Röhren und sonderbaren Rädchen.

»Vergebung für mich«, sagte Tesla. Da er immer noch nicht lauter sprach, wurde seine dezente Nachdrücklichkeit vom Großteil des Publikums nicht wahrgenommen. »Es scheint, dass verlangt sind Erklärungen.«

Und endlich ging Tesla zur Tafel und fing an, Gleichungen darauf zu schreiben. Was für Paul aussah wie Krickelkrakel, hatte auf die Ingenieure eine hypnotisierende Wirkung. Immer, wenn Tesla das Ende einer Zeile erreicht hatte und es eine kurze Unterbrechung gab, während der er drei Meter nach links glitt, um eine neue Zeile zu beginnen, ertönte hörbares Keuchen. Paul wandte seine Aufmerksamkeit von Tesla ab und betrachtete stattdessen die Gesichter in der Menge. Er sah, wie Augenbrauen sich zusammenzogen, wie darum gerungen wurde zu begreifen, was Tesla da vorrechnete. Mehr als nur einige wenige nahmen Bleistift und Kladde zur Hand. Das schnell

Mitgeschriebene schien aber nur für weitere Verwirrung zu sorgen. Sie schauten wieder zur Tafel und kniffen die Augen zusammen, als wollten sie sichergehen, dass sie nicht halluzinierten.

»Verstehen Sie, was das alles bedeutet?«, fragte Paul Westinghouse. Seinem Mandanten stand der Mund buchstäblich offen. »Sir?«

»Ich glaube, das weiß niemand«, gab Westinghouse zurück, von der Zurschaustellung mathematischen Scharfsinns vorne im Saal ganz hingerissen. »Multipliziert er da ›K‹ mit dem Kosinus von – was ist das? Ein ›U‹?«

»Ich fürchte, da fragen Sie den Einzigen hier, der nicht weiß, was ein Kosinus ist.«

Vorne schrieb Tesla immer weiter und hielt währenddessen der Tafel einen augenscheinlich überaus lebhaften Vortrag.

»Bitte«, meinte Paul, »könnten Sie mir auf die Sprünge helfen? Was sind das da für Maschinen? Ganz allgemein ausgedrückt.«

»Himmelherrgott noch mal – das da ist ein Generator. Das andere da ein Motor. Und das Ding in der Mitte sieht aus wie ein Abspanntransformator.«

»Warum dann die ganze Aufregung?« Paul war sich relativ sicher, von all diesen Dingen schon gehört zu haben.

»Es ist der Strom«, sagte Westinghouse. »Er hat ein geschlossenes Wechselstromsystem geschaffen – zumindest behauptet er das. Ich kann es noch nicht mit Sicherheit sagen.«

Wie ein Wilder machte sich Westinghouse Notizen in sein Buch. Überall im Hörsaal waren Dutzende von Ingenieuren in ähnliche Gespräche und den Versuch verstrickt, sich einen Reim auf diese Vorführung zu machen.

»Was ist Wechselstrom?«, hakte Paul nach.

»Etwas in mir empfindet fast ein gewisses Maß an Befriedigung, dass Sie mich endlich um etwas naturwissenschaftliche Bildung bitten. Aber der Großteil von mir will einfach nur, dass Sie den Mund halten.«

Westinghouse riss das obenliegende Blatt aus seinem Notizbuch und fing an, ein einfaches Diagramm zu zeichnen. »Es gibt im Grunde nur zwei Arten von elektrischem Strom: Zum einen den Gleichstrom, der manchmal auch Direktstrom genannt wird und der seit Faraday standardmäßig zum Einsatz kommt. Zum anderen den Wechselstrom, der tatsächlich genauso alt ist, aber außerhalb von Laboren nirgendwo anzutreffen ist. Weil er nutzlos ist.«

»Nutzlos?«

»Wissen Sie, wie Elektrizität generiert wird?«

»Ja!«, gab Paul begeistert zurück. »Mit einem Generator!«

»Grundgütiger ... Ich meine, ob Sie wissen, wie ein Generator *funktioniert?* Wie er Strom erzeugt?«

»Ach so ... Nein.«

Westinghouse deutete auf sein Diagramm, während er dessen Komponenten erläuterte. »Einfach gesagt – und bitte, halten Sie sich vor Augen, dass ich aufgrund der gebotenen Kürze eine ganze Reihe signifikanter Einzelheiten weglasse – gibt es da einen Magneten und eine Drahtspule, die um diesen Magneten rotiert. Typischerweise versetzt man die Spule mit einer handbetriebenen Kurbel oder, wie bei größeren Anlagen, mit einer Dampfmaschine in Bewegung, und sobald sich die Spule durch das Magnetfeld bewegt, wird Strom erzeugt. Verstanden?«

»Ich denke ja. Aber warum? Warum entsteht elektrischer Strom, wenn man eine Drahtspule durch ein Magnetfeld dreht?«

»Das weiß keiner.«

»Was meinen Sie mit: ›Das weiß keiner‹?«

»Damit meine ich: Keiner weiß es. Elektrische Energie ist eine Kraft. Sie tritt einfach auf. Nur Gott selbst weiß, wo sie herkommt. Wir Sterbliche, und besonders wir außergewöhnlich kluge Sterbliche, die wir uns Wissenschaftler nennen, wissen ausschließlich, wie sich dieses Zeug namens Strom erzeugen lässt. Soll ich fortfahren?«

»Unbedingt.« Paul hoffte, dass Westinghouse nicht allzu undurchdringlich technisch werden würde, aber jede Erklärung von ihm war immer noch deutlich verständlicher als die weißen Kreidekrakel, die Tesla weiterhin wie Schrot auf die Tafel schoss.

»Jede Umdrehung, die die Spule um den Magneten macht, löst eine elektrische Entladung aus. Zapp! Zapp! Als würde mit jeder Runde ein Gewehr abgefeuert. Aber bitte merken Sie sich: Es hat nicht das Geringste mit Gewehrfeuer zu tun, ich bediene mich hier einer Metapher, damit Sie das Ganze verstehen. So. Um jetzt ein Gerät richtig mit Strom zu versorgen, werden diese Explosionen in etwas eingespeist, das sich Stromwender nennt. Der Stromwender glättet die energetischen Entladungen zu einem gleichmäßigen Strom. Er fungiert wie ein Staudamm in einem Fluss.«

»Das ergibt Sinn.«

»Es freut mich ganz enorm, das von Ihnen zu hören. Denn jetzt wird es komplizierter. Ein elektrisches System verlangt immer einen geschlossenen Kreislauf, richtig? Das ist ein wesentliches Kennzeichen dieser sonderlichen Kraft. Elektrizität fließt nur in einem vollständigen Kreislauf, ein nur teilweise geschlossener Ring reicht nicht aus. Also, wie gesagt: Der Generator holt sich die Energie von Gott weiß woher und schickt sie dann in den Wender, der den Strom glättet – stellen Sie sich eine Reihe einzelner, voneinander abgekoppelter Wassertropfen vor, die zu einem stetigen Rinnsal gemacht werden. Der Stromwender schickt diesen Fluss weiter an eben jenes Gerät, das angetrieben werden soll, sagen wir einen Motor. Oder eine Lampe. Um den Kreis wieder zu schließen, wird die Lampe zurück an den Stromwender gekoppelt und der Wender wieder an den Generator angeschlossen.«

Westinghouse zeigte Paul sein eilig gezeichnetes Diagramm. Darauf war ein Kreis zu sehen, auf dessen einer Seite in einem Kästchen »Generator« stand, in der Mitte war als verbindendes Glied in einem weiteren Kästchen »Wender« zu lesen und auf der gegenüberliegenden Seite in noch einem Kästchen »Motor«. Westinghouse fuhr mit dem Finger im Uhrzeigersinn den Kreis entlang, um den Weg der Elektrizität anzuzeigen. »Der Strom fließt stetig und konstant, also *direkt*, immer in diesem Kreis. Wie ein ringförmiger Fluss. Deutlich genug? Das nennen wir Gleichstrom.«

»Ich kann Ihnen folgen«, sagte Paul mit bescheidener Zuversicht.

Westinghouse, merklich wenig überzeugt, gab ein kurzes Brummen von sich. »Man kann diesen Kreislauf allerdings auch noch anders bauen. Es ist dann zwar derselbe Kreislauf, aber eine andere Art von Generator. Man entfernt dazu den Stromwender. Statt also den Strom durchgehend und konstant in den Kreislauf zu entsenden, wird er jetzt in kurzen Stößen geschickt. Ja? Bapp! Bapp! Bapp! Und aufgrund einer Besonderheit in der Machart der Generatoren, die viel zu komplex ist, als dass Sie sie verstehen würden, ändern diese Stromentladungen, statt den Strom nur im Uhrzeigersinn im Kreis herumzuschicken, jedes Mal auch noch die Richtung.« Westinghouse fuhr weiter mit dem Finger seinen Kreis ab, um seine Aussage zu verdeutlichen. »Eine Entladung bewegt sich im Uhrzeigersinn, hält dann an, dreht sich um und läuft plötzlich gegen den Uhrzeigersinn. Hält wieder an, wechselt wieder die Richtung, und so weiter. Auf diese Weise wechselt der Strom pro Sekunde mehrere Hunderte Male die Richtung. Und wir haben: Wechselstrom. Und ich hoffe, Ihnen ist bewusst, dass ich, wenn ich von ›im‹ und ›gegen den Uhrzeigersinn‹ spreche, erneut nur eine Metapher benutze, denn Elektrizität hat im engsten Wortsinn eigentlich keine Richtung. Können Sie mit dieser Metapher etwas anfangen?«

»Und was soll das jetzt alles? Warum spielt es eine Rolle, ob man Gleichstrom hat oder Wechselstrom?«

»Es spielt keine Rolle – solange Sie Ihr Haus nicht mit elektrischem Strom versorgen wollen. Dann allerdings spielt es in der Tat eine recht große Rolle. Wechselstrom hat eine beträchtlich höhere Spannung als Gleichstrom, denn er wird ja von keinem Stromwender geglättet, der seine Kraft sozusagen komprimiert. Wechselstrom ist wirkungsvoller.«

»Und warum nutzen wir ihn dann nicht?«

»Weil er nicht funktioniert. Denken Sie an eine von meinen Glühbirnen. Sie läuft mit direktem, gleichmäßigem Strom. Deswegen ist ihr Licht auch so weich und beständig. Und jetzt stellen Sie sich vor, sie würde von Wechselstrom betrieben. Das Licht würde flackernd an- und ausgehen, an und aus, hundertmal pro Sekunde. Es wäre schrecklich. Und jetzt versuchen Sie sich außerdem vorzustellen, mit Wechselstrom einen Motor zu betreiben. An und aus, an und aus, an und aus. Fürchterlich, nicht wahr?«

»Jawohl.«

»Es bleibt aber dabei: Wechselstrom ist grundsätzlich einfach stärker. Wenn man ihn also irgendwie dazu bringen könnte, richtig zu funktionieren ... Nun, dann würden Ihre Lampen länger halten. Und die Motoren sich schneller drehen. Ach ja, und die Entfernung, über die hinweg man Elektrizität schicken könnte, wäre deutlich größer.«

Paul sah von dem Diagramm auf. »Das Entfernungsproblem also? Wechselstrom wäre die Lösung?«

»Wechselstrom *könnte* die Lösung sein. Das kann ich Ihnen jetzt noch nicht mit Sicherheit sagen, schließlich bringe ich Ihnen hier gerade die Grundlagen der Physik bei, anstatt Tesla zuzuhören.«

Ein Ingenieur in der Reihe vor ihnen brachte sie mit einem lauten »Sssch!« zum Schweigen. Statt sich an der Rüdheit des Mannes zu stören, vertiefte sich Westinghouse sofort wieder in Teslas Vortrag. Schweigend wandte Paul sich dem Geschehen vorn im Saal zu, wo Tesla gerade seine Gleichungen beendet hatte und endlich seine Maschinen in Betrieb setzte. Er drehte ein Rad an einem der Apparate, und ein mechanisches Surren erfüllte den Saal. Dann drehte er an dem nebenstehenden Apparat ebenfalls ein Rädchen, und es ertönte ein tiefer gestimmtes Summen. In Pauls Ohren klang es, als würden in weiter Ferne wilde Tiere brüllen.

Die Maschinen surrten stetig und leise, irgendwann war das Geräusch dem Ohr fast angenehm. Die Räder des Motors drehten sich pausenlos. »Tesla hat herausgefunden, wie man diesen Wechselstrom zum Funktionieren bringt, richtig?«

Westinghouse antwortete nicht. Das brauchte er auch nicht.

Paul sprang auf. Der Krieg zwischen Thomas Edison und George Westinghouse stand kurz davor, eine entscheidende Wendung zu nehmen. Eine neue Waffe war auf dem Schlachtfeld erschienen. Und Paul wusste: Westinghouse musste sie auf seiner Seite haben.

KAPITEL 11
EIN SPURT ZUR TÜR

> Reichtum ist mir lange nicht so wichtig, wie schneller zu sein als die anderen.
>
> – THOMAS EDISON

Bevor ihn Westinghouse nach seinem Vorhaben fragen konnte, hatte Paul sich schon durch die Sitzreihe gedrängelt. Einige Ingenieure blickten finster auf, als er mit seinem Mantel ihre übers Papier fliegenden Stifte streifte. Sobald er den Mittelgang erreicht hatte, stieg er den Hörsaal hinauf, wo sich an der hinteren Wand, wie er noch aus Studententagen wusste, ein Dienstboteneingang befand. Durch diese Tür gelangte Paul zu einer rückwärtig gelegenen Treppe, die er immer drei Stufen auf einmal nach unten nahm.

Innerhalb weniger Minuten würde Tesla jetzt der gefragteste Erfinder im ganzen Land sein. Charles Batchelor würde mit Sicherheit versuchen, ihn sofort wiedereinzustellen. Paul hatte keinerlei Ahnung, ob Teslas Apparaturen Westinghouse irgendwann würden helfen können. Aber dass er nicht zulassen durfte, dass Edison sie bekam, war ihm deutlich bewusst. Und ihm war ebenso klar, dass er nicht viel Zeit hatte.

Er stürzte aus dem Gebäude in die Kühle der Nacht. Die abendliche Brise strich ihm übers Gesicht, während er auf die andere Seite der ingenieurwissenschaftlichen Fakultät rannte. Auf den langen Steinstufen vor dem Haupteingang blieb er schließlich stehen. Und wartete.

Wenn er es richtig einschätzte, dann war Tesla nicht der Typ, der sich genussvoll im Rampenlicht sonnte. Martin würde ihn gegen eine Horde erregter Ingenieure abschirmen, aus dem Universitätsgebäude geleiten und dann mit ihm genau durch die Tür kommen, vor der Paul wartete. Was aber könnte er zu Tesla sagen, um in nur wenigen Sekunden dessen Interesse für sein Anliegen zu wecken? Niemals zuvor hatte er sich ein derart überzeugendes Argument zurechtlegen müssen.

Dreißig Sekunden später traten Tesla und Martin aus dem Gebäude.

»Mr Tesla!«, rief Paul.

Als er Paul sah, fasste Martin Tesla am Mantelkragen und zog ihn weiter.

»Mr Tesla«, wiederholte Paul und machte einen Schritt auf die beiden zu. Von Nahem besehen war Tesla sogar noch einige Zentimeter größer als Paul, der es wiederum nicht gewohnt war, ohne seinen üblichen Größenvorteil dazustehen.

»Pardon ... Entschuldigung ...«, murmelte Tesla. Martin versuchte weiter, ihn fortzuführen.

»Mr Tesla«, sagte da Paul, »ich arbeite für George Westinghouse. Und wir würden Ihnen gern eine ganz besondere Partnerschaft anbieten.« Als der Name »Westinghouse« fiel, wandten beide, Tesla und Martin, den Kopf. Paul sah das Ziel schon in Reichweite.

»Wie ich höre, haben Sie in der Vergangenheit einige unerfreuliche Erfahrungen mit Thomas Edison gemacht«, fuhr Paul fort. »Wie würde es Ihnen gefallen, Rache zu nehmen?«

Als Teslas Lippen sich zu einem sonderbaren Lächeln verzogen, wusste Paul, dass er ihn hatte.

KAPITEL 12
Ein Hummer-Dinner im Delmonico's

Denn nur Menschen, die bereit sind, Argumente oder Erfahrungen in Betracht zu ziehen (und die daher bereits die rationalistische Einstellung angenommen haben), werden von ihnen beeindruckt werden.

– KARL POPPER

Die Reihen silberner Messer gleißten auf dem Tisch, als lägen sie in einer Schlachtordnung. Die Gaslampe warf Schatten auf die weiße Tischdecke. An den Wänden hingen Ölgemälde: friedvolle Landschaften, idyllische bäuerliche Szenerien. Jeder der Männer, der hier hinter dem scharf geschliffenen Besteck, den Turnierwaffen, Platz nahm, hatte in dem verrauchten Zimmer an der William Street irgendeinen Kampf auszufechten. Paul Cravath zog sich recht umständlich das Dinner-Jackett zurecht und sah hinunter auf seinen zweiten krustentierischen Gang: Auf seinem Teller lag der weichste, in Butter getränkteste Hummer, den er je zu Gesicht bekommen hatte.

Das Tier war wahrscheinlich erst am selben Morgen vor der Küste von Maine gefangen worden, um dann in einem voll beladenen Kutter zum Fischmarkt an der Fulton Street gebracht zu werden. Vom Küchenchef Charles Ranhofer höchstpersönlich erworben war dieser Hummer dann lebendig in einen Topf mit heißem Wasser geworfen und anschließend exakt fünfundzwanzig Minuten gekocht worden. Die Zangen waren aufgebrochen und der Schwanz aufgeschnitten worden, das saftige Fleisch war dem Panzer entnommen und in einer gusseisernen Pfanne in zerlassener Butter angebraten worden. Anschließend hatte man frischen Rahm über das angebräunte Fleisch gegeben, und, nachdem die Flüssigkeit um die Hälfte reduziert war, noch eine Tasse Madeira hinzugegossen. Die Hitze unter der Pfanne war noch einmal erhöht, die Flüssigkeit ein weiteres Mal zum Kochen gebracht worden, der Likörwein schließlich verdampft. Dann hatte man, zusammen mit vier großen Eigelben, noch einen Teelöffel Cognac untergerührt. Küchenchef Ranhofer hatte zu guter Letzt alles noch mit etwas Cayennepfeffer bestäubt, bevor eine ganze Kavalkade an Kellnern das zarte Fleisch zu ihnen getragen und auf ihre Teller gelegt hatte. Hummer à la Newburg, die *spécialité de la maison.*

Sie waren schon beim dritten Gang – und trotzdem erst beim Hummer. Paul wusste nicht, wie er das ganze Essen in seinen schon jetzt aufgedunsenen Bauch bekommen sollte. Er hatte den Eindruck, dass die Knöpfe an der gerade erst bei R. H. Macy's erstandenen Hose kurz davor waren abzuspringen. Sein heute zum ersten Mal getragenes weißes Hemd war feucht vor Schweiß. Die Fliege drückte ihm den steifen, hohen Hemdkragen so fest an den Hals, als wolle sie ihm den Kopf abreißen wie einer gekochten Krabbe. Ein Geschäftsessen wie dieses hier war der reinste Kampfsport: Wie viel Fleisch und Wein schaffte ein Mann sich in den Schlund zu kippen und sich trotzdem noch in einer zumindest ansatzweise professionellen Art und Weise zu betragen?

Im Delmonico's, dem feinsten und bei New Yorks herrschender Klasse derzeit beliebtesten Restaurant, wurde exquisite Küche nicht so sehr anhand von Komplexität denn von Volumen definiert. Zu viel, das gab es hier nicht. Kaviar, Kuchen, Kardamom und Kleingeld – davon konnte nie genug im Umlauf sein. Paul war in dieser Hinsicht höchstens vorzuwerfen, ein Mann seiner Zeit zu sein. Mit einem Anflug von Sehnsucht auf der feuchten Zunge musste er sich insgeheim eingestehen, dass er den Geschmack einer *Sauce béarnaise* einfach liebte.

Paul trank einen Schluck Portwein und deutete auf den Teller vor seinem Dinner-Kompagnon, der ebenso wie der seine mit Hummer à la Newburg beladen war.

»Haben Sie diesen Hummer schon einmal gegessen, Mr Tesla? Der beste in ganz New York.«

Was nicht rundheraus eine Lüge war. Gut möglich, dass es der beste Hummer der Stadt war, aber Paul aß selbst heute zum ersten Mal hier – und Hummer überhaupt. Carter und Hughes hatten Mandanten regelmäßig hierher zum Essen eingeladen, er war aber nie mit dabei gewesen.

Jedoch hatte Paul sich für diesen Abend vorgenommen, Eindruck zu schinden. Nachdem Tesla am gestrigen Abend seine Einladung zum Essen umgehend angenommen hatte, war Paul zu Westinghouse ins Hotel zurückgekehrt, und sie hatten einen Plan geschmiedet: Westinghouse würde mit seinem Team die Tesla gerade erst erteilten Wechselstrompatente analysieren. Wenn sich die Glühlampen, die der Westinghouse-Konzern vertrieb, so modifizieren ließen, dass sie mit Wechselstrom funktionierten, dann hätte man fraglos einen technischen Vorteil gegenüber Edison errungen. Denn mit Wechselstrom würden die Lampen nicht nur effizienter mit Energie versorgt, nein, sie könnten auch über deutlich größere Entfernungen versorgt werden. Paul wiederum sollte Nikola Tesla wissen lassen, was und wie viel bei diesem Deal für ihn drin sein könnte.

»Ich habe nicht verköstigt dieses Krustentier«, gab Tesla zurück. »Von meinem Gaumen Fisch wird nicht willkommen geheißen.« Er umfuhr seinen Teller mit dem Finger und stellte eine sonderbare Frage: »Wie viele Zentimeter, glauben Sie? Dreißig?«

»Wie bitte?«

»Der Teller. Fünfunddreißig Zentimeter? Ja, fünfunddreißig, ich denke. Und tief vier Zentimeter.«

»Vermutlich …«

»Gar nicht wenig, nicht wahr? Einhundertvierzig Kubikzentimeter von diese riechendsüße Brühe, minus die von Hummerschwanz verdrängte Brühe. Also nur…« Tesla unterbrach sich, während er die Länge des Hummerfleischs mit dem Finger maß, indem er seine Knöchel abzählte. »Ja, einhundertfünf Kubikzentimeter.«

»Sie können gut mit Zahlen umgehen«, meinte Paul, der nicht hätte sagen können, worum es in ihrem Gespräch eigentlich ging, weshalb ihm dieser Kommentar genauso angebracht schien wie jeder andere, um es in Gang zu halten. »Ich könnte mir vorstellen, das ist in Ihrem Berufsfeld von wertvollem Vorteil.«

»Es ist Unregelmäßigkeit von Form, die Berechnung Schwierigkeit macht. Sonst ich könnte größer sein bei Präzision.« Tesla starrte auf sein Essen.

»Vielleicht möchten Sie ja doch lieber versuchen, es zu essen?«

»Kann ich das nicht.«

»Weil Ihnen Meeresfrüchte nicht schmecken?«

»Weil es eben *nicht* exakt sind einhundertfünf Kubikzentimeter, Mr Paul Cravath. Ich denke, wir wissen beide das. Und Näherungen nur wertvoll sind bis zum Grad ihrer Präzision. Was will sagen: gar nicht.«

»Sie können den Hummer also erst dann essen, wenn sie sein Volumen exakt bestimmt haben?«

»Nun, natürlich nicht. Bitte Sie halten mich nicht falsch für einen Verrückten. Ich aber kann nur zu mir nehmen ein Essen, von das das Volumen in summa zu Zahl wird, die durch drei ist teilbar.«

Vor nicht allzu langer Zeit hatte Paul es noch schwierig gefunden, mit Westinghouse ein Gespräch zu führen!

Vier Kellner arbeiteten in einer Reihe daran, *ris de veau* auf den Tisch gleiten zu lassen, als Paul einen Vorstoß wagte. »Mein Mandant kann Ihnen Mitarbeiter und ein Labor zur Verfügung stellen, in dem Sie Ihre Apparate weiterentwickeln können. Sie haben einige großartige Erfindungen gebaut, aber zur Marktreife entwickelte Produkte sind das noch nicht, richtig? Westinghouse verfügt über die Mittel, um genau das zu tun. Klingt das für Sie nicht nach einer glücklichen Hochzeit? Als deren bescheidener Pfarrer plädiere ich für eine Vermählung im Frühjahr.«

Man konnte Tesla nicht ansehen, ob ihn das, was Paul da gerade gesagt hatte, vollkommen ungerührt ließ oder nicht. Er schien an einem gänzlich anderen Ort zu sein.

»Produkte?«, kam es schließlich von ihm, als fühlte es sich für ihn schon falsch an, dieses Wort überhaupt auszusprechen.

»Ja. Ihre Entwürfe. Jene Wunderwerke, über die Sie in der Theorie gesprochen haben. George Westinghouse ist in der Position, sie auch zu bauen, sie Wirklichkeit werden zu lassen. Sie zum Leben zu erwecken.«

Tesla legte die Stirn in Falten. »Es spielt überhaupt keine Rolle, ob diese Dinge werden gebaut. Ich habe sie gesehen in meinem Kopf. Und ich weiß, sie funktionieren. Ob sie sind Produkte auf Ihren Märkten – was kümmert das mich?«

Paul war unsicher, wie er reagieren sollte. Welcher Schöpfer lebte denn nicht dafür, seine Schöpfungen zum Leben erweckt zu sehen?

Aber offenbar musste Paul sich eine andere Taktik zurechtlegen. Was Tesla vorantrieb, welcher Geist ihn bewegte, war eine unbekannte Größe. Aber so sehr Tesla auch von einem anderen Stern zu kommen schien: Noch hatte Paul die Hoffnung, dass er zumindest über einige der grundlegenden, allgemeinmenschlichen Instinkte verfügte.

»Und was ist mit Thomas Edison?«, fragte Paul. »Würde es Ihnen nicht gefallen, wenn er mit ansehen müsste, wie Ihre Entwürfe lebendig würden?«

»Mr Thomas Edison nicht wäre in der Lage, die von mir gemachten Entwürfe zu verstehen, selbst wenn direkt vor seinem Augapfel sie würden zusammengebaut. Er ist nicht Erfinder. Er ist nicht Wissenschaft. Er ist Gesicht für Fotografen. Ein Schauspieler auf einer Bühne.«

»Was ist vorgefallen? Zwischen Ihnen beiden?«

Tesla zog ein Gesicht, als koste er sauer gewordene Milch. Vorausgesetzt, Tesla trank überhaupt Milch.

»Als junge Mann, nachdem ich Serbien verlassen hatte, wagte ich Europa. War ich gereist ’82 nach Paris, Frankreich, wo ich machte ein Treffen mit Mr Charles Batchelor. Er war geliefert worden, um Edisons Manufakturen in Paris, Frankreich, zu überwachen. Der Gentleman gab mir dort eine Anstellung. Er verblieb für ein paar wenige Monate, und als er inspizierte meine noch bescheidenen Austüfteleien, er mir sagte, dass ich ihn sollte aufsuchen, wenn ich käme jemals nach New York City, Amerika.«

»Und das taten sie.«

»Und das tat ich. Mit einem Nickel in meiner Tasche zog ich nach New York City, Amerika. Direkt marschierte ich zu Büro von Edison. Mein erstes Treffen zusammen mit dem großen Mr Thomas Edison. War es ... Sie haben Mr Thomas Edison schon getroffen?«

»Habe ich. Eine Erfahrung, die ich zartbesaiteten Menschen nicht empfehlen würde.«

»Er lachte über mich. ›Wer ist dieser Pariser Clochard, und was redet der da?‹ Das war es, was Mr Thomas Edison sagte. Mein Akzent ist breit. Vielleicht ist Ihnen aufgefallen das. Mr Charles Batchelor sagte zu ihm, ich sei ein cleveres Bürschchen, aber er glaubte nicht. So ich bot an ihm eine Demonstration. Im Hafen von New York City, Amerika, war ein Schiff – ausgefallen die Motoren. Es war vorgesehen, Material nach London, England, zu bringen, es konnte aber nicht verlassen den Hafen. Der Reparaturmann war in Boston, Amerika, aber würde noch zwei Tage nicht da sein für das Reparieren. Also ich sagte, ich würde mich kümmern.«

Tesla betrachtete seine runden Scheiben Kalbsbries. Mit seinem silbernen Messer schnitt er es in Hälften. Dann in Viertel. Und mit unendlicher Präzision dann noch in Achtel.

»Maschinen nicht sind komplizierte Sachen, Mr Paul Cravath. Die Menschen erscheinen so furchtsam vor ihnen. Eine Furcht, die eigenen Hände hineinzustecken. ›Zu viele bewegliche Teile!‹ Sie wissen, ich bin ziemlich schlau, und trotzdem illustriert diese Geschichte nicht meine Schlauheit, obwohl ich das würde wünschen. Weil jeder Mensch eine Maschine reparieren kann. Verstehen Sie, nichts anderes muss man tun als: nehmen das erste Teil. Studieren: Was tut dieses Teil? Mit was ist es verbunden? Und dann Sie gehen weiter: Was ist das nächste Teil? Mit was ist *es* verbunden? Eine Maschine ist eine Kette, und Ketten sind immer gemacht aus Gliedern. Mr Charles Batchelor hätte dies auch selbst tun können, wenn er hätte die Geduld besessen.«

»Hat er aber nicht«, gab Paul zurück. »Sie dagegen schon.«

»Edison war ... beeindruckt vielleicht. Ich bin gegangen für ihn arbeiten am nächsten Tag, in seinem Labor in New Jersey, Amerika. Es war schmutzig.«

»Schmutzig?«

»Nicht nur ließ er das Labor unoft säubern, aber Edisons Männer arbeiteten als Schweine in der Jauchegrube. Kommutatoren hier, Getriebe dort, alle Schrauben auf großem Haufen in der Mitte vom Tisch, so dass es war, Gott behüte, wenn man zwei passende wollte finden, als wollte finden man simultan zwei Nadeln im selben Heuhaufen. Edison ist ein Schlamper. Ein Elefant im Laden. Wie noch war das?«

»Porzellan.«

»Pardon?«

»Es ist ein Porzellanladen«, sagte Paul. »Das mit dem Elefanten. Das jetzt zu erklären nähme allerdings mehr Zeit in Anspruch, als es wert wäre.«

»Ich schätze Ihre Ehrlichkeit. Dieses Labor ist ein Ort, zu dem ich nicht werde zurückkehren, verstehen Sie? Nicht nur, weil es schmutzig ist. Weil es fehlen die Visionen. Sagen wir, Sie wollen machen etwas ... sagen wir, ja, sagen wir, Sie wollen bauen einen Tisch. Sie wollen gerade anlegen die Platte, und dann würde Edison sagen: *Versuchen wir, Tisch mit zwei Beinen zu bauen!* Und ein vernünftiger Mann würde entgegnen: *Aber ein Tisch soll doch eindeutig vier Beine an sich haben. Lassen Sie uns das bauen!* Und Edison würde sagen: *Aber wir müssen experimentieren.* Das war ein Wort, er hat geliebt: experimentieren. Immer hat er experimentiert. Alle

Möglichkeit, alle Variation, alle nutzlosen, überflüssigen Modifikationen für Zeitverschwendung, er konnte sich ausdenken. Der Zweibein-Tisch würde also nicht funktionieren. Und ich würde sagen: Könnten wir jetzt vielleicht bauen unseren Vierbein-Tisch? Und Edison würde sagen: Nein, wir versuchen einen Dreibein-Tisch! Und er würde ihn bauen. Und dann, nach langer Länge, sechs Monate später, würden Sie endlich die Erlaubnis bekommen von Lord Sir Thomas Edison, den Tisch mit vier Beinen zu bauen. Sie haben halbes Jahr verschwendet mit einer Aufgabe, die Sie hätte kosten sollen einen Tag. Das Labor von Edison General Electric ist nicht gemacht, um Erfindungen zu unterstützen. Es ist gemacht, um Langeweile zu pflegen.«

»Und da sind Sie wieder gegangen«, sagte Paul, während ihm ein Kellner Montrachet nachschenkte.

»Am Ende von diesem Jahr, eintausendachthundertundvierundachtzig, erbat ich ihn wegen einer Gehaltserhöhung. Sieben Dollar pro Woche mehr. Es hätte mir ein Honorar gebracht von fürstlichen fünfundzwanzig Dollar pro Woche.«

»Und Edison hat eine derart verständliche Anfrage einfach abgelehnt?«, fragte Paul überaus verbindlich. Sicher, fünfundzwanzig Dollar die Woche waren ein überaus annehmbares Salär – aber verglichen mit dem, was Edison mit den in seinem Labor entwickelten Patenten verdiente, war es nichts.

»Er mich hat ausgelacht. Und dieses Lachen werde ich vergessen niemals. ›In den Wäldern laufen lauter Männer herum wie Sie, Tesla.‹ Das ist, was er zu mir hat gesagt. Diese waren seine genauen Wörter. ›In den Wäldern laufen lauter Männer herum wie Sie, Tesla. Und für achtzehn Dollar die Woche kann ich davon so viele haben, wie ich will.‹ Diesen Tag bin ich aus der Tür gegangen von seinem Büro, und seither ich habe ihn nicht gesehen.«

»Klingt nach einem guten Zeitpunkt für eine Revanche.«

»Eine Vermutung, mit der Sie liegen richtig, Mr Cravath. Aber wie soll das werden zu einem Geschehnis?«

»Warum zeige ich es Ihnen nicht einfach?«, meinte Paul.

Mit einer dezent flamboyanten Geste griff er nach seiner Brieftasche und entnahm ihr einen auf Westinghouse' Bank ausgestellten Scheck.

Selbstverständlich war es nicht Pauls eigenes Geld, das er da über den Tisch schob. Und trotzdem verspürte er angesichts der Möglichkeit, mit den Fingerkuppen über ein solches Vermögen zu verfügen, einen gewissen Kitzel.

»Das sind fünfzigtausend Dollar.« Sein Dinner-Kompagnon warf einen Blick auf den Scheck. »Wissen Sie, was immer die beste Rache ist, Mr Tesla?«

Paul bedeutete dem Kellner, zwei Gläser Champagner zu bringen, und lehnte sich in seinem Sessel nach hinten.

»Erfolg.«

KAPITEL 13
Geld

Bill stellt sich selbst gern als einen Mann des Produkts dar, doch das ist er in Wirklichkeit gar nicht. Er ist Geschäftsmann ... Er wurde schließlich zum reichsten Kerl überhaupt, und wenn das sein Ziel war, dann hat er es erreicht. Aber mein Ziel war das nie.

– STEVE JOBS

Tesla vergaß, das Geld mitzunehmen.

Das war es, was Paul vor allem umtrieb, als er sich in seiner Zweizimmerwohnung auf der östlichen 50. Straße unruhig im Bett hin und her wälzte. Tesla hatte das Geld einfach auf dem Tisch liegenlassen. Die Kellner hatten ihm den Mantel gebracht, und Tesla war schon so gut wie durch die Tür gewesen, als Paul den Wechselbrief auf dem Tisch entdeckte. Da lag er, unter einem Messer und mit einem hauchzarten Rotweinfleck an der oberen Kante.

Paul war losgelaufen, um ihn noch auszuhändigen. Er hatte ein halbherziges Dankeschön bekommen.

Mit fünf Cent in der Tasche war Tesla vor vier Jahren nach New York gekommen, und jetzt ließ er geistesabwesend einen Scheck über fünfzigtausend Dollar auf einem Restauranttisch liegen.

Paul war mit etwas mehr als fünf Cent – aber auch nicht viel mehr – nach New York gekommen. Er wusste bis auf den Penny genau, wie viel Geld gerade auf seinem Konto bei der First National Bank lag. Jeden dieser Pennys hatte er sich verdient, und darauf war er stolz. Zugegeben: Darüber sprach man nicht. Was ihm hin und wieder gegenüber seinen Freunden schwerfiel. Er kam gut über die Runden, und eigentlich wollte er denen, die ihm am nächsten standen, in einem fort zurufen: *Schaut doch, zu was ich es gebracht habe!* Aber schon das Wort »Dollar« erschien ihm ungehobelt.

Paul verstand die Menschen nicht, die Geld nicht mochten. Was befeuerte nur deren Träume? Woraus bestanden ihre Sehnsüchte? Ließ sich das Glück kaufen, wie es hieß? Natürlich nicht. Aber umsonst bekam man es eben auch nicht.

Es wollte Paul so scheinen, als ob Menschen, denen Geld egal war, in zwei unterschiedlichen Spezies auftraten. Zur ersteren gehörten alle unbekümmerten Reichen: Privilegiert geboren, wie sie waren, lebten sie schon so lange im Wohlstand, dass die Frage des Geldes sich ihnen noch nie in vollem Ernst gestellt hatte. Was für ein großes Glück sie hatten, war ihnen möglicherweise bewusst, aber der Begriff »Geld« war für sie rein theoretisch. Rein hypothetisch wussten sie, dass sie Dinge besaßen, die andere nicht hatten, aber sie schienen sich – vielleicht gerade deshalb – ständig künstliche Wünsche auszudenken, die dann auf abstrakte Weise unerfüllt blieben. In ihrer Vorstellung waren andere deutlich reicher als sie selbst, und sie versuchten klar herauszustellen, wie andersartig sie im Vergleich mit derart echter Maßlosigkeit doch waren: *Wenn man es sich denn leisten könnte, wie die So-und-Sos sogar einmal pro Jahr nach Europa zu reisen*, sagten sie beispielsweise. Und dann machten sie sich das Leben mit stumpfsinnigen Familiendramen schwer, mit den tragischen Machenschaften nichtsnutziger Brüder und unverheirateter Schwestern. Die täglichen Kränkungen und Demütigungen, die das familiäre Melodram ihnen zumutete, gaben ihnen die Freiheit, sich einzubilden, sie hätten ebenfalls ihr Kreuz zu tragen. Menschen wie sie konnten es sich leisten, selbst zu entscheiden, worüber sie unglücklich sein wollten.

Ironischerweise gehörten zur zweiten Spezies die unwissenden Armen. Sie besaßen nicht einen Groschen, hatten auch noch nie einen besessen und würden sehr wahrscheinlich auch nie einen besitzen. Obwohl ihnen die Idee des Geldhabens im Prinzip gefiel, hatten sie doch keine Vorstellung davon, wie viel Vergnügen es einem tatsächlich bescheren kann. Sie waren nicht glücklich darüber, arm zu sein – das wäre eine herablassende Karikatur. Arm zu sein machte niemanden glücklich. Aber es gab eben Menschen, die es schafften, beides gleichzeitig zu sein.

Pauls Vater war eher jener zweite Typ. Er war nicht hinter dem Geld her. Ihm ging es nicht um eine Stelle, ein Bewerbungsgespräch, eine juwelenbesetzte Karriere. Ihm ging es um Gerechtigkeit, und das äußerte er auch mit unumwundener Deutlichkeit. Er wollte eine gerechtere Welt erbauen, weil ihm der Gott, den er pries, beigebracht hatte, freudig genau daran zu arbeiten. Manchmal war Paul neidisch darauf, wie einfach die Weltsicht seines Vaters war. Nur nach dem Licht der Gnade Gottes zu streben, war deutlich leichter – so dachte Paul zumindest –, als seinen, Pauls, eigenen Ansprüchen gerecht zu werden. Paul hätte sich gewünscht, die Glaubenssätze seines Vaters zu teilen. Aber so sehr er sich auch bemüht hatte: Der Gott des Erastus Cravath ließ sich nicht mit einem Akt des bloßen Willens ins Herz seines Sohnes zwingen.

Teslas Verhältnis zu Geld allerdings war noch unheimlicher. Nicht, dass Geld ihm vollkommen einerlei gewesen wäre. Immerhin hatte er sich auf Pauls Angebot eingelassen. Und trotzdem war Geld eindeutig nicht das, was ihn antrieb. Was die Frage aufwarf, die Paul in jener Nacht nicht einschlafen ließ, während sich die Frühlingsluft um ihn herum derart erwärmte, dass er schließlich das schwere Bettzeug von sich warf:

Was trieb Nikola Tesla an?

KAPITEL 14
EINE SCHWIERIGE VERHANDLUNG

Zeigen Sie mir einen durch und durch zufriedenen Menschen, und ich zeige Ihnen einen Versager.

– THOMAS EDISON

Teslas Anwalt, Lemuel Serrell, machte sehr deutlich, dass er die Gleichgültigkeit seines Mandanten Geld gegenüber nicht teilte: Er wollte zusätzliche vierzigtausend Dollar für den Vertragsabschluss. Fürs Erste.

Serrells Büro sah aus, als existierte es bereits seit hundert Jahren, auf jeden Fall länger als die fünfzehn Jahre, die es tatsächlich in jenen Räumlichkeiten residierte. Serrell war eine Legende – sofern es so etwas in der noch relativ neuen Klasse der Patentanwälte überhaupt gab. Sein Vater, der seine eigene Kanzlei umgehend nach dem Erlass des Patentgesetzes 1836 gegründet hatte, war wahrscheinlich der erste Patentanwalt Amerikas gewesen. Mit diesem Gesetz war erstmalig in der Geschichte der Menschheit ein von einer Regierung eingerichtetes »Patentamt« geschaffen worden. Nicht länger würde jedes Patent, um das ersucht wurde, automatisch auch erteilt – nicht länger würde sich der Wert eines Patents erst dann, und auch nur dann, ermessen lassen, wenn später gegen es Anklage erhoben wurde. Das Amt wurde mit Wissenschaftsexperten besetzt, die jeden einzelnen Antrag prüften. Serrells Vater hatte schnell erkannt, dass es, wenn es regierungsseitig Experten gab, die das zur Hälfte juristische, zur anderen Hälfte wissenschaftliche Reich der Patente verwalteten, notwendigerweise auch einen Markt gab für Experten auf Seiten der Privatleute. Wissenschaftler waren ja nicht gerade bekannt für ihre juristische Expertise. Anwälte dagegen standen nicht im Ruf, wissenschaftlich überaus beschlagen zu sein. Serrell senior und später auch sein Sohn hatten auf beiden Feldern unschätzbare Erfahrungen gesammelt.

Serrell junior hatte seine Lehrjahre mit Edisons frühen Patentanträgen verbracht. Mit einem scharfen Blick für Begabung hatte Serrell den erst dreiundzwanzigjährigen Edison als Mandanten akquiriert und sämtliche Telegrafen- und Telefonpatente des Wunderkindes abgefasst. Kurze Zeit später war Edison zu der namhafteren Kanzlei von Grosvenor Lowrey übergelaufen.

Die Sommersonne wärmte das schwarz gefärbte Ahornholz von Serrells Schreibtisch. Serrell und Paul nahmen einander direkt gegenüber in Ledersesseln mit hohen Rückenlehnen Platz. Als Zeichen der Vertraulichkeit zog Serrell sein Jackett aus. Paul behielt seines trotz der Hitze an.

»Ich habe zwei Jahre mit Nikola an den Wechselstrompatenten gearbeitet«, sagte Serrell in leutseligem Ton. »Sie werden es kaum glauben, aber die Anträge wurden uns zunächst zurückgeschickt, mit der Bitte um größere Ausführlichkeit. Aber der liebe Nikola hat natürlich nicht den Kopf in den Sand gesteckt, weswegen wir sowohl seine Apparatur als auch die Antragssprache präzisieren konnten. Wie Sie sehen werden, sind sie jetzt relativ wasserdicht.«

»Genau deswegen würde mein Mandant sie ja auch gern erwerben.«

»Ja, ja«, meinte Serrell. »Erwerben …«

In seinem Sessel sitzend wandte er den Kopf ab und sah aus dem Fenster. Das hier war nicht Pauls erste Verhandlung, und er kannte das Vorgehen gut. Als er postalisch Serrells Antwort erhalten hatte, hatte er erwartet, dass sich der erfahrenere Anwalt dafür entscheiden würde, in der Verhandlung den Grobian zu geben, mit allem Getöse und Getue. Eine Edison'sche Strategie. Aber Serrell war in die Rolle des Bedächtigen, Maßvollen geschlüpft. Die Rolle des unbeteiligten

Dritten, dem ausschließlich daran gelegen war, Tesla und Westinghouse zu einer fairen Übereinkunft zu verhelfen. Umso besser für seinen Nachmittag, dachte sich Paul, aber er hätte es trotzdem bevorzugt, wenn Serrell so langsam zur Sache gekommen wäre.

»Und Sie also sind das junge Ausnahmetalent von Westinghouse«, sagte er jetzt, und das durch das herrschaftliche Fenster fallende Licht rahmte sein bärtiges Gesicht. »So viel Verantwortung auf so jungen Schultern. Sie wissen sicherlich, dass er sich betreffs Ihrer jetzigen Stellung zunächst an mich gewandt hat, bevor er sie dann Ihnen anbot?«

Paul konnte es sich nicht leisten, Überraschung zu zeigen. Zuzugeben, dass Serrell mehr über Pauls Mandanten wusste als Paul selbst, wäre eine Katastrophe gewesen.

»Aber selbstverständlich«, log Paul entsprechend ungerührt. »Ich bin immer davon ausgegangen, dass er auch mit anderen über den Job gesprochen hat. Sie kennen George ja. Er trifft nie gern eine Entscheidung, ohne das Für und Wider sämtlicher Optionen abgewogen zu haben.«

»Haben Sie ihn denn jemals zu diesem Thema befragt?«

»Zu welchem Thema?«

»Warum er sich für Sie entschieden hat?«

Paul starrte Serrell geradewegs in die Augen. Mit Höflichkeit würde er hier nicht weit kommen.

»Sir«, sagte er dann. »Ich möchte nicht taktlos sein, aber man hat in letzter Zeit schon einige Male versucht, mich einzuschüchtern. Und das durchaus nachdrücklicher, als Sie es jetzt gerade tun. Falls Sie vorhaben, mir Angst einzujagen, dann halten Sie sich nicht zurück. Sollte das nicht der Fall sein, dann könnten Sie mir ja vielleicht verraten, wie viel Geld mein Mandant für Ihr Dafürhalten Ihrem Mandanten für die Patente bezahlen soll. Danach könnten wir uns beide den restlichen Nachmittag über anderweitigen Betätigungen widmen.«

Lemuel Serrell lächelte.

»Du meine Güte, Mr Cravath, allzu lange machen Sie das hier wirklich noch nicht, oder? Es gibt da einen Verhaltenskodex unter Anwälten, der besagt, dass wir unsere Drohungen, soweit möglich, unausgesprochen lassen. Sie verstehen: eine Politik der feinen Nadelstiche, aber immer unter dem Deckmantel höflicher Floskeln, so in etwa.«

»Entschuldigen Sie.«

»Sie passen besser zu Westinghouse als ich.«

Serrell nahm ein Blatt Papier und schrieb eine relativ einfache Finanzformel darauf. »Mr Tesla wird Ihnen seine Patente nicht verkaufen. Beruhigen Sie sich, beruhigen Sie sich, jetzt sehen Sie mich doch nicht so an! Er wird sie nicht *verkaufen*. Aber er wird sie an Sie lizensieren. Und will dafür eine Kombination aus Barzahlung, Aktienpaketen und einer Stücklizenzgebühr. Schauen Sie sich die Zahlen hier an, sprechen Sie alles mit Westinghouse durch, danach unterhalten wir uns weiter. Ich würde Ihnen gern sagen, dass ich innerhalb von vierundzwanzig Stunden eine Antwort brauche, oder irgendeine andere Die-Uhr-tickt-Taktik fahren, aber ich vermute, darauf würden Sie nicht so gut ansprechen.«

Paul schaute hinunter auf das Blatt Papier, das Serrell ihm ausgehändigt hatte. Die Zahlen darauf waren überaus vorteilhaft für Tesla. Aber sicherlich verhandelbar.

»Hat mich gefreut, Sie kennenzulernen«, sagte Paul, schob das gefaltete Blatt in seine Jackentasche und erhob sich.

»Meine besten Empfehlungen an Mr Carter und Mr Hughes«, sagte Serrell. »Ach ja, und ... Ich hoffe, Sie finden das jetzt nicht unhöflich, aber sollte Ihnen je der Sinn nach einem Kanzleiwechsel stehen: Wir haben hier durchaus einige Mandanten, die sich überaus gern in dieselben Hände begeben würden, die auch die Angelegenheiten von George Westinghouse betreut haben.«

»Ich bin sehr zufrieden mit meiner Stellung. Und Mr Westinghouse geht es mit unserer Kanzlei auch so. Aber vielen Dank.« Paul stand schon in der Tür, musste aber einen Gedanken, der ihm nicht mehr aus dem Kopf ging, doch noch loswerden.

»Aus reiner Neugierde: Warum haben Sie ihn abgelehnt?«

»Hmm?«

»Den Job, den Mr Westinghouse Ihnen angeboten hat.«

»Ach so.« Serrell blickte nach unten und trommelte leicht mit den Fingern der einen gegen die Finger der anderen Hand, als könnte dieser Rhythmus ihn bei der Formulierung einer treffenden Antwort leiten.

»Wir etwas erfahrenere Anwälte tun uns keinen Gefallen damit, einen Fall anzunehmen, den man nicht gewinnen kann. Aber jemand wie Sie ... ein junger Mann, am Beginn seiner Karriere: Dessen Laufbahn profitiert doch noch davon, wenn sein Name in der Zeitung steht. Und ich bin mir sicher, dass niemand Ihnen persönliche Vorhaltungen machen wird, wenn Sie einen Fall verlieren, den niemand hätte gewinnen können.«

KAPITEL 15
NETZWERKE

Wir sind bei dieser Party nicht die Ersten, aber wir werden die Besten sein.

– STEVE JOBS

Im Juli wurde der Deal unter Dach und Fach gebracht. Tesla würde insgesamt 70 000 Dollar im Voraus erhalten, zwei Drittel davon in Westinghouse-Aktien, ein Drittel in Bargeld. Zusätzlich zwei Dollar fünfzig pro Pferdestärke je verkaufter Maschine, in die Teslas Wechselstromtechnologie eingebaut war. Aber Tesla würde für sein Geld auch arbeiten: Er würde als Berater in die Westinghouse Electric Company eintreten und sein eigenes Labor nach Pittsburgh verlegen. Westinghouse trug sich mit der Sorge, ob Tesla überhaupt in der Lage wäre, innerhalb der etwas strenger gezogenen Grenzen seiner Firma tätig zu sein. Diese Sorge brachte er Paul gegenüber zum Ausdruck, als die beiden an einem drückend heißen Vormittag in der ersten Juliwoche sein Arbeitszimmer betraten.

»Noch steht ›Westinghouse‹ an der Tür«, beruhigte ihn Paul. »Sie sind derjenige, der hier die Entscheidungen trifft. Wenn er arbeiten will, wird er für Sie arbeiten müssen. Solange Mr Tesla im Umgang mit dem Meißel noch nicht so geschickt ist wie mit einem Motorenanker, müssen Sie sich keine allzu großen Sorgen machen.«

Paul konnte nicht sagen, ob Westinghouse ihn überhaupt gehört hatte. Er beschloss, ein heikles Thema anzusprechen, und sprach lauter.

»Warum haben Sie mich eigentlich eingestellt?«

Westinghouse war über die Frage genauso überrascht wie Paul über seinen eigenen Mut, sie auszusprechen. Die beiden Männer sahen einander nicht an.

»Serrell meinte, Sie hätten ihm den Job zuerst angeboten. Vor mir.«

Westinghouse sammelte sich einen Moment, bevor er antwortete. »Das stimmt.«

»Also: Warum ich? Außer meinen beiden eigenen Partnern könnte ich noch fünfzig weitere Anwälte aufzählen, die alle über mehr Erfahrung verfügen als ich.«

»Soll ich mich umhören, ob einer von ihnen abkömmlich ist, um Ihre Stellung einzunehmen?«

»Nein. Ich möchte von Ihnen nur wissen, warum Sie sich für mich entschieden haben.«

Westinghouse sah Paul in die Augen. Er schien etwas abzuwägen.

»Ihre Annahme, dass ich Sie nicht Ihrer Erfahrung wegen eingestellt habe, ist korrekt. Tatsächlich habe ich Sie aus genau diesem Grund eingestellt: Ihnen fehlt die Erfahrung. Zwischen der EGE und den Dutzenden von Finanzgebern auf der Wall Street, die sämtlich ein eigennütziges Interesse haben am wirtschaftlichen Erfolg von EGE, gibt es keine Kanzlei, die nicht auf die eine oder andere Art in Edisons Netz verstrickt ist. Ich habe mich gründlich umgesehen, glauben Sie mir. Jede einzelne hat finanzielle Abmachungen, entweder mit Edison selbst oder mit einem seiner Förderer. J.P. Morgan *persönlich* hält sechzig Prozent von EGE. Und können Sie sich vorstellen, wie schwierig, ja unmöglich es ist, eine Kanzlei zu finden, die keine Geschäfte mit Morgan laufen hat?«

»Wohingegen ich vor Ihnen noch keinen einzigen Mandanten vorzuweisen hatte.«

»Genau. Keine Mandanten. Keine Konflikte. Keine unklaren Loyalitäten.«

Westinghouse' Logik war einleuchtend. Komisch: Da hatte er die ganze Zeit über gedacht, wertgeschätzt zu werden für das, was er schon erreicht hatte – und dann stellte sich heraus, dass sein Wert vielmehr darin bestand, eben noch keine großen Errungenschaften vorweisen zu können.

»Jetzt machen Sie nicht so ein griesgrämiges Gesicht«, meinte Westinghouse. »Mit etwas Glück machen wir ja jetzt etwas aus Ihnen.«

Paul wusste: Etwas, das noch näher an ein väterliches Schulterklopfen herankam, würde er von seinem Mandanten nicht bekommen. Und es war ja schon deutlich mehr als alles, was sein eigener Vater ihm überhaupt je hatte zuteilwerden lassen.

»Ihr Freund Tesla«, kam es von Westinghouse, »mag ein Glücksfall für uns sein. Aber meine Männer müssen noch eine Menge Anpassungen vornehmen, schließlich ändern wir so gut wie alles an unserem elektrischen System: die Generatoren, die Dynamos, sogar die Kabelbreite. Sobald wir allerdings damit fertig sind, wird unser Wechselstromsystem nicht nur die beste Methode sein, um elektrisches Licht zu produzieren und in die Welt zu schicken, sondern sich auch so stark von Edisons Gleichstrom unterscheiden, dass seine dreihundertzwölf Klagen eigentlich obsolet sein müssten.«

Mit dieser juristischen Analyse lag Westinghouse richtig. Aber eine zentrale Kleinigkeit hatte er nicht angesprochen.

»Sie ändern *alles?*«

Westinghouse wusste, worauf Paul hinauswollte. »Ich habe gesagt: so gut wie alles.«

»Die Glühbirne.«

»Ach, diese verdammte Glühbirne.«

»Der umfangreichste Prozess von allen. Sie können jedes Einzelteil Ihres elektrischen Systems ändern, aber wenn die von diesem System betriebene Glühlampe immer noch Ähnlichkeit hat mit der von Edison, dann ist alles umsonst.«

»Genau an diesem Punkt möchte ich Mr Tesla zum Einsatz bringen. Wenn er in der Lage war, theoretisch ein neues elektrisches System zu entwerfen, dann kann er sich auch eine neue Art von Glühbirne ausdenken. Und zwar eine bessere, eine, die die Leistungsfähigkeit des Wechselstroms voll ausschöpft.«

»Besser muss sie ja gar nicht sein«, meinte Paul, »nur

anders. Aus der juristischen Perspektive stellt sich das Ganze so dar: Wenn Sie und Tesla zusammen eine grundlegend neue Glühlampe erschaffen, dann, Sir … ja, dann brauchen Sie sich im Gerichtssaal nicht vor Edison zu fürchten.«

»Junge … Sie mit Ihren Gerichten und Ihren Verfahren … Wenn Sie doch nur verstehen würden. Das Versprechen, das Wechselstrom birgt, ist so viel größer als das.«

Noch nie hatte Paul Westinghouse so begeistert erlebt. Das war wohl die Seite des Erfinders, die sonst nur die Mitarbeiter in seinem Labor zu sehen bekamen: diese kindliche Freude eines Mannes, der sich dazu entschieden hatte, seinen Lebensunterhalt damit zu verdienen, aus Spaß Dinge zu erfinden.

»Fessenden und ich sind das Thema Wechselstrom noch einmal ganz grundsätzlich durchgegangen und haben beide den Eindruck gewonnen, dass dieser Strom, da er gleichzeitig das Entfernungsproblem löst, eine ganze Reihe weiterer Vorteile bietet.« Westinghouse zog einen Schlüssel aus der Hosentasche, öffnete damit die unterste Schublade seines Schreibtischs und holte einen Stapel großformatiger Papierbögen heraus. Paul rechnete mit technischen Zeichnungen, mit Schaltplänen. Aber im Nähertreten sah er, dass es sich um Landkarten handelte. Karten der Vereinigten Staaten.

»Da Edisons Gleichstrom es immer nur einige Hundert Meter weit schafft, muss er einen Generator nach dem anderen verkaufen. Er hat verdammt gute Arbeit geleistet, reiche Männer im ganzen Land davon zu überzeugen, ihre Häuser an seinen Strom anzuschließen, wozu er aber eben auch jedem einzelnen immer einen Generator verkaufen muss. Diese finanzielle Belastung fällt jedoch weg, wenn man sich auf Wechselstrom verlegt.«

Westinghouse winkte Paul näher heran. Paul las die Legenden in den Ecken der Karten. »Grand Rapids, Michigan.« »Jefferson, Iowa.«

»Wechselstrom wird es uns ermöglichen, einen großen Generator ins Zentrum jeder Stadt zu stellen. Danach können wir so viele Häuser an diesen einen Generator anschließen, wie wir wollen. Es macht nicht viel Arbeit, ein neues Haus mit dem Netz zu verkabeln, sobald dieses Netz einmal steht. Wir brauchen nur unseren Generator aufzustellen, ein paar Eigenheime dazu zu bringen, auf den von uns angebotenen Strom zurückzugreifen ... und schon sehen die Nachbarn, wie hell unser Licht tatsächlich ist ... und nur kurze Zeit später ist die gesamte Stadt von Westinghouse-Lampen erleuchtet.«

Hier, zwischen verbogenen, schmutzigen Zahnradteilen, lag der grobe Umriss der Elektrifizierung der Vereinigten Staaten vor Paul.

»Sie werden ganzen Gemeinden auf einen Schlag Ihren Strom verkaufen können«, sagte er. »Ganze Städte werden zu Westinghouse-Städten werden.«

»Exakt. Wechselstrom ist nicht nur die bessere Technologie, sondern auch das bessere Geschäft.«

Paul blätterte die Karten durch. Rote Punkte sprenkelten die Gegenden, die bereits eindeutig Edison-Terrain waren: New York, Boston, Philadelphia, Chicago, Washington. Von den großen Städten war nur Pittsburgh frei von blutroten Flecken.

Aber Westinghouse hatte auch winzige blaue Pünktchen quer über das Land verteilt und so all jene Gemeinden markiert, die noch zu haben waren: Lincoln, Nebraska. Oshkosh, Wisconsin. Duluth, Minnesota.

Westinghouse' elektrische Revolution würde nicht von den stählernen Türmen in Amerikas wohlhabenden Metropolen ausgehen. Seine Revolution würde ihren Ausgang in Tausenden verschlafener Nester nehmen. Zusammengenommen würden diese Dörfer ein Versorgungsnetz bilden, das von Ithaca, New York, bis nach Portland, Oregon, reichen könnte.

Edison hatte sich den Broadway unter den Nagel gerissen. Also würde Westinghouse sich die Broad Street in Ohio schnappen.

Die Frontlinien waren gezogen. Ein jeder würde sich für eine Seite entscheiden müssen. Ein jeder würde zu einem Netzwerk gehören. Netzen aus Licht. Netzen aus Menschen. Stromnetzen. Netzwerken des Geldes.

»Wir können sofort mit dem Verkauf beginnen«, sagte Westinghouse. »Im Herbst sollte das erste System bereit sein zur Installation.« Er genoss die Überraschung in Pauls Gesicht. »Wenn Sie uns die Gerichte vom Leib halten, werden Nikola Tesla und ich Thomas Edison Einhalt gebieten.«

KAPITEL 16
EIN SCHRITT VOR, ZWEI SCHRITTE ZURÜCK

Was ich tue, muss eine Funktion dessen sein, was ich tun *kann*, und keine Funktion dessen, was zu tun andere von mir verlangen.

– TIM BERNERS-LEE

An dem Abend, an dem Tesla sein neues Labor auf dem Westinghouse-Anwesen bezog, sollte auf Pauls Anregung hin im zentral gelegenen Herrenhaus ein Willkommensessen zu Ehren des Erfinders stattfinden. Ein Mahl in aller Freundschaft, bei dem Tesla, Westinghouse sowie die redseligeren Mitglieder der Führungsriege zugegen sein sollten, zusätzlich Fessenden mit seinem Stab. Ob Tesla sich an Westinghouse' Tisch zu betragen wissen würde? Damit war eher nicht zu rechnen. Aber Marguerite würde zugegen sein, damit die Situation nicht entgleiste, und es wären Sachkundige anwesend, sollte Tesla sich in einen seiner schwer verständlichen Monologe stürzen. Personell sollte die anstehende Konversation also auf stabilen Pfeilern ruhen.

Während die Hausangestellten Tesla beim Einzug in seine neu eingerichtete Wohnung halfen, überwachte Marguerite die Zubereitung der gebackenen Rosmarinhühnchen. George Westinghouse rührte seine traditionelle Salatsauce zusammen. Die Gentlemen banden sich ihre weißen Krawatten um, und Pauls einsames Dinner-Jackett wurde ein weiteres Mal geplättet.

Alle versammelten sich an der Tür, als Tesla durch ein Spalier von Dienern zum ersten Mal das Herrenhaus betrat. Die Männer verbeugten sich der Reihe nach, von rechts nach links. Tesla trat auf Marguerite zu, neigte den Kopf, wollte nach ihrer Hand greifen – und stieß einen spitzen Schrei aus.

Paul war viel zu verdutzt, um etwas zu sagen – und alle anderen mit ihm. Langsam wich Tesla zur Tür zurück. So wie es aussah, strengte Marguerite jeden einzelnen Gesichtsmuskel an, um ihr Lächeln an Ort und Stelle zu halten. Schlussendlich war es der Butler, der Tesla fragte, ob denn alles in Ordnung sei.

»Es ist das Haar«, sagte Tesla mit tiefem Ernst. Entsetzt beäugte er seinen Ärmel. Paul reckte den Kopf. Tatsächlich: An Teslas Hemdärmel klebte ein langes weißes Haar, das nur von Marguerite stammen konnte.

»Ich kann nicht aushalten seine Berührung«, kam es von Tesla. »Meine Entschuldigungen, Mrs Marguerite Westinghouse.«

Mit diesen Worten marschierte er wieder zur Vordertür hinaus. Das sich anschließende Abendessen am Tisch der Familie Westinghouse blieb zum Glück ein kurzes.

Es sollte sich herausstellen, dass Tesla niemals wieder auch nur einen Fuß ins Herrenhaus setzen würde. Sein Labor lag nur einen kurzen Fußmarsch den Weg hinunter, aber die Ingenieure, denen die Aufgabe zugewiesen worden war, ihm zu assistieren, berichteten, dass er es so gut wie nie verließ.

Seine Mahlzeiten bestanden ausschließlich aus Wasser und Salzcrackern und wurden ihm zu den merkwürdigsten nächtlichen Uhrzeiten in seine Wohnung über dem Labor gebracht. Jeder Versuch, etwas Fleisch in seinen Magen zu bekommen, endete in einem Desaster – beispielsweise wurde einmal das Volumen einer geschmorten Schweineschulter, die ihm auf einem polierten Silberteller dargeboten wurde, für ein Vielfaches von sieben und damit als Gift für seinen Blutkreislauf befunden.

Es wurden wöchentliche Sitzungen anberaumt, in denen Westinghouse über die Fortschritte des Erfinders informiert wurde, eine Glühbirne zu entwickeln, die sich jenseits der Reichweite von Edisons Patent befand. Diese Sitzungen kamen und gingen, und Tesla selbst zeigte sich nicht ein einziges Mal. Der Fairness halber muss man anmerken, dass er auch von keinerlei Fortschritt hätte berichten können, weswegen seine Entscheidung, diesen Zusammenkünften nicht beizuwohnen, in gewissem Sinne nachvollziehbar war.

Westinghouse fehlte für all diese Exzentrizitäten die Geduld. Man befand sich hier an seinem Firmensitz, wo Männer sich so zu betragen hatten, wie es der Bedeutung ihrer Aufgabe angemessen war. Sich selbst schien Westinghouse als Vater einer großen, ehrgeizigen Kinderschar zu sehen: Zu Feiertagen gab es, wie weithin bekannt war, Geschenke für alle, außerdem war er auch der erste Arbeitgeber Amerikas, der die Arbeitswoche seiner Angestellten auf sechs Werktage verkürzte. Jeder Unternehmensmitarbeiter, vom Leiter der Buchhaltung bis hin zum einfachen Monteur in einer der Fabriken, hatte mindestens einen Tag pro Woche frei. Für Westinghouse war solche Freigebigkeit ein Zeichen des Respekts. Alle Hände in der Westinghouse Electric Company zogen schließlich am selben Strang. Im gar nicht so fernen New York saß der klar benannte Feind, eine rivalisierende Armee, die die seinige in Zahlen, Ressourcen und Schlagkraft in den Schatten stellte.

Westinghouse stand Teslas eigensinniger Aufmüpfigkeit ohnmächtig gegenüber, aus dem einfachen Grund, dass er Tesla brauchte, wohingegen Tesla Westinghouse nur latent nützlich fand. Den Lohn konnte Westinghouse Tesla nicht kürzen, weil Lemuel Serrel für dessen garantierte Unantastbarkeit gesorgt hatte. Genauso wenig konnte er ihm den Zugang zu den Laborgeräten verweigern, denn schließlich war er davon abhängig, dass Tesla so viel wie möglich aus den vorhandenen Mitteln machte. Und sämtlicher sozialer Druck, den auf Tesla auszuüben er imstande war, verpuffte gleichfalls wirkungslos: Isolation war für einen Mann, der vor allen Dingen allein sein wollte, einfach keine Strafe.

KAPITEL 17
EINE BERÜHMTE BESUCHERIN

Höchstleistungen werden nur erbracht, wenn ihnen ein Rahmen aus höchsten Erwartungen gesteckt ist.

– CHARLES F. KETTERING,
ERFINDER DES ELEKTRISCHEN ANLASSERS

An einem schwülen Vormittag im August desselben Jahres wurde Paul von einem Klopfen an der Bürotür aus seinen Gedanken gerissen. Als er von seiner Korrespondenz aufschaute, sah er in das erstaunte Gesicht der Sekretärin Martha.

»Sie haben Besuch«, sagte sie. »Also, um genau zu sein ... gleich zwei Besucherinnen.«

Auf der Visitenkarte, die sie ihm reichte, stand ein Name, der ihm aus dem Gesellschaftsteil der Zeitung wohlbekannt war.

»Agnes Huntington sitzt im Wartebereich?«

»Ja.«

»*Die* Agnes Huntington?«

»Wenn ein derart liebreizendes Mädchen nicht die echte Agnes Huntington ist«, gab Martha zurück, »dann kann ich mir nicht vorstellen, was für eine Augenweide das Original sein muss.«

Warum bekam er Besuch von einer der begehrtesten jungen Sängerinnen der New Yorker Bühnenwelt?

Natürlich wusste er alles über sie. Er las ja Zeitung. Gebürtig war sie Amerikanerin, berühmt geworden war sie allerdings in London, wo sie am Prince of Wales Theatre eine gesamte Spielzeit hindurch den *Paul Jones* ausverkauft hatte, ein Stück, in dem sie nach einer genialen Eingebung der Besetzungsabteilung die männliche Hauptrolle gespielt hatte. Die überschwänglichen Kritiken, die sie für dieses komödiantische Bravourstück bekommen hatte, hatten es auch über den Atlantik geschafft. Agnes war ihnen alsbald gefolgt und dann bei den Boston Ideals engagiert gewesen, mit denen sie entlang der Ostküste auf Tournee gegangen war. Die Metropolitan Opera in New York hatte sie schließlich zu einem, so mutmaßten die Blätter, nicht unerheblichen Preis abgeworben. Während der gesamten Sommerspielzeit wurde darüber spekuliert, ob sie ihre berühmte Rolle hier erneut spielen würde. Paul hatte sie natürlich noch nicht auf der Bühne gesehen. Eine Abendloge in der Met würde ihn ungefähr ein Monatsgehalt kosten – vorausgesetzt, er bekäme überhaupt eine Karte. Anwälte waren die Tagelöhner der wahrhaft Reichen. Dass Anwälte eher mit Füllfederhaltern arbeiteten statt mit Schaufeln, machte ihre Stellung in den Augen der Rockefellers, Morgans und Roosevelts nicht ehrenwerter. Und ihre Versuche, am gesellschaftlichen Leben teilzuhaben, nur noch kurioser.

Und doch wartete in diesem Augenblick Agnes Huntington, der am hellsten leuchtende Stern im Rampenlicht des Broadways, geduldig in Pauls Empfangszimmer.

»Aber Sie sagten, es seien zwei Besucherinnen?«, hakte Paul nach. »Wer ist die zweite?«

»Ach«, gab Martha zurück, »nur ihre Mutter.«

Die Londoner Zeitungen hatten den vierundzwanzigjährigen Star mit Worten wie »strahlend« beschrieben. Paul wäre in der Wahl seiner Worte womöglich noch weiter gegangen. Agnes' lockiges aschblondes Haar war rund um ihr Gesicht zu einem vollkommenen Glorienschein frisiert. Ihre Haut hatte dieselbe milchweiße Farbe wie ihre Zähne. Ihre Augen waren von einem Wintergrau, das es unmöglich machte, in ihnen zu lesen. Ihr grünes Kleid zierte am unteren Saum blaue Spitze. Allein diese

Spitze war wahrscheinlich schon teurer als Pauls gesamter Anzug. Aber trotz ihrer makellosen Erscheinung wirkte sie in ihrem Auftreten doch nicht zart oder zerbrechlich. Sie war alles andere als ein Porzellanpüppchen, sondern eher ein weit entfernter Gletscher: weltentrückt und ruhig – unter der Oberfläche aber von einer großartigen, unerforschlichen Lebendigkeit.

Paul brachte ihr Charisma ganz aus der Fassung. Glücklicherweise redete Fannie, ihre Mutter, genug für sie alle drei.

Ja, einen Tee würde man gern nehmen. Nein, Zucker eher nicht. Die Sache, die zu besprechen man gekommen war, sei eine einigermaßen delikate. Man würde Pauls Diskretion sehr zu schätzen wissen. Man brauche einen Anwalt, der sich darum kümmere, dass die zurzeit gegebene Situation keinen Weg finde in die Klatschspalten der *Sun*. Paul, so viel hatte Fannie Huntington mitbekommen, vertrete doch George Westinghouse gegen Thomas Edison. Dann habe er ja vielleicht Erfahrung mit von vornherein Unterlegenen und keine Angst vor einem unfairen Kampf.

Als Thomas Edisons Name fiel, erinnerte Paul sich an seine Eigenschaften als Profi und sagte: »Ich kann Ihnen versichern, dass derjenige, der Ihnen Schwierigkeiten bereitet, als Feind nicht im Entferntesten so machtvoll ist wie Thomas Edison.«

Was genau das war, was Fannie Huntington hören wollte. Paul hatte den Eindruck, dass diese Frau nicht allzu oft enttäuscht wurde. Sie gehörte zwar zu den kleinsten Frauen, denen Paul je begegnet war, aber in ihrem gedrungen-kugeligen Körper wohnte eine Persönlichkeit von doppelter Größe. Sie war wie Gewehrmunition. Gehärtet und gekühlt, gefüllt und geladen, jederzeit zur Explosion bereit. Wie diese Mutter diese Tochter hatte bekommen können, war eine Frage für Mr Darwin.

Das Problem, erläuterte Fannie, habe schon in Boston seinen Anfang genommen, als Miss Agnes noch bei den Ideals sang. Ob Paul mit dem Namen etwas anfangen könne, fragte sie, und ob er Bescheid wisse über Agnes' ehemaliges Engagement bei dieser Truppe?

»Mr Cravath ist sehr wohl im Bilde, wer ich bin, Mutter«, sagte Agnes schärfer, als Paul erwartet hätte. Ihre Sprechstimme hatte eine gewisse Härte. Sie lieferte keinen Hinweis auf jenes Wunderorgan, das sie so berühmt gemacht hatte. »Er weiß, dass ich bei den Ideals gesungen habe. Und er weiß auch, dass ich jetzt an der Met singe. Ich würde sogar wetten, dass er schon einmal bei einer Matinee war.«

»Ich fürchte, dieses Glück noch nicht gehabt zu haben.« Paul ging davon aus, dass dieses Geständnis ihn in ihrer Hochachtung eine Stufe nach unten sinken ließ.

»Nun, dann müssen wir Sie einmal zu einer einladen«, schlug Agnes freundlich und ohne eine Spur der Herablassung vor.

Paul waren bislang nur zwei Sorten von Prominenten begegnet. Die erste Sorte versuchte eifrig so zu tun, als sei sie sich ihres eigenen Ruhms nicht bewusst. Solche Berühmtheiten schützten eine ungläubig-devote Überraschung vor, wenn man sie erkannte. Nein, so etwas! Die zweite Sorte hatte so viel Erfahrung mit ihrem Status, dass er ihnen schon wieder egal war. Agnes, die in ihrem noch kurzen Leben schon mehr als nur ein paar Jährchen Ruhm untergebracht hatte, gehörte zum letzteren Typus.

Dass sie keinerlei Bedürfnis hatte, ihm irgendetwas zu beweisen – wohingegen er ihr sehr gern eine ganze Menge bewiesen hätte –, stellte nur noch deutlicher heraus, dass sie sozial auf zwei verschiedenen Kontinenten lebten.

»Was ist es denn nun, das Ihnen in Boston widerfahren ist?«, fragte er förmlich.

»Oh, in Boston hat es zwar angefangen«, antwortete Fannie, »aber zum Problem geworden ist es in Peoria.«

Die Ideals, erläuterte sie, seien auf ihrer ersten Tournee durch den Mittleren Westen gewesen: Indiana, Ohio, Illinois, Missouri. Agnes, hatte Fannie es eilig zu erwähnen, habe zuvor noch nie an solchen Orten gesungen. Aber W.H. Foster, der Inhaber der Ideals, habe eben, beflügelt von den monetären Gewinnaussichten, den Versuch unternehmen wollen, in Städten zu gastieren, die ansonsten keinerlei Zugang hatten zu den schönen Künsten. Für Bauern und ähnliche Leute seien die Eintrittskarten extra billiger gemacht worden. Einbußen bei der Qualität ihres Publikums würden die Ideals dann möglicherweise durch die Quantität der Publikumszahlen wettmachen können.

Engagements für nur einen Abend waren der übliche Fall auf dieser Tournee. Da spielte man beispielsweise einen Abend lang in Gary, Indiana, vor zweitausend Besuchern, die, wie Fannie es formulierte, »unerfahrene Beiwohner einer ausgezeichneten Darbietung« waren. Dann weiter nach Dayton, zum nächsten Auftritt am nächsten Abend. Ihre Tochter habe sich zunehmend gefühlt, als reise sie mit dem Zirkus von P.T. Barnum.

In Peoria, Illinois, habe sich der Konflikt dann zugespitzt: Mr Foster habe Agnes davon in Kenntnis gesetzt, dass sie, um Geld zu sparen, ab jetzt mit dem Ensemble zusammen reisen müsse. Aber das sei natürlich ein Ding der Unmöglichkeit gewesen. Agnes habe sich höflich beschwert. Aber Mr Foster sei den von Agnes vorgetragenen Argumenten nicht mit Vernunft begegnet, sondern mit unbotmäßiger Bestrafung.

Zunächst habe er Fannie untersagt, weiter mit ihrer Tochter mitzureisen. Dann habe er damit begonnen, Teile von Agnes' Gage einzubehalten. Im Vertrag habe eindeutig gestanden, dass Agnes während der Tournee zweihundert Dollar pro Woche erhalten solle. Und dann fehlten plötzlich zehn Dollar auf dem Wochenscheck. Mr Foster habe zunächst behauptet, der Buchhaltung sei da wohl ein Fehler unterlaufen, er werde sich um Behebung kümmern. Was er aber nicht tat. Einige Wochen später fehlten fünfzig Dollar auf dem Scheck. Und dann hundert Dollar. Bald habe Agnes weniger als die Hälfte der vereinbarten Gage erhalten.

An diesem Punkt habe Agnes auf Anraten ihrer besorgten Mutter die Ideals verlassen. Sie habe ihre Taschen gepackt, sei in einen Zug nach Chicago gestiegen und zwei Tage später zu Hause in Boston eingetroffen. Erfreulicherweise habe die Met dann nur wenige Monate später für Agnes und ihre Mutter den Umzug nach New York arrangiert. Mit Agnes' Karriere sei es steil nach oben gegangen.

Aber trotz allem: Ihr Wunsch, diese unglückselige Tortur weit hinter sich zu lassen, sei nicht erfüllt worden. Wegen ihrer plötzlichen Abreise habe Mr Foster Agnes mit einer Klage gedroht. Sie habe ihm gesagt, er könne das gestohlene Geld behalten, aber das habe Mr Foster nicht gereicht. Er habe Agnes' Rückkehr nach Boston gefordert, wo sie wieder bei den Ideals singen sollte.

»Und was soll passieren, wenn Miss Huntington nicht tut, was er verlangt?«, fragte Paul.

»Mr Foster gibt vor, unter den Chicagoer Journalisten einige Freunde zu haben. Er behauptet, mit nur einem einzigen Brief für erheblichen Wirbel sorgen zu können. Er könne der Zeitung scheußliche Lügen über die Gründe erzählen, die Agnes zur Abreise aus dem Mittleren Westen veranlasst hätten. Er könne auch andeuten, dass … Ich kann es noch nicht einmal in den Mund nehmen.«

Paul winkte ab. Sie brauchte nicht fortzufahren. »Ein Skandal also. Etwas in dieser Art.«

Er blickte zu Agnes, wollte sehen, wie sie auf diese unerfreuliche Geschichte reagierte. Aber er konnte keinerlei Regung erkennen. Agnes wahrte die Fassade äußerster Unerbittlichkeit. Ihre Augen strahlten nichts weiter aus als ihr Februargrau. Ihre Lippen, weder zusammengepresst noch lächelnd, gaben nichts preis.

»Wir müssen uns diese Geschichte vom Hals schaffen«, sagte Fannie. »Und das ohne großes Bohei. Wäre es Ihnen möglich, uns dabei zu unterstützen?«

Das, was Paul jetzt sagen musste, war alles andere als einfach. Aber unvermeidlich.

»Ich würde Ihnen gern meine Partner vorstellen. Sie sind ausgezeichnete Anwälte, und Sie wären bei ihnen ebenfalls in überaus fähigen Händen.«

Die beiden Frauen schwiegen. Sie schienen es nicht gewöhnt zu sein, abgewiesen zu werden. Es war, als wüssten sie nicht recht, wie sie reagieren sollten.

»Ich fürchte, es ist schlicht und ergreifend eine Frage der

zeitlichen Kapazität«, fuhr Paul fort. »Denn es ist allein Zeit, die mir fehlt. Die Verteidigung von George Westinghouse erfordert bereits meine volle und uneingeschränkte Aufmerksamkeit.«

Fannie sagte: »Wir haben es also mit einen Anwalt zu tun, der kein Interesse hat an einer neuen Mandantin.«

»Für den Moment habe ich einen Mandanten. Ich habe einen Fall. Und den muss ich gewinnen.«

Pauls großer Ernst schien Agnes leicht zu amüsieren. Wenn sie beleidigt war, zeigte sie es zumindest nicht. Es machte eher den Anschein, als habe sie Pauls Anwesenheit schon vergessen und bereite sich auf die Rückkehr in ihre große Welt der Konzerte und Partys vor, aus der kommend sie hier hereingeplatzt war. Paul sah sich mit dem unschönen Gedanken konfrontiert, dass sie sehr bald wieder gehen würde. Wann hatte er zum letzten Mal überhaupt mit einer Frau in seinem Alter gesprochen? Aber anders ging es einfach nicht, so viel war ihm klar.

»Dann komm, mein Liebling«, sagte Fannie. »Allein an dieser Straßenecke gibt es hundert andere Anwälte, die sich deines Falls annehmen würden, ohne auch nur eine Sekunde darüber nachzudenken.«

Pauls weitergehende Entschuldigungen wurden nicht angenommen. So schnell, wie sie gekommen waren, waren sie auch wieder fort, zurück blieb nur ein Hauch von Agnes' exotischem Parfüm, das er nie wieder riechen würde.

Paul sah zu dem unbewältigbar hohen Stapel Papier auf seinem Schreibtisch. *Das ist es wohl, was den Siegreichen abverlangt wird*, sagte er zu sich selbst. An jenem Abend blieb er noch lange im Büro, so lange, bis seine Schreibhand zu nichts mehr zu gebrauchen war. Er schlief nicht gut.

KAPITEL 18
VÄTER UND SÖHNE

> Als allgemeine Regel lässt sich sagen, dass ein Mann dem, was ihm mitgegeben wurde, nur sehr wenig zu verdanken hat. Ein Mann ist das, was er aus sich macht.
>
> – ALEXANDER GRAHAM BELL

Erastus Cravath war nicht beeindruckt. Das ließ er seinen Sohn im Laufe seines Besuchs in New York Ende August deutlich spüren.

Erastus war unbeeindruckt von Pauls Mandant. Kohlelampen waren für das Elternhaus in Nashville gut genug.

Auch von Pauls Wohnung auf der 50. Straße war er nicht gerade hellauf begeistert. Erastus konnte New York insgesamt nicht besonders gut leiden. Er verstand nicht, warum Paul hier leben wollte. Den Sommer in Manhattan fand Erastus drückend. Die Stadt fand er laut, dreckig und unangenehm. Die Lebensumstände der Juden, die in der Lower East Side auf engstem Raum in ihren Mietskasernen hausten, fand er haarsträubend. Noch schlimmer fand er, wie es den Negern im Tenderloin erging. Machte sich denn niemand Gedanken um Typhus?

Erastus begriff nicht, warum die Wohnung seines Sohnes auch zwei Jahre nach Bezug noch nicht ordentlich eingerichtet war. Die Frage, in welcher Kirche Paul seine Sonntage verbrachte, stellte er gar nicht erst; er kannte die Antwort.

Den Central Park fand er übermäßig gepflegt, ähnlich den penibel angelegten Gärten eines englischen Lords aus früheren Zeiten. Mit dem Hummer konnte er sich nicht anfreunden. Aber wenn Paul sein Geld dafür ausgeben wolle, sich den Bauch mit Meeresfrüchten vollzuschlagen – er würde einem Siebenundzwanzigjährigen sicher nicht vorschreiben, wie er sich zu ernähren habe.

Per Brief war Paul darüber in Kenntnis gesetzt worden, dass sein Vater vorhatte, ihn zu besuchen. Es war Erastus Cravath' erste Reise in die Stadt, seit Paul hier lebte. Er hatte geschäftlich hier zu tun: Er wollte einige der Geldgeber des Fisk College treffen – jene in New York raren Männer, die sowohl über starke moralische Ansprüche als auch über das notwendige Bankkonto verfügten, um die Bildungseinrichtung zu unterstützen. Der alte Mann hatte nicht geschrieben, dass er sich freue, seinen Sohn zu sehen.

Paul schrieb zurück, dass er sehr gern bei ihm wohnen könne, dass ihn sein Fall in letzter Zeit allerdings übermäßig in Anspruch nähme. Weswegen wohl leider nicht allzu viel Zeit für gemeinsame Unternehmungen bleiben würde. Erastus antwortete, er wisse nicht genau, was New York in Sachen Unternehmungen zu bieten habe, glaube aber auch nicht, dass ihm allzu viel davon gefiele.

Bei seiner Ankunft schleppte er sein Gepäck keuchend die vier Stockwerke bis zu Pauls Wohnung hinauf und lehnte auf der gesamten Treppe jede Hilfe ab. Er war fast so groß wie Paul, hatte aber beträchtlich mehr Gewicht um die Hüfte herum. Paul stellte fest, dass sein weißer Bart so lang geworden war, dass die ausfransenden Spitzen bis zum drittobersten Hemdknopf reichten.

Paul hatte sich den Nachmittag freigehalten, aber Erastus sagte, die Reise habe ihn erschöpft und er wäre dankbar für ein paar Stunden auf Pauls Chaiselongue. Er habe keine Chaiselongue, sagte Paul zu seinem Vater, aber er dürfe sich sehr gern in Pauls Bett legen, sowohl an jenem Nachmittag als auch während der gesamten Dauer seines Aufenthalts. Entsprechend nahm Erastus um zwei Uhr mittags die Matratze in Beschlag, während Paul müßig in der Wohnung herumwerkelte. Und sich nach seinem Büro sehnte.

Als Erastus aufwachte, schlug Paul ihm vor, ihn zu einem guten Essen einzuladen. Aber Erastus wies ihn darauf hin, das sei doch Geldverschwendung. Es sei für ihn vollkommen ausreichend, zu Hause einen Eintopf zuzubereiten. Wo denn der nächste Metzger sei, bei dem man ein gutes Flankensteak kaufen könne?

Paul unterlief der dumme Fehler zuzugeben, dass er das nicht wusste. Was für Erastus eine willkommene Vorlage für die Bemerkung war, dass Paul mit einer Frau an der Seite vielleicht etwas mehr Hilfe beim Einkaufen hätte. Somit war Pauls andauerndes Junggesellentum als Thema auf dem Tisch.

Paul versicherte seinem Vater, wie gern er heiraten würde und dass eine Ehe sicher nicht mehr lange auf sich warten ließe, dass aber zum gegenwärtigen Zeitpunkt die Arbeit auch sehr zehrend sei. Ob er es nicht auch besser fände, sich vor einer Hochzeit einen Namen zu machen?

»Aber«, meinte sein Vater, der in der Küche Zwiebeln kochte, »du kannst doch keine Frau wollen, die dich nur deines Namens wegen liebt. Du willst doch eine Frau, die dich wegen des Menschen liebt, der hinter diesem Namen steckt.«

Für Paul war das Ziel dieses Gesprächs, es so schnell wie möglich wieder zu beenden. Von seinem Vater in Liebesdingen beratschlagt zu werden, war wie Anlagetipps von einem der Rockefeller-Söhne zu bekommen: Wem es noch nie schmerzhaft an einer Sache gemangelt hat, der hat keinen Begriff davon, was man im Tausch für diese Sache hergeben muss.

Pauls Eltern führten eine gute Ehe. Davon war Paul überzeugt, auch wenn es ihn zutiefst irritierte. Sie hatten sich kennenlernt, als sie noch sehr jung waren, und sofort geheiratet. Sein Vater konnte aufbrausend sein, und seine Mutter hatte die Tendenz, sogar noch schneller zu urteilen als ihr Ehemann. Aber zusammen waren sie glücklich. Über die Fehler des jeweils anderen sahen sie großmütig hinweg. Ihr unbeugsamer Moralismus blieb immer vor der Tür des zweistöckigen Hauses in Tennessee. Sie begegneten sich mit einer nachsichtigen Liebenswürdigkeit, die sie so gut wie niemand anderem gegenüber aufbrachten. Paul hatte erst älter werden und seine Freunde in ihre unerträglichen, tristen Bindungen trudeln sehen müssen, um zu begreifen, dass seine Eltern über ein seltenes Privileg verfügten. Ein Privileg, das Paul bislang noch nicht zuteil geworden war.

In siebenundzwanzig Jahren Leben hatte Paul vier Mädchen geküsst. Worüber er natürlich nie sprach. Aber er dachte hin und wieder daran, und die Erinnerungen lösten großes Behagen in ihm aus. Seit seiner flüchtigen Begegnung mit Agnes Huntington vor zwei Wochen waren diese Erinnerungen wieder lebendig geworden, wollten ihm gleichzeitig aber sehr lange her erscheinen.

Das erste Mädchen, das er, damals noch in Nashville, geküsst hatte, war Evelyn Atkinson gewesen. Ihr Vater betrieb unten am Hafen eine Reederei. Paul wurde zu Hause unterrichtet, aber jeden Nachmittag lief er zum Fluss, um sich mit den Jugendlichen in seinem Alter zu treffen. Evelyn hatte er eines Abends spät geküsst, als das dürftige Licht des wolkenverhangenen Mondes von Tennessee die Grübchen in ihren lächelnden Wangen beleuchtete. Sie lächelte eigentlich immer, daran konnte er sich am besten erinnern. Sogar, also sie sich küssten, blieben ihre Mundwinkel nach oben gezogen.

Nachdem er beim Tabakfest im Herbst dann Gloria Robinson geküsst hatte, hatte er unbestreitbar Gefallen am Küssen gefunden. Was er aber niemandem erzählte. Die anderen Jungs zogen ihn aus Eifersucht auf, eifersüchtig auf etwas, das er nur in ihrer Vorstellung getan hatte. Auf etwas, das in ihrer Fantasie Mädchen ihn hatten tun lassen.

Glorias jüngere Schwester Emily hatte er dreimal geküsst. Weswegen er sich schlecht fühlte. Da er sich aber sicher war, dass Gloria Emily nichts erzählte und dass Emily Gloria nichts erzählte und er sowieso niemandem etwas erzählte, war auch niemandem Schaden zugefügt worden. Trotzdem war diese Aktion wohl nicht seine Sternstunde gewesen.

Am Oberlin College hatte er Molly Thompson kennengelernt, eine ruhige Rothaarige, die im hohen Gras von Ohio gern Anfälle von Kitzeligkeit hatte. Sie hatten sich regelmäßig geküsst. Seine Kommilitonen waren sicher gewesen, dass mehr als diese Küsse passiert waren – Gerüchte verbreiteten sich schnell an einer derart kleinen Hochschule –, aber Paul und Molly kannten die Wahrheit. Sie waren am Plum Creek entlangspaziert, hatten zu den Geigenspielern in der Allencroft Hall getanzt und sich im Flüsterton die gesamte Geschichte ihres kurzen Lebens hinter den Sandsteinhäusern an der Lorain Street erzählt. Sie hatte ihn gefragt, ob er nach dem Abschluss am College nicht mit ihr zusammen zurück nach Cincinnati zu ihrer Familie ziehen wolle. Aber er hatte ihr gesagt, er würde nach New York gehen. Und damit war es vorbei gewesen.

Ein einziges Mal hatte er während des Jurastudiums einen Brief von ihr erhalten. Sie hatte einen sechs Monate alten Sohn und einen Ehemann, der Vorsteher im Büro des Bürgermeisters war und die Finanzen verwaltete. Manchmal würde sie sich fragen, wie es ihm wohl ginge, schrieb sie. Als Antwort schickte er ihr einen aus dem Jura-Fachblatt der Columbia University ausgeschnittenen Artikel, den er geschrieben hatte und der den jährlichen Preis der Studenten im dritten Studienjahr gewonnen hatte. Er schrieb ihr, er würde demnächst als Jahrgangsbester das Studium beenden.

Sie schrieb kein zweites Mal.

Und das war auch schon seine gesamte feuchtlippige Karriere gewesen. Während des Studiums blieb wenig Zeit, um die Bekanntschaft von Frauen zu machen, noch weniger davon hatte er zur Verfügung, seitdem er im Berufsleben stand. Seit einigen Jahren war sein Junggesellendasein allumfassend.

Paul wusste: Mit seinen siebenundzwanzig Jahren war er bereits alt, um immer noch unverheiratet zu sein. Noch nicht unvermittelbar alt, aber älter, als es die meisten Frauen im heiratsfähigen Alter bevorzugen würden. Als Anwalt war er jung, als Junggeselle alt. Paul hatte in seinem Leben einige gute Entscheidungen getroffen, die sich jetzt auszahlten.

Dass er sich manchmal fragte, wie es wohl wäre, wenn er sich anders entschieden hätte, bedeutete nicht, dass er je davon träumte, irgendeine dieser Entscheidungen rückgängig zu machen.

Seinem Vater konnte er das so nicht sagen. Pauls Eloquenz erstreckte sich nicht auf den Bereich der sinnvollen Unterhaltung mit dem Mann, der ihm das Lesen beigebracht hatte. Was hätte er davon, wenn er seinem Vater in aller Unbescheidenheit mitteilte, dass er in fast jeglicher Hinsicht der erfolgreichste Anwalt seiner Altersgruppe war und noch dazu der Hauptprozessanwalt im größten Patentrechtsstreit in der Geschichte der Vereinigten Staaten? Er konnte Drachen töten, so viele er wollte – sie wären nie die richtigen, um bei seinem Vater Eindruck zu schinden.

Erastus würde sich nicht mehr ändern. Er würde nicht plötzlich Interesse für die Ansichten seines Sohns entwickeln. Er würde nicht damit anfangen, sich anerkennend über Pauls Ambitionen und Erfolge zu äußern. Nichts wäre gewonnen, wenn Paul sich seinem Vater bis auf den Grund seines Herzens offenbarte. Er war damit zufrieden, eine freundliche Beziehung zu dem alten Mann zu pflegen. Wenn er par force mehr wollte, würde das fragile Gleichgewicht, das sie nach langer Zeit erreicht hatten, sicher kippen.

Erastus sah nur einen Weg, der zur Rechtschaffenheit führte: den des Glaubens. Er betete zu einem Herrn und Retter, an dessen Existenz Paul nicht glaubte. Dies seinem Vater zu gestehen war allerdings undenkbar. Es gab Geheimnisse, die vor seinem Vater zuzugeben im Rahmen einer gewissen Vorstellbarkeit lagen – sein akademisch gewachsener Atheismus gehörte nicht dazu.

Und so manövrierten Vater und Sohn sich leicht verkrampft durch die Unterhaltung. Paul fragte nach dem Befinden seiner Schwester. Es ging ihr gut. Er fragte nach seiner Mutter. Auch ihr ging es gut. Während des Winters hatte sie einen fürchterlichen Husten gehabt, den der Frühling aber Gott sei Dank vertrieben zu haben schien. Erastus gab seine

Meinung zur bevorstehenden Wahl zum Besten – er betrieb offensiv Wahlkampf für Harrison, nachdem er mit eigenen Augen gesehen hatte, welch verheerende wirtschaftliche Schäden Cleveland angerichtet hatte. Paul fragte sich laut, ob Harrison es im Herbst wohl schaffen würde, auch die Parteilosen davon zu überzeugen, für die Republikaner zu votieren. Um kurz vor elf war Erastus dann erneut bettreif. Halb eingeschlagen in ein blaues Baumwolllaken lag Paul in seinem Wohnzimmer auf dem Boden. Im Sommer war es heiß in der Wohnung, und geraume Zeit konnte er nicht einschlafen. Erst nach viel Drehen und Wenden fiel er in einen Schlaf voller aufeinanderfolgender Träume, von denen sich einer ganz ungehörig um eine Frau mit dem Gesicht von Agnes Huntington drehte.

Um halb sechs morgens schreckte Paul aus dem Schlaf und stellte fest, dass sein Vater bereits Kaffee auf dem Herd stehen hatte. Als sein Sohn aufstand und sich zum Rasieren ans Waschbecken begab, war von Erastus, der gerade die Zeitungen durchblätterte, lediglich ein Grunzen zu hören.

Sobald Paul saß, schob ihm Erastus eine Seite aus der *Evening Post* des Vorabends hin.

»Da steht etwas in der Zeitung, das du dir vielleicht ansehen solltest«, sagte er. »Der Leitartikel – darin geht es doch um deine Branche, oder nicht?«

Schon nachdem er den ersten Satz des Leitartikels gelesen hatte, entschuldigte Paul sich bei seinem Vater. Seine Anwesenheit in Pittsburgh sei dringend vonnöten. Er müsse sich in größter Eile zur Grand Central Station begeben, um den nächsten Zug zu nehmen.

Erastus sagte, dafür habe er Verständnis. Er sagte, er könne sich während der kommenden Tage gut um sich selbst kümmern. Pauls Schlüssel würde er dann in dem Café auf der 54. Straße hinterlegen. Er müsse ja sowieso zunächst Geldgeber und Sponsoren treffen, um die Zukunft des Colleges zu sichern. Außerdem habe er noch nie die Turmspitzen der Trinity Church gesehen, wäre also dankbar für die Gelegenheit, einen ausgedehnten Spaziergang zu machen.

Mit seinem kleinen Handkoffer, in dem sich die Utensilien zum Übernachten befanden, war Paul schon aus der Tür, als ihm auffiel, dass er vergessen hatte, seinen Vater zum Abschied zu umarmen. Da sich der Schlüssel aber in der Wohnung befand, bei Erastus, klopfte er an die bereits geschlossene Tür.

Aber Erastus kam nicht zur Tür. Vielleicht hatte er sich schon wieder hingelegt oder hörte das Klopfen über dem Klappern der Teller nicht, wärend er das Geschirr vom Vorabend spülte. Paul drehte sich um, lief die vier Stockwerke hinunter und machte sich auf den Weg nach Pittsburgh.

KAPITEL 19
Tod in den Leitungen

Amerika ist ein Land der Erfinder, und die großartigsten Erfinder sind die Zeitungsjournalisten.

– ALEXANDER GRAHAM BELL

Im Erste-Klasse-Abteil der Pennsylvania Railroad las Paul erneut den Leitartikel in der *New-York Evening Post.*

TOD IN DEN LEITUNGEN, verkündete die Schlagzeile dröhnend. DIE RISIKEN DES WECHSELSTROMS. Der Artikel kam aus der Feder eines gewissen »Harold P. Brown, Elektroingenieur«. Pauls vordringlichste Frage lautete: Wer um alles in der Welt war dieser Harold P. Brown? Als Zweites fragte er sich, wieso dieser Mann einen derart prominenten Platz bekommen hatte, um seine absurden Ansichten zu verbreiten.

»Jeder Tag wartet auf mit neuen Nachrichten über weitere, der über unserer Stadt baumelnden Stromkabelbedrohung zum Opfer gefallene Leben. Niemals zuvor in der Geschichte unserer Nation ist eine derart gefährliche, noch kaum durchdrungene und verbrecherisch ungeprüfte Technologie aufs Geratewohl und ohne jede Rücksicht auf Sicherheitsaspekte in die Behausungen unserer Familien und die Spielzimmer unserer Kinder eingedrungen.« Des Weiteren erwähnte der Artikel die Tragödie, deren Zeuge Paul auf dem Broadway geworden war, sowie andere Opfer schadhafter Stromleitungen. »Einige Unternehmen, die den allmächtigen Dollar mehr schätzen als die öffentliche Sicherheit, bedienen sich jetzt sogar des neuartigen ›Wechselstroms‹ für ihre Glühlicht-Angebote«, hieß es weiter in der Zeitung. »Wenn Bogenlampenlicht potenziell gefährlich ist, dann sollte Wechselstrom mit keinem weniger gewaltsamen Adjektiv umschrieben werden als ›verdammungswürdig‹. Dass sich die Öffentlichkeit der ständigen Gefahr eines plötzlichen Todes aussetzen soll, damit ein Unternehmen eine höhere Dividende auszahlen kann, ist schlicht bösartig.«

In fortgesetzt aufgebrachter Sprache behauptete der Artikel darüber hinaus, dass Wechselstrom ziemlich wahrscheinlich Kindern, die sich ihm auf weniger als hundert Meter näherten, das Fleisch von den Knochen sengen würde. Da bei ihm die doppelte Spannung anliege wie beim Gleichstrom, sei er, so argumentierte Harold P. Brown, auch doppelt so lebensgefährlich. Dazu käme, dass es keinerlei gute wissenschaftliche Gründe gebe, um Wechselstrom dem Gleichstrom vorzuziehen. Allein der Markt habe die verschlagenen Händler des Todes dazu gebracht, sich diese hinterlistige Technologie anzueignen. Zu guter Letzt nannte die Zeitung den Hauptverfechter dieses tödlichen Systems beim Namen: George Westinghouse. »Ein Schurke, der offenbar bereit ist, tief zu sinken, um bei den Naiven und Gutgläubigen einen Extradollar einzustreichen. Damit es keine massenhaften Verluste an menschlichem Leben gibt«, so schloss der Leitartikel von Harold Brown, »muss Wechselstrom, wie er von George Westinghouse feilgeboten wird, umgehend durch die staatliche Gesetzgebung verboten werden.«

An jenem Abend sah Paul George Westinghouse dabei zu, wie er ruhelos in seinem Labor auf und ab tigerte. An den Wänden hingen Gaslaternen und tauchten den höhlenartigen Raum in ein fahles orangefarbenes Licht. Die Techniker von Westinghouse fürchteten, elektrische Beleuchtung käme ihren Versuchen an den neuen Glühbirnen ins Gehege. Hier wurden die neuesten auf dem Markt erhältlichen Farben entwickelt: weiche Gelbtöne, zartblasse Weißtöne, ein sehr helles, fast explosionshaftes Sonnengrell. Die Farben der Zukunft mussten in der Düsterkeit der Vergangenheit erprobt werden.

Entlang der Ostküste waren in vier weiteren Zeitungen

identische Leitartikel von Brown erschienen. Das erste, auf Teslas Ideen basierende und kommerziell vertriebene Wechselstromsystem von Westinghouse sollte in nur wenigen Wochen in Buffalo installiert werden. Das Warenhaus Adam, Meldrum & Anderson hatte bereits lautstark Werbung für die 498 wechselstrombetriebenen Birnen gemacht, die bald von seinen altitalienisch anmutenden Decken strahlen sollten. Vorausgesetzt, Harold Brown hatte keinen Erfolg damit, die Installation gesetzlich verbieten zu lassen.

»Es ist einfach nicht wahr«, sagte Westinghouse. »Wechselstrom ist eben *nicht* gefährlicher als Gleichstrom. Das Gegenteil ist der Fall. Warum nur druckt die *Evening Post* derart schamlose Lügen?«

»Wissen Sie, wer der Eigentümer der *Evening Post* ist?«, fragte Paul.

»Nein, das tue ich nicht.«

»Henry Villard.«

»Und der ist...?«

»Ein mittelmäßig großer Zeitungsmogul. Aber eben ein mittelmäßig großer Zeitungsmogul, der erst kürzlich ganz zufällig in den Besitz von ungefähr zweitausend Aktien von Edison General Electric gelangt ist.«

Westinghouse blieb stehen. »Edison hat ihm also Aktien gegeben und bekommt im Tausch dafür Denunziationen auf den Titelseiten seiner Zeitungen?«

»Beweisen werden wir das nicht können«, meinte Paul.

»Kann ihm das denn gelingen? Kann er den Gesetzgeber tatsächlich dazu bringen, meinen Strom unter Verbot zu stellen?«

»Hängt davon ab.«

»Verdammte Anwälte«, grummelte Westinghouse. »Könnten Sie mir bitte eine klare Antwort geben: Kann ihm das gelingen oder nicht?«

»Ich habe vom Bahnhof aus ein Ersuchen nach Albany geschickt. Es sieht so aus, als ob Edison bereits einen freundlich gesinnten New Yorker Senator dazu gebracht hat, ein entsprechendes Gesetz einzubringen.«

»Ich wage mal die Vermutung, Edison hat einen Weg gefunden, auch diesem Senator eine hübsche Kompensation in Aussicht zu stellen?«

»Da es ihm nicht gelungen ist, ein besseres Produkt herzustellen als Sie, versucht er jetzt über den juristischen Weg, Ihre Erzeugnisse für illegal erklären zu lassen. Ich habe meinem Senator bereits eine Nachricht zukommen lassen. Ich selbst werde Ihren Fall vor die gesetzgebende Versammlung bringen. Edison kann ja nicht *alle* schmieren.«

Westinghouse senkte den Blick. »Wechselstrom ist schlicht besser«, sagte er leise. »Ich mache die bessere Arbeit.« Mit wem auch immer er sprach – Paul war es nicht.

»Können Sie mir helfen, das alles zu verstehen? Ich bin Laie. Reden Sie also mit mir wie mit einem Laien. Ihr Wechselstrom braucht doppelt so viel Spannung wie sein Gleichstrom. Das haben Sie selbst mir so gesagt. Für das Ohr eines Laien und den gesunden Menschenverstand klingt das tatsächlich nach: doppelt so viel Strom, doppelt so viel Gefahr.«

Mit leiser Stimme sprach Westinghouse weiter. »Aber genau darum geht es ja bei der Elektrizität. Für den Alltagsverstand scheint nichts daran irgendeinen Sinn zu ergeben.«

Für eine Demonstration holte sich Westinghouse Reginald Fessenden zu Hilfe. Nach nur wenigen Monaten hier schien Fessenden um Jahre gealtert. Er wirkte erschöpft. Seine Arbeit oder der Stress, der ihm aufgebürdet wurde, ließen seine Schläfen schnell ergrauen.

Ein kleiner Generator wurde an ein Gerät angeschlossen, das Westinghouse Kondensator nannte. Das Ding war ungefähr fünfzehn Zentimeter lang und zylindrisch geformt, das Material seiner Außenhülle – Gummi? – war glatt und vollkommen schwarz. Für Paul sah es aus wie eine französische Nachspeise.

Auf Westinghouse' Aufforderung hin betätigte Fessenden einige Male eine seitlich an der Maschine sitzende Handkurbel. Er drehte sie, und sie surrte leise.

»Und jetzt«, sagte Westinghouse und wandte sich an Paul,

»möchte ich Sie bitten, an jeden der beiden Leiter je eine Hand zu legen. Ja. Genau an diese.«

Beklommen betrachtete Paul besagte »Leiter«, die eher offene Kabelenden waren. Er musste an den brennenden Monteur über dem Broadway denken.

»Aber, Sir ... Bekomme ich denn dann keinen Stromschlag?«

»Doch. Wenn Sie Ihre Hände an diese Leiter legen, schießen einhundertzehn Volt Wechselstrom direkt durch Ihren Körper.«

Paul schloss die Augen. Das klang nach dem sicheren Tod.

Westinghouse bemerkte Pauls Angst. »Sie vertrauen mir nicht?«

»Doch, schon, aber ...« Paul betrachtete die Apparate. Diese todbringenden, futuristischen Geräte. Er holte lange und tief Luft und fasste dann die Kabel so fest er konnte.

Ein Knall.

Ein spitzer Schrei von Paul.

Und in weniger als einer Sekunde war es vorbei.

Paul wedelte mit den Händen, bewegte die Finger, um das Prickeln wieder loszuwerden. Der Schmerz war vergleichbar mit dem, wenn man einen Baseball ohne Handschuh fing.

Einen Lichtblitz hatte es nicht gegeben. Auch keinen Funken. Und auch kein gefangener Blitz hatte sich in sein Fleisch entladen.

»Autsch«, sagte Paul schließlich, als er wieder sprechen konnte.

»Also«, sagte Westinghouse geduldig. »Was haben wir gerade gelernt?«

Die Antwort erhoffte Paul sich von Fessenden.

»Spannung«, sekundierte Fessenden pflichtschuldig, »ist nicht dasselbe wie Strom. Auch wenn man für Wechselstrom eine höhere Spannung anlegen muss als für Gleichstrom, so fließt Wechselstrom eben mit einer ständig wechselnden Amplitude. Ich kann Ihnen ein Notizbuch voller Gleichungen zeigen, die diesen Zusammenhang weiter erläutern – falls Sie Interesse haben.«

»Aha!«, sagte Westinghouse. »Zu guter Letzt bringen wir

Paul doch noch ein bisschen Naturwissenschaft bei. Also: Woran liegt es, dass Wechselstrom *per se* weniger gefährlich ist als Gleichstrom?«

Wieder wandte Paul sich an Fessenden.

»Gut«, sagte der. »Also, Sie erinnern sich: Wechselstrom heißt Wechselstrom, weil er tatsächlich die Richtung wechselt, und zwar Hunderte von Malen in der Sekunde. Wohingegen Gleichstrom konstant bleibt. So. Was machen die Muskeln des menschlichen Körpers in Reaktion auf elektrischen Strom? Sie kontrahieren. So wie Ihre gerade. Deswegen kann man Menschen überhaupt mit Strom töten. Man fasst an den Strom und kann nicht wieder loslassen, weil ebenjene Muskeln kontrahieren, die die stromführende Stelle festhalten.«

»Das Gehirn gibt natürlich den Befehl zum Loslassen«, sagte Westinghouse, »aber die Muskeln spielen nicht mit. Doch jetzt eben, in dem Moment, in dem Sie den Schlag gespürt haben, was ist da geschehen?«

»Ich habe losgelassen.«

»Sie konnten loslassen, weil Wechselstrom eben Hunderte von Malen pro Sekunde die Richtung wechselt und damit winzig kleine Pausen im Stromkreislauf entstehen. Stellen Sie sich eine Kutsche vor: Sie fährt so schnell sie kann im Kreis, muss aber, wenn Sie wenden will, abbremsen, anhalten und dann in die andere Richtung wieder Fahrt aufnehmen. Und genau das passiert beim Wechselstrom.«

»Nur dass es dieses Abbremsen nicht gibt«, stellte Fessenden richtig.

Westinghouse gab ihm recht und fügte hinzu: »Elektrizität eignet sich nur sehr bedingt für Metaphern. Die Schwerkraft oder die zentripetale Bewegung sind physikalische Phänomene, die sich sehr viel einfacher über literarische Analogien erklären lassen. Während Newton noch dichten konnte, bleibt uns nur die Plackerei mit der Prosa. Darüber habe ich mir bei Gelegenheit schon den ein oder anderen Gedanken gemacht.«

Paul versuchte zu verarbeiten, was ihm da alles erzählt wurde. Wie sollte man diese Zusammenhänge nur potenziellen Kunden erklären, ohne von ihnen zu verlangen, sie am eigenen Leib zu erfahren und die Hände an einen Wechselstromgenerator zu legen?

Das bessere System zu haben als Edison würde nichts nützen, wenn man der Öffentlichkeit nicht erklären konnte, warum es besser war. Tatsachen spielten dabei keine Rolle, hier ging es einzig und allein um Wahrnehmung. Das hatte Edison ganz klar vor ihnen begriffen. Während Westinghouse mithilfe von Teslas Entdeckungen noch daran arbeitete, das überlegenere Produkt zu entwickeln, war Edison schon längst bei der Entwicklung der überlegeneren Erzählung.

Aber Erzählungen fielen doch eigentlich in Pauls Zuständigkeit.

Als habe er Pauls Gedanken gelesen, sprach Westinghouse weiter. Der professorale Unterton war aus seiner Stimme gewichen.

Ruhig sagte er: »Paul, ich verlasse mich darauf, dass Sie solche Dinge kommen sehen.«

Westinghouse' Worte waren wie ein kalter Luftzug. Sie kamen so leise, dass sie fast unhörbar waren, und ließen Paul trotzdem an Ort und Stelle erstarren.

»Es tut mir leid, Mr Westinghouse«, sagte er. »Ich wusste natürlich, dass Edison auf unsere Rekrutierung von Tesla und unseren Einsatz von Wechselstrom reagieren würde. Ich wusste nur nicht, wie. Dass er so weit gehen würde, hätte ich nicht gedacht.«

»Das ist aber Ihre Aufgabe«, fuhr Westinghouse fort. »Die Sie, wenn man sich die augenblickliche Situation vor Augen führt, nicht so gut erledigen, wie zu hoffen stand.«

Peinlich berührt sah Paul zu Fessenden. Aber der Ingenieur beschäftigte sich mit irgendwelchen Unterlagen und vermied bewusst jeden Blickkontakt.

»Sie haben den Fehler gemacht, die Durchtriebenheit von Thomas Edison zu unterschätzen«, sagte Westinghouse.

»Das habe ich. Und ich kann Ihnen heute nur versprechen, dass mir das nicht noch einmal passieren wird.«

Kurz darauf war Paul entlassen. Gemeinsam mit Fessenden trat er aus dem Labor; der Erfinder blieb zurück in dessen dunkler, leerer Stille.

»Er wird es verwinden«, sagte Fessenden, als sie Seite an Seite über den mondbeschienenen Rasen des Anwesens auf das Herrenhaus zugingen. Die Schwüle stand kurz davor, sich über den Eichen in einem Sommergewitter zu entladen. »Ich selbst habe diesen Blick schon zu spüren bekommen. Es gelingt ihm gut, dass man sich vor ihm winzig klein fühlt. Aber machen Sie sich keine Sorgen: Morgen ist er schon wieder mit dem Versagen anderer beschäftigt.«

»Wie geht es Tesla eigentlich?« Paul hatte seit einigen Wochen keinerlei Beschwerden über Tesla mehr vernommen und das als vielversprechende Entwicklung gedeutet.

Bei der Erwähnung von Teslas Namen verzog Fessenden jedoch das Gesicht. »Nun ja ... Ich fürchte, diese Frage zu beantworten ist etwas schwierig.«

KAPITEL 20
DIE MEINUNGSVERSCHIEDENHEIT ZWISCHEN MR TESLA UND MR WESTINGHOUSE

> Nur, wenn die Wissenschaftler zwischen zwei konkurrierenden Theorien wählen müssen, verhalten sie sich wie Philosophen.
>
> – THOMAS KUHN

Wie sich herausstellte, hatte Tesla Westinghouse eine Zeichnung überreicht, die irgendwie zu tun hatte mit dem Vakuum, das die Glühbirnen füllte. Westinghouse hatte vorgeschlagen, noch einige kleinere Korrekturen an seinem Entwurf vorzunehmen und dann zwei verschiedene Varianten zu bauen, um zu sehen, welche besser funktionierte. Daraufhin war Tesla hinauf in sein Büro marschiert und hatte aus Protest die Tür hinter sich zugeknallt.

Vier Tage später hatten Fessenden und seine Männer noch immer nichts von Tesla gehört. Er hatte fast unleserliche Salzcracker-Forderungen auf die Rückseiten von Formblättern der Maschinenabteilung geschrieben und diese ohne weiteren Kommentar unter seiner Tür hindurchgeschoben. Es hatte einen ganzen Tag gedauert, bis ein vorbeieilendes Hausmädchen diese Zettel überhaupt bemerkte. Das Mädchen informierte den Butler, und der durfte sich dann überlegen, wie er Westinghouse von dem Vorfall unterrichten sollte, ohne dem alten Mann allzu viel Anlass zu geben, etwas Kostspieliges aus graviertem Glas kaputt zu machen.

Immerhin hatte man es geschafft, die Cracker unter Teslas Tür hindurchzuschieben.

Paul bat Fessenden, ihn zu Teslas Wohnung über dem Privatlabor zu bringen. Tesla hatte sich offenbar immer noch darin verbarrikadiert und sich nicht an sein Versprechen gehalten herauszukommen, sobald ihm seine Salzcracker gebracht worden wären.

Tesla öffnete nicht. Pauls Bitten um eine kurze Audienz zerschellten an einer stummen Holztür.

Gerade, als er wieder gehen wollte, sah Paul, wie unter Teslas Tür ein Stück weißes Papier hindurchgeflattert kam. Er beugte sich hinunter und hob es auf.

»Mr Paul Cravath«, waren die ersten Worte, die er auf dem Formularbogen las. »Es ist mir unerlässlich, die Anstellung bei Mr George Westinghouse aufzugeben. Er ist nicht eine Erfinderpersönlichkeit. Ich nehme meinen Abschied und sehe Sie in Manhattan, New York, New York. – Nikola Tesla.«

Die sich vor Paul auftürmenden Probleme hatten sich gerade verdoppelt. Er musste jetzt nicht nur den in der Presse öffentlich geführten Krieg zwischen Edison und Westinghouse in den Griff bekommen, sondern auch die Privatfehde zwischen Westinghouse und Tesla.

Gänzlich unerwartet war es Tesla, der den Ort für die Friedensverhandlungen aussuchte. Auch wenn er keinerlei Gefallen am Essen zu finden und auch nicht das geringste Interesse an Wein zu haben schien, so machte es doch den Eindruck, als habe er eine gewisse Affinität zum Delmonico's entwickelt. Noch nicht einmal ein Tesla war immun gegen den Wohlgeruch der Exklusivität. Immun war er ausschließlich gegen die Gepflogenheiten der Höflichkeit.

Paul musste also in der Woche, in der ihn Edisons Anwälte zum Thema »Unterschiede zwischen Gleichstrom und Wechselstrom« in gleich drei Bundesstaaten zu lästigem Erscheinen vor Gericht nötigten und in der die gesetzgebende Versammlung des Staates New York wortreich über das Verbot von Wechselstrom debattierte, seinen eigenen Mandanten anflehen, nach New York zu kommen und mit jenem Mann *canard aux olives* zu essen, der sie noch am wahrscheinlichsten von all dem befreien konnte.

»Dieser Gentleman weiß keinen Bissen und kein Iota, was es bedeutet zu erfinden«, schnappte Tesla. Der Bordeaux, der ihm großzügig ins Glas gegossen worden war, blieb unangetastet. »Er hat das nie getan, und nie er wird das tun.«

»Mit diesem Quatsch habe ich es jetzt seit *Monaten* zu tun«, kam es von Westinghouse.

»Ich würde gern vorschlagen«, brachte Paul unparteiisch vor, »dass die Sprache, derer wir uns in diesem Gespräch befleißigen, einen etwas zurückhaltenderen Tonfall annimmt.«

Aber damit konnte man Tesla nicht kommen: »Es ist Mr George Westinghouse, dessen Sprache zutiefst unfähig ist, die mannigfaltigen Wunder auszudrücken, darin ich bewandert bin.«

»Ganz genau mein Punkt! Hat irgendjemand auch nur die leiseste Ahnung, wovon er spricht? Er redet, als habe er sein Englisch von Chaucer gelernt!«

»Ich verfüge nicht über derartige Bekanntschaft«, erklärte Tesla. »Ist er ein weiteres von Ihren idiotischen Laborsäugetieren?«

»Aufhören«, flehte Paul. »Sie beide. Hören Sie auf.«

Er war nicht davon ausgegangen, dass es einfach werden würde, aber dass ihre Meinungsverschiedenheit mittlerweile derart persönlich geworden war, war ihm nicht bewusst gewesen. »Hier geht es um mehr als nur um die Vakuumbirne, habe ich recht?«

»Sie haben das Recht«, sagte Tesla. »Ich wurde gestellt vor das Problem, dass Mr George Westinghouse kein Erfinder ist.«

»Und ich wurde vor das Problem gestellt, dass Mr Nikola Tesla ein Dummkopf ist.«

»Mr Tesla«, sagte Paul, »Mr Westinghouse ist einer der erfolgreichsten Erfinder in der amerikanischen Geschichte. Und ich spreche hier nicht als sein Anwalt, wie Sie vielleicht denken könnten, sondern als ein Mann, dessen Alltag gesegnet ist mit den Produkten seiner Arbeit.«

»Druckluftbremsen«, sagte Tesla. »Sie, Sir, haben ein paar wenige hellsichtige Ideen heraufbefördert, wie man schwere Objekte zum Halt bringt, die laufen in großer Geschwindigkeiten. Vor zwanzig Jahren in der Vergangenheit haben Sie es geschafft, dass ein relativ großer Zug kommt zum Stillstand. Bravo. Das Orchester erhebet sich, und jedermann im Publikum soll sich verbeugen.«

»Bitte«, sagte Paul, »es wäre uns allen geholfen, wenn wir uns nicht weiter beleidigen, sondern uns daran halten würden, gemeinsam für Klarheit zu sorgen.«

»Welche Art und Weise von elektrischem System haben Sie erfunden, Mr Westinghouse?«

Westinghouse sah Pauls Gesichtsausdruck und antwortete überaus geduldig: »Die Wechselstromanlagen, die von meiner Firma zur Perfektion gebracht werden – und die sich bereits ganz gut verkaufen – sind ein gemeinsames Produkt aus Ihren jüngsten bahnbrechenden Erkenntnissen, die ich Ihnen voll und ganz zugestehe, und den Sawyer-und-Man-Patenten, die wir vor einiger Zeit erstanden haben. Sie, Sir, hatten eine gute Idee. Ich habe das System gebaut, in dessen Rahmen diese Idee funktioniert.«

»Oh ja, in der Tat, präzise genau mein Punkt«, schnappte Tesla. »Aber Sie haben nicht eine Sache erfunden, sehen Sie? Die Herren Sawyer und Man sind in der meinigen Liga. Sie hatten brillante Ideen. Sie dagegen haben nur einen Scheck untergeschrieben.«

»Sawyer und Man haben Patente eingereicht. Und ich habe die Rechte an diesen Patenten gekauft. Und dann habe ich deren Arbeitsergebnisse mit den Ihrigen und den meinigen kombiniert und ein elektrisches System geschaffen – beziehungsweise noch bin ich ja dabei, dieses System auszuarbeiten –, das das gesamte menschliche Leben verändern wird. So funktioniert eben das Geschäft.«

»Die Macharten Ihres Geschäfts«, sagte Tesla, »stehen nicht aufgelistet in dem Katalog meiner Interessen.«

»Und was sind Ihre Interessen?«, fragte Paul in der Hoffnung, mit dieser Frage etwas mehr Licht auf die Wurzel der Unstimmigkeit zwischen den beiden Männern zu werfen.

»Wechselstrom funktioniert. Er kann Motoren mit Strom versorgen. Er kann Lampen mit Strom versorgen. Er kann Städte mit Strom versorgen. Ich weiß, das ist Wahrheit.«

»Das weiß ich auch«, sagte Westinghouse.

»Schön«, sagte Paul. »Damit hätten wir doch einen gemeinsamen Ausgangspunkt gefunden.«

»Und von da sollten wir nicht gemeinsam weiterreisen«, sagte Tesla. »Sie wünschen den Bau von einer Wechselstromlampe, von etwas, das anders ist als die Lampe von Edison. Aber warum? Für Ihre gerichtlichen Probleme. Es nicht geht um wissenschaftliche Entdeckung. Sie wünschen ein neues Produkt. Ich wünsche eine neue Erfindung.«

Darauf fehlten Westinghouse und Paul für einen Augenblick die Worte. Die Kellner ergriffen die Gelegenheit, um zwischen den Männern hindurch Bordeaux nachzuschenken.

»Ich stelle Dinge her, Tesla. Ich stelle wundervolle Dinge her. Mein Unternehmen fertigt dreiventilige automatische Druckluftbremsen, Dampfmaschinen, Amperemeter und Rotair-Ventile. Wir produzieren diese Dinge qualitativ besser als jeder andere in diesem Land. Besser als Eli Janney. Besser als George Pullman. Und ganz gewiss besser als Thomas Edison.«

»Ich gestehe die faktische Richtigkeit von dieser Aussage zu«, kam Tesla ihm entgegen.

»Mit Edison haben Sie doch einen gemeinsamen Feind«, meinte Paul.

Aber darauf ging noch nicht einmal Westinghouse ein. »Aber was stellen Sie her?«, fragte er Tesla.

»Gedanken«, antwortete Tesla so, als spräche er zu einem Kind. »Ich habe Gedanken. Und meine Vorstellungen werden länger anhalten und tiefer in die nächsten Jahrhunderte hinein vordringen als Ihre zerbrechlichen Spielzeuge.«

»Die vielen Dinge, die ich gebaut habe, werden ganze Zeitalter überstehen.«

»Nein, Mr George Westinghouse. Gebautes ist vergänglich. Es sind Ideen, die ewiglich haben Bestand.«

Tesla stand auf und machte dem Kellner ein Zeichen, ihm seinen langen Mantel zu bringen.

Paul vermittelte im Krieg zwischen zwei Männern, die ihr ganzes Leben dem Erschaffen von Dingen aus dem Nichts gewidmet hatten. Aber was waren das für unterschiedliche Dinge! Westinghouse erschuf Gegenstände. Tesla erschuf Ideen. Edison dagegen war ein paar Meilen weiter damit beschäftigt, ein Imperium zu erschaffen.

Paul war kein kreativer Geist. Er wusste, dass Männer wie Edison, Tesla und Westinghouse über etwas verfügten, das er nicht besaß. Ein zusätzliches Organ, ein zusätzliches Hirnareal, eine von Gott entzündete Kerze wie die, die in dem Heiligen Augustinus den Glauben brennen ließ – es gab da ein gewisses schöpferisches *Etwas*, von dem Paul wusste, dass er es nicht hatte.

Wie würde es sich wohl anfühlen, ein kreativ tätiger Mensch zu sein? Die Erfahrung eines erlebten Geistesblitzes zu machen, den Nervenkitzel ob des eigenen erfinderischen Wahnsinns zu verspüren? Paul versuchte sich vorzustellen, was ein Edison, ein Tesla, ein Westinghouse im Augenblick reiner Inspiration wohl empfanden ... Aber es wollte ihm nicht gelingen. Paul war kein Erfinder. Er war ein Problemlöser. Sie landeten auf seinem Schreibtisch, und er löste sie. Fragen wurden beantwortet, Fehler korrigiert. So nahm Paul selbst es wahr: Man stellte ihm eine Frage, und er war außergewöhnlich gut darin, eine richtige Antwort darauf zu finden. Aber er war nicht die Sorte Mensch, die mit den Fragen aufwartete.

Auf überaus befremdliche Art und Weise hatte Paul das Gefühl, diese Männer klarer zu erkennen, als sie sich gegenseitig je erkennen würden. Weil er keiner von ihnen war, konnte er sie mit etwas Abstand betrachten; drei großartige

Giganten in einem entfernten Nebel. Drei miteinander absolut inkompatible Herangehensweisen, mit Wissenschaft, Industrie und Geschäft umzugehen.

»Leben Sie wohl«, sagte Tesla, bevor er sich umdrehte und zur Tür hinausging. »Sie können mich nicht länger als irgendeinen Teil Ihrer Westinghouse Company zählen.«

KAPITEL 21
Intrige bei Carter, Hughes & Cravath

Dem, der umtriebig ist, während er wartet, fliegt alles zu.

– THOMAS EDISON

»Wir sind gekommen, um Ihnen zu helfen«, log Charles Hughes, der in dem Bemühen, ungezwungen zu wirken, an Pauls Türrahmen lehnte. Es gelang ihm nicht.

Hinter ihm stand Carter. Das missbilligende Gesicht des Seniorpartners entlarvte die Maske der Freundlichkeit auf Seiten des jüngeren Partners.

»Ich weiß Ihr Angebot zu schätzen«, log Paul zurück.

»Das bezweifle ich«, sagte Carter, der sich keinerlei Mühe gab, seine Herablassung gegenüber seinem einstmaligen Protegé zu verhehlen.

»Wie weit sind Sie bei Tesla?«, fragte Hughes. Das unglückliche Dinner mit Westinghouse und Tesla lag zwei Wochen zurück. Paul hatte ein paar Briefe geschrieben, adressiert an Tesla, wohnhaft bei Lemuel Serrell, aber er hatte daraufhin nichts gehört.

»Ich habe keinerlei Antwort erhalten. Aber Tesla ist einige wenige Male in Manhattan gesichtet worden – beim Essen in gehobener Gesellschaft, ob man's glaubt oder nicht. Meine These ist, dass er nach Geldgebern für seine eigene Firma sucht. Um irgendwo in New York ein eigenes Geschäft aufzumachen. Aber auch Serrell verrät mir nicht, wo genau er steckt. Vielleicht weiß er es auch nicht.« Warum hatten sich seine Partner nur derart auf Tesla eingeschossen? Was sämtliche Krisen anbelangte, die ihnen noch ins Haus standen, kam Paul der Verlust von Tesla noch am leichtesten zu bewältigen vor.

»Wir müssen ihn davon überzeugen, zu Westinghouse zurückzukehren«, sagte Carter.

»Oder jemand anderes finden, der Westinghouse bei der Entwicklung einer Glühfadenlampe auf Wechselstrombasis unterstützt.« Paul wusste, dass Genies wie Tesla nicht auf Bäumen wuchsen. Aber irgendwo mussten sie wachsen. »Der Verlust von Teslas Expertise ist gewiss problematisch, aber das ist zum Glück ein wissenschaftliches Problem und kein rechtliches. Die Patente befinden sich weiterhin fest in den Händen von Mr Westinghouse.«

»Ja«, sagte Hughes. »Und genau das bereitet uns Sorgen.«

Offenbar wussten Pauls Partner etwas, das er nicht wusste.

»Wir haben uns die Verträge angesehen«, sagte Carter.

»Zwei Dollar und fünfzig Cent pro Pferdestärke in jeder verkauften Einheit?«, kam es fragend von Hughes.

»Ich habe die Papiere nicht vorliegen, aber ja, ich denke, das ist die Lizenzgebühr, die Westinghouse zahlt.«

»Und die zahlt er in jedem Fall, ob Tesla nun für ihn arbeitet und die Patente nutzbar macht – oder eben nicht.«

»Richtig«, sagte Paul. »Westinghouse behält die Patente, auch wenn Tesla geht. Sein Weggang bedeutet keine Änderung der vertraglichen Bedingungen. Das ist doch gut.«

»Nun«, sagte Hughes mit sorgfältig aufgesetzter Demut, »die Sache ist die, dass es eben gar nicht so gut ist.«

»... Wie meinen Sie das?«

»Ach du meine Güte«, sagte Carter, »er begreift es tatsächlich nicht.«

»Walter«, sagte Hughes, »wir wollen doch aber auch nicht, dass sich Mr Cravath jetzt noch schlechter fühlt, oder?«

»Weswegen sollte ich mich schlecht fühlen?«, fragte Paul.

»Als Sie«, kam es von Hughes, »ganz allein und ohne

unsere führende Hilfe mit Mr Serrell verhandelt haben, haben Sie eine Pauschalgebühr und eine Lizenzstruktur ausgehandelt, die sowohl Mr Teslas Patente als auch seine zukünftige Arbeit betraf. Diese Abmachung fiel für Mr Tesla einigermaßen großzügig aus, wenn ich mich nicht irre?«

»Sie ist ihre Sache durchaus wert, denke ich«, sagte Paul. »Und das findet Westinghouse auch.«

»Sie wäre es wert, wenn sie sowohl die Patente als auch deren künftige Weiterentwicklung abdecken würde. Aber ebenjene Pauschale gilt nur für die existierenden Patente. Mr Westinghouse wird jetzt neue Männer anheuern müssen, um Tesla zu ersetzen, während er an Tesla trotzdem noch die vollen Raten zahlt. Und zwar bis in alle Ewigkeit.«

»Sie dachten, Sie würden eine Patent-Deal aushandeln, Paul«, unterbrach Hughes. »Eigentlich aber verhandelten Sie einen Arbeitsvertrag. Und jetzt zahlt Ihr Mandant – ein Mandant dieser Kanzlei – eine Wucherlizenzgebühr für eine Arbeit, die zu tun die andere Seite noch nicht einmal verpflichtet ist.«

»Aber…« Paul suchte nach einer Antwort, während seine Wangen vor Scham erglühten. »Wie hätte ich denn sonst…«

»Sie hätten eine weitere verdammte Klausel in den Vertrag schreiben müssen«, bellte Carter. »›Sollte Tesla das Unternehmen verlassen, verringert sich die Lizenzgebühr auf fünfzig Cent.‹ Oder auf fünfundzwanzig Cent. Was weiß ich, was Sie noch hätten rausholen können.«

»Wir fügen solche Klauseln regelmäßig in diese Sorte Verträge ein«, kam es von Hughes. »American Steel hat ähnliche mit Benjamin Marc abgeschlossen. Ich selbst habe früher schon an vergleichbaren Deals mit Serrell gesessen. Er wird auch diesmal mit diesem Ersuchen gerechnet haben. Sie aber haben nicht daran gedacht. Und uns nicht konsultiert. Er wird sich kaputtlachen.«

Wie konnte Serrell ihn derart umfänglich manipuliert haben? Als Paul das Gespräch noch einmal vor seinem inneren Auge ablaufen ließ, ging ihm Serrells niederträchtige Schlauheit schließlich auf.

Carter kam zur selben Erkenntnis. »Er hat Ihnen eine Stellung angeboten, richtig?« Er verschränkte die Arme vor der Brust mit der kraftlosen Verzweiflung dessen, der einen einstmals Vielversprechenden ansieht, der sich aber letztlich doch als überaus schwer von Kapee erwiesen hat.

Hughes formulierte die Sache etwas verständnisvoller als sein Schwiegervater: »Er hat Ihnen eine Stellung in seiner Kanzlei angeboten und damit sichergestellt, dass Sie sich nicht mit uns beraten würden. Er wusste, wie unerfahren Sie noch sind. Und er wusste auch, wie ehrgeizig Sie sind und wie sehr Sie danach streben, die Anerkennung ganz für sich allein einzuheimsen. Indem er Ihnen also eine einfache Verschwörung gegen uns anbot, trieb er einen Keil zwischen Sie und Ihre erfahreneren Partner.«

Pauls Beschämung ließ seinen Magen verkrampfen. »Ich wusste nicht, dass eine solche Klausel überhaupt eine Option war«, sagte er mit aller Beherrschtheit, die er aufbringen konnte.

»Sie wussten es nicht«, entgegnete Carter, »weil Sie eben erst siebenundzwanzig Jahre alt sind. Sie stecken bis über beide Ohren im Dreck und sind zu dumm zu merken, dass es Treibsand ist.«

»Walter«, kam es beschwichtigend von Hughes, »das ist doch jetzt nicht nötig.«

»Ich brauche kein falsches Mitleid von Ihnen«, sagte Paul heftiger als gewollt. »Sie sollen wohl den Engel auf der einen Schulter spielen, während Mr Carter den Part des Teufels auf der anderen übernimmt? Ersparen Sie mir bitte dieses Schmierentheater.«

»Westinghouse wird Hunderttausende Dollar verlieren, allein wegen Ihrer Arroganz«, sagte Carter. »Möglicherweise Millionen.«

»Die Patente sind doch nur noch sechs Jahre gültig«, flehte Paul matt. »Gewiss, es ist eine Stange Geld, aber in sechs Jahren ist es auch vorbei, und sobald wir über Edison gesiegt haben, spielt das doch sowieso keine Rolle mehr.«

»Siegen?«, kam es von Carter. »Wie zum Teufel soll Westinghouse denn Edison aus dem Feld schlagen, wenn er zu Lizenzzahlungen von zwei Dollar fünfzig pro verkaufter Pferdestärke verpflichtet ist, die Edison nicht leisten muss? Westinghouse wird seine Produkte entweder teurer machen müssen als Edisons, was gleichbedeutend wäre mit dem Tod auf dem Markt, oder sie zu einem Preis verkaufen, der kaum Profit für ihn abwirft, was schließlich sein ganzes Unternehmen in den Abgrund reißen wird. Da haben Sie ihn wirklich in eine schöne Situation gebracht.«

Es war dieses »Sie«, das am meisten schmerzte. Diese Katastrophe hatte Paul zu verantworten.

»Ich habe einen Fehler gemacht.«

»Sie haben einen Fehler gemacht«, wiederholte Hughes. »Aber das werden Sie nicht noch einmal tun. Das ist alles, worum wir Sie bitten.«

Paul sah zu Hughes, als könne der ihm einen Rettungsanker zuwerfen.

»Was wollen Sie?«, fragte er dann. Aber sobald er diese Frage gestellt hatte, wusste er, was jetzt kommen würde. Und ihm wurde klar, dass er dagegen machtlos war.

Sie wollten sich den Mandanten teilen. Wenn Paul damit nicht einverstanden wäre, würden sie Westinghouse nicht nur in Kenntnis setzen über die Konsequenzen der teuren Lizenzgebühren, die zu zahlen er nun verpflichtet war, sondern auch darüber, dass diese Zahlungen hätten vermieden werden können, wenn Paul keinen Fehler gemacht hätte. Die schlechten Nachrichten konnten auf zwei Wegen überbracht werden: entweder im Tonfall sanfter Unausweichlichkeit, mit dem Anwälte ihre Mandanten im Normalfall einlullten, oder mit dem Zusatz einer Schuldzuweisung, die Paul nicht würde von sich weisen können. In diesem Fall würde wahrscheinlich die gesamte Kanzlei geschasst. Und Paul war der Einzige von ihnen ohne weitere Mandanten. Lediglich er würde sich vom Verlust dieses einen nicht erholen.

Vielleicht war er tatsächlich zu jung für einen Fall dieser Größenordnung, gestand er sich ein. Vielleicht war das Vertrauen, das Westinghouse in ihn gesetzt hatte, einfach fehl am Platz gewesen.

Er stimmte ihrem Vorschlag ohne weitere Diskussion zu.

»Nun denn«, sagte Carter. »Wir werden Westinghouse davon unterrichten. Wir werden ihm sagen, es habe zu tun mit unserer Firmenpolitik, schließlich sei sein Verfahren zu umfangreich und wichtig für einen einzelnen Mann. Drei Anwälte zum Preis von einem – allzu sehr aufregen dürfte er sich darüber nicht.«

Paul schaute Carter und Hughes nach, als sie aus dem Zimmer gingen. Er wandte den Blick nicht von dem angedeuteten Lächeln auf ihren Gesichtern ab. Er wollte sich diesen Anblick einprägen. Sollte er jemals wieder versucht sein, sich selbst zu überschätzen, würde ihn dieses Lächeln zügeln.

Ein Anfang. Ein Mittelteil. Ein Ende. Und dann vorbei. Um sich daran zu erinnern, falls nötig.

Ein Entschluss stärkte ihm den Rücken, als die Tür hinter den beiden zufiel. Paul wusste: Es gab nur einen Weg, um zu gewinnen. Und dafür musste er Tesla zurückgewinnen. Er verließ das Büro an diesem Abend nicht, bis er eine Idee hatte, wie er das anstellen könnte.

KAPITEL 22
Ein Besuch im Hause Gramercy Park No. 4

Experimente sind niemals umsonst.

– THOMAS EDISON

Agnes und Fannie Huntington wohnten in einem zweistöckigen Brownstone-Haus am Gramercy Park. Dem Straßenzug fehlte der Hochmut des alten Geldes, wie er auf der Fifth Avenue herrschte, und die seit mehreren Generationen weitervererbten großbürgerlichen Häuser des Washington Square gab es hier ebenso wenig. Die Adresse machte aber beide Mängel wett durch ihre weltgewandte Eleganz. In dieser Straße wohnte eine anspruchsvolle, in der Öffentlichkeit bekannte Klasse: Menschen, die sich ihren Lebensunterhalt zwar mit Arbeit verdienten, die allerdings für ihre Arbeit auch gut bezahlt wurden. Alles in allem war die Ansammlung von Künstlern, Schriftstellern, Schauspielern und Sängern, die allein rund um den Platz wohnten, wohl die eindrucksvollste in ganz Amerika. Ein Stück die Straße hinunter wohnten der Schriftsteller John Bigelow und der Tapetenhändler James Pinchot. Der Eisenbahnunternehmer Stuyvesant Fish hatte gerade ein vierstöckiges Haus an der Ecke gekauft und mit erheblichem Kostenaufwand von dem Architekten Stanford White umbauen lassen. Der Ballsaal im dritten Stock des neuen Fish-Anwesens und die dort hinaufführende marmorne Treppe waren auf den Klatschseiten längst legendär.

Das Haus der Huntingtons war das kleinste der Häuser im

Geviert. Seine acht weißen Fensterrahmen vermittelten den Eindruck klassischer Schlichtheit, während der schwarze gusseiserne Handlauf, der Paul die sechs Stufen zur Haustür hinaufgeleitete, geschmackvoll auf genau das richtige Maß an Wohlstand verwies.

Paul erwartete die Damen im Teesalon. Sein neuer, erst am Vortag erstandener Hut hing nutzlos neben der Eingangstür. Das bunt gemusterte Sofa, auf dem er saß, war klein, sodass er sich schwertat, seinen großen Körper irgendwie würdevoll darauf zu platzieren. Während des Wartens versuchte er, eine Position zu finden, die ihn nicht wie einen kurz vor dem Umkippen stehenden Kreisel aussehen ließ, und schlug in stetem Wechsel die Beine übereinander.

»Vielleicht wäre Ihnen ein Sessel lieber?«

Wie ein kleiner Speer aus schwarzer Seide kam Fannie Huntington quer über den Orientteppich auf ihn zugeschossen. Agnes folgte ihrer Mutter schweigend und hatte dabei dasselbe undurchdringlich-höfliche Lächeln aufgesetzt wie beim letzten Mal. Paul versuchte, nicht ständig darüber nachzudenken, was sich wohl hinter diesem Lächeln verbarg.

Nachdem sich alle gesetzt hatten, bedankte sich Paul bei den beiden Damen für die erneute Bereitschaft, ihn so umgehend zu empfangen. Wie ja bereits seinem Brief vom Vortag zu entnehmen gewesen sei, habe er sich umentschieden. Es wäre ihm eine große Freude, ihren Fall anzunehmen, sollten sie denn seine anfängliche Zurückhaltung entschuldigen können und seither noch keinen passenden Anwalt gefunden haben. Aus Fannies neugierigem Blick konnte er schließen, dass Letzteres nicht der Fall war. Warum nicht, entzog sich Pauls Kenntnis, aber nachzufragen war ihm unangenehm. Möglicherweise war das, was sie von einem Anwalt am dringlichsten brauchten, absolute Diskretion. Und das war wohl die eine Sache, die sich Frauen ihres Standes in New York nicht so leicht erkaufen konnten.

Er teilte ihnen mit, dass er in ihrem Fall eine einfache Strategie verfolgen würde: Er wollte W.H. Foster, den Geschäftsführer der Boston Ideals, schriftlich darüber in Kenntnis setzen, dass die Kanzlei Carter, Hughes & Cravath Miss Huntington ab jetzt in sämtlichen juristischen Angelegenheiten vertrete. Mehr würde er nicht tun. Er würde seine Rolle darin sehen, die erhitzten Gemüter zu kühlen. In aller Höflichkeit würde er vielleicht noch erwähnen, dass es für alle Seiten besser wäre, wenn die Unerfreulichkeiten, die gewiss zwischen Miss Huntington und Mr Foster vorgefallen seien, nur mehr zur Erinnerung würden. Niemand habe doch etwas davon, die alten Geschichten wieder auszugraben.

Paul würde keine Verwarnungen formulieren. Die würden später kommen und auch nur, wenn absolut nötig. »Nur ein Laie fängt gleich mit einer Drohung an«, sagte er. Er versuchte, so souverän wie möglich zu wirken, während Agnes' graue Augen sein Gesicht nach Schwächen abzusuchen schienen. »Wer einen hysterischen Eindruck macht, hat keinen Handlungsspielraum mehr. Die zugkräftigsten Drohungen bleiben immer unausgesprochen, schließlich wissen beide Parteien sehr genau, was in ihrer spezifischen Situation auf dem Spiel steht. Ihr Vorteil ist, dass Sie am Ist-Zustand zunächst gar nichts ändern wollen. Er ist es, der daran etwas ändern möchte. Vor diesem Hintergrund ist es für uns ein Sieg, wenn nichts weiter passiert.«

Es entging Paul nicht, dass das im Wesentlichen auch auf seinen anderen Mandanten zutraf. Er würde wohl zum Experten der kreativen Verzögerungsstrategie werden. Was sich vernünftig anfühlte. Man wandte sich schließlich nicht an einen Anwalt, um einen Vorgang zu beschleunigen, richtig?

Als Paul geendet hatte, goss Fannie sich Milch in den Tee. »Und in welcher Höhe wollen Sie für einen derartigen Sinneswandel entlohnt werden?«

Dumm war sie nicht. Paul nannte eine Summe, die noch nicht mal der Hälfte des üblichen Kostensatzes entsprach. Was gleichzeitig Fannies Geschäftssinn zu befriedigen und ihren Argwohn zu erregen schien.

»Darüber hinaus möchte ich als Gegenleistung einen kleinen Gefallen von Ihnen erbitten.«

»Welche Art von Gefallen könnte ich Ihnen wohl tun?«, kam es von Fannie.

»Sie nicht, Mrs Huntington. Aber Ihre Tochter. Und es geht auch nicht um mich, sondern um George Westinghouse.«

Agnes ließ ein der ganzen Welt überdrüssiges Lachen hören. »Es tut mir leid, aber im privaten Rahmen trete ich nicht mehr auf«, sagte sie. »Das ist Teil meines Vertrags mit der Met.«

»Darum«, sagte Paul, »geht es auch gar nicht … Ich würde gern … nun ja … ich würde gern von Ihnen zu einer Party mitgenommen werden.«

KAPITEL 23
DER PLAYERS CLUB

> Nichts an einer Raupe sagt dir, dass sie ein Schmetterling werden wird.
>
> – RICHARD BUCKMINSTER FULLER

Nur ein paar Häuser weiter stand ein stattliches viergeschossiges Anwesen, das erst vor einigen Monaten in den Besitz des Schauspielers Edwin Booth übergegangen war. Booth hatte aber offenbar nicht vor, den ganzen Palast am Gramercy Park allein zu bewohnen. Er richtete sich in einer eher kleinen Wohnung in der obersten Etage ein und gründete in den restlichen Räumlichkeiten einen Privatclub. Einen Club für Künstler, wie er in den Gesellschaftsteilen von *Sun* und *Times* verraten hatte. Ein modernerer Club als jene, die es für die hochnäsigen Anwohner am Washington Square gab. Er nannte ihn *The Players Club*. Sämtliche zurzeit hell strahlenden Sterne auf den Bühnen des Broadway sowie die New Yorker Literatur-Hautevolee waren eingeladen worden, Mitglied zu werden. Wie sich den vielzähligen Berichten entnehmen ließ, waren die wöchentlich stattfindenden Clubabende spektakulär.

Was in der Berichterstattung der Presse auffallend unerwähnt blieb, allerdings unter den klatschsüchtigen New Yorkern, die die entsprechenden Artikel lasen, häufig diskutiert wurde, war die Tatsache, dass Booth seinen Club mit dem Ziel eröffnet hatte, den guten Namen seiner Familie, den sein Bruder John Wilkes vor zwanzig Jahren einigermaßen aufsehenerregend in Misskredit gebracht hatte, wiederherzustellen. Booths Plan war es, der harsch urteilenden öffentlichen Meinung ein neues Gesprächsthema zu liefern. Sein Club sollte exklusiv sein. Je weniger Geladene es gab, desto größer würde die Nachfrage sein. Was im Inneren des Clubs vor sich ging, würde jedes Teekränzchen allwöchentlich mit Klatsch und Tratsch versorgen. Der Name Booth würde so möglicherweise bald wieder für etwas anderes stehen als für einen ruchlosen Mord.

In einer Woche sollte im Players Club die nächste Festivität stattfinden, informierte Paul Agnes und Fannie Huntington. Frauen durften zwar keine Clubmitglieder werden, aber Agnes' Engagement an der Met war eine Garantie für einen Platz auf der Gästeliste.

Fannie sagte höflich: »Diesen Feierlichkeiten eilt ja ein gewisser Ruf voraus.«

»Das habe ich auch gelesen«, sagte Paul.

»Ich kann mir kaum vorstellen, dass meine Tochter sich in einer solchen Gesellschaft wohlfühlt.« Agnes schaute zur Seite und sagte dann sittsam: »Ich hatte ja auch nicht vor, dort hinzugehen.«

»Miss Huntington, es wäre von unschätzbarem Wert für mich, wenn Sie bereit wären, diesem Ereignis beizuwohnen und mich als Ihren Begleiter dorthin mitzunehmen.«

»Ich fürchte, ich verstehe nicht«, sagte Fannie und kam einer Antwort ihrer Tochter zuvor. Sie faltete die Hände im Schoß. »Wie sollte der Besuch einer Veranstaltung in diesem Players Club Ihnen dabei helfen, für Mr Westinghouse einen Sieg zu erringen?«

»Diese besondere Party«, sagte Paul, »wird von Stanford White veranstaltet.«

Fannie schloss kurz die Augen. Stanford White war der berühmteste Architekt in New York. Er hatte die Villard-Häuser geplant und den Madison Square Garden. Der Triumphbogen auf dem Washington Square, den er entworfen hatte, befand sich aktuell im Bau. Aber so bekannt er für seine Beiträge zur Silhouette Manhattans auch war: Sein professioneller Ruf wurde zunehmend von seinem privaten in den Schatten gestellt. Seit Langem schon kursierten Gerüchte über den ewigen Junggesellen White, vor allem über die vielen jungen Frauen, mit denen er seine Zeit verbrachte.

Der Ausdruck auf Fannie Huntingtons Gesicht machte mehr als deutlich, dass sie sich dieses ganzen Elends überaus bewusst war. Und dass ihr die Vorstellung, ihre Tochter daran beteiligt zu wissen, nicht im Geringsten gefiel.

»Es scheint«, fuhr Paul fort, »dass Mr White einen neuen Freund gefunden hat, zu dessen Ehren die Party nächste Woche stattfinden soll. Um den bedeutenden Gast in die elegante Gesellschaft Manhattans einzuführen.«

Paul beugte sich in seinem Sessel nach vorn. »Dieser Ehrengast ist ein überaus eigentümlicher Wissenschaftler, dessen Name Ihnen womöglich nicht geläufig ist. Aber es ist schrecklich wichtig, dass ich mit ihm spreche.«

Eine Woche später holte Paul Agnes an einem kühlen Septemberabend an ihrem Haus mit der Hausnummer 4 ab, um mit ihr gemeinsam einmal den Gramercy Park zu durchqueren, bis zur Hausnummer 16, wo der Players Club residierte.

Während des kurzen Vortrags, den ihre Mutter ihnen beiden betreffs der Gefahren hielt, die jede von Stanford White besuchte Feier mit sich brachte, sagte Agnes so gut wie kein Wort. Wundersamerweise ließ Fannie sie im Anschluss ziehen, und plötzlich standen sie allein vor dem Haus mit der Nummer 4.

Paul wusste immerhin, dass er ihr für den kurzen Weg durch den Park den Arm zu reichen hatte. Aber bevor er anfangen konnte, mit ihr ein Gespräch darüber zu beginnen, wie angenehm der Abend war, ergriff sie als Erste das Wort.

»Meine Güte, jetzt habe ich aber einen Drink nötig.« Bei ihren bisherigen Zusammenkünften hatte Agnes so wenig gesagt, dass Paul jetzt geradezu überrascht war sowohl vom Klang ihrer Stimme als auch von der plötzlichen Heiterkeit darin.

»Was für eine segensreiche Tat von Ihnen, mich aus diesem Haus herauszuholen«, fuhr sie fort. »Ich bin schließlich nicht nach Gramercy gezogen, um jeden Abend mit meiner Mutter Karten zu spielen.«

Paul war unsicher, was er darauf erwidern sollte. Er dachte an Fannies Ermahnungen. »Ich hoffe, die Gesellschaft wird nicht allzu zügellos ausfallen. Sollten Sie sich an irgendeinem Punkt unwohl fühlen, dürfen Sie sich natürlich jederzeit verab...«

»Machen Sie Scherze? Die Partys von Stanford sind göttlich! Die letzte, an der ich teilgenommen habe, war erst zwei Stunden nach Sonnenaufgang vorbei. Als ich endlich nach Hause kam, war Mutter schon wach und wartete im Wohnzimmer, um mich direkt abzufangen. Aber irgendwie konnte ich sie davon überzeugen, dass ich einfach sehr früh aufgewacht und schon etwas frische Luft schnappen gegangen war. Ich dachte, sie hätte es geschluckt, aber seit einem Monat habe ich es kaum geschafft, ihr zu entkommen. Und das macht Sie, Mr Cravath, zu meinem Schutzengel.«

Die Agnes Huntington, in deren Begleitung Paul sich befand, hatte augenscheinlich nur wenig mit dem Bild der Wohlanständigkeit zu tun, das als Anwalt zu vertreten er eingewilligt hatte. An die Stelle ihres perfekten aufgesetzten Lächelns trat plötzlich ein teuflisches Grinsen.

»Sie sind also mit Mr White schon gut bekannt?«, fragte er sie, während sie sich dem Club näherten. Er wusste nicht, wie er diese Vorstellung finden sollte, sorgte sich aber gleichzeitig, dass die Frage allein schon unhöflich war.

Zum ersten Mal ließ sie in seiner Gegenwart ein großartiges, schallendes Lachen hören. »Jedes Mädchen, das sich auf die Bretter von Bühnen verirrt hat, ist mit Stanford White *gut bekannt*. Der einzige Grund, warum ich mir keine Sorgen darüber machen musste, noch besser mit ihm bekannt zu werden, ist mein Alter. Dem Himmel sei Dank.«

Paul gab sich Mühe, sie nicht merken zu lassen, wie unangenehm ihm dieses Gesprächsthema war. »Ich freue mich zu hören, dass Ihre Jugend eine ... wohlfeile Abschreckung für solcherlei Männer ist.«

Enttäuscht sah Agnes ihn an. »Ganz im Gegenteil. Ich bin viel zu alt für ihn.« Paul starrte auf seine Schuhe, damit sie ihm die Überraschung nicht ansah. »Das kleine Astor-Mädchen, dessen Ausflug zum Familienarzt – Sie können sich denken, warum – am Anfang seiner jüngsten Unannehmlichkeiten stand, ist erst vierzehn.«

»Oh«, war alles, was Paul herausbrachte.

»Es hat eine gewisse Ironie, finden Sie nicht? Da schwängert er von all den Mädchen, mit denen er verkehrt, genau dasjenige, das gerade alt genug ist, um überhaupt schwanger zu werden.«

Paul fühlte sich am Abgrund einer Welt, deren Regeln er nicht kannte.

»So«, sagte Agnes strahlend, als sie die betonierten Stufen zum Eingang des Players Club hochstiegen, »meine Mutter ist mittlerweile im Bett, die Nacht ist gerade erwacht. Höchste Zeit, denke ich, dass wir uns ganz übel betrinken.«

Im Inneren des Hauses wurde Paul von mehr Champagner in Empfang genommen, als er je zuvor gesehen hatte. Er war einfach überall, die Sturzbäche aus den vielen geöffneten Flaschen passten wunderbar zu den goldenen Bilderrahmen an den Wänden. In diesem Haus hatte sogar der Alkohol die Farbe des Geldes.

Agnes bat um ein Glas mit zwei frischen Himbeeren darin. »Wenn man ausgetrunken hat, wartet unten noch ein Geschenk«, sagte sie.

Sie stellte Paul vor. Namen konnte er sich gut merken, genauso gut wie verräterische Details, die sich möglicherweise zu handfesten Erinnerungen zusammensetzen ließen. Da war Mr Honeyrose mit dem grau melierten Backenbart, Mrs Sheldon mit dem spanischen Akzent sowie Mr Farnham mit der fehlenden Körpergröße und dem silbernen Gehstock. Während er Hände schüttelte, verpasste Paul allen einen Stempel.

Agnes schien niemanden nicht zu kennen. Jedes Mal, wenn ihr die Hand geküsst wurde, reagierte sie mit einer humorvollen Bemerkung. Bei jeder Verbeugung fiel ihr eine Geschichte ein, die sie unbedingt noch erzählen musste. Sie tauchte ein in diese Party, als wäre sie dafür geboren.

Was sie auf gewisse Art und Weise ja auch war. Soweit Paul wusste, waren die Huntingtons eine alte Familie, die schon seit ihren Gründungstagen in Amerika ansässig war. Reich geworden waren sie dank der Industrien des Westens – mit kalifornischem Gold und Zügen in Colorado –, aber auch im Osten hatten sie Erfolge zu verzeichnen und saßen in den heiligen Hallen von Kongress und Senat. Die Huntingtons hatten es in der langen Reihe der reichen und mächtigen Amerikaner zu derart mannigfaltiger Blüte gebracht, dass Paul, so fiel ihm auf, gar nicht wusste, von welchem Zweig des Huntington-Clans Agnes eigentlich abstammte. Ihre familiären Verbindungen hatten in der Berichterstattung über ihre Karriere keinerlei Erwähnung gefunden.

Und trotzdem war sie zu ihm gekommen, um sich juristisch vertreten zu lassen, nicht zu einem älteren oder bekannteren Anwalt. Was nur bedeuten konnte, dass Agnes und Fannie keine Protektion von jemandem genossen, der einflussreicher war als Paul. Und da Paul nicht besonders einflussreich war, musste das wiederum heißen, dass sie einem der unbedeutenderen Huntington-Zweige angehörten. Aber woher auch immer sie kamen: Die junge Frau, der Paul dabei zusah, wie sie den Players Club mit ihrem Charme verzauberte, schien überaus gern hier zu sein.

»Tesla«, sagte Paul nach dem gefühlt tausendsten Handschlag. »Ich muss unbedingt Tesla finden.«

»Ich bin sicher, dass er bei Stanford ist. Holen Sie uns doch noch zwei Sektflöten, dann schauen wir mal auf einen Sprung oben vorbei.«

Im ersten Stock hing dicker Zigarrenrauch in der Luft. Ein in eine Ecke gedrängtes Musikquartett spielte auf. Die Fiedler schwitzten, während sie ihre mit Pferdehaaren bespannten Bögen schwenkten. Das Trappeln harter Lederschuhe auf den Holzdielen drohte die Musik zu übertönen. Agnes führte Paul einmal über die Tanzfläche, auf der beschwipste Tänzer im Rhythmus eines schnellen Walzers umherstolperten.

Im zweiten Stock ortete Paul eine Traube von Gästen, die um zwei Sofas herumstanden. Man hatte sich im Halbkreis um die Sitzmöbel geschart. Alle Augen schienen auf einen hageren Mann gerichtet, dessen Kopf aus ihrer Mitte aufragte.

Tesla. Über sein Gesicht zog sich ein schiefes Grinsen, und Paul wusste, dass der Erfinder die Szene genoss. Paul konnte nicht glauben, dass jemand, der an anderen Leuten so wenig vergnüglich fand, so viel Freude hatte an anderer Leute Vergnügen.

»Ein Magnet und eine Spule«, sagte Tesla zu der Menge. »Dies sind die erforderlichen Dinge. Denken Sie derartig darüber nach: Die Magnetkraft wir kennen bereits seit einiger Zeit. Die Spule finden Sie in jeglicher Ihrer Matratzen.« Bei der Erwähnung von Matratzenfedern fingen die Versammelten an, aufgekratzt zu kichern. Tesla schien nicht zu wissen, was sie zum Lachen gebracht hatte, aber er freute sich trotzdem darüber.

»Aber woher *kommt* das?«, fragte der neben Tesla stehende Mann. Beträchtlich kleiner als Tesla selbst, trug er einen buschigen, ungepflegten Schnauzbart und goldene Hemdknöpfe bis hinauf zum gestärkten Stehkragen. Paul holte sich bei Agnes die Bestätigung für seine Vermutung: Es war Stanford White.

»Elektrizität ersteht aus dem Nichts«, sagte Tesla. »Überall. In der Luft überall und darum herum. Sie wird nicht geschaffen. Sie wird in Bahnen gelenkt und gezügelt.«

»So wie ein Pferd?«, fragte White, und die Menge lachte.

»Wie die Kraft von Dampf«, sagte Tesla. »Woher kommt Wasser? Es kommt nicht. Es ist da. Menschen haben gelernt, es zu erhitzen. Und die Luftwolken, die über heißem Wasser emporfliegen, in Richtungen zu lenken...« Er klatschte in die Hände. »Und schon haben Sie ihn: Strom!«

Paul sah, wie die Damen sich einander lächelnd zuwandten, während die Herren anerkennende Blicke tauschten. Sie alle bemühten sich zu zeigen, dass sie von dem, was Tesla sagte, beeindruckt waren, dass sie es aber auch verstanden.

Als Tesla weitersprach, fiel Paul auf, wie sehr er darauf achtete, den Abstand zu den anderen zu wahren. Steif wich er den gefährlich nahe vor ihm schaukelnden Frisuren der Damen aus. Seine diversen Verrücktheiten wurden von den Versammelten als faszinierend exzentrisch wahrgenommen.

Mit einem Zwinkern wandte White sich an die Menge. *So etwas hört man auch nicht alle Tage*, schien er damit seinen Freunden zu sagen. Tesla war das Kuriosum dieser Festivität.

»Ihr Freund scheint mir weniger der Ehrengast als vielmehr die Show-Einlage zu sein«, meinte Agnes leise.

Den Hofnarren zu geben für die künstlerische High Society von Manhattan war eine Rolle, in der Paul Tesla vorher nicht unbedingt gesehen hätte.

»Stanford liebt den Reiz des Neuen«, fuhr Agnes fort. »Als ich zuletzt hier war, schleppte er einen chinesischen Zauberer mit sich herum. Kunststückchen für die Kunstschaffenden. Aber dass er mit einem Wissenschaftler derart herumprotzt, erlebe ich doch zum ersten Mal.«

Tesla, der immer noch farbenfroh über das Wesen der Elektrizität monologisierte, erblickte Paul. »Mr Paul Cravath«, sagte er und zog vor Überraschung die Augenbrauen hoch.

Die irritierte Menge wandte die Köpfe, um zu erkennen, wen Tesla da ansprach. Die Irritation wurde eher größer, als man feststellte, dass es Paul war.

Stanford White kam Paul zuvor: »Hat Mr Tesla einen Freund hier?«

»So ist es«, gab Agnes zurück. »Das ist Mr Paul Cravath. Mein Anwalt.«

White musterte Agnes skeptisch.

»Könnten wir den beiden alten Freunden vielleicht einen Moment unter vier Augen gönnen?«, fragte Agnes.

»Nur, wenn Sie uns in dieser Zeit mit einem Lied beehren«, kam es von White.

Agnes lächelte. »Mit ganz viel Glück tue ich das vielleicht.« Sie zog White mit sich und gab Paul so taktvoll eine Gelegenheit.

»Was ist es, das Sie hier tun, Mr Paul Cravath?«, fragte Tesla, nachdem Paul sich zu ihm durchgeschlängelt hatte.

»Ich habe versucht, Sie zu erreichen.« Paul erinnerte sich daran, dass Tesla Körperkontakt zuwider war, und bedeutete ihm, ohne ihn zu berühren, ein Stück mit ihm zur Seite zu treten, an ein Plätzchen, an dem ihre Unterhaltung nicht belauscht werden konnte. »Wir sollten reden.«

Teslas Tonfall bekam etwas Unbeschwertes. »Oh ja! In der Tat! Wenn Sie morgen Abend kommen, es sind grandiose Dinge zu sehen.«

»Wohin soll ich kommen?«, fragte Paul.

»Zu meinem neuen Labor.« Angesichts von Pauls klar erkennbarem Erstaunen musste Tesla grinsen. »Sie glauben nicht, dass ich im Müßiggang verbracht habe diese Tage.«

»Haben Sie etwas Neues erfunden?« Paul versuchte sich vorzustellen, was Tesla, sich selbst überlassen, ausgeheckt haben könnte. Aber das lag buchstäblich jenseits von Pauls Vorstellungskraft.

Tesla beugte sich vor, seine nächsten Worte kamen im Flüsterton.

»Es ist ein kabelloses Telefon.«

Begriffsstutzig starrte Paul ihn an. Telefone gab es erst seit zehn Jahren. Aufgrund ihrer exorbitanten Kosten besaß so gut wie niemand eines. Paul selbst hatte noch nie ein Telefon benutzt. Wer sollte da ein kabelloses wollen? Was sollte das überhaupt heißen, »kabellos«?

Tesla gab ein hohes Keckern von sich. Pauls Unglaube schien ihn zu euphorisieren. Er nannte eine Adresse auf der Grand Street. »Kommen Sie morgen Abend«, flüsterte er, »und ich werde Ihnen etwas zeigen, das zu sehen so wenige Männer behaupten können. Nämlich: Etwas, das noch nie zuvor jemand gesehen hat.« Er händigte Paul eine schlichte Visitenkarte aus, auf der kein Name, sondern nur die Adresse auf der Grand Street stand.

Noch bevor Paul um weitergehende Erläuterung bitten konnte, wurde er von einem Klang auf der anderen Seite des Stockwerks abgelenkt. Ein Lied schwang sich hoch über das Getöse hinauf und hing in süßer Wehmut zart dort oben in der Luft. Die Stimme, die es sang, war kraftvoll, aber zugleich weich, ein helles Funkeln, das den rauchverdunkelten Raum durchbrach.

Die Sängerin konnte Paul nicht sehen, aber das brauchte er auch nicht. Innerhalb eines Augenblicks wusste er, dass diese Stimme nur zu einer Person gehören konnte, und dass deren Berühmtheit wohlverdient war.

Agnes gab im Players Club keine Arie zum Besten, sondern sang »Where Did You Get That Hat?«, ein normalerweise fröhliches Liedchen, das sich in jenem Sommer unerwarteter Beliebtheit erfreute. Sie sang es jetzt allerdings deutlich langsamer und mit einem eigentümlich klagenden Timbre. Irgendwie hatte sie das Lied gleichzeitig unterhaltsamer und auf geradezu unheimliche Weise eindringlich gemacht.

Sogar Tesla stand wie vom Donner gerührt. Unvermittelt ging der Erfinder dann an Paul vorbei und bewegte sich auf die Quelle der Melodie zu. Dabei berührte er Paul leicht mit der Schulter. Was ihn sonst vollkommen entsetzt hätte, nahm er nun anscheinend gar nicht wahr. Paul ging hinterher, bis sie die Agnes umringenden Festgäste erreichten. Agnes gab gerade die letzten Töne des Liedes von sich.

Während des Beifalls versuchte Paul, mit ihr Blickkontakt herzustellen. Sie war tatsächlich etwas Besonderes.

Als der Applaus abebbte, reichte es Stanford White eindeutig mit dem Gesang für den Abend.

»Welch Genuss!«, blökte er. »Mr Tesla, war diese Darbietung nicht geradezu *elektrifizierend?*« Im noch anhaltenden Gelächter fing er an, Tesla mit weiteren Fragen zu diesem Elektrizitätsding zu bombardieren. Die Menge umzingelte Tesla wieder. Paul konnte nur noch seinen Kopf sehen, der aus den rauchumwölkten Dinner-Jacketts und den perlenbehängten Dekolletés herausragte.

Paul sah Tesla vom Rand der ihn Umstehenden aus ein paar Minuten lang zu. Er hörte das belanglose Gelächter der

Unterhaltungssüchtigen, das unterdrückte Kichern angesichts von Teslas starkem Akzent und seinem unmöglichen Satzbau. Das Genie war zu ihrem Haustier geworden. Zu ihrem absonderlichen neuen Spielzeug.

Aber Paul wusste: Wenn eine andere Jahreszeit anbrach und diesen Feierwütigen ein neues Zauberkunststück kredenzte, würden sie jemanden so Einzigartiges wie Nikola Tesla allein in der Kälte stehen lassen. Nicht einmal Tesla würde immun sein gegen die Schnelllebigkeit ihrer Launen.

In jenem Moment empfand Paul zum ersten Mal so etwas wie eine Verbundenheit mit Tesla. Sie beide waren nur Rädchen im Getriebe derjenigen, die auf sie gesetzt hatten. Sie waren deren ausführende Organe. Tesla war immerhin ein Genie. Wie aber sollte ein Mann wie Paul, der einfach nur einigermaßen Köpfchen hatte, diese Meute überleben?

Oder war er im Laufe des vergangenen Jahres schon zu einem der ihren geworden? Auch er bediente sich Teslas. Der einzige Unterschied war, dass die Leute hier nach einem Lacher lechzten, während es Paul um einen Vorteil in seiner Sache ging. Er bemühte sich redlich, seine eigene moralische Überlegenheit weiterhin zu erkennen.

Es war Zeit zu gehen. Auf der Suche nach Agnes schob er sich durch die Feiernden. Er entdeckte sie schließlich ein Stockwerk tiefer in einer Nische, wo sie in ein Gespräch mit einem Paul unbekannten Mann vertieft war. Er wandte sich ab. Sollte sie sich doch in dem Garten vergnügen, in dem zumindest sie Wurzeln zu haben schien.

Die frische Luft draußen empfand er als reinigend. Er hoffte, dass der Wind stark genug blies, um den Gestank von Zigarren und Parfüm zu vertreiben.

Einen Augenblick stand er einfach nur auf der Straße, versunken in den Anblick des Gramercy Park. Das gelbe Licht der Gaslaternen malte große Farbflecken in die Obstbäume. War dies das New York, nach dem er sich gesehnt hatte? War dies das Theaterstück, für das er eine Eintrittskarte erhalten würde, wenn er seinen Fall gewann? Paul fühlte sich, als wäre er einer Art Taschenspielertrick auf den Leim gegangen. So stolz er auf seine Errungenschaften war: Noch stolzer war er auf seinen Ehrgeiz, auf seine Ambitionen. Wenn es nicht die Welt im Inneren dieses Hauses war, nach der es sich zu streben lohnte, was war es dann?

»Ich habe den Eindruck, Ihnen hat die Party nicht gefallen.« Paul drehte sich um und sah Agnes die Stufen herunterkommen. Sie griff in ihre Handtasche und zog ein silbern poliertes Etui heraus. Dann zündete sie sich eine dünne Zigarette an, ohne Paul ebenfalls eine anzubieten.

Er wusste nicht, was er sagen sollte. Schließlich war er Nichtraucher.

»Vielleicht lag es auch nicht an der Party per se«, fuhr sie fort, »sondern an den Gästen.«

»Was für grauenvolle Leute.« Es brach einfach so aus ihm heraus. »Tut mir leid. So war das nicht gemeint. Ich habe zu viel Champagner getrunken. Ich bin Ihnen sehr zu Dank verpflichtet, dass Sie mich mitgenommen haben.«

Agnes blies eine Rauchwolke in die Nacht.

»Hören Sie auf, immer so höflich zu sein«, sagte sie. »Davon habe ich zu Hause schon genug. Haben Sie von Ihrem merkwürdigen Freund bekommen, was Sie brauchten?«

Ihre Direktheit war erfrischend.

»Sie werden ihn mit Haut und Haaren verschlingen«, sagte Paul. »Er ist viel zu naiv. Zu unschuldig. Und sie sind Wölfe, die sich ein Stück Fleisch zwischen den Pfoten hin- und herwerfen.«

Ihre Zustimmung kam nüchtern und unsentimental. »Stanford White benutzt Tesla für einen Lacher. Edwin Booth wiederum benutzt Stanford für seine Rehabilitation. Ich benutze Edwin für einen Abend, den ich nicht bei meiner Mutter verbringen muss. Und Sie benutzen mich, um einen Fuß in die Tür zu bekommen. Die ganze Welt dreht sich in einem Kreislauf des Tauschhandels.«

Paul sah zu, wie sie an ihrer langen Zigarette zog. Diese Seite hatte er an Agnes bislang noch gar nicht kennengelernt.

Eine gezackte Kante hinter ihrem glatten Lächeln. Ein dunkler Schatten hinter der vornehmen High-Society-Blume.

Sie hob eine Augenbraue. »Oder gefällt es Ihnen hier nicht, unter uns Wölfen?«

Paul überlegte kurz, bevor er antwortete. »Ich möchte ihm helfen.«

»Ich dachte, George Westinghouse sei Ihr Mandant.«

»Mittlerweile habe ich sogar zwei Mandanten, Miss Huntington.«

Sie lächelte. Vielleicht hatte er gerade sogar mal etwas Witziges gesagt.

»Cravath«, sagte Agnes und ließ die Überreste ihrer Zigarette auf den steinernen Boden fallen, »Naivität steht Ihnen nicht. Sie können das Spiel mitspielen – und die anderen darin schlagen. Oder Sie können sich von Ihnen in Fetzen gerissen aus New York vertreiben lassen. Das ist das, was Mr Foster mit mir vorhat. Aber wissen Sie was? Niemand hat je ein Spiel gewonnen, das er nicht spielte.«

Sie schob ihr Zigarettenetui wieder in ihre Handtasche zurück und nahm dann noch einen letzten tiefen Zug Nachtluft. »Ich für meinen Teil gehe nicht zurück ins gottverdammte *Boston.* Wenn Sie zurückwollen nach ... wo war es noch, Tennessee? Bitte, gern. Aber wenn Sie hierbleiben wollen, wenn Sie sich Ihren Platz in Manhattan verdienen wollen, dann denken Sie dran: *Sie* haben sich dazu entschieden, zu dieser Party zu gehen. Und die verlässt man nicht frühzeitig.«

Sie drehte sich um und ging wieder hinein. Er war sich nicht sicher, was ihn mehr schockierte – ihre Abgebrühtheit oder die Tatsache, dass sie wusste, dass er aus Tennessee kam.

»Miss Huntington«, sagte er, während sie die steinernen Stufen bereits erklomm, »ich werde nicht verlieren.«

Sie wandte ihm wieder das Gesicht zu, und ihre Locken wurden eingerahmt vom Bogen des Eingangsportals. Sie machte ein überaus ernstes Gesicht – die komische Karikatur eines gewichtigen, finsteren Ausdrucks, als versuchte sie, ihm tief in die Seele zu schauen. Und dann zerbrach ihr düsterer Blick in ein breites Grinsen, das sich lustig machte über Pauls Ernsthaftigkeit.

»Ich wäre Ihnen auch nicht hinterhergelaufen, wenn ich davon ausgehen würde«, sagte sie und wandte sich wieder dem Haus zu.

KAPITEL 24
NIKOLA TESLAS WUNDERKAMMER

Allein zu sein ist das Geheimnis des Erfindens.
Im Alleinsein werden Ideen geboren.

– AUS DEM TAGEBUCH VON NIKOLA TESLA

Um sieben Uhr abends brach Paul am nächsten Tag von seinem Büro zu Fuß zu der Adresse auf der Grand Street auf, gleich neben der Kreuzung Lafayette Street. Hier stand ein fünfstöckiges, einen ganzen Straßenblock einnehmendes Fabrikgebäude, an dessen Fassade er jetzt nach oben schaute. Die Namensschilder an der Eingangstür zeigten an, dass auf jeder Etage ein anderes kleines Unternehmen seinen Sitz hatte. Im Erdgeschoss die Schreinerei MASTERS & SONS, im ersten Stock die Bleigießerei JEFFERS.

In diesem Gebäude also befand sich Teslas Labor. In der Gegend gab es eigentlich nichts weiter als Betriebe, die hordenweise Näherinnen und Holzarbeiter ausbeuteten, dazu weitläufige Stapelplätze für Knöpfe und frisch geblasenes Glas. Amerikas zukunftsweisendstes Denken fand inmitten des Holzverschnitts seiner Flickschuster-Vergangenheit statt.

Paul drückte auf die Klingel des dritten Stocks. Daneben das einzige namenlose Klingelschild des ganzen Gebäudes. Er wartete. Wieder einmal war Paul beeindruckt von Teslas Fähigkeit, einfach so zu verschwinden.

Am Nachmittag hatte er Westinghouse telegrafiert, ihm sei eine Audienz bei Tesla gewährt worden, und zwar im Labor desselbigen, in der Nähe des Latin Quarter, er hätte also Gelegenheit zu sehen, woran der Mann gerade arbeitete. »Gehen

Sie mit ihm ins Delmonico's«, hatte Westinghouse sofort gesagt. »Laden Sie ihn zu einem teuren Abendessen ein, das er nicht essen wird. Und holen Sie ihn zurück auf unsere Seite.« Paul war aufgefallen, dass keinerlei Interesse bekundet wurde an den möglichen neuen Erfindungen.

Davon, dass er mit Tesla in Kontakt getreten war, hatte Paul seinen Partnern nichts gesagt. Er hatte ihnen das Problem mit den Lizenzgebühren eingebrockt. Er würde es auch allein wieder aus der Welt schaffen.

Mehrere langsam verstreichende Minuten wartete er vor der Tür, bis sie sich endlich öffnete. Und einen Mann preisgab, der nicht Tesla war, wie Paul gehofft hatte, sondern ein Arbeiter einer anderen Firma im Haus, der Feierabend hatte und dessen Aufbruch Paul die Möglichkeit verschaffte, ins Haus zu gelangen.

Über mehrere Treppen mit durchhängenden Holzstufen stieg Paul in den dritten Stock hinauf. Die Stufen knarzten unter seinem Gewicht. Die Treppe machte insgesamt den Eindruck, als einfaches Baugerüst errichtet und nie erneuert worden zu sein.

Schließlich stand Paul vor einer massiv gesicherten Tür, wie man sie sich festungsartiger und weniger einladend kaum vorstellen konnte. Er klopfte.

»Mr Tesla?«, rief er. »Sind Sie da drin? Ich bin es, Paul Cravath.« Er fragte sich, ob Tesla ihre Verabredung vergessen hatte.

Aber dann hörte Paul etwas. Er konzentrierte sich darauf und vernahm ein mehrfaches metallisches Klicken auf der anderen Seite der Tür. Es war das Geräusch von Bolzen, die entriegelt wurden. Dann war es wieder still.

Er fasste den Türknauf und stellte fest, dass er sich jetzt leicht drehen ließ. Er drückte, und die Tür gab nach. Ein Schwall nach Moschus duftender Luft kam ihm entgegen, Staub wehte auf die Türschwelle. Dahinter war es stockfinster. Paul starrte hinein in ein konturloses Nichts.

»Mr Tesla?«, rief er. »Ich fürchte, ich kann Sie nicht sehen.«

Schritte in einiger Entfernung. Paul hörte etwas, das nach eiligem Hin- und Hertrappeln klang. »Sind Sie das?«

Immer noch nichts. Paul tat einen zögerlichen Schritt in den schwarzen Raum hinein. In Teslas Labor konnte einen buchstäblich alles erwarten. Es war sicherlich nicht der Ort, an dem man gern blind umherwanderte.

»Nikola? Gibt es hier drinnen Licht?«

Es knackte und knirschte noch ein paarmal in einiger Distanz, dann vernahm Paul Teslas nasale Stimme:

»Ich möchte Sie nicht erleuchten mit bloßem Licht, Mr Paul Cravath. Ich möchte das stattdessen tun mit elektrischem *Gewitter.*«

Plötzlich öffnete sich der Himmel selbst, und erhabene Blitze durchschnitten den Raum. So zumindest schien es Paul, der mit dem Mantelärmel seine Augen beschirmte. Als er sie schloss, hatten sich bereits hellrote und violette Narben in seine Netzhaut gebrannt.

Begleitet wurde die Darbietung von einem fürchterlichen Lärm, einem brutal lauten Fauchen und Knistern. Es war, als würde die Luft von elementaren Kräften entzweigerissen.

Nach ein paar Augenblicken war Paul wieder in der Lage, blinzelnd die Augen zu öffnen. Was er in der Mitte des Raumes vor sich sah, war ein elektrisches Gerät von der Größe eines Gepäckwagens, über dem sich in sechs Metern Höhe eine gläserne, in etwa wie eine Glühbirne geformte, aber um ein Vielfaches größere Säule erhob. Von deren Oberfläche ging etwas aus, das Paul nur als enorme, sich einmal quer durch den Raum erstreckende Tentakel elektrischer Energie beschreiben konnte. Diese Tentakel fassten nach der Decke und nach den Wänden, ja selbst nach den weiter entfernten Ecken des höhlenartigen Raums. Sie griffen in den Raum wie die tastend zupackenden Arme eines riesenhaften elektrischen Monsters.

Die instinktive Angst, dieses Monster könnte herabsteigen und ihn in einem Stück verschlingen, ließ Paul zurückfahren. Aber irgendwie gingen ihm die sich wie wahnsinnig gebärdenden energetischen Fangarme aus dem Weg. Sie fuhren auch vorbei an den wahllos im Raum stehenden Schreibtischen, genauso ließen sie den großen Serben im schwarzen Anzug aus, der keinen halben Meter von der Glassäule entfernt unbewegt auf einem Holzstuhl saß. Nikola Teslas Hände ruhten entspannt in seinem Schoß, während die Luft rings um ihn vor Energie knisterte.

»Also dann«, sagte er, schlug die langen Beine übereinander und bedachte Paul mit einem Lächeln. »Wie kommt die Arbeit voran in Mr *Westinghouse'* Labor?«

Nachdem er das Ding abgeschaltet hatte, erklärte Tesla, es handele sich um einen sogenannten Resonanztransformator. Eine Spule, die einen sehr hochfrequenten Wechselstrom produziere, mit einer sehr hohen Spannung und einer sehr geringen Stromstärke. Trotz des spektakulären Effekts relativ sicher. Und obwohl ein solches Spektakel natürlich die nächstliegende Verwendung dieses Gerätes sei, könne man seine Mechanismen sicherlich auch auf Telegrafen, Funksender und medizinische Geräte übertragen … möglicherweise eben auch auf das »kabellose Telefon«, an dessen Entwicklung er derzeit arbeite. All das vertraute Tesla Paul an, während sie zusammen durch das Labor spazierten. Paul verstand nur wenig von dem, was Tesla ihm zeigte, und noch weniger von dem, was er ihm zu erklären versuchte. Edison und auch einige andere hatten an der Weiterentwicklung von Alexander Bells erstem »Telefon«-Gerät gearbeitet. Und Tesla versuchte eben, dieses Gerät ohne jegliche Verkabelung zum Funktionieren zu bringen. Man musste kein großer Naturwissenschaftler sein, um zu erkennen, wie absurd das war. Auch wenn Tesla es durch irgendein Wunder hinbekommen sollte, das zu schaffen: Wer um alles in der Welt sollte damit etwas anfangen können?

Bei den vielen Unterschieden zwischen diesem und dem Westinghouse'schen Labor fielen Paul zwei besonders auf: Zum einen das vollkommene Fehlen jedes nur ach so winzigen Staubpartikels, zum anderen das Fehlen auch nur der undeutlichsten Spur eines anderen menschlichen Wesens. Das hier war Teslas eigene, private Welt, und er würde sie freihalten von den Unreinheiten und Störeffekten, die seine Erfahrungen außerhalb dieser Welt beeinträchtigten. Hier war er endlich allein mit seinen Wunderwerken.

Auf einem Tisch im hinteren Teil des Raums stand etwas, das Tesla »Crookes-Röhre« nannte. Es hatte eher die Form einer elektrischen Glühlampe, war allerdings doppelt so groß: eine gläserne Röhre von einem knappen halben Meter Länge, aus der ein Großteil der Luft gesaugt worden war. Ein Kabelende war am Fuß des Ganzen befestigt, ein anderes ragte in die versiegelte Röhre hinein, ungefähr bis auf drei Viertel der Gesamtlänge. Das Gerät war vorsichtig auf die Seite gekippt worden und ruhte auf einem schmalen gläsernen Fuß. An diesem Fuß war ein Knopf, an dem Tesla drehte, und sofort schoss ein Energiestrahl von einem Kabelende zum anderen. Der Strahl war von einem strahlenden Blau, aber das breite, gewölbte Kopfstück der Röhre leuchtete in gespenstischem Grün. Es erinnerte an einen blubbernden Hexenkessel.

»Kathodenstrahlen«, erklärte Tesla. »Sie feuern Teilchen von einer negativen Ladung von einem Leiterende zum anderen.«

»Und wozu ist das gut?«, fragte Paul und bewunderte die pulsierenden Farben.

Tesla warf Paul einen sonderbaren Blick zu. »Wozu ist es gut? Dazu ist es gut. Sagen Sie mir, das ist keine schöne Sache.«

»Sie sollten solche Geräte mit der Welt teilen. Sagen Sie den Menschen da draußen doch, woran Sie arbeiten. Sagen Sie es einfach *irgendwem*.«

»Sage ich nicht Ihnen, Mr Paul Cravath?«

»Das tun Sie. Aber ich bin kein Wissenschaftler.«

»Vielleicht das ist eigentlicher Grund, warum ich Ihnen sagen kann«, meinte Tesla, begleitet von einem Lächeln. »Sie könnten meine Ideen nicht stehlen, selbst wenn Sie wollten das.«

»Ich gehe davon aus, dass ich das als Vertrauen in unsere gemeinsame Sache werten darf«, sagte Paul.

Tesla stieß sein hohes, bellendes Lachen aus.

»Ich möchte mit Ihnen über Ihre Rückkehr zu Westinghouse reden«, wagte Paul einen Vorstoß.

»Ich habe mir gedacht, dass Sie das würden tun«, meinte Tesla kokett. »Aber für diese Unterhaltung teile ich nicht Ihre Enthusiasmen.«

Paul machte sich gerade innerlich bereit, seine Argumente darzulegen, als er sich sehr plötzlich unterbrochen sah.

Eilige Geräusche aus dem Treppenhaus erregten die Aufmerksamkeit der beiden Männer. Auf den Stufen draußen dröhnten schwere Stiefel. Die Schritte klangen, als kämen sie von mindestens einem Dutzend Menschen, und die Aufregung schien immer größer zu werden. Ohne nachzudenken ging Paul zur Tür, um nachzusehen, was los war.

Als er die Stahltür aufzog, sah er das Treppenhaus, dessen gesamte fünf hölzerne Geschosse lichterloh brannten.

KAPITEL 25
SYSTEMISCHE INSTABILITÄT

Was während einer wissenschaftlichen Revolution geschieht, kann nicht vollständig auf eine neue Interpretation einzelner und stabiler Daten zurückgeführt werden. Zunächst einmal sind die Daten nicht eindeutig stabil.

– THOMAS KUHN,
DIE STRUKTUR WISSENSCHAFTLICHER REVOLUTIONEN

Voller Unglauben über das, was er da sah, war Paul kurz vollkommen bewegungsunfähig. Das hier musste eine grauenvolle Halluzination sein, ein tödliches Trompe-l'œil, das ihm da direkt vor die Augen gehängt worden war.

Männer, die eigentlich im über ihnen liegenden Stockwerk arbeiteten, rannten die Stufen hinunter. Große Stücke brennenden Holzes fielen neben ihnen bereits hinab. Paul sah einen Mann seinen Fuß auf ein Brett setzen, das sofort unter ihm nachgab. Ein Kollege griff nach ihm, bevor er fiel, und, nachdem beide ihr Gleichgewicht wiedergefunden hatten, rannten sie gemeinsam weiter in Richtung Erdgeschoss. Noch bevor Paul Tesla schnappen und sich den fliehenden Arbeitern anschließen konnte, krachte eine brennende Planke gegen den Türpfosten und versperrte den Weg nach draußen.

Paul warf die Metalltür vor dem Feuer zu. Er trat einen Schritt zurück und stieß mit Tesla zusammen.

»Das Feuer ist schon auf der Schwelle«, sagte Paul. »Auf diesem Weg haben wir keine Chance mehr.«

Tesla starrte Paul bloß an und sagte schließlich: »Ein Feuer.« Die Tatsache, dass es brannte, schien offenbar erst sehr langsam in seinem Hirn anzukommen.

»Lassen sich die Fenster öffnen?« Paul rannte zu den Fenstern in der gegenüberliegenden Wand. Er zerrte den Vorhang auf, wobei er den Stoff von den Stangen riss.

Draußen verdunkelte bereits der Rauch aus dem oberen Stockwerk den Himmel.

Tesla stand vollkommen regungslos da. Langsam wurde es heiß im Raum, der Brand über und unter ihnen machte aus Teslas Labor einen gewaltigen Ofen.

»Wir müssen die Fenster aufbekommen«, sagte Paul mit Nachdruck. Aber weder seine Worte noch sein dringlicher Tonfall schienen bei Tesla irgendeinen Eindruck zu hinterlassen.

Paul griff nach einem Gerät auf einem der Tische und schleuderte es gegen das Fenster. Was es auch gewesen war: Die lange, gläserne Röhre zersplitterte, als sie mit ihrem dicken Metallfuß durch die Fensterscheibe schlug. Glasscherben splitterten in jede Richtung, hinaus in die Nacht und zurück zu Paul.

»Mr Tesla!«, rief Paul. »Kommen Sie, hier lang! Wenn wir aus dem Fenster klettern, haben wir eine größere Chance, als wenn wir es übers Treppenhaus versuchen.« Als er sich umdrehte, sah er den Erfinder immer noch neben der Tür stehen. Für einen kurzen Augenblick hielten die beiden Männer Blickkontakt, und für den Bruchteil einer Sekunde konnte Paul die ausdruckslose Leere in Teslas Gesicht erkennen. Tesla hatte keine Angst. Es schien eher so, als sei er gar nicht da.

Dann stürzte die Decke ein.

TEIL II
RÜCKSCHLÄGE

Bei der Verbreitung technologischer Systeme entstehen zurückhängende Frontabschnitte – systemische Komponenten, die zurückgefallen oder nicht mehr mit den anderen koordiniert sind.

– THOMAS HUGHES,
THE SOCIAL CONSTRUCTION OF TECHNOLOGICAL SYSTEMS

KAPITEL 26
MÄCHTIGE FREUNDE

> Wenn du in dieser Branche begreifst, dass du in Schwierigkeiten steckst, ist es schon zu spät. Du musst in ständiger Panik sein, sonst bist du weg vom Fenster.
>
> – BILL GATES

Über Wochen war Paul Cravath nur hin und wieder bei Bewusstsein. Seine wachen Momente waren allerdings genauso vernebelt wie seine Träume. Beide Zustände unterschieden sich ausschließlich durch die Farben. In dem einen herrschte ein grellweißer Glanz, der intensiver strahlte als eine Glühlampe. In dem anderen herrschte Dunkelheit. Schwarze Gedanken, Rot und Schwefelgelb. Während die Tage sich zogen und die stündlichen Morphiumdosen erst halbiert und dann geviertelt wurden, konnte Paul langsam wieder besser zwischen Wachen und Schlafen unterscheiden. Mit schicksalsergebenem Grauen wurde ihm bewusst, dass seine düsteren Feuervisionen tatsächlich nur Träume waren, und dass die wirkliche Welt, in der er wieder erwachte, sauber und glänzend war und deutlich größere Schrecken bereithielt.

Das oberste Stockwerk des Bellevue Hospital war mit Abstand der weißeste Ort, an dem Paul je gewesen war. Die Bettlaken wurden täglich so gebleicht und geplättet, dass ihre Berührung schon fast weh tat. Die Mäntel und breiten Hemdkrägen der Ärzte, die in sein Privatzimmer hinein- und wieder hinaushuschten, waren genauso weiß wie das Bettzeug. So weiß wie die eng stehenden Wände. So weiß wie die neuen Mullverbände, die täglich um Pauls noch empfindlichen Bauch gewickelt wurden.

Tesla war weg. Verschwunden. Paul konnte sich nicht genau erinnern, welcher seiner Besucher ihm diese Nachricht als Erster überbracht hatte. War es George Westinghouse gewesen, dessen besorgtes Gesicht Paul mehr als einmal an seiner Bettstatt gesehen hatte? Oder Carter? Oder Hughes samt Ehefrau, die gleich zu Beginn von Pauls Krankenhausaufenthalt weiße Rosen neben sein Bett gestellt hatten?

Zu so später Stunde war das Fabrikgebäude größtenteils unbelebt gewesen, und sämtliche Arbeiter, die Paul auf der Treppe gesehen hatte, waren mit heiler Haut davongekommen. Er selbst dagegen war offenbar mitten im brennenden Holz gestürzt und von einem ihm unbekannten Samariter herausgezogen und auf einen von Pferden gezogenen Krankenwagen verbracht worden. Ob jener Fremde auch Tesla gesehen hatte? Ein Ding der Unmöglichkeit, das herauszufinden. Sollte Tesla beim Einsturz des Gebäudes nicht gestorben sein, wie sollte er es dann vom Ort des Geschehens weggeschafft haben? Die wahrscheinlichste Erklärung war, dass sein Leichnam vom Feuer eingeäschert oder unter dem einstürzenden Gebäude begraben worden war. Allerdings hatte man im Schutt keine Leichen gefunden.

Diese Details erfuhr Paul von einem Detective, der ihm nach zwei Wochen im Krankenhaus einen Besuch abstattete. Das sanft aus dem grauen Oktoberhimmel hereinfallende Nachmittagslicht im Zimmer war einigermaßen angenehm. Von seinem Bett aus hatte Paul einen Blick auf die 26. Straße. Jedes Mal, wenn er sich zum Fenster drehte, quietschten die Federn in der Matratze, als wollten sie ihn für seinen Wunsch zu fliehen bestrafen. Während dieser ersten Wochen war jede ernsthafte Bewegung ein kaum zu bewältigendes Problem. Der vom Verbandsmull eng an ihn gedrückte Breiwickel aus Maismehl und heißem Wasser fühlte sich sonderbar an auf seinen heilenden Rippen. Ohne Morphium, da war Paul einigermaßen sicher, hätte er nicht unerhebliche Schmerzen gehabt.

Seine Rippen, die Nase und der linke Oberschenkelknochen waren gebrochen. Die Organe hatten ebenfalls beträchtlichen Schaden genommen, auch wenn die Ärzte durchaus unterschiedliche Begriffe zur Beschreibung seiner Verletzungen benutzten. Sie waren uneins, welche von Pauls inneren Verletzungen die schwerste war. Doch aus seinem Morphiumnebel heraus begriff Paul das Wesentliche: Es hatte ihn ziemlich heftig erwischt, er würde aber überleben.

Für das Gespräch mit dem Detective setzte er sich auf. Das Sitzen war ein erst kürzlich errungener Sieg, ein Sieg allerdings, der noch mit aller Vorsicht behandelt werden musste. Paul fühlte sich in relativ guter Verfassung, als er mit dem Polizisten Höflichkeiten austauschte, dessen hoher Rang an seiner Kleidung erkennbar war – er trug keine Uniform, sondern einen ordentlichen Mantel und Krawatte.

»Sie haben also keinerlei Hinweise auf Mr Teslas Verbleib, weder in die eine noch die andere Richtung?«, fragte Paul. »Ob er tot ist oder lebendig – oder irgendwas dazwischen?«

»Immer noch nichts«, gab der Beamte zurück. »Mr Cravath, ich würde Ihnen gern eine Frage stellen, die Sie hoffentlich nicht als Beleidigung auffassen.«

»Allzu schnell beleidigt ist man in meinem Beruf ja nicht«, sagte Paul.

»Erinnern Sie sich daran, dass wir dieses Gespräch schon einmal geführt haben?«

»Welches Gespräch?«

»Sir, ich komme heute zum dritten Mal zu Ihnen, um Ihre Version der Ereignisse vom 19. September zu hören«, sagte der Detective.

Paul war bestürzt. »Das kann nicht ... Es tut mir furchtbar leid, aber daran kann ich mich nicht erinnern.«

Der Beamte sah zur Morphiumflasche auf Pauls Nachttisch. »Das ist nicht ungewöhnlich, Sir«, sagte er. »Ich möchte Sie ja nicht in Aufregung versetzen oder Ihnen weitere Unannehmlichkeiten bereiten. Die Ärzte meinten schon, dass Sie noch eine ganze Weile etwas desorientiert sein könnten. In letzter Zeit haben Sie allerdings einen etwas wacheren Eindruck gemacht, weswegen ich dachte, Sie seien jetzt so weit, aber vielleicht sollten Sie am heutigen Tag trotzdem keine weiteren Besucher empfangen.«

»Wer möchte mich denn noch besuchen?«

»Mein Chef. Er möchte sich persönlich ein Bild machen.«

»Ich helfe, wo immer es in meiner Macht steht.«

Der Detective ging hinaus auf den Flur. Was Paul während des Wartens Angst machte, war nicht, dass er sich nicht an frühere Treffen mit ihm erinnern konnte. Es war vielmehr, dass er unter dem Einfluss des Morphiums eindeutig nicht im Vollbesitz seiner geistigen Kräfte war. Sollte er wieder arbeiten wollen, würde er jedes ihm irgendwie zur Verfügung stehende Quäntchen Cleverness aufbieten müssen.

Gefolgt von einem kahl werdenden Mann um die sechzig, der aussah wie ein ehemals hitziger, im Alter abgekühlter Grobian, kam der Detective zurück ins Zimmer. Der andere hatte die Ausstrahlung einer Bulldogge, die nicht mehr anders kann, als mit Bellen zu erreichen, was sie in jüngeren Jahren durchaus wirksam mit Beißen geschafft hat. Paul erkannte ihn sofort. Als der Detective von seinem »Chef« gesprochen hatte, war Paul nicht auf den Gedanken gekommen, dass der New Yorker Polizeichef höchstpersönlich gemeint gewesen war.

»Ich bin Fitz Porter. Mein Mann hier hat mir erzählt, dass es Sie ganz schön erwischt hat, dass Sie die Lage aber gut in den Griff bekommen.«

»Dass man tatsächlich von ›gut‹ sprechen darf, kann ich nur hoffen«, gab Paul zurück. »Ich fürchte, das Morphium macht mich geistig träger, als ich es gern hätte.«

»Wunderwerk ist das«, sagte Porter. »Hat uns nach den Schlachten am Bull Run eine Menge Elend erspart.«

Lange bevor er von Präsident Arthur fürs New Yorker Police Department abgestellt worden war, hatte Porter im Bürgerkrieg ruhmreich das V. Korps der Nordstaaten geführt.

Während des Kriegs war Paul noch ein Kind gewesen. Sein

Vater hatte die Nachrichtenlage aufmerksam verfolgt und jeden Tag die grausigen Opferzahlen aus dem *Nashville Dispatch* vorgelesen. Da Erastus Cravath gleichzeitig ein überzeugter Pazifist und ein leidenschaftlicher Kämpfer für die Rechte der Schwarzen war, machte ihm der Krieg stark zu schaffen. Zu welchen Sittenlosigkeiten durfte sich das Lager der Gerechtigkeit hinreißen lassen, um seine eigentlich hehren Ziele zu verfolgen? Wie viele Männer durfte die Union für die Befreiung der Sklaven hinschlachten und opfern? Sein Vater hatte auf diese Fragen keine Antworten gehabt, weswegen er, so zumindest hatte Paul das verstanden, seiner Familie die Totenlitanei vorlas, um die moralische Bürde nicht allein tragen zu müssen. Im Laufe der Jahre hatte es Paul immer mal wieder geholfen, sich daran zu erinnern: Den Unterschied zwischen richtig und falsch zu kennen war nicht immer eine Garantie dafür, die Dinge klarer zu erkennen. Nur weil man in der Lage ist, eine Linie in den Sand zu zeichnen, bedeutet das noch lange nicht, dass man weiß, was zu tun ist, wenn als einzige Handlungsoption das Überschreiten dieser Linie bleibt.

Denn das war es, was Erastus Cravath letzten Endes tat: Er verpflichtete sich als Feldgeistlicher der Nordstaaten und verbrachte das letzte Kriegsjahr weit weg von seiner Frau und seinem kleinen Sohn. Nach seiner Rückkehr sprach er mit seiner Familie nicht ein einziges Mal über das, was er erlebt oder getan hatte.

»Welche Ehre, dass Sie mich höchstpersönlich besuchen kommen«, sagte Paul zu dem Polizeichef. »Es kann doch kaum der einzige Brand in der Stadt sein, der Ihre Aufmerksamkeit verlangt. Gibt es denn irgendwelche Neuigkeiten von Mr Tesla?«

»Sollte Mr Tesla am Leben sein, dann werden wir ihn finden«, sagte Porter seelenruhig. Er machte nicht den Eindruck eines Mannes, dem abhandengekommene serbische Wissenschaftler den Schlaf raubten. »Detective Rummel hier hat mir berichtet, Sie hätten ihm in ihrem ersten Gespräch, direkt nachdem sie hier eingeliefert wurden, erzählt, dass Sie das Feuer zuerst im Treppenhaus gesehen hätten. Und nicht in Mr Teslas Labor.«

»Ja.«

»Damals hielten wir es für wahrscheinlich, dass das Trauma und das Morphium Ihre Erinnerung ein bisschen durcheinandergewürfelt haben. Da gingen wir auch noch davon aus, dass die wahrscheinlichste Brandursache im Labor selbst lag. Diese ganzen komischen Vorrichtungen. Die elektrischen Geräte. Aber heute wissen wir, dass das Feuer auf dem Dach ausgebrochen ist. Jemand hat es dort oben absichtlich gelegt.«

Menschen hatten sich schon für sehr viel weniger als eine Milliarde Dollar gegenseitig umgebracht. Paul musste an Thomas Edison denken, der hinter seinem Schreibtisch saß, seine Zigarre paffte und strategisch einen Sieg plante, den er für unausweichlich hielt.

»Sie machen keinen besonders überraschten Eindruck, Mr Cravath«, meinte Polizeichef Porter, während er Paul eindringlich musterte. »Liegt das am Morphium? Oder fällt Ihnen die Vorstellung, dass jemand Ihrem Bekannten etwas antun wollte, gar nicht so schwer?«

Paul wusste nicht, was er antworten sollte, ohne allzu viel Information über seinen Prozess preiszugeben.

Porter fuhr fort: »Der Bürgermeister selbst hat darum gebeten, diese Brandstiftung absolut vorrangig zu behandeln. Sie haben mächtige Freunde, müssen Sie wissen. Die gut auf Sie aufpassen.«

»Bitte richten Sie Mr Westinghouse doch aus, wie dankbar ich ihm bin.«

»Mr ... Westinghouse?«, hakte Polizeichef Porter irritiert nach.

»George Westinghouse«, soufflierte der Detective. »Der Mandant von Mr Cravath.«

Paul merkte, wie ihm plötzlich kalt wurde.

»Nein, es war Thomas Edison, der höchstpersönlich beim Bürgermeister angerufen hat, um sicherzugehen, dass man sich um Ihren Fall bemüht. Dass wir dafür unsere besten Männer abstellen. Jede neueste Entwicklung bei unseren Nachforschungen wird direkt an Mr Edison zurückgemeldet. Wir haben ihn wissen lassen, dass wir davon ausgehen, dass jemand Ihnen an den Kragen wollte, und dass wir keinerlei Aufwand scheuen, um herauszufinden, wer.«

Paul sah von Porter zu dem Detective. Beide zeigten denselben unverändert entschlossenen Ausdruck. Ob sie getäuscht, hereingelegt oder bestochen worden waren, ließ sich von ihren Gesichtern nicht ablesen. Der Polizeichef fuhr fort: »Wir werden uns um Sie kümmern – ich, Detective Rummel hier und unsere gesamte Abteilung. Und wir tun das mit von Thomas Edisons Einfluss gestärktem Rücken.«

KAPITEL 27
Zwei Spaziergänge am East River

Wer davon lebt, einen Feind zu bekämpfen, hat ein Interesse daran, dass er am Leben bleibt.

– FRIEDRICH NIETZSCHE

Seit der Party im Players Club hatte Paul Agnes Huntington nicht wiedergesehen. Während seiner langwierigen Genesung allerdings stellte er fest, dass sie ihm nicht aus dem Kopf ging, weder wenn er wach war, noch wenn er schlief. Als Carter ihn zum ersten Mal besuchte, setzte er den Partner von der neuen Mandantin in Kenntnis, damit die Kanzlei etwaigen Schriftverkehr mit W. H. Foster erledigen konnte. Pauls Schreiben würde mit Sicherheit eine Reaktion zur Folge haben. Und Agnes und ihre Mutter mussten noch über den Brand und Pauls Rekonvaleszenz informiert werden. Mehrere Wochen lang wartete er auf Genesungswünsche in Briefform, die aber nie kamen.

Und dann stand sie eines Morgens plötzlich und ohne jede Vorwarnung neben seinem Bett und wies zuallererst die Krankenschwestern an, sein Zimmer zu lüften. Während eines weitschweifigen Spaziergangs durch die Gärten des Bellevue – streng genommen spazierte nur Agnes; Paul war immer noch auf den Rollstuhl angewiesen – brachte sie ihn schnell auf andere Gedanken. Als sie ihn mit ratternden Rädern über die Sandwege schob, lag nicht die Spur von Mitleid in ihrer Stimme.

»Wie finden Sie das Morphium?«, fragte sie, während die orangefarbenen Oktoberblätter im Wind raschelten. »Eine meiner Bühnenkolleginnen vergöttert das Zeug. Hilft nach einer Show mit dem Hals.«

Ganz wie Agnes prophezeit hatte, fand Paul die kühle Luft belebend, nach so vielen Tagen, die er ans Bett gefesselt gewesen war. Der Himmel allerdings hing bedrohlich tief. Manhattan, ging es Paul durch den Kopf, war schon immer ein Bollwerk im Krieg mit der eigenen Geografie gewesen. Die Stadt wuchs als steinerner Damm gegen das Meer, als Betonfestung gegen den nächsten Schnee in den Himmel.

»Ich bekomme kein Morphium mehr«, sagte er. »Zum Glück brauche ich nichts Stärkeres mehr als ein bisschen Kokain am Vormittag. Hilft gegen die Kopfschmerzen.«

»Halten Sie mich für sentimental, wenn ich Ihnen sage, dass ich mich freue, dass Sie nicht tot sind?«

»Ich wüsste nicht, wie ich Sie je für sentimental halten sollte.«

»Gut«, meinte Agnes. »Denn ich freue mich tatsächlich. Schließlich brauchen wir Ihre Dienste noch.«

Paul lächelte. Er hätte vielleicht sogar gelacht, wenn ihm das nicht zusätzliche Schmerzen in der Brust bereitet hätte.

Paul fand, dass es zwar leichtfiel, Agnes gern zu haben, dass ihr Charme sie aber gleichzeitig undurchschaubar machte. Ihr Witz war mit der Zeit zu einer harten, kalten Klinge geworden. Paul fragte sich – nicht zum ersten Mal –, ob die wilden Gerüchte, die Mr Foster über sie zu verbreiten gedroht hatte, nicht doch einen wahren Kern hatten.

Er setzte sie darüber in Kenntnis, dass sein Büro noch nichts von ihrem ehemaligen Arbeitgeber gehört hatte, und erkundigte sich, ob das bei ihr vielleicht anders aussehe. Sie freute sich, ihm mitteilen zu können, dass dem nicht so sei.

»Ich gehe davon aus, dass das ein gutes Zeichen ist?«, fragte sie.

»Für den Moment ja. Ich denke aber, dass wir noch mehr Zeit ins Land gehen lassen müssen, bevor wir unseren Sieg verkünden können.«

»Das sehe ich ähnlich, Cravath.«

Paul konnte ihr nicht ins Gesicht sehen, während sie behutsam seinen Rollstuhl schob, aber als sie das sagte, klang sie erschöpft. Was Agnes Huntington bislang von der Welt gesehen hatte, hatte sie gelehrt, vorsichtig zu sein.

»Ich will etwas über das Feuer wissen.« Das sagte sie frei heraus, wie von natürlicher Neugierde getrieben. »In den Zeitungsberichten klang es, als sei es ein bedauerlicher Unfall gewesen. Aber stimmt das?«

»Bedauerlich war es in der Tat.«

»Aber ein *Unfall?*«

Die Reifen ratterten, als sie über ein paar größere Steine auf dem Weg rollten.

Paul überlegte, wie es – bei allem, was er inzwischen über Edison wusste – wohl wäre, sich ihr anzuvertrauen. Sie sich als Verbündete vorzustellen war angenehm. Aber konnte er ihr vertrauen?

Natürlich nicht.

»Es war ein fürchterlicher Unfall, Miss Huntington. Wahrscheinlich hat eine von Teslas neuen, noch unerprobten Maschinen den Brand ausgelöst, aber das ist noch keinesfalls gesicherte Tatsache. Wir wissen immer noch nicht, was mit ihm geschehen ist. Haben Sie von Ihrem Bekannten Stanford White irgendwas gehört?«

»Ich bin in letzter Zeit abends nicht viel unterwegs gewesen. Dass unser Anwalt fast gestorben wäre, hat meine Mutter nervlich ziemlich belastet. Ihre Fürsorge und ihr Beschützerinstinkt haben einen Höhepunkt erreicht. Aber die Vanderbilts haben in der vergangenen Woche ihr alljährliches Fest abgehalten, zu dem alle eingeladen waren, die sich den Sommer über aus der Stadt verabschiedet haben. Dort habe ich Stanford getroffen und auch nach Tesla gefragt. Er schmollte – immerhin hat er sein neuestes Spielzeug genau dann verloren, als es ihm am meisten Spaß gebracht hat. Ich hatte den Eindruck, er geht davon aus, dass Tesla tot ist.« Agnes hielt inne. »Du lieber Himmel, wie furchtbar von mir! Immerhin war er Ihr Freund.«

Tesla als irgendjemandes »Freund« zu beschreiben, wäre ihm schwergefallen. »Ich habe mich für ihn verantwortlich gefühlt. Und das tue ich immer noch.«

»Aber für seinen Tod tragen Sie keine Verantwortung.«

Paul zögerte mit einer Antwort. Es hieß, vorsichtig vorzugehen. »Ich bin mir noch immer nicht ganz sicher, dass er wirklich tot ist, Miss Huntington.«

»Warum?«

»Ich bin schließlich auch noch am Leben, oder etwa nicht?« Das Wetter schlug um. Zeit, wieder hineinzugehen.

Als George Westinghouse eine Woche später zum wiederholten Male zu Besuch kam, hatte Paul den klapprigen Rollstuhl hinter sich gelassen und ging an einem hölzernen Stock. Als die beiden Männer durch die Kühle der rückwärtigen Gartenanlage des Bellevue spazierten, erzeugte dessen klobiger Gummifuß ein befriedigend sattes Geräusch auf dem Sand. Direkt vor ihnen lag der vom Wind aufgewühlte East River. Paul war von seinem vormittäglichen Kokain fast entwöhnt, aber beim Blick aufs Wasser wurde ihm immer noch leicht schwindlig.

Er trug den braunen Krankenhauskittel, der seine Ausgehkluft war. Seit einem Monat hatte er nicht ein Kleidungsstück seiner eigenen Garderobe getragen. Nie hätte er gedacht, dass er seine wenigen Anzüge derart vermissen würde.

»Sie sind also überzeugt davon, dass einer von Edisons Handlangern das Feuer gelegt hat?«, wollte Westinghouse wissen.

Paul war erleichtert, sich seinem Mandanten endlich direkt anvertrauen zu können. Seitdem er wieder bei vollem Bewusstsein war, hatten er und Westinghouse sich in den vergangenen Wochen Depeschen geschickt, aber Paul hatte nicht gewagt, ihm gegenüber seinen Verdacht zu äußern, bevor sie sich nicht gegenüberstanden.

»Ja«, entgegnete er jetzt. »Sie kennen doch Charles Batchelor. Gibt es etwas, das er für seinen Chef nicht tun würde?«

»Es tut mir leid«, sagte Westinghouse unvermittelt. Diese Worte aus dem Mund seines Mandanten zu hören, überraschte Paul. Er hatte bislang nicht den Eindruck gewonnen, dass Westinghouse sie häufig von sich gab. Und ganz gewiss nicht gegenüber jemandem wie Paul, der ihm unterstellt war. »Ich habe Sie auf dieses Schlachtfeld geführt. Und jetzt sind Sie derjenige mit den Kriegsverletzungen.«

»Sir«, sagte Paul, stieß den Stock mit Nachdruck in den Boden und wandte seinem Begleiter das Gesicht zu. »Sie trifft keinerlei Schuld. Ich habe mich aus freien Stücken dazu entschieden, gegen Edison in diese Schlacht zu ziehen. Sollten Sie Angst bekommen haben, so haben Sie allen Grund dazu. Sollten Sie verunsichert sein, bedeutet das nur, dass Sie die Komplexität unserer Lage verstanden haben. Sollten Sie sich allerdings schuldig fühlen, dann bringt uns das nicht das kleinste bisschen weiter. Sie wollen sich bei jemandem entschuldigen? Dann entschuldigen Sie sich bei Tesla. Er ist das Unschuldslamm in dieser ganzen Angelegenheit. Aber damit Sie mit ihm sprechen können, müssen wir ihn zunächst finden.«

Westinghouse sah zur Seite, während Paul diese Ansprache hielt. Jegliche Gefühlsäußerung schien ihm unbehaglich zu sein. Die Geste der Entschuldigung war ihm sicherlich nicht leichtgefallen.

»Sollte er, so Gott will, am Leben sein – wie wollen Sie ihn finden?«, fragte er. »Ich könnte die Pinkertons an Bord holen.«

»Nein.«

»Vertrauen Sie ihnen nicht?«

»Sie etwa?«

Die Pinkertons waren als Detektive die investigative Koryphäe der Vereinigten Staaten. Und doch standen sie auch in dem Ruf, den Ehrgeiz, den sie für einen Fall aufbrachten, nach der Großzügigkeit ihrer Auftraggeber zu bemessen. Wenn Edison es geschafft hatte, genügend Druck auszuüben, um die Polizei unter seine Kontrolle zu bringen, dann wäre es ein Einfaches für ihn, dasselbe auch bei den Pinkertons zu tun.

»Bleiben also nur wir zwei übrig«, gab Westinghouse schließlich zurück.

»Ja.«

»Und Ihre Partner. Sie waren vor ein paar Wochen bei mir. Jemand musste ja an unserer Verteidigung im Glühbirnen-Verfahren weiterarbeiten, während Sie verhindert waren.«

Dessen war Paul sich bewusst. Es war mehr als nur zweckmäßig, dass Carter und Hughes das Heft in die Hand nahmen. Und trotzdem versetzte es ihm einen Stich, dass seine Verletzung seine Degradierung noch vorangetrieben hatte.

»Gut«, meinte Paul. »Sollen Carter und Hughes sich für eine kleine Zeit eben hauptsächlich um den juristischen Fortgang unserer Angelegenheit kümmern. Sie sind durchaus ... erfahrene Leute.« Paul sah auf den East River hinaus. Er hielt sich mit dem Blick an zwei Schiffern fest, die eine winzige Nussschale über das eisige Wasser paddelten. Auf der anderen Flussseite lag die Stadt Brooklyn, eine riesige Metropole voller Iren, Deutschen, Schwarzen, Juden, Italiener, Dänen, Finnen und mit einigen begüterten alteingesessenen Familien. Brooklyn, die drittgrößte Stadt Amerikas, wurde vor allem von Menschen bevölkert, die nicht hier geboren waren. Hinter Paul verstellte der kolossale steinerne Bau des Bellevue den gesamten westlichen Horizont. Auf dem Dach des Krankenhauses flatterte eine überdimensionierte amerikanische Flagge im Wind, mit ihren achtunddreißig Sternen und dreizehn Streifen. Auf einen Blick konnte Paul hier mehr unterschiedliche Welten ausmachen, als es in der ganzen Stadt, in der er aufgewachsen war, zu sehen gegeben hatte.

»Wann werden Sie denn entlassen?«, fragte Westinghouse.

»In zwei Tagen, sagen sie.«

»Ich möchte, dass Sie ab jetzt vorsichtig sind. Keine nächtlichen Ausflüge mehr. Dafür zu sterben ist die Sache nicht wert.«

Paul war von seiner Besorgnis durchaus gerührt, hatte aber nicht das Gefühl, dass sie notwendig war. »Was könnte jemand denn davon haben, mich umzubringen? Ich kann mir zwar vorstellen, dass Edison mich einschüchtern will – das hat er schon versucht, als wir uns das erste Mal begegnet sind –, aber mich tatsächlich ermorden? Das mag den Fall vielleicht in Verzug bringen, aber es ist ja nicht so, dass deswegen unsere Verteidigung vollständig in sich zusammenbräche. Außerdem würde, ehrlich gesagt, eine Verzögerung eher uns in die Karten spielen, schließlich ist er es ja, der eine einstweilige Verfügung gegen unsere fortgesetzte Glühbirnenproduktion erwirken will.«

Westinghouse schien unschlüssig, worauf Paul mit diesem Argument hinauswollte.

»Was nur eine Möglichkeit übriglässt: Die Brandstiftung war der Versuch, Tesla zu töten.«

»Warum?«, fragte Westinghouse.

»Weil sich nur so sicherstellen lässt, dass er uns in keiner Weise unter die Arme greift. Edison weiß, wie schwierig es sein wird, ohne Teslas Genie eine neue Glühbirne zu entwickeln, die sein Patent nicht verletzt.«

»Und Sie waren rein zufällig gerade vor Ort? Das ist allerdings ziemliches Pech, mein Junge.«

»Ich will nicht sagen, dass meine Anwesenheit reiner Zufall war.«

»Was soll das heißen?«

»Was glauben Sie, wie sie Tesla ausfindig gemacht haben?«

»Heiliger Strohsack!«, entfuhr es Westinghouse. »Er hat jemanden auf Sie angesetzt.«

Die beiden Männer sahen hinaus auf den windgepeitschten East River. Schließlich sagte Westinghouse: »Dann werden Sie, sobald Sie hier entlassen sind, sicher erneut beschattet.«

»Die schlechte Nachricht ist, dass wir nicht wissen, wo Tesla steckt. Die gute Nachricht ist, dass Edison das genauso wenig tut.«

»Und wie soll ihn einer von uns finden? Tesla hat keine Familie in diesem Land. Und Sie sagten, dass sein einziger Freund Stanford White ihn bereits für tot hält.«

»Was bedeutet, dass nur eine uns bekannte Person Kontakt mit Tesla hatte, seit er die Anstellung bei Ihnen aufgegeben hat. Und es kann sicher nicht schaden, dass diese Person und ich schon auf ein gutes Stück gemeinsame Geschichte zurückblicken.«

KAPITEL 28
EINE UNGEHEUERLICHE ANSCHULDIGUNG

> Egal wie viele Fälle von weißen Schwänen wir schon beobachtet haben: Es lässt nicht den Schluss zu, dass alle Schwäne weiß sind.
>
> – KARL POPPER

Als Paul zwei Tage später das Büro von Lemuel Serrell betrat, war er seinen Gipsverband inzwischen losgeworden. Er hinkte nicht mehr ganz so fürchterlich, aber doch so, dass es ihn störte. Den hölzernen Gehstock benötigte er immer noch. Bereits wenige Stunden nach seiner Entlassung aus dem Krankenhaus begab er sich für eine Unterredung zu Teslas Patentanwalt. Vorher hatte er nur kurz in seiner Wohnung vorbeigeschaut, um sich frische Kleidung zu besorgen. In den Krankenhausklamotten war er sich schwach vorgekommen. Doch mit der Rückkehr zu dem für seinen Berufsstand unerlässlichen kohlschwarzen Mantel und dem hohen weißen Stehkragen fühlte Paul sich umgehend gestärkt.

Als er eintrat, saß Serrell rauchend hinter seinem Schreibtisch und gab kein Wort der Begrüßung von sich. Mit hartem Gesicht blieb er auf seinem Stuhl sitzen, und Paul nahm ebenfalls Platz.

»Es überrascht mich, dass Sie die Unverfrorenheit besitzen, hier einfach so hereinzuplatzen«, kam es von Serrell.

»Guten Morgen«, sagte darauf Paul, überrascht von dem scharfen Ton. »Mir geht es deutlich besser, danke der Nachfrage.«

Serrell zog eine Augenbraue hoch. Er gehörte zu der Sorte Mensch, die sich der Aussagekraft einer bedächtig hochgezogenen Augenbraue bewusst ist.

»Ich bin hier, weil ich auf der Suche nach Tesla bin. Ich möchte wissen, ob es ihm gut geht.«

»Ausgerechnet Sie wollen sich dafür interessieren, ob es Tesla gut geht?«

Paul blickte in das finstere Gesicht vor ihm. Es dauerte eine Weile, bis ihm dämmerte, dass Serrell eine ungeheuerliche Anschuldigung erhob. »Sie denken, ich hätte das Feuer in Teslas Labor gelegt? Wieso in Dreigottesnamen sollte ich das tun?«

»Zwei Dollar und fünfzig Cent pro Einheit ist eine nicht unerhebliche Stange Geld für Ihren Mandanten, Mr Cravath.«

Noch nie zuvor war Paul versuchter Mord vorgeworfen worden. Kein sehr angenehmes Gefühl.

»Jetzt hören Sie mir mal gut zu, ja?«, kam es von Serrell. »Ich kann Ihnen versichern, dass Mr Teslas Ableben Ihnen nicht im Geringsten helfen wird. Seine Mutter lebt in Serbien. Sollte Ihr Sohn versterben, erhält sie sämtliche Bezüge und Lizenzzahlungen, die ihm zustehen. Ich selbst habe sein Testament aufgesetzt. Alle Versuche, den abscheulichen Plan, mit dessen Umsetzung Sie begonnen haben, noch zu Ende zu führen, führen also zu nichts.«

»Mr Serrell«, sagte Paul in, wie er hoffte, ruhigem Tonfall, »sehen Sie diesen Gehstock hier? Ich selbst war bei Mr Tesla, als das Feuer ausbrach. Was mich fast das Leben gekostet hätte.«

»Die Polizei ist bei mir gewesen. Ich habe bereits erfahren, dass Sie bei Tesla waren – was ja genau der Punkt ist. Wenn Sie wussten, wo sich Teslas Labor befand, dann gibt es, denke ich, genau zwei Männer, die dessen Standort kannten: Sie und mich. Aber nur einer von uns hatte einen Grund, Tesla unter die Erde bringen zu wollen.«

»Und was ist mit Thomas Edison?«, fiel Paul ein. »Er hat mehr Gründe, Tesla zu schaden, als wir alle zusammen.« Vor Jahren hatte Serrell für Edison Patentanträge ausgefertigt.

Vielleicht stimmte es aber gar nicht, dass die beiden Männer ihre Zusammenarbeit vor zehn Jahren beendet hatten.

»Edison?«, kam es von einem amüsierten Serrell. »Aber das ist doch Unsinn.«

»Wieso?«

»Weil Nikola Tesla definitiv tot wäre, wenn Thomas Edison das gewollt hätte.«

Serrell wies Paul zur Tür. »Ich möchte Sie jetzt höflich bitten zu gehen, obwohl ich wenig Neigung verspüre, höflich zu sein. Ich glaube nämlich, dass mein Mandant durchaus noch am Leben ist – was mich wiederum von Ihrer schuldhaften Verstrickung in den Mordversuch überzeugt. Denn aufgrund meiner früheren Geschäfte mit Ihnen glaube ich, dass Sie als Einziger so inkompetent sind, ihn derart zu vermasseln.«

Als er sich aufrichtete, gab sein verletztes Bein fast nach, aber Paul schaffte es, stehen zu bleiben. Er würde sich Lemuel Serrell nicht geschlagen geben. Nicht noch einmal.

»Ich weiß nicht, ob Sie Edisons wissentlicher Komplize oder eine ahnungslose Spielfigur in seinen Händen sind«, sagte er. »Aber ich weiß, dass er verantwortlich ist für das, was geschehen ist. Und ich werde nicht zulassen, dass mir die Schuld dafür in die Schuhe geschoben wird – weder von ihm noch von Ihnen.«

Damit drehte er sich um und ging zur Tür hinaus. Er hatte die Schwelle schon übertreten, als ihm auffiel, dass er den Stock gar nicht brauchte.

KAPITEL 29
SACKGASSEN UND FALSCHE FÄHRTEN

> Die normale Wissenschaft strebt nicht nach neuen Tatsachen und Theorien und findet auch keine, wenn sie erfolgreich ist.
>
> – THOMAS KUHN

In der auf das harsche Zusammentreffen mit Lemuel Serrell folgenden Woche war Paul viel unterwegs: Er stattete dem American Institute of Electrical Engineers einen Besuch ab, dem Redaktionsbüro der Zeitschrift *Electrical World*, wo er mit dem Herausgeber Thomas Martin sprach, Westinghouse' Labor in Pittsburgh, wo er mit Fessenden sprach, sowie einem halben Dutzend kleinerer New Yorker Betriebe, bei denen möglicherweise Ingenieure angestellt waren, die früher schon einmal mit Tesla zusammengearbeitet hatten. Aber trotz Pauls flehentlichem Ersuchen, trotz seiner schmeichelnden Worte und der in geschäftsmäßige Handschläge eingefalteten Zwei-Dollar-Scheine trug keiner dieser Besuche Früchte.

Niemand hatte mit Tesla gesprochen, schon seit einigen Wochen vor dem Brand nicht mehr. Niemand, so teilte man ihm offenherzig mit, hatte gewusst, womit in Dreigottesnamen Tesla überhaupt beschäftigt gewesen war. Und niemand hatte ihn gesehen, seitdem er im August aus Westinghouse' Unternehmen geflohen war. Alle gingen mehr oder weniger davon aus, dass Tesla in seinem neuen Labor gewohnt haben musste, bevor es niederbrannte.

Paul versuchte es in Hotels. Er klapperte billige Absteigen in der Bowery ab, obwohl er sich nur sehr schwer vorstellen konnte, dass der manisch reinliche Erfinder irgendwo bleiben würde, wo man die Ratten nicht nur bei Nacht, sondern schon mittags hörte. Über die ganze Stadt verteilt drückte er insgesamt einen halben Monatslohn in die Handflächen von Hotelportiers – aber erfolglos. Ein Riese mit starkem serbischem Akzent und der Angewohnheit, Verben an die falsche Stelle zu setzen, war nirgendwo gesichtet worden. Paul zog in Erwägung, sich in verrufene Bierschänken oder sogar noch weniger achtbare Herrenclubs hineinzuwagen – Lokalitäten, die bekannt dafür waren, Männern, die nicht gefunden werden wollten, ein Zufluchtsort zu sein. Dann aber stellte er sich vor, wie Tesla versuchte, mit den Bewohnerinnen einer dieser berüchtigten »Pensionen« in Chelsea zu sprechen, und allein der Gedanke daran war schon so komisch, dass er sofort verworfen werden konnte.

Am Ende seiner siebentägigen Suche war Paul dem verschwundenen Genie kein Stück nähergekommen. Seine Bemühungen hatten allein dazu gedient, den Heilungsprozess seines verletzten linken Beins weiter zu verzögern. Die Stiefel waren abgetragen, in den Schienbeinen pulsierte ein dumpfer Schmerz.

Er schrieb mehrere kurze Briefe an seine zweite Mandantin. Beziehungsweise an seine beiden Mandantinnen. Denn er korrespondierte ausschließlich mit Fannie Huntington und nicht mit ihrer Tochter. Kurz nach Pauls Entlassung aus dem Bellevue hatte Mr Foster Fannie direkt angeschrieben. Wie es jeder Erpresser tun würde, warnte er sie davor, in der sie beide betreffenden Angelegenheit Anwälte einzuschalten. Je mehr Personen involviert seien, schrieb er, desto schwieriger würde es für ihn, die Details unter Verschluss zu halten. Er versuchte, Pauls Beteiligung als das größte Problem der Huntingtons darzustellen.

Paul versicherte Fannie brieflich, er sei schon dabei, sich der Sache anzunehmen. Obwohl ihm eigentlich nicht ganz klar war, was er tun sollte. Ihm war lediglich bewusst, dass er sich bald etwas einfallen lassen musste. Es quälte ihn, wenn er sich die Unsicherheit von Agnes' Situation vor Augen hielt – und wie wenig er bislang unternommen hatte, um ihr zu helfen.

Zusätzlich gab es da ja auch noch diese kleine Angelegenheit mit der Eine-Milliarde-Dollar-Patentrechtsklage. Und es stand nicht gut um die Verteidigung von George Westinghouse' Recht, elektrische Glühlampen herzustellen.

Pauls Gegenklage gegen Edison wurde vom Bezirksgericht in Pittsburgh abgeschmettert. Richter Bradley entschied, dass Edisons Glühbirne sich von jeder ihrer Vorläuferinnen klar und eindeutig unterschied. Weswegen Edison keines der Patente verletzt hatte, die Westinghouse Sawyer und Man abgekauft hatte. Damit blieb Edisons Patent unantastbar. Pauls Seniorpartner hatten in seiner Abwesenheit bereits Berufung eingelegt. Aber niemand hegte große Hoffnungen, damit durchzukommen.

An einem Montag, an dem der Himmel der Stadt mit dem ersten Schneefall des Jahres drohte, betrat Paul zum ersten Mal wieder die Kanzleiräume von Carter, Hughes & Cravath. Als er die Stufen von der Straße und dann die innenliegende Eisentreppe bis in den zweiten Stock hinaufstieg, überkam ihn ein seltsames Gefühl. An diesen altbekannten Ort zurückzukehren war gleichermaßen merkwürdig angenehm wie merkwürdig befremdlich. Er hatte kein ganzes Jahr hier gearbeitet. Und trotzdem hatte er den Eindruck, noch ein Kind gewesen zu sein, als er seinen Mantel zum ersten Mal an den Messingständer gehängt hatte. Er konnte sich weder vorstellen, wie jung er vor einem Jahr noch gewesen war, noch wie er sich jemals wieder jung fühlen sollte.

Er traf Carter und Hughes mitten in einer Unterredung mit einem kleinen Mann von überaus seriösem Auftreten an. Die Anwälte und ihr Gast waren offenbar ganz vertieft in einen Stapel Verträge. Paul grüßte durch die Scheibe in der Tür, aber keiner der drei nahm ihn wahr. Er ging in sein Büro und fing sehr langsam damit an, sich den Papierbergen zu widmen, die sich in seiner Abwesenheit aufgetürmt hatten.

Erst als der unbekannte Mann gegangen war, kam Hughes an Pauls Bürotür.

»Willkommen daheim«, sagte er.

Paul fragte nach dem Besucher. Hughes lächelte voll Stolz und hub dann zu einer Erklärung an.

In Pauls Abwesenheit hatten Carter und Hughes das getan, was sie am besten konnten: Deals abgeschlossen. Zur Umsetzung von Westinghouse' neuem Geschäftsvorhaben – der Schaffung eines »Stromnetzwerks«, das sich von der Ost- bis zur Westküste erstreckte – brauchte es eine größere Mannschaft als nur die seines eigenen Unternehmens. Es war für Westinghouse beispielsweise wenig sinnvoll, einen ganzen Generator samt aller für den Aufbau nötiger Ingenieure nach Michigan zu verschiffen. Sehr viel effizienter dagegen war es, den Generator gleich in einer Werkstatt vor Ort bauen zu lassen. Was Carter und Hughes auf die kluge Idee gebracht hatte, Herstellung und Installation an kleinere, jeweils direkt vor Ort ansässige Firmen im ganzen Land zu vergeben, also Unterverträge abzuschließen. Sogar Paul musste zugeben, dass das ein guter Plan war.

Carter und Hughes waren zweigleisig gefahren: Sie hatten einerseits damit begonnen, im gesamten Osten und Mittleren Westen kleine Fabrikationsbetriebe aufzukaufen. Natürlich verfügte die Westinghouse Electric Company über keine allzu großen Kapitalrücklagen, weswegen die Ankäufe strategisch erfolgten und sorgfältig überdacht werden mussten. Oft war es andererseits aber entsprechend kostengünstiger, diese Fabriken nicht direkt zu kaufen, sondern mit ihnen Subunternehmerverträge zu schließen.

Den umfangreichsten Deal hatten sie mit einem gewissen Mr Charles Coffin abgeschlossen, dem Vorstand der Thomson-Houston Electric Company mit Sitz in Lynn, Massachusetts. Eben jener Gentleman, der just an diesem Vormittag in der Kanzlei den Vertrag unterzeichnet hatte. Seine Firma hatte nun die Befugnis – und auch die Kapazität –, Generatoren für das gesamte Gebiet zwischen Maine und Connecticut herzustellen. Die Zusammenarbeit mit Mr Coffin würde von unschätzbarem Wert sein.

Team Westinghouse stellte seine Mannschaft zusammen.

Wenige Tage später – Paul saß gerade im Büro – hörte er einen Boten eintreffen und zu Martha sagen, dass er einen Briefumschlag dabeihabe, der ausschließlich von Mr Cravath persönlich geöffnet werden dürfe. Paul rechnete mit Neuigkeiten im Verfahren oder mit einer gerichtlichen Vorladung. Aber der Inhalt des kurzen Telegramms war dann doch deutlich überraschender:

»Mr Cravath. Bitte kommen Sie umgehend zum neuen Metropolitan Opera House. Bin in meiner Garderobe. Habe hier etwas, das Sie sich ansehen müssen. Mit freundlichem Gruß, Miss Agnes Huntington.«

KAPITEL 30
DAS METROPOLITAN OPERA HOUSE

> Ich hoffe, mein Buch zeigt, daß die Wissenschaft selten, wie es sich Außenstehende gern vorstellen, auf direkte, logische Weise fortschreitet.
>
> – JAMES WATSON

Innerhalb einer Minute hatte Paul eine Kutsche angehalten, dann dauerte es aber noch mal vierunddreißig Minuten, bis er damit zur 39. Straße gefahren war. Das Metropolitan Opera House nahm einen ganzen Straßenblock ein. Mit seinen sechs Stockwerken Höhe und fast derselben Breite setzte es sich von den weniger großartigen Fabriketagen und Nähereien des Garment District ab. Das erst fünf Jahre zuvor fertiggestellte Gebäude – im Volksmund »Gelbe Ziegelsteinbrauerei« genannt – hatte eine ganze Reihe von Gestaltungselementen aus seiner Nachbarschaft übernommen. Es sah eher nach einer Produktionsstätte denn nach den schönen Künsten aus.

Die Met war 1883 gegründet worden, um der in einem beträchtlich eleganteren Gebäude am Union Square residierenden Academy of Music eine lange, unförmige Nase zu drehen. Die Academy gewährte nur dem allerältesten New Yorker Geldadel Zutritt zu ihren samtgepolsterten Sitzen. Ihre achtzehn Logen waren bereits vor fünfzig Jahren an Familien aus der Oberschicht verkauft worden. Und keine würde jemals wieder zum Verkauf stehen. Auch als die Stadt genügend Millionäre hervorbrachte, um weitere drei Opernhäuser zu füllen, bewegte sich das Direktorium der Academy nicht einen Millimeter. Nicht einmal die Rockefellers, die Vanderbilts und die

Morgans erhielten Einlass. Also taten sich diese drei Familien mit gleichermaßen neureichen Freunden zusammen und bauten sich ein eigenes Opernhaus. Die Met war ein sofortiger Erfolg, und heute, fünf Jahre später, gastierten die besten Produktionen aus Europa und Philadelphia zuerst hier, wenn sie nach New York kamen. Die Academy hatte 1886 ihre Pforten dichtmachen müssen. Ihr Geschäftsführer ließ sich von der Presse knapp zitieren: »Gegen die Wall Street habe ich nichts in der Hand.«

Paul fand, dass man aus all dem etwas lernen konnte: Amerika war ein Land, in dem die Mächtigen und die Populären in eine unbehagliche Allianz gezwungen wurden: Natürlich zählte Geld – auch das alte New Yorker Geld. Aber Geld war eben nicht mehr alles. Die wahre Muskelkraft der USA lag bei den Populären, den Beliebten und Angesagten. Popularität war in Mode. Und zu Popularität verhalfen einem die anderen Leute. An deren sich ständig ändernden Vorlieben lag es, dass sogar die Reichsten in dieser noch so jungen Nation bestrebt waren zu gefallen. Wozu reich sein, wenn keine Menschenseele einen dafür bewunderte?

Als Erstes traf Paul auf den Hausmeister des Opernhauses, einen großen Mann im Dinner-Jackett, der die Dienstmädchen überwachte, die herumwuselten und die verschnörkelten Dekorgegenstände an den Wänden abstaubten und polierten. Es war Vormittag, also brannten keine Lampen in den Korridoren. Aber Paul konnte von da, wo er stand, ihre Form ausmachen: Es waren elektrische Lampen. Marke Edison.

Paul setzte dem Hausmeister auseinander, dass er auf der Suche nach Miss Huntington sei. Erst als er den argwöhnischen Mann davon überzeugt hatte, kein ergebener Fan auf Autogrammjagd zu sein, sondern der Anwalt der Primadonna, ließ der sich dazu herab, Pauls Visitenkarte entgegenzunehmen.

Kurz darauf erschien er wieder und führte Paul in den höhlenartigen Zuschauersaal im Zentrum des Opernhauses. Unter der gewölbten Decke hallten ihre Schritte wider. Gespenstisch. Viertausend leere Sitze fluteten das langgestreckte Parkett und entlang der rückwärtigen Wand nach oben. Paul wandte sich um und schaute zu den fünf Rängen mit den jetzt unbesetzten Logen hinauf, die an den Seiten des Saals hingen.

Allein die Vorstellung, was für Szenen sich hier allabendlich zwischen dieser Bestuhlung abspielen mochten! Die ganzen Intrigen um den gesellschaftlichen Aufstieg, in jeder Pause erbittert geführte Familienfehden. Es war bekannt, dass die Dramen im Publikum größer waren als die auf der Bühne. In der leeren Ruhe des Vormittags schien das Haus schwanger zu gehen mit dem Versprechen abendlicher Schlachten.

Der Hausmeister führte Paul auf die Bühne, hinter den Vorhang und schließlich eine rückwärtige Treppe hinunter zu einer Tür, auf der in goldenen Lettern AGNES HUNTINGTON prangte. Es hätte Paul nicht sehr überrascht, wenn sie aus echtem Gold gewesen wären.

Der Hausmeister klopfte zweimal an die Tür und verkündete dann Pauls Namen. Es kam Paul in den Sinn, dass er im Haus ihrer Mutter und im Players Club zwei sehr unterschiedliche Agnes Huntingtons kennengelernt hatte. Ob er wohl in der Met auf eine dritte treffen würde?

»Sie werden bereits von ihnen erwartet«, sagte der Hausmeister und ging von dannen.

Paul holte Luft.

»Von ihnen?«

Aber der Mann war schon weg.

Mit einem Quietschen ging die Tür auf, und Paul sah in das strahlende Gesicht von Agnes Huntington. Sie war leger gekleidet, trug ein geschmackvolles, schlichtes schwarzes Kleid mit langen Ärmeln, das fast bis zum Boden reichte und nur über den Handgelenken mit kleinen weißen Rüschen verziert war. Sie trug keine Schuhe.

»Mr Cravath«, sagte sie und bedeutete ihm einzutreten. Eine gesamte Seite des Zimmers wurde von einem riesigen Spiegel eingenommen, der entlang seiner oberen Kante von mehreren Edison-Glühbirnen beleuchtet wurde. Der Spiegel ließ den Raum doppelt so groß erscheinen, wie er in Wirklichkeit war. Unter dem Spiegel stand ein Schminktisch, direkt daneben eine Stange für die Kostüme. Die daran aufgehängten Kleidungsstücke wiesen derart satte Blau- und Rottöne auf, wie Paul sie noch nie gesehen hatte. Das Licht der Glühbirnen ließ die leuchtenden Farben der Seidenstoffe noch stärker hervortreten.

Außer den Kostümen gab es im Zimmer noch zwei Holzstühle und eine mit Kissen ausstaffierte Liege, auf deren Kante ein sehr großer Mann hockte und seinen Oberkörper vor sich hinmurmelnd vor und zurück wiegte.

»Mr Tesla ist Ihnen ja bereits bekannt«, sagte Agnes und schloss die Tür.

KAPITEL 31
UNBEANTWORTETE FRAGEN

Die Entscheidung, was man nicht macht, ist genauso wichtig wie die Entscheidung, was man macht.

– STEVE JOBS

Laut Agnes war Nikola Tesla am frühen Morgen vor der Metropolitan Opera aufgetaucht. Er hatte sich ihr genähert, als sie am Bühneneingang eintraf. Sie hatte einen Augenblick gebraucht, um ihn als dieses seltsame Objekt Pauls' Begierde aus dem Players Club wiederzuerkennen. Tesla wiederum hatte sie gleich erkannt, so, als habe er nach ihr Ausschau gehalten. Obwohl er verwahrlost war und sich eindeutig nicht wohl fühlte, hatte er sie namentlich angesprochen. Aber zu mehr als ein paar Worten war er nicht in der Lage gewesen. Sie hatte den Hausmeister bemühen müssen, um ihn in ihre Privatgarderobe zu eskortieren.

Und da saß der verloren geglaubte Erfinder jetzt auf dem Ruhebett des Opernstars. Paul erinnerte sich an Teslas Vorliebe für das Restaurant Delmonico's. Erstaunlich, wie oft dieser unergründliche Mann es schaffte, von Glamour und Luxus umgeben zu sein.

Erst als Paul nähertrat, fiel ihm auf, wie schlecht es um Tesla bestellt war. Pauls Anwesenheit schien ihm nicht bewusst zu sein, er murmelte weiter unverständlich vor sich hin. Paul bemühte sich, zwischen den Stottergeräuschen und halben Silben einzelne Wörter auszumachen.

»Nikola? Können Sie mich hören?«

»Er antwortet nicht. Aber egal, welche Fragen Sie ihm stellen wollen: Ich verspreche Ihnen, mir brennen mindestens genauso viele auf der Seele, die ich gern an Sie richten würde.«

Tesla hatte die Augen zwar geöffnet, fixierte aber einen in unbestimmter Entfernung liegenden Punkt, so, als wäre die Wand des Zimmers der ferne Horizont. Paul bemerkte, dass Tesla denselben Anzug trug, den er auch zuletzt an ihm gesehen hatte. Jetzt war er schmutzig. Teslas Hemd – früher einmal weiß – war voller unsäglicher gelbbrauner Flecken. Der Mann roch nach Asphalt, Schweiß und Pferdemist.

Paul hatte den Eindruck, als sei der Zaun, der Tesla auch üblicherweise schon von der Außenwelt trennte, höher geworden und zu einer dicken Festungsmauer angewachsen. Im Normalfall bekam man zumindest noch ein paar Unterhaltungs-Bälle über diese Mauer gespielt. Jetzt aber landete einfach nichts mehr auf der anderen Seite. Was für eine Form der Umnachtung ihn auch befallen haben mochte: Sie hatte sämtliche Verbindungen zwischen dem Mann und der Welt um ihn herum gekappt. Sollte Teslas Bewusstsein noch irgendwo in ihm sein – sollte seine Seele also, wie Pauls Vater glaubte, noch in seinem Kopf sitzen –, dann war es zurzeit der einsame Bewohner eines entlegenen Königreichs.

»Hat er irgendetwas gesagt, das uns einen Hinweis liefert, wo er gewesen ist oder wie er überlebt hat?«

»Nein, nichts.«

»Aber warum um alles in der Welt ist er zu Ihnen gekommen?« Paul dachte daran, wie hypnotisiert Tesla von Agnes' Gesang im Club gewesen war.

»Ich habe nicht die geringste Ahnung. Die interessantere Frage ist aber: Was wollen Sie jetzt machen?«

Die Situation war von beträchtlicher Komplexität. »Wer außer uns weiß noch, dass Tesla hier ist?«

»Der Hausmeister, der Sie im Foyer in Empfang genommen hat«, sagte Agnes. »Der allerdings nicht weiß, wer Tesla ist.«

»Und Ihre Mutter?«

»Tja, da haben Sie mich. Immer, wenn etwas Erwähnenswertes in meinem Leben passiert, erzähle ich als Erstes meiner Mutter davon.«

»Miss Huntington. Dieser Mann hier befindet sich in Gefahr.«

Paul sah, dass ihre Gedanken sich fast überschlugen. Was für ihn ein Problem war, würde sie zweifelsfrei zu ihrem Vorteil ummünzen!

»Ich darf Ihnen versichern, Cravath, dass Sie der erste und einzige Mensch sind, nach dem ich habe schicken lassen. Wir sollten ihn umgehend in ein Krankenhaus bringen.« Sie sondierte die Lage, und er bemerkte es. Sie wollte wissen, ob Paul bereit war, Tesla an einen öffentlichen Ort zu verlegen. Sein Gesicht sprach offenbar Bände. »Es sei denn, natürlich, Sie haben einen gewichtigen Grund, warum Sie nicht wollen, dass irgendjemand weiß, dass Tesla hier ist und dass es ihm so weit gut geht.«

Im Bellevue hatte Paul das sichere Gefühl gehabt, Agnes nicht über den Weg trauen zu dürfen. Nichts an diesem erneuten Zusammentreffen überzeugte ihn vom Gegenteil. Aber hatte er eine Wahl?

Agnes war ein Zaungast bei diesem Spiel. Vorausgesetzt, sie konnte überhaupt loyal sein, würde sie sich in Sachen Loyalität zwischen ihm und seinen Mitspielern entscheiden – abhängig davon, was die anderen ihr zu bieten hatten. Zumindest fürs Erste noch brauchte sie Paul. Er konnte sich zwar nicht darauf verlassen, dass sie ihn niemals hintergehen würde, aber er konnte zumindest sicher sein, dass sie das nur tat, wenn es für sie von Vorteil war. Und das bedeutete: Er musste dafür sorgen, dass dem niemals so war.

»Jemand versucht, diesen Mann zu ermorden.«

»Ach ja?«, kam es von ihr. »Scheint so, als ob dieser Jemand sich dabei relativ ungeschickt anstellt.«

»Ich habe Ihnen nicht die Wahrheit gesagt, als ich Ihnen erzählt habe, der Brand sei ein Unfall gewesen.«

»Ach was.«

»Das hatten Sie auch schon vermutet, nicht wahr?«

»Ich vermute nicht, ich wäge ab. Und dieses Szenario hielt ich für ziemlich wahrscheinlich. Wer ist es denn, der hinter Mr Tesla her ist?«

Pauls Gesichtsausdruck schien ihren Verdacht zu bestätigen.

»Ob ich glaube, dass Thomas Edison höchstpersönlich zur Grand Street gefahren ist und einen Kienspan angezündet hat?«, sagte er. »Nein, das glaube ich nicht. Ich bin mir aber trotzdem sicher, dass er den Brand in Auftrag gegeben hat.« Paul setzte sie über sämtliche Einzelheiten dieses Falls sowie über die von Thomas Edison ausgehende Gefahr in Kenntnis. Sie hörte sich alles ohne das geringste Anzeichen von Überraschung oder Beunruhigung an.

»Sie haben ein Talent dafür, sich richtig gute Feinde zu suchen.« Agnes bekam es nicht so leicht mit der Angst. Oder zumindest jagte ihr Edison keine Angst ein.

»Wann sind denn Ihre Bühnenkolleginnen hier? Kommen Sie ebenfalls in diese Garderobe?«

»Normalerweise trudeln sie in den nächsten Minuten ein. Aber wir alle haben unsere eigene Garderobe, hier wird also niemand Einlass begehren. Allerdings kann es natürlich trotzdem sein, dass sie mal anklopfen. Ein kleiner Plausch, ein bisschen tratschen und so.«

»Ich muss ihn an irgendeinen Ort bringen, an dem er sicher ist.«

»Aber wohin?«

Pauls eigene Wohnung war zwar klein, würde sich aber durchaus eignen. Sollte allerdings einer von Edisons Männern ihn überwachen, hätten sie Tesla schon in wenigen Stunden gefunden. In Pauls Kanzlei ging es auch nicht; er traute seinen Partnern nicht. Auf dem Westinghouse'schen Anwesen wären zu viele Leute mit losem Mundwerk: die Mitarbeiter, die vielen Besucher des Hauses, das Labor, die Fabriken, die Gärten und der Privatbahnhof – irgendwann würde dort zwangsläufig etwas durchsickern. Konnte er Tesla in ein Hotel bringen? Hier wäre man abhängig von der Gnade einer ganzen Reihe Fremder. Aber Fremde konnte man kaufen.

Paul war kein Held aus einem Abenteuerroman. Jules Verne hatte er nicht mal gelesen.

»Darf ich einen Vorschlag machen?«, sagte Agnes. »Sie werden Mr Tesla irgendwo unterbringen müssen, wo Edisons Männer nicht auf die Idee kommen zu suchen. Einen Ort, an den wir Tesla jetzt schnell kriegen und der groß genug ist, dass Sie ihn dort einige Zeit lassen können. Ein Ort, der jemandem gehört, der sich um einen Pflegefall kümmern könnte, jemand, auf den Edisons Verdacht im Leben nicht fällt.«

Diese Aufzählung war hieb- und stichfest. Als sie aber ihre Schlussfolgerung laut aussprach, glaubte Paul trotzdem erst, nicht richtig gehört zu haben.

»Sie könnten Mr Tesla bei mir zu Hause unterbringen.«

»... Bei Ihnen zu Hause?«

»Ja.«

»Warum sollten Sie mir anbieten, Tesla bei sich wohnen zu lassen?«

»Weil Sie es sich nicht leisten können, diesen Vorschlag abzulehnen?«

Von Tesla auf der Liege kam ein Murmeln.

»Ich kann ihn bei uns verstecken«, sagte sie. »Vielleicht bringe ich ja sogar meine Mutter dazu, uns zu helfen. Jetzt sehen Sie mich nicht so an. Sie ist umgänglicher, als es zunächst den Anschein hat. Bei uns hat er es warm, er kriegt zu essen und ist in Sicherheit. Und wenn er dann wieder zu sich gekommen ist – sofern das bei ihm möglich ist –, überreden Sie ihn dazu, zu Westinghouse zurückzukehren und dieses Ding zu entwickeln, das Sie brauchen. Und schon kaufen die Leute lieber Westinghouse- als Edison-Produkte. Und dann sind Sie vermutlich ganz schnell der Hauptanwalt des größten und einflussreichsten Unternehmens in ganz Amerika. Und falls Mr Foster mir erneut droht, kaufen Sie und Westinghouse einfach die Boston Ideals.«

Agnes trommelte mit ihren nackten Zehen geräuschlos auf den Dielenboden. Sie hatte ihre Ausführungen sachlich dargelegt und rechnete, nachdem sie geendet hatte, offenbar nicht mit allzu viel Widerspruch.

»Sie vertrauen mir nicht?«

»Ich vertraue Ihnen schon ein wenig«, meinte Paul. »Aber Sie verlangen von mir, Ihnen enorm großes Vertrauen entgegenzubringen.«

Agnes müssten nur bei einem Dinner ein paar unüberlegte Worte entschlüpfen, und sowohl mit Teslas Leben als auch mit Pauls Karriere wäre es vorbei.

»Wenn Sie befürchten, dass ich Sie an Edison verrate, dann sollten Sie vielleicht mal anders darüber nachdenken: Wenn ich das wollte, hätte ich es doch längst getan.«

Er blinzelte. Da hatte sie allerdings recht. Er stellte fest, dass sie ihn gleichermaßen beeindruckte, wie sie ihm Angst machte.

»Sie sollten Anwältin werden«, sagte er dann.

Das nahm sie als Zeichen der Zustimmung, ging zu ihrem Kleiderständer und zog einen langen grünen Mantel und ein Paar kleine, flache Schuhe hervor.

»Wir müssen ihm etwas anderes überziehen, damit er nicht erkannt wird. In der Kostümabteilung gibt es sicher etwas. Und dann müssen Sie und ich unabhängig voneinander das Haus verlassen. Falls Edison Sie beschatten lässt, dürfen wir kein Risiko eingehen. Ich nehme zusammen mit ihm ein paar Minuten nach Ihnen eine Kutsche und bringe ihn nach Gramercy.«

»Und was wollen Sie Ihrer Mutter sagen?«

»Das lassen Sie mein Problem sein«, kam es von ihr, während sie die Füße in die weichen Schuhe schob. »Heute Abend habe ich Vorstellung. Kommen Sie doch im Anschluss vorbei und sehen Sie nach ihm. Punkt Mitternacht.«

»In Ordnung.«

»Und jetzt helfen Sie ihm auf.«

Tesla wieder zu verlassen machte Paul nervös. Jetzt hatte

er ihn endlich ausfindig gemacht und sollte ihn sogleich wieder aus den Augen lassen? Und doch hatte er keine andere Wahl.

Schnell wandte Paul sich an Agnes. »Danke. Ich verspreche, dass diese Angelegenheit Sie nicht unbotmäßig vom Singen ablenkt.«

»Nun ja, ich verrate Ihnen jetzt ein schreckliches Geheimnis der Oper«, kam es von Agnes, die schon nach einem Bühnenarbeiter klingelte. »Es ist jeden Abend dasselbe.«

KAPITEL 32
NÄCHTLICHE SCHRECKEN AM GRAMERCY PARK

Nur weil etwas nicht tut, was es tun sollte, ist es nicht sofort nutzlos.

– THOMAS EDISON

Paul beschloss, Nikola Teslas plötzliches Wiedererscheinen Westinghouse gegenüber mit keinem Wort zu erwähnen. Zumindest noch nicht.

Wie auch? Westinghouse saß abgeschottet in Pittsburgh und hatte wenig Erfahrung mit den Intrigen der feinen Gesellschaft. Er war als Chef geradeheraus und hatte nur wenig Geduld für Heuchelei und Täuschungsmanöver. Wüsste Westinghouse Bescheid, würde das sehr bald auch ein halbes Dutzend seiner Spitzeningenieure im Labor tun. Oder irgendwelche leitenden Angestellten in seinen Produktionsabteilungen. Sie alle hatten schon viele Jahre länger für Westinghouse gearbeitet als Paul. Paul hätte Westinghouse sein Leben anvertraut. Aber dieses Geheimnis eben nicht. Noch nicht.

In Paul wuchs die Wut. Nicht auf sich selbst, weil er beschlossen hatte, seinem Mandanten relevante Informationen vorzuenthalten. Nicht auf Teslas psychische Labilität und nicht auf Carter und Hughes wegen ihrer kleingeistig-heimtückischen Manöver. Und auch nicht auf Westinghouse, der für Geheimniskrämerei derart ungeeignet war, dass man gar nicht anders konnte, als ihn zu hintergehen.

Nein, Paul war wütend auf Thomas Edison. Die zermürbende Situation, in der er sich befand, war das Ergebnis eines Krieges, den Edison begonnen hatte.

Thomas Edison war der Teufel selbst. Und das wahre Ausmaß seiner Durchtriebenheit zeigte sich in dem Verhalten, zu dem er Paul zwang.

An jenem Abend absolvierte Paul seinen ersten von noch vielen kommenden abendlichen Besuchen in Gramercy Park. Meistens stieg er, nachdem er das Büro verlassen hatte, zwischen elf und zwölf Uhr über die hängende Stufe aus der Droschke und warf einen schnellen Blick zum Park, immer auf der Suche nach Indizien dafür, beobachtet zu werden – was auf einem derart belebten Platz natürlich unmöglich zu erkennen war. Die Restaurants und Bierwirtschaften am Irving Place quollen über von Nachtschwärmern, sogar im Winter gingen junge Männer und Frauen unbekümmert unter den Straßenlaternen spazieren. Die Irving-Plaza-Konzerthalle lag nur wenige Straßenblocks weiter südlich, und wenn Paul zufällig kurz nach Ende eines Konzerts ankam, waren die Straßen voller heiter gestimmter Musikliebhaber. Bei all seinen Besuchen in Agnes' Haus kam es nicht ein einziges Mal vor, dass draußen nicht irgendwo Musik in der Luft lag.

Alles in allem war Gramercy kein Stadtviertel, in dem es für allzu viel Aufsehen sorgte, wenn ein junger Mann der schon dunklen Wohnung einer Schauspielerin spätabendliche Besuche abstattete.

An diesem ersten Abend öffnete Fannie Paul die Tür. Sie legte den Kopf in den Nacken, um ihm geradewegs in die Augen zu starren.

»Mir gefällt das nicht«, informierte sie ihn.

»Wäre ich an Ihrer Stelle, Mrs Huntington, würde es mir auch nicht gefallen. Ich kann Ihnen mit Bestimmtheit sagen, dass weder ich noch mein kranker Freund hier wären, wenn es eine andere Lösung gäbe.«

»Meine Tochter hat es in kurzer Zeit viel zu weit gebracht,

um jetzt zurückgeworfen zu werden durch die Erpressungsversuche von unredlichen Theaterdirektoren, die ausschweifenden Soireen modesüchtiger Pädophiler, das Gebrabbel eines geisteskranken Irren und die Taktierereien eines ausgefuchsten Anwalts, der ein bisschen zu clever ist, als ihm guttäte. Meine Tochter mag Sie. Ich nicht. Seien Sie also versichert, dass ich mich, sobald Sie mir nur den kleinsten Anlass dazu bieten, gegen Sie und Ihren Freund Tesla wenden werde.«

Was auch immer Agnes angestellt haben mochte, ihre Mutter davon zu überzeugen, Tesla bei sich aufzunehmen – es hatte funktioniert. Als willige Komplizin konnte man Fannie trotzdem nur schwerlich bezeichnen. Verständlicherweise. Sollte das falsche Paar Augen der spätabendlichen Besuche eines jungen Mannes gewahr werden, würde ihre Tochter einen überaus hohen Preis zu zahlen haben.

Das war das längste Gespräch, das Paul und Fannie für geraume Zeit miteinander führten. Üblicherweise nickte er ihr bei seinen kommenden Besuchen kurz grüßend zu, worauf sie ihm einen bösen Blick schenkte. Bis auf die knappsten höflichen Floskeln hatten sie einander nichts zu sagen.

An manchen Abenden war Agnes zu Hause, wenn Paul eintraf, an anderen nicht. Nach den ersten paar Tagen gab sie Paul einen Schlüssel, damit er sich selbst aufschließen konnte, aber so ganz ohne Vorwarnung das Haus zu betreten, fühlte sich für ihn weiterhin wie eine grobe Unbotmäßigkeit an. Zumindest gewisse Anstandsregeln galt es doch aufrechtzuerhalten.

Im Inneren des Hauses wurde Paul von den flackernden Gaslaternen entlang der fein verzierten Dielenwände in Empfang genommen. Hier hängte er seinen Mantel auf. Und hier klopfte er sich, spätestens als aus November Dezember geworden war, den Schnee von den abgetragenen Lederstiefeln.

Tesla hatte ein kleines Zimmer im ersten Stock bekommen, das frühere Dienstmädchenzimmer. Die meiste Zeit über lag er in einem von Pauls Pyjamas im Bett. Wenn Paul eintraf, lag er ausnahmslos unter der Decke. Viel zu schlafen schien der Erfinder trotzdem nicht.

Er hatte Visionen. Das zeigte sich spätestens, als es Paul neben seinem Bett sitzend gelungen war, ihm ein paar Wörter aus der Nase zu ziehen. Leise und undeutlich kamen sie, diese Wörter.

»Ein großes geflügeltes Untier.«

Verständlicheres gab es an diesem ersten Abend nicht. Am zweiten waren es ein paar Worte mehr, wenngleich ebenso sinnlos.

»Ein Feuer. Ich sehe nur Feuer.«

»Ja!«, rief Paul. »Es hat gebrannt. In Ihrem Labor. Aber das ist Monate her. Sie haben es geschafft hinauszukommen, und jetzt sind Sie in Sicherheit.«

Trotzig schüttelte Tesla den Kopf. »Nein nein nein nein nein. Hier bei uns. Ich sehe ein Feuer, das um uns verschlingt alles.«

An den kommenden Abenden beschrieb Tesla weitere Visionen: Einmal war es eine Unterhaltung zwischen gehörnten Käfern. Dann waren es blutige Flüsse und eine Sonnenfinsternis von unendlicher Länge. Irgendwann berichtete er von einer Armee Untoter und einer Ameisenkolonie, deren Körper aus Partikeln weit entfernter Sterne bestanden. Mit der Zeit wurden Teslas Beschreibungen detailreicher. Unveränderlich sprach er so, als wären diese grauenvollen Bilder keine Träume, sondern vielmehr Szenen, die sich vor seinen wachen Augen abspielten. Für ihn waren sie so real wie Paul, Agnes und Fannie, genauso greifbar wie sein schmales Bett und die einsame Kerze, die sein Zimmer erhellte.

Jeden Abend brachte Paul Tesla eine neue Schachtel Salzcracker mit, die dieser dann umgehend heißhungrig verschlang. Auch wenn er wahrlich ausgehungert wirkte: Er weigerte sich, irgendetwas anderes zu essen. Warum er nicht längst an Skorbut zugrunde gegangen war, blieb für Paul ein Rätsel. Während die Abende verstrichen und er Tesla mit seinen Crackern versorgte, versuchte er, mehr über die Ursachen von dessen Verfassung herauszufinden. Der Erfinder wusste immerhin, wer Paul war, und er erinnerte sich auch an Ausschnitte ihrer gemeinsamen Geschichte. Zu Beginn der zweiten Woche sprach er ihn sogar mit Namen an, was er bei Agnes von Anfang an getan hatte. Die Namen »Edison« und »Westinghouse« dagegen schienen kaum eine Reaktion hervorzurufen. Entweder hatte er vergessen, wer sie waren, oder es war ihm in seinem momentanen Zustand schlichtweg gleichgültig.

Auf Agnes allerdings hatte Teslas Anwesenheit eine überaus unerwartete Wirkung. Sie machte den Eindruck, als gefiele sie ihr tatsächlich. Wenn Paul eintraf, saß sie oft schon neben Teslas Bett. Und oft blieb sie auch noch sitzen, wenn Paul wieder ging.

Tesla schien sie weicher zu machen. Die harten Kanten ihres antrainierten Lächelns zu glätten. Das Lachen, das sie mit Tesla lachte, war anders als das, das sie auf Stanford Whites Party laut hatte erschallen lassen. Es war sogar anders als dieses kleine Lächeln, das sie Paul anbot. Ihr Tesla-Lachen klang wärmer. Es war nicht aufgesetzt, sondern freundschaftlich.

Sie schien Tesla besser zu verstehen, als es Paul jemals gelungen war. Sie hatte ein Geschick für die Entschlüsselung seiner verworrenen Grammatik. Sogar seine weitschweifigen Monologe fand sie faszinierend.

»Sie haben ihn gern«, sagte Paul eines Abends zu ihr, als sie die Treppe zu Teslas Zimmer hinaufstiegen. Er war gerade erst angekommen, mit vor Kälte geröteten Wangen. Die Meinungsverschiedenheit mit W.H. Foster lag immer noch als drohender Schatten über ihnen, aber Paul hatte längst beschlossen, dass ein weiterer Brief es auch nicht richten würde. Er würde sich etwas Besseres einfallen lassen müssen.

»Überrascht Sie das?«

»Er passt doch nicht allzu gut in Ihre Kreise.«

»Ich bin es jetzt schon lange gewohnt, Rollen zu spielen. Auf der Bühne tue ich das des Geldes wegen, und abseits davon für den Respekt. Tesla hat das noch nie getan, noch an keinem einzigen Tag seines Lebens. Er würde noch nicht mal auf die Idee kommen. Für ihn zählt keine Meinung – außer seiner eigenen.«

Zusammen betraten sie Teslas Zimmer. Wie gewöhnlich murmelte er auch jetzt vor sich hin. Der Winterwind fuhr in heftigen Böen gegen die dicken Fensterscheiben und untermalte ihre leise geführte Unterhaltung.

»Schiffe«, sagte Tesla. »Die Teile, die sich bewegen, die gleiten, die dagegen sich hochdrücken. Sie sind wie winzige Schiffe. Wir müssen nachsehen, was sie bringen. Wir müssen verfolgen die Gewässer ihrer Reise.«

Paul sah Agnes an. Sie hatten schon so viele dieser Monologe gemeinsam gehört. Auch am morgigen Abend würden sie wieder hier sein und am darauffolgenden auch, um noch viele weitere davon zu hören.

»Teile, das sind Schiffe nur, sind sie nicht? Ich werde eine Maschine bauen, um sie in die Gewässer zu schieben. Um einen Hafen mit den anderen zu verbinden. Ich kann nicht glauben, dass vorher noch niemand hat gedacht daran. Es ist offensichtlich, wenn man die Boote gesehen hat.«

In der Hoffnung, ihn besser zu verstehen, beugte Agnes sich weit über das Bett.

»Es ist eine Spule, Miss Agnes Huntington. Die Form ist eine Spirale. Können Sie es nicht sehen dort? Sie strahlt vor ihrer ganzen Wundersamkeit.«

Paul sah sich in dem vollgestellten Zimmer um und sagte dann: »Hier ist nichts. Ihr Geist beschwört Dinge herauf, die nicht da sind.«

Daraufhin drehte Tesla sich zu Paul und suchte, zum ersten Mal seit seinem Wiederauftauchen, bewusst dessen Blick.

»Exakt.«

»Sie halluzinieren, Nikola«, sagte Paul.

»Nein«, gab Tesla zurück und lächelte sein allererstes Lächeln seit sehr langer Zeit. »Ich erfinde.«

KAPITEL 33
MR EDISON WÄRE DA ANDERER MEINUNG

> Wenn ein ungewöhnlicher Mann so ungewöhnliche Methoden und Mittel findet, seinen Namen in der ganzen Welt mit Raketengeschwindigkeit bekanntzumachen und mit so geringem wirklichem Wissen einen solchen Reichtum ansammeln kann, [...] von einem solchen Mann muß ich sagen, er ist ein Genie – oder nehmen wir ein einfacheres Wort aus der Umgangssprache – ein Hexenmeister.
>
> – FRANCIS JEHL, LABORANT BEI EDISON, 1913

Als Paul beim nächsten Mal das Haus der Huntingtons betrat, hatten sich die Dinge alarmierend entwickelt.

Neben Teslas Bettstatt fand er einen untersetzt gebauten, kahlköpfigen Mann, der jedoch mit einem buschigen weißen Backenbart den Haarmangel weiter oben wieder wettmachte. Als Paul eintrat, beugte er sich gerade über Tesla.

Der Mann sah ihn an und sagte: »Ah, Sie bringen die Cracker.«

»Wer sind Sie?«

Die Antwort kam von Agnes, die am Fuß des Bettes saß: »Keine Sorge, Cravath, das ist Dr. Daniel Touff, seines Zeichens Nervenarzt.«

Hierüber entbrannte ihr erster Streit. Nachdem der Psychiater gegangen war, stellte Paul sie wütend zur Rede.

»Wieso bringen Sie einen Fremden hierher, ohne mich vorher zu fragen?« Er hatte sie eigentlich nicht anschreien wollen, merkte aber, wie er laut wurde.

»Um zu entscheiden, was für Nikola am besten ist, brauche ich nicht Ihre Erlaubnis«, gab sie ruhig zurück.

Agnes hatte Dr. Touff vor einigen Monaten beim Halloween-Fest von Mrs Astor kennengelernt. In gewissen Kreisen galt er als vertrauenswürdig. Männer in seinem Berufsfeld konnten sich auch nichts anderes leisten.

Sie waren mittlerweile im Wohnzimmer. Agnes saß geduldig auf dem Sofa, Paul tigerte im Raum auf und ab. Sie erzählte, der Irrenarzt sei überaus fasziniert gewesen von Teslas »Unterbewusstem«, wie er es genannt hatte. Paul wollte wissen, was das zu bedeuten habe, und Agnes musste zugeben, keine Ahnung zu haben. Der gute Doktor gehe davon aus, dass Tesla an *démence précoce* litt – so etwas wie »Demenz im Frühstadium«. Paul wollte wissen, ob das heiße, er sei geisteskrank. Aber diesen Begriff hielt Dr. Touff offenbar für unzutreffend. So sei das immer mit diesen Nervenärzten, sagte Agnes. »Die Kategorien ›geistig gesund‹ und ›geisteskrank‹ lehnen sie ab. Als Gelehrte des Geistes, die sie ja nun mal sind, arbeiten sie daran, die eindeutigen Kategorien durcheinanderzubringen.«

»Hat der Doktor denn eine Behandlung empfohlen?«, fragte Paul.

»Ruhe.«

»Genau die haben wir ihm aber doch gelassen.«

»Er hat noch auf etwas anderes hingewiesen: Teslas Amnesie betrifft nicht sämtliche seiner Fähigkeiten.«

»Welche denn nicht?«

»Englisch zum Beispiel. Haben Sie nicht bemerkt, dass er in der ganzen Zeit nicht ein Mal Serbisch mit uns gesprochen hat?«

Paul musste zugeben, dass das ein interessanter Gesichtspunkt war.

Sie fuhr fort: »Und dann noch sein Geschick für alles Mechanische. Wenn er redet, wimmelt es vor Fachvokabular, ständig erörtert er irgendwelche Maschinen. Bauteile genauso wie geflügelte Untiere.«

»Diese Visionen ... diese Halluzinationen«, sagte Paul. »Er wiederholt ständig, dass sie ihn zum Bau neuer Maschinen anregen. Er sieht diese Dinge und hält sie für real – was für ihn gleichbedeutend ist mit erfinden.«

»Ein Blitz der Erleuchtung also, wie beim Apostel Paulus auf dem Weg nach Damaskus.«

»Westinghouse hat er mal erzählt, dass ihm die Idee für seinen Wechselstrommotor in einem ganz ähnlichen Zustand gekommen ist. So scheint es bei Tesla zu laufen: Er hat mehrere halluzinatorische Episoden hintereinander, und dann hat er's. Ein neues Gerät ist erfunden. Danach kümmert er sich um das nächste.«

Agnes schien dieser Ablauf zu faszinieren, auch wenn sie skeptisch war, was das Ergebnis anbelangte: »Aber man hat doch noch nichts erfunden, wenn es noch gar nicht gebaut ist. Wenn ich einen Nachmittag lang auf Partituren starre und mir vorstelle, wie ich diese Musik singe, dann kann ich doch nicht behaupten, das Stück schon aufgeführt zu haben. Ich erschaffe es doch erst dann, wenn ich mich auf eine Bühne stelle und meinen Mund bewege. Irgendwann wird es dann ein bisschen anstrengend für den Hals, und zum Schluss kommt der Applaus.«

»Für ihn ist das anders.«

»Die Behauptung, etwas erfunden zu haben, ist doch nicht gleichzusetzen mit der Erfindung selbst!«

»Ich denke, in diesem Punkt wäre Mr Westinghouse einer Meinung mit Ihnen ...« Paul brach ab.

»Cravath?«, fragte Agnes. »Ist irgendetwas?«

»Was aber wäre, wenn Mr Edison nicht Ihrer Meinung wäre? Was, wenn Edison davon ausgeht, dass die Behauptung, etwas erfunden zu haben, gleichwertig ist mit der Erfindung selbst?«

Agnes' Gesicht war deutlich abzulesen, dass ihr schleierhaft war, worauf Paul hinauswollte.

»Edison nimmt für sich in Anspruch, die elektrische Glühlampe am 16. September 1878 erfunden zu haben«, sagte Paul. »Das weiß jedes Kind, weil Edison ja die gesamte Öffentlichkeit von seiner Heldentat unterrichtet hat. Er ließ sie in der *Sun* verkünden. Er veranstaltete Vorführungen im kleinen Kreise, vor bewundernden Reportern des *Herald* und der *Times*. Er ließ sich den Entwurf seiner Erfindung – den Sockel, den Kolben, den Schaltkreis, das alles zusammen – umgehend patentieren. Aber den Patentantrag für die Birne selbst hat er erst ein Jahr später gestellt, am 4. November 1879.« Paul spürte eine Welle der Energie. »Und das ist genau meine Frage: Welchen Beweis haben wir, dass Edison die Glühbirne tatsächlich zu dem Zeitpunkt erfunden hat, als er das behauptete?«

»Sie glauben, er hat gelogen?«

»Das erste Patent, das Edison angemeldet hat, war noch sehr vage formuliert. Zumindest juristisch ist das bislang mein Hauptargument. Edison hat ein überaus unbestimmtes Patent angemeldet, in dem ein viel zu weites Terrain abgesteckt wird. Nur, was wäre, wenn Edison das Ding *überhaupt nicht* zum Funktionieren gebracht hat? Was, wenn er allen nur *erzählt* hat, ihm sei genau das gelungen? Versetzen Sie sich mal in seine Situation hinein: Er arbeitet an dieser Lampe. Er verfügt über Dutzende von Ingenieuren, die sich vierundzwanzig Stunden am Tag damit beschäftigen. Er weiß, er ist schon ganz nah dran. Er weiß aber auch, dass eine ganze Reihe anderer Erfinder an exakt demselben Problem arbeitet. Und ebenfalls kurz vor einer Lösung steht. Hibbard, Swan und Sawyer ... Sie alle hatten es fast geschafft.«

»Weswegen Edison dann einfach frech vorprescht?«, fragte Agnes. »Er inszeniert für die Presse eine große Show und behauptet: ›Die Sache ist gelaufen, aus und vorbei, ich habe eine Lösung für die elektrische Lampe gefunden.‹ Und dann ...?«

»Und dann«, sagte Paul, »geben die anderen eben auf! Der große Thomas Edison hat die elektrische Lampe für Innenräume erfunden. Die Sache ist entschieden. Die anderen wenden sich anderen Entwürfen zu. Aber zwischen dem Zeitpunkt, zu dem Edison seine Entdeckung verkündet hat, und seinem Patentantrag ein Jahr später liegt so viel Zeit. Und dann dauerte es noch mal ein Jahr, bis die ersten Birnen tatsächlich auf dem Markt waren. Westinghouse dachte, es gäbe in diesem Geschäftszweig genügend Platz für eine weitere Firma. Hibbard und Swan dachten das auch. Aber sie alle hat ständig dieser Zweifel geplagt: Welche Beweise gibt es eigentlich dafür, dass Edison tatsächlich eine funktionierende Glühbirne erfunden hat?«

»Aber es muss doch Vorführungen gegeben haben.«

»Nur kurze. Einmal eine Minute lang, einmal zwei ... So werden sie in allen Artikeln beschrieben. Ein Journalist beziehungsweise ein Investor wurde in den Raum geführt und durfte die Birne für eine Minute sehen. Zwei Minuten im allerbesten Fall. Dann wurden alle umgehend wieder hinauskomplimentiert. Angeblich, damit niemand Edisons Entwurf lange genug betrachten konnte, um ihn hinterher zu kopieren. Was aber, wenn diese Demonstrationen aus einem ganz anderen Grund von derart kurzer Dauer waren?«

»Und zwar, weil die Glühbirnen gar nicht richtig funktionierten?«

»Stabilität war ja das Hauptproblem. Niemand schaffte es, eine Birne zu entwickeln, die nicht innerhalb weniger Minuten explodierte und alles Umliegende dabei in Brand setzte ... Was, wenn Edisons erste Birnen, nämlich diejenigen, die in seinem ersten Patentantrag beschrieben wurden, immer noch explodiert sind?«

»Was aber niemand wissen konnte, weil niemand sie länger als zwei Minuten am Stück zu sehen bekam.«

»Edison jedoch erkaufte sich so zwei Jahre, um das Ding zu perfektionieren, während alle andern sich in den Hintern bissen, weil sie nicht darauf kamen, wie er das geschafft hatte.«

Agnes und Paul starrten sich einige spannungsreiche Sekunden lang an. Sie war genauso aufgeregt wie er. »Wenn ich nachweisen kann, dass Edison gelogen hat, um das Patent zu erhalten«, sagte er dann, »muss ich nicht mehr nachweisen, dass die Lampen von Westinghouse seinen Patentanspruch verletzen. Die Art, wie ich den Fall zurzeit verhandle, und die Argumentationslinie, die sich daran knüpft, wären vollkommen irrelevant. Anstelle dessen könnten wir Edisons Patent für ungültig erklären lassen. Das ganze ausgefuchste Ding in der Luft zerreißen.«

»Und dann?«

»Dann steht es der Edison General Electric Company und der Westinghouse Electric Company frei, zwei unterschiedliche Produkte herzustellen und zu verkaufen, und die Kunden dürfen selbst entscheiden, welchem sie den Vorzug geben. Keine Klagewellen mehr, keine Gerichtsprozesse, keine Einschüchterungsversuche. Dann stünden wir vor einer Situation, wie Edison sie fürchtet, seitdem er weiß, dass Westinghouse ihm Konkurrenz machen will: einem fairen Wettbewerb.«

KAPITEL 34
Das Imperium der Erfindungen

> Innovation entsteht dann, wenn Leute sich im Flur begegnen, sich um halb elf abends anrufen, weil ihnen eine Idee gekommen ist oder weil sie etwas kapiert haben, das unsere bisherige Art, über ein Problem nachzudenken, vom Kopf auf die Füße stellt.
>
> – STEVE JOBS

Nach seiner nächtlichen Erkenntnis fiel es Paul schwer, Schlaf zu finden. Er war den gesamten Weg bis zur 50. Straße zu Fuß gegangen, wobei er im Wechsel über seinen Angriffsplan und sein unerwartetes Glück nachdachte, Agnes als Vertraute zu haben. Nicht zum ersten Mal rief er sich ins Gedächtnis, dass sie seine Mandantin und nicht seine Freundin war. Und sicherlich auch nie mehr als das sein würde. Die Vorstellung, dass sich der am hellsten scheinende Stern der New Yorker Bühnenwelt mit dem eigenen Anwalt einlassen würde, war absurd. Und doch konnte Paul nicht anders, als an all die Einladungen zu denken, die sie in den vergangenen Wochen ausgeschlagen haben musste, um mit ihm an Teslas Bett zu sitzen. Sie war Tesla sehr zugetan, so viel konnte Paul sehen. War es möglich, dass es ihr mit ihm zumindest etwas ähnlich ging?

Am folgenden Tag begann Paul, die für den Nachweis, dass Edison bei der Patentanmeldung einen Meineid geleistet hatte, notwendigen Unterlagen zusammenzustellen. Schnell war er von deren Masse und Vielfalt vollkommen in Beschlag genommen.

Da waren zunächst die Unterlagen, die direkt zu Patent No. 223,898 gehörten. Der Antrag selbst umfasste nicht mehr als drei Seiten. Das erste Blatt war eine ganzseitige Tuschezeichnung der Lampe, mit Anmerkungen am Rand, die die diversen Komponenten erläuterten. Auf den nächsten beiden stand eine kurze handschriftliche Zusammenfassung dessen, was die Lampe tat und wie sie funktionierte, ganz unten die Unterschrift von Edison. Das Ganze umfasste weniger als tausend Worte. Sich vor Augen zu halten, was für ein juristischer Krieg aus diesen paar Worten entstanden war! Helena von Troja als spärliche Skizze auf drei Seiten Papier.

Die Unterlagen, die des Weiteren zu dem Antrag gehörten, hatten einen substanziell größeren Umfang. Dazu gehörten die Klarstellungen, die Edison in den auf den Antrag folgenden Jahren dem Patentamt gegenüber geliefert hatte, sowie der Schriftverkehr zwischen Edison und dem Patentamt, der schließlich dazu führte, dass das Patent gewährt wurde. All diese Schriftstücke waren pflichtgemäß unterschrieben und geprüft. Im Rennen um das historische Erster-Sein war das Datum, an dem jemand nachweisbar einen Antrag gestellt hatte, mindestens genauso wichtig wie der Antrag, der dann tatsächlich gestellt wurde.

Und dann waren da noch die Unterlagen, die sämtliche ebenfalls relevanten Patente betrafen. Amerikanische und europäische Ämter hatten für Gegenstände mit dem Namen »Glühlampe« schon vorher Dutzende von Patenten erteilt. Bislang hatte Edison immer erfolgreich argumentiert, dass jedes sich stark von dem seinigen unterschied und er keinem ihrer Erfinder verpflichtet war. In der Hoffnung, vielleicht doch darlegen zu können, dass eines davon Edisons rechtlichen Anspruch schmälerte, hatte Paul sich darum bemüht, ihre Unterschiede zur Gänze zu verstehen.

Als Nächstes kamen die Interviews, Artikel und Pamphlete, die über Edisons wundersame »Erfindung« veröffentlicht worden waren. Wenn er den Beweis erbringen wollte, dass es, als Edison einen technischen Durchbruch behauptete, de facto keinen Durchbruch gab, musste Paul jede Aussage sammeln und ordnen, die Edison und seine Mitarbeiter in den Jahren vor und nach dem Patentantrag getätigt hatten. Konnte Paul aufzeigen, dass Edison sich an irgendeiner Stelle widersprochen hatte? Konnte Paul eine Äußerung eines der Ingenieure von Edisons finden, die den Verlautbarungen seines Chefs widersprach? Hatte einer der Reporter, die im Winter '78 bei einer der Glühbirnenvorführungen zugegen gewesen waren, vielleicht ohne sich dessen bewusst zu sein, ein Detail beobachtet, das einen ähnlichen Widerspruch in sich barg?

Die Materialmenge, die auf der Suche nach Beweisen durchkämmt werden musste, war entmutigend. Paul schleppte bergeweise Papier in die Kanzlei und starrte es an, wie ein erfahrener Bergsteiger vielleicht die Flanken des in der Ferne liegenden Mount Everest betrachten würde. Ob sich dieser Aufstieg im Alleingang meistern ließe?

Carter und Hughes hatten sich längst auf eine andere juristische Strategie festgelegt: eine Defensivstrategie, die ihre Argumente so führte, dass Edisons Patent korrekt und gültig sei, dass Westinghouse-Birnen es aber schlichtweg nicht verletzten. Die Rivalität zwischen den Partnern hatte eine Dimension angenommen, die Paul stark daran zweifeln ließ, dass die beiden anderen davon zu überzeugen waren, einen offensiveren Weg einzuschlagen. Mit Westinghouse würde er über dieses Problem sicherlich sprechen können. Aber was würde das nützen? Westinghouse' Leute waren Ingenieure. Paul aber brauchte Juristen.

Pauls Gedanken wanderten zu jener Wunderfabrik, wie Edisons Labor eine sein musste. Er konnte nicht anders, als Respekt zu haben vor den Errungenschaften dieses Betriebs. Sogar Reginald Fessenden hatte voller Hochachtung den Einfallsreichtum von Edisons Labororganisation geschildert. In einer Spanne von nur zehn Jahren waren aus dem Hause Edison tatsächlich mehr aufsehenerregende Dinge hervorgegangen als aus allen vergleichbaren im Laufe der Menschheitsgeschichte. Edisons Leistungen waren schlicht außergewöhnlich: vom Duplex-Telegraphen zum Phonographen, vom Kohlemikrofon zu hundert anderen, vielleicht nicht ganz so großartigen Wundern der Technik.

Und dennoch: Er hatte all das eben nicht allein vollbracht, richtig? Edison war nicht der einsame Erfinder, der sich endlos durch Tausende orangefarbener Morgendämmerungen ackerte. Das Bild, das er der Öffentlichkeit mit Vorliebe präsentierte, war nur ein weiteres seiner Täuschungsmanöver. Er war der Kopf eines großen Unternehmens, so wie jeder andere Baron des Industriezeitalters. Andrew Carnegie befehligte einen Konzern, der mehr Roheisen veredelte als jeder andere auf der Welt. Jay Gould stellte Eisenbahnschienen her, und John Rockefeller förderte Öl aus den Tiefen der Erde. Das Genie jedes dieser Männer lag nicht in der Arbeit ihrer Hände, sondern in der Effizienz der von ihnen erdachten Abläufe und Systeme.

Edisons Königreich jedoch unterschied sich von denen jener anderen Industriebarone, die ihre Unternehmen aufgebaut hatten und jetzt Dinge produzierten. Des Holzes wegen wurden Wälder gerodet, der Kohle wegen wurden Minen gegraben, und Fabrikgebäude wurden gebaut, um die Reinstoffe der Schwerindustrie dort miteinander zu kombinieren. Auch die Westinghouse Electric Company war zu dem Zweck aufgebaut worden, Industriemaschinen für die kaufkräftige Öffentlichkeit in Masse herzustellen. Edisons Firmenzentrale jedoch, die zuerst in Menlo Park und mittlerweile an der Fifth Avenue ihren Sitz hatte, brachte vorrangig etwas anderes hervor: Ideen nämlich. Vanderbilt hatte ein Reedereiimperium aufgebaut, James Duke ein Tabak- und Henry Clay Frick ein Stahlimperium. Thomas Edison dagegen hatte ein Imperium der Erfindungen geschaffen.

Thomas Edison war sicher nicht der Erste, der reich wurde, weil er etwas Schlaues erfunden hatte. Aber er war der Erste, der eine Fabrik baute, um Schlauheit direkt in die richtigen Bahnen zu lenken und deren Früchte zu ernten. Eli Whitney und Alexander Graham Bell hatten sich jeweils mit einer einzelnen genialen Erfindung einen Namen gemacht.

Edison aber hatte eine ganze Versuchsanstalt eingerichtet, aus der gleich eine ganze Menge genialer Dinge hervorgegangen war. Sein Genie lag nicht darin, etwas zu erfinden, sondern ein System der Erfindung zu erfinden. Dutzende Forscher, Ingenieure, Entwickler und Tüftler arbeiteten unter seiner Ägide, in einem sorgfältig hierarchisch strukturierten Unternehmen, das er gegründet hatte und überwachte.

An der Spitze der Pyramide stehend benannte Edison die Probleme, die er gelöst haben wollte. Er suchte nach Schwachstellen auf dem Markt und bestimmte die Sektoren, die möglicherweise reif waren für eine neue Erfindung. Dann stellte er ein Team zusammen, das zu evaluieren hatte, welche technologischen Probleme zwischen der momentanen industriellen Situation und einer besseren Lösung standen. Sobald dieses Team die relevanten Knackpunkte herausgefiltert hatte, begann eine ganze Phalanx an Unter-Erfindern damit, so lange an möglichen Lösungen zu tüfteln, bis ein Durchbruch erzielt war. Hierauf wurde diese Armee auf die unendliche Vielzahl potenzieller Weiterentwicklungen losgelassen, bis durch die schiere Masse an Versuchen und vor allem Fehlversuchen tatsächlich eine »Erfindung« verfertigt war. Und diese Erfindung wurde dann patentiert, serienmäßig produziert und unter einem Namen vermarktet. Dieser Name prangte auf jedem Gerät, das diesem Labor entstammte. Seine sechs Buchstaben fanden sich auf diesen Geräten in immer derselben Schrift und derselben Größe. Ein Name, der in jedem einigermaßen gut situierten US-amerikanischen Haushalt auf mindestens einem Gerät vorzufinden war.

E-D-I-S-O-N.

Wie häufig selbiger Name auf den Blättern vor ihm stand! Paul wurde von einer ungewöhnlichen Eifersucht erfasst. Wenn er nur ein ähnliches System um sich herum hätte wie er! Ein System, das der Lösung juristischer Probleme verpflichtet war, so wie Edison eines für die Lösung technischer Probleme entwickelt hatte.

Aber was hinderte ihn daran, ein solches zu erschaffen?

KAPITEL 35
ANGESTELLTE ANWÄLTE

Nur wer sich eine eigene Armee leisten kann, ist wirklich reich.

– MARCUS CRASSUS, 54 V. CHR.

Die Hamilton Hall der Columbia University war ein dreistöckiges neogotisches Gebäude auf dem Campus an der Madison Avenue. Sein scharfwinkliges Dach ragte gerade so über die blattlosen Eichen entlang der Sandwege. Die Universität war eine steinerne Festung mitten in der Stadt. Ihre graue Spitzen bohrten sich in den blauen Winterhimmel.

Paul hatte schon länger das Gefühl, dass der Columbia-Campus aus einer tief wurzelnden Furcht heraus entworfen worden sein musste. Die aufwendigen gotischen Fassaden sollten den Eindruck von Alter Welt erwecken, steinerne Bögen ließen an die europäische Aufklärung und an die sagenumwobenen Bildungseinrichtungen in England und Frankreich denken. Die Unsicherheit, die die Neureichen an der Wall Street schon quälte, war bei der akademischen Klasse in Midtown fast noch stärker zu spüren. Die Banker wollten alle Prinzen sein. Und die Professoren alle Martin Luther.

Jahrhundertelang war Technologie das Terrain der Royal Society in London und der Académie des sciences in Paris gewesen. Vor dem letzten Jahrzehnt hätte sich niemand Amerika als Brückenkopf wissenschaftlichen Fortschritts vorstellen können. Die Vereinigten Staaten tickten eher antiintellektuell.

Aber soweit Paul das beurteilen konnte, saßen die technisch fortschrittlichsten Laboratorien der Welt mittlerweile nicht mehr im Pariser Louvre oder im Londoner Burlington House. Sie residierten heute in Menlo Park, New Jersey, und in Pittsburgh, Pennsylvania. Geführt wurden sie von zwei Selfmademen ohne Ausbildung und akademischen Hintergrund. Ein drittes derartiges Labor, dachte Paul, könnte sich ohne Weiteres in einem kleinen, nach hinten hinaus gelegenen Zimmer im Haus einer Opernsängerin in Gramercy Park befinden. Und ausschließlich in der Vorstellungswelt von Nikola Tesla existieren.

Inmitten einer Traube von Studenten betrat Paul den Vorlesungssaal im dritten Stock. In der Menge fiel er nicht weiter auf. Wenn die jungen Männer an der Columbia University einem Typ entsprachen – selbstbewusst, beherrscht, eifrig –, dann gehörte auch Paul weiterhin dazu. Als er in einer der hinteren Reihen des Saals Platz nahm, konnte er sorgfältig aufgetragene Pomade riechen.

Er war hier, um dem Scheingericht-Seminar von Professor Theodore Dwight beizuwohnen. Als er gefragt hatte, ob der Professor einem früheren Studenten in einer Notlage helfen könne, war Dwight überaus entgegenkommend gewesen. Den erfolgreichsten Junganwalt der Stadt mit im Vorlesungssaal zu haben war sowohl für den Professor als auch für die von ihm betreuten gut sechzig Studenten eine Ehre.

Der um die siebzig Jahre alte Dwight trug einen wunderbar zur Perücke passenden schlohweißen Backenbart von außergewöhnlicher Pracht. Zusammen verhalfen ihm diese Merkmale zu einem gleichgültig-seriösen Erscheinungsbild: gleichgültig gegenüber aktuellen Moden, aber seriös in Bezug auf sein Lebenswerk. Hemdkragen änderten ihre Breite, und Krawatten passten sich neuen Knotenformen an, das Gesetz aber wahrte seine tiefe Unveränderlichkeit.

Das Thema an jenem Nachmittag war der Fall *Goodyear vs. Hancock*, ein bahnbrechender Patentrechtsstreit, der vor einigen Jahrzehnten um die Herstellung von regenfestem Gummi geführt worden war. Die Studenten mussten an diesem Tag selbst aktiv werden und den Fall verhandeln. Dwight gab den

Richter, ihm zur Seite jeweils eine Gruppe junger Männer, die als Anwälte des Klägers einerseits und des Beschuldigten andererseits auftraten.

Während Paul ihnen dabei zusah, wie sie sich leidenschaftlich in ihre Plädoyers stürzten, bei denen nichts auf dem Spiel stand, fielen ihm vier Studenten auf, die ihre Punkte am prägnantesten formulierten. Es war noch nicht einmal so, dass ihre juristische Analyse besonders scharfsinnig war, aber sie schienen zu wissen, wie sie ihre Analyse in eine stimmige Geschichte zu verpacken hatten. Sie waren Geschichtenerzähler.

Hinterher erläuterte Paul an der Seite von Professor Dwight den vier von ihm Erwählten seinen Vorschlag.

»Ich bin hier, um Ihnen eine Anstellung anzubieten«, sagte Paul den jungen Männern. »Sie würden an dem Fall *Edison vs. Westinghouse* arbeiten. Vielleicht haben Sie schon davon gehört?«

Ihren Gesichtern konnte er ablesen, dass dem so war. »Ich brauche Unterstützung in so gut wie allen Angelegenheiten«, fuhr Paul fort. »Bei der Recherche, der Vorformulierung von Schriftsätzen, dem Finden und Vorbereiten von eidesstattlichen Zeugen. Ich benötige ein paar schlaue Köpfe, die mir dabei behilflich sind.«

»Und wir wären damit Anwälte in der Kanzlei Carter, Hughes und Cravath?«, fragte der lebhafteste der Studenten, der sich als Beyer vorstellte.

»Nicht ganz«, antwortete Paul. »Sie sind ja noch im Studium, und so würde es während der Zeit, in der Sie für mich arbeiten, auch bleiben. Bis Sie Ihren Abschluss machen.«

»Wir werden also Referendare bei Ihnen?«, wollte ein anderer namens Bynes wissen. »Alle vier?«

»Nein, auch das trifft das, was ich Ihnen vorschlage, nicht ganz.«

»Wenn wir weder Referendare noch Anwälte sein sollen«, kam es von Beyer, »was denn sonst?«

»Etwas dazwischen«, antwortete Paul. »Mein Vorschlag ist sowohl etwas völlig Neues als auch die beste Gelegenheit, die

Sie bekommen werden, um im vollen Galopp in die Praxis der Juristerei einzusteigen. Stellen Sie sich Ihre Position als die eines … ›angestellten Anwalts‹ vor, wie wäre es damit? Wir ziehen eine juristische Fabrik auf. Menschen haben sich in Organisationsstrukturen gefügt, in denen jedes nur denkbare Material, Mineral oder Gerät hergestellt wird. Warum nicht auch die Arbeit der Juristen?«

Die Studenten machten einen verständnislosen Eindruck, als Bynes für die ganze Gruppe das Wort ergriff.

»Ich möchte jetzt sicher nicht dreist oder undankbar sein, aber: Ist die juristische Tätigkeit nicht grundsätzlich anderer Natur als eine körperliche Arbeit? Ein Schriftsatz ist schließlich keine Stahlplatte.«

Dwight, stolz darüber, dass sein Student sich in diesen sokratischen Dialog einbrachte, lächelte.

Paul hatte sich eine Antwort längst zurechtgelegt: »Wenn sich die Produktion von Stahlplatten systematisch organisieren lässt, dann frage ich mich, warum das mit Schriftsätzen nicht möglich sein sollte? Außerdem hat das Ganze noch einen zusätzlichen Vorteil: Ich werde Sie, solange unser Fall läuft, instruieren können. Nachdem ich meinen Abschluss gemacht habe, war ich zunächst Referendar bei Mr Carter, meinem jetzigen Partner. Nach der Beförderung zum Anwalt war das nicht ganz leicht: Ich hatte noch nie einen Mandanten gehabt, geschweige denn, dass ich Erfahrung darin gehabt hätte, wie man Mandanten ködert. In ein solches Haifischbecken werden Sie nicht geworfen.«

»Aber woher sollen denn dann unsere Mandanten kommen?«, fragte der Student, der bislang noch gar nichts gesagt hatte. Paul hatte seinen Namen schon wieder vergessen.

»Sie kriegen meine. Genauer gesagt: Sie kriegen exakt einen von mir.«

»Westinghouse«, kam es von Beyer.

»Unter meiner Anleitung widmen Sie sich diesem Fall – und zwar ausschließlich diesem Fall. Und ich lege noch eins obendrauf: Sie bekommen sogar ein Honorar. Zehn Dollar pro

Woche, garantiert für ein Jahr. Danach haben Sie das Studium abgeschlossen und können als volle Anwälte an Bord kommen. Sollten Sie allerdings unterdurchschnittliche Arbeit leisten, werde ich Sie zu jedem Zeitpunkt feuern und durch andere aufgeweckte Studenten ersetzen. Sie aber können jetzt etwas aus der Chance machen, die sich Ihnen bietet – Ihr zukünftiger Erfolg hängt ausschließlich von der Qualität Ihrer Arbeit ab.«

Beyer, Bynes und die beiden anderen steckten die Köpfe zusammen und beratschlagten sich. Der Berufsstand der Juristen hatte seit Hunderten von Jahren nur als ein System aus Protegés und Lehrmeistern, aus Lehrlingen und Großmeistern existiert. Anwaltskanzleien wurden weiterhin geführt wie Schustereien. Pauls Vorhaben, eine geschlossene Front juristischer Expertise zu bilden, bedeutete eine grundlegende Änderung der Praxis.

»Und was wird konkret unsere Aufgabe sein?«, wollte Beyer wissen.

»Wir müssen beweisen, dass Thomas Edison die Öffentlichkeit, seine Geldgeber und die Regierung der Vereinigten Staaten belogen hat.«

»Oh ...«, kam es von Beyer. Der beflissene Optimismus der vier Studenten war plötzlich wie weggeblasen.

»Nun«, setzte Paul nach, »ich habe nicht behauptet, es würde einfach.«

Pauls junge Mitarbeiter fingen umgehend an. Während der wenigen bis zu ihrem Abschluss verbleibenden Monate sollten sie halbe Tage arbeiten, direkt danach würden es dann ganze Arbeitstage werden. Er brachte sie in einem günstigen Büroraum auf der Greenwich Street unter, keinen Kilometer entfernt von der Kanzlei. In dem alten Gebäude waren so viele winzige Büroräume geschaffen worden, wie nur irgend möglich. Der Abschluss des Mietvertrags stellte nicht das geringste Problem dar: Die erste Monatsmiete zahlte Paul aus eigener Tasche, mit einem Scheck, der auf sein Konto bei der

First National Bank ausgestellt war. Ums Mobiliar sollten sich die Jungs selbst kümmern, und in kürzester Frist trieben sie auf einem Markt in Brooklyn einen langen Tisch auf, an dem sie gemeinsam arbeiten wollten.

Mit dem Wort »Veruntreuung« beschrieb Paul sein Vorgehen, wie er seine Mitarbeiter für ihre Dienste zu bezahlen gedachte, weniger gern. Er konnte es sich selbstverständlich nicht leisten, sie auf unbestimmte Zeit aus eigener Tasche zu entlohnen. Also würde er Teile des Budgets, das er von Westinghouse bekam, umleiten müssen. Aber was sollte eher eine korrekte Verwendung des Westinghouse'schen Geldes sein, wenn nicht der Versuch, Edisons Glühbirnen-Patent hinfällig zu machen?

In diese Situation gebracht hatte ihn die aalglatte, aber unsaubere Art von Carter und Hughes. Hätten sie ihn früher nicht schon hintergangen, wäre er jetzt nicht gezwungen, hinter ihrem Rücken zu agieren. Während sich also in jenem Dezember 1888 ganz Manhattan in mehrere Schichten New-England-Wolle einwickelte, versuchte Paul, sein Vorgehen hinter mehreren Schichten finanzieller Undurchschaubarkeit zu verschleiern.

Bezüglich des Risikos, das er damit einging, gab er sich keinerlei Illusionen hin. Vermutlich würde die ganze Geschichte mit der gewaltsamen Auflösung der Kanzlei enden. Carter und Hughes würden herausfinden, was er tat, und ihn dann vor die Tür setzen. Wahrscheinlich sogar Klage gegen ihn erheben. Wenn Pauls Plan aufging, würden sie allerdings erst im Augenblick seines Sieges davon erfahren. Wenn nicht, würden sie es in dem Moment herausfinden, in dem die Westinghouse Electric Company Insolvenz anmeldete. So oder so: Sie würden ihn dafür bestrafen. Völlig egal, ob er gewann oder verlor: Am Schluss stünde Paul ohne einen Job und ganz auf sich allein gestellt da. Die einzige offene Frage war, ob seine nächste Kanzlei ihren Sitz in Manhattan hatte oder im ungeheizten Obergeschoss seines Elternhauses in Tennessee.

KAPITEL 36
MISS HUNTINGTON GEWÄHRT EIN INTERVIEW

Schlagzeilen sind gewissermaßen irreführend: Jede schlechte Nachricht ist immer eine Schlagzeile wert, eine nur schrittweise Verbesserung hingegen nicht.

– BILL GATES

Weihnachten 1888 fiel zusammen mit einer Kaltwetterfront, die die sowieso schon hartgefrorene Stadt mit einer weiteren Eisschicht überzog. Trotzdem schnitt dieses Weihnachten noch vergleichsweise gut ab, war im Vorjahr doch direkt nach den Feiertagen der heftigste Schneesturm seit Jahrzehnten über die Stadt hereingebrochen. Das Fest von 1888 war einfach nur frostig.

Tesla verbrachte es bei den Damen Huntington. Paul war nicht eingeladen. Es schien, als wollte Fannie ihrer Familie unter allen Umständen die private Ungestörtheit bewahren. Tesla war schon Eindringling genug. Aber immerhin war er ein Fall, der Mildtätigkeit verlangte. Seine Anwesenheit passte also zur Jahreszeit. Paul war nichts weiter als ein Anwalt. Ein Dienstleister. Sollte er sich doch um sich selbst kümmern.

Deswegen verbrachte Paul den ersten Weihnachtsfeiertag arbeitend in seiner Wohnung. Das Abendessen nahm er in P.J. Clarkes Taverne ein, ein Stück die Third Avenue hinunter. Allein. Er war davon ausgegangen, das Lokal ganz für sich zu haben, aber es war sogar noch voller als sonst. Offenbar war er nicht der einzige einsame New Yorker, der seinen Lammeintopf und sein Bier lieber in Gesellschaft zu sich nahm.

Am folgenden Tag stapfte er durch die Kälte zu einer Verabredung, die er auf der Park Row hatte, direkt gegenüber vom Rathaus. Das vierstöckige neoromanische Gebäude war vollständig eingerüstet. Eine umfassende Renovierung war im Gange, und das Haus schien sich auszudehnen, wie ein aus seiner porösen Haut brechendes Insekt. Diese Metapher schien Paul passend, schließlich hatte er nicht allzu viel Hochachtung vor den Menschen, die im Inneren dieses Gebäudes arbeiteten. Sie waren Journalisten.

Die Zeitung, der er einen Besuch abstatten wollte, war weder die größte noch die renommierteste der Stadt. Aber ganz gewiss war die *New York Times* das anspruchsvollste Blatt, eines, das fast zwanghaft von seinen aberwitzig hohen Idealen besessen war.

Der Plan stammte zwar von ihm, Agnes hatte sich jedoch schnell damit angefreundet. Fannie war zunächst skeptisch gewesen, musste dann aber auch zugeben, dass es die beste Idee war, die ihr Anwalt bislang gehabt hatte. Der Plan war riskant. Aber welches Vorgehen war das nicht, wenn man erpresst wurde?

Er sah vor, die Reputation seiner beiden Mandanten in den Dienst des jeweils anderen zu stellen. Paul stellte sich das Ganze vor wie das Emblem auf den Produkten von Thomas Edison, auf denen ja in immer gleicher Schrift und immer gleicher Größe das Wort »Edison« prangte. Wenn einem Kunden ein Gerät gefiel, war er in der Folge möglicherweise versucht, auch ein neues, vollkommen anderes Produkt dieses Herstellers auszuprobieren. Das Wort »Edison« selbst war zu einer Marke geworden, ähnlich bleibend in die Köpfe eingebrannt wie die Brandzeichen auf Rinderhäuten. Edisons kreisrunde Namensplakette ähnelte sogar tatsächlich dem Eisen eines Viehzüchters. Was sicher kein Zufall war.

Paul wollte als Anwalt eine ähnliche Marke etablieren. Der Name Cravath sollte bei beiden Fällen, an denen er beteiligt war, im Zentrum stehen, als Symbol für unwägbare Schwierigkeiten, die stilvoll und diskret gehandhabt wurden.

Bei der *Times* arbeitete ein gewisser Leopold Drucker, ein Reporter, der überaus erfreut darüber wäre, ein Interview mit Agnes führen zu dürfen, schließlich zeigte sich der Opernstar dieser Zeitung gegenüber so selten bereitwillig. Paul durfte sich im Gegenzug darauf verlassen, dass nichts gedruckt würde, was Agnes in ein ungünstiges Licht stellte – was die meisten Klatschreporter liebend gern taten.

»Aber warum gewähren wir überhaupt ein Interview?«, wollte Fannie wissen.

»Weil W.H. Foster Sie mit einem drohenden Skandal erpresst. Bevor wir darauf warten, dass er die Zeitungen gegen Sie ins Spiel bringt, kommen wir ihm einfach zuvor. Bringen wir also die Zeitungen gegen ihn in Stellung. Er glaubt, Sie haben viel zu verlieren, wenn etwas an die Öffentlichkeit dringt? Nun, dann müssen wir ihm deutlich machen, dass für ihn dasselbe gilt.«

Paul und Agnes hatten abgemacht, sich im Foyer des Verlagsgebäudes zu treffen. Eine Sekretärin wies ihnen den Weg nach oben in den dritten Stock.

»Sagen Sie bloß nicht zu viel«, riet Paul. »Einfach nur genug.«

»Ich weiß, wie man ein Interview gibt«, sagte Agnes. »Es ist nicht das erste Mal, dass ich das tue. Falls wir allerdings Erfolg haben sollten, dann wage ich zu behaupten, dass dieses mir von allen am meisten Spaß bereitet haben wird.«

Es überraschte Paul nicht, dass Agnes Gefallen daran fand, W. H. Foster anzugreifen. Sie konnte durchaus rachsüchtig sein, wenn ihr Unrecht getan wurde. Ein weiterer Charakterzug von ihr, der ihm gefiel.

»Mr Drucker steht uns zwar wohlwollend gegenüber«, sagte Paul, »aber vollständig gekauft haben wir ihn nicht. Das hier wird ein ganz normales Interview.«

»Aber sie haben ihn doch bezahlt«, sagte Agnes rundheraus. Es war eine Feststellung, keine Frage.

Für seine Antwort nahm Paul sich einen Augenblick Zeit. »Nicht ganz richtig.«

»Wenn Edison sich Leute bei der *Evening Post* kauft, dann tun Sie doch wohl das Gleiche mit Leuten von der *Times*?«

»Westinghouse hat Mr Drucker mehrere Exklusivinterviews gegeben und ihm die exklusive Berichterstattung über neue Produkte versprochen. Dafür hat Drucker dann großzügig – und auch ehrlich – über diese Produkte geschrieben. Was keine Bestechung ist, sondern vielmehr eine Beziehung.« Dieser Punkt war Paul sehr wichtig. »Auf Edisons Niveau sind wir noch nicht gesunken.«

Agnes zog die Augenbrauen hoch. »Könnte das vielleicht der Grund dafür sein, warum Sie verlieren?«

Sie entdeckten Leopold Drucker inmitten der anderen Reporter, die an ihren unordentlichen Schreibtischen saßen und tippten. Sogar am Tag nach Weihnachten war die Redaktion angefüllt mit dem Klappern der Schreibmaschinen.

Während Agnes dann ihr Interview gab, saß Paul ganz und gar entzückt daneben. Kurzum: Sie war herausragend. Ihre Darbietung war keinen Deut weniger meisterhaft als auf der Bühne. Druckers Sekretärin schrieb jedes Wort mit, das sie von sich gab. Agnes sprach in mäßigem Tempo, ganz so, als säße sie in lockerer gesellschaftlicher Runde. Obwohl sie ihm erst wenige Minuten zuvor vorgestellt worden war, behandelte sie Drucker wie einen alten Freund. Ihr Tonfall war ungezwungen, gleichermaßen witzig und kultiviert. Sie war das Mädchen aus der kleinen Stadt, begeistert von den Großstadtträumen, die es lebt. Und gleichzeitig war sie augenzwinkernd eine Salonlöwin der New Yorker Gesellschaft, überaus elegant im Auftreten und damenhaft im Betragen.

Sie erzählte von Paris und London sowie von ihrer lebenslangen Leidenschaft fürs Liedgut. Sie erwähnte ihre überaus hingebungsvolle Mutter, die ihr immer zur Seite stand. Sie gab die unbescholtene Naive im hartgesottenen Theatergeschäft. Sie ließ sich von Drucker zu der kurzen Tournee durch den Mittleren Westen befragen. Warum sie für sie denn so schnell vorbei gewesen sei? Ob Chicago ihr nicht gefallen habe?

»Chicago wird auf ewig einen Platz in meinem Herzen

haben«, sagte sie darauf. »Es ist das Paris des Mittleren Westens. Es gab nur leider eine kleine Unannehmlichkeit mit einem Tourneemanager, die mich dazu genötigt hat, vorzeitig meinen Hut zu nehmen.« Als nachgehakt wurde, um welche Art Unannehmlichkeit es sich denn gehandelt habe, wich sie zunächst aus. »In dieser Angelegenheit müssen Sie mit Mr Foster sprechen. Er steht der Tourneetruppe vor, mit der ich unterwegs war. Überaus liebenswerte Menschen. Sollten Sie mit einer der Damen in der Formation sprechen, richten Sie doch bitte meine allerherzlichsten Grüße aus, ja? Sie mussten eine so unerfreuliche Zeit über sich ergehen lassen. Aber Chicago – was für eine himmlische Stadt!«

Paul musste sich zügeln, um nicht wild zu applaudieren. Alles, was sie sagte, konnte Drucker unverändert veröffentlichen. Es hatte nur einiger sorgfältig gewählter Worte bedurft, um den von ihr gewünschten Schaden anzurichten. »Damen.« »Unerfreulich.« »Über sich ergehen lassen müssen.« »Eine kleine Unannehmlichkeit.« Sie hatte Fosters guten Namen nicht beschmutzt. Nichts von dem, was sie gesagt hatte, war eine Verleumdung, es hatte noch nicht einmal den Beigeschmack von nachtragendem Groll gehabt. Sie klang vielmehr, als wäre ihr daran gelegen, seinen Ruf eben gerade *nicht* in den Schmutz zu ziehen. So konnte jede Leserin, jeder Leser mit gesundem Menschenverstand eigene Schlüsse ziehen, welche Sorte Manager seinen Sängerinnen wohl Unannehmlichkeiten zumutete. Jedwede Spekulation über die Art und Weise der damals aufgetretenen Probleme blieb vollkommen der lebhaften Fantasie jeder Leserin überlassen.

Als das Gespräch vorbei war, wies Mr Drucker seine Sekretärin an, das transkribierte Interview seinem Redakteur bis zum Abend auszuhändigen. Im Redaktionsraum schien es leise zu werden, als Agnes zwischen den Gehilfen und den Maschinenschreiberinnen hindurchging. Paul sah ihr dabei zu, wie sie durch den Raum glitt.

»Ach ja, Cravath«, sagte Drucker noch zu Paul, »gestern ist noch was reingekommen, das für Sie vielleicht von Interesse ist. Ein Stockwerk tiefer – ich kann es Ihnen gern zeigen. Eine Einsendung. Die aus der Feder von Harold Brown stammt.«

»Aber die *New York Times* wird doch sicherlich keinen von Browns Leitartikeln drucken.« Auch wenn die *Times* bestimmt keine Westinghouse-Zeitung war – so kriecherisch gegenüber Edison wie ihre Konkurrenzblätter war sie eben auch nicht.

»Es ist kein Artikel, sondern eine Werbeanzeige. Und zwar eine ganzseitige.«

»Wofür?«

»Für eine Vorführung. Und verdammt noch mal, das sieht nach einer guten Show aus!«

KAPITEL 37
NEUJAHRSGROTESKE

> Was ist das schon, ein Wissenschaftler?
> Ein neugieriger Mensch, der durch ein Schlüsselloch blickt – durch das Schlüsselloch der Natur – und zu erkennen versucht, was dahinter vor sich geht.
>
> – JACQUES COUSTEAU

Im Laufe der vergangenen Monate hatte sich Pauls Sammlung an Hetzartikeln aus Harold Browns Feder beträchtlich vergrößert. Der Stapel auf dem Büroboden war zu einer derartigen Höhe angewachsen, dass er nicht mehr sicher stand. So gut wie jede größere Zeitung in den USA hatte eine der Brown'schen Tiraden veröffentlicht. Alle waren im Tonfall hartnäckig so übertrieben geblieben wie die allererste: Der Wechselstrom ist da, er ist gekommen, eure Kinder zu töten, und sein Lieferant ist George Westinghouse.

Paul und Westinghouse hatten versucht, die Öffentlichkeit über die dahinterstehende Technik aufzuklären und zu verdeutlichen, warum Wechselstrom in Wahrheit sogar weniger gefährlich war als Gleichstrom. Westinghouse höchstpersönlich hatte mehrere Gastkommentare verfasst, in denen er sich für die Sicherheit seiner Anlagen verbürgte. Aber bislang hatte sich die öffentliche Meinung von wissenschaftlich begründeten Argumenten noch nicht derart mitreißen lassen wie von Browns in allen Farben schillernden Hirngespinsten.

Brown ging mit seiner Kampagne jetzt offenbar noch einen Schritt weiter. Er stand kurz davor, mit einer Art Bildungswandertheater durch die Lande zu ziehen, das dem Publikum die Tödlichkeit von Westhingouse' Strom vorführen sollte.

Am Neujahrstag des Jahres 1889 bestieg Paul den Zug nach West Orange in New Jersey.

Er traf auf einen voll besetzten Vortragssaal. Außer ihm waren schätzungsweise hundert weitere Besucher da, darunter Beamte, die für die städtische Sicherheit zuständig waren, Vertreter von Beleuchtungsfirmen, diverse Ingenieure und ein nicht zu knappes Kontingent an Reportern. Browns Tournee wurde entlang der gesamten Ostküste beworben. Des Weiteren wollte er in Boston, Philadelphia, Baltimore und Washington auftreten. *Im gesamten Edison-Land also*, dachte Paul. Immerhin würde Brown auf seinen Reisen in Zügen unterwegs sein, die mit Bremsen von George Westinghouse ausgestattet waren.

Harold Brown betrat den Saal. Zu Pauls Überraschung sah er eher nach Versicherungsfachmann als nach Hausierer aus: klein, zurückhaltend im Auftreten, leise Stimme. Wäre er nicht der Mann der Stunde gewesen, er wäre in der Menge untergegangen. Seinen Vortrag begann Brown mit einer Erklärung: Er habe »kein finanzielles oder geschäftliches Interesse« an der landesweiten Diskussion über Gleichstrom versus Wechselstrom. Seine Beteiligung an diesem wissenschaftlichen Disput sei ausschließlich seiner Verpflichtung der Wahrheit gegenüber geschuldet. Dann lenkte er die Aufmerksamkeit seines Publikums auf einen Tierkäfig. Der Käfig war aus Holz, aber zwischen die Stäbe waren Kupferdrähte gespannt. In den Käfig hatte Brown einen reichlich großen schwarzen Retriever gesetzt. Eine Assistentin brachte an den Beinen des Tieres Drähte an, einen an das vordere rechte und einen an das hintere linke. Der arglose Jagdhund bellte nicht mal, als das Kupfer in sein Fell gedrückt wurde. Dann zeigte Brown der versammelten Menge einen Gleichstromgenerator, einen »von der Machart, wie Mr Edison sie herstellt«. Mit schneller Handbewegung legte er einen Schalter um und schickte das, was er als dreihundert Volt bezeichnete, durch das Tier. Es gab ein leises Winseln von sich und versuchte kurz, sich zu befreien. Aber natürlich gaben die Fesseln nicht nach.

»Wie Sie sehen«, psalmodierte Brown, »fügt der Gleichstrom dem Tier keinen ärgeren Schmerz zu als ein Nadelstich.«

Dann drehte er den Generator auf vierhundert Volt auf und schickte den Strom erneut durch den unglückseligen Hund. Dessen Bellen wurde lauter.

Als Nächstes kamen siebenhundert Volt. Der arme Hund heulte laut auf und schlug den Kopf gegen die Käfigstäbe. Er schüttelte sich so heftig, dass es ihm gelang, den elektrischen Draht an der Vorderpfote zu lockern. Dienstfertig brachte Browns Assistentin ihn wieder an.

Aus dem Publikum erschollen Protestrufe. Einige Männer riefen, das sei zu viel des Guten. Paul legte den Kopf in die Hände. Er hatte eine schreckliche Vorahnung.

»Auch bei siebenhundert Volt«, erklärte Brown und ging über die aus dem Publikum kommenden Bitten um Gnade hinweg, »vermag es der Gleichstrom nicht, dem Tier bleibenden Schaden zuzufügen. Aber«, fuhr er fort, »sehen wir uns doch einmal an, wie es sich im Vergleich dazu mit Wechselstrom verhält.« Die Assistentin ersetzte den Gleichstromgenerator mit einem größeren, neueren Apparat. Brown beschrieb ihn als ein Wechselstromgerät, identisch mit der Westinghouse'schen Bauweise.

»Gehen wir zurück auf bescheidene dreihundert Volt«, sagte er und legte einen Schalter des neuen Geräts um. Jetzt floss Wechselstrom durch den Hund. Es dauerte nur wenige Sekunden, das Tier zuckte und stieß einen unseligen Schrei aus, bevor es tot auf dem Käfigboden zusammensackte. »Wie furchtbar«, sagte Brown und schüttelte bedauernd den Kopf. Die Menge war viel zu schockiert, um eine Regung zu zeigen. »Es tut mir leid, dass ich Ihnen derlei Scheußlichkeiten vorführen muss. Aber sollten Sie jetzt Bedenken hegen, was die behauptete Gefahrlosigkeit von Wechselstrom anbelangt, dann schlage ich vor, dass Sie diese Mr Westinghouse zu Gehör bringen. Er ist derjenige, der vorhat, diesen Strom bis in die letzte Gasse des Landes zu verlegen. Das hier passiert also mit einem Hund – und jetzt stellen Sie sich bitte vor, was wohl einem Kind widerführe!«

Obwohl die amerikanische Tierschutzgesellschaft mit einer offiziellen Mitteilung Protest einlegte, zeigte Brown am Folgetag eine quasi identische Darbietung. Volle acht Sekunden lang wurde ein Neufundländer mit Wechselstrom malträtiert, bevor er starb. Am nächsten Abend war es ein Irish Setter – mit dem gleichen Ergebnis.

In den darauffolgenden Wochen erschienen immer gleich klingende Zeitungsberichte über diese Vorstellungen, die in ihrer Vorhersehbarkeit und Absurdität etwas fast Komisches hatten. Paul war davon ausgegangen, dass ihm die kontroverse Diskussion solcher Grotesken zum Vorteil gereichen würde. Die Behauptungen eines Mannes, der sich de facto darauf verlegt hatte, Tiere bei lebendigem Leib zu verbrennen, würde doch sicher niemand für wissenschaftlich belastbar halten.

Er musste feststellen, dass er falschlag. Die Artikel gingen alle so: Zuerst prangerte der Redakteur mit heftigem Räuspern die sittenwidrige Abscheulichkeit an, Tiere einfach so zu töten. Aber nur einen Atemzug später schrieb dann der gleiche Autor widerwillig, dass Browns Punkt dadurch, dass er möglicherweise zu weit gegangen war, nicht entkräftet wurde. Schließlich sei seine Botschaft angesichts des Entsetzlichen, dem man beigewohnt habe, gleichermaßen solide wie überlebenswichtig.

Der *Philadelphia Inquirer* erklärte: »Obwohl Brown wohl ein größeres Publikum für seine Argumente fände, wenn er sie nicht in derart unchristlicher Manier vorbrächte, können die Risiken, die er durch das Braten eines Labradors so erfolgreich verdeutlicht hat, nicht in Abrede gestellt werden.« Der Kontroverse um das Leiden der Tiere wurde immer mehr Druckerschwärze gewidmet, was wiederum immer mehr Aufmerksamkeit auf Browns Anliegen lenkte. Im Zirkusrund der öffentlichen Meinung war offenbar keine Darbietung zu extrem. Browns Skrupellosigkeit ging ohne Wenn und Aber auf das Konto von Westinghouse.

»Mr Paul Cravath«, sagte Tesla, als Paul zwei Wochen später dessen Schlafzimmer im Obergeschoss betrat. »Sie sehen blasser aus sogar als ich.«

Paul musste lächeln. Seit dem Brand hatte Tesla ihn so gut wie nie mit Namen begrüßt. »Ich bekomme weniger Schlaf, als ich vielleicht bräuchte.«

Tesla gab keine Antwort, sondern wandte den Kopf und starrte auf die vom Frost ans Fenster gezauberten Gebilde. Geometrische Gemälde der langsam fortschreitenden Vereisung. Zwanzig Minuten lang versuchte Paul, Tesla zu einer erneuten Äußerung zu bringen, aber es half alles nichts. Mehr als dieses kurze Aufblitzen geistiger Klarheit würde Paul an jenem Abend nicht bekommen.

Er wertete es trotzdem als Zeichen der Besserung. Am vorigen Tag hatte Agnes Tesla sogar von Edison sprechen hören. Er konnte sich also wieder an Namen und Ereignisse erinnern. Paul hoffte, dass er bald wieder wusste, wie er es geschafft hatte, den Brand zu überleben. Und dass er – sehr viel wichtiger – bald wieder über die schöpferische Fähigkeit verfügte, eine neue Glühlampe zu erfinden. Während die Produktion ihrer Wechselstromgeneratoren zwar ganz nach Plan vonstattenging, konnten Westinghouse und Fessenden beim Thema Entwicklung einer neuen Birne kaum von Erfolgen berichten. Laut Fessenden bedurfte es eines ganz besonderen Genies, um sich ein solches Gerät auszudenken. Tesla konnte eigentlich nicht schnell genug wieder gesund werden – Paul hoffte nur, dass er es überhaupt irgendwann tat.

Gemeinsam mit Agnes trank er ein spätes Glas Portwein, was in letzter Zeit zu einem Ritual seiner mitternächtlichen Besuche geworden war, auf das er sich den ganzen Tag über freute. Eine Konsequenz seines Berufs – und nicht minder

der Arbeitsbelastung – nämlich war, dass er nur noch wenige echte Freunde hatte. Wenn er sich selbst gegenüber ehrlich war, dann gab es nur noch eine einzige Person in seinem Leben, mit der er ganz offen sprechen konnte. Sie. Was für ein Glücksfall – und so unwahrscheinlich!

»Gibt's irgendwas Neues von Ihrem Freund Harold Brown?«, fragte Agnes und nippte an ihrem kleinen Glas. Obwohl sie längst in ihrem Salon saßen, hatte sie ihre schwarzen Seidenhandschuhe immer noch nicht ausgezogen. Paul fiel auf, was für eine erstaunliche Mischung aus angenommenem und abgelegtem Anstandsverhalten sie an den Tag legte.

Er fragte sich, wie es wohl wäre, einfach das Glas abzustellen und sie zu küssen. Aber stattdessen sprach er über seinen Fall.

»Noch haben wir keine direkte Verbindung zu Edison finden können. Wir können noch nicht mal nachweisen, dass Brown und Edison jemals zur selben Zeit am selben Ort gewesen sind. Es ist, als sei Edison Dr. Jekyll und Brown Mr Hyde.«

»Hab ich nie gelesen.«

»Ich auch nicht«, gab Paul zu. »Aber eine merkwürdige Sache haben meine Mitarbeiter trotzdem gefunden: Patente, die Brown angemeldet hat – und die sämtlich abgelehnt wurden.«

»Abgelehnt?«

»Vor vier, fünf Jahren hat er einen eigenen Glühbirnenentwurf eingereicht. Und ein paar eigene Generatoren. Meine Jungs haben zwei Dutzend solcher Anmeldungen ausgegraben.«

Agnes trommelte leicht mit den Fingern gegen das zierliche Glas und dachte nach. »Ein gescheiterter Erfinder also?«

»So sieht es zumindest aus. Ich habe einen von Westinghouse' Ingenieuren darum gebeten, sich die abgelehnten Anträge einmal anzusehen. Er sagte, sie seien Müll – lauter schlecht gemachte Kopien, die nichts mit den eigentlichen Geräten zu tun hätten. Das Patentamt hat ja bekanntlich Anweisung, eher zu viele Patente zu erteilen als zu wenige, schließlich ist es für ein Gericht sauberer, ein Patent im Nachhinein für ungültig zu erklären als zu versuchen, es nachträglich doch noch gültig zu machen. Aber sogar fürs Patentamt waren Browns Ideen zu mittelmäßig. Er wollte ein Thomas Edison sein, brachte aber nichts zustande. Stattdessen …«

»Spielt er eben jetzt der Presse vor, er sei Edison.« Agnes wirkte gedankenverloren, so, als ließe sie den Portwein in ihre Überlegungen einsickern. »Die *Sun* hat sogar schon ein Porträt von ihm gebracht.«

»Der *Boston Herald* auch. Und noch ein paar andere.«

»Und in allen wird sein Labor in Manhattan erwähnt.«

»Und zwar nirgendwo anders als auf der Wall Street«, sagte Paul. »Er inszeniert sich ziemlich gut. Fleckige Arbeitshose, abgetragene Stiefel, Labor in Manhattan.«

»Aber was tut ein nur vorgeblicher Erfinder in seinem echten Labor?«

Darauf hatte Paul keine Antwort.

KAPITEL 38
DIEBSTAHL UM MITTERNACHT

Picasso hat gesagt: »Gute Künstler kopieren. Richtig gute Künstler stehlen.« Wir haben richtig gute Ideen schon immer gestohlen, ohne uns dafür zu schämen.«

– STEVE JOBS,
PABLO PICASSO FÄLSCHLICHERWEISE EIN ZITAT ZUSCHREIBEND

Um ein Uhr nachts war an der Wall Street, Ecke William Street nichts mehr los. Vier Tage nach seiner Unterhaltung mit Agnes stand Paul hier unter einer großartigen Bogenlampe mit Säulenfuß; eine einsame Gestalt im künstlichen Mondlicht. In der mechanisch erzeugten Helligkeit fühlten sich die Stunden zwischen Sonnenunter- und Sonnenaufgang anders an. Der Lichtkreis unter der Lampe enthielt die gesamte Farbpalette der italienischen Renaissance, während die Stadt drumherum in trüben, französisch-impressionistischen Schlieren ihre Konturen verlor.

Unter der hellsten Straßenlaterne stehend, die Städte zurzeit für Geld erwerben konnten, dachte Paul über das schmutzige Geschäft nach, in das er widerwillig verstrickt war. Harold Browns Labor lag im zweiten Stock des Hauses Wall Street Nr. 45, direkt vor Paul, am Rand des ihn umgebenden, hell erleuchteten Kreises.

»Sind Sie Cravath?«, kam eine Stimme von hinten. Paul drehte sich um und sah einen schmalen, glatt rasierten Mann näherkommen. Er war klein und trug unauffällige Arbeitskleidung sowie eine Strickmütze. Seine Hände steckten locker in den Manteltaschen.

»Ich denke, ich weiß, wer Sie sind.«

Der Mann zuckte mit den Schultern und deutete dann auf das Haus vor ihnen. »Sollten Sie vorhaben, längerfristig erfolgreich mit Einbrüchen Karriere zu machen, dann würde ich Ihnen empfehlen, etwas kleiner anzufangen.«

»Danke für den Ratschlag«, sagte Paul. »Ich ziehe es allerdings vor, meine Karriere in diesem Metier so kurz wie möglich zu halten.«

»Ganz wie Sie wollen.«

Der Mann war professioneller Einbrecher. Es hatte einige Zeit gedauert, bis Paul sich ausreichend umgehört und eine Kneipe gefunden hatte, in der die Wahrscheinlichkeit, auf Männer mit zwielichtigem Ruf zu treffen, relativ groß war. Er konnte schließlich schlecht seine Freunde aus dem Juraseminar fragen, ob sie irgendwelche geschickten Einbrecher kannten.

Er hatte nicht wenig verhandelt und mehr als nur eine Dollarnote in die Hand eines redseligen Kneipenwirts gedrückt. Whiskey gehörte nicht zu Pauls Lieblingsgetränken, aber angesichts der Örtlichkeiten, an denen er gezwungen war, sich umzuhören, gab er sich damit zufrieden.

Dieser Mann hier – seinen Namen wollte Paul lieber nicht wissen – war ihm nachdrücklich empfohlen worden. Am heutigen Abend würde Paul erfahren, ob er so gut war wie sein Ruf.

Der Dieb zog diverse Gegenstände aus dem Mantel, offenbar die Werkzeuge seines Gewerbes. Paul konnte das leise Klirren von Metall am Türschloss hören.

Er behielt die Straße im Blick. Er hatte keinerlei Anweisungen erhalten und wusste nicht, welche Rolle er bei dem Ganzen hier zu spielen hatte, aber den Wachtposten zu bemannen erschien ihm vernünftig.

Drei unermesslich lange Minuten vergingen, bevor Paul das befriedigende Klicken des Türschnappers vernahm. Die beiden Männer betraten ein stockfinsteres Marmorfoyer. An den Wänden hingen elektrische Lampen, das konnte Paul am Umriss erkennen, aber er wagte es nicht, sie anzuschalten.

In seiner Manteltasche hielt er ein paar Kerzen bereit. Zwei zündete er mit einem Streichholz an, eine davon gab er dem Dieb. Das Licht war nicht besonders beeindruckend – weiter als drei Meter konnte man damit nicht sehen.

Den Weg zum Treppenhaus fand Paul trotzdem. Er war einen ganzen Nachmittag lang untätig in der Gegend herumgelaufen. Er wusste, wo Harold Browns Büro lag. Sie brauchten nicht lange, um in den zweiten Stock zu steigen und vor dessen Tür anzukommen.

Der Dieb benötigte keine erneute Aufforderung, um seine Werkzeuge auch an der Innentür zum Einsatz zu bringen. Hier hatte er es mit gleich zwei Schlössern zu tun. Sein Gesichtsausdruck war entspannt. Er hatte Ähnliches wohl schon viele Male gemacht, vermutete Paul, sodass es für ihn nichts Ungewöhnliches war.

Manchmal braucht es eben einen Kriminellen, um eines anderen Kriminellen habhaft zu werden. Und Thomas Edison war – zusammen mit seinem Kollegen Harold Brown – ganz gewiss kriminell.

Ob das auch Paul mittlerweile war? Er musste sich eingestehen, dass er einen erstaunlichen Werdegang vorzuweisen hatte: von der juristischen Fakultät der Columbia University zu Hausfriedensbruch.

Er warf einen Blick den dunklen Flur hinunter. Aufmerksam lauschte er auf Geräusche aus dem Treppenhaus. Aber außer dem sanften Schaben, das der Dieb bei seiner Arbeit verursachte, war nichts zu hören.

Nach weniger als einer Minute Bemühen gab das untere der beiden Schlösser nach. So weit, so gut.

Plötzlich aber flüsterte der Dieb: »Ich schaff es nicht.«

»Was?«, entfuhr es Paul.

»Das obere Schloss hier. Ich krieg's nicht auf.«

»Sie haben es doch noch gar nicht richtig versucht.«

»Es ist das Modell ... ist einfach zu schwer. Dafür hab ich kein Werkzeug.«

»Aber Sie sind doch Profi.«

Wieder zuckte der Dieb nur mit den Schultern. Seine Professionalität zu verteidigen hatte er offenbar nicht nötig.

»Und was soll ich jetzt machen?«

»Wenn ich das wüsste. Aber ich würde es in jedem Fall schnell machen. Sicher sieht irgendjemand bald die Kerzen.«

Womit er recht hatte. Die Fenster hinaus zur Wall Street waren in regelmäßigen Abständen über den Flur verteilt. Paul hatte durch sie hindurch die Straßenlaternen draußen gesehen – was nur bedeutete, dass jemand, der von draußen hochschaute, sie würde sehen können, undeutlich zwar im schwachen Kerzenschein, aber immerhin.

»Wie massiv ist denn die Tür?«, fragte Paul. »Können wir sie nicht eintreten?«

Der Dieb betrachtete die Tür abschätzig.

»Wahrscheinlich nicht, würde ich sagen. Aber vielleicht doch. Wenn man ein oder zwei gute Tritte genau hierhin setzt« – er zeigte auf einen mittig liegenden Bereich der Holztür – »lockert sich vielleicht ein Teil. Obwohl ich so meine Zweifel habe. Und das, worüber wir jetzt reden, entsetzlich laut ist.«

»Aber Sie sagen, grundsätzlich möglich ist es schon.«

»Ich sage, es ist saudumm.«

Paul dachte über seine Optionen nach. Allzu lange brauchte er nicht dafür.

»Manchmal sind ›saudumm‹ und ›möglich‹ ein und dasselbe.«

Paul ging drei Schritte zurück. Er zeigte auf die Mitte der Tür und sah den Dieb fragend an. Der nickte. Paul holte tief Luft. Wenn er erst angefangen hätte, die Tür kaputt zu machen, gäbe es kein Zurück mehr. Andererseits … Ein Zurück gab es für ihn doch schon lange nicht mehr, oder?

Mit aller ihm zur Verfügung stehenden Kraft trat er mit dem rechten Fuß gegen Harold Bowns verschlossene Bürotür.

KAPITEL 39
Längst erfundene Erfindungen

> Wenn ein unordentlicher Schreibtisch einen unordentlichen Geist repräsentiert, was sagt dann ein leerer Schreibtisch über den Menschen aus, der ihn benutzt?
>
> – ALBERT EINSTEIN

Pauls Tritt hinterließ ein fast metergroßes Loch in der Tür. Er prallte zurück. Ein brennender Schmerz lief von seinem Fuß bis in die Stirn. Sein Bein steckte, wie er feststellte, in der halb zerstörten Tür, während sein Körper auf merkwürdige Art und Weise davor hing.

Er befreite seinen Fuß, zog ihn langsam heraus. Es war schmerzhaft. Die Hose zerriss über dem scharf gesplitterten Holz. Er spürte, wie sich Holzsplitter in seine Haut bohrten. Blut konnte er nicht sehen, aber sicher war welches da.

»Ziemlich stark für einen feinen Herrn wie Sie«, meinte der Dieb.

»Mein Fuß…«, sagte Paul. »Könnten Sie vielleicht…?«

Der Dieb betrachtete Pauls verletztes Bein und dann das Loch in der Tür.

»Sie wollen, dass ich es auch noch mal versuche?«, fragte er.

»Ja.«

»Da habe ich eine bessere Idee.« Der Dieb steckte eine Hand durch das Loch und tastete auf der Innenseite nach dem oberen Schloss. Er schob einen Riegel zur Seite, und die Tür schwang auf.

»Danke.« Paul hatte keine Zeit zu verlieren. Der Tritt hatte ziemlichen Lärm gemacht. Jemand musste ihn gehört haben.

Das angebliche Labor sah eher aus wie Pauls Büro. Im vorderen Bereich standen ein paar Schreibtische für Sekretäre. Tische, um Schriftverkehr zu erledigen. Im hinteren Bereich schien es noch zwei abgeschlossene, private Büroräume zu geben. Paul ging ohne Umschweife darauf zu. Der linke, kleinere machte tatsächlich den Eindruck, als wäre er irgendeiner Art von Forschung gewidmet. Er stand voller Apparaturen, in der Mitte ein Arbeitstisch. Die Apparate sahen allerdings aus, als hätte man sie vollkommen willkürlich irgendwo abgelegt. Paul war mittlerweile in genügend elektrischen Laboren gewesen, um einige wenige Generatoren, Lampen und einfache Motoren auszumachen. Das hier war ein Raum voller Erfindungen, die längst erfunden worden waren.

Kein Ort für Entdeckung, sondern für Zerlegung. Brown nahm die Geräte anderer und spielte mit ihnen herum. Eigene erschuf er nicht.

»Was ist das denn hier alles für ein Zeug?«, fragte der Dieb, der Paul über die Schulter spähte.

»Nichts Besonderes«, antwortete Paul und ging weiter zu dem zweiten, hinten liegenden Büroraum, der vielversprechender wirkte. In ihm standen ein schlichter Schreibtisch aus Kirschholz, ein hoher Stuhl und zwei Aktenschränke. Von hier aus führte Brown wohl sein wahres Geschäft: die Manipulation der öffentlichen Meinung.

Paul stellte seine Kerze auf den Tisch und sichtete Browns Unterlagen. Wenig überraschend waren es fast alles Briefe. Paul blätterte die Papiere auf dem Schreibtisch und in den Schubladen darunter durch, fand aber so gut wie nichts, was er als irgendwie wissenschaftlich beschrieben hätte. Es gab keine Schaltpläne, keine Diagramme, keine technischen Zeichnungen. Nur Briefe an Redaktionen und Rückantworten, Briefe von der Stadtverwaltung, von besorgten Bürgern, Journalisten, neugierigen Bürgermeistern und von …

Thomas Edison.

Da war Edisons Briefkopf. Instinktiv schaute Paul als Erstes ganz nach unten. Und unten auf der Seite war: Edisons Unterschrift. Er hatte einen Brief von Edison an Brown in der Hand. Einen Beweis ihres Komplotts.

Als er ihn zu lesen begann, verpuffte seine freudige Erregung ob der Existenz dieses Briefes allerdings sehr schnell.

KAPITEL 40
DER STUHL

> Erwartungen sind eine ausgezeichnete Wahrheit: Woran die Leute glauben, ist wahr.
>
> – BILL GATES

»Harold Brown hat etwas entworfen, das er einen elektrischen Stuhl nennt«, sagte Paul.

George Westinghouse machte ein missbilligendes Gesicht. »Wie soll man denn einen Stuhl aus Strom machen? Das ist doch Quatsch.«

»Nicht der Stuhl ist aus Elektrizität – er *leitet* Elektrizität an denjenigen, der darauf sitzt.«

»Und warum um alles in der Welt sollte man das wollen? Daran würde man doch sterben.«

»Das ist exakt der Punkt.«

Diese Unterhaltung zwischen den beiden Männern fand an Bord des Westinghouse'schen Privatzugs statt, dem *Glen Eyre*. Draußen flogen die riesigen, kahlen Felder Pennsylvanias vorbei. Der jüngste Schneefall hatte die Landschaft in ein schmutziges Weiß getaucht, die flache Ebene erstreckte sich bis in weite Ferne.

Paul erklärte Westinghouse, dass das, was er in Browns Büro gefunden hatte, ein vollständiger Briefwechsel war, der den Komplott zwischen Brown und Edison bestätigte.

Wie sich herausstellte, hatte Harold Brown klammheimlich beim Gesetzgeber des Staates New York eine Petition eingereicht, alternative Hinrichtungsmethoden für alle vom Staat zum Tode Verurteilten zu prüfen. Der Strick sei schließlich eine veraltete Technik. Vielleicht, so Browns Vorschlag, könne man eine weitaus systematischere Exekutionsmethode zum Einsatz bringen. Ob er da an eine bestimmte Methode denke? Gewiss. Eben an jenen »elektrischen Stuhl«. Ein verurteilter Verbrecher würde hier an einen aus Holz gefertigten Stuhl gebunden, Kontaktflächen aus Metall würden an seiner Stirn und seinem unteren Rücken befestigt. Diese Kontakte würden dann an einen Stromgenerator angeschlossen. Würde der Generator angeschaltet, wäre der Verurteilte sofort tot. Ein solcher Tod, so Browns Argument, sei doch sehr viel humaner als der am Galgen. Von einem Erschießungskommando gar nicht erst zu sprechen.

Brown hatte sich sogar schon die Mühe gemacht, den Generatorentyp, der sich für eine derartige Apparatur am besten eignen würde, genauer zu spezifizieren: Es war ein Wechselstromgenerator, wie er von der Westinghouse Electric Company hergestellt wurde.

Derjenige, der diesem Unternehmen seinen Namen gab, nahm diese Neuigkeit schlecht auf. Edison und Brown arbeiteten also daran, seinen Wechselstrom zum amtlichen Hinrichtungsstrom zu machen. Zum staatlich geförderten Strom des Todes. Westinghouse' Wechselstromsysteme verkauften sich rasant, und die ersten stadtweiten Installationen in Great Barrington, Massachusetts, und Oregon City Falls, Oregon, hatten sehr gut geklappt. Aber wer um alles in der Welt würde sich genau jene Technologie ins Haus holen, die der Gesetzgeber des Staates New York in seine Gefängnisse einbauen ließ?

»Und dabei ist Edison noch nicht mal ein Befürworter der Todesstrafe. Er hat sich dagegen gewandt. Öffentlich. Ich habe seine scheinheiligen Leitartikel doch gelesen!«

»Das war, bevor er erkannt hat, dass ihm die Todesstrafe zum Vorteil gereichen könnte.«

Westinghouse starrte aus dem Fenster auf die winterlichen Felder. »Diesem genialen Schachzug muss man schon fast Anerkennung zollen.«

»Mit Betonung auf ›fast‹.«

»Und vermutlich schert es niemanden, dass es noch nicht mal funktionieren würde? Mein System, richtig konstruiert, taugt herzlich wenig dafür, jemanden umzubringen.«

Pauls Gesicht machte mehr als deutlich, dass die Öffentlichkeit an einer derartigen Logik kein Interesse hatte.

»Wie gehen wir also mit der Situation um?«, wollte Westinghouse wissen.

»Ich habe eine Nachricht nach Albany geschickt. In zwei Wochen werde ich vor dem Parlament des Staates New York sprechen und aufzeigen, dass der Einsatz eines elektrischen Stuhls bei Hinrichtungen eine grausame und unverhältnismäßige Art der Bestrafung darstellen würde.«

»Wollen Sie nicht lieber für Gleichstrom als hauptamtlichem Strom bei Hinrichtungen plädieren?«

»Ich möchte die Senatoren nicht darum ersuchen, Wissenschaftler zu spielen. Ich möchte sie bitten, Humanisten zu sein.«

»Und was passiert, wenn Sie damit nicht durchkommen?«, fragte Westinghouse. »Wenn sie tatsächlich meine Maschinen nehmen, um diesen elektrischen Stuhl zu bauen? Wie sollen wir unter diesen Umständen noch am Markt bestehen können?«

»Können wir nicht.«

»Also, was machen wir jetzt?«

Paul schaute nach draußen, hinaus in die weiße Unendlichkeit. Am Horizont schob sich gerade eine Stadt ins Blickfeld.

»Hoffen, dass in den nächsten Jahren niemand in New York einen Mord verübt.«

»Beziehungsweise«, fügte Westinghouse kläglich hinzu, »sich zumindest nicht dabei erwischen lässt.«

Im Normalfall fielen Pauls Reisen nach Pittsburgh recht kurz aus: zehn Stunden Fahrt, dann eine Unterredung mit seinem Mandanten, schließlich eine nächtliche Fahrt zurück. Diesmal aber fragte Westinghouse, ob er nicht über Nacht bleiben wolle. Am kommenden Abend hätten sie Freunde zum Essen eingeladen, und Marguerite habe sowieso schon gefragt, warum Paul so gar nicht mehr bei Ihnen zu Gast sei. Wenn er also nichts anderes vorhabe, sei er, gerade auch von ihr, herzlich eingeladen. Die Gästezimmer seien bereits hergerichtet.

Am Dinner nahmen diesmal nur elf Personen teil. Die Salatsauce schmeckte altbekannt. Die anderen Geladenen waren keine Wissenschaftler, sondern Leute aus der Pittsburgher Oberschicht. Paul fand sich neben einer jungen Frau platziert, die alles, was an den besten Mädcheninternaten von Pennsylvania beigebracht wurde, mit Bravour beherrschte. Versiert konnte sie sich über ihre Lieblingshunderassen, über Wohltätigkeitsveranstaltungen und die aktuelle Mode unterhalten.

Paul traute sich durchaus zu, bei einem politisch heiklen Thema erneut eine Blamage zu erleiden. Aber das blieb aus – politisch heikle Themen wurden gar nicht erst angeschnitten. Die Runde war überaus gesittet.

Paul erinnerte sich an sein letztes, verfrüht beendetes Dinner auf dem Westinghouse'schen Anwesen und an Teslas plötzlichen Abgang, noch bevor das Essen überhaupt begonnen hatte. Westinghouse wusste immer noch nicht, dass Tesla am Leben war. Diese Unehrlichkeit verlieh Pauls Erdbeergalette einen leicht bitteren Beigeschmack. Er war froh darüber, dass der Bordeaux ihn von seinen ja nur gutgemeinten Sünden lossprach.

»Besonders gut leiden konnten Sie Stephanie nun nicht«, stellte Marguerite fest, als Paul sich nach dem Essen in der Küche zu ihr gesellte. Alle anderen Gäste hatten sich ins Billardzimmer zurückgezogen.

»Pardon?«

»Paul«, sagte Marguerite, »Sie sind doch nicht dumm. Deswegen schätzt George Sie doch so. Und deswegen wollten wir, dass Sie Stephanies Bekanntschaft machen.«

Zu hören, dass George Westinghouse ihn schätzte, schmeichelte Paul derart, dass es viel zu lang dauerte, bis bei ihm der

Groschen fiel. Stephanie, das war doch der Name jener höflich-übersprudelnden eisernen Erbin gewesen, die beim Dinner neben ihm gesessen hatte.

»Oh«, sagte Paul, »mir war gar nicht bewusst…«

Von Marguerite kam nur ein enttäuschter Seufzer, während sie für die Gäste süßen Dessertwein einschenkte. »Sie sind ein sehr annehmbarer junger Mann. Und das wissen Sie auch. Aber der Allerjüngste sind Sie nicht mehr, habe ich recht?«

»Ich bin siebenundzwanzig.«

Marguerite lächelte, auf eine Art, die ihm mitteilte, dass das eben nicht mehr so jung war, wie er vielleicht glauben mochte.

»Außerdem habe ich ein Auge auf jemanden geworfen«, erklärte er. Was er noch nie laut ausgesprochen hatte. Nachdem ihm diese Worte einfach so über die Lippen gekommen waren, waren sie ihm umgehend peinlich.

»Ach!«, kam es von Marguerite, die plötzlich wieder einen sehr engagierten Eindruck machte. »Habe ich möglicherweise schon ihre Bekanntschaft gemacht?«

»Ich glaube kaum.« Paul würde ihr sicher keinen Namen nennen, und sie war so schlau, nicht danach zu fragen.

Sie hob das Tablett, auf dem sie elf Gläser Vouvray balancierte.

»Nun denn«, sagte sie und geleitete Paul aus der Küche, »wenn Sie mir nicht verraten wollen, um wen es sich handelt, dann will ich zumindest hoffen, dass Sie der fraglichen jungen Dame gegenüber nicht ganz so verschlossen sind.«

KAPITEL 41
Das Geheimnis der Glühfäden

> Wenn man genau hinsieht, haben die meisten Übernachterfolge lange gebraucht.
>
> – STEVE JOBS

Der »Stromkrieg«, wie die Presse ihn mittlerweile nannte, war an so vielen Fronten gleichzeitig ausgebrochen, dass Paul Mühe hatte, sie noch auseinanderzuhalten. Es war schwer, immer genau zu wissen, welche Schlachten sich eventuell noch gewinnen ließen und welche einfach nur so langsam wie irgend möglich verloren werden mussten.

Zunächst war da das Verfahren *Edison vs. Westinghouse* selbst – die Hauptsache – und die daran hängenden 312 Klageverfahren. Sollte es Pauls Mitarbeitern gelingen zu beweisen, dass Edison bei seinem Patentantrag geschummelt hatte, war jeder einzelne dieser Prozesse hinfällig. Aber bis dahin bedeuteten sie in ihrer Masse eine wenig beneidenswerte Plackerei. Edisons Plan, Paul in einem Mausoleum aus Papierkram zu begraben, war geschickt gewesen. Auch wenn durch die Tatsache, dass Westinghouse sich auf Wechselstrom verlegt hatte, in der Mehrheit dieser Verfahren ein klarer Vorteil errungen war, musste die Kanzlei doch 312 Schriftstücke aufsetzen, 312 Mal vor Gericht erscheinen und 312 »Fortsetzungsanträge« vorbereiten, also Anträge, die fürs Erste die Aussetzung des jeweiligen Verfahrens erreichen sollten. Paul konnte froh sein, dass Carter und Hughes nach seinem Krankenhausaufenthalt hier übernommen hatten. Damals hatte es ihn arg verstimmt, wie sehr sie darauf gedrängt hatten, jetzt aber erlaubte ihm diese Konstellation, sich auf andere Fronten zu konzentrieren.

Zum Beispiel auf das Plädoyer, das er vor dem Parlament des Staates New York gegen die Nutzung von Elektrizität für Hinrichtungen halten wollte. Ein solches Plädoyer musste Parlamentsabgeordneten in Albany persönlich vorgetragen werden. Paul reiste also in die Stadt und speiste mit mehreren Senatoren zu Mittag. Sie alle wussten die Steaks, die er ihnen vorsetzen ließ, die Zigarren und die Aussicht auf ähnlich geartete Gastfreundschaft bei ihrem nächsten Besuch in Manhattan durchaus zu schätzen, ob Paul allerdings ihre Stimme gewonnen hatte, war längst keine ausgemachte Sache. Seine Brieftasche sicherte Edison verlässlicher eine ihm freundlich gesinnte Politik als es Hunderte von Filets Mignon für Paul tun würden.

Während sich beide Seiten sowohl vor Gericht als auch in der Arena der öffentlichen Meinung bekriegten, ging es mit der Elektrifizierung Amerikas voran. Edison verkaufte Gleichstromeinheiten an Herrenhäuser in Boston, Chicago und Detroit, während Westinghouse Städten wie Telluride in Colorado und Redlands in Kalifornien seine Wechselstromsysteme verkaufte.

In New York kehrte Teslas Erinnerung Stück für Stück zurück. Bis spät in die Nacht saß Paul an seinem Bett und sah ihm dabei zu, wie er Notizbuch um Notizbuch vollschrieb. Man konnte den Eindruck gewinnen, als stünde ihm das Wissen über das Innenleben der Maschinen, die er für Westinghouse, für Edison und für sich selbst entwickelt hatte, wieder zur Verfügung. Es machte Paul Mut, als er hörte, wie Tesla auf die Erwähnung der beiden Namen Edison und Westinghouse hin sowohl den einen als auch den anderen verfluchte. Natürlich hatte er nicht die geringste Ahnung, ob die Skizzen des Erfinders je eine neue, Edisons rechtliche Ansprüche nicht verletzende Glühbirne enthalten würden, aber falls ja, dann wäre das mit Abstand der beste Weg zum Sieg.

Bei einem seiner Besuche ergab sich für Paul die Gelegenheit, mit Fannie zu sprechen. Seit seinem Gespräch mit Marguerite Westinghouse hatte er sich vorgenommen, ihr einen

Vorschlag zu unterbreiten, und seitdem arbeitete er daran, den dafür notwendigen Mut aufzubringen. Die Chance bot sich ihm an einem Samstagabend Anfang Februar. Agnes war nach der Aufführung mit ihren Bühnenkolleginnen ausgegangen, was wiederum Paul einen Augenblick allein mit ihrer Mutter bescherte.

Obwohl es schon spät war, machte sie für beide noch einen Tee. Paul spürte, dass dies ein Friedensangebot war. Der Eröffnungszug gegen W.H. Foster war ein geschickter gewesen – seit das Interview mit Agnes in der *Times* erschienen war, hatten die Huntingtons nichts mehr von ihm gehört. Zumindest für den Moment war Fannie Paul einigermaßen wohlgesonnen.

»Ich muss mich bei Ihnen bedanken, Mrs Huntington«, sagte er. »Ich weiß, was Sie für mich – und für Mr Tesla – in den vergangenen Monaten getan haben.«

Sie inspizierte ein paar welkende Blumen auf dem Tisch zwischen ihnen. »Auch ich weiß Ihre Hilfe in der Angelegenheit meiner Tochter zu schätzen«, kam es von ihr.

»Wir sind eine Partnerschaft eingegangen, die für beide Seiten von Vorteil ist.«

Im trüben Licht der Kerzen ordnete sie ihr Blumenbouquet neu. Paul wartete einen unangenehmen Moment lang. »Mrs Huntington. Ich würde Ihnen gern noch eine bescheidene Frage stellen.«

»Das sehe ich«, sagte sie und zeigte wieder einmal, dass sie nicht auf den Kopf gefallen war.

»Ich hatte gehofft, Agnes auf einen Spaziergang ausführen zu dürfen. Vielleicht am kommenden Sonntag? In einen Park, dachte ich. Eventuell in den Prospect Park, draußen in Brooklyn. Dort gibt es Winterorchideen, die mitten in ihrer Blüte stehen. Entzückend. Ziemlich entzückend. Aber bevor ich Agnes selbst frage, wollte ich erst Ihr Einverständnis einholen.«

Trotz Agnes' relativ moderner Einstellung hatte er sich dazu entschlossen, im Werben um sie einen eindeutig altmodischen Weg einzuschlagen. Sie war zwar offenkundig eine

»Neue Frau«, wie sie in den Zeitungen genannt wurden. Aber nachdem er die champagnerselige Gesellschaft gesehen hatte, in der Agnes heimlich verkehrte, hatte Paul beschlossen, sich durch eine eher förmliche Werbung auszuzeichnen. Den Spaziergang im Park hatte er gewählt, weil er dachte, ein solcher würde beiden Huntington-Damen zusagen.

Fannie Huntington sah ihn an, als stelle sie sich zum allerersten Mal das Meeresleben auf einem weit entfernten Planeten vor.

»Mr Cravath«, sagte sie dann mit Bedacht, »ich glaube, Agnes hat bereits Pläne für den Sonntagnachmittag.«

Zunächst begriff Paul gar nichts. »Tja, dann ja vielleicht nächste Woche.«

»Sie ist verabredet mit Henry La Barre Jayne.«

»Oh«, machte Paul.

»Mitglied der Familie Jayne aus Philadelphia«, fügte Fannie überflüssigerweise noch hinzu.

»Ja.«

»Es ist nicht ihr erster gemeinsamer Nachmittagsausflug.«

»Nein, nein, sicherlich nicht.« Paul wollte flüchten. Natürlich warb die amerikanische Elite um Agnes Huntington. Wie hatte er nur glauben können, dass sie von allen Angeboten, die sie bekam, just seines annahm, ja sogar vorziehen würde? Dass sie Paul gegenüber keinerlei Herrenbesuche erwähnt hatte, ließ das Ausmaß seiner Dummheit nur noch stärker hervortreten. Sie lebte in einer Welt, die so weit weg war von seiner, dass ihr in seiner Gesellschaft derlei Dinge noch nicht einmal durch den Kopf gegangen waren. Sie hatte Paul nicht für mangelhaft befunden, nein, sie hatte ihn für zu unbedeutend gehalten, um ihn überhaupt in Betracht zu ziehen.

Henry Jayne war der letzte in einer langen Reihe von Reeder-Erben, deren Familienvermögen sich seit Neuestem auch in Immobilien manifestierte. Den Jaynes gehörte halb Philadelphia, und in jüngster Zeit hatten sie damit begonnen, sich auch große Stücke von Manhattan unter den Nagel zu reißen. Henry Jayne, nur wenige Jahre älter als Paul, verwaltete den

New Yorker Ableger des Familienunternehmens. Die Zeitschriften waren sich einig darin, dass er der am philanthropischsten gesinnte seiner Geschwister war, dazu Standartenträger des Vorhabens, den Kunstbesitz der Familie deutlich zu vergrößern.

»Werden sie heiraten?«, fragte Paul. Als ihm auffiel, wie unhöflich diese Worte waren, hatte er sie schon geäußert. Aus ihnen sprach die Beschämung. Er wünschte, er hätte den Mund gehalten.

»Das kann ich mit Gewissheit nicht sagen«, kam es knapp von Fannie. »Aber ich kann zumindest sagen, dass Mr Jayne ein ziemlich interessanter junger Mann ist. Er hat einen Universitätsabschluss aus Leipzig und spricht fünf Sprachen.«

»Faszinierend.«

»Die Gesellschaft meiner Tochter ist stark gefragt, Mr Cravath. Ob sie Mr Jayne heiraten wird? Ich bin mir nicht sicher. Ihre Gabe – und nicht zu vergessen ihre Anmut – haben meiner Tochter eine seltene Gelegenheit eröffnet. Sie hat die Absicht, diese Chance nicht zu vergeben. Und es ist meine Erdenpflicht, dafür zu sorgen, dass sie das auch tatsächlich nicht tut.«

Die kleine Person verschränkte die Arme vor der Brust.

»Mrs Huntington«, sagte Paul, »ich wünsche Ihnen beiden nur das Beste. Ich bin stolz, Ihr und Ihrer Tochter Anwalt zu sein. Es ist eine Stellung, die ich hoch schätze und die ich auf lange Zeit zu behalten hoffe.«

Die Bezugnahme auf Pauls berufliche Position schien Fannie zufriedenzustellen. Ihr Abschiedsgruß fiel versöhnlich aus.

Paul sah zu, so schnell wie möglich zur Tür zu kommen. Er hatte sich zum Narren gemacht.

Aber als er die Tür öffnete, fuhr er sofort wieder zurück. Agnes stand auf der Schwelle und fischte in ihrer Handtasche nach dem Schlüssel.

»Cravath!«, sagte sie und musste ob der sich wie durch Zauberhand öffnenden Tür lächeln. »Wie immer genau zum perfekten Zeitpunkt.«

Agnes machte einen leicht beschwipsten Eindruck. Sie hatte gute Laune, war eindeutig beseelt von ihrem abendlichen Ausgang. Ob sie tatsächlich mit ihren Kolleginnen unterwegs gewesen war? Oder mit Mr Jayne? Ihm wurde klar, wie wenig er über sie wusste und über das, was sie tat, wenn sie nicht zusammen waren. Er konnte sich nicht vorstellen, jemals wieder mit ihr in Teslas Zimmer zu sitzen.

Er trat zur Seite, damit sie aus der Kälte ins Haus kommen konnte.

»Nehmen Sie noch einen Schlummertrunk mit mir?«, fragte sie. »Sie werden nicht glauben, was ich für einen Abend hatte. Wussten Sie, dass Schwäne beißen? Sie beißen heftig zu, es ist grauenvoll. Die Geschichte wird Ihnen gefallen.«

Aber Paul nahm die Hand nicht vom Türknauf. »Es tut mir leid, Miss Huntington«, sagte er. »Ich muss mich auf den Weg machen. Einen schönen Abend Ihnen.«

Noch bevor sie ihren Mantel abgelegt und auf den Messingständer gehängt hatte, war Paul schon hinausgegangen und hatte die Tür hinter sich geschlossen.

Schnell lief er die Stufen hinunter und marschierte entschlossen in die Nacht hinein.

Er blickte nicht zurück, ob sie ihm durchs Fenster hinterhersah. Stattdessen starrte er unverwandt auf das schwarze Leder seiner Schuhe. Er hoffte, dass der Schlaf ihn schnell übermannen würde. Die Träume sollten an ihm vorbeiziehen, ohne dass er sich hinterher an sie erinnerte, und er wollte so bald als möglich von der Morgendämmerung begrüßt werden.

Er musste dringend zurück an die Arbeit.

Seine vier angestellten Anwälte erwarteten ihn bereits, als er am nächsten Morgen ihr behelfsmäßiges Büro auf der Greenwich Street betrat. Zeit für ihr wöchentliches Treffen. Es machte den Eindruck, als hätten alle vier dort übernachtet. Die jungen Männer hatten die Hemdkrägen geöffnet und die Krawatten gelockert. Das Zimmer roch nach Schweiß und Instantkaffee. Dieses eine Mal beneidete er sie.

Galant überreichte ihm einer von ihnen einen prall gefüllten Aktenordner.

»Könnten Sie mir bitte eine kurze Zusammenfassung geben, Mr Beyer?«, bat Paul und klappte den Ordner auf.

Der Mitarbeiter wechselte einen Blick mit seinen Kollegen.

»Was ist?«, fragte Paul nach.

»Nun ... es ist nur ... ich bin Bynes.«

Paul blickte auf. Er hätte schwören können, dass der mit dem Schnurrbart Beyer war.

»Entschuldigung. Was wollten Sie mir also zeigen?«, fragte Paul.

»Nun, Sir«, sagte wer auch immer von beiden es war. »Ich glaube, wir haben ihn.«

Er deutete auf das zuoberst abgeheftete Dokument im Ordner. »Das hier ist ein Interview mit Thomas Edison aus der *New York Sun* vom 20. Oktober 1878. Darin sagt Edison eindeutig, dass seine neue elektrische Lampe aus einer gläsernen Birne besteht, in deren Hohlraum ein Vakuum herrscht, sowie aus einem Platinglühfaden. Dieser Faden ist der Teil, der leuchtet.«

»Ich weiß, was ein Glühfaden ist«, sagte Paul.

»Nun, Edisons Patent, das am 27. Januar 1880 erteilt wurde, beschreibt eine gläserne, zu einem Vakuum gehöhlte Birne mit einem innenliegenden *Baumwoll*faden. Er hat also die Art des Fadens verändert.«

Paul begriff, was das bedeutete. »Der Presse hat er von einem Platinfaden erzählt. Aber zum Zeitpunkt der Patentanmeldung benutzte er längst einen Baumwollfaden. Mit dem Platinfaden hat die Lampe also noch nicht funktioniert – entgegen seiner Behauptung.«

»Genau«, sagte der Junge.

»Aber«, fügte ein nächster hinzu, der – da war Paul sich sicher – weder Beyer noch Bynes war, »das Beste kommt erst noch: Schließlich belegt das ja nur, dass Edison der Presse gegenüber nicht die Wahrheit gesagt hat.«

»Was ja per se kein Verbrechen ist«, sagte der mit dem Schnurrbart.

»Richtig«, kam es vom vierten. »Was aber wäre, wenn wir nachweisen könnten, dass Edison auch beim Patentantrag selbst gelogen hat?«

»Das wäre ziemlich gut, Mr…?«

»Ich bin Beyer«, sagte der junge Mann.

Das nahm Paul ihm zwar nicht ab, aber es gab in diesem Augenblick eindeutig Wichtigeres.

Beyer fuhr fort: »Seitdem Edison General Electric Glühbirnen produziert, verlassen diese die Fabrik mit einem *Bambus*faden.« Er zeigte Paul eine Skizze des fraglichen Bauteils. Sogar ein Laie konnte zweifelsfrei erkennen, dass der Glühfaden aus einem anderen Material als Baumwolle bestand.

Paul fasste zusammen: »Erst hat er also der Presse erzählt, der Faden sei aus Platin. Dem Patentamt sagte er, er sei aus Baumwolle, obwohl er in Wirklichkeit aus Bambus ist.«

»Genau.«

»Er hat sich also vieles einfach nur ausgedacht. Erst *nachdem* ihm das Patent erteilt worden war, hat er die Birne mit Bambus zum Leuchten gebracht.«

Auf diesen Moment hatte Paul gewartet. Die vier Angestellten versuchten, ihr stolzes Lächeln hinter professionell regungslosen Mienen zu verbergen. Sie hatten gute Arbeit geleistet, und das wussten sie. Aber gleichzeitig schien ihnen bewusst zu sein, dass sie mit ihrem jugendlichen Überschwang besser hinterm Berg halten sollten, wenn sie vor Paul überzeugend kompetent dastehen wollten. Als er sah, wie diese jungen Männer sich älter gaben, als sie tatsächlich waren, fühlte Paul sich gleich noch viel älter.

»Und was tun Sie jetzt damit?«, fragte der Schnurrbärtige, der wahrscheinlich Bynes war.

Paul versuchte nicht, sein Lächeln zu unterdrücken. »Ich denke, es ist an der Zeit, Mr Thomas Edison eine eidesstattliche Erklärung abzunehmen.«

KAPITEL 42
DIE ERKLÄRUNG VON THOMAS EDISON

> Im Handel und in der Industrie beklaut jeder jeden. Ich habe selbst viel gestohlen. Aber ich weiß, wie man richtig stiehlt. Das wissen die anderen nicht.
>
> – THOMAS EDISON

Der Name »Edison« suchte Paul jetzt bereits seit über einem Jahr heim. Er war dem Erfinder zwar nur ein einziges Mal begegnet, aber in seinen Gedanken war er trotzdem ständig bei ihm. Pauls Alltag bewegte sich wie auf einer Umlaufbahn im unsichtbaren Orbit der Edison'schen Sonnenmasse. Auf so gut wie jedem Fitzelchen Papier, das über Pauls Schreibtisch ging, stand Edisons Name. Edison beherrschte Pauls Arbeit und oft auch seinen Schlaf. Er hatte deutlich mehr Stunden von Edison geträumt, als er je mit ihm gesprochen hatte.

Am Tag der eidesstattlichen Erklärung traf Paul frühzeitig ein. Um kurz vor sieben Uhr morgens betrat er die Anwaltskanzlei von Grosvenor Lowrey auf der Broad Street. In den tapezierten Räumlichkeiten herrschte bereits rege Betriebsamkeit. Mitarbeiter, Lehrlinge, Sekretäre und Laufburschen schwirrten hochgradig energiegeladen herum und trafen Vorbereitungen. Während Paul wartete, putzte sich die gesamte Kanzlei für die Ankunft des berühmten Mannes heraus. Messing wurde mit Essig poliert, Holz mit Alkohol und Wachs abgerieben, jeder Papierschnipsel in eine Schublade oder einen Aktenschrank gestopft.

Als Edison endlich – mit Verspätung – eintraf, fiel Paul sofort auf, dass er anders aussah. Er war gealtert im vergangenen Jahr. Seine Haare waren fast vollkommen ergraut. Um die Hüften herum hatte er angesetzt. Seine Garderobe war wahllos zusammengestellt.

Kurz gesagt: Er schien doch nur ein Mensch zu sein. Was Paul fast am meisten irritierte. Es konnte schließlich nicht sein, dass der Teufel sich selbst die Fliege band.

Edison setzte sich mit einem Gestus an den langen Tisch, als wäre die bevorstehende Erklärung nur eine der vielen unangenehmen Pflichten, die er an diesem Vormittag hinter sich zu bringen hatte. Was sie fraglos war. Im Flüsterton wandte er sich an Lowrey, seinen Anwalt, der auf dem Stuhl links neben ihm saß. Rechts neben Edison saß die Gerichtsprotokollantin, zugegen, um jedes einzelne seiner Worte mitzuschreiben.

»Also dann«, sagte Edison, »bringen wir es hinter uns.«

»Guten Morgen«, sagte Paul und legte seine Unterlagen ordentlich vor sich auf den Tisch.

»Und Sie sind …?«

Paul stutzte. Edison lächelte. Verhöhnte ihn. Versuchte, ihn aus der Fassung zu bringen, noch bevor die Befragung überhaupt begonnen hatte. Diese Strategie war natürlich fürchterlich gut. Edison würde all diesen ach so weltlichen Angelegenheiten gegenüber eine verwirrte Gleichgültigkeit an den Tag legen, bevor er dann im richtigen Moment zu dem einen vernichtenden Schlag ausholte.

»Paul Cravath, Anwalt von Mr George Westinghouse.«

Die Protokollantin schrieb pflichtbewusst auf ihrer Schreibmaschine mit.

»Grosvenor Lowrey, Anwalt von Mr Thomas Edison.«

»Und Thomas Alva Edison.«

»Bitte geben Sie für das Protokoll Ihren Geburtsort an«, sagte die Protokollantin.

»Ohio. Aufgewachsen bin ich allerdings in Port Huron, Michigan.«

»Ihr derzeitiger Wohnort?«

»Ich habe ein Anwesen in West Orange, New Jersey. Mein

Firmensitz befindet sich auf der Fifth Avenue, Hausnummer 65, New York City.«

Die Gerichtsschreiberin nickte. »Heute ist der 11. März 1889«, setzte sie die Anwesenden in Kenntnis. »Mr Cravath, Sie dürfen beginnen.«

Paul hatte seine Fragen tagelang einstudiert.

»Was war Ihre allererste Erfindung, Mr Edison?«

Edison lachte. »Das war ein … nun, es nannte sich automatischer Telegraph.«

»Und wann war das?«

»Will George Westinghouse jetzt etwa auch noch behaupten, den ebenfalls erfunden zu haben?«

»In welchem Jahr war das?«

»1865. Davor war ich ein Metzgerssohn, der in der Bahn Süßigkeiten verkaufte. Mit einer einzigen Tasche, auf der mein Name stand, bin ich von zu Hause fortgegangen. Bin einige Jahre Zug gefahren. Habe dabei viel über Züge gelernt. Habe hier und da scheußliche Jobs angenommen. Dinge repariert und in Stand gesetzt. Mit Maschinen konnte ich schon immer gut.«

»Sieht ganz danach aus.«

»An den Bahnhöfen habe ich mich mit den Männern der Telegraphengesellschaft Western Union angefreundet. Was die für lustige Geräte hatten! Ich habe angefangen, das zu tun, was ich seitdem tue: basteln und tüfteln. Ich habe Fragen gestellt. Manche konnten sie mir beantworten, manche nicht. Im letzteren Fall musste ich eigene Antworten finden. Manchmal hörte ich heimlich zu, wenn sie sich unterhielten. *Wenn wir Nachrichten doch bloß automatisch wiederholen könnten. Wenn wir doch bloß ein Gerät hätten, um das Signal zu verstärken.* Aber getan haben sie nichts. Sie haben einfach weitergemacht wie gehabt und ihren Jammer im Bier ertränkt. Also habe ich getan, was ich seitdem immer tue: Ich habe ein Problem erkannt und mich darangemacht, es zu lösen. Es gibt Bedarf in einer kleinen Maschine, die telegraphische Nachrichten automatisch verstärkt? Fantastisch. Ich bastelte ein paar Monate herum, dann hatte ich eine gebaut, die funktionierte.«

»Den Entwurf haben Sie an Gold & Stock verkauft. Für zweihundert Dollar«, sagte Paul.

»Sie kennen die Geschichte?«

»Sie haben sie vor der Presse häufig vorgetragen.«

»Ist ja auch eine gute Geschichte.«

»Eine sehr einfach gestrickte«, meint Paul. »Aber das sind Ihre Erfindermärchen ja immer, richtig?«

»Und genau das ist es, was Leute wie Sie niemals begreifen werden. Und es darf gern ins Protokoll, dass ich mit ›Leute‹ Idioten meine und mit ›wie Sie‹ Mr Cravath. Das, was ich tue, ist tatsächlich einfach: Ich finde eine Leerstelle in der vorhandenen Technologie und stopfe sie. Mit meinen eigenen Händen. Oh. Ich verstehe: Sie wollten mir eine heftige Reaktion entlocken, habe ich recht?«

»Sollte Mr Cravath unsachlich werden«, bot Lowrey sich an, »kann ich das Gericht anweisen ...«

»Nein, nein, Grosvenor«, sagte Edison, »Mr Cravath und ich haben nur ein bisschen Spaß miteinander, stimmt's?«

Paul stimmte dem schweigend zu; er hatte mit einem Schlagabtausch gerechnet. Wäre er ausgeblieben, wäre er enttäuscht gewesen.

»Dieses von Ihnen beschriebene Verfahren«, fuhr Paul fort, »dieses Stopfen von Leerstellen, wenden Sie das seither an?«

»Nach dem Verstärker hat Western Union mir ein Angebot gemacht. Woraufhin ich eine ganze Reihe von Dingen für sie erfunden habe. Dann bin ich nach New York gegangen und habe meine eigene Werkstatt aufgemacht. Einen Ort zum Experimentieren.«

»Als Jugendlicher waren Sie also ein Vagabund. Sind im Zug mitgefahren. Und mit zweiundzwanzig hatten Sie es bereits nach New York geschafft.«

»Und mit dreißig war ich Millionär. Es sollte sich herausstellen, dass die Menschen meinen Basteleien etwas abgewinnen können. Vom Telegraphen zum Telefon, dann zum Phonographen und zur Glühbirne. Alles ehemalige Probleme, die gelöst werden wollten. Was ich getan habe und was mir – trotz Ihrer Bestrebungen, das zu vereiteln – ein recht gutes Auskommen beschert hat.«

»Sie haben das Telefon erfunden?«, fragte Paul nach.

»Ja.«

»Merkwürdig. Ich dachte immer, das war Alexander Graham Bell.«

»Das ist eine Lüge«, sagte Edison, »aber bis zum heutigen Tag haben die Gerichte in der Anerkennung dieser Tatsache kläglich versagt. Ich habe das Telefon erfunden, nicht er. Ich hatte die Idee, ich habe das Gerät angefertigt. Er hat lediglich vor mir den Patentantrag beim Amt gestellt.«

»Und wer den Antrag zuerst einreicht, bekommt auch das Patent.«

»Sagt der Anwalt. Wozu der Erfinder an diesem Tisch sagt: Wieso? Wieso muss es so sein? Es war schließlich nicht immer so.«

»Das stimmt. Die Gerichte haben es nicht immer so gehandhabt, dass der Erstbeantragende auch das Patent zugeteilt bekommt. Aber heute wird eben so entschieden.«

»Leute wie Sie haben meinen Beruf zum Papierkrieg werden lassen. Was gleichermaßen lästig wie absurd ist.«

»Sie waren beim Telefon einfach nicht der Erste«, sagte Paul, »stehen jetzt aber hier und erheben auch auf diese Erfindung Anspruch. Wie sieht es denn mit der Glühbirne aus?«

»Sehr zu Ihrem Missfallen haben die Gerichte meinen Anspruch auf diese Erfindung bislang ohne Wenn und Aber bestätigt.«

»Hier ist das letzte Wort noch nicht gesprochen.«

»Bei der Glühbirne war ich der Erste.«

»Tatsächlich? Das Problem, wie Sie es bezeichnen, hat es mit Sicherheit schon Jahrzehnte vorher gegeben. Tausende von Ingenieuren haben versucht, elektrische Lampen für den Innenraumgebrauch herzustellen.«

»Aber nur ich habe es geschafft.«

»Und was ist mit Sawyer und Man?«

»Was soll mit ihnen sein?«

»Deren Patent auf das Glühlicht – für das mein Mandant die Lizenz besitzt – ist um einige Jahre älter als das Ihrige.«

»Kann sein«, sagte Edison gleichgültig, »aber deren Entwurf war einfach nicht vollständig. Er funktionierte nicht. Das Patent war relativ vage formuliert. Es war die Idee einer Sache und nicht die Sache selbst.«

»Sie meinen, dass das Patent von Sawyer und Man beispielsweise keinen spezifizierten Typ von Glühfaden nannte?«

Edisons Gesicht hellte sich auf. »Ach herrje! Da kommt aber etwas sehr Technisches aus Ihrem Mund! Aber ja: Das Patent von Sawyer und Man deutet nur an, dass es eine Art verkohlten Glühfaden geben sollte – und das ist nur einer der vielen Punkte, an denen es vage bleibt. Ein dünner, mittig laufender Faden, der Licht abstrahlt, wenn er heiß wird. In diesem Punkt – und einigen anderen eben auch – wird es nicht konkreter.«

»Sie allerdings haben in Ihrem Patentantrag diesen Faden näher spezifiziert, stimmt das?«

»Natürlich.«

»Und was für eine Art Faden war das?«

Edison deutete auf die Papiere auf dem Tisch. »Irgendwo in Ihrem Stapel Unterlagen müssen Sie den Antrag doch haben.«

»Ich möchte aber, dass Sie es mir sagen. Fürs Protokoll.« Paul nickte der Schreibkraft zu.

»Da muss ich Sie enttäuschen«, sagte Edison, »ich bin mir nämlich nicht sicher, ob ich mich daran erinnere.«

»Dann werde ich Ihrem Gedächtnis auf die Sprünge helfen. In Ihrem Antrag steht, dass es sich um einen Baumwollfaden handelt.«

»Also gut.«

Paul zog ein Blatt Papier aus seinem ordentlichen Stapel. »Aber war er das?«

»War er was?«

»War der Faden, der die Birne nach jahrzehntelangen Versuchen endlich zum Funktionieren brachte, tatsächlich aus Baumwolle?«

»Ja.«

»Sind Sie sicher? Dem *New York Herald* haben Sie nämlich erzählt, der Faden sei aus Platin.«

»Sie haben es vorhin selbst gesagt, Mr Cravath: Ich gebe eine Menge Interviews.«

»Steckt denn Baumwolle in den Glühbirnen, die Sie zurzeit an Ihre Kunden ausliefern?«

»Worauf wollen Sie hinaus?«

»Ist es nicht vielmehr Bambus?«

Schnell hakte Lowrey ein. »Sie brauchen nicht zu antworten.«

»Aber das mache ich doch gern.«

»Tun Sie's nicht«, beharrte Lowrey.

Edison richtete seinen Zorn nun nicht mehr auf Paul, sondern auf den eigenen Anwalt. »Wenn ich sage, ich antworte, dann antworte ich auch, Grosvenor. Sehen Sie mich bitte nicht mit diesem gottverdammten Ausdruck an!« Und damit wandte er sich wieder Paul zu. »Ich verwende alle drei Materialien.«

»Alle drei?«

Edison schüttelte den Kopf. »Sie haben einfach nie verstanden, was genau ich tue.«

»Sagen Sie's mir.«

Edison beugte sich vor und stützte die Ellbogen auf den Tisch. »Ich erschaffe Dinge, Mr Cravath. Dinge, die es vorher nicht gegeben hat. Jemand wie Sie wird nie verstehen, wie es ist, wenn man etwas Neues in diese geistlose, öde Welt bringt.«

»Aber sind es nicht Ihre Mitarbeiter, die das tun? Die ganzen Ingenieure in Ihren Laboren? Die Armee der Techniker, die die eigentlichen Experimente für Ihr Unternehmen durchführt?«

»Genau darauf will ich ja hinaus«, kam es von Edison. »Ich habe diese Ingenieure angestellt. Ich habe ihnen ihre Aufgaben gegeben. Ich habe festgelegt, in welchem Umfang sie forschen sollen, und ich bestimme die Methode, nach der sie forschen sollen. Ein Jahrhundert lang hat die Wissenschaft es nicht geschafft, eine elektrische Lampe für den Innengebrauch zu konstruieren. Und dann kam ich. Wie ich das gemacht habe? Wollen Sie's hören? So: Ich habe mir sämtliche Entwürfe angesehen, die schon getestet worden waren. Ich habe erkannt, welcher dieser Entwürfe der Sache am nächsten gekommen war, welcher es fast geschafft hätte. Ich habe die Stellen bestimmt, an denen es noch hakte, und ich habe meine Leute darauf angesetzt, diese Schwachstellen auszubügeln. Das nämlich ist es, was Wissenschaft ausmacht, Mr Cravath, das bedeutet es, etwas zu entdecken. Es geht dabei nicht um Geistesblitze oder Momente göttlicher Erleuchtung. Es gibt keine göttliche Hand, die Sie mit ihrem ausgestreckten Zeigefinger berührt. Eine Entdeckung zu machen bedeutet Arbeit. Harte Arbeit. Es bedeutet, zehntausend verschiedene Birnenformen auszuprobieren. Zehntausend verschiedene Luftfüllungen zu testen. Und dann, ja genau, mit zehntausend verschiedenen Fäden zu experimentieren. Erfinden bedeutet, sich klarzumachen, dass genau diese drei Komponenten eine Rolle spielen, und im Anschluss zehntausendmal Zehntausende verschiedene Kombinationen auszuprobieren, bis endlich eine davon funktioniert. Und diese Kombination muss dann einer Öffentlichkeit verkauft werden, die ein solches Ding nicht für möglich gehalten hat. Und diesen letzten Punkt machen Sie mir jetzt zum Vorwurf. Und ich bekenne mich schuldig. Ja, in dieser Sache bin ich schwarz wie die Sünde. Richtig, Mr Cravath, ich habe Glühbirnen verkauft. Vorher hatten die Amerikaner keine. Danach schon. Und sie haben Birnen gekauft, ganze Wagenladungen davon. Und Sie wollen tatsächlich in Zweifel ziehen, dass Sie all das nur mir verdanken? Glauben Sie wirklich, dass es ohne mich elektrisches Licht in amerikanischen Haushalten gäbe? Gäbe es nicht. Sie wollen das Licht, wollen aber nicht wissen, wie ich es erschaffen habe. Sie goutieren den Effekt, sind aber entsetzt darüber, dass jemand diesen Effekt auch verursachen musste. Ich habe die verdammte Glühbirne erfunden. Ich habe die Idee der Glühbirne in die Köpfe der Öffentlichkeit gepflanzt. Und jetzt jammern Sie mir etwas von wegen Glühfäden vor. Platin, Baumwolle, Bambus! Es hat noch zehntausend andere gegeben. Und mein Patent deckt alle Varianten ab. George Westinghouse darf sich gern in diese gesammelten unnützen Details stürzen. Er schätzt das Detail ja sehr, habe ich recht? Da muss eine Birne genau diese Form haben, da muss die Verkabelung in exakt diesem Winkel erfolgen. Alles gut und schön. Aber es hilft ja nichts, wenn man zwar die Schritte beherrscht, aber nicht rechtzeitig beim großen Ball ist. Ich habe in der Zwischenzeit schon die Band angeheuert, den Tanzsaal gemietet und die Veranstaltung beworben. Und dann hassen Sie mich, weil es mein Name ist, der auf dem Plakat steht. Nun, lassen Sie mich Folgendes sagen: Die Glühbirne gehört mir. Wenn das Wort ›Erfindung‹ auch nur im Ansatz noch einen vernünftigen Sinn haben soll, dann muss gesagt werden: Die Glühbirne war meine Idee. Meine Erfindung. Das Patent gehört mir. Jede einzelne Birne kommt von mir. Jedes Vakuum. Jeder einzelne Ihrer lächerlichen Glühfäden. Und zu der stillschweigenden Undankbarkeit, die Sie mir für all das entgegenbringen, habe ich nur eins zu sagen.«

Edison lehnte sich in seinem Stuhl zurück.

»Gern geschehen.«

KAPITEL 43
FEHLSCHLAG, FEHLSCHLAG UND NOCH EIN FEHLSCHLAG

> Manchmal blicken wir so lange auf eine sich schließende Tür, dass wir die, die offen steht, viel zu spät bemerken.
>
> – ALEXANDER GRAHAM BELL

Es war dann keine große Überraschung mehr, als ein New Yorker Bundesgericht zwei Monate später im hauptsächlichen Glühbirnenverfahren gegen die Westinghouse Electric Company entschied. Seit Edisons eidesstattlicher Erklärung war Paul auf diese Niederlage vorbereitet. Die Argumentationslinie, die Edison schon vor Paul geltend gemacht hatte, wurde von Lowrey vor Gericht wiederholt. Und ihre Wirksamkeit war nicht zu leugnen.

Der Richter räumte zwar ein, dass Thomas Edison sich nicht die *perfekte* Glühbirne habe patentieren lassen. Dafür aber ein Patent besäße auf das gesamte *Feld* der Glühbirne. Dass Edison seinen Entwurf später noch bearbeitet habe und dass Westinghouse möglicherweise noch weitergehende Verbesserungen vorgenommen hatte, tat für das Gericht nichts zur Sache. Die Birnen von Westinghouse verletzten Edisons Patent, auch wenn sich der exakte Wortlaut dieses Patents auf eine Apparatur bezog, die so wie beschrieben gar nicht funktionierte. Pauls Strategie war gewesen, den Geltungsbereich des Patents einzugrenzen auf ein nicht existentes, nicht funktionstüchtiges Gerät. Aber Edison hatte es geschafft, diesen Bereich sogar noch auszuweiten, sodass praktisch alles, was irgendwie leuchtete, von seinem Patent geschützt war.

Es war Hughes gewesen, der vor Gericht fast das gesamte Plädoyer für die Westinghouse-Seite gehalten hatte, hier und da sekundiert von Carter. Paul hatte kaum ein Wort zu Protokoll gegeben. Er wollte die Niederlage den schwerfälligen Techniken seiner Partner zuschreiben, wusste aber tief in seinem Inneren, dass nicht sie die Schuld traf. Edison war nicht nur in der Wissenschaft ein Genie, sondern offensichtlich auch in Rechtsstreitigkeiten.

In Manhattan sprossen bereits Hartriegel, Roseneibisch und Veilchen, als Paul und seine Partner mit schweren Schritten die Stufen des Gerichts von Lower Manhattan hinabstiegen. Natürlich würden sie Berufung einlegen, Paul hatte diesbezüglich bereits mit der Vorbereitung der entsprechenden Unterlagen begonnen. Das Gericht zu New York würde nicht der Schlusspunkt von *Edison vs. Westinghouse* sein. Als Nächstes ginge die Sache ans Bundesberufungsgericht. Und wenn man dort wieder verlor … gab es weitere, noch höhere gerichtliche Instanzen. Paul konnte lediglich die Hoffnung hegen, aus stetig größer werdender Höhe zu fallen.

Um seine Stimmung noch weiter zu drücken, war der Glühbirnenprozess nicht die einzige Schlacht, die er in diesem Monat verloren geben musste. Auch das Parlament in Albany ließ ihn im Regen stehen, als die gewählten Volksvertreter den elektrischen Stuhl für einsatzfähig befanden. Auch in dieser Angelegenheit würde Paul also vor Gericht ziehen und durchfechten müssen, dass der Staat New York hiermit ein verfassungswidriges und damit ungültiges Gesetz erlassen habe. Die Hinrichtung auf dem elektrischen Stuhl, so Pauls Argument, war exakt das, was die Verfassung als »grausame und ungewöhnliche Bestrafung« eigentlich verbot.

Er musste seine Einwände allerdings schnell vorbringen, denn sicherlich würde sehr bald schon ein New Yorker zum Tod durch Westinghouse-Wechselstrom verurteilt.

Und damit noch nicht genug der Fehlschläge.

Kurz darauf wurde er von den Huntingtons in ihr Empfangszimmer beordert. Im Zimmer über ihnen konnte er Tesla auf und ab gehen hören. Seit seinem demütigenden Gespräch mit Fannie hatte Paul das Haus kaum noch betreten. Seine Arbeit hatte ihm mehr als genug Anlass zur Entschuldigung dafür geboten, dass seine abendlichen Besuche immer unregelmäßiger und kürzer ausfielen. Gewiss hatte Fannie Agnes von dem ungeschickten Ersuchen ihres Anwalts unterrichtet. Aus Angst, sie könne das Thema anschneiden, wollte Paul nicht mehr mit Agnes allein in einem Raum sein. Er konnte nur hoffen, dass seine Schwärmerei bei allen Beteiligten schnell wieder in Vergessenheit geriet. Unternehmungen mit Mr Henry Jayne waren doch sicherlich dazu angetan, Agnes' Aufmerksamkeit anderweitig zu binden.

Wie sie Paul jetzt gegenübersaß – selbstverständlich einwandfrei gekleidet und frisiert –, hatte Agnes ihren Mona-Lisa-Gesichtsausdruck aufgelegt, den sie in Anwesenheit ihrer Mutter immer zur Schau trug. An irgendeinem in der Vergangenheit liegenden Punkt hatte Paul sich eingebildet, einen Teil dessen, was sich hinter diesem Lächeln verbarg, zu verstehen. Mittlerweile war er sich allerdings sicher, dass dem nicht so war.

»Seit dem Interview, das Sie für meine Tochter arrangiert haben«, sagte Fannie, »hat sich dieser niederträchtige Mr Foster nicht mehr gerührt. Was Sie, so glauben wir, als Ihren Erfolg verbuchen dürfen. Dafür sind wir Ihnen angemessen dankbar.« Paul sah zu Agnes. Sie zeigte keinerlei Regung. »Vielen Dank«, gab er zurück. »Seien Sie versichert: Es war mir ein Vergnügen.«

»Sie werden dann auch gewiss verstehen, wenn ich vorschlage, dass Ihr Freund oben seinen Abschied von diesem Haus nehmen sollte.«

Dass das irgendwann kommen würde, hatte Paul erwartet. Aber zum jetzigen Zeitpunkt? »Mr Tesla kann nirgendwo anders hin«, sagte er. »Wenn ich Ihre Gastfreundschaft vielleicht noch ein wenig länger in Anspruch nehmen dürfte…«

»Wir können ihm hier nicht länger Obdach geben. Ich setze ganz auf Ihr Verständnis.«

Agnes wandte sich ab. Ihre Idee war das nicht, das war klar ersichtlich. Ihr Wunsch auch nicht. Aber sie war nicht darauf vorbereitet, ihrer Mutter die Stirn zu bieten.

Fannie fuhr fort: »Diese Angelegenheit hat eine gewisse Dringlichkeit, was der Tatsache geschuldet ist, dass wir in vier Tagen Dinnergäste haben werden. Am Donnerstag. Die Familie Jayne.« Paul bildete sich ein, ein angedeutetes Lächeln auf ihrem Gesicht zu erkennen. »Seit Mr Tesla seinen Wohnsitz bei uns hat, konnten wir hier keine Gäste mehr empfangen. Ich möchte Sie bitten, dafür Sorge zu tragen, dass er uns bis zum Donnerstag verlässt. Ich fürchte, es gibt keinen anderen Weg.«

Wenn die Eltern von Henry La Barre Jayne in das doch deutlich bescheidenere Haus der Huntingtons zum Dinner kamen, dann kamen sie, um Agnes genauer unter die Lupe zu nehmen. Agnes musste sich im Prozess des Anhaltens um ihre Hand also bislang gut geschlagen haben. Weswegen der wahre Grund des Besuchs wohl Fannie war. Sie harrte noch der Beurteilung. Und die optionale Einheirat in eine vermögende Familie mit hohem gesellschaftlichem Status durfte nicht durch die Anwesenheit von Nikola Tesla gefährdet werden.

»Ich verstehe«, war alles, was Paul dazu sagen konnte.

»Es tut uns sehr leid«, sagte Agnes. Es waren die ersten Worte, die sie seit Pauls Ankunft überhaupt von sich gegeben hatte. »Es tut mir so leid.«

»Ich werde zusehen, dass mein Freund bis Donnerstag nicht länger auf Ihre Gastfreundschaft angewiesen ist«, sagte Paul, stand auf und knöpfte sich den schwarzen Mantel so zu, dass es ihm, wie er hoffte, als Geste der Professionalität ausgelegt wurde. »Sie hatten viel Geduld, ich weiß das sehr zu schätzen. Und ich hoffe, Sie weiter als Ihr Anwalt vertreten zu dürfen.«

Er war bereits auf dem Weg zur Tür, als Agnes ihn erneut ansprach. »Wohin wollen Sie ihn denn bringen?«

Auf diese Frage hatte Paul keine prompte Antwort. War

auch nur irgendeine andere Ecke New Yorks sicher vor Edisons Zugriff? Vielleicht konnte er Tesla in einem Sanatorium in den Bergen unterbringen … Aber in Sanatorien gab es Pflegerinnen, Gärtner und Fensterputzer.

Tesla musste an einen Ort verbracht werden, der sich mit Geld nicht erreichen ließ. Einen Ort, an dem Edisons Verbindungen nicht fruchteten und wo das Licht noch an langsam abbrennenden Dochten flackerte.

Paul kam zu einem wenig erfreulichen Schluss und sagte: »Keine Angst, Miss Huntington, Mr Tesla wird nichts zustoßen. Ich habe noch eine andere Option.«

KAPITEL 44
DIE RÜCKKEHR DES VERLORENEN SOHNS

»Ich glaube, dass es der Mühe wert ist, den Versuch zu machen, mehr über die Welt zu erfahren, selbst wenn alles, was bei dem Versuch herauskommt, nichts ist als die Erkenntnis, wie wenig wir wissen. (...) Es dürfte uns gut tun, uns manchmal daran zu erinnern, daß wir zwar in dem Wenigen, das wir wissen, sehr verschieden sein mögen, daß wir aber in unserer grenzenlosen Unwissenheit alle gleich sind.«

– KARL POPPER

Agnes bestand darauf, Paul und Tesla nach Nashville zu begleiten. Mit welchem Nachdruck sie darauf beharrte, überraschte sowohl Paul als auch Fannie. Paul wusste, wie sehr Agnes Tesla mittlerweile ins Herz geschlossen hatte – dazu hatte er einfach zu viele Nächte mit beiden zusammen oben im Mansardenzimmer verbracht. Dass sie sich allerdings derart ins Zeug legen würde, um an seiner Seite bleiben zu dürfen, hätte er nicht für möglich gehalten.

Genauso wenig hätte er für möglich gehalten, dass Agnes ihre Mutter dazu bewegen könnte, ihr die Zustimmung zu dieser Reise zu erteilen. Aber sie schaffte es. Welche Dramen sich allerdings zwischen den beiden Frauen im Hause Huntington hinter verschlossenen Fenstern abspielten, was dort tatsächlich verhandelt worden war, wusste er nicht. Er konnte sich kaum vorstellen, was Fannie Agnes im Gegenzug abgerungen hatte. Aber sie lenkte ein. Das Dinner mit den Jaynes wurde um eine Woche verschoben, und eine Zweitbesetzung bekam die Chance, an der Met zu brillieren. All der Aufwand, damit Agnes Tesla wohlbehalten in Tennessee angekommen wusste.

Ob Fannie ihr strenges Regiment gelockert hatte? Oder Agnes ihren Widerstand dagegen verstärkt? Vielleicht hatten die wärmenden Gedanken an einen Heiratsantrag der Jaynes Fannies Sorgen etwas zerstreut. Vielleicht aber hatte Agnes auch mit größerer Vehemenz ein Leben außerhalb eines gewienerten gläsernen Käfigs eingefordert.

Um nach Nashville zu kommen, musste man mit zwei verschiedenen Eisenbahnlinien fahren und beim Umsteigen in Cincinnati sogar noch den Bahnhof wechseln. Die Reisenden belegten drei Erste-Klasse-Schlafkabinen. Agnes stürzte sich in logistische Angelegenheiten: Sitzplätze, Mahlzeiten, Fahrscheine und Abfahrtszeiten. Tesla schwieg und verließ den Schlafwagen so gut wie nie. Er war seit Monaten zum ersten Mal draußen, und der Ausflug überforderte ihn eindeutig. Am ersten Abend hörte Paul durch die Abteilwand, wie Agnes ihn in den Schlaf sang. Ihm fiel auf, dass er sie vorher erst ein einziges Mal hatte singen hören, und zwar an jenem Abend im Players Club. Tesla war offenbar zu ihrem regelmäßigen Privatpublikum geworden. Im Versuch, mehr zu hören, legte Paul das Ohr an die Wand – und wusste bald, dass Tesla sich glücklich schätzen konnte.

Den größten Teil der Reise verbrachte Paul damit, sich Gedanken darum zu machen, wie Agnes wohl auf Nashville reagieren würde. Er stellte sich vor, wie sie entsetzt vor dem bescheidenen, zweistöckigen Haus der Cravaths zurückwich. Was sie von seinem Vater halten würde, konnte er nicht annäherungsweise erahnen. Aber während der gemeinsamen Mahlzeiten sprach sie meisthin über Tesla – über seine langwierige Besserung oder das Ergebnis der jüngsten Untersuchung durch ihren Nervenarzt. Sie ließ wenig Zweifel daran, wem zuliebe sie diese Reise angetreten hatte.

Über Pauls Einladung zu einem Sonntagsspaziergang wurde während der zweitägigen Reise nicht gesprochen. Auch der Name Henry Jayne wurde nicht erwähnt. Agnes war so freundlich, ihn Paul nicht direkt auf die Nase zu binden. Was er ihr hoch anrechnete. Sie saßen entweder im vollbesetzten Speisewagen oder kümmerten sich um Tesla, waren also quasi nie für sich allein. Was ihm zum Glück nur wenig Gelegenheit ließ, sich erneut vor seiner Mandantin zu blamieren. Er genoss ihre Gesellschaft so sehr, dass ihm fast gelang zu vergessen: Es war mit hoher Wahrscheinlichkeit das letzte Mal, dass er dies tun durfte.

Die Morgendämmerung brach gerade an, als der Zug Nr. 5 der Louisville Railroad mit einem fürchterlichen Bremsenkreischen in den Bahnhof von Nashville einfuhr. Die Schaffner scheuchten gähnende Passagiere von ihren Sitzen auf. Paul sprang die Stufe vom Zug auf den Bahnsteig. Seine Augen brauchten einen Moment, um sich an das goldene Licht von Tennessee zu gewöhnen, diese blühend-rosige Frische eines späten Frühlingstags, der gerade überaus vielversprechend begann.

Hinter ihm führte Agnes Tesla am Arm hinaus in den Sonnenschein. Sie sah noch verschlafen aus. Er war zwar wach, aber wie üblich vollkommen regungslos.

Als Paul aus dem Bahnhofsgebäude trat, entdeckte er unter den Weiden eine groß gewachsene, ihm wohlbekannte Gestalt.

»Mein Sohn«, sagte Erastus Cravath und streckte ihm die Hand entgegen.

Der feste Handschlag war Erastus' bevorzugte Form der Begrüßung. Das war nie anders gewesen.

Paul drehte sich um und wollte seine Begleitung vorstellen, aber sein Vater kam ihm zuvor.

»Und Sie müssen Miss Huntington sein«, sagte er und verbeugte sich höflich. Sie tat es ihm mit unprätentiöser Anmut gleich.

»Ihr Sohn hat mir so viel von Ihnen erzählt, Sir. Es ist mir eine Ehre, Sie endlich kennenlernen zu dürfen.«

»Ach du meine Güte, hören Sie bloß nicht auf das, was Paul Ihnen erzählt. Er übertreibt doch so gern.«

»Vater«, unterbrach Paul, »das hier ist Nikola Tesla.«

»Herrje, was sind Sie groß! Aber es ist mir eine Freude, auch Ihre Bekanntschaft machen zu dürfen.« Erastus hielt Tesla die Hand hin, aber der Erfinder starrte nur in die Ferne. Es schien ihm weitgehend unbewusst zu sein, dass er von Menschen umgeben war. Und dass einer davon versuchte, ihn zu begrüßen.

»Ich kann sehen, dass es Ihnen nicht gut geht, mein Freund«, sagte Erastus. »Wollen wir doch mal sehen, ob uns nicht gelingt, dass es Ihnen wieder besser geht.«

Er wies auf Big Annie, das Pferd der Familie, dem Paul seinen Namen gegeben hatte, als er noch ein Kind war. Es war neben dem Fuhrwerk der Familie, das noch älter war, an einen Pflock gebunden.

Paul und sein Vater sprachen nicht viel auf der einstündigen Fahrt zum Haus. Stattdessen zeigte Paul seinen Gästen alles, was sehenswert war. Er war zwar in Ohio geboren, aber im Alter von fünf Jahren mit seiner Familie nach Nashville gezogen. Seine Schwester Bessie war kurz danach zur Welt gekommen. Inzwischen war sie aus dem Haus und mit einem achtbaren Mann in Clarksville verheiratet. Gelegentlich schrieb sie ihm. Paul hatte allerdings nicht immer Zeit zu antworten.

Nashville war gewachsen, seit Paul zuletzt am Cumberland River entlanggeritten war. Die Werft war laut und wimmelte vor jungen Arbeitern, die es geschafft hatten, Sense und Heugabel gegen Lohnarbeit und Sackkarre zu tauschen.

Erastus und Ruth Cravath wohnten in einem zweistöckigen Bauernhof nordwestlich der Stadtmitte. Von der Universität eine nicht ganz kurze Fahrt, aber Pauls Mutter mochte die räumliche Trennung zum Arbeitsort ihres Mannes. Für das Bauernhaus hatten sich die Cravaths nicht wegen seiner praktischen Annehmlichkeiten, sondern wegen seiner geistlichen Schlichtheit entschieden. Einen ernsthaften Versuch, sich als Landwirte zu betätigen, hatten sie nie unternommen.

Außer den paar Pferden, die sie zu Transportzwecken brauchten, hielten sie in der anliegenden Scheune keine Tiere. Sie bauten auch kein Getreide an. Paul war in New York und Erastus häufig auf Reisen, um Gelder einzuwerben, also war niemand da, der verlässlich hätte Feldarbeit erledigen können. Die brachliegenden Hektar Land erstreckten sich vom Haus bis zum Horizont.

Das hölzerne Spitzdach hatte gelitten, seitdem Paul es zuletzt zu Gesicht bekommen hatte. Das gesamte Haus schien sich in einem Zustand gemütlich-gleichgültiger Nachlässigkeit zu befinden. Solange nichts gänzlich den Geist aufgab, würde es weder Erastus noch Ruth nach dickeren Fensterscheiben oder einer massiven Eingangstreppe verlangen. In Pauls Kindheit hatte niemand Dinge gefordert, die man tatsächlich gebraucht hätte, aber es besaß auch niemand etwas, das man sich hätte wünschen können.

Das Haus hatte die Farbe der Erde von Tennessee.

»Hallo, Mutter«, sagte Paul und stieß das quietschende Fliegengitter auf. »Ich bin zu Hause.«

KAPITEL 45
ALLE GLÜCKLICHEN FAMILIEN …

> Technologie zählt nicht. Wichtig ist, dass man Vertrauen hat in die Leute und dass sie prinzipiell anständig und klug sind. Dann werden sie, wenn man ihnen Werkzeug in die Hand gibt, tolle Dinge damit tun.
>
> – STEVE JOBS

Paul und Agnes brauchten einen ganzen, langen Tag, um Erastus und Ruth Cravath ihre einigermaßen sonderbare Zwangslage auseinanderzusetzen. Die wichtigsten Geschehnisse der letzten anderthalb Jahre hatte Paul schon in seinen Briefen geschildert: Tesla, Westinghouse, Edison … Er hatte seinen Eltern von allen gerichtlichen Schwierigkeiten erzählt und von der drohenden Katastrophe mit dem elektrischen Stuhl. Keine dieser Informationen war also neu für sie. Aber die Tatsache, dass Paul und Agnes sich verschworen hatten, um Tesla zu verstecken und ihn ohne das Wissen von Westinghouse vor Edison zu schützen, war als Thema ungeeignet, um es in einem Brief nach Hause zu erläutern. Ruth und der Reverend nahmen die Situation erstaunlich gut auf. Wichtiger als alles andere schien ihnen zu sein, Tesla in Sicherheit zu wissen. Für Erastus in seinem christlichen Glauben stand nichts so hoch im Kurs wie ein Mensch in Not.

Ruth schlug vor, Tesla solle doch in das Zimmer ziehen, das Bessies gewesen war. Es beherbergte zwar noch den ganzen Krempel aus ihrer Kindheit, aber Erastus hoffte, dass das Tesla vielleicht nicht weiter stören würde.

»Es ist sehr nett von Ihnen, dass Sie das für uns tun«, sagte Agnes zu Ruth.

Ruth machte eine abwehrende Handbewegung. »Sie waren ja auch schon sehr nett zu ihm.«

»Es könnte sein, dass er ... eine gewisse Zeit hierbleiben muss«, sagte Paul.

»Es wäre uns eine Freude, mein Sohn«, meinte Erastus und wandte sich an Tesla, der mit durchgedrücktem Rücken auf dem Sofa saß. »Soll ich Ihnen vielleicht Ihr Zimmer zeigen?«

Tesla blickte starr geradeaus, auf einen festen Punkt irgendwo mitten auf der weißen Wand. Durch den Trubel der vergangenen Tage schien sich sein Heilungsprozess wieder rückläufig zu entwickeln.

»Das Universum trägt Mäntel. Das Universum trägt Hemden. Das Universum sollte aufgeknöpft werden.«

Alle blickten zu Tesla. Ruth sagte: »Wir kriegen ihn schon wieder hin.«

Später am Abend – seine Eltern waren schon zu Bett gegangen – trat Paul auf die Gartenveranda hinaus und traf dort auf Agnes, die heimlich eine Zigarette rauchte. Sie hier auf der Veranda des Hauses zu sehen, in dem er aufgewachsen war, brachte ihn für einen kurzen Augenblick ganz durcheinander. Der Mond beschien ihr gelocktes Haar schöner, als es jede Glühbirne vermocht hätte.

»Miss Huntington«, flüsterte er.

Sie machte ein Gesicht, als sei sie auf frischer Tat ertappt worden.

»Entschuldigung. Ich weiß, Ihr Vater hasst den Rauch.«

»Ich werde schweigen wie ein Grab.«

Er setzte sich neben sie. Das alte Holz ächzte unter seinem Gewicht. »Mir ist bewusst, wie viel Sie für Nikola getan haben. Danke.«

»Ach, na ja.« Sie inhalierte tief. »Er hat ja sonst niemanden.«

Sie schaute in den Nachthimmel hinauf. Dann stieß sie eine Rauchwolke in die Luft und sah ihr dabei zu, wie sie sich zwischen den Sternen auflöste. Eine Heerschar an Grillen zirpte in den Wiesen.

»Haben Sie jemals einen derart einsamen Menschen kennengelernt?«, fragte sie unvermittelt.

»Immerhin ist er Herrscher in seinem eigenen Königreich.«

»Das er aber auch ganz allein bewohnt.«

»Ja.«

»Was ihn gleichzeitig zu dessen Sklaven macht.«

Sie wirkte nachdenklich. Fast philosophisch gestimmt. So war sie seit ihrer Ankunft hier. Was zu diesem Stimmungswandel geführt hatte, konnte er nicht sagen. Bei früheren Gelegenheiten hatte Paul Agnes, sobald sie dem bohrenden Blick ihrer Mutter nicht mehr ausgesetzt war, als temperamentvoll und ausgelassen erlebt. Jetzt war sie wehmütig.

Die Sorgen, die Paul sich im Zug darüber gemacht hatte, wie sie Nashville wohl aufnehmen würde, hatten sich als unnötig erwiesen. Sie hatte sich schnell eingewöhnt, schien sich zu Hause zu fühlen. Mit seinen Eltern kam sie gut zurecht. Sie hatte darauf bestanden, Ruth beim Beziehen des Betts für Tesla zu helfen. In Pauls ehemaligem Kinderzimmer hatte sie sich eingerichtet wie eine lange verloren geglaubte Kusine.

Sie nahm noch einen letzten Zug von ihrer fast aufgerauchten Zigarette. »Wie war das noch? Nikola Tesla ist mit ein paar Groschen in der Tasche nach Manhattan gekommen? Er war obdachlos. Er hatte keine Arbeit, keine Kontakte, keine Familie und keine Freunde, auf die er sich verlassen konnte. Wissen Sie, was das Einzige war, das er hatte?« Sie deutete auf ihren Schädel. »Seinen Kopf. Gerade weil er so anders ist, ist er geworden, was er ist. Er hat es nicht zum berühmtesten Erfinder neben Thomas Edison gebracht, weil er das Spiel so gut beherrscht – nein, das hat er geschafft, weil er sich geweigert hat mitzuspielen. Und als eine, die selbst in ihrem Leben schon furchtbar gut gespielt hat, bewundere ich ihn dafür.

Ich würde sehr gern in einer Welt leben, in der Menschen wie er nicht bei lebendigem Leib aufgefressen werden.«

»Würde Henry La Barre Jayne das auch so sehen?«, fragte Paul.

Er hatte den Namen ihr gegenüber noch nie laut ausgesprochen. Seine Stimme klang sogar in seinen Ohren gereizt.

»Sie haben offenbar schon eine recht gefestigte Meinung über jemanden, den Sie überhaupt nicht kennen.«

»Ich weiß, das war ungerecht.«

»Ja, war es.«

Diesem Gespräch war Paul zwei Tage lang im Zug aus dem Weg gegangen. Und viele, viele Mal in New York. Aber die Nähe, die sich dadurch herstellte, dass Agnes im Haus seiner Eltern weilte, machte es ihm unmöglich, länger höflich zu schweigen.

»Ich habe mein ganzes Leben damit verbracht, immer an zweiter Stelle zu stehen hinter Männern mit Nachnamen wie Jayne. Man dürfte meinen, ich hätte mich mittlerweile daran gewöhnt.«

»An zweiter Stelle?«

Paul versuchte, ihren Gesichtsausdruck zu ergründen. Offenbar hatte ihre Mutter ihr nichts von seiner Einladung zu einem sonntäglichen Spaziergang zwischen Blumen erzählt. Ob Fannie das rücksichtsvoll gemeint hatte? Ohne es zu wissen, war ihm so eine ordentliche Portion Peinlichkeit erspart geblieben. Aber er hatte auch nichts zu verlieren, wenn er jetzt ehrlich war.

»Ich hatte bei Ihrer Mutter darum ersucht, Sie zu einem Spaziergang ausführen zu dürfen«, gestand er. »Sie hat mich über die geraume Zeit in Kenntnis gesetzt, die Sie bereits in Gesellschaft von Mr Jayne verbracht haben.«

»Was sollte man anderes von meiner Mutter erwarten.«

»Es tut mir leid, dass ich ihn beleidigt habe«, sagte Paul. »Das war unfair von mir.«

»Mir tut es leid, dass meine Mutter Sie in Verlegenheit gebracht hat«, gab Agnes zurück. »Sie ist … etwas kompliziert. Genau wie die Situation, in der wir stecken.«

Paul betrachtete sie neugierig. Er war unsicher, wovon sie sprach.

Sie stecke offenbar in einer schwierigen Entscheidungsfindung. Er wartete ab. Wenn sie ihm etwas sagen wollte – etwas, das ihr schwerfiel –, dann würde er ihr diese Entscheidung selbst überlassen.

»Wissen Sie«, sagte sie schließlich, »in dieser Angelegenheit mit meiner Mutter und Henry Jayne gibt es eine Menge, was Sie nicht wissen. Und ... nun, ich möchte es Ihnen erzählen.«

»In Ordnung«, sagte Paul.

»Aber ich habe Angst davor, es zu tun.«

Unter den Gefühlsregungen, die sie ihm gegenüber bislang offen gezeigt hatte, hatte es so etwas wie Angst noch nicht gegeben. Sie hatte keine Angst vor Edison gehabt und keine Angst vor Stanford White, und das Risiko, Tesla in ihrem Haus unterzubringen, hatte sie ebenfalls nicht geschreckt. Wovor also fürchtete sie sich jetzt?

»Sie können mir vertrauen«, sagte Paul. »Wenn schon sonst nichts, so bin ich doch immerhin ... Ihr Anwalt.«

Sie lächelte kurz. »Ich habe Sie belogen.«

»In welcher Hinsicht?« Er sah, wie sie um Worte rang. »Miss Huntington?«

»Genau das ist es ja«, sagte sie. »Ich heiße gar nicht Agnes Huntington.«

KAPITEL 46
JEDE UNGLÜCKLICHE FAMILIE…

Die Geschichte der Wissenschaft – und ähnlich auch die Geschichte aller menschlichen Ideen – ist eine Geschichte von unverantwortlichen Träumen.

– KARL POPPER

Zur Welt gekommen war sie als Agnes Gouge in Kalamazoo, Michigan. Damals war ihre Mutter Fannie noch nicht die High-Society-Expertin, als die Paul sie kennengelernt hatte, sondern eine einfache Dienstmagd. Agnes' Vater war zur See gefahren. Als Agnes acht war, schickte er ihr einmal einen Brief. Der Poststempel war aus Oslo. Er hatte den Hafen bei ruhiger See für sie gezeichnet und sich nach ihrem Befinden erkundigt. Eine Adresse, unter der er zu erreichen gewesen wäre, hatte er nicht angegeben. Sie hatte nie wieder von ihm gehört.

Gesungen hatte sie schon immer gern. Die Nachbarn in der Wohnung über ihnen traten protestierend mit den Stiefeln auf den Boden, aber das scherte sie nicht. Und ihre Mutter auch nicht.

Als Agnes vierzehn war, zog Fannie mit ihr nach Boston, wo sie für die Familie Endicott Böden schrubbte und Porzellanteller polierte, während Agnes im Bijou Theatre vorsang. Aber die Rollen gingen immer an Mädchen aus der Stadt, deren Eltern gute Bekannte des Intendanten waren. Am Howard Athenaeum ergatterte Agnes dann einen Job – sie fegte die Bühne. Aber so hatte sie sich das nicht vorgestellt. Sie gehörte nicht zu einer eng miteinander verbundenen Künstlertruppe. Keine kreative Kameraderie, innerhalb derer es sich herrlich intrigieren ließ. Sie war eben nur das Besenmädchen, die Sängerinnen waren die Sängerinnen, und die Bühnenhelfer waren ständig besoffen. Das Theater war gleichzeitig ein Bordell. Obwohl ein Bordell ihr immerhin mehr Geld beschert hätte.

In Boston wurde es also nichts. Seit ihrem Fortzug aus Michigan hatte Fannie die Tränen ihrer Tochter gesehen und gespürt, wie stark ihre unverwirklichten ehrgeizigen Ziele sie schmerzten. Sie wusste, wie sehr sich Agnes nach all dem sehnte. Sie wusste aber auch, dass die Tochter einer Dienstmagd nicht einfach so zur Primadonna wird. Fannie musste mitansehen, wie aus ihrer frühreifen, wissbegierigen Tochter eine Zynikerin wurde. Und das hielt sie nicht aus.

Agnes konnte nicht sagen, wie lange ihre Mutter den Plan schon gefasst hatte, als sie ihn schlussendlich in die Tat umsetzte. Vielleicht war es eine dem Moment geschuldete Spontanentscheidung gewesen, vielleicht hatte sie das Ganze aber auch schon über Monate vorbereitet.

Eines Tages – Agnes war siebzehn – war sie nach Hause gekommen und hatte ein auf ihrem Bett liegendes Kleid vorgefunden. Das Kleid war von einer Farbe, wie sie Agnes noch nie zuvor gesehen hatte. Es war auffällig grün, aber doch raffiniert. Wie Orchideenblätter, Frauenmantel oder Steinbrech. Es war die Farbe eines in der Ferne ruhig daliegenden Ozeans. Agnes musste schlucken, als sie sah, wie das durchs schmutzige Fenster einfallende Nachmittagslicht das Kleid zum Schimmern brachte. Oben auf der Seide lag eine grazile Diamantenkette.

Agnes trat näher. Streckte die Hand aus, um den Stoff zu berühren, zog sie aber gleich wieder zurück. Sie hatte Angst, mit ihren fettigen Fingern solch ein feines Gewebe zu beschmutzen. Dieses Kleid und diese Juwelen gehörten niemandem, den sie kannte. Oder überhaupt hätte kennen können. Das hier war die Abendgarderobe einer Prinzessin.

»Gefällt es dir?« Als Agnes sich umdrehte, stand Fannie in der Tür und rauchte eine dünne Zigarette.

»Was ist das?«

»Ein Kleid«, kam es von Fannie. »Es gehört dir.«

»Hast du…« Agnes konnte kaum glauben, was ihr da über die Lippen kommen wollte. »Hast du's … gestohlen?«

»Es ist aus dem Ankleidezimmer von Miss Endicott. Genau wie die Edelsteine. Das Mädchen ist ungefähr in deinem Alter, vielleicht noch etwas jünger. Möglicherweise ist das Kleid dir etwas weit um die Brust, aber das können wir abnähen.«

»Du hast ein Kleid von Mary Endicott gestohlen?« Agnes war entgeistert, ja entsetzt. Die Familie würde das Fehlen sicher bemerken, und ihre Mutter hatte deren Tafelsilber gerade lange genug gewienert, um die allererste Tatverdächtige zu sein. In wenigen Tagen stünde die Polizei vor der Tür.

Dann erklärte ihr die Mutter alles Weitere. Sie würden Boston verlassen, und zwar noch in jener Nacht. Sie würden einen Touristenklasse-Dampfer nach Paris nehmen und das Kleid in den kleinen Handkoffer packen. Agnes würde in ihrer Alltagskleidung an Bord, aber in grüner Seide von Bord gehen. Sie würde Boston als Besenmädchen verlassen … und Paris als Tochter neureicher Kalifornier erreichen.

»Miss Agnes Huntington«, hatte ihre Mutter gesagt. »Klingt das nicht hübsch?«

»Ich kenne keine Agnes Huntington«, hatte Agnes protestiert.

»Ganz genau. Die kennt niemand. Aber sehr bald werden alle sie kennen.«

Ausgestattet mit nur einem unfassbar teuren Kleid und einer Edelsteinkette sollte die junge Agnes in Paris wiedergeboren werden. Dort könnte sie sich als die erfinden, die sie sein wollte. Es gab genügend begüterte Huntingtons auf der Welt, dass niemand sicher sein konnte, von welchem Familienzweig sie nun abstammte, und wenn sie an ihrem Auftreten arbeitete, würde auch niemand die Frechheit besitzen, sie danach zu fragen. Sie sei hübsch, hatte ihre Mutter erklärt. Sie habe Ausstrahlung. Sie sei witzig. Sie sei gleichermaßen klug und clever, was nicht annähernd dasselbe sei, dazu enorm begabt. Das Einzige, was sie in Amerika vom Erfolg abhalte, sei ihre Herkunft.

»Und was ist mit dir?«

Fannie wollte mitkommen. Sie würde hinter der Bühne schweigend und unsichtbar auf den Triumph ihrer Tochter warten.

In Paris würde die Polizei sie nicht finden können – so weit weg würden sie niemals nach ihr suchen. Nach ihr suchen würden sie aber ganz sicher. Mit den Endicotts war nicht zu spaßen. Fannie würde also bis ans Ende ihrer Tage – auch, wenn ihr Plan von Erfolg gekrönt sein sollte – nicht aus dem Schatten ihrer Tochter heraustreten dürfen.

»Ich habe Angst.«

»Ich weiß«, hatte ihre Mutter dazu gesagt. »Aber ich liebe dich. Und deswegen werden wir es genauso machen.«

Fannie hatte Agnes einen Kuss auf die Stirn gegeben. Und dann hatte sie ihre Taschen gepackt, während Agnes, die viel zu schockiert war, um Widerworte zu geben oder irgendetwas anderes zu tun als das, was von ihr verlangt wurde, im Zimmer umhertigerte.

Am selben Abend noch gingen sie an Bord eines Dampfers der Cunard Line, mit dem Ziel Europa.

Und seitdem hatte man Agnes und Fannie Gouge nie mehr gesehen.

Agnes hielt das Kleid auf dem Zwischendeck für die gesamte Dauer der Reise versteckt, sogar im Schlaf ließ sie die Tasche nicht los. Erst am letzten Morgen vor der Ankunft holte ihre Mutter das grüne Stück Stoff hervor. Die anderen Frauen in der Kabine trauten ihren Augen kaum. Agnes und Fannie sagten nichts dazu.

Agnes hatte im Vorbeigehen Gentlemen aus der ersten Klasse belauscht, die rauchend auf dem Gemeinschaftsdeck gestanden hatten, und sie über ein ganz bestimmtes Café sprechen hören. Nach den Gesprächsfetzen zu urteilen, die sie mitbekommen hatte, war es der perfekte Ort für den gesellschaftlichen Einstand. An ihrem zweiten Tag in Paris verließ sie die günstige Damenpension, die Fannie gefunden hatte, und fragte sich dorthin durch.

Und dann saß sie um elf Uhr morgens mit einem Café au lait und ihrem Abendkleid samt passendem Collier auf dem Boulevard Saint-Marcel. Schon nach zwanzig Minuten näherte sich ihr ein großer Mann mit geöltem schwarzem Haar und einem alten Wollmantel. Eigentlich war er recht gutaussehend.

Er sprach sie auf Französisch an, eine Sprache, die sie natürlich nicht beherrschte.

»Pardon«, sagte sie, »könnten Sie vielleicht versuchen, das auf Englisch zu wiederholen?«

»Für den Vormittag sind Sie einen Hauch zu elegant gekleidet.«

Sie musterte ihn vom Scheitel bis zur Sohle. »Ich dagegen möchte sagen, dass Ihnen eine etwas ausgesuchtere Garderobe gut zu Gesicht stehen würde.«

Der Mann lachte über diese Beleidigung und setzte sich ihr gegenüber auf einen Stuhl.

Am darauffolgenden Abend fand eine Party statt. Irgendwo fand immer eine Party statt, wie Agnes noch erfahren sollte. Er lud sie ein, und als sie zusagte, fragte er, wo er sie am fraglichen Abend abholen dürfe.

»Nun, hier natürlich!«, gab sie zurück. »Wollen Sie vor einer langen Nacht nicht auch erst etwas trinken?« Und fügte hinzu: »Oder gehen Sie davon aus, dass es eher keine lange Nacht wird?«

Er versicherte ihr, das würde sie bestimmt. Als er am nächsten Abend in seinem Zweispänner vorfuhr, um sie abzuholen, stellte sie fest, dass er wohl recht behalten würde.

Wenn er bemerkt hatte, dass sie das grüne Kleid vom Vortag trug, äußerte er sich nicht dazu. Wie sie noch lernen sollte, taten das Männer wie er nie.

Sie benötigte nur drei weitere Partys, bis sie jemanden gefunden hatte, der ihr ein zweites Kleid kaufte. Er hieß Coulter und war ein guter Bekannter von Monsieur Jacques Doucet höchstpersönlich. Ob ihr vielleicht eine Kleinigkeit aus dessen Geschäft gefallen würde? Ihre Sammlung an Abendkleidern wuchs in direktem Verhältnis zur Menge ihrer Verehrer: ein Seidenbaron, ein kleiner Adeliger der alten Schule und ein deutscher Bankier, der regelmäßig die Pariser Niederlassung seiner Firma besuchte. Jeder dieser Gentlemen ließ ihr ohne weiteres Zutun eine Kleinigkeit zukommen.

Während dieses ersten Jahrs war ihre Mutter Agnes' einzige Freundin. Die Frauen der Pariser Gesellschaft standen in starkem Wettstreit miteinander, und sie rochen, dass da etwas faul war – auch wenn ihren Brüdern, Ehemännern und Vätern nichts auffiel. Aber was konnten sie schon tun, außer Agnes nicht zu ihren Teegesellschaften einzuladen, ohne Unterlass über sie zu tratschen und ihren Namen nur in verächtlichem Tonfall auf den Lippen zu führen?

Jede Nacht kehrte Agnes zu ihrer Mutter zurück, die ihr alles gegeben und die bislang noch nichts dafür zurückbekommen hatte.

Auch wenn die Intrigen gegen sie ihr gelegentlich zu schaffen machten: Das Singen machte alles wett. Ihre Premiere hatte Agnes bei einer Festivität in der Villa von Thomas Hentsch. Die Anwesenden nahmen ihre Darbietung mehr als wohlwollend auf, und ihr Name machte die Runde. Sie sang bei einigen weiteren Feiern, dann aber kam das Angebot, im Théâtre du Châtelet aufzutreten. Wenn sie mitten im Stück die Augen schloss, die Luft in ihrer Kehle und das hingerissene Publikum vor sich spürte, dann war das genau das, was sie sich immer gewünscht hatte. In solchen Augenblicken gelang es ihr, die Umstände ihrer Ankunft in Paris auszublenden und sich rundum wohl zu fühlen.

Man sagte, Agnes könne mit ihrer Stimme sogar die stoischsten Zuhörer zu Tränen rühren. Das lag – sofern es denn stimmte – daran, dass Agnes alles, worüber sie sang, selbst erlebt hatte.

Nach einem Jahr brachen die Huntingtons in Richtung London auf. Mit ihrem in Paris erworbenen Ruf kam Agnes als vollständig etablierte Künstlerin über den Kanal. Und diesmal »traf auch ihre Mutter aus Kalifornien ein«, um sie in London zu treffen. Bereits zu diesem Zeitpunkt verfügten die beiden über genügend Geld, um für Fannie ebenfalls eine gesellschaftsfähige Ausstattung anzuschaffen. Noch vor ihrer Ankunft rangelten die Betreiber der Bühnen im West End schon darum, Agnes zu buchen. Zusammen mit Fannie verbrachte sie einige erfolgreiche Jahre in der Stadt. Der Earl of Harewood fand Gefallen an ihr. Mit dem Duke of Fife unternahm sie einen wundervollen Segeltörn. Und dann ging es zurück nach Paris, wo sie als heimkehrende Diva gepriesen wurde.

Nach einer Tournee quer durch Europa kehrte Agnes im Alter von einundzwanzig Jahren als der Star aus Europa nach Boston zurück. In den Opernhäusern und Salons der bürgerlichen Bostoner Viertel wurde sie mit offenen Armen empfangen, allesamt Orte, die ihr vorher im Lebtag keinen Zutritt gewährt hätten. Niemand erkannte sie wieder. Und auch Fannie nicht. Wer dachte noch an das arme, traurige Besenmädchen Agnes Gouge? Agnes Huntington war der Liebling der europäischen Elite, der wiederum sämtliche gesellschaftliche Schichten Amerikas nacheiferten. Ein gewisses grünes Kleid und die dazugehörigen Diamanten waren längst verkauft worden. Fannie hielt sich fern von den Partys und den Premieren. Und von den Endicotts hielt sie sich besonders fern. Ihr Gesicht tauchte in der Bostoner Society nicht auf, auch nicht, als ihr Name in Verbindung mit Agnes regelmäßig genannt wurde.

Sie waren ungestraft davongekommen. Das Leben, das Agnes dadurch gewonnen hatte, war so erfüllt, dass sie selbst es für ihre einzige Wirklichkeit hielt. Sie war nicht dem Zynismus zum Opfer gefallen, sondern zu der Frau geworden, von der sie geträumt hatte. Ihr Talent, das sie zum hell leuchtenden Stern der Bühnen und zur Königin aller Bälle machte, war ja auch vollkommen echt. Niemand als sie selbst hatte sie zu der werden lassen, die sie jetzt war. Auch wenn sie gelogen hatte, um an diesen Punkt zu kommen: Es waren keine Lügen, die allabendlich von den Rängen der Metropolitan Opera widerhallten. Es war die Wahrheit. Die Lüge hatte ihr nur zu einem fairen Versuch verholfen. Sie war niemandem etwas schuldig – außer einem einzigen Menschen, und diese Schuld würde sie jeden Tag für den Rest ihres Lebens zurückzahlen. Ob Fannie schwierig im Umgang, kontrollsüchtig und allgegenwärtig war? Sicherlich. Ob Agnes es hin und wieder genoss, abends allein auszugehen, genauso wie diesen kurzen, beschwipsten Moment, in dem sie frei war von der absoluten Vorsicht, die ihre Mutter von ihr erwartete? Ganz gewiss. Aber nur, weil der Zorn der Mutter ihr ab und an gegen den Strich ging, hieß das nicht, dass sie sie nicht liebte. Schließlich hatte Fannie alles für sie getan.

»Warum erzählen Sie mir das?«

»Weil ich es sonst noch niemandem erzählt habe«, sagte sie. »Und ich dachte … Ich wollte, dass Sie wissen, warum das alles so wichtig ist. Warum ich …«

»Warum Ihre Mutter will, dass Sie in die Familie Jayne einheiraten. Sie hat Angst, dass Ihre Geschichte Sie eines Tages einholen wird. Dass irgendjemand in Agnes Huntington doch noch Agnes Gouge wiedererkennt.«

Sie hielt seinem Blick stand.

»Was auch der tiefer liegende Grund ist, warum Sie mich angeheuert haben. Es ging gar nicht so sehr um Foster, der sich irgendwas ausgedacht hat. Die Sache mit Foster hätten Sie gut selbst regeln können. Sie hatten aber Bedenken, dass Foster anfangen könnte, Ihre Vergangenheit genauer unter die Lupe zu nehmen. Und wenn Ihre wahre Identität ans Tageslicht käme, wäre alles, was Sie geschafft haben, nichts mehr wert.«

Sie lächelte, aber es war ein trauriges Lächeln.

»Es sei denn, Sie hätten irgendeine Art von Schutz«, schloss Paul. »Eine Agnes Huntington ist vielleicht noch angreifbar. Eine Agnes Jayne allerdings nicht mehr.« Paul musste anerkennen, dass der Plan durchaus schlau war. »Niemand würde es wagen, Sie als Agnes Jayne mit der Vergangenheit zu konfrontieren. Selbst wenn die Endicotts Sie ausfindig machten, würden sie wahrscheinlich nichts mehr unternehmen. Denn die Jaynes würden sie in Stücke reißen.«

»Sich gegen die Jaynes zu wenden«, sagte sie, »ist ungefähr so, wie sich mit Thomas Edison anzulegen. Nur ein Dummkopf würde das tun.«

»Ein Dummkopf wie ich?«

»Oder wie unser exzentrischer Freund da drin.«

Paul erkannte deutlicher als jemals zuvor, dass er sie niemals würde heiraten können. Sie hatte einen Frieden verdient, den er ihr nicht bieten konnte. Ob er ihr etwas bedeutete? Ob sie sich deswegen ihm gegenüber offenbart hatte? Er wusste es nicht. War das überhaupt möglich? Er hoffte es. Aber weil er genau wusste, wie viel sie ihm bedeutete, schickte er seine Hoffnungen zurück in die sternklare Nacht.

Dann fasste er nach ihrer Hand. Nicht bewusst, es geschah einfach. Ganz plötzlich schlangen sich ihre Finger ineinander. Er hätte nicht mal sagen können, ob er ihre Hand genommen hatte oder ob es nicht doch andersherum gewesen war. Ihre Haut war warm.

»Manchmal hasse ich das alles so«, sagte sie. »Immer nur so tun zu müssen.«

Paul drückte ihre Hand fester. »Wir sind in Amerika«, sagte er. »Wir tun hier doch alle so als ob.«

Er sah hinauf in den wolkenlosen Nachthimmel und suchte instinktiv nach den Sternbildern zwischen den hell leuchtenden Sternen. Nach dem Großen Wagen, nach Orion, der Kassiopeia. Er hatte von dieser Stelle aus schon nach ihnen Ausschau gehalten, als er noch ein kleiner Junge war. Die Ironie eines Sternbilds bestand ja darin, dass seine Kontur nichts anderes war als eine Geschichte, die ein lebhafter Geist ihm angedichtet hatte. Die am hellsten leuchtenden Himmelsbilder waren in Wahrheit nur Fantasien. Blickte man aus einem anderen Winkel hinauf, wurden aus den Figuren, die die Sterne bildeten, plötzlich ganz andere. Einmal geblinzelt – und schon konnte man die Linien zwischen ihnen nach seinem eigenen Wunsch ziehen.

Er beugte sich vor und küsste sie.

KAPITEL 47
DER MORGEN DANACH

Ich glaube nicht, dass es viele große Erfindungen gibt, die von verheirateten Männern gemacht wurden.

– NIKOLA TESLA

Der nächste Morgen war sonderbar. Paul wachte erst spät auf, nach einem unruhigen Schlaf auf dem Sofa im Wohnzimmer. Als er den Kopf aus den gestärkten Kissen hob, konnte er den Kaffee schon in der Blechkanne köcheln hören. Er zog sich an und ging in die Küche, wo er, ganz ins Gespräch vertieft, Agnes und Erastus antraf. Die Stimmung war ungezwungen und vertraut. Paul versuchte, aus Agnes' Verhalten irgendwelche Schlüsse zu ziehen. Er dachte an ihre Lippen, ihre Finger, ihren Körper, der sich gegen seinen gedrückt hatte, als sie eng umschlungen auf der Veranda gestanden hatten. Hatte auch sie unwillkürlich diese Bilder vor Augen, als sie ihn jetzt in der Küche sah? Ihr war nichts anzusehen. Sie begrüßte ihn mit einem Hallo, lächelte herzlich und wandte sich dann wieder Erastus zu, der über Tesla sprach. Er äußerte Vermutungen über die spezifische Art von Teslas Geisteszustand. Die heilige Teresa von Ávila habe nämlich unter ähnlichen Halluzinationen gelitten. Konnte es nicht sein, dass Tesla wie sie mit einer göttlich-visionären Gabe gesegnet war?

Den Vormittag über sprachen sie mit Pauls Eltern, dann machten Agnes und Paul sich auf den Weg, um den Nachmittagszug zu bekommen. Nachdem sie Tesla und Ruth Lebewohl gesagt hatten, fuhr Erastus sie schweigend zum Bahnhof, wo er sich auf die ihm eigene, steife Art ebenfalls von ihnen verabschiedete.

Während sie auf dem Bahnsteig warteten, kaufte Paul ein paar günstige Zeitungen und Gebäck. Er hatte das Bedürfnis, sich zum vergangenen Abend zu äußern, wusste aber nicht wie. Ob er sich entschuldigen sollte? Ob er einräumen sollte, dass er vor dem Hintergrund ihrer baldigen Verlobung unanständig gehandelt hatte? Oder ob er ihr sagen sollte, zumindest dieses eine Mal und nur, damit das Gesagte sich danach vielleicht in Luft auflöste, dass er in sie verliebt war?

»Miss Huntington«, begann Paul und rang um Worte. »Ich meine, Agnes …«

»Er ist stolz auf Sie, wissen Sie?«, kam es von ihr.

»Was?«, entfuhr es ihm.

»Ihr Vater ist furchtbar stolz auf Sie, ob Ihnen das nun klar ist oder nicht.«

Seine Familie hatte eindeutig einen gewissen Eindruck auf sie gemacht. Vielleicht, dachte er, sehnte sie sich in Abwesenheit ihrer eigenen Familie nach einer wie der seinen.

Paul reagierte leicht spöttisch: »Das kann ich kaum glauben.«

»Sie halten ihn für gefühllos.«

»Ich glaube, immer, wenn er an meine Existenz erinnert wird, bin ich für ihn eine schreckliche Enttäuschung.«

»Wie oft hat er Sie in New York besucht?«

Paul überlegte kurz. »Nur ein Mal. Er war wegen der Fisk University in der Stadt.«

»Was er aber vielleicht auch nur Ihnen gegenüber so dargestellt hat.«

»Warum sollte er mir denn nicht einfach sagen können, dass er mich sehen will?«

»Mein Gott, Sie sind so … typisch Mann. Hören Sie mal zu. Haben Sie schon mal daran gedacht, dass er vielleicht genauso wenig das Gefühl hat, dass Sie stolz auf *ihn* sind?«

Der Gedanke war absurd. »Wovon um alles in der Welt reden Sie da?«

»Sie sind doch derjenige, der von zu Hause fortgegangen ist, Paul. Nicht er. Überlegen Sie mal, wie er das wohl gefunden hat.«

»Was hätte ich denn seiner Ansicht nach tun sollen?«

»An der Fisk lehren oder in Nashville predigen. Er denkt, dass Sie derjenige waren, der ihn zurückgewiesen hat, und sehnt sich nach Ihrer Anerkennung.«

»Aber das ergibt doch überhaupt keinen Sinn. Wieso sollte er das denken?«

»Weil«, sagte Agnes in einem Tonfall, als erklärte sie ihm das Selbstverständlichste auf der ganzen Welt, »Sie beide sich sehr, sehr ähnlich sind.«

Paul schwieg. Er war noch nie mit seinem Vater verglichen worden.

»Sie sollten es ihm sagen«, sagte sie.

»Dass ich stolz auf ihn bin?«

»Dass Sie ihn respektieren. Dass er ein anständiger Mann ist, ein bewundernswerter Mann, und dass Sie das auch schon immer gewusst haben. Dass er weiterhin für Sie Familie ist und New York nur der Ort, an dem Sie sich entschieden haben zu leben.«

Darüber dachte Paul nach. Wie konnte Agnes, die seinen Vater erst am gestrigen Tag kennengelernt hatte, ihn schon besser kennen als er selbst?

»Ich werde es versuchen.«

Das schien ihr zu genügen.

»Und ... wegen gestern Abend...«, sagte sie dann. »Dazu gibt es nichts zu sagen. Und nichts, dass Sie meiner Meinung nach jetzt tun sollten. Wir befinden uns eben an diesem Punkt. Wir sind, wer wir sind. Ich wünschte, die Dinge lägen anders, und ich weiß, Sie wünschten das auch.«

»Es tut mir leid, dass ich Sie geküsst habe.«

»Mir nicht.«

Beide blickten zu Boden. Das Gefühl war zu groß, um damit auf höfliche Art umzugehen.

Paul sah zum Zeitungsstand neben ihnen. Eine kleinere

Schlagzeile direkt unter dem Mittelknick erregte seine sofortige Aufmerksamkeit.

Er schaute auf die Tafel, auf der sämtliche Ankünfte und Abfahrten angeschlagen waren. Dann sagte er: »Es tut mir wirklich leid, aber ich muss los. Ich muss den Zug in fünf Minuten kriegen.« In seinem Kopf herrschte heilloses Durcheinander.

Auch Agnes wirkte verwirrt. »Aber unser Zug geht doch erst in einer knappen Stunde.«

»Ich fahre nach Buffalo.« Er nahm die Zeitung und gab dem Jungen hinter der Theke achtlos viel zu viel Geld. »Sehen Sie. Es hat einen Mord gegeben. In dem Artikel steht, ein gewisser Mr William Kemmler aus Buffalo sei gerade schuldig gesprochen worden, seine Frau mit einer Axt umgebracht zu haben.«

Agnes las und legte dabei die Stirn in Falten. »Ja und?«

»Wenn er zum Tode verurteilt wird, werden sie ihn auf einem mit Wechselstrom betriebenen elektrischen Stuhl hinrichten.«

Sie sah zu ihm hoch und verstand sofort, was das für Paul – und für Tesla – bedeuten würde. »Fahren Sie«, sagte sie nur.

Er stand auf. »Es tut mir sehr leid. Ich wollte … Ich sollte noch sagen …«

Sie machte eine wegwerfende Handbewegung. »Nun gehen Sie schon.«

»Auf Wiedersehen, Miss Huntington«, sagte er und griff nach seinem Gepäck. Im gleichen Augenblick kam ihm seine förmliche Floskel lächerlich vor. »Schaffen Sie es denn, allein in die Stadt zurückzukommen?«

»Ich denke, das stellt mich vor kein größeres Problem, Mr Cravath.«

Er rannte auf die andere Seite des Bahnhofs.

KAPITEL 48
DER ERFÜLLUNGSGEHILFE VON BUFFALO

Wir dürfen nicht der Technik die Schuld in die Schuhe schieben, wenn wir Fehler machen.

– TIM BERNERS-LEE

»Mit Zustimmung des Gerichts«, sagte Paul in seinem besten Anwaltsbariton, »möchte ich anmerken, dass der Einsatz einer elektrischen Gerätschaft zur Durchführung einer Hinrichtung nicht …«

»Und ich erhebe erneut Einspruch, Euer Ehren«, kam es von Harold Brown. »Sie haben in dieser Sache, also der Einsatzfähigkeit einer solchen Technologie im Rahmen der Todesstrafe, doch bereits entschieden, und Mr Cravath versucht, diese Entscheidung erneut anzufechten …«

»Hören Sie, Sir, es ist nicht so, dass ich hier etwas erneut ›anfechte‹. Nein, der juristische Wortsinn des Begriffs ›anfechten‹ trifft in dieser Sache nicht zu. Ich möchte hingegen gern erneut Beschwerde einlegen, dass Mr Brown in dieser Gerichtssitzung anwesend ist, ohne einen richtigen Anwalt zur Seite zu haben …«

»Jetzt sind Sie mal still, und zwar beide!«, blaffte Richter Day, der bereits über den bisherigen Verlauf des Tages verärgert war.

Paul hatte es zunächst überrascht, dass Edison nicht einen seiner richtigen Anwälte mit dieser Sache betraut, sondern Brown die Erlaubnis erteilt hatte, die Show hier selbst über die Bühne zu bringen. Denn eine Show war es allemal. Paul hatte erkannt, dass es möglicherweise genau darum ging. Für die Öffentlichkeit sah es nämlich immer noch so aus, als habe Edison mit Brown und dieser düsteren Angelegenheit namens elektrischer Stuhl nichts zu tun. Nur war Brown eben kein Anwalt. Mit ihm zu diskutieren war wie mit einem Kind zu streiten, das alles nur halbwegs begriff. In der Juristerei wurde seit Langem debattiert, ob zukünftige Anwälte nicht eine Befähigungsprüfung abzulegen haben sollten, aber derartigen Vorstößen waren bislang keine Taten gefolgt. Man musste im Staat New York keinerlei Test bestehen, um im Rechtswesen tätig zu sein. Brown hatte ein Schreiben von einer befreundeten Kanzlei vorgelegt, das ihm einige Lehrstunden bei einem ihrer Anwälte attestierte, was Richter Day für ausreichend hielt. Harold Brown hatte das Recht, Paul am Tisch gegenüberzusitzen und dafür zu plädieren, William Kemmler mit Wechselstrom hinzurichten.

»Mr Cravath«, kam es jetzt vom Richter, »ich werde keine Zeit damit verschwenden, zu diesem Thema erneut Ihre Argumente zu hören.«

»Es steht nicht in meiner Absicht, irgendwelche Argumente zu wiederholen.«

»Was ist denn sonst Ihre Absicht?«, fragte der Richter.

»Ich möchte nur betonen, dass der Staat New York, auch wenn er das Recht hat, einen Mann mit Wechselstrom hinzurichten, gar nicht über die entsprechenden Mittel verfügt.«

Der Richter wirkte bestürzt. Eine in diese Richtung gehende Beweisführung hatte er nicht vorhergesehen. »Was meinen Sie damit?«

»Das ist recht einfach: Das einzige Unternehmen, das im Staat New York Wechselstromgeneratoren herstellt, ist die Westinghouse Electric Company. Mein Mandant aber hat dem Staat New York bislang noch keinen einzigen Generator verkauft. Er verfolgt darüber hinaus auch nicht die Absicht, das zu tun. Weswegen ich Ihnen folgenden Vorschlag unterbreiten möchte: Wenn Sie darauf erpicht sind, den Mörder mit

Strom zu töten, dann hat der Staat keine andere Wahl, als Gleichstrom dafür zu verwenden.«

»Das ist doch absurd!«, brüllte Brown. »Gleichstrom hat viel zu wenig Spannung, man kann doch damit gar nicht …«

»Ruhe!«, unterbrach Richter Day erneut. »Mr Cravath hat ein ausgezeichnetes Argument vorgebracht. Aber ich möchte ihn weiter befragen: Kann der Staat nicht einfach einen Westinghouse-Generator von einem der vielen New Yorker Bürger erstehen, die einen solchen bereits besitzen? Ich kann mir nicht vorstellen, dass es Mr Brown hier besonders schwerfiele, jemanden zu finden, der verkaufswillig ist.«

»Ja, Euer Ehren«, sagte Paul, »Mr Brown könnte einen Menschen sicher so sehr drangsalieren, dass er sogar seinen Erstgeborenen an ihn verkauft. Ganz bestimmt kann er jemanden dazu bringen, ihm oder dem Staat einen Wechselstromgenerator zu verkaufen. Das Problem ist nur, dass der Verkäufer in diesem Fall kein Verkaufsrecht hat – und der Käufer wiederum nicht das Recht, von dem erstandenen Gegenstand Gebrauch zu machen.«

Paul nahm eine Stapel Unterlagen von seinem Tisch und näherte sich der Richterbank. »Mit Zustimmung des Gerichts zeige ich Ihnen die Kaufurkunde und die Lizenzvereinbarung, die die Westinghouse Electric Company mit jedem Käufer eines Wechselstromgenerators aus ihrem Hause trifft. Was ja in den meisten Fällen kleinere Gemeinden oder einzelne Stadtteile sind. Hin und wieder auch eine begüterte Einzelperson mit sehr großem Grundstück. Denn das ist es ja, was Wechselstrom so wertvoll macht: dass er, verglichen mit Gleichstrom, ein Vielfaches an Entfernung überbrückt. Aber ich schweife ab. Wie Sie sehen, enthält die Standardformulierung unseres Kaufvertrags die eindeutige Klausel, dass dem Käufer der Weiterverkauf an Dritte nicht erlaubt ist. Es war von Anfang an unser Ansinnen, sicherzustellen, dass Westinghouse-Geräte nicht in die falschen Hände gelangen. Da also der Weiterverkauf an Dritte untersagt ist, bedeutet das für jeden, der seine Wechselstromeinheit ohne schriftliche Erlaubnis der Westinghouse

Electric Company weiterverkauft – und seien Sie versichert, dass niemand diese Erlaubnis bekommt –, die Verletzung der Betriebslizenz für die betreffende Einheit. Was wiederum bedeutet, dass der Staat im Falle eines Ankaufs den jeweiligen Generator illegal besäße und kein verbrieftes Recht hätte, ihn überhaupt nur einzuschalten.«

Richter Day überflog die Dokumente, die ihm ausgehändigt worden waren. Sie sprachen eine eindeutige, zweifelsfreie Sprache. Carter und Hughes hatten diese Verträge aufgesetzt. Sollte Brown ausreichend juristisches Fachvokabular beherrschen, um den Vertragstext zu verstehen, würde er schnell einsehen müssen, dass er verloren hatte.

Mit einem Gefühl der Befriedigung kehrte Paul an seinen Platz zurück. Seine Arbeit für Westinghouse war in juristischen Belangen noch nicht von allzu viel Erfolg gekrönt gewesen, weshalb es angenehm war, endlich einen Sieg zu erringen.

»Um die Situation, wie Mr Cravath sie beschrieben hat, zu präzisieren«, kam es von Harold Brown, »kann ich nur eine Kleinigkeit hinzufügen.«

»Ja?«, fragte Richter Day.

»Was, wenn ich bereits im Besitz eines Westinghouse-Wechselstromgenerators wäre? Einer Einheit, die ich ganz legal an unsere Freunde der Legislative verkaufen dürfte?«

»Ich kann Ihnen versichern: Mein Mandant hätte Ihnen eine solche Einheit niemals verkauft. Jedes Dokument, das Sie jetzt herausziehen und das diesen Vorgang belegen soll, wäre mit Sicherheit eine Fälschung.«

»Ich stimme Ihnen voll zu, Sir. Mir oder meinen Sachwaltern hat die Firma Westinghouse Electric noch kein lizensiertes Wechselstromsystem verkauft – und wird das mit Sicherheit auch nie tun.«

»Also schön.«

»Was man allerdings nicht von allen Westinghouse-Lizenznehmern behaupten kann.«

Während Paul im Bellevue Hospital wiederhergestellt worden war, hatten Carter und Hughes Westinghouse dabei geholfen, an Hersteller vor Ort Lizenzen zu verkaufen, damit sie seine elektrischen Systeme bauen und vertreiben durften. Diese Betriebe waren eigenständige Unternehmen, die pro verkauftem Gerät eine Lizenzgebühr an Westinghouse abführten. Sie waren gehalten, die Kaufverträge zu nutzen, die Westinghouse ihnen zur Verfügung stellte – eben jene Verträge, die Carter und Hughes aufgesetzt hatten. Sollte einer dieser Fabrikanten einen eigenen Vertrag ausformuliert haben, konnte das eigentlich nur mit der ausdrücklichen *Absicht* geschehen sein, Westinghouse zu hintergehen. Und es musste von langer Hand geplant gewesen sein – als trojanisches Pferd im operativen Geschäft von Westinghouse.

Auf der Empore stand ein kleiner, dicklicher Mann auf. Alle Augen im Gerichtssaal richteten sich auf ihn, als er den Mittelgang bis zu Harold Browns Platz entlangschritt.

»Mit Zustimmung des Gerichts«, sagte der Mann, als er sich neben Brown gestellt hatte, »ich bin Charles Coffin, Vorsitzender der Thomson-Houston Electric Company, darüber hinaus Lizenznehmer der Firma Westinghouse Electric und berechtigt, Generatoren zu verkaufen, an wen auch immer ich will.«

Als Paul sich umdrehte, blickte er in das Gesicht des Mannes, den er zuletzt in seiner eigenen Kanzlei gesehen hatte, an dem Tag, an dem er aus dem Krankenhaus entlassen worden war.

»Dies hier ist ein Kontrakt über einen Wechselstromgenerator, den meine Firma an Harold Brown veräußert hat«, sagte Coffin. »Er gewährt ihm das Recht, dieses Gerät an jedwede juristische Person weiterzuverkaufen, an die er verkaufen möchte, zu den von ihm festzulegenden Konditionen. Und dieser Kontrakt wurde von meinen Leuten aufgesetzt, nicht von Mr Cravath oder seinen Partnern.«

Coffin zwinkerte Paul zu, der nicht glauben konnte, was er hörte, und vor Zorn ein hochrotes Gesicht bekam. Thomson-Houston hing ökonomisch vollständig von Westinghouse ab – ohne Westinghouse hätte dieses Unternehmen keinerlei

Überlebenschance. Angesichts dieses Betrugs würde Westinghouse natürlich jede Geschäftsbeziehung zu Coffins Firma abbrechen. Was dachte Coffin sich nur dabei? Außer natürlich …

Coffin richtete sein Unternehmen neu aus. Er war dabei, die Seiten zu wechseln.

Paul sagte: »Euer Ehren, ich bin mir relativ sicher, dass die Thomson-Houston Electric Company schon nächste Woche ankündigen wird, von Wechselstrom auf Gleichstrom umzusteigen. Und ab jetzt mit Edison zusammenzuarbeiten. Ich hege keinerlei Zweifel daran, dass Mr Coffin für sein betrügerisches Verhalten fürstlich entlohnt wird.«

»Ich denke, meine Vereinbarungen mit der Edison General Electric haben nicht das Geringste mit dem zu tun, was hier und heute verhandelt wird. Ganz davon abgesehen, dass meine Geschäfte Sie ab jetzt nichts mehr angehen.«

Richter Day brauchte nicht lange, um die Dokumente zu sichten und zu entscheiden, dass sie in der Tat genau das besagten, was Coffin und Brown behauptet hatten. Wenige Minuten später hatte Paul verloren. Ein weiteres Mal.

»Es war ein guter Versuch«, meinte Harold Brown, als sie den Gerichtssaal verließen. »Aber nicht gut genug.«

»Dass keiner von Ihnen beiden damit durchkommt, erkläre ich ab sofort zu meiner Mission.«

»Ist dem so?«, meinte Coffin lächelnd. »Und wie wollen Sie das anstellen?«

Paul öffnete den Mund, hatte aber keine geeignete Erwiderung parat. Er konnte an dieser Stelle nichts mehr unternehmen.

»Ach ja«, kam es noch von Brown, »vielleicht denken Sie demnächst mal über einen Schadenersatz für meine Bürotür nach. Mussten Sie das blöde Ding denn wirklich gleich eintreten?«

KAPITEL 49
DIE HINRICHTUNG DES WILLIAM KEMMLER

> Manchmal macht man bei der Einführung von etwas Neuem Fehler. Am besten gibt man diese Fehler sofort zu und macht damit weiter, seine anderen Innovationen zu verbessern.
>
> – STEVE JOBS

William Kemmler sollte am 6. August 1889 auf einem von Harold Brown entwickelten »Stuhl« hingerichtet werden. Den Stuhl wiederum würde man an einen Wechselstromgenerator anschließen. Der Generator war von Nikola Tesla ersonnen, von George Westinghouse zu einem funktionierenden System weiterentwickelt und schlussendlich von Charles Coffin gebaut worden. Über ihn würden über tausend Volt Wechselstrom in den Körper von William Kemmler fließen.

Brown besaß die Frechheit, sowohl Westinghouse als auch Paul eine Einladung zukommen zu lassen. Westinghouse warf den Brief aus dem Fenster. Edison würde dem Ereignis selbstverständlich auch nicht beiwohnen. Er hatte sich in der Öffentlichkeit einige Male über das ganze Brimborium in Buffalo geäußert, blieb aber standhaft »unbeteiligt«. Journalisten, die über die »Kontroverse« um Gleichstrom und Wechselstrom berichteten, fragten ihn, ob er denn glaube, dass mit Westinghouse' Strom das Vorhaben gelingen würde. Worauf Edison zur Antwort gab, dass der Westinghouse'sche Strom eine fürchterliche Sache sei, die außer für einen Mord für wenig anderes geeignet sei.

Was schließlich dazu führte, dass Paul als Einziger der Hinrichtung beiwohnte. Er fand einfach, jemand von ihrer Seite sollte zugegen sein. Paul hatte in seinem Leben schon die ein oder andere grausige Szene miterlebt. Vor einem Jahr hatte er über dem Broadway sogar bereits einen Menschen an einem Stromschlag sterben sehen. Er war niemand, der grundsätzlich vor dem Grotesken zurückschreckte. Wenn es dazu nun erneut kam, hatte er nicht vor, seine Augen zu bedecken.

Paul traf um sechs Uhr morgens am Staatsgefängnis von Auburn ein. Vor dem Tor war bereits eine große Menschenmenge versammelt. Reporter warteten auf erste Nachrichten, um sie an ihre Redaktionen zu schicken. Bürger hofften, einen kurzen Blick auf den toten Mörder zu erhaschen. Paul schob sich durch die Menge. Ein paar der Journalisten erkannten ihn. Er wollte aber mit niemandem sprechen. Vor allem nicht mit der Presse.

Als er das Gefängnistor passiert hatte, wurde Paul in einen Keller geführt, der erst vor Kurzem extra für das neue Verfahren renoviert worden war. Die Wände waren gestrichen, die Fenster geputzt und der Zuschauerraum neu bestuhlt worden. Als Paul die beiden Gaslampen an den Wänden sah, hätte er fast gelacht. Aber allzu viel Licht brauchte man hier auch nicht. Durch zwei große Fenster fiel die Morgensonne in den sterilen Kellerraum. Um die dreißig Gäste nahmen ihre Plätze ein. Es wurde verhalten geplaudert. Die meisten der Anwesenden waren Ärzte, die sehen wollten, was dieser sonderbare Strom mit menschlichem Fleisch anstellte. Auch zwei vom Gefängnisdirektor höchstpersönlich ausgewählte Reporter waren zugegen. Die juristische Gemeinschaft war vertreten durch einige Strafrechtsanwälte, einen Bezirksstaatsanwalt und Kemmlers Pflichtverteidiger. Außerdem war Richter Day anwesend. Und Harold Brown.

»Guten Morgen, Herr Anwalt«, sagte er zu Paul, der weit hinter ihm Platz nahm, auf einem Stuhl in der letzten Reihe. Bei dieser Vorstellung wollte man nicht unbedingt ganz vorn sitzen.

Um kurz vor halb sieben führten zwei Gefängniswärter den Verurteilten in den sonnigen Keller. Paul fiel auf, dass er bislang noch nicht mal ein Bild von Kemmler gesehen hatte. Wie ein Axtmörder beziehungsweise wie das, was Paul sich unter einem Axtmörder vorstellte, sah er nicht aus: Er war klein, trug einen sauber gestutzten Bart, hatte schmale Augen und dunkles Haar. Sein Dreiteiler war von einem anstandslosen sommerlichen Hellgrau.

Der Stuhl selbst war einigermaßen schlicht: Er war aus völlig normalem, dunklem Eichenholz gefertigt und hatte eine hohe Rückenlehne. Die Sitzfläche war lederbezogen. Aus Leder waren auch die Riemen, mit denen die Arme festgebunden wurden.

»Gentlemen«, sagte Kemmler zu den Versammelten, »Ihnen allen wünsche ich viel Glück im Leben. Wo die Reise jetzt für mich hingeht, weiß ich. Und ich weiß auch, dass es ein guter Ort sein wird. Ich kann nur hoffen, dass das auch für Sie gilt.«

Kemmler zog das Jackett aus. Er faltete es fein säuberlich zusammen und legte es auf einen nicht besetzten Platz.

Dann setzte er sich auf den Stuhl, der in der Mitte des Raumes stand. »Also denn, keine Eile, bitte. Lassen Sie sich Zeit und tragen Sie Sorge, dass Sie auch alles richtig machen.«

Die beiden Wärter brachten Elektroden an Kemmlers Rücken an. Dafür schnitten sie Löcher in sein weißes Hemd. Er seufzte, als sie das taten. Die Elektroden wurden dann mit langen Kabeln verbunden, die nach oben gen Decke liefen und in der Wand verschwanden.

Der für den Betrieb des elektrischen Stuhls nötige Wechselstromgenerator war groß und laut, weswegen man beschlossen hatte, ihn in einen anderen Raum zu stellen. Wenn es Zeit sein würde, an der Kurbel zu drehen, sollte der Gefängnisdirektor mit einer Glocke den Männern, die am Generator saßen, das Signal geben.

Die Wärter fesselten Kemmler mit den Lederriemen an den Stuhl. Zuerst seine Beine, dann den Bauch, die Unterarme und schließlich die Oberarme. Ein Kopfstück, ebenfalls aus Leder, wurde um seinen Schädel gelegt. Daran befestigt war ein nasser Schwamm, der in Kemmlers Mund geschoben wurde. Der Schwamm sollte die Zunge hinunterdrücken, das Kopfstück den Kiefer fixieren. Kemmler würde kein Wort sagen, ja noch nicht mal schreien können.

»Also dann«, sagte der Wärter und trat einen Schritt zurück. Paul sah zu Brown. Sein Gesicht leuchtete wie das eines Kindes am Weihnachtsmorgen, seine Schuhe tippten ungeduldig auf den Holzboden.

Paul war übel. In seinem Magen rumorte es bereits, bevor das Grauen überhaupt anfing.

Aber er würde die Augen nicht schließen. Er würde jedes Detail mitansehen. Wenn er genügend wertvolle, entsetzliche Fakten sammelte, gelang es ihm vielleicht besser, den gesamten Vorgang durchzustehen.

Ohne jede weitere Vorrede läutete der Direktor die Glocke. Das Klingeln war schrill und deutlich zu vernehmen. Der Direktor läutete mehrfach, damit keinerlei Missverständnis aufkommen konnte. Es war an der Zeit, dass Kemmler starb.

Plötzlich erzitterte der Körper des Gefangenen. Im angrenzenden Raum war eindeutig ein Schalter umgelegt worden, tausend Volt Wechselstrom liefen durch ihn hindurch. Seine Muskeln krampften. Die Hände bebten in der Luft, als wollten sie sich aus den Fesseln befreien. Wie Westinghouse es Paul bereits im Labor demonstriert hatte, verdammte Wechselstrom einen Körper nicht zur Regungslosigkeit. Kemmlers Muskulatur zog sich nicht permanent zusammen. Er hätte aufstehen können, wenn ihn die Lederriemen nicht an Ort und Stelle gehalten hätten.

Westinghouse' Wechselstromsystem wäre absolut ungefährlich gewesen, hätten sich Brown und Coffin nicht zusammengetan, um daraus explizit eine Tötungsmaschine zu entwickeln.

Paul sah, wie sich Kemmlers rechter Mittelfinger nach innen bog. Zuckend drückten sich seine Nägel so heftig in die eigene Handfläche, dass sie zu bluten begann.

Und das war's. Als der Strom siebzehn Sekunden lang durch Kemmler geflossen war, läutete der Direktor erneut die Glocke, und die Männer im Generatorraum stellten ihren Apparat ab. Alle Versammelten atmeten auf. Es war vorbei.

Paul sah zu Brown, der bereit schien, Beifall zu klatschen.

Paul erhob sich. Die Sommerluft draußen würde sicher helfen. Aber kaum war er aufgestanden, hörte er ein merkwürdiges Geräusch. Sehr schwach erst. Es kam aus der Richtung des elektrischen Stuhls. Auch alle anderen schienen es gehört zu haben. Köpfe reckten sich. Das Geräusch kam von William Kemmler.

Immer noch tropfte Blut von seinen Händen. Sein Kopf schlug von rechts nach links. Sein Brustkorb hob und senkte sich, als wieder Luft in seine Lungen strömte. Er gab undeutliche Laute von sich. Versuchte, trotz des Schwamms in seinem Mund etwas zu sagen.

»Grundgütiger«, sagte jemand. Auf den Gesichtern zeigte sich Entsetzen, als allen Versammelten klar wurde, dass Kemmler noch lebte. Paul sah, wie weißer Schaum aus dem Mund des Verurteilten quoll. Er versuchte zu atmen. In welchem unvorstellbaren Zustand mussten sich seine inneren Organe befinden?

Der Direktor brachte die Situation schnell wieder unter seine Kontrolle. Er bat die Männer, sich wieder zu setzen, und läutete heftig seine Glocke. Sie würden es ein weiteres Mal versuchen.

Und wieder schoss der Strom durch Kemmler. Aber der zweite Versuch erwies sich auch nicht als erfolgreicher als der erste. Der Gefangene bäumte sich gegen seine Fesseln auf, in stetigem Wechsel spannte sich jeder Muskel in seinem Körper an, löste sich und verkrampfte erneut. Der Schwamm in seinem Mund wurde schwarz, verkohlte wie ein Hühnchen in der Pfanne. Paul sah eine kaum sichtbare Rauchwolke von Kemmlers Haaren zur Decke steigen. Der Mann verbrannte bei lebendigem Leib.

Aber er starb immer noch nicht. Nicht beim zweiten Versuch – zur großen Bestürzung des Direktors und zum Entsetzen der Augenzeugen –, und auch nicht beim dritten.

Beim vierten Versuch protestierten die Zuschauer endlich lautstark. »Mein Gott«, rief einer der Ärzte, »Sie müssen damit aufhören, Mann, das ist ja Folter!« Niemand konnte dem widersprechen. Sogar die Journalisten flehten den Direktor an, diese Barbarei zu beenden. Aber hier waltete das Gesetz. Der Direktor war verpflichtet, seinem Text Folge zu leisten. Er hatte seine Anweisungen, und zwar aus dem Büro des Gouverneurs selbst. Und er hatte die Absicht, sie auch auszuführen.

Harold Brown stand auf und ging zu dem Direktor. Sie unterhielten sich kurz im Flüsterton. Es sah aus, als ob Brown ihm einen Ratschlag erteilte. Aber der Direktor schüttelte den Kopf und verwies Brown umgehend auf seinen Platz. Das hier war Angelegenheit des Staates.

Und wieder floss der Strom in Kemmlers Körper. Der Gefangene wehrte sich derart heftig gegen die Lederriemen, dass seine Haut riss. Sein Mund und seine Augen wurden schwarz. Das Blut tropfte nicht länger aus seinen Händen, sondern schoss in hellen Fontänen daraus hervor. Dunkler Rauch stieg von seinem Kopf auf.

Und dann schoss, ganz plötzlich, eine blaue Stichflamme aus seinem Mund. Paul sah, wie dasselbe blaue Höllenfeuer, das er schon über jener Straße Manhattans gesehen hatte, Kemmlers Schädel in Brand setzte, seine Haare entflammte und dann über seinen ganzen Körper hinwegfegte. Es sengte ihm die Haut von den Knochen.

Alle Zuschauer sprangen auf, als das Blut durch den Kellerraum spritzte. Paul befand sich unter denjenigen, die umgehend zur Tür rannten.

Er übergab sich im Gefängnishof. Da er noch nichts gegessen hatte, kam lediglich ein bitterer Klumpen Galle heraus. Paul kniete im Staub und spuckte sich den Geschmack von den Lippen.

Dann sah er zu seinen Mitzeugen. Er war nicht der Einzige, dem übel war. Die Ärzte, eher gewohnt an den Anblick von

Blut, hatten sich Zigaretten angezündet. Sie redeten gestikulierend aufeinander ein, versuchten zu benennen, was sie da gerade erlebt hatten. So hatten sie einen Körper noch nie reagieren gesehen. Ihr privates Entsetzen war durchsetzt mit professioneller Neugier.

Die Reporter machten sich hektisch Notizen. Paul realisierte, dass sie binnen weniger Minuten ihre Berichte über das Gesehene losschicken und die Szene landesweit in vielen Zeitungen bildreich schildern würden. Westinghouse' Wechselstromsystem hatte sich gerade als ein spektakulär dürftiges Mordinstrument erwiesen. Hätten Edison und Brown die hartnäckige Risikolosigkeit von Wechselstrom beweisen wollen – es hätte ihnen nicht besser gelingen können.

Aber Paul war immer noch schlecht. Obwohl er seit langer Zeit mal wieder das Gefühl hatte, dass ein Punkt an seine Seite gegangen war.

Als er sich umdrehte, sah er Brown schnellen Schrittes durch das Gefängnistor nach draußen gehen. Er glaubte, auf seinem Leinenjackett dunkle Flecken auszumachen. Und auf seinen Hemden auch.

KAPITEL 50
WENN LONDON ZITTERT … BEBT NEW YORK

Die Investition in Wissen bringt noch immer die besten Zinsen.

– BENJAMIN FRANKLIN

George Westinghouse trug lediglich ein Hemd, als Paul durch die Flügeltür seines privaten Arbeitszimmers hereingestürmt kam. In Anbetracht der Ereignisse des Vortags war Paul seine freudige Erregung etwas peinlich. Aber trotzdem: Ein reueloser Axtmörder war bestraft worden, und sein Tod hatte der Öffentlichkeit das Ausmaß von Edisons Lügen über den ach so gefährlichen Wechselstrom vor Augen geführt. Niemand konnte jetzt mehr glauben, dass Wechselstrom außergewöhnlich lebensbedrohlich war. In den Zeitungen waren die entsprechenden Fragen bereits gestellt worden: Hatte Brown sich schlichtweg geirrt? Oder hatte er gelogen? Wenn Letzteres zutraf: Warum?

Solch gute Nachrichten hatte Paul seinem Mandanten noch nicht oft überbringen können.

»Mr Cravath?« Westinghouse warf einen Blick auf seine Taschenuhr.

»Ich hatte doch telegraphiert, Sir? Sie haben doch sicher die Nachrichten aus Buffalo gehört?«

Mit einem gewissen Stolz holte Paul die aktuelle Ausgabe der *New York Times* aus der Manteltasche und warf sie mit lautem Klatschen auf Westinghouse' Schreibtisch.

In fetten Lettern prangte die Schlagzeile auf dem Titelblatt: ELEKTRISCHE GRAUSAMKEIT IN BUFFALO – IST EDISON SCHULD?

»Es gibt keine Zeitung, die jetzt nicht kritisch zu Edison recherchiert«, sagte Paul. »Alle schreiben, dass Brown ein Aufschneider war und jemand ihn angestiftet haben muss.«

Westinghouse sagte nichts. Er starrte auf die Zeitung hinunter, nahm sie dann in die Hand und bedachte die Schlagzeile mit einem langen, intensiven Blick.

»Das ist gut«, sagte er dann.

»Ja, das ist gut«, sagte Paul, der auf eine andere Reaktion gehofft hatte. »Ihr Strom ist viel zu sicher, um für Hinrichtungen geeignet zu sein. Auch wenn sie sich redlich bemüht haben: Sie hätten es fast nicht geschafft, einen Mann damit zu töten. Jede Zeitung im Land schreibt ähnlich über die Geschichte: Wechselstrom ist *zu* sicher. Der Skandal dreht sich nicht länger um die besorgniserregende Gefährlichkeit Ihres Stroms, sondern um dessen besorgniserregende Sicherheit.«

»Wir werden mehr Anlagen verkaufen.«

»Wir werden *deutlich* mehr Anlagen verkaufen.« Die verhaltene Reaktion seines Mandanten ließ Paul stutzig werden. Der Verkauf von Wechselstromgeneratoren war in letzter Zeit etwas ins Stocken geraten. Aber das, was sich jetzt ereignet hatte, würde die Verkaufszahlen wieder nach oben treiben. War dies nicht ein lang ersehnter Moment des Triumphs? Westinghouse allerdings machte ein Gesicht, als wären sie auf einer Beerdigung.

»Das müssen wir auch«, sagte er, ließ die Zeitung sinken und lehnte sich in seinem Stuhl zurück. »Wir sind nämlich bankrott.« Es kam so abrupt, dass Paul erst gar nicht wusste, was er meinte.

»Was?«

»Nun ja, noch nicht ganz. Aber bald. Sehr bald.«

»Das verstehe ich nicht…« Auch wenn der Umsatz in jüngster Zeit etwas zurückgegangen war – so schlecht konnte es doch gar nicht stehen.

»Vielleicht haben Sie die falschen Zeitungen gelesen«, meinte Westinghouse und zog unter einem Stapel Korrespondenz auf seinem Schreibtisch eine zusammengefaltete, nicht sehr dicke Zeitung hervor, die er auf Pauls *New York Times* legte. Es war das *Wall Street Journal.*

WENN LONDON ZITTERT ... BEBT NEW YORK. Die Unterzeile war weniger sensationsheischend und eher deskriptiv: »Gerüchte vom Zusammenbruch der Baring Bank erreichen uns über den Atlantik.« Eine zweite Unterzeile ergänzte hilfreich: »Eines der ältesten Bankhäuser der Welt wird möglicherweise Opfer der argentinischen Aktienkrise – Was bedeutet das für die USA?«

»Diese verdammten Argentinier«, sagte Westinghouse. »Jeder hat damals gedacht, dass das eine sichere Sache ist.«

Paul nahm das *Wall Street Journal* zur Hand und überflog die linke Spalte. Soweit er das auf die Schnelle beurteilen konnte, berief sich der Bericht ausschließlich aufs Hörensagen, auf unbelegte, nicht gesicherte Gerüchte. Gewisse »Andeutungen« seien in den vergangenen Tagen »immer lauter geworden«. Und diese Hinweise legten den möglichen baldigen Zusammenbruch des Bankhauses Baring Brothers in London nahe. Da dieses Haus bereits seit 120 Jahren sämtlichen Finanzmarktturbulenzen die Stirn bot, war es sehr unwahrscheinlich, dass es mit seinem Problem allein dastand. »Der Schock wäre nicht größer, wenn die Bank of England selbst infrage gestellt würde«, stand in dem Artikel. Es folgten weitere sachliche Informationen über die Angelegenheit mit Argentinien, darunter die Rezession in ganz Südamerika, die Blase in Brasilien und andere Problemquellen auf dem Subkontinent, die sich zu einer Flutwelle ausweiten würden, träfen sie auf den nördlichen.

»Aber wieso bedeutet das für uns den Bankrott?«, fragte Paul. »Das Unternehmen gehört doch nicht den Baring Brothers.«

»Aber wie viele von unseren Gläubigern sind bald deren Gläubiger?«

Paul begann, die Tragweite des Problems zu verstehen.

»Ihre Gläubiger werden also schneller als erwartet die Rückzahlung ihrer Darlehen verlangen.«

»Sehr viel schneller«, antwortete Westinghouse und deutete auf einen Brief, der auf dem Schreibtisch lag. »Das da kommt von A. J. Cassatt. Er hätte sein Darlehen gern kommenden Freitag zurück.«

»Meine Güte, heute ist Dienstag.«

»Haben Sie das auch in Ihrer Zeitung gelesen?«

»Um wie viel geht es?«

»Schwer zu sagen. Aber dieser Brief wird sicher nicht der letzte sein, den ich diese Woche erhalte. Ich habe mir noch mal unsere Zahlen angesehen ... Es ist kein Geheimnis, dass wir momentan Verluste schreiben. Was unter normalen Umständen auch kein Problem wäre. Die meisten Unternehmen, die im Wachstum begriffen sind, greifen zur selben Taktik.«

»In welcher Höhe sind wir denn verschuldet?«

»*Sie*, Mr Cravath, sind überhaupt nicht verschuldet. *Ich* habe Schulden von annähernd drei Millionen Dollar.«

»Und wie ist es um die Aktivposten der Firma bestellt?«

»Alles in allem? Belaufen sie sich auf ungefähr zweieinhalb Millionen.«

Paul fing an, über das Problem nachdenkend im Zimmer auf und ab zu gehen. »Wir müssen also mindestens fünfhunderttausend Dollar Kapital auftreiben, um Ihre Gläubiger dazu zu bringen, das Unternehmen nicht pfänden zu lassen.«

»Es ist mir eine Freude zu sehen, dass Sie ihre Hausaufgaben in Mathematik gemacht haben.«

Vor den bis unter die Decke reichenden Bücherregalen an der gegenüberliegenden Wand blieb Paul stehen und drehte sich zu Westinghouse um.

»Nicht *Sie* sind verschuldet. Sondern Ihre Firma. Das ist mal das Eine. Also sind nicht Sie allein davon betroffen.«

»Sie irren sich«, kam es von Westinghouse.

»Was meinen Sie?«

»Ich habe dieses Haus und allen Hausrat als Sicherheit eintragen lassen. Möglicherweise ist das Ganze keine ganze halbe Million wert, aber ein einfaches Mietshaus ist es nun auch wieder nicht.«

Paul wusste, dass George Westinghouse die Belange seines Unternehmens schon immer sehr persönlich genommen hatte. Es trug seinen Namen, und er behandelte die betriebliche Körperschaft wie einen Teil seines eigenen Körpers. Sollte er dies auf emotionaler Ebene ruhig tun – es war etwas ganz anderes, damit praktisch das Obdach seiner Frau zu riskieren.

Als er den Ausdruck auf Pauls Gesicht sah, lächelte Westinghouse ein trotzig-naives Lächeln: »Was Sie für einen schweren Fehler halten.«

»Sir, es geht dabei immerhin um Ihre Familie«, meinte Paul.

»Wollen Sie mir jetzt eine Ihrer Predigten halten? Sie sind ja ganz gut, mein Junge, so viel muss man Ihnen lassen. Aber mich davon zu überzeugen, meine Firma untergehen zu lassen, ohne zu ihrer Rettung vorher alles in die Waagschale zu werfen, was ich besitze, nun ... das schaffen Sie nicht, dazu sind nicht mal *Sie* eloquent genug.«

Paul wusste, dass er sich nicht durchsetzen würde. Das Erste, was er gelernt hatte, wenn es darum ging, andere zu überreden, war: Man muss immer wissen, wann und wozu sie sich überhaupt überreden lassen würden. An jenem Tag war ihm klar, dass Westinghouse seine Meinung in keinem Fall ändern würde. Und genauso sicher wusste er, dass er seinen Mandanten nur würde retten können, indem er die drohende Insolvenz eigenhänig abwehrte.

KAPITEL 51
MILLIONÄRE, DIE LEIDER NICHT ZUR VERFÜGUNG STEHEN

> Lerne zuerst die Regeln des Spiels – und spiele dann besser als jeder andere.
>
> – ALBERT EINSTEIN

Im Laufe der nächsten Wochen unternahmen Paul und Westinghouse wechselweise Wallfahrten zu den vermögendsten New Yorker Financiers. Die Stationen ihres Kreuzwegs hießen Wall Street, Union Square und Madison Square. Nicht ein einziger Millionär blieb von ihren andächtigen Demutsbezeugungen verschont. Westinghouse schwor den Sünden seines Unternehmens ab. Die finanzielle Promiskuität würde ein Ende finden. Die Unternehmensführung gelobte Sparsamkeit. Die beiden Männer ersuchten um mehr als nur Segenswünsche. Sie baten um Absolution.

Die Forschung und die Entwicklung neuer, raffinierterer Produkte würden vorläufig unterbrochen, man würde sich ausschließlich auf Herstellung und Wirtschaftlichkeit bereits existierender Produkte konzentrieren. Westinghouse verfügte über keine unerschöpfliche Kriegskasse, wie Edison sie von J.P. Morgan finanziert bekam, weswegen seine Firmenkultur naturgemäß anders war. Er hatte es nie darauf abgesehen, eine Kopf-in-den-Wolken-Ideenfabrik zu sein. Bei Westinghouse wurde noch *gearbeitet*. Das Unternehmen würde weiter Elektrogeräte herstellen, und zwar die weltweit besten. Das war schon immer das Firmenziel gewesen – und würde es auch bleiben.

Man wollte sogar die Entwicklung einer neuartigen und sich von Edisons gänzlich unterscheidenden Glühbirne aufgeben. Das dafür nötige Personal, das nach einem ganzen Jahr kein Stück vorangekommen war, konnte man sich schlichtweg nicht mehr leisten. Die Westinghouse-Ingenieure waren zwar gut, aber sie waren auch teuer, und keiner von ihnen war Nikola Tesla. Und jetzt ging es um das akute Überleben des Unternehmens.

Um über den nächsten Winter zu kommen, wäre zunächst nur eine bescheidene Finanzspritze vonnöten. Im Verhältnis zu dem Vermögen, das das elektrische Licht abwerfen würde, waren die paar Hunderttausend Dollar, die sie brauchten, um den Betrieb aufrechtzuerhalten, doch ein Klacks.

Aber jedes Mal, wenn Paul und Westinghouse ihr einstudiertes Bittgesuch vorgebracht hatten, wurden sie von zurückhaltenden Millionären auf der anderen Schreibtischseite daran erinnert, dass eine derart positive Unternehmenszukunft immer noch von einem Sieg über Edison abhing. Aus der sicheren Deckung ihrer mit Glasplatten belegten Eichenholztische folgerten sämtliche Bankiers recht schnell, dass die Westinghouse Electric Company nur wenig vom Kuchen abbekäme, wenn der Gleichstrom zum Standard erkoren würde. Das Problem war gar nicht, dass das Unternehmen nicht sparsam beziehungsweise effizient genug wirtschaftete, sondern dass es in seiner Existenz fundamental bedroht war. Wer profitierte denn davon, wenn man einem unheilbar kranken Mann noch kostspielige Medizin zur Verfügung stellte?

Doch sie hatten auch kleinere Erfolge zu verzeichnen. Sie bekamen frisches Kapital von Hugh Garden, A.T. Rowand und William Scott, was das Überleben des Unternehmens um einige fieberhafte Wochen verlängerte. Carter und Hughes nutzten ihre vielfältigen Verbindungen und hatten nach nur einer Woche Krise dringend nötige 130000 Dollar zusammengetragen, was ihnen einen ganzen weiteren Monat verschaffte. Paul aktivierte sein altes Columbia-Netzwerk und kratzte darüber ebenfalls einige zusätzliche Tage des Überlebens zusammen.

Das war jetzt die Größenordnung, in der gemessen wurde: Es ging nicht mehr um Dollars und Cents, sondern um Wochen, Tage, ja sogar um Stunden. Eine Million Dollar sicherte ein Jahr. Tausend Dollar reichten gerade so für einen Tag.

Die Kanzlei Carter, Hughes & Cravath beschloss einstimmig die Aussetzung der Anwaltshonorare bis nach der Krise. Die noch ausstehenden Geldbeträge wuchsen und wuchsen. Akribisch hielten die Anwälte die erbrachte Arbeitsleistung fest und notierten jede Besprechung, jeden aufgesetzten Brief und jeden unter den Gaslampen des Büros verbrachten späten Abend in einem ledergebundenen Wirtschaftsbuch. Dessen rechte Spalte füllte sich mit hypothetischen Dollars. Wer wusste, ob sie jemals ausgezahlt würden? Während die Kanzlei – und damit auch Paul – theoretisch immer vermögender wurde, war den drei Anwälten nur allzu bewusst, dass ihr papierner Reichtum möglicherweise nie zu echtem Geld werden würde. In der Hoffnung, noch eine Lücke in Edisons Patent zu entdecken, koordinierte Paul im Geheimen weiter seine »angestellten Anwälte« und bezahlte sie einerseits aus eigenen, rapide schmelzenden Rücklagen und andererseits mit kleinsten Geldbeträgen, die er hinter dem Rücken der anderen vom mageren Firmenkonto abzapfte. Nicht ein Tag endete mit großen Hoffnungen für den nächsten.

Irgendwann im September marschierte Agnes Huntington in sein Büro. Seit dem Abschied in Nashville waren vier Monate vergangen. Sie hatte keinen Termin mehr mit ihm gemacht.

Und er hatte ihr nicht geschrieben. Er hatte nicht gewusst, was er hätte schreiben sollen. Jetzt, da sie vor ihm stand, war er genauso sprachlos. Er wusste um ihr Geheimnis. Und sie um seine Gefühle. In diesem Dilemma saßen sie jetzt fest, verbunden durch die Misslichkeit ihrer Situation.

»Miss Huntington.« Den Namen auszusprechen fühlte sich nach allem, was sich zwischen ihnen zugetragen hatte, erneut unpassend an. Aber wie sollte er sie sonst nennen?

»Guten Morgen, Paul«, sagte sie und schloss die Tür hinter sich.

»Schön, Sie zu sehen«, sagte er und meinte es auch so. »Wollen Sie sich setzen?«

Die Septemberluft kam durch die offenstehenden Fenster herein. Erst am Vormittag hatte es geregnet, und der leichte Wind war klamm.

»Wie geht es Nikola?«, fragte sie.

Er erzählte ihr, was er wusste. Seinen Vater hatte er angewiesen, den Namen des Erfinders in seinen Briefen nicht zu erwähnen, schließlich konnten sie nicht sicher sein, ob nicht doch jemand Pauls Briefverkehr mitlas. Stattdessen sollte Erastus, immer, wenn er Tesla meinte, von den Sonnenblumen in seinem Garten schreiben. Dieses Versteckspiel gefiel dem alten Mann gar nicht, aber er verstand, dass es notwendig war. In seinem letzten Brief hatte er geschrieben, dass die Sonnenblumen üppig blühten. Sie standen in diesem Jahr zwar nicht ganz so hoch, wie er gehofft hatte, legten dafür aber eine zunehmend strahlende Farbe an den Tag.

Agnes machte Paul ein Kompliment, dass er die Angelegenheit mit der ihm eigenen Cleverness anpackte. Paul fühlte sich geschmeichelt. Sie beide hatten im Verlauf des letzten Jahres so viel Zeit in der Gesellschaft von Genies verbracht, dass er mit »clever« gern vorliebnahm.

»Und wie geht es Mr Jayne?«, fragte Paul, der immer noch nicht wusste, warum genau sie zu ihm gekommen war. Aber das Thema Jayne stand einfach im Raum, und er konnte es nicht unerwähnt lassen.

»Er hat mich im kommenden Monat zu einer Paris-Reise eingeladen. Danach werden wir drei Wochen durch Frankreich reisen und Sehenswürdigkeiten besichtigen. Seit meinen letzten Auftritten bin ich nicht mehr dort gewesen. Seine Familie … nun ja, sie besitzen ein Haus mitten in der Stadt, in Paris. Und ein Sommerhäuschen im Süden. In der Nähe von Lyon.«

Natürlich. »Und Sie werden heiraten?« Es fiel ihm schwer, diese Frage auszusprechen. Aber er musste sie stellen.

Sie schluckte. »Paul … Ich…« Sie sprach nicht weiter und setzte dann in einem unbeschwerteren Tonfall noch einmal an. »Ich glaube, der Zweck dieser Reise ist, mir dort einen Antrag zu machen.«

»Oh, natürlich.«

»Ich vermute, dass er dies in Paris mit dem Ring seiner Großmutter tun wird. Die Verlobung feiern wir mit einer mehrere Wochen langen Reise durch Frankreich, bevor wir nach Manhattan und Philadelphia zurückkehren, um unseren Familien zu eröffnen, was sie sicherlich längst wissen.«

»Werden Sie den Antrag denn annehmen?«

»Paul…«

»Wie findet er es denn, dass Sie in der Met auftreten? Er wird doch sicherlich wollen, dass Sie damit aufhören?«

»Henry ist ein guter Mann«, sagte sie. »Sie glauben, dass ich mich selbst verrate, seines Geldes wegen. Nun, lassen Sie mich sagen, dass er ein besserer Mann ist als die meisten anderen, und dass eine Frau sich glücklich schätzen kann, ihn zu bekommen. Nur weil er aus begütertem Hause stammt, ist er nicht gleich vollkommen unbedarft. Und wenn Sie wüssten, wie sehr ich mir schon gewünscht habe, mit dem professionellen Singen aufzuhören, wie oft ich beinahe alles aufgegeben hätte … Das ständige Gerangel um gesellschaftlichen Status ist es nämlich sicher nicht, was ich liebe. Und *singen* kann ich für jeden. Henry selbst hat auch keine so schlechte Stimme.« Sie sprach mit Bestimmtheit. Aber ihre Augen schimmerten feucht.

»Ich verstehe«, sagte er. »Und ich respektiere Ihre Entscheidung.«

»Sie haben mir gar nicht geschrieben.«

»Sie mir ja auch nicht. Ich habe versucht, meinen Prozess zu gewinnen – oder zumindest, ihn nicht zu verlieren.«

»Wir spielen also beide unsere Spielchen. Sie dürfen mir aber nicht vorwerfen, dass ich meines gewinne, nur weil Sie Ihres verlieren.«

Beide schwiegen für einen Augenblick. Paul fragte sich, ob

sie sich auch wie ein Bauer auf dem Schachbrett eines anderen fühlte.

»Ich bin nicht hergekommen, um mit Ihnen über Henry Jayne zu sprechen«, sagte Agnes schließlich. »Ich bin wegen Ihres Falls da. Wegen Westinghouse. Ich weiß, dass Sie bei jedem Kreditgeber südlich der 14. Straße waren, um Gelder zu erbetteln. Und ich weiß auch, dass es nicht besonders gut läuft.«

»Woher…« Paul musste nicht weitersprechen, er kannte die Antwort. »Jayne.«

»Er weiß natürlich, dass Sie mein Anwalt sind. Und er hat mir von Ihren Problemen erzählt. Jeder Bankier in der Stadt ist darüber informiert. Aber er hat mir etwas erzählt, das … nun ja, eben nicht jeder Bankier weiß. Er hat mir gesagt, warum Sie derartige Schwierigkeiten beim Geldauftreiben haben.«

»Und warum?«

»Wegen J.P. Morgan.«

»Morgan besitzt sechzig Prozent der Anteile an Edison General Electric«, sagte Paul. »Als Privatmann.«

»Genau«, sagte Agnes, »aber überlegen Sie mal, was ihm sonst noch gehört.«

Seine Gedanken überschlugen sich, er wusste nicht, worauf sie anspielte. Außer mit seinem Mehrheitsanteil an EGE war Morgan an so gut wie jedem zweiten an der New Yorker Börse gelisteten Unternehmen beteiligt. Was ja genau der Grund gewesen war, warum Westinghouse Paul angestellt hatte.

»Aha, Morgans Leute haben also sämtlichen potenziellen Investoren schon vor mir einen Besuch abgestattet. Morgan hat ihnen gedroht: ›Wenn Sie auch nur einen Dollar in Westinghouse investieren, werden Sie es bereuen.‹«

»Das stellt er schlauer an. Morgan droht nicht – er macht einfach das bessere Angebot. Wer über Kapital verfügt, das er während der Krise jetzt lieber anlegen will, den lässt er wissen, dass es in *seinen* Firmen sicherer aufgehoben ist. In der Northern Pacific Railway. Und in einigen anderen. Er bietet sehr gute Konditionen. Sehr viel bessere als alles, was Sie bieten könnten.«

»Er hat sich also gar nicht ihre Angst, sondern ihre Habgier zunutze gemacht.« Unbestreitbar ein brillanter Schachzug. »Aber woher wusste er, wen ich aufsuchen wollte? Wie hat er es geschafft, noch vor mir da zu sein?«

»Das weiß ich nicht. Er ist eben J.P. Morgan. Er beherrscht dieses Spiel einfach am besten auf der Welt.« Ungesagt blieb, dass Morgan und Edison letztendlich genau deswegen gewinnen würden. Menschen ihres Schlags gewannen immer. Manhattan belohnte die seinigen. Paul würde über kurz oder lang entsorgt werden. Weggeworfen, weit weg vom Washington Square, von der Wall Street, vom Broadway – und sicherlich sehr weit weg von Agnes.

Inmitten von Pauls tiefer Traurigkeit regte sich eine eiserne Entschlossenheit. »Aber wir haben ein paar Geldgeber gefunden. Und ich werde noch weitere finden. Ich werde nicht aufgeben.«

Agnes lächelte. »Ich weiß. Das wusste ich schon vom allerersten Augenblick an.«

Und damit war es für sie an der Zeit, wieder zu gehen. Er würde weit außerhalb von New York nach Investoren suchen müssen. Aber ob das dann einen Unterschied machte? Er wusste es nicht. Aber sie hatte ihm zumindest einen Weg gezeigt, in Würde unterzugehen.

Für einen kurzen Moment blieben beide in der Tür stehen. Er reichte ihr die Hand. Aber in dem Moment, als ihre Finger die seinen berührten, wusste er, dass er dieser Berührung nicht gewachsen war.

Sie aber zog die Hand noch vor ihm weg. War das hier für sie genauso unerträglich wie für ihn?

Sie wandte sich um und ging ohne ein weiteres Wort.

Es dauerte einige Zeit, bis Paul an seinen Schreibtisch zurückkehren konnte.

KAPITEL 52
ENDZEIT

> Ich bin überzeugt davon, dass pures Durchhaltevermögen die Hälfte des Unterschieds zwischen einem erfolgreichen und einem nicht erfolgreichen Unternehmer ausmacht.
>
> – STEVE JOBS

Während der schwüle Sommer des Jahres 1889 langsam zum Herbst abkühlte, fingen die tektonischen Platten unter dem globalen Bankensystem an, sich zu verschieben. Die Gerüchte über die katastrophalen Spekulationen der Baring Bank mit argentinischen Staatsanleihen hatten sich zu Tatsachen verhärtet, und der Schuldenberg, den Edward Baring im Laufe der Jahre angehäuft hatte, erwies sich als instabiler als gedacht. Panik setzte ein. Der Kapitalfluss, Lebenssaft des Finanzwesens, war vergiftet. Im September griff die Bank of England ein und sicherte die Verluste von Baring ab, um eine weltweite Depression zu verhindern. Aber schon im Oktober erwies sich auch diese Maßnahme als nicht ausreichend. Sogar der britischen Regierung fehlte das Kapital, um Sir Edward aus der Patsche zu helfen. Glücklicherweise ließ Lord Rothschild die Finanzkraft seiner Familie der Sache angedeihen. Den britischen Schatzkanzler rügte er wie ein unreifes Kind.

Als die Novemberstürme über die Ostküste fegten und den Bankern die steifen Hemdkragen gegen den Hals drückten, trotzte New York dem Abwärtstrend aus London. Eine Rekordweizenernte im Sommer bescherte der Wall Street Aufwind. Die Exporte erreichten ein noch nie gesehenes Volumen.

Und trotzdem wurde die Rochade, mit der Paul Westinghouse' Schulden von einem Investor zum nächsten verschoben hatte, zeitgleich mit dem ersten Dezemberfrost als eben jener billige Taschenspielertrick entlarvt, der sie gewesen war. Türen, die ihnen im August noch offen gestanden hatten, waren nun verschlossen. Weil immer weniger Investitionen tatsächlich sicher zu sein schienen, saß das Geld nirgendwo locker. Das wenige, das in Manhattan überhaupt noch in Umlauf war, gelangte nicht bis nach Pittsburgh. Und alle möglicherweise zur Verfügung stehenden größeren Töpfe wurden von dem Fluch namens J.P. Morgan blockiert.

Die Ungefährlichkeit von Wechselstrom wurde zunehmend zur weithin anerkannten Tatsache, und immer größere Städte entschieden sich für Westinghouse-Generatoren und nicht für Edisons. Aber egal was für wertvolle Umsätze die Verkabelung von Elmira, New York, und Baltimore, Maryland, auch generierte: Die Unternehmenskosten konnten sie nicht einmal annähernd decken. Die Lizenzgebühren, die sie auch in Teslas Abwesenheit weiterhin an dessen Anwalt zahlten, vergrößerten nur die weit klaffende Lücke zwischen Betrieb und Profitabilität. Finanztricks, über die man sich einst mokiert hatte, schienen sehr bald überlebensnotwendig. Die Kassen von Westinghouse gaben ihre letzten Groschen her, und angesichts der zunehmenden Geldknappheit spürte Paul, wie sich das unvermeidliche Wort langsam in seinem Mund formte.

Hughes war allerdings der Erste, der es aussprach – und zwar nicht während einer ihrer abendlichen, spärlich beleuchteten Notfallkonferenzen, sondern an einem klaren, kühlen Morgen, als er gerade zur Tür hereinkam. Es gab keine Vorrede und keine Erklärung, warum er das Thema gerade jetzt anschnitt. Er sagte es einfach.

»Wir müssen anfangen, den Konkurs vorzubereiten.«

Und schneller als gedacht sprach auch Paul es aus. Ohne groß zu überlegen gab er zurück: »Ich habe mir die Verfahrensabläufe schon mal angesehen. Die '74er Revision des Insolvenzgesetzes von 1867 ist zwar etwas vertrackt, aber ich denke, ich steige mittlerweile ganz gut durch.« Es war, als hätten sie die Qual, eine furchtbare Entscheidung treffen zu müssen, einfach übersprungen und sich direkt in die praktische Umsetzung gestürzt.

Den gesamten Vormittag verbrachten sie damit, einen Schlachtplan zu entwickeln. Die Schulden der Westinghouse Electric Company waren hoch, die Gläubiger vielzählig. Absolut vorrangig war es, Westinghouse' hochprofitablen Eisenbahnbetrieb strikt von seinen ausnehmend unprofitablen Vorstößen ins Feld der Elektrizität getrennt zu halten. Die Westinghouse'schen Druckluftbremsen würden noch über Jahrzehnte solide Umsätze einfahren; Ziel war jetzt, diese Einkünfte zu einer Art Stütze für die anderen Betriebssparten umzumünzen. Sie würden versuchen, die Dinge so zu arrangieren, dass er sein Haus behalten konnte.

Sie brauchten nicht mal eine Woche, um für ihr Vorgehen ein grundlegendes Konzept zu entwickeln. Es war eine emotionslose Plackerei. Sie sezierten den Leichnam von Westinghouse' Unternehmen mit klinischer Distanz. Paul konnte sich ganz der Komplexität dieser Aufgabe widmen und darüber alle weiteren Konsequenzen zunächst ausblenden.

Hughes Ehefrau – Carters Tochter – sollte noch vor dem Jahreswechsel ihr erstes Kind bekommen. Pauls Seniorpartner würden sich einfach neuen Fällen widmen, ihre Karrieren weitertreiben und ein erfülltes Leben leben. Was mit Paul geschehen würde, war sehr viel ungewisser.

An dem Dienstagmorgen, als Paul und seine Partner fertig waren, schien die Sonne. Müde betrachteten sie die sorgfältig aufgetürmten Papierstapel vor sich. New York wachte auf, dachte Paul, und sie waren endlich so weit, Westinghouse schlafen zu legen. Mit beiden Händen umfasste Paul die warme Porzellantasse und trank in kleinen Schlucken seinen schwarzen Kaffee. Carter rauchte. Hughes starrte aus dem Fenster, als gäbe es irgendwo hinter den Ziegelsteinen der Nachbarhäuser einen Ort, an dem er jetzt lieber wäre.

»Also dann«, sagte Carter und legte die Zigarre auf den Tisch, »wer sagt's ihm?«

KAPITEL 53
DAS ZWEITGEHEIMNISVOLLSTE TELEGRAMM, DAS PAUL JE ERHALTEN HATTE

Viele Versager bemerkten nicht, wie nahe sie am Erfolg waren, als sie aufgaben.

– THOMAS EDISON

Es war eine lange Zugfahrt nach Pittsburgh. Im Laufe der letzten anderthalb Jahre war Paul die Strecke viele Male gefahren, aber diesmal kam ihm die Fahrt unendlich länger vor. Die graue Prärie Pennsylvanias zog sich endlos dahin. Paul fühlte sich, als würde er langsam, ganz langsam an den Galgen geführt. Und während er der vergoldeten Schlinge immer näherkam, empfand er vor allen Dingen eines: Scham.

Ständig versuchte er, sich das Gesicht von Westinghouse vorzustellen. Westinghouse hatte alles richtiggemacht: Er hatte im großen Stil gezockt, und er hatte dabei auf die richtigen Dinge gesetzt – erst aufs elektrische Licht, dann auf den Wechselstrom. Er hatte einen Markt der Zukunft erkannt, die technischen Probleme identifiziert, die es zu lösen galt, um diesen Markt bedienen zu können, und dann das weltbeste Produkt entworfen und hergestellt, um die bestehende Marktlücke zu füllen. Was sollte man denn sonst noch von einem Geschäftsmann verlangen?

Einen besseren Anwalt, den könnte man verlangen. Ob Westinghouse in dieser Lage wäre, wenn Carter von Beginn an den Hut aufgehabt hätte? Hätte Hughes einen Verhandlungsweg aus der Misere gefunden, wenn man ihm die Möglichkeit dazu gegeben hätte? Oder irgendjemand anderes? Warum nur war George Westinghouse so dumm gewesen und hatte die Zukunft seines Unternehmens ausgerechnet *Paul* anvertraut?

Zu dem Zeitpunkt, als er Westinghouse als Mandanten gewonnen hatte, war Paul als vielversprechendes Talent bezeichnet worden. Er hatte sich allerdings nicht so gefühlt. Und erst jetzt, am Ende seiner kurzen Anwaltskarriere, wurde er sich über das Ausmaß seiner früheren Erfolge bewusst. Jetzt, da diese Erkenntnis nutzlos war, sah er, wie kostbar die Arbeit zu Beginn seiner Laufbahn gewesen war. Er hatte es weit gebracht. Wie viele Menschen konnten das schon von sich behaupten?

Und wie viele Menschen verspielten ihre Vorschusslorbeeren derart leichtfertig?

Niedergeschlagen betrat Paul das mittig auf dem Westinghouse-Grundstück gelegene Herrenhaus.

Der Butler nahm ihm den Mantel, den Hut und die zerschlissenen Handschuhe ab. Mr Westinghouse befinde sich im Arbeitszimmer. Langsam durchschritt Paul das Haus. Sehr wahrscheinlich war er heute zum letzten Mal hier. Westinghouse würde ihm sicherlich weiterhin freundlich begegnen. Vielleicht würde Marguerite ihn sogar gelegentlich zum Dinner einladen. Aber Paul wusste, er würde es nicht ertragen, eine solche Einladung anzunehmen. Seine Scham saß so tief, dass er sich noch nicht mal vorstellen konnte, George Westinghouse jemals wieder unter die Augen zu treten.

Auf der Schwelle zum Arbeitszimmer blieb Paul stehen. Westinghouse saß hinter seinem riesenhaften Schreibtisch, vertieft in irgendwelche Pläne. Technische Entwürfe, die höchstwahrscheinlich nie realisiert würden.

Paul stand eine ganze Weile abwartend da. Er atmete so tief ein, wie noch nie zuvor, und öffnete dann den Mund.

»Mr Westinghouse, wir müssen reden.«

Westinghouse schaute nicht auf. »Ja, ja«, murmelte er, den

Blick immer noch unverwandt auf seine Skizzen geheftet. »Nehmen Sie doch Platz, mein Junge.«

Paul war nicht danach, sich zu setzen. Er blieb noch einen Augenblick stehen und sammelte Kraft.

Dann klopfte es laut an der Tür.

»Herein!«, rief Westinghouse.

Der Butler betrat den Raum. »Entschuldigen Sie, Sir. Aber es ist gerade ein Telegramm für Sie eingetroffen. Mit dem Vermerk ›dringend‹.«

»Schön, schön«, sagte Westinghouse, »bringen Sie's her.«

»Es ist für Mr Cravath.«

Carter und Hughes würden in einem solchen Moment sicher nicht stören. Sie wollten so wenig mit dieser Unterredung zu tun haben wie irgend möglich. Aber wer sonst wusste um seine Anwesenheit hier?

Paul nahm das Telegramm entgegen und schälte das Wachssiegel ab.

Zweifelsohne war dieses hier das zweitgeheimnisvollste Telegramm, das er jemals erhalten hatte.

»Die Sonnenblumen in Tennessee sind voll erblüht«, stand auf dem Papier. »Ein herrlicher Anblick. Das müssen Sie mit eigenen Augen sehen. Bitte kommen Sie doch so schnell wie möglich nach Nashville.«

Unterschrieben war das Telegramm mit »A.G.«

KAPITEL 54
TEESTUNDE BEI DEN CRAVATHS

Kern aller Wissenschaft ist das Gleichgewicht zwischen zwei auf den ersten Blick unvereinbaren Haltungen: der Offenheit für neue Ideen, egal wie bizarr oder kontraintuitiv sie sein mögen, und der schonungslos kritischen Befragung aller Ideen, egal ob alt oder neu. Nur so lässt sich tiefe Erkenntnis von tiefem Unsinn trennen.

– CARL SAGAN

»Wo ist Tesla?«, war das Erste, was Paul zu Agnes sagte. Sie saß – er hielt es fast nicht für möglich – tatsächlich in der Küche seiner Eltern in Nashville. Ruth Cravath erhitzte im Kessel Wasser für den Tee, während ein umtriebiger Erastus sich darum kümmerte, dass Agnes alles bekam, was sie brauchte. Offenbar weilte sie schon seit einigen Tagen hier.

Der glänzende Edelstein an Agnes' Ringfinger fiel Paul schnell auf. Er bemühte sich, nicht hinzuschauen. Wahrscheinlich hatte dieser Ring mehr gekostet als das Haus, in dem sie sich befanden – obwohl das nicht allzu viel bedeutete. Immerhin brauchte er sie so nicht zu fragen, ob ihre Frankreichreise mit Henry La Barre Jayne planmäßig verlaufen war.

»Paul«, kam es mahnend von Erastus, »du könntest unseren Gast ruhig etwas freundlicher begrüßen.«

»Wo ist Mr Tesla, Vater?«

»Üblicherweise ist er zum Abendessen wieder zurück.«

»Üblicherweise?«

Agnes hatte mehr Verständnis für Pauls Irritation und fing an zu erklären: »Ich habe vor einer Woche einen Brief bekommen, von einem gewissen Wilhelm Röntgen.«

Der Name sagte ihm nichts. »Aha.«

»Er ist Professor an der Universität Würzburg.«

»Sehr interessant.«

»Paul«, kam es von Ruth, »möchtest du eine Tasse Tee?«

»Mutter«, sagte Paul, der zunehmend frustriert war, »lass mich doch bitte einen Augenblick mit meiner Freundin sprechen.« Bei dem Wort »Freundin« zog Ruth eine Augenbraue hoch.

»Mr Röntgen hat mich darüber in Kenntnis gesetzt, dass er seit einiger Zeit Briefe erhält von einem Nikola Tesla. Jede Woche einen.«

»Wer hat denn zugelassen, dass Tesla Briefe verschickt?« Paul sah seinen Vater vorwurfsvoll an.

»Nikola wollte diesem Wissenschaftler in Deutschland schreiben«, sagte Erastus. »Ich dachte nicht, dass ihn das in Gefahr bringen würde.«

»Verdammt noch mal«, sagte Paul, »genau *das* bringt ihn aber in Gefahr!«

»Achte auf deine Sprache!«, rügte Erastus.

»Also bin ich hergekommen«, fuhr Agnes fort. »Röntgen schrieb mir nämlich, dass er eine überaus lebhafte Korrespondenz mit Tesla geführt habe und hoffe, ihn bei seinem in nächster Zeit anstehenden Besuch in Amerika kennenzulernen. Tesla wiederum hatte ihm darauf geschrieben, das sei nicht möglich, solange ich nicht meine Erlaubnis gebe. Um die Röntgen mich dann bat.«

»Und warum gerade Sie?«, fragte Paul.

Agnes starrte ihn an und sagte dann ruhig: »Weil er mir vertraut.«

Warum auch immer: Aber sie war es auch gewesen, an die Tesla sich nach dem Brand gewandt hatte. Und in ihrem Haus hatte er eine ganze Weile gewohnt. Agnes' Familie war zwar klein, aber Tesla hatte gar keine. Zusammen ergaben die beiden gänzlich unverhofft eine Art Geschwisterpaar.

»Und ich dachte mir: Wenn er Röntgen geschrieben hat, hat er vielleicht auch anderen geschrieben. Dass die Gemeinde der Wissenschaftler klein ist, darauf hatten Sie mich ja bereits sehr eindeutig hingewiesen. Und ich hatte mir für diese Spielzeit sowieso längst frei genommen, wegen meiner ... anderweitigen Reisen. Also bin ich hergekommen, um sicherzugehen, dass er nicht entdeckt worden ist.«

Pauls Eltern schienen mit allem, was da vor sich ging, vollkommen einverstanden zu sein.

»Er ist also in Sicherheit«, sagte Paul.

»Sie müssen sich ansehen, was er gemacht hat! Es ist magisch!«

»Was er gemacht hat?«

Lachfältchen zeigten sich auf ihrem Gesicht. »Das kann man nicht so einfach erklären.«

»Eine neue Glühbirne vielleicht?«, wollte Paul wissen, plötzlich hellwach. »Eine gänzlich eigenständige Wechselstromlampe? Daran hat er zumindest vorher gearbeitet.«

Ruth schaltete sich ein: »Am einfachsten ließe sich das wohl bei einem Besuch in Mr Teslas Labor herausfinden. Aber erst nach dem Tee.«

»In seinem *Labor?*«, stammelte Paul. »Wo soll das denn sein?«

Einen Augenblick lang herrschte Schweigen. Das Scheppern der vier Tassen, die Ruth ihnen servierte, war das einzige Geräusch in der Küche.

Agnes wandte sich an Erastus: »Sie sollten es ihm erzählen. Immerhin war es Ihre Idee.«

KAPITEL 55
FISK

Das Schönste, was wir erleben können, ist das Geheimnisvolle ... Wer es nicht kennt und sich nicht mehr wundern, nicht mehr staunen kann, der ist so gut wie tot und seine Augen erloschen.

– ALBERT EINSTEIN

»Wie hast du es geschafft, ihm ein Labor einzurichten?«, fragte Paul seinen Vater, als die Kutsche die kurvenreiche Straße in Richtung der Fisk University hinabfuhr. Die Pferde wirbelten Staubwolken auf, in der Luft stand ein mattbeige glänzender Schleier.

»Das hat er selbst gemacht«, antwortete Erastus. »Ich habe nichts weiter getan, als ihm einen ungenutzten Kellerraum zur Verfügung zu stellen.«

Agnes ergänzte vom Rücksitz: »So etwas wie das, was er da aufgebaut hat, habe ich noch nie gesehen.«

»Obwohl ich schon gar nicht mehr erwarte, dass man mir antwortet, frage ich trotzdem noch mal: Was hat er denn nun dort gebaut?«

»Ach, mein Sohn«, sagte Erastus, »ich habe es nicht so mit den Naturwissenschaften. Da musst du ihn schon selbst fragen.«

Agnes zuckte nur mit den Schultern. »Ich habe noch nicht mal den Unterschied zwischen Gleichstrom und Wechselstrom kapiert – und der Mann hat immerhin monatelang bei mir gewohnt.«

Als der Fisk-Campus ins Blickfeld rückte, wurde Paul auf

seinem Sitz unruhig. Obwohl erst ein Vierteljahrhundert alt hatte sich die Universität erheblich gemausert: Aus einem in einer aufgegebenen Armeebaracke untergebrachten Vorlesungssaal für freigelassene Sklaven war eine Institution mit tausend Studenten geworden. Ein halbes Dutzend sämtlich im neugotischen Stil erbauter Gebäude. Paul war vier Jahre alt gewesen, als sein Vater die Fisk University mitgegründet hatte. Er erinnerte sich nur undeutlich an diese Zeit, aber die Geschichten hatten am Abendbrottisch der Familie weitergelebt. Im ersten Jahrgang waren ausschließlich ehemalige Sklaven gewesen: manche erst sieben Jahre jung, manche siebzig Jahre alt, die wenigstens verfügten über viel Leseerfahrung, und noch viel weniger hatten vorher je eine Schulbildung genossen. Unterstützt vom Freedmen's Bureau und der American Missionary Association war die Einrichtung rasch gewachsen. Kürzlich hatte sie ihren ersten Studienbewerber der zweiten Generation gehabt, den Sohn eines ehemaligen Baumwollpflückers und Plantagenarbeiters aus West-Tennessee.

Als Paul das Labor im Keller der Jubilee Hall betrat, fand er dort einen äußerst wachen Nikola Tesla vor, der in einem dichtgedrängten Halbkreis mit fünf schwarzen Studenten zusammenstand. Sie hatten der Tür den Rücken zugewandt, keiner von ihnen bemerkte, wie Pauls Grüppchen den Raum betrat. Tesla und seine Studenten waren viel zu stark auf etwas konzentriert, das auf einem breiten, vor ihnen stehenden Metalltisch vonstattenging.

»Jetzt den Teller bewegen«, wies Tesla einen Studenten an. »Noch einen Fuß weiter. Ja. *Stopp.*«

Tesla machte sich an einem Apparat zu schaffen, während ein zweiter beflissener Assistent ein Ding, das für Paul nach einem Generator aussah, auf einen nebenstehenden Tisch stellte.

»Sie sagen, wann's losgehen soll«, kam es von jenem Assistenten. Alle Studenten trugen Anzüge in Braun oder Hellgrau. Am Hemdkragen hatte keiner von ihnen auch nur einen Knopf geöffnet. Nicht ein Ärmel war hochgekrempelt.

Die Studenten hatten offenbar die obsessive Gepflegtheit ihres Lehrers übernommen.

»Robert«, sagte Tesla, ohne von seinem Apparat aufzusehen, »klettern Sie an Bord des Tischs.«

Die Studenten tauschten unsichere Blicke.

»Entschuldigung, Sir?«, kam es von dem Größten unter ihnen.

»Mr Robert Miles«, sagte Tesla, »bitte heben Sie Ihren Leichnam an Bord dieses Tisches.«

»Sie wollen, dass ich mich auf den Tisch stelle?«, fragte Robert.

»Nein«, sagte Tesla, »stehen sollen Sie nicht. Ich will, dass Sie legen sich selbst vor den Schlauch.«

Auch wenn diese Anweisung wenig zur Klärung beitrug, tat Robert wie geheißen. Er studierte offenbar schon länger bei Tesla und wusste, dass man solche Bitten seines Lehrers, egal wie sonderlich sie sein mochten, nicht infrage zu stellen hatte.

Robert hievte sich auf den Tisch und legte sich so hin, dass seine Füße zu Tesla zeigten und sein Kopf zu einem silbrigen Teller, der Lichtreflexionen in den Raum warf.

»Rotieren Sie!«, sagte Tesla. Robert übersetzte dies rasant ins Englische und drehte sich um neunzig Grad. Seine langen Beine hingen jetzt über die Tischkante hinab, sein Kopf baumelte auf der anderen Seite, sodass Paul ihn nicht mehr sehen konnte.

»So?«, fragte Robert.

»Genauso wie so«, antwortete Tesla. »Und jetzt bitte heben Sie Ihr rechtes Bein.«

Robert bemühte sich, sein Bein in der Luft zu halten, während Tesla irgendetwas an dem Apparat vor ihm einstellte.

»Mr Jason Barnes«, sagte Tesla in die Luft. »Strom jetzt, bitte.«

Ein Student am Generator drehte an zwei Metallknöpfen. Die Maschine begann zu surren.

»Und hier werden Sie es haben«, sagte Tesla stolz und verstellte etwas an dem vor ihm stehenden Apparat. Der Student neben dem Silberteller beobachtete alles hochkonzentriert. Robert auf dem Tisch tat sein Bestes, um in vollkommener Regungslosigkeit zu verharren. Der ganze Raum schien nervös und erwartungsvoll tief Luft zu holen, während einige lange, angespannte Sekunden folgten.

Aber nichts passierte.

Aus zehn Sekunden unbehaglicher Stille wurden zwanzig.

Weder Tesla noch seine Studenten sahen auch nur einmal vom Tisch auf. Paul war einigermaßen verwirrt.

»Aha!«, kam es plötzlich von Tesla. Abrupt richtete er sich auf und überragte in seiner Körpergröße die um ihn Gescharten. »Mr Robert Miles, Sie dürfen von Bord gehen.«

Robert sprang vom Tisch. Alle Studenten starrten auf den Silberteller, der zu Pauls Überraschung anfing, schwarz zu werden.

»Sie werden alle geduldig sein für einen Moment«, sagte Tesla. »Die Salze haben jetzt ihre Reaktion.«

In diesem Augenblick bemerkte Tesla, dass er Besuch hatte.

»Mr Paul Cravath«, sagte er lächelnd, »es ist erfreulich, Sie zu visagieren.«

»Ganz meinerseits«, erwiderte Paul. Die Besucher an den fernen Gestaden von Teslas Geist kamen und gingen. Wie sie allerdings eintrafen und wieder abfuhren, schien Tesla weder zu wissen noch zu interessieren.

»Was haben Sie hier erschaffen?«, fragte Paul. Der Apparat auf dem Tisch war ihm vollkommen unbekannt. Sollte es aber das Gerät sein – oder eine Vorstufe desselben –, das Westinghouse so dringend benötigte, dann würde Paul nicht widerstehen können, Tesla physisch zu umarmen, ob es dem Erfinder nun passte oder nicht.

»In wenigen Sekunden Sie sollen sehen. Kommen Sie, kommen Sie, kommen Sie!«

Tesla bedeutete Paul und den mit ihm Eingetroffenen, zu ihm und seinen Studenten auf die andere Seite des behelfsmäßigen Labors zu kommen. Die hier versammelten Apparate und Maschinen waren nicht ganz so ungeheuerlich wie die,

die in seinem New Yorker Labor den Flammen zum Opfer gefallen waren, aber in ihrer Vielgestaltigkeit waren sie mindestens so eindrucksvoll. An einer Wand reihten sich gläserne Objekte in jedweder nur vorstellbaren Form – pilzförmige Birnen, dicke Ringe und lange, zerbrechlich wirkende Speere. Jedes war absolut klar und durchsichtig, von Hand staubfrei poliert, dass es glänzte. An einer anderen Wand befanden sich offensichtlich elektrische Bauteile: jene gewundenen Kupferspulen, spinnenbeinigen Antennen und exakt gewichteten Getriebe, die das Rückgrat von Teslas Arbeit darstellten. Mithilfe dieser Gerätschaften zähmte Tesla den geheimnisvollen Strom der elektrischen Energie und schuf damit ... etwas. Der Wechselstrommotor war nur der erste Akt seiner Vorstellung gewesen, das gigantische Blitzbündel, das Paul in New York gesehen hatte, der zweite. Würde die vollkommen neuartige Form einer Glühbirne zum dritten Akt? Würde Nikola Tesla jemals aufhören, Wunderwerke der Technik in die Welt zu setzen?

»Kommen Sie betrachten, Mister Cravath und Miss Agnes Huntington«, sagte Tesla. »Ich nenne es Schattenbild.«

Tesla lenkte die Aufmerksamkeit seiner Gäste auf den ehedem silbernen Teller, der jetzt fast kohlschwarz war; nur in seiner Mitte war er durchzogen von einer geisterhaft-silbrigen Silhouette. Paul konnte den Umriss auf dem Silber erst nach einigen Momenten erkennen: Es war ein Knochen.

»Ist das...?«, fragte Agnes, die zum selben Schluss gelangt war.

»Das ist mein Oberschenkelknochen«, sagte Robert. »Im Inneren meines Beins.«

»Nikola«, sagte Erastus, »haben Sie da gerade eine Fotografie vom Bein-Inneren dieses Mannes gemacht?«

»Nein, nein«, erwiderte Tesla. »Keine Fotografie, ein Schattenbild! Es zeichnet auf die Dichte von Materie, nicht die Helligkeit von Belichtung. In Schattenbild ist am hellsten das, was die größte Dichte hat. Das, was keine hat, ist dunkel.«

»Es schält also die Haut ab«, fragte Agnes nach, »und legt ein Bild frei vom Knochen darunter?«

»Exakt«, sagte Tesla.

Insgeheim und in aller Stille hatte sich Tesla da also mit den altklugen Söhnen befreiter Südstaaten-Sklaven zusammengetan, um Wunder zustande zu bringen, die erstaunlicher waren als alles, wovon Edison und seine gut betuchten Gleichgesinnten träumen konnten. Einst hatte Paul Thomas Edison für den wahrhaftigsten Amerikaner seiner Generation gehalten. Aber als er den Blick um den Arbeitstisch schweifen ließ, wo Tesla mit seinen Studenten sorgfältig den dunkel werdenden Teller studierte, sah Paul ein anderes Amerika vor sich: ein Amerika, das geboren war in einem ärmlichen serbischen Dorf und einem Baumwollfeld in West-Tennessee. Das erste Amerika war vielleicht brillant, das zweite aber genial. Was das erste Amerika nicht erfunden hatte, würde das zweite austüfteln. Was die Wall Street nicht finanzierte, würde in einem Keller in Nashville eben einfach so gebaut. Das war es, wovor Männer wie Edison und Morgan Angst hatten und was sie – trotz dicker Scheckhefte und der Macht, einen Ort wie die Fisk University mit einer Unterschrift kaufen und wieder verkaufen zu können – schlecht schlafen ließ in ihren Fifth-Avenue-Festungen. Mithilfe ihrer Anwälte machten sie Orte wie diesen hier dem Erdboden gleich. Sie hatten ihre Patente und ihre sorgfältig formulierten Ansprüche auf Überlegenheit. Tesla und seine Studenten hatten ausschließlich ihren Erfindergeist. In den Gesichtern von Robert, Jason und ihren Freunden konnte Paul lesen, dass sie das, was sie taten, nicht des Geldes wegen taten. Auch nicht des gesellschaftlichen Status oder irgendeiner abstrakten, sozial anerkannten Leistung wegen. Diese Männer bauten Dinge, weil sie *schlau* waren. Sie waren fleißig, mutig und neugierig. Paul wollte für immer in einem Amerika leben, in dem ein Thomas Edison Angst hatte vor einem schlauen Jungen in einem Keller, dessen Vater so viel Baumwolle geerntet hatte, dass sein Sohn jetzt elektrische Energie ernten konnte.

»Tut es denn weh?«, fragte Erastus Robert.

Der Student schaute instinktiv auf sein Bein und schüttelte es. »Ich glaube nicht.«

»Ihnen geht es ziemlich gut«, sagte Tesla. »Also Sie bezeugen die Funktionsweise der Maschine. Mr Wilhelm Röntgen sollte das belieben.«

»Genau darüber wollte ich eigentlich mit Ihnen sprechen«, sagte Paul. »Sie sind wieder gesund. Sie haben Ihr Gedächtnis wiedererlangt – und Ihr Genie gleichermaßen. Ich kann Ihnen gar nicht sagen, wie froh ich darüber bin. Ist denn diese Maschine hier ... oder irgendeine andere in diesem Raum ... eventuell eine Glühlampe?«

Tesla bedachte Paul mit einem Blick, als drücke er sich in einer größtenteils nicht zu entschlüsselnden Sprache aus. »Wie denken Sie, es sollten Lampen sein?«

»Nun ja, eine Glühbirne eben, die sich effizient des Wechselstroms bedient?«, half Paul nach. »Eine Birne, die Edisons Patent rechtlich eindeutig nicht verletzt? Das ist es, was Westinghouse braucht, um den Gerichtsprozess zu überleben. Daran haben Sie doch mit seinen Männern gearbeitet. Kann der Apparat, den Sie hier geschaffen haben, in dieser Hinsicht irgendwie hilfreich sein?«

Tesla stand so kurz davor zu lachen, wie Paul es bei ihm noch nie erlebt hatte.

»Ach, Mr Paul Cravath. Ich habe Ihnen doch gesagt: Wer ist interessiert an Glühbirnen? Wir haben sie doch schon. Aber das hier, was ich gebaut habe, nennt Mr Wilhelm Röntgen ›X-Strahlen‹, obwohl mir gefällt mein ›Schattenbild‹ als treffender. Ich habe ihm geschickt meine Entwürfe, sodass er kann bauen diese Maschinen. Dies ist eine neuartige Sache. Dies ist ein Wunder.«

»Aber was zum Teufel soll man denn mit diesen X-Strahlen anfangen?«, fragte Paul verzweifelt.

Wenn jemand Pauls Karriere – seine Existenz – retten konnte, dann Tesla. Und trotzdem tat er das nicht. Oder wollte es einfach nicht tun. Vielleicht machte das für ihn auch keinen Unterschied. Paul war durchaus an Tesla gelegen. Ob das andersherum auch jemals so sein würde? Paul war sich nicht sicher. Tesla war nicht willens, seine Geisteskraft für etwas anderes einzusetzen als für seine Tagträume – auch nicht zur Rettung der einzigen Freunde, die er auf dieser Welt hatte.

Tesla bemerkte Pauls hoffnungslosen Gesichtsausdruck. »Was ist es, das hier los ist, Mr Paul Cravath?«

»Paul verliert seinen Prozess, Nikola«, sagte Agnes. »Er hat Sorge, dass Thomas Edison gewinnt.«

Tesla nickte voller Mitleid. »Darüber ich habe Traurigkeit ebenfalls.«

Paul begriff, dass Tesla nicht einmal ahnte, was alles passiert war. Er fing an, auf ihn einzureden. Sehr schnell auf ihn einzureden. Vielleicht würde er keine weitere Gelegenheit bekommen, Tesla zu verdeutlichen, warum seine Arbeit am Wechselstrom so wichtig war. Paul erzählte den Versammelten alles, er ließ keines der scheußlichen Details des vergangenen Jahres aus. Zur Hölle mit der Diskretion. Was hatte sein Mandant schon zu verbergen? Nichts. Die Studenten setzten sich, völlig gebannt. Es war aber ja auch eine ziemlich gute Geschichte.

Paul beobachtete Erastus, als er schließlich über Westinghouse' drohende Insolvenz sprach. Er konnte kaum eine Reaktion ausmachen – nicht das Mitgefühl, das er sich gewünscht hätte, aber eben auch nicht das gefürchtete Mitleid.

Als er zum Schluss seiner traurigen Geschichte gekommen war, stand Paul niedergeschlagen mitten im Raum. Was sollte man auch dazu noch sagen?

»Hmm«, kam es von Robert. Überrascht, seine Stimme zu hören, drehte Paul sich um.

»Robert«, meinte Erastus, »wenn Sie irgendetwas anzumerken haben, dann raus damit.« Robert sah von seinem College-Präsidenten zu Paul und dann zu Tesla.

»Nun ja, es ist nur…« Robert wand sich. »Mr Tesla sagt immer, da draußen gebe es zwei Sorten von Problemen. Zum einen sind das Probleme, mit denen man sich schon immer herumgeschlagen hat, ob man sie nun lösen konnte oder nicht. Bekannte Probleme. Zum anderen sind da die Probleme, die anzugehen noch niemandem in den Sinn gekommen ist – neue Probleme also, völliges Neuland, unbekannte Probleme.«

»Ich kann es mehr wortgewandter sagen«, fügte Tesla hinzu, »aber Mr Robert Miles ist korrekt.« Er nickte seinem Studenten anerkennend zu. Aus unerfindlichen Gründen, dachte Paul, war aus Nikola Tesla ein überraschend guter Lehrer geworden.

»Und das bedeutet?«, fragte Paul.

»Und das bedeutet, Sir, – und ich will Ihnen sicher nicht in Ihre Angelegenheiten hineinreden – dass wir ein Problem immer als allererstes einordnen müssen. So hat es Mr Tesla uns beigebracht. Wir müssen bestimmen, ob es ein bekanntes oder ein unbekanntes Problem ist. Haben Sie das mit dem Ihrigen getan?«

»Ich vermute«, sagte Paul, »es ist ein unbekanntes Problem, schließlich ist es noch nie jemandem gelungen, Edison zu schlagen …«

Er hielt inne. »Nein, Moment mal! Edison ist schon einmal geschlagen worden. Das hat er mir selbst gesagt, als ich ihm die eidesstattliche Erklärung abgenommen habe.«

»Nun«, fuhr Robert fort, »wenn das das Problem ist, das Sie lösen wollen, dann sollten Sie in einem ersten Schritt vermutlich denjenigen aufsuchen, dem das schon mal gelungen ist.«

»Es gibt genau eine Person, die sich je gegen Thomas Edison gewandt und gewonnen hat«, sagte Paul. »Und Sie äußern die Vermutung, dass diese Person einen interessanten Rat für mich haben könnte …«

Agnes lächelte. Sie wusste schon, von wem Paul sprach.

»Ihre Erleuchtung gefällt mir«, sagte Tesla.

»Also bitte«, kam es ungeduldig von Erastus, »von wem sprichst du?«

Paul sagte es ihnen. Er konnte gar nicht glauben, dass er selbst noch nicht früher darauf gekommen war.

»Was meinst du, wie kannst du ihn kontaktieren?«, fragte Erastus.

»Ich denke mal, ich rufe ihn an«, kam es von Paul. »Schließlich hat er das Telefon erfunden.«

KAPITEL 56
AM FUSS DES BEINN BHREAGH

Das ist eines meiner Mantras gewesen – Fokus und Einfachheit. Einfach kann schwerer als komplex sein: Man muss hart arbeiten, um das eigene Denken so sauber zu bekommen, damit man es einfach machen kann. Aber letzten Endes lohnt es sich – wenn man es schafft, kann man Berge versetzen.

– STEVE JOBS

Es sollte sich herausstellen, dass Alexander Graham Bell kein Telefon besaß.

Vor vierzehn Jahren hatte Bell sich einen »Apparat zur telegrafischen Übertragung der menschlichen Stimme und anderer Töne« patentieren lassen. Ein Dutzend weiterer Erfinder, darunter auch der berühmte Thomas Edison, hatte an einer vergleichbaren Entwicklung gearbeitet. Die Nutzungsmöglichkeiten und Weiterentwicklungen schienen verlockend lukrativ. Aber Bell hatte alle Konkurrenten aus dem Feld geschlagen, indem er seinen Patentantrag nur wenige Stunden vor einem fast identischen Antrag von Elisha Gray und einige Wochen vor Edison eingereicht hatte. Die darauffolgenden Gerichtsstreitigkeiten waren immer noch nicht beigelegt, aber Bell hatte sie bislang durchgehend gewonnen. Sein Telefonpatent schien unanfechtbar.

Die Erfindung, die gut und gern zu den weltweit wichtigsten gehörte, hatte ihn zum bedeutendsten Erfinder seiner Zeit gemacht. Zum großen Entsetzen der Wissenschaftsgemeinde hatte Bell sich jedoch dazu entschieden, seine Apparate weder selbst zu bauen noch zu vermarkten. Stattdessen hatte er einen entfernten Verwandten damit beauftragt, die Firma zu führen, die seinen Namen trug. Bell und seine Frau besaßen zwar immer noch die Anteilsmehrheit der Bell Telephone Company, aber sie weigerten sich hartnäckig, auf irgendeine Art ins operative Geschäft verstrickt zu sein. Sobald seine Aktien ihm ein komfortables Einkommen von mehreren Millionen Dollar pro Jahr beschert hatten, war Bell mit seiner Familie auf eine abgelegene kanadische Halbinsel gezogen.

Alexander Graham Bell hatte Thomas Edison auf dessen eigenem Spielfeld geschlagen und war dann verschwunden.

Paul und Agnes brauchten eine Woche, um von den staubigen Feldern Nashvilles zu Bells beschaulichem Zufluchtsort an einem zugefrorenen See zu reisen. Noch vor der Abfahrt schickte Agnes eine Nachricht an Henry Jayne, dass sie eine spontane Reise mit ihrer Mutter unternehme. Ihrer Mutter schrieb sie, dass sie noch eine Woche in Nashville bliebe. Paul wies sie darauf hin, dass Fannie mit Sicherheit eine scharf formulierte Antwort schicken würde, woraufhin Agnes nur mit den Schultern zuckte. Sie wäre ja nicht mehr da, um diese in Empfang zu nehmen.

»Was kann sie schon machen? Sie wird herumbrüllen, wenn ich nach Hause komme. Es wird einen heftigen Krach geben. Sie wird mich, da bin ich mir sicher, bis zum Tag meiner Hochzeit einsperren. Aber immerhin werde ich vorher noch das hier getan haben.«

Die fast dreitausend Kilometer lange Reise verlief angenehm, ja, wenn nicht sogar überaus angenehm. Paul brachte es endlich über sich, Agnes nach ihrer Verlobung zu fragen, wobei sie die schmerzhaften Details übersprangen. Die Hochzeit würde frühestens im Juli des nächsten Jahres stattfinden. Es würde schließlich noch geraume Zeit in Anspruch nehmen, dieses Fest zu organisieren. Ganz New York würde zugegen sein, von Philadelphia ganz zu schweigen. Ganz New York, mit Ausnahme von ihm, dachte Paul.

Nachdem sie den unerfreulichen Teil hinter sich gebracht hatten, lagen sechs gemeinsame Tage im Zug vor Paul und Agnes. Der Zug wurde zu einer ganz eigenen Welt – ein leuchtender, vakuumverpackter Glühfaden. So ganz der New Yorker Gesellschaft enthoben konnten sie einfach sie selbst sein. Paul war nicht mehr der junge, karrierebewusste Anwalt und Agnes nicht die Starsängerin der Metropolitan Opera. Sie waren nur ein guter, solider Junge aus Tennessee und ein blitzgescheites, geistreiches Mädchen aus Kalamazoo. Inmitten der ganzen übrigen Geschehnisse machte das schlichtweg ... Spaß.

Gleich hinter der Grenze freundeten sie sich mit einem frisch verheirateten Paar an. Als die Braut auf Agnes' Ring deutete und nach dem Zeitpunkt der bevorstehenden Hochzeit fragte, begriff Paul, dass diese Reise fast etwas von Flitterwochen hatte. Bevor er ihre Annahme richtigstellen konnte, antwortete Agnes schon: »Im September!« Paul überraschte sich selbst, indem er ihre Vorlage aufnahm. Gemeinsam ersannen sie ihre komplette Lebensgeschichte – sie dachten sich Namen, Ereignisse und eine Liebesbeziehung aus, die demnächst ihren Höhepunkt in einer herbeifantasierten Hochzeit finden sollte. »Alice Boone« und »Peter Sheldon« waren beide wohlhabende Bergbauunternehmer-Erben aus Tennessee, unterwegs, um entfernte Verwandte in Kanada zu besuchen. Bis tief in die Nacht spielten die beiden Paare Bridge.

Die Ironie an der Sache, die Paul auch durchaus nicht entging, war, dass er sich hier, an Bord dieses Zugs, während er unter falschem Namen Karten spielte, so authentisch fühlte wie noch nie. Agnes schien es ähnlich zu gehen. Agnes Gouge gab sich als Agnes Huntington aus. Die wiederum so tat, als sei sie Alice Boone. Und Paul spielte einen Mann, der Alice Boone lieben durfte. Zusammen waren sie König und Königin des Erste-Klasse-Speisewaggons.

Aber eine ordentliche Hochzeitsreise war es eben doch nicht. Jeden Abend zogen sie sich in ihre getrennten Schlafabteile zurück. Paul sagte sich ein ums andere Mal: Ich bin keiner, der einem anderen die Frau abspenstig macht. Während ihr Zug den verschneiten Golf von Maine entlangfuhr, tauschten sie nicht einen verstohlenen Kuss. In sechs Tagen berührten sich noch nicht einmal ihre Fingerspitzen. Die weiche Wärme ihrer Haut fühlte Paul nur in der Sicherheit seiner Träume.

Diese waren allerdings äußerst lebhaft.

Westinghouse hatte Bell ihren Besuch per Telegramm angekündigt. Sie hatten jahrelang gemeinsam an Konferenzen teilgenommen und kannten sich oberflächlich. Bell hatte geantwortet, er empfange in der Abgeschiedenheit seines Hauses nicht häufig Besuch, weswegen er sich sehr auf intelligente Gesellschaft beim Lunch freuen würde. Paul vermutete, dass er in seinem Leben nie wieder so weit reisen würde, um ein Lachs-Sandwich und eine Tasse Tee zu bekommen.

Mit seiner Frau Mabel lebte Bell auf einem sechshundert Morgen großen Grundstück auf der zu Nova Scotia gehörenden Kap-Breton-Insel. Am Rand des indigoblauen Bras d'Or-Sees gelegen, umfasste das Anwesen eine ganze Halbinsel, die allein den Bells gehörte. Den sanft abfallenden Hängen auf der anderen Seite des Hafens geschuldet, in deren Schatten ihr abgeschiedenes Königreich lag, hatten sie den Ort »Beinn Breagh« getauft – nach dem gälischen Ausdruck für »schöner Berg«. Die Kutsche von Paul und Agnes fuhr eine sattgrüne Anhöhe hinauf und ließ den blauen See und die roten Felsformationen der Bucht hinter sich. Plötzlich kam Bells Haus in Sicht. Es mit dem Ausdruck »palastartig« zu beschreiben wäre keine Untertreibung gewesen, sondern schlichtweg eine Falschaussage. Dieses Bauwerk glich nämlich eher einer kleinen Stadt als irgendeiner Form von Haus.

An ein mittig gelegenes, dreistöckiges Herrenhaus schlossen sich diverse Schuppen, Block-, Boots- und Lagerhäuser, Labore und Unterkünfte für Bedienstete an. Um das alles miteinander zu verbinden, waren Wege im dicht stehenden Wald angelegt worden. Hin und wieder gab es sogar überdachte Passagen, um auch im schneereichen Winter trockenen Fußes von einem Gebäude zum anderen zu kommen. Stilistisch stand das Konglomerat in einem gewissen Kontrast zu seiner Größe: Die rustikale Ausführung in viel dunklem Holz erweckte den Anschein, als sei es als Ganzes dem herrlichen Wald entwachsen. Alexander und Mabel Bell standen wartend draußen, um die ankommenden Gäste zu begrüßen. Eine ganze Reihe Hausangestellter nahm sich des Reisegepäcks an und verbrachte Koffer und Taschen schon eilig ins Haus, als Paul und Agnes noch die Hände ihrer Gastgeber schüttelten. »Herr im Himmel«, sagte Mr Bell, »George hat zwar geschrieben, dass Sie noch jung sind, aber dass Sie noch in den Windeln stecken, hat er nicht erwähnt.«

Bell war fast so groß wie Paul, dabei aber deutlich umfangreicher. Obwohl er erst zweiundvierzig war, ließ sein Gesicht ihn sehr viel älter wirken. Sein weißer, fast zehn Zentimeter langer Backenbart vervollständigte diesen Eindruck. Aber dieser Mann, der zweifellos reicher war als alle anderen Erfinder, die Paul kennengelernt hatte, trug eine locker sitzende Arbeitshose, die er in den Schaft seiner abgetragenen Stiefel gesteckt hatte. Die Weste passte nicht zum Überzieher, und statt einer ordentlichen Krawatte trug er nur ein schlichtes Halstuch. Mabel hatte ihr graues Haar wie ein Schulmädchen zu einem Dutt zurückgebunden. Ihr beigefarbener Mantel sollte nicht vorrangig modisch sein, sondern wärmen, und ihr schlichtes Leinenkleid schien auch älter zu sein als zehn Jahre.

»Sie müssen die hochberühmte Miss Huntington sein«, meinte Bell und küsste Agnes' ausgestreckte Hand. »Ich bedauere, Sie bislang noch nicht auf der Bühne gesehen zu haben, aber wir müssen uns jetzt wohl bemühen, etwas häufiger nach New York zu kommen.«

»Ich fühle mich geschmeichelt«, erwiderte Agnes. »Sie müssten nur ein Klavier auftreiben, dann erspare ich Ihnen die Kosten einer Zugfahrt!«

Hierauf folgte eine angenehme Stunde, in der man sich vorstellte und in einem der vielen Wohnräume des Haupthauses Tee trank. Mabel erzählte, wie es war, seit sie am See lebten, wie ihre Kinder segeln gelernt hatten und wie sehr die Familie es genoss, auf den bewaldeten Anhöhen zu picknicken. Jedes Jahr am Weihnachtstag durften die Kinder die Abhänge hinunterrodeln bis auf den zugefrorenen See. Und jedes Jahr sah sie ihnen mit klopfendem Herzen dabei zu. Mr Bell beschrieb das Labor, das er nur ein paar Meter den Weg hinunter eingerichtet hatte, und versprach seinen Gästen bereitwillig, ihnen nach dem Mittagessen alles zu zeigen. In letzter Zeit hatte er an Tragflügelbooten gearbeitet, gasbetriebenen Schiffen, die über die Wasseroberfläche glitten. Zudem hatte er mit der Arbeit an einer Flugmaschine begonnen, einem geflügelten Apparat, der drohte, seine Passagiere einige hundert Meter weit durch die Luft zu tragen. Mit zwei Fahrradkonstrukteuren aus Ohio, die an etwas Vergleichbarem arbeiteten, hatte er einen ermutigenden Briefwechsel gepflegt. Besonders weit fortgeschritten war Bells Unterfangen noch nicht, aber erste Testflüge waren vielversprechend gewesen.

Selbstredend hatte dann auch noch ein altes Piano aus Palisanderholz seinen Auftritt. Agnes sang »You'll Miss Lots of Fun When You're Married«, während Mabel sie auf dem Klavier begleitete, sich dabei mehrmals verspielte und einen Dur- zu einem Moll-Akkord machte. Agnes reagierte auf diese Fehler nur mit einem Lächeln und entsprechend angepasster Tonart, sie war Musikerin genug, um ihre ungeübte Begleiterin nicht bloßzustellen. In dem von Sonnenlicht gesprenkelten Salon wurde viel gelacht.

Paul wartete, bis alle ihre Tassen ausgetrunken hatte, bevor er auf den Anlass ihres Besuchs zu sprechen kam.

»Die Eleganz Ihres Hauses, Mr Bell, gebührt Ihnen allemal. Schließlich dürfen Sie als Einziger auf dieser Welt von sich behaupten, je Thomas Edison geschlagen zu haben.«

»Das ist mein Stichwort, um mal nach dem Lachs zu sehen«, sagte Mabel und stand auf.

»Nein, nein«, sagte Paul, »bitte, Sie müssen nicht gehen. Wir befinden uns nur ganz einfach in einer ernsten Notlage und sind gekommen, um Sie um Ihren Rat zu bitten.«

»Nun, dann hoffe ich für Sie, dass Sie kriegen, weswegen Sie hier sind«, gab Mabel zurück. »Ich für meinen Teil allerdings bin nicht nach Kanada gezogen, um auch nur eine einzige weitere Minute meines Lebens über Thomas Edison zu reden.«

Während sie die Tür hinter sich schloss, sah Bell ihr mit einem liebevollen Lächeln auf dem Gesicht nach.

»Sie übertreibt«, sagte Bell, als er mit Paul und Agnes allein war. »Leider muss sie auch hier immer noch hin und wieder über Thomas Edison sprechen, auch wenn ich versuche, sie außen vor zu halten.«

»Wie meinen Sie das?«, fragte Agnes.

»Was denken Sie, wie oft mich der Zauberer von Menlo Park verklagt hat?«, fragte er.

»Mr Westinghouse ist von Edison dreihundertzwölf Mal verklagt worden«, antwortete Paul. »Ich kann mir kaum vorstellen, dass Sie es mit einem harmloseren Angriff zu tun hatten.«

»Meine Anwälte haben es für mich mal in einem Brief zusammengerechnet«, sagte Bell. »In den vergangenen fünfzehn Jahren bin ich von Edison, Elisha Gray und ihren Freunden bei Western Union mehr als sechshundert Mal verklagt worden, und immer ging es um diese törichte Telefonsache.«

Von dieser irrwitzigen Zahl waren Paul und Agnes angemessen beeindruckt.

»Haben Sie schon mal eines ausprobiert?«, fragte Bell.

»Was ausprobiert?«, fragte Paul nach.

»Ein Telefon natürlich.«

»Noch nicht.«

»Ich schon«, sagte Agnes. »Es war wirklich aufregend.«

»Das Aufregende daran verblasst schnell«, sagte Bell. »Eigentlich sind es schreckliche Dinger. Höllisch laut. Und sobald eines verkabelt ist, hört das verdammte Klingeln nie mehr auf. Deswegen will ich auch keines im Haus haben. Und da macht man so ein Gewese um etwas derart Nerviges! Wissen Sie, dass ich in Washington noch immer eine Wohnung habe, nur für die Prozesse? Der Oberste Gerichtshof tagt immer im Herbst, weshalb die Anwälte es gern sehen, wenn ich jedes Jahr einige Monate dort verbringe, um meine Aussagen selbst zu tätigen, während Edison und seine Kumpane meinen Namen durch den Schmutz ziehen.«

»Aber Washington ist doch wunderschön im Herbst«, warf Agnes ein.

»Ich komme so gut wie nie aus dem Gerichtsgebäude heraus, wenn ich dort bin. Ich gehe sozusagen alljährlich auf meine Pilgerfahrt, hebe die rechte Hand und erzähle allen die immer gleiche, langweilige Geschichte von meinem allerersten Telefonanruf. *›Kommen Sie her, Mr Watson.‹* So wie viele der noch kommenden Telefongespräche war auch dieses erste deutlich weniger interessant, als man sich wünschen würde. Ich erzähle meine Geschichte, und das Gericht entscheidet ein ums andere Mal, dass mein Patent rechtskräftig ist. Woraufhin Edison und seine Jungs nach New York zurückfahren und sich dort so lange herumdrücken, bis sie einen neuen Anlass gefunden haben, mich zu verklagen.«

»Sie haben jedes einzelne dieser sechshundert Verfahren gewonnen«, sagte Paul. »Bemerkenswert.«

»Dass ich das Ding tatsächlich erfunden habe, ist natürlich hilfreich«, sagte Bell. »Obwohl das ja nicht immer ausschlaggebend ist. Aber das ist aus dem Erfinden dank euch Anwälten in Amerika geworden: Der Gerichtssaal ist das neue Labor.«

»Aber das alte ist Ihnen lieber.«

»Sie wollten einen Rat, mein Freund, und Sie bekommen den besten, den ich Ihnen geben kann: Machen Sie, dass Sie aus dieser Sache rauskommen, solange Sie noch können.«

Aber dafür Paul war nicht bis hierher gereist. Bell mochte alt sein und sich in seiner Zurückgezogenheit eingerichtet haben – er selbst war noch nicht so weit.

»Die Westinghouse Electric Company wird sehr bald Insolvenz anmelden müssen«, nannte Paul das Kind beim Namen. »Edison wird sämtliche Verfahren im Glühbirnenstreit gewinnen. Sie können mir doch nicht erzählen, dass Sie das an meiner Stelle einfach zulassen würden.«

»Nein«, meinte Bell, »ich erzähle Ihnen, dass ich Edison an Ihrer Stelle schon vor geraumer Zeit hätte gewinnen lassen.«

Bell stand auf und vertrat sich die Beine mit ein paar großen Schritten zum Fenster. Er sah hinaus auf die Ahornbäume, bevor er weitersprach: »Was glauben Sie, wofür Sie kämpfen?«

»Für die Zukunft unserer Nation«, sagte Paul.

»Das tun Sie sicher nicht«, sagte Bell leise. »Sie kämpfen um Geld. Oder, noch schlimmer, für die Ehre.«

»Und wofür kämpfen *Sie?*«, fragte Agnes. »Sie haben doch genauso wenig zugelassen, dass Edison Ihnen Ihr Patent klaut.«

Bell wandte sich an Agnes.

»Was denken Sie, Miss Huntington? Warum fahre ich wohl in jedem Herbst nach Washington?«

Sie schien etwas in seinen Augen zu erkennen. Etwas Wortloses, Zartes geschah zwischen ihnen, in einer für Paul unhörbaren Tonlage.

Agnes lächelte. »Sie tun es für sie. Für Mabel.«

»Und für meine Mädchen«, sagte Bell. »Aber ich stehe keinem Unternehmen vor. Ich habe keine weiteren Patentanträge laufen. Die Patentgebühr einzutreiben, auf die ich Anspruch habe, ist genug Arbeit für ein Leben. Sie wollen ein Vermögen machen, Mr Cravath? Das haben Sie doch schon. Sie sind George Westinghouse' Anwalt – und das mit unter dreißig. Und Sie haben eine zukünftige Ehefrau an Ihrer Seite, die – wenn ich das anmerken darf – so liebenswert, charmant und klug ist, wie sich das ein Mann Ihrer Generation nur erhoffen darf. Das sieht doch alles nicht so schlecht aus.«

Paul wurde rot. Er dachte gerade darüber nach, seine falsche Annahme richtigzustellen, als Agnes ihm zu seiner Überraschung bedeutete zu schweigen.

Bell fuhr fort: »Ich kann in meinem Labor hier arbeiten, woran auch immer ich arbeiten will. Ich kann den ganzen Tag lang an einem Apparat tüfteln – ganz wie es mir gefällt. Ich bin frei vom Terror der öffentlichen Meinung, der Thomas Edison derart zu schaffen macht. Ich bin frei von den ewigen Qualen der Fabrikation, die George Westinghouse das Leben so schwer machen. Das ist es, was *gewinnen* bedeutet: Im Dunkeln sitzen und Dinge *erschaffen* zu können. So haben wir doch alle mal angefangen. Aber irgendwie scheinen wir das irgendwann zu vergessen, weil wir zulassen, unsere Zeit mit Zank und Streit zu vergeuden. Wen kümmert es schon, wer als Erster welchen Strom durch welches Kabel jagt?«

Als er weitersprach, wandte er sich explizit an Paul. »Die Zukunft, für die Sie kämpfen, gehört den Finanzmenschen, nicht den Erfindern. Lassen Sie Erstere doch ruhig in ihrer bequem eingerichteten Hölle schmoren. Und sagen Sie Letzteren, sie mögen zu mir kommen, hierher, wo nur das Genie zählt und Erstaunliches gedeiht.«

Alexander Graham Bell war ehrlicher als alle Männer, denen Paul in den letzten Jahren begegnet war.

»Sie sind einer der klügsten Menschen der Welt, Mr Bell. Sie können doch nicht wirklich glauben, dass ich einfach so aufgebe?«

Bell lachte auf. »Nein, Mr Cravath, das glaube ich auch nicht.« Erneut blickte er hinaus zu den imposanten Ahornbäumen, die sich jenseits des Fensters kilometerweit in die Ferne erstreckten. Er schien Gedanken nachzuhängen, die Paul zweifelsohne nie verstehen könnte.

»Sie hassen ihn geradezu, oder?«, fragte Bell.

»Sie nicht?«

»Mir tut er leid ... Sie werden heute nicht nachvollziehen können, warum ich mich so entschieden habe, und morgen auch noch nicht. Aber wenn Ihnen das irgendwann einmal gelingen sollte ... nun, dann bitte ich Sie, sich daran zu erinnern, dass ich Sie gewarnt habe. Ich werde Ihnen sagen, was Sie wissen wollen. Ich werde Ihnen sagen, wie Sie Thomas Edison schlagen können. Und ich glaube auch, dass Sie das schaffen werden. Aber bitte denken Sie immer daran: Ich helfe Ihnen nicht um Ihretwillen, sondern um seinetwillen.«

KAPITEL 57
RÜCKSCHLÄGE AN DER FRONT

Die meisten Menschen verpassen eine günstige Gelegenheit, weil sie im Overall daherkommt und nach Arbeit aussieht.

– THOMAS EDISON

»Ich habe Edison gar nicht geschlagen«, fuhr Bell fort. »Der Idiot hat sich selbst aus dem Spiel genommen. Ich war nur clever genug, ihn nicht davon abzuhalten.«

»Wie meinen Sie das?«

»Der größte Feind, den Thomas Edison je haben wird, ist er selbst. Und auch nach all der Zeit hat er seine Lektion noch immer nicht gelernt.«

»Sie sprechen in Rätseln.«

»Haben Sie je eine Ausgabe dieses *Wall Street Journal* in der Hand gehabt?«

»Ja«, erwiderte Paul.

»Die Zeitung ist nicht viel wert, aber letzte Woche war ein Freund hier und hat mir einen ganzen Stapel davon mitgebracht. Und sämtliche Informationen, die man braucht, um Edison zu schlagen, findet man in einer einzigen Ausgabe.«

»Edisons Aktien? Ich verstehe nicht, wie uns das hilft.«

»Edison-Aktien stehen aktuell hoch im Kurs«, sagte Agnes, »weil alle Welt glaubt, dass er Westinghouse über kurz oder lang aus dem Rennen wirft.«

»Sprechen Sie weiter«, meinte Bell.

»Nur deshalb haben sie einen so hohen Wert«, tastete sich Agnes voran.

Bell lächelte und sagte zu Paul: »Ehrlich gesagt: Ihre Verlobte hat deutlich mehr Geschäftssinn als Sie.«

Paul versuchte, diesen Kommentar zu ignorieren. »Sie würden also vorschlagen, dass wir Gerüchte verbreiten? Um den Wert seiner Aktien zu drücken?«

»Sie bräuchten ja noch nicht einmal zu lügen. Die Wahrheit ist ja schon vernichtend genug.«

»Und die wäre...?«

»Also schön«, sagte Bell, »Sie haben mich gefragt, wie ich ihn geschlagen habe: Es war ausnehmend einfach. Ich habe dieses verdammte Telefon einfach vor ihm erfunden. Ich war schnell. Er kam zu spät. Und genau das ist es, womit man ihn kriegt, bis zum heutigen Tag. Ich war nicht der bessere Erfinder als er. Aber er war so davon besessen, ein vollkommen anderes Problem zu lösen, dass er die Antwort auf das Telefonproblem nicht gesehen hat, obwohl sie direkt vor seinen Füßen lag. Er aber war ausschließlich mit den Telegraphen beschäftigt, an denen er schon damals mehr als zehn Jahre gearbeitet hatte. Mit dem Telefon hatte er sich zu einem früheren Zeitpunkt schon befasst, dann aber beschlossen, dass es ihn zu sehr ablenkte. Warum seine Zeit mit einer dämlichen Sprechkiste vergeuden, wenn seine Telegraphenverbindungen doch immer ausgeklügelter und ausgeklügelter wurden? Wissen Sie, im Grunde hatten wir die Idee zum Telefon gleichzeitig. Das ist ja kein Geheimnis. Und eben diese Tatsache wird den armen Mann bis in den Tod verfolgen – dass er die Idee zeitgleich mit mir hatte, ich allerdings schneller beim Patentamt war. Und Gesetz ist eben Gesetz. Wissen Sie, ich denke, dass genau das auch der Grund ist, warum er Westinghouse derart heftig angeht. Er hat sich geschworen, dass ihm ein solcher Fehler nicht noch einmal unterläuft.«

»Dass er bei seiner Patenteinreichung für die Glühfadenlampe gemogelt hat, kann ich ja längst nachweisen«, sagte Paul. »Aber geholfen hat uns das nicht.«

»Das stimmt«, meinte Agnes, »aber das ist auch nicht der Punkt, auf den Mr Bell hinauswill.«

»Korrekt«, sagte Bell.

»Mr Bell sagt vielmehr, dass Edison besessen ist«, meinte Agnes. »So wie noch jemand, den ich kenne. Und dass genau diese Besessenheit Edisons Schwäche ist. Er ist derart auf eine bestimmte Angriffsstrategie fixiert, dass er jede andere vollkommen aus dem Blick verliert.«

»Schlaues Mädchen«, sagte Bell.

»So ähnlich wie bei einer zurückhängenden Frontlinie, oder?«, meinte Agnes. Bell lachte anerkennend.

»Was?« Paul war verwirrt.

»Manchmal bildet eine Armee absichtlich eine zurückhängende zweite Linie hinter der Front«, sagte sie. »Einen derart offensichtlichen Schwachpunkt, dass der Feind nicht anders kann, als diesen scheinbaren Vorteil zu nutzen. Was wissen Sie über Militärgeschichte?«

»Was wissen *Sie* denn darüber?«

»Ich habe früher einmal freundschaftliche Beziehungen zu einem General gepflegt. In London. Wie auch immer. Was also ist die offensichtliche Schwäche von Westinghouse? Was ist sein zurückhängender Frontabschnitt, in den Edison sich so blind verbissen hat?«

Paul bemühte sich redlich, gedanklich nicht zu diesem General in Agnes' Vergangenheit abzuschweifen.

»Ich kann mir vorstellen«, sagte Bell, »dass Mr Cravath diese spezielle Obsession von Thomas Edison besser kennt als sonst irgendjemand auf der Welt.«

»Die Klagen!«, rief Agnes. »Paul, Sie sagen doch seit Monaten, dass dieses Verfahren Westinghouse ein Vermögen kostet.«

»Ja …«

»Glauben Sie, dass Edison irgendwie günstiger dabei wegkommt?«

Endlich dämmerte Paul, worauf Bell und Agnes hinauswollten, und er fing an zu lächeln.

»Edison hat sich derart darauf verstiegen, den Patentkrieg zu gewinnen«, sagte er, »dass er den unternehmerischen Krieg ganz vergessen hat. Die Edison General Electric Company wirft zurzeit noch nicht einmal richtigen Gewinn ab. Edison lässt alles in die roten Zahlen laufen – nur um Westinghouse zu schlagen. Er drückt seine Preise so massiv, dass er kaum noch einen Tropfen Profit herausquetschen kann. Er wirft ein Vermögen aus dem Fenster, nur für seine Anwaltskosten, und ich kann mir nicht vorstellen, dass *seine* Anwälte ihm die Auszahlung ihrer Honorare so gnädig stunden wie wir.«

»Sie stellen Ihre Honorarforderungen zurück?«, fragte Bell. »Erinnern Sie mich daran, Sie zu beauftragen, wenn Edison demnächst wieder gegen mich klagt.«

»Früher oder später werden Edisons Anteilseigner den ausbleibenden Profit bemerken«, sagte Paul. »Und sie werden nicht glücklich darüber sein.«

»Sie müssen sich jetzt nur noch folgende Frage stellen«, sagte Bell. »Wer hält neben Edison die meisten Anteile an EGE?«

Paul und Agnes kannten die Antwort beide.

»Sechzig Prozent«, sagte sie sehr leise. »Mehr Anteile kann man kaum halten.«

Schweigend setzte Paul die Puzzleteile zusammen.

»Ich gewinne den Eindruck, hier wird ein Plan geschmiedet«, sagte Bell leicht süffisant, aber wohlwollend zu seinen jungen Gästen.

Paul stand abrupt auf. »Ich weiß, wie wir gewinnen.«

»Sie sehen aus, als fänden Sie das irgendwie … lustig?«, sagte Agnes.

»Nun ja, es ist in der Tat ein wenig amüsant«, erwiderte er. »Denn es sieht so aus, als wären rein zufällig Sie der einzige Mensch auf der ganzen Welt, der mir dabei helfen kann.«

TEIL III
LÖSUNGEN

Im Gegensatz zu der verbreiteten Vorstellung entstehen technologische Konzepte nicht als Folge einer gründlichen Suche nach der »einzig besten Lösung« für ein Problem ... (Dieses Buch) zeigt vielmehr, wie die Praktiker der Technologie vor unlösbare Probleme gestellt werden, wie sie Fehler machen und Kontroversen und Fehlschläge verursachen. Es zeigt, wie diese Praktiker bei der Lösung alter Probleme neue Probleme schaffen.

– THOMAS HUGHES, DIE ERFINDUNG AMERIKAS

KAPITEL 58
Der Ball im Metropolitan Opera House

> Wenn Sie nach vorne blicken, können Sie Zusammenhänge nicht erkennen; dies können Sie nur im Rückblick. Das heißt, Sie müssen darauf vertrauen, dass sich die einzelnen Punkte in Ihrer Zukunft zu einem Gesamtbild fügen. Sie müssen Vertrauen haben – in Ihr Bauchgefühl, Schicksal, Leben, Karma, was auch immer. Diese Herangehensweise hat mich nie im Stich gelassen und den Unterschied ausgemacht.
>
> – STEVE JOBS

Es ließ sich mit Fug und Recht behaupten, dass der Silvesterball im Metropolitan Opera House die zweitexklusivste Festivität auf der ganzen Welt war. Den ersten Platz belegte Mrs Jacob Astors Sommergala. Zu dieser unübertroffenen Party wurden lediglich vierhundert Gäste geladen, die sich jedes Jahr im Juli einen verschwitzten Abend lang, an dem der Alkohol reichlich floss, auf dem Anwesen der Astors in Newport drängten. Mrs Astor selbst stellte die Gästeliste zusammen und versah jede Einladung, bevor sie das Haus verließ, eigenhändig mit farbenfrohen Dekorstempeln. Die feine Gesellschaft New Yorks warf den gesamten Juni über nervöse Blicke zum Posttischchen, um den ersehnten Stempel auf einem der eingetroffenen Briefumschläge keinesfalls zu verpassen. Über Namen und Eigenschaften der Gäste wurde in der *Times* und der *World* brav berichtet. Das Magazin *Harper's Bazaar* widmete dem Ereignis im Normalfall eine ganzseitige Bleistiftzeichnung, die die Hautevolee der Stadt in ganz unglaublicher Dichte dokumentierte.

Zu Silvester waren in der Met mehr als doppelt so viele Menschen, was dieser Festivität fraglos nur halb so viel Glamour zuteilwerden ließ. Die Gästeliste führte mehr als tausend Namen, darunter auch andere als nur die der erwartbaren, steifen Oberklassevertreter. Ebenfalls geladen waren hier ungehobelte Politiker, nur für eine Spielzeit in New York weilende Tänzerinnen aus Europa und junge Frauen von derart ausnehmender Schönheit, dass niemand auch nur auf den Gedanken gekommen wäre, sie besäßen lediglich ein einfaches Haus auf der West Side und einen großzügigen Onkel am Union Square. In dieser einen quirligen Nacht des Jahres mischten sich Künstler unter Eisenbahnmagnaten und englische Herzöge. Die New Yorker Prominenz stieß aneinander wie die Sprudelbläschen in den Champagnerflöten. Nicht ganz zufällig war Mrs Astor auch die Organisatorin dieser zweitrangigen Gala. Was weniger ihrem persönlichen Interesse an der Met als ihrer unumstößlichen Doktrin geschuldet war, dass in Manhattan keine Party von Bedeutung ohne ihre Beteiligung stattzufinden hatte. Ihr Monopol auf die New Yorker Gesellschaft war umfassender als das ihres Ehemanns auf die US-amerikanische Kohle.

Aber was der Silvestersause in der Met verglichen mit Mrs Astors Sommergala in Sachen Exklusivität fehlte, das machte sie durch modischen Einfallsreichtum wieder mehr als wett. War die Party im Juli ein Sinnbild schwarzweißer Förmlichkeit, so war Silvester ein Regenbogen über einem hellglänzenden Berg aus Gold. Selbstverständlich trugen die Männer weiße Krawatten und schwarze Schwalbenschwänze, so, wie es sich gehörte, aber den Frauen war erlaubt – sie wurden sogar dazu angehalten – zu zeigen, was man mit einem Meter Seide und einem sorgfältig angehefteten Stückchen Musselin alles veranstalten konnte. Sämtliche entblößten Körperteile wurden mit Edelsteinen behängt.

All das wusste Paul ausschließlich aus Zeitungen und Zeitschriften. Er musste sich das drinnen stattfindende Partygeschehen zusammenfantasieren, während er um Viertel vor elf abends zitternd in einer kleinen Gasse nahe der 39. Straße stand. Vom Jahr 1889 war nicht mehr als eine gute Stunde übrig. Er konnte das Fest von dort, wo er sich befand, lediglich hören. Ihm war sehr kalt.

Seit fast einer Stunde wartete er in der Gasse, und während dieser Zeit hatte allein der Gedanke an Agnes ihn vor der Unterkühlung bewahrt. Genauso wie sie die Einzige war, die die Westinghouse Electric Company noch vor dem Bankrott bewahren konnte. Paul musste unbedingt auf diese Party kommen. Er würde so lange wie nötig auf Agnes warten, auch wenn seine Zehen in der Zwischenzeit schwarz froren.

Plötzlich schwang quietschend die Metalltür gegenüber auf, und in einem Kegel aus orangefarbenem Licht trat Agnes heraus. Mit müheloser Selbstverständlichkeit trug sie ein knallgelbes Kleid, das trotz seiner aufsehenerregenden Farbe elegant und geschmackvoll daherkam sowie raffinierter genäht war, als es zunächst den Anschein machte.

»Mein Gott, ist das kalt hier draußen«, sagte sie. »Los, kommen Sie schon rein.«

Schwungvoll schloss sie die Tür hinter ihnen und führte Paul anschließend durch ein Labyrinth aus Korridoren. Er war, seitdem Tesla in Agnes' Garderobe aufgetaucht war, nicht mehr in der Met gewesen. Was fast ein Jahr her war. Er hatte sie auch immer noch nicht auf der Bühne gesehen.

»Ist er da?«, fragte Paul, als es nicht mehr wehtat, die Lippen zu bewegen.

»Ja«, gab Agnes zurück. »Aber wir haben ein Problem: Er ist in Begleitung eines Freundes.«

»Der da wäre?«

»Thomas Edison.«

Paul blieb abrupt stehen. »Verdammt.«

»Das kann man so sagen.«

»Stand Edison denn auf der Gästeliste?«

»Keine Ahnung. Hätte ich diese Liste in die Finger bekommen, hätte ich ja auch Ihren Namen draufsetzen können. Aber offensichtlich mussten wir uns anderweitig behelfen. Ich vermute allerdings doch, dass Thomas Edison ganz regulär durch die Vordertür hereinkommen durfte.«

Was Pauls Vorhaben für den Abend deutlich erschwerte. »Sind sie denn zusammen?«

»Nicht ständig. Edison hat eine Menge Bewunderer. Er muss seine Runden drehen, Hände schütteln und Lügenmärchen verbreiten. Um Ihren Plan in die Tat umzusetzen, werden Sie eine Minute abpassen müssen, in der die beiden gerade nicht zusammenstehen.«

Jetzt gab es kein Zurück mehr.

Hinter Agnes tauchte Paul in das glitzernde Ballgeschehen ein, immer auf der Suche nach seiner Zielperson.

Aus dem Zuhörerraum war die Bestuhlung entfernt worden, was es den über tausend Gästen erlaubte, sich frei in dem ganzen großartig überkuppelten Raum zu bewegen. Elektrische Lichterketten hingen von den Balkonen und zogen sich als blinkende Spinnennetze bis zur Bühne, auf der ein vierzigköpfiges Orchester zum fidelen Walzer aufspielte. Die Tanzenden fluteten vor und zurück, in Wellenbewegungen brandeten sie gegen die Felsen der sich Unterhaltenden, die in Grüppchen am Rand standen.

Paul fühlte sich wie ein kleiner Fischkutter, der sich in die aufgewühlte See wagte. Als er vorsichtig die Tanzfläche betrat, wurde er von einem wild herumwirbelnden betrunkenen Paar beinahe umgeworfen.

»Vorsicht«, riet ihm Agnes. »Eine Szene können wir jetzt überhaupt nicht gebrauchen.«

Paul sah Agnes dabei zu, wie sie übers Parkett glitt. Ein Vogel, der über das sturmgepeitschte Meer flog. Aber eine Möwe war sie nicht, dachte er, als er sah, wie sie lächelnd Bollwerke gegen die neugierigen Blicke errichtete, die in ihre Richtung geworfen wurden. Sie war ein Falke.

»Da drüben«, sagte Paul und drehte den Kopf.

Nur fünfzehn Meter weiter stand Thomas Edison und plauderte freundlich mit einigen Bekannten. Der Smoking und die weiße, schief unterm Kinn sitzende Fliege machten ihn erstaunlicherweise jünger. Er hatte als Einziger in seiner Runde kein Getränk in der Hand.

»Können Sie Walzer tanzen?«, fragte Agnes.

»Was?«

Mit ihrer linken griff sie nach seiner rechten Hand und legte sie sich um die Taille, dann nahm sie seine Linke in ihre Rechte. Und begann, sich zu drehen.

Paul begriff erst einige Augenblicke später, dass sie ihn derart im Dreiertakt auf die Tanzfläche dirigierte. Er versuchte, sich daran zu erinnern, wann er zum letzten Mal einen Walzer getanzt hatte. Ihr Parfüm umgab ihn, und für einen kurzen Moment war ihm, als stünde er wieder in einer warmen Tennessee-Nacht mit ihr auf der Veranda seiner Eltern.

»Nicht das Gleichgewicht verlieren!«, flüsterte Agnes. »Folgen Sie mir einfach.«

Sie wirbelten über die Tanzfläche und umkreisten die anderen Tänzer. Zunächst trampelte er noch ungeschickt auf dem lackierten Holzboden herum. Aber in ihren führenden Händen bekamen seine Bewegungen dann doch eine gewisse Form.

»Langsamer«, flüsterte sie. »Schnell, schnell, langsam. Ja, jetzt haben Sie's.«

Paul kämpfte gegen den Schwindel.

Dass er sich wegen Henry Jayne keine Sorgen machen müsste, hatte sie ihm bereits gesagt – er war nicht zugegen, besuchte in Philadelphia ein erkranktes Familienmitglied. Für ein verlobtes Paar verbrachten sie nicht allzu viel Zeit miteinander. Ob das in den wohlhabenden Kreisen so gehandhabt wurde? Paul glaubte, er würde es nicht aushalten können, mit dem Mann im selben Raum zu sein. Und ganz gewiss wollte er ihm nicht begegnen, während seine Hand noch leicht auf Agnes' Hüfte lag.

Er spürte ihren warmen, gleichmäßigen Atem am Hals. Er spürte, wie sich ihre Rückenmuskeln im Rhythmus des Tanzes spannten und wieder lösten. Er wusste: Er tat das alles nicht ausschließlich für Westinghouse. Er musste nicht gewinnen, nur um Edison eins auszuwischen. Er wollte Agnes beweisen, dass er ihrer genauso würdig war wie Henry Jayne.

»Edison steht zehn Meter hinter Ihnen«, flüsterte sie. »Unser Mann ist aber nur drei Meter weiter links von uns. Los geht's.«

Sie fasste Pauls Hand fester und schob sich mit ihm bestimmt durch das Gedränge. Sie näherten sich einer Männerrunde, die sich mit weißen Stehkrägen und perfekt sitzenden langen schwarzen Fräcken miteinander unterhielt. Keiner war jünger als fünfzig, und alle wiesen die behäbige Leibesfülle auf, die von einem gut gelebten Leben zeugte. Paul stellte Blickkontakt mit dem kräftig gebauten Mann in der Mitte her, dem einzigen backenbartlosen unter ihnen, der allerdings einen dichten braunen Schnäuzer trug und damit einen auffälligen farblichen Kontrast im Gesicht. Das gescheitelte Haar war kreideweiß. Die Wangen sahen aus, als hätte man sie noch nie in ein Lächeln gezwungen.

Das war J.P. Morgan, und seinetwegen war Paul hier.

KAPITEL 59
EIN GEHEIMES TREFFEN MIT DEM REICHSTEN MANN AMERIKAS

Der Kapitalismus hat bislang sehr gut funktioniert. Wer nach Nordkorea ziehen will, soll das doch bitte tun.

– BILL GATES

Mit einem langen, satten Bogenstrich der Geigen endete das Stück. Die Gäste spendeten abwesend Beifall, ihre Gunstbezeugung kam so instinktiv, als würden sie husten.

Agnes musterte die Runde um Morgan. »Sie machen einen relativ betrunkenen Eindruck«, flüsterte sie verschwörerisch. »Warten Sie hier.« Dann entzog sie sich Pauls Griff. Bevor er auch nur eine Frage stellen konnte, war sie schon weg und tauchte zwischen die Männer.

»Mr Routledge!«, säuselte sie einem von Morgans Mitarbeitern zu. »Wie war es in Brüssel?«

Paul sah zu, wie Agnes sich ins Gespräch involvierte. Sie war der Fuchs, die Männer die Kaninchen. Paul hörte, wie alle unvermittelt auflachten, sah, wie sie versuchten, in eine gute Position zu kommen, bemüht, die schöne Frau zu beeindrucken, die da so frohgemut vor ihnen herumflatterte. Paul als nicht geladener, heimlicher Zuhörer hielt sich schweigend am Rande.

Innerhalb weniger als einer Minute hatte Agnes sich in die Mitte der Männer bugsiert und Morgan daraus verdrängt. Was so subtil vonstattengegangen war, dass es keineswegs unhöflich wirkte. Trotzdem war Morgan jetzt unübersehbar isoliert.

Da begriff Paul, was sie vorhatte. War er vorher schon von ihr beeindruckt gewesen, so war das jetzt doppelt der Fall. Morgan war es nicht gewohnt, dass man ihn nicht beachtete. Der Körperhaltung des älteren Mannes konnte Paul die aufkommende Langeweile ansehen.

Mit einem Glas Scotch in der Hand zog er sich denn auch aus der Runde zurück und überquerte die Tanzfläche, Paul dicht auf seinen Fersen. Viele, die er passierte, nickten und lächelten ihm zu, aber niemand schien sein Interesse zu wecken. Morgan durchschritt den hinteren Korridor und dann die Tür zur Herrentoilette.

Paul ließ zehn Sekunden verstreichen, bevor er ihm folgte.

Der Raum war langgestreckt. Ablageflächen aus Marmor zogen sich an der einen Wand entlang, auf der anderen Seite befanden sich die Toilettenkabinen, ziemlich wahrscheinlich ausgestattet mit der neuen Wasserspülung. An der rückwärtigen Stirnseite wartete eine bequeme Chaiselongue auf Ruhebedürftige. Als Paul eintrat, legte sich Morgan gerade auf dieses Möbelstück, das Glas noch immer in der Hand.

Zwei weitere Männer betrachteten sich im Spiegel und zogen ihre gelockerten Halsbinden fest, während Morgan sich entspannte. Er schloss die Augen, es sah aus, als genösse er diesen kurzen Erholungsmoment.

Auch Paul stellte sich vor den Spiegel, zog seine eigene Fliege absichtlich so hin, dass sie nicht mehr korrekt saß, und tat anschließend so, als habe er Schwierigkeiten, sie wieder zu richten. Dann begutachtete er seinen Scheitel und prüfte aufmerksam, ob nicht irgendeine Strähne zur falschen Seite fiel.

Die beiden Unbekannten bemerkten, dass sie ihr vor J. P. Morgans Erscheinen angefangenes Gespräch besser woanders weiterführten. Sie gingen hinaus und besiegelten ihre geheime Abmachung mit einem Schulterklopfen. Hinter ihnen fiel die Tür zu. Pauls Gelegenheit war gekommen.

Schnell ging er zur Tür und schob den Riegel vor.

Und schon hatte er sich zusammen mit J.P. Morgan im Herrenklo eingeschlossen.

Morgan hörte den Metallbolzen schnappen und sah zu Paul hoch.

Es blieben nur wenige Minuten, bis entweder Morgans Abwesenheit draußen unerwünschtes Interesse wecken oder die verschlossene Tür bei einem vorbeieilenden Bediensteten Skepsis auslösen würde. Paul hatte nur sehr wenig Zeit.

»Wenn Sie vorhaben, mich auszurauben«, sagte Morgan im Sitzen, »dann darf ich Sie darüber informieren, dass ich mit leeren Taschen hier bin.«

Seine ausgesprochene Nonchalance legte den Schluss nahe, dass ihn auf dieser Welt nur wenige Dinge ängstigten. Und sollte er sich im stillen Kämmerlein doch vor irgendetwas fürchten: Fremde mit weißen Fliegen, die auf Kostümbällen latent bedrohliche Vorstöße wagten, gehörten offenbar nicht dazu. Verschlossene Tür hin oder her: Pauls Auftreten schien Morgan nicht im Geringsten zu besorgen.

»Ich heiße Paul Cravath.«

»Wie schön.«

»Ich bin Partner der Anwaltskanzlei Carter, Hughes und Cravath.«

»Ihre Eltern müssen sehr stolz auf Sie sein.«

»Ich bin der Hauptverteidiger von George Westinghouse in den Klageverfahren gegen Thomas Edison.«

»Oh, das wiederum tut mir leid. Vielleicht sind Ihre Eltern doch nicht so stolz.« Morgan stand auf. »Dachte doch gleich, dass mir Ihr Name bekannt vorkommt. Aber ich werde jetzt gehen.«

Er tat einen Schritt in Richtung Tür. Auch Paul machte einen Schritt vorwärts, womit er sich zwischen Morgan und dem Ausgang in Stellung brachte.

»Ich möchte Ihnen ein Angebot unterbreiten«, sagte Paul.

»Ich habe ein Büro«, sagte Morgan.

»Es ist vertraulich.«

»Ach herrje.«

»Thomas Edison kostet Sie Geld.«

»Sie kosten mich Geld. Ich habe da draußen eine Menge Geschäftliches zu regeln.«

Wieder bewegte Morgan sich auf die Tür zu. Und wieder machte Paul deutlich, dass er nicht zur Seite treten würde.

»Früher hatte ich immer eine Pistole bei mir«, sagte Morgan. »Die Jungs, die für meine Sicherheit zuständig sind, werden sich was anhören dürfen, denn sie haben mich dazu überredet, keine mehr zu tragen.«

»Der Krieg zwischen Thomas Edison und George Westinghouse wird beide Parteien in die Pleite treiben.«

»Und?«

»Und da Sie sechzig Prozent der Anteile an der Edison General Electric Company halten, wage ich zu behaupten, dass das für Sie problematischer ist als für mich.«

»Vielleicht darf ich anmerken, dass Ihr größtes Problem in diesem Augenblick meine Freunde sind, die wer weiß was mit Ihnen anstellen werden, sobald ich wieder draußen bin.«

»Sie und ich haben dasselbe Problem. Und ich schlage vor, dass wir zusammenarbeiten, um es zu beheben.«

Dazu sagte Morgan nichts.

»Edison und Westinghouse führen einen Zweikampf auf Leben und Tod, um ihre Stücke von einem Kuchen zu verteidigen, der nur so groß ist.« Mit den Händen machte Paul einen kleinen Kreis. »Wenn wir aber zusammenarbeiten, könnten wir uns gleich viele Stücke von einem Kuchen nehmen, der *so* groß ist.« Paul verdreifachte seinen Kreis. »Eine Partnerschaft zwischen den beiden Unternehmen – eine Lizenzvereinbarung beispielsweise – würde den Verbrauchern die Bürde abnehmen, sich zwischen unseren nicht miteinander kompatiblen Produkten entscheiden zu müssen. Ob Gleichstrom oder Wechselstrom – das würde dann überhaupt keine Rolle mehr spielen. Sie könnten unseren Strom verkaufen, wir dafür Ihre Birnen. Alle gewinnen. Hören wir doch auf, die Zukunft unserer Unternehmen in die Hände von Gerichten zu legen. Liefern wir sie nicht länger den Launen der öffentlichen Meinung und dem so schnell drehenden Wind auf dem freien Markt aus. Lassen Sie uns die wichtigen Entscheidungen wieder in den Zimmern der Vorstandsetagen treffen, dort, wo sie getroffen werden sollten.«

Morgan schob die Hände in die Taschen und spitzte die Lippen.

»Wettbewerb«, führte Paul weiter aus, »nützt hier doch niemandem. Ein Kollektivmonopol dagegen ...«

Morgan lächelte. Paul sprach seine Sprache.

»Sie haben es ja faustdick hinter den Ohren.«

»Das sagt der Richtige.«

»Ich bin eigentlich gar kein so großer Gauner, Mr Cravath. Was auch immer Sie über mich gehört haben: Ich denke, die Realität ist sehr viel weniger dramatisch, als es die Leute gern darstellen. Wissen Sie, wer ein großer Gauner ist? Thomas. Oder Ihr Freund Mr Westinghouse. Ich bin nur ein einfacher Geschäftsmann.«

»Immerhin der erfolgreichste der Welt.«

»So ist das bei uns Geschäftsleuten. Es gibt nichts, was uns derart verzweifeln lässt wie der freie Markt.«

Jetzt musste Paul lächeln.

»Ich könnte aus dem Stand ein halbes Dutzend Schwierigkeiten benennen, die Ihr Vorhaben mit sich bringt«, sagte Morgan. »Aber nur eine davon ist schlicht unüberwindbar.«

»Und zwar?«

»Thomas Edison.« Er nahm einen bedächtigen Schluck von seinem Scotch. »Ich weiß nicht, was Sie Westinghouse schon erzählt haben oder wovon Sie ihn mit Ihrer beredten Zunge zu überzeugen im Stande sind. Aber ich kann Ihnen versichern: Thomas wird diesem Plan niemals zustimmen.«

»Ich weiß«, sagte Paul.

»Er *verachtet* Westinghouse.«

»Ich weiß.«

»Solange Thomas Edison an der Spitze der Edison General Electric Company steht, wird es keine geschäftliche Zusammenarbeit mit Ihrem Mandanten geben.«

Paul trat einen weiteren Schritt auf Morgan zu und legte dem Industriebaron kühn die Hand auf die Schulter. »Aber wer hat gesagt, dass Edison für immer an der Spitze seines Unternehmens stehen muss?«

KAPITEL 60
DAS GROSCHENGRAB

> Ich erfinde einfach und warte dann, bis Menschen kommen und das brauchen, was ich erfunden habe.
>
> – RICHARD BUCKMINSTER FULLER

»Wollen Sie wissen, wie man am schnellsten eine Milliarde Dollar verdient?«, fragte J.P. Morgan am folgenden Tag, als sie im Metropolitan Museum of Art inmitten der zypriotischen Antikensammlung standen.

»Sehr gern«, erwiderte Paul. Die beiden Männer waren versunken in den Anblick der uralten Keramiken vor ihnen.

»Nehmen Sie einen Groschen. Buddeln Sie ihn ein und lassen Sie ihn tausend Jahre liegen. Und dann buddeln Sie ihn wieder aus.« Morgan deutete auf die verblichenen braunen Vasen, auf die Teller mit ihren komplizierten eingebrannten Mustern und die dunkelfleckigen Krüge, die an den Wänden des Saales entlang aufgereiht waren. Die Stimmen der beiden hallten im Raum wider.

Das Museum war im Umbau. Die Fassade an der Fifth Avenue war vollständig eingerüstet.

»Kennen Sie Luigi di Cesnola?«, fragte Morgan.

»Ich fürchte nein«, sagte Paul.

»Ein Sarde, der in den Fünfzigerjahren hierherkam. Er hat im Krieg gekämpft. In unserem, nicht in dem seiner Heimat. Obwohl ... Ich glaube, in dem auch, aber das war deutlich früher. Seinen Namen hat er sich jedenfalls im hiesigen Bürgerkrieg gemacht. Hinterher segelte er nach Zypern, trug mit großer Sorgfalt diese Sammlung hier zusammen und verkaufte sie dann für … tja, Mr Cravath, was glauben Sie, was ihm die Museumsdirektion dafür gegeben hat?«

»Ich habe nicht den geringsten Schimmer.«

»Sie haben ihm das ganze *Museum* geschenkt. Sie haben ihn zum Direktor gemacht. Und das Metropolitan Museum of Art besitzt inzwischen eine Antikensammlung, die sogar London so langsam beunruhigt.«

»Klingt nach einem schlauen Deal.«

»Vergraben Sie einen einzigen Groschen und lassen Sie genug Zeit vergehen, dann kommen Sie schon zu Ihrem Vermögen. Genau darauf will ich hinaus: Anstrengend wird es erst, wenn Sie die Dinge beschleunigen wollen.«

Paul schaute sich um. Sie waren noch immer allein, ihre geheime Unterredung blieb, soweit er das beurteilen konnte, weiterhin unbeobachtet.

»Sie können hier frei sprechen, Mr Cravath. Wir haben während dieses Nachmittags den gesamten Trakt für uns. Luigi ist ein guter Freund von mir.«

Paul wusste, dass er sich eigentlich nicht wundern sollte, wozu Morgan imstande war. Nichts in New York entzog sich seinem Zugriff. Paul war überzeugt, dass der ältere Mann nicht sein Verbündeter war – auch wenn er ihn um diese Unterredung zwecks einer möglichen Zusammenarbeit gebeten hatte. Binnen einer Sekunde würde er wieder zu Pauls Gegner, sofern das seinen finanziellen Interessen entsprach. Man legt sich aber auch nicht neben einen Löwen und tut dann ganz überrascht, nachdem man von ihm gefressen wurde.

Paul wusste, es bestand die realistische Chance, dass Morgan nach ihrer Begegnung auf dem Ball postwendend zu Edison gelaufen war und ihm sämtliche schmutzigen Details von Pauls Vorschlag unterbreitet hatte. Diese Angst wurde nur dadurch gelindert, dass er sich Morgans nicht unbeträchtliche Gier ins Gedächtnis rief. Während das, was Tesla, Edison und Westinghouse antrieb, immer irgendwie ungewiss bleiben würde, war Morgans Motivation nicht ganz so mysteriös. Niemand konnte versehentlich so viel Geld anhäufen wie er. Und es war nicht mal klar, ob jemals irgendwo auf der Welt jemand so viel davon angehäuft hatte.

Geld war ein deutlich einfacher zu berechnender Antrieb als ein Erbe, als Ruhm, Liebe oder sonst etwas, das einen Menschen morgens aufstehen lässt. Ein Künstler – oder Erfinder – war ein erheblich riskanterer Partner als ein Geschäftsmann. Davon, dass Letzterer einen hintergehen würde, war auszugehen, man konnte sich geradezu darauf verlassen.

»Sie haben sich meinen Vorschlag also durch den Kopf gehen lassen«, sagte Paul. »Ihnen obliegt bei EGE die Macht, sozusagen einen Staatsstreich anzuzetteln. Sie könnten Edison absetzen und einen eigenen Mann bestimmen. Jemanden, der unserem Anliegen verpflichtet ist.«

»Ich weiß, wozu ich im Stande bin, Mr Cravath. Auch ich habe Anwälte. Und die sind sogar etwas erfahrener als Sie.«

»Und trotzdem möchte ich wetten, dass diese Anwälte Ihnen bestätigt haben, dass alles, was ich Ihnen gestern erzählt habe, vollkommen korrekt ist.«

»Das haben sie.«

»Und ich gehe davon aus, Ihre Buchhalter haben die Gewinne und Verluste von EGE ebenfalls unter die Lupe genommen.«

»Zwei Cent«, sagte Morgan. »Darauf beläuft sich momentan der jährliche Gewinn pro Aktie. Das ist zwar kein Verlust, aber mit einem satten Plus hat es auch nicht viel zu tun.«

»Sie sehen also: Ich habe recht. Wenn Sie Edison von innen heraus loswerden, kümmere ich mich um die Dinge bei Westinghouse.«

»Aus Ihrer Perspektive sieht das alles schrecklich einfach aus, richtig?«

»Ja«, sagte Paul, »geradezu gnadenlos einfach. Was aber nicht heißt, dass es einem leichtfällt.«

»Vertrauen Sie mir?«

Ob dieser Frage zuckte Paul kurz zusammen. »Natürlich nicht«, erwiderte er dann offen. Sollte er mit dem mächtigsten Geschäftsmann seiner Zeit in direkte Verhandlungen treten, dann würde er das tun, ohne ihrer beider Intelligenz zu beleidigen, indem er vorgab, ihm freundschaftlich verbunden zu sein.

»Ich Ihnen auch nicht«, sagte Morgan. »Weswegen ich Ihnen ein Geheimnis verraten werde. Ein sehr wertvolles Geheimnis. Und Ihre Reaktion auf dieses Geheimnis wird mir eine Menge darüber verraten, wie sehr ich Ihnen stattdessen misstrauen muss.«

»Um was geht es denn?«

»Die Situation ist komplizierter als Sie denken.«

»Inwiefern?«

»Es gibt einen Spion in der Westinghouse Electric Company.«

Paul starrte ihn regungslos an. Das durfte doch nicht wahr sein. Westinghouse hatte seine Belegschaft persönlich zusammengestellt. Seine Ingenieure, seine Vorarbeiter in der Fabrik, sogar seine Anwälte.

»Edison hat einen Spion in der Westinghouse-Führungsspitze, der ihm regelmäßig über alles Bericht erstattet, was bei Westinghouse ansteht: Unternehmensstrategien, Laborberichte, sogar über die Entwürfe für die Fabriken in Pennsylvania. Das tut er seit über einem Jahr. Ihr Idioten habt einen Rückschlag nach dem anderen erlitten und kamt nicht darauf, wieso. Nun: Darum.«

Paul wurde übel, aber er durfte jetzt keine Schwäche zeigen.

»Wie können Sie so sicher sein, dass Edison uns bespitzeln lässt?«

»Weil ich derjenige war, der den Spion eingeschleust hat«, erwiderte Morgan.

Paul sah ihm direkt in die ruhig blickenden Augen, die nicht blinzelten. Dieses Geheimnis zu offenbaren schien ihm weder Freude noch Erleichterung zu verschaffen.

»Ihr Vorhaben wird sich deutlich komplizierter gestalten, als Sie jetzt denken, Mr Cravath, denn alles, was Westinghouse seiner Führungsriege erzählt, erfährt auch Edison – über unseren Spion.«

»Wer ist es?«, wollte Paul wissen. »Wer ist der Spion?«

»Sie verbuddeln einen Groschen«, sagte J.P. Morgan, und das Echo seiner Stimme schallte von dem alten Steingut zurück, »und besitzen tausend Jahre später ein Vermögen. Aber wenn Sie etwas schneller an dieses Vermögen gelangen wollen, nun, dann müssen Sie etwas sehr viel Größeres verbuddeln.«

KAPITEL 61
DER FUCHS IM HÜHNERSTALL

Hat die Verwandlung des gesamten, [in Ihrem Buch] eine Rolle spielenden wissenschaftlichen Personals – aus kleinlichen, engstirnigen Leuten werden große, selbstlose Menschen – damit zu tun, dass sie gemeinsam der Enthüllung eines schönen Stücks Natur beiwohnen und sich dann im Angesicht dieses Wunderbaren vergessen? Oder doch eher damit, dass der Autor seine Figuren urplötzlich in einem neuen, großzügigeren Licht sieht, weil er einen Erfolg zu verbuchen hat und somit Vertrauen gefasst hat in seine Arbeit und sich selbst?

– RICHARD FEYNMANN,
IN EINEM BRIEF AN JAMES WATSON, IN DEM ES UM DESSEN MANUSKRIPT SEINES AUTOBIOGRAFISCHEN BERICHTS »DIE DOPPELHELIX« GEHT

»Reginald Fessenden?«

Pauls Gedanken überschlugen sich, als er versuchte zu verstehen, was Morgan ihm da gerade erzählt hatte. Im Laufe des vergangenen Jahres hatte Paul nicht nur ganze Stunden an der Seite von Fessenden verbracht, sondern er selbst war es gewesen, der ihn angeworben hatte. Es war Pauls Angebot gewesen, das Fessenden veranlasst hatte, die Seite zu wechseln, nachdem Edison ihn vor die Tür gesetzt hatte … »Sie lügen«, sagte Paul.

»Häufig. Aber heute zufälligerweise mal nicht.«

»Beweisen Sie's.«

Morgan seufzte. »Natürlich haben Sie selbst Fessenden vor anderthalb Jahren eingestellt. Das taten Sie bei einem Treffen in seinem Büro in Indiana, nachdem Sie zu dem Glauben gelangt waren, Edison hätte ihn gefeuert. Darüber hatten Sie in der Zeitung gelesen, und Sie fuhren los, um einen verbitterten ehemaligen Edison-Angestellten vorzufinden, der sich eventuell abwerben ließe. Sie kontaktierten Fessenden, weil Sie sich Informationen über Edisons Patentanträge erhofften, aber … Nun, sagen Sie es mir: Hat Fessenden Ihnen auch nur das Geringste geliefert, das Ihnen dabei geholfen hätte, Edisons Patent anzufechten?«

Paul ging im Geiste sein erstes Treffen mit Fessenden durch.

»Natürlich nicht«, fuhr Morgan fort. »Mit Ihrer nächsten Frage werden Sie jetzt wohl wissen wollen, warum Fessenden Sie auf, na, wie heißt er noch, Tesla angesetzt hat. Weil Edison dachte, dass Sie mit Tesla viel Zeit verlieren würden. An irgendeinem Punkt sollte Fessenden Ihnen ja hilfreich erscheinen, obwohl er Ihnen eigentlich etwas erzählte, das Ihnen überhaupt nicht weiterhalf. Weswegen, so dachten wir, sogar dieser verrückte serbische Wirrkopf noch von Nutzen sein könnte. Thomas hatte die Abschrift seines Vortrags vor der Ingenieursgesellschaft schon in den Händen, lange bevor Tesla ihn hielt. Er fand den Vortrag lächerlich. Was mich überhaupt erst auf die Idee brachte, Sie auf Teslas Fährte zu locken. Es stand nicht auf dem Plan, dass dieser Mann Ihnen tatsächlich etwas Verwertbares liefern würde. Thomas war darüber alles andere als glücklich, so viel kann ich Ihnen sagen.«

Paul fühlte sich plötzlich nackt, jetzt, da sich seine Überlegungen, Pläne und scheinbar ach so cleveren Schachzüge der letzten Jahre als jämmerliche Simulation herausstellten. Edison hatte ihn von Anfang an ausgespielt.

»Sie glaubten, einen Abtrünnigen anzustellen. Stattdessen heuerten Sie ein trojanisches Pferd an. Fessenden hat die Stelle bei Ihrem Mandanten zu dem Zweck angenommen, um zu den jüngsten Westinghouse-Entwicklungen Zugang zu haben. Was in der Tat eine gewisse Ironie hat, schließlich dachte Westinghouse ja, er bekäme über Fessenden Zugang zur Technologie von Edison.«

»Aber Edison«, konterte Paul, »hat doch nie von Wechselstrom Gebrauch gemacht. Wenn Fessenden Westinghouse' Entwürfe weitergeleitet hat – und Sie zusätzlich über Teslas Vortrag verfügten –, dann muss Edison doch begriffen haben, dass Wechselstrom seinem Gleichstrom überlegen ist. Wenn das, was Sie erzählen, wahr ist, dann verstehe ich nicht, warum Edison nie ein Wechselstromgerät entwickelt hat.«

»Ah«, sagte Morgan, »das ist natürlich ein Punkt. Aber: Edison ging nicht konform mit Ihrer Annahme. Er vertiefte sich in sämtliche Berichte. Ich übrigens auch, obwohl ich auf dieses technische Geschwafel nicht übermäßig viel gebe. Und Edison glaubte tatsächlich, es besser zu wissen. Für Gleichstrom einzutreten diente keinem Vorwand – obwohl sich so langsam herausstellt, dass er vielleicht doch falsch lag. Nachdem er Ihre und seine eigenen Forschungsergebnisse evaluiert hatte, ging er ernsthaft davon aus, sein System sei das bessere.«

»Er soll also nicht unehrlich, sondern vor allem inkompetent gewesen sein?«

»Ich würde es etwas freundlicher ausdrücken wollen: Er ist, ausgehend von der vorhandenen Datenlage, zu einem anderen Schluss gekommen. Wissenschaftler! Man stelle hundert von ihnen eine einfache Frage – und man bekommt hundert verschiedene Antworten. Ich vermute mal, sie sind ein notwendiges Ärgernis der Industrie.«

»Das alles war also Ihre Idee«, sagte Paul. »Fessenden. Tesla. Die ganze Intrige.«

»Natürlich. Thomas ist nicht ansatzweise gewieft genug, um alleine auf so etwas zu kommen.«

»Daher also wussten Sie im vergangenen Herbst, als Sie unsere Investorensuche torpediert haben, zu wem wir wollten. So konnten Sie alle infrage kommenden Personen schon im Vorfeld kontaktieren.«

Morgan sah zufrieden aus. »Ich habe schon lange darüber gerätselt, ob Ihnen in diesem Moment nicht etwas geschwant hat.«

Seit dem Augenblick, in dem er das Westinghouse'sche Mandat angenommen hatte, war Paul ständig überfordert gewesen. Die Abgründe unter ihm waren sogar noch viel bedrohlicher, als ihm bewusst gewesen war.

Paul war clever. Tesla, Edison und Westinghouse waren Genies. Aber Morgan? Paul hatte das Gefühl, mit etwas gänzlich Andersartigem konfrontiert zu sein.

»Kommt jetzt der Teil, in dem Sie so tun, als wären Sie ach so viel ehrenhafter als ich?«, fragte Morgan. »Den würde ich mir sehr gern ersparen, es kommt für Sie nämlich auf dasselbe hinaus.«

»*Ich* habe keinen illegalen Spion in Ihren Betrieb eingeschleust, Mr Morgan.«

Morgan musterte Paul in aller Seelenruhe. »Ist Ihnen eigentlich klar, was für Sie am Ende dieser Sache herausspringt, Mr Cravath? Meine Ahnung sagt mir, dass Sie so reich werden, wie Sie es sich wünschen. Dazu gratuliere ich Ihnen jetzt schon. Aber haben Sie auch bedacht, was Sie im Gegenzug vielleicht aufgeben müssen?«

»Nämlich?«

»Die Illusion, dass Sie Ihren Reichtum auch verdient haben.«

Nachdenklich betrachtete Morgan eine Bronzestatue. Sie stellte einen Krieger dar, der mit dem Speer in der Hand in eine große, längst vergessene Schlacht zog.

»Arme Menschen denken immer, dass sie es verdient hätten, reich zu sein«, fuhr er fort. »Reiche Menschen leben jeden Tag mit dem unbequemen Wissen, dass dem nicht so ist.«

Morgan sprach, als gehörten sie beide zum selben Schlag Mann. Als sei er, Morgan, Pauls düsteres Spiegelbild.

»Wahrscheinlich ist Westinghouse gerade bei Fessenden«, sagte Paul.

»Sehr wahrscheinlich.«

»Ich muss mit ihm sprechen. Wenn er Fessenden von unserem Vorhaben erzählt…«

Paul war schon drauf und dran, zum nächsten Telegraphenamt zu laufen, als ihm eine viel bessere Idee kam. Er wandte sich noch einmal um: »Mr Morgan, Sie müssen mir noch einen weiteren Gefallen tun.«

»Bitte.«

»Könnten Sie mir ein Telefon besorgen?«

KAPITEL 62
OB ES STIMMT ODER NICHT

Das Gute an der Wissenschaft ist ja, dass sie recht hat – ob man's glaubt oder nicht.

– NEIL DEGRASSE TYSON

Zufällig hatte Luigi di Cesnola in seinem Büro im zweiten Stock des Museums ein Telefon. Da der Apparat ein Geschenk von Morgan gewesen war, ließ Cesnola den jungen Freund des Bankiers natürlich gern davon Gebrauch machen, während er mit Morgan draußen im Flur eine Zigarre rauchte. Nervös lauschte Paul auf das merkwürdige Klingelgeräusch, das aus dem schwarzen Hörer kam, den er sich ans Ohr drückte.

Am anderen Ende der Leitung nahm irgendwann einer der Laborassistenten ab. Paul verlangte, dringend George Westinghouse zu sprechen.

»Paul?«, kam schließlich die krächzende, aber wiedererkennbare Stimme von Westinghouse aus dem Hörer. Paul hatte das Gefühl, mit einem Geist zu reden und nicht mit einem anderen menschlichen Wesen. Es handelte sich um Westinghouse' körperlose Stimme, direkt hier an Pauls rechtem Ohr. Der Mensch Westinghouse war zu einer bloßen Stimme im Äther geworden.

»Sind Sie allein?«, fragte Paul.

»Haben Sie sich mit Morgan getroffen? Ist er einverstanden?«

»Ist im Augenblick irgendjemand bei Ihnen im Labor? Direkt neben Ihnen, während Sie sprechen? Wo ist der Assistent, mit dem ich gerade gesprochen habe?«

»Wovon reden Sie?«

»Bitte. Sind Sie allein?«

»Ja.«

Sogar über die Entfernung konnte Paul hören, wie sehr sein dringlicher Tonfall Westinghouse bestürzte. Aber es half alles nichts.

»Dann hören Sie gut zu.«

Paul erklärte so einfach wie möglich, was Morgan ihm gerade gesagt hatte. Zuerst war Westinghouse schockiert, dann wollte er das alles nicht glauben. Der führende Ingenieur seiner gesamten Elektrizitätsprojekte hatte im Geheimen für den Feind gearbeitet? Wollte Paul andeuten, dass er ein Narr war?

»Ich werde umgehend die Polizei verständigen«, sagte er dann. Sein Unglaube und seine Beschämung waren einem gerechten Zorn gewichen. »Falschaussage, Diebstahl von geistigem Eigentum, Bruch des Arbeitsvertrags, Betrug – ich werde mich darum kümmern, dass er noch vor Sonnenuntergang abgeführt wird.«

»Ich habe zuerst genauso reagiert«, sagte Paul ruhig in den Hörer, »aber dann habe ich noch mal darüber nachgedacht.«

»Worüber?«

»Wo ist Fessenden jetzt?«

»Im Labor vermutlich. Und dort sammelt er meine sämtlichen Forschungsdetails zur …«

»Könnten Sie dafür sorgen, dass er da auch bleibt? Und könnten Sie ihn aus sämtlichen Sitzungen raushalten, die Sie in den kommenden Tagen zum Thema Edison werden einberufen müssen?«

»Warum sollte ich das tun? Er gehört ins Gefängnis.«

»Denken Sie die Sache zu Ende, Sir. Was passiert, wenn Sie Fessenden verhaften lassen?«

Aus dem Hörer kam Schweigen, als Westinghouse dieselben Gedanken durchspielte wie Paul nur wenige Minuten vor ihm.

»… Dann erfährt Edison, dass sein Spion aufgeflogen ist«, sagte Westinghouse.

»Ja.«

»Und geht davon aus, dass einer seiner eigenen Leute nicht dichtgehalten hat.«

»Genau.«

»Und dann sucht er nach dem schwarzen Schaf in seiner Herde.«

»Und exakt das«, meinte Paul, »wollen wir verhindern.«

»Was schlagen Sie alternativ vor?«

»Könnten Sie Fessenden eine Aufgabe zuweisen? Irgendein Projekt, das ihn beschäftigt – und wenn es nichts als Zeitverschwendung ist, ganz egal.«

»Da fällt mir sicherlich etwas ein.«

»Gut. In der Zwischenzeit kann uns Fessenden vielleicht doch noch nützlich sein.«

»Wie das?«

»Alles, was wir ihm erzählen, landet bei Edison.«

»Richtig.«

»Egal, ob es stimmt oder nicht.«

Westinghouse konnte nicht sehen, dass Paul grinste, als er das sagte. Aber während er geduldig auf das leise Klicken und Rauschen in der Telefonleitung hörte, hoffte Paul, dass Westinghouse, weit weg in seinem eichenholzvertäfelten Büro auf dem Land bei Pittsburgh, ebenfalls grinste.

KAPITEL 63
KLEINE SKIZZEN, WÄHREND DIE BÜHNE FÜR DEN LETZTEN AKT VORBEREITET WIRD

Vor allem anderen ist Vorbereitung der Schlüssel zum Erfolg.

– ALEXANDER GRAHAM BELL

George Westinghouse hörte seinem Anwalt aufmerksam zu, als der ihn in seinen Plan einweihte, machte dann aber deutlich, dass er dabei nicht mitspielen würde.

»Sie bitten mich, meiner gesamten Führungsriege zu erzählen, dass Sie Nikola Tesla aufgespürt haben?«, fragte er ungläubig.

»Ja«, sagte Paul. »Sagen Sie ihnen, dass Tesla sich die ganze Zeit über in Chicago versteckt gehalten hat.«

»Was? Warum?«, fragte Westinghouse. »Wieso Chicago?«

»Weil es weit weg ist.«

Paul konnte hören, wie am anderen Ende der Leitung schwer ausgeatmet wurde.

»Unser Ziel ist doch, Edison auf eine falsche Fährte zu führen, richtig?«, fuhr Paul fort. »Also schön. Edison weiß, dass er Sie relativ sicher als Konkurrenten aus dem Feld schlagen wird, solange Sie nicht eine vollkommen eigenständige Glühbirne vorweisen können. Oder Tesla eben eine erfindet. Wenn wir Edison also zu Ohren kommen lassen, dass Tesla in einem geheimen Labor in Chicago genau daran gearbeitet hat, wird er sich daraufstürzen.«

Westinghouse gab keine Antwort.

»Das wäre ein perfektes Ablenkungsmanöver«, fügte Paul hinzu.

»Ich werde aber nicht meine gesamte Belegschaft anlügen.«

»Es tut mir leid. Aber wir müssen verhindern, dass Fessenden Verdacht schöpft. Wenn Sie die Geschichte nur ihm erzählen, merkt er vielleicht, dass da etwas faul ist. Diese Sache muss in aller Munde sein.«

Westinghouse warf ein: »Früher oder später wird Edison herausfinden, dass sich Tesla weder in Chicago aufhält, noch dass er eine neue Glühbirne entwickelt hat.«

»Stimmt. Aber bis es so weit ist, wird das völlig unerheblich sein.« Paul hörte, wie die Tür knarrte. Als er sich umdrehte, stand J.P. Morgan im Rahmen, umhüllt von einem dünnen Schleier Zigarrenrauch. Er hatte seine Unterredung mit Luigi di Cesnola beendet und wartete nun darauf, dass auch Paul fertig wurde. Sie hatten noch eine Menge Arbeit vor sich. Und J.P. Morgan sah nicht aus wie jemand, den man für gewöhnlich warten ließ.

»Niemand wird glauben, dass Tesla ein Geheimlabor in Chicago hat«, kam Westinghouse' Stimme aus dem Hörer. »Es ist ja schon unglaubwürdig, dass er überhaupt noch am Leben ist.«

Was ihm nun bevorstand, fürchtete Paul seit geraumer Zeit. Er war nur froh, dass er das Gesicht seines Mandanten nicht sehen musste, als er jetzt endlich zugab, nicht ehrlich gewesen zu sein.

»Es stimmt, dass Nikola Tesla nicht in Chicago ist«, sagte er, »aber am Leben ist er durchaus.«

Paul sprach weiter, während der bleiche Rauch von Morgans Zigarre durch das Museumsbüro waberte.

Am nächsten Abend passte Paul Agnes ab, als sie aus der Hintertür des Metropolitan Opera House kam. Konzertbesucher strömten aus dem Haupteingang, Hunderte von Menschen plapperten und lachten, es herrschte Hochbetrieb auf der 39. Straße. Es war elf Uhr abends, und Manhattan erstrahlte in altem und neuem Licht.

»Da sind Sie ja!«, rief Agnes. Auf ihrem zunächst überraschten Gesicht zeigte sich schnell Sorge. »Ich war schon in der Kanzlei und habe Sie gesucht.«

»Ich hatte zu tun.«

»Ist Morgan denn an Bord? Geht alles seinen Weg?«

»Sie müssen noch mal nach Tennessee zurückfahren«, sagte Paul.

»Wie bitte, was?«

»Es tut mir leid, aber es muss jetzt alles furchtbar schnell gehen.«

»Was muss schnell gehen?«

»Sie müssen Nikola abholen und herbringen.«

Agnes bedachte Paul mit einem langen, forschenden Blick. Auf diesen Moment hatten sie schon so lange gewartet. Jetzt, da er da war, kam er ohne Fanfaren oder Feierlichkeit. Er fühlte sich einfach nur schwerwiegend an. Am Nachthimmel funkelten die Sterne.

»Und warum gerade jetzt?«, wollte sie wissen.

»Weil ich glaube, dass Thomas Edison versuchen wird, ihn umzubringen.«

»Und Sie wollen, dass ich bei Tesla bin, wenn es so weit ist?«

»Natürlich nicht«, erwiderte Paul. »Fürs Erste will ich, dass Edison am falschen Ort nach ihm sucht.«

Paul berichtete ihr von dem Geständnis, das er seinem Mandanten gegenüber abgelegt hatte, und von ihrem gemeinsam gefassten Plan, sich Fessendens Intrige zunutze zu machen.

»Ich könnte mir vorstellen, dass dieses Gespräch mit Westinghouse nicht gerade einfach war«, sagte sie.

»Stimmt.«

»Sind Sie denn wohlauf?«

Paul wusste nicht mehr, wie er sich fühlte. Er wusste nur, dass keine Zeit zu verlieren war.

»Er wird Ihnen verzeihen«, sagte sie. Aber Paul wollte jetzt nicht getröstet werden und gab nur zurück: »Irgendwann vielleicht. Das ist aber jetzt gerade unwichtig.«

Für Befindlichkeiten hatte er keine Zeit. Noch nicht mal gegenüber Agnes.

»Wo soll ich Tesla denn hinbringen?«, wollte sie wissen.

Paul betrachtete das Getümmel von Manhattan. »Bringen Sie ihn nach Hause.«

»Mr Cravath«, sagte Walter Carter, als Paul am nächsten Morgen die Kanzlei betrat, »wo um alles in der Welt sind Sie denn gewesen? Wir haben uns hier um eine Insolvenz zu kümmern!«

Er hatte seinen Partnern aus Nashville telegrafiert, es gebe noch eine letzte Möglichkeit, die er nicht unversucht lassen wolle, bevor Westinghouse Konkurs anmeldete. Seitdem hatten seine Partner außer einer gelegentlichen mahnenden Bitte, noch weiter abzuwarten, nichts mehr von Paul gehört.

»Sie müssen mir einen Gefallen tun«, sagte Paul.

»Wir müssen erst einmal wissen, was hier vor sich geht! Ich habe Westinghouse geschrieben, und er hat mir geantwortet, dass er über Ihr Vorhaben im Bilde ist – was man von Ihren Partnern nicht behaupten kann. Eine Unverschämtheit, junger Mann!«

»Es tut mir wirklich leid, aber dieses Manöver muss geheim bleiben. Sie werden sehr bald wissen, warum. Westinghouse und ich sind zunächst darauf angewiesen, dass Sie Klage gegen jemanden einreichen.«

Carter bedachte Paul mit einem langen Blick. »Wovon um alles in der Welt reden Sie da?«

»Holen Sie Hughes. Sie haben einen Prozess anzustrengen, und für uns alle wäre es am besten, Sie täten es umgehend. Wenn Sie jetzt mitspielen, müssen Sie sich nicht länger um die Insolvenz von Westinghouse kümmern, sondern erleben stattdessen möglicherweise seinen Sieg.«

»Ach ja?«, sagte Carter. »Und wen genau soll ich für Sie verklagen?«

»Das ist mir im Grunde vollkommen egal. Wichtig ist nur, dass der Anwalt des Angeklagten Lemuel Serrell heißt.«

Paul sagte Carter alles, was er wissen musste. Und kein Wort mehr.

Zur Mittagsstunde wartete er nervös vor dem Telegrafenamt am südlichen Ende des Broadway. In seiner Aufregung tigerte er die Kanten der schwarzweißen Marmorbordsteine auf und ab.

Endlich klopfte der Junge hinter dem Schalter gegen die Kupferstäbe, die ihn vom Publikumsverkehr abschirmten, und winkte Paul heran.

»Wir haben eine Nachricht für einen gewissen Jonathan Springborn«, sagte er.

»Danke«, erwiderte Paul und nahm den schmalen Streifen Papier entgegen, den der Junge ihm aushändigte.

Die Nachricht kam von »Morgan«, Vornamen oder Initialen fehlten. Sie war sehr kurz.

»Habe Eilnachricht von TE erhalten. Tesla am Leben. In Chicago. EGE und Pinkertons in Mannschaftsstärke zur Lokalisierung ausgerückt. Bitte um Anweisung.«

Pauls Plan ging auf. Bis jetzt zumindest.

»Ich würde gern eine Nachricht an diesen Absender zurückkabeln«, sagte Paul zu dem Jungen, der diensteifrig seinen Stift zückte.

»Zugfahrt nach Chicago dauert 36 Stunden. Stop. Dann 36 zurück. Stop. Wir haben drei Tage, um die Sache abzuschließen. Stop.«

»Sieben Cent«, sagte der Junge, als er die Wörter zusammengezählt hatte.

»Diese Nachricht ist sehr viel mehr wert«, sagte Paul, während er in der Hosentasche nach den Münzen fischte.

Später am selben Nachmittag stieg Paul in einen Zug der Saugus Line, nach Lynn, Massachusetts. Die Fahrt in die Kleinstadt an der Küste, zehn Meilen nördlich von Boston, dauerte nicht lang. Als er ausstieg, sah er den Marktplatz von einer dicken Schneeschicht bedeckt. Die Räder von Pauls Kutsche, die ihn zu der größten der vielen riesigen Fabriken am Stadtrand brachte, gruben Spuren in den Schnee.

Acht vierstöckige Gebäude lagen um ihn herum und zogen sich scheinbar kilometerweit in jede Himmelsrichtung. Aus ihren steinernen Schloten stieg Rauch. Die Büros der Geschäftsführung fand Paul im größten der Gebäude.

In großen Lettern stand THOMSON-HOUSTON ELECTRIC COMPANY über dem Eingangstor.

Als er durch die Flure schritt, eilten reihenweise Sekretäre an ihm vorbei. Schließlich stand er vor einem der hintersten Bürozimmer. Er trat ein. Drinnen lehnte Charles Coffin an seinem Schreibtisch und wartete auf ihn. Damit hatte er schon den gesamten Vormittag verbracht – und tat jetzt auch gar nicht erst so, als wäre er mit etwas anderem beschäftigt gewesen.

»Mr Cravath«, sagte er, »ich war davon ausgegangen, Sie nicht mehr wiederzusehen.«

»Das hatte ich mir ebenfalls erhofft.«

Coffin lächelte. »Sie können mich nicht leiden, stimmt's?«

»Sie haben mich hintergangen, und Sie haben Westinghouse hintergangen. Und zwar wider Ihr technisch und wissenschaftlich besseres Wissen. Was glauben Sie also?«

»Dass niemand einen schlechten Verlierer leiden kann.«

Geschäftlich mit diesem Mann zu tun zu haben machte Paul fuchsteufelswild. Aber Coffins Doppelzüngigkeit war genau, was er jetzt brauchte.

»Sie haben sich auf ein Treffen mit mir eingelassen«, sagte er. »Ich gehe also davon aus, dass Sie mit Mr Morgan gesprochen haben.«

»Ich habe einen Brief erhalten«, erwiderte Coffin, »in dem ich geradezu angefleht wurde, Sie anzuhören.«

»Ich kann mir kaum vorstellen, dass Mr Morgan irgendjemanden anfleht. Aber nichtsdestoweniger bin ich froh, dass Sie unserer Zusammenkunft zugestimmt haben.«

»Morgan schrieb, Sie wollten mir ein geschäftliches Angebot unterbreiten. Ein Angebot, das Thomas Edison nicht zu Ohren kommen soll. Unter normalen Umständen hätte ich Sie natürlich zur Hölle geschickt. Aber wenn Sie Morgan mit hineingezogen haben, dann muss es wohl einigermaßen ernst sein.«

»Ich bin gekommen, um Ihnen eine überaus einfache Frage zu stellen: Wie würde es Ihnen gefallen, der neue Chef von EGE zu werden?«

Coffin bemühte sich redlich, seine Überraschung zu überspielen. Er blickte auf seine polierten Schuhe.

»Das ist in der Tat mal ein Angebot…«, sagte er.

Paul hob lässig die Schultern. Morgan färbte bereits auf ihn ab.

»Und was ist mit Thomas Edison?«

»Er hat sein Nützlichkeitsdatum überschritten.«

»Nützlich für wen?«

»Für Morgan zum Beispiel«, sagte Paul. »Vielleicht auch für die ganze Welt.«

Paul drehte auf dem weichen Teppich seine Runden und fuhr fort: »Sie haben hier ein hübsches kleines Unternehmen aufgebaut, oder nicht? Thomson-Houston wirft das Dreifache des Profits von EGE ab – und das Vierfache von Westinghouse. Und das ist Morgan aufgefallen. Mir auch. Edison und Westinghouse sind Wissenschaftler. Sie aber, Mr Coffin, haben sich als Geschäftsmann bewiesen. Und zwar als ein gewiefter.«

»Und wie würde ein gewiefter Geschäftsmann sich in dieser Situation verhalten?«

»Er würde erkennen, aus welcher Richtung der Wind weht. Und er würde seine Segel entsprechend setzen.«

Coffin lächelte. Es fühlte sich beinahe an, als wären sie durch die gegenseitige Antipathie miteinander verbunden.

»Und wie soll das Ganze vonstattengehen?«, fragte Coffin.

»Sie geben zunächst Ihre Einwilligung, Thomson-Houston an EGE zu verkaufen.«

»Sie wollen, dass ich meine Firma an Edison verkaufe?«

»Ich will, dass Sie Ihre Firma an Morgan verkaufen. Während Morgan die anderen Investoren bei EGE davon überzeugt, Edison vor die Tür zu setzen.«

»Dann würden also beide Firmen Morgan gehören.«

»Genau«, sagte Paul. »Und er wird sie fusionieren und Sie als neuen Präsidenten einsetzen.«

»Warum sollte er mich als ...« Coffin sprach nicht weiter. Paul wartete schweigend ab, bis er für sich die Puzzleteilchen zusammengesetzt hatte.

»Ach du grüne Neune«, kam es schließlich von ihm. »Als Kopf des neuen Konglomerats hätte ich freie Hand, beispielsweise einen Lizenzvertrag zwischen Westinghouse und EGE auszuhandeln, richtig? Einen Deal, dem Edison niemals zustimmen würde.«

»Ich wusste, Sie sind der Richtige für den Job.«

»Warum ich? Sie könnten doch jeden dazu kriegen, als Morgans Strohmann aufzutreten. Er ist doch auch zukünftig der Hauptanteilseigner, sodass es letzten Endes völlig unerheblich ist, wer Präsident wird.«

»Das stimmt«, antwortete Paul, »aber Sie würden Ihren Job ganz einfach gut machen.« Paul verlangte es keineswegs danach, Coffin für seine Talente zu bewundern. Er musste sie lediglich für sich einspannen.

»Was Morgan vor allem will«, fuhr Paul fort, »sind Erträge. Keine Fehden und keine persönlichen Rachefeldzüge mehr. Wenn Sie am Drücker sind, werden Sie den Deal mit Westinghouse machen, weil Sie wissen, dass er finanziell sinnvoll ist. Dieser Deal bedeutet ein gutes Geschäft. Sie, Sir, sind zwar ein Dreckskerl, dem ich keinen Meter weit über den Weg traue. Aber das bedeutet: Ich kann mich darauf verlassen, dass Sie tun, was gut fürs Geschäft ist.«

Coffin trommelte mit den Fingerspitzen auf die Schreibtischplatte. Ihm wurde gerade eine Stellung als Vorsitzender der größten Leuchtmittelfirma in ganz Amerika angeboten. Wenn alle Deals erst richtig eingetütet wären, würde er, Coffin, zu einem der mächtigsten Industriemanager der ganzen Welt. Seine Finger tanzten in verhaltenem Rhythmus auf dem Holz.

»Und was soll mit Edison passieren?«, fragte er schließlich. »Was wird aus ihm?«

»Ein Rentner«, sagte Paul in aller Entschiedenheit.

Coffin nickte. Das war offenbar die Antwort, auf die er gehofft hatte. Aber wieder schwieg er zunächst.

»Also wirklich, guter Mann«, meinte Paul, »wie lange müssen Sie denn noch darüber nachdenken, ob Sie Vorsitzender der Edison General Electric sein wollen?«

»Oh, ich habe kein Interesse an dieser Stellung.«

»Soll das ein Witz sein?«

»Ich habe zumindest kein Interesse daran, eine Firma zu führen, die das Wort ›Edison‹ im Firmennamen trägt. Dieses übermächtige Erbe würde mich ja für immer klein halten.«

»Sie lehnen die einflussreichste Stellung in der Strombranche ab, weil Sie sich sorgen, die Öffentlichkeit könnte Sie nicht für denselben Heiligen halten, als den sie Edison fälschlicherweise wahrgenommen hat?«

»Ich habe nicht gesagt, dass ich sie ablehne«, sagte Coffin, der vieldeutig lächelte.

»Ich glaube es nicht«, sagte Paul. »Sie wollen noch Forderungen stellen?«

»Nur eine. Wenn Edisons Name aus dem Firmentitel entfernt würde … nun, dann müsste ich nicht jeden Tag, wenn ich zur Arbeit komme, auf diese verdammten Buchstaben starren.«

»Ich kann es nicht fassen, dass ein Mann in Ihrer Position nach allem, was ich Ihnen gerade angeboten habe, noch anfängt zu feilschen.«

»Darf ich Ihnen einen Rat geben, Mr Cravath?«

»Nichts wünsche ich mir sehnlicher.«

»Sobald Sie aufhören zu verhandeln, wird Ihnen nie wieder etwas angeboten.«

»Also gut«, sagte Paul, »ich werde Morgan über Ihre Forderung in Kenntnis setzen. Nennen Sie das Ding doch, wie Sie wollen. Ich bin mir sicher, dass Sie es auch ›Tante Sallys Elektroladen‹ nennen könnten – Morgan ist glücklich, solange die Firma auch nur einen Groschen mehr Gewinn abwirft, als sie es zurzeit tut.«

»Danke«, sagte Coffin, nahm einen Stift aus einem Futteral und kritzelte einige Worte auf ein Stück Papier. Er probierte Namen aus. Firmentitel. Vermächtnisse.

»Wenn wir dann jetzt eine Übereinkunft erzielt haben«, meinte Paul, »gehört die Firma Ihnen. Und ich darf mich verabschieden.«

Er wandte sich zum Gehen. Coffin schaute nicht einmal auf, seine Aufmerksamkeit gehörte voll und ganz den vor ihm aufgelisteten Namen.

»Hmm«, kam es schließlich, als Pauls Hand schon auf dem Messingtürknauf lag. »Vielleicht sollten wir es einfach halten und nur das erste Wort wegnehmen. Jenes, das mir nicht gefällt.«

»In Ordnung.«

»›General Electric‹. Das klingt doch durchaus hübsch, finden Sie nicht?«

KAPITEL 64
NIKOLA TESLAS RÜCKKEHR NACH MANHATTAN

Geistiges Eigentum hat die Haltbarkeitsdauer einer Banane.

– BILL GATES

Zwei Tage später stieg Nikola Tesla am unteren Ende der Fifth Avenue aus einer Kutsche. Paul war gekommen, um ihn gemeinsam mit George Westinghouse in Empfang zu nehmen.

Paul ging viel zu viel durch den Kopf, um der morgendlichen Frische gewahr zu werden.

Beim Anblick des so lange vermisst geglaubten Erfinders machte Westinghouse ein regelrecht gequältes Gesicht. Vielleicht war er aber auch einfach nur gerührt. Paul konnte nicht ermessen, wie tief er Westinghouse mit seiner Unehrlichkeit verletzt hatte oder wie sehr dieser tatsächlich davon ergriffen war, dass Tesla bei lebendigem Leib einem Zweispänner entstieg.

Hinter Tesla kam Agnes aus der Kutsche. Sie drückte dem Kutscher ein paar Münzen in die Hand und suchte dann Blickkontakt mit Paul. Sie hatte Tesla pünktlich nach New York zurückgebracht, exakt zum vereinbarten Zeitpunkt. Sie hatte Wort gehalten. Aber ihr Wort galt eben auch mehr als das der meisten anderen. Vielleicht mehr als das von allen anderen. Paul dämmerte, dass diese Frau, die unter einem geborgten Namen und mit einer ausgedachten Vergangenheit lebte, der zuverlässigste Mensch war, den er kannte.

Er stellte sie Westinghouse vor. Merkwürdig, dass die beiden wichtigsten Menschen in seinem Leben sich bislang nie begegnet waren. Sie waren offensichtlich um Worte verlegen. Wenn sie nur wüssten, wie eng ihre Schicksale mittlerweile verquickt waren.

Tesla überraschte sie alle, indem er Westinghouse' Hand ergriff und sagte: »Hallo Mr George Westinghouse. Ich danke Ihnen für Ihr Willkommen.«

Westinghouse lächelte. »Ich freue mich zu sehen, dass es Ihnen gut geht.«

»Was ist dies?«, fragte Tesla und zeigte auf das Gebäude hinter Westinghouse.

»Wollen Sie's sehen?«, erwiderte Paul. Das Gebäude an der South Avenue Nr. 33–35 war ein vierstöckiger, steinerner Koloss, nicht weit weg vom Washington Square Park. Man konnte den Triumphbogen zwei Häuserblocks in Richtung Norden sogar sehen. Diese war eine der begehrtesten Immobilien der ganzen Stadt.

Westinghouse zog einen Schlüssel aus der Manteltasche und schloss das schwere Eingangstor auf. Er führte das Grüppchen die sich emporschraubende Kupfertreppe ins dritte Stockwerk hinauf und öffnete dort eine Eisentür.

»Willkommen in Ihrem neuen Labor«, sagte er dann und ließ Tesla als Ersten eintreten.

Das Labor war ein offener Raum, der sich in jede Richtung sechzig Meter weit erstreckte. Es nahm die ganze Etage in Beschlag und war brandneu. Man konnte die erst kürzlich erfolgten Maurerarbeiten noch riechen. Entlang der Wände waren Metallschränke aufgereiht, in denen sich offenbar elektrische Bauteile aller Art befanden. Dicke Spulen mit neuen Kabeln – Zink, Stahl, Silber – lagen als unberührte Bündel da. Unmengen von Gummi stapelten sich in noch nicht zugeschnittenen Platten. Ein Schrank schien voller gläserner Teller zu sein. In dem nebenstehenden befanden sich Bottiche mit Silbernitrat, wie Paul zu erkennen glaubte. Neben dem elektrischen gab es hier also auch fotografisches Handwerkszeug.

»Das hier, Mr Tesla, ist das am besten eingerichtete Labor

im ganzen Land«, verkündete Westinghouse stolz und überreichte Tesla die Schlüssel, der sie wiederum betrachtete, als wolle er sie sezieren.

»Sie schenken an mich ein Labor?«, fragte Tesla vollkommen ausdruckslos. »Ich verstehe nicht.«

»Wir schenken Ihnen gar nichts«, gab Paul zurück. »Sie selbst haben dafür bezahlt.«

Tesla sah ihn an.

»Als Sie verschollen waren«, fuhr Paul fort, »wusste Ihr Anwalt, Mr Serrell, nicht, was er mit den zwei Dollar fünfzig, die Ihnen ja weiterhin als Lizenzgebühr pro verkaufter Pferdestärke je Einheit zustanden, anfangen sollte. Ich sagte ihm, dass die Westinghouse Electric Company gern auch weiterhin Schecks ausstellen würde, wir allerdings weder wüssten, wer sie in Verwahrung nehmen sollte, noch, auf wen wir sie überhaupt ausstellen sollten.«

»Und es ist durchaus ein bisschen Geld zusammengekommen«, fügte Westinghouse hinzu.

»Wir sind also mit Ihrem Anwalt übereingekommen, dass Ihre Erlöse bis zu Ihrer Rückkehr in einen Fonds fließen. Sollten Sie jemals wieder auftauchen, könnten Sie Ihren Anspruch auf die Gesamtsumme geltend machen. Sollten Sie verschwunden bleiben...« Paul sprach nicht weiter. Ungesagt blieb, dass er seit mehr als einem Jahr sehr wohl gewusst hatte, dass Tesla am Leben war.

Tesla schien immun zu sein gegenüber jedweder unterschwelliger Unannehmlichkeit.

Er fing an, das Labor zu begehen. Er inspizierte einen Schrank nach dem anderen, machte eine Bestandsaufnahme der Ausstattung. Dann drehte er sich zu Paul um.

»Ich mich hätte entschieden zwar für Kupfer und nicht Ihren Zink«, sagte er. »Aber ja, dies hier ist gut.«

»Wir sind davon ausgegangen, dass Sie sich nach Ihrer Rückkehr so schnell wie möglich ein Labor wünschen würden«, sagte Paul.

»In Tennessee habe ich viel gearbeitet«, gab Tesla zurück

und fuhr mit seiner Inventur fort. »Ich werde hier diese Arbeit weiterführen.«

»Das hoffen wir doch«, sagte Westinghouse.

Tesla entnahm einem Schrank zwei Glasteller und stellte sie auf einen Tisch. Er sah auf und fragte: »Schrauben?«

Westinghouse deutete auf einen Schrank im hinteren Teil des Raumes.

Sie sahen zu, wie Tesla sich umgehend an die Arbeit machte. Bei den Schrauben fand er auch einen Schraubenzieher und eine kreisrunde Säge, mit der sich die Glasteller neu zuschneiden ließen. Und ohne einen Moment der Reflexion oder überhaupt der Vergegenwärtigung, dass andere Menschen anwesend waren, fing er an zu basteln.

»Nun denn«, meinte Agnes, »es sieht ganz so aus, als sei ihm danach, gleich loszulegen.«

»Glauben Sie, es gefällt ihm?«, fragte Paul.

»Ich glaube, für ihn ist jeder Moment, in dem er nichts erschafft, einer, in dem er über noch zu erschaffende Dinge nachdenkt.«

Westinghouse starrte Tesla schweigend an. Beide fühlten sie sich in ihren Laboren am wohlsten, und trotzdem hätten sie unterschiedlicher nicht sein können. Tesla war dann am glücklichsten, wenn er arbeitete. Westinghouse dann, wenn die Arbeit getan war. Und Edison nur dann, wenn er Erster wurde.

Aber Paul hatte es fast geschafft, das zu verhindern.

»Mr Tesla«, rief Paul über das Tellerklappern hinweg. »Es gibt noch eine Sache, die wir gern mit Ihnen besprechen würden.«

Gehorsam legte Tesla seine Werkzeuge nieder und sagte: »Ich habe zu tun so viel. Was ist es denn, das Ihnen helfend wäre?«

Agnes sah Paul an. Über diesen letzten Teil seines Plans hatte er sie nicht in Kenntnis gesetzt. Was ihm alles andere als angenehm war, aber er hatte keine andere Möglichkeit gesehen. Denn dem, was jetzt kam, würde sie nicht zustimmen.

»Die Westinghouse Electric Company wird in wenigen Tagen Insolvenz anmelden müssen«, sagte Paul umstandslos.

»Ich bin entschuldigend, das zu hören«, sagte Tesla, der offenbar darum rang, eine passende Antwort zu finden.

»Aber wir sind dabei, eine Lizenzvereinbarung mit Edisons Firma auszuhandeln. Was für den Fall, dass wir erfolgreich sind, bedeutet, dass Edison in seinem Unternehmen nicht länger das Heft in der Hand halten wird.«

Teslas Augenbrauen zogen sich steil nach oben. Von allen menschlichen Angelegenheiten schien ausschließlich diese für ihn noch einigermaßen interessant zu sein.

»Wenn wir allerdings bankrott gehen«, fuhr Paul fort, »war auch dieser Plan umsonst. Und der Grund für die Insolvenz, der Grund, dass Mr Westinghouse' Unternehmen finanziell auf derart wackeligen Füßen steht, dieser Grund bin ich.«

Mit flehentlich erhobenen Händen ging Paul einen Schritt auf Tesla zu.

»Kurz: Wir können die zwei Dollar fünfzig Lizenzgebühren pro Pferdestärke in jeder verkauften Einheit, die ich im Namen der Westinghouse Electric Company mit Ihnen vereinbart habe, die wir in Ihren Fonds eingezahlt und die es ermöglicht haben, diese Räumlichkeiten hier zu kaufen, nicht länger aufrechterhalten.«

»Paul, wovon reden Sie da?«, fragte Agnes.

Er ging nicht auf sie ein. »Ich bitte Sie also, Nikola, diese Vereinbarung mit Ihrer Unterschrift zu annullieren. Ihre Ansprüche zum Wohle der Allgemeinheit aufzugeben.«

»Zum Wohle der Allgemeinheit?«, rief Agnes. »Was passiert hier gerade? Paul, kommen Sie doch bitte einen Moment mit mir mit.« Sie bedeutete ihm, sie für ein Gespräch unter vier Augen in den Flur hinauszubegleiten.

»Lassen Sie mich bitte noch ausreden«, bat er sie. »Nikola, diese Beteiligung läuft so oder so demnächst aus: Wenn wir pleite sind, kann nichts mehr an Sie ausgezahlt werden. Überlassen Sie uns aber Ihre Technologie als Geschenk, schlagen wir Edison.«

»Sie bitten, dass ich diesen zweiten Pfad wähle«, sagte Tesla.

»Wenn Sie uns Ihre Wechselstrompatente geben, können wir Edison besiegen. Dann können wir Wechselstrom zum nationalen Standard machen. Wenn Sie das nicht tun, dann, nun ja …«

»Wird Edison gewinnen«, sagte Westinghouse.

»So einfach kann es doch auch nicht sein«, sagte Agnes.

Paul bat Agnes mit einer Geste um Geduld. »Wenn Edison gewinnt, wird das gesamte nationale Stromnetz auf Gleichstrom aufbauen. Wenn Sie zulassen, dass Westinghouse bankrott geht, verdammen Sie ganz Amerika zu Gleichstrom. Zu Edison. Zu einem Jahrhundert des technologischen Rückschritts.«

Teslas Gesicht verdüsterte sich. Diese ernstzunehmende, scheußliche Konsequenz, hatte er sich vorher noch nie ausgemalt.

»Paul«, sagte Agnes, »ich werde nicht zulassen, dass Sie Nikola aus diesem Lizenzvertrag raustricksen.«

»Ich trickse niemanden irgendwo raus. Ich lege ihm die Sache transparent und offen dar. Er kann seine eigene Entscheidung treffen.«

»Wo ist Mr Teslas Anwalt? Ich werde ihn sofort rufen lassen.«

»Mr Serrell steht unglücklicherweise derzeit nicht zur Verfügung. Er hält sich in Washington auf und ist mit einer anderen Angelegenheit beschäftigt.«

»Sie haben sich seines Anwalts entledigt, damit Sie Tesla ganz allein übers Ohr hauen können?«

»Ich haue hier niemanden übers Ohr.«

»Mit Gleichstrom wird funktionieren kein einziger von meinen neuen Apparaten …« Tesla hielt sich die triste Zukunft vor Augen, die das von Paul gemalte Szenario für seine Arbeit bedeutete.

»Wenn Sie sich auf das, worum ich Sie hier bitte, nicht einlassen«, sagte Paul, »wird das nationale Stromnetz der Vereinigten Staaten auf Gleichstrom basieren. Es wird Unfälle geben. Menschen werden sterben. Das ganze Land wird dazu verdammt sein, wieder im Mittelalter zu leben. Und die Zukunft, die Sie in Ihren Visionen schon gesehen haben, wird in Amerika niemals Form annehmen.«

Tesla starrte in eine nebulöse Entfernung, als sähe er bereits, wie sich seine geplanten Maschinen in Luft auflösten. Als Halluzinationen aus Chrom und Kabeln konnte er seine herrlichen Schöpfungen vor sich sehen – und dann, wie sie verblassten.

»Ich interessiere mich für Ihr Geld überhaupt nicht. Aber Sie dürfen nicht zulassen, dass Gleichstrom verschlingt meine Welt. Ich nur will kreieren. Das wissen Sie über mich selbst.«

»Nikola«, sagte Agnes, »jetzt hören Sie mir mal zu. Westinghouse Ihr ganzes Geld zu schenken ist nicht der richtige Weg, um Ihre Arbeit zu retten.«

»Miss Agnes Huntington, inmitten der Welt, die Mr Paul Cravath beschreibt, kann ich nicht erfinden, was ich muss erfinden.«

»Wir können dafür sorgen, dass diese Welt nicht zur Realität wird«, sagte Paul. »Wenn Sie auf Ihre Patentnutzungsgebühr verzichten, können wir es schaffen. Dann können wir weiterhin Wechselstromsysteme entwickeln. Wir können Edison an der Spitze seines Konzerns absetzen, mit dem neuen Vorstand Verträge schließen und überleben. Dann können Gleichstrom und Wechselstrom gleichermaßen durchs Land fließen. Die Bandbreite möglicher zukünftiger Gerätschaften würde sogar noch größer.«

»Dann Sie müssen das machen, Mr Paul Cravath. Und ich werde helfen Ihnen. Nicht für Ihnen zuliebe und nicht zuliebe des Mr George Westinghouse, auch nicht, um dem Fall des Mr Thomas Edison beizuwohnen. Sondern vielmehr für die Zukunft dieser Wissenschaften. Ich habe in meinem Geist Wunder gesehen. Unsichtbare Strahlen, die durch Haut sehen können. Eine Maschine, die Fotografien von Ihren Gedanken machen kann. Ich werde auch sie bauen. Diese Wunderdinge müssen werden wahr.«

George Westinghouse war so klug gewesen, sich während des vorangegangenen Wortwechsels bedeckt zu halten und das Reden seinem Anwalt zu überlassen. Aber jetzt zog er einen dünnen Stapel Unterlagen aus der Tasche, den er behutsam auf einen der Labortische legte. Dann holte er einen Stift hervor, den er ebenfalls vorsichtig neben den Papieren platzierte.

»Sie müssen nur hier unterschreiben«, sagte er dann leise, wobei er Tesla nicht in die Augen blickte.

Agnes' Gesicht verzog sich vor Widerwillen. »Nikola«, sagte sie, »gehen Sie diesen Handel nicht ein. Ich weiß, jetzt gerade scheint es für Sie um nichts weiter zu gehen als um Geld, aber welche Einkommensquelle bleibt Ihnen, wenn Sie Ihre Lizenzgebühren drangeben? Sie werden elendig zusehen dürfen, wie Ihre feinen Freunde reich werden.«

Tesla lächelte sie wohlwollend an. »Meine Ideen für den Wechselstrom sind alt. Wenn in der Zukunft ich Geld haben will, werde ich so viel mehr neue Ideen haben, aus denen sich ein Vermögen lässt züchten.« Er ging zu dem Tisch, auf dem der Vertrag lag, und griff zum Stift.

Agnes bedachte Paul mit einem derart wütenden Blick, wie er ihn noch nie an ihr gesehen hatte. Aber er hatte damit gerechnet. Er hatte sogar darüber nachgedacht, ob ihr Zorn es ihm leichter machen würde. Was spielte es schon für eine Rolle, wenn Sie ihm die Schuld an etwas gab, das getan werden musste? Sie würde ihn niemals mehr so lieben müssen, als wäre er ihr Verlobter. War es nicht für sie beide besser, dieses Thema endgültig zu besiegeln? Sie würde demnächst heiraten, und mit etwas Glück würde ihr Hass ihnen dabei helfen, einander zu vergessen.

Und trotzdem war der Schmerz, den er nun angesichts ihres vernichtenden Blicks fühlte, doch deutlich größer, als er sich vorgestellt hatte.

Jetzt wandte sie sich an Westinghouse. »Waren Sie eingeweiht in diese ruchlose Dreistigkeit?«

Dazu äußerte Westinghouse sich nicht. Offenbar fühlte er

sich nicht verpflichtet, sich vor einer Sängerin zu rechtfertigen.

»Verdammt sollen Sie sein, und zwar beide«, sagte Agnes, marschierte wütend aus dem Labor und schlug die Tür hinter sich zu.

Paul hatte das Bedürfnis, ihr zu folgen, sich zu erklären. Sie musste doch verstehen, dass es manchmal unumgänglich war, etwas aus gutgemeinten Gründen zu verschweigen. Aber er konnte hier nicht weg, bevor die Sache zu Ende gebracht war.

Kurz darauf kritzelte Tesla seinen Namen unten auf das Blatt Papier. Er hatte seine Patente freiwillig und ohne jegliche Entschädigung an Westinghouse überschrieben, der jetzt damit machen konnte, was er wollte.

Tesla legte den Stift nieder und sagte: »So gehet denn voran und gestaltet meine Zukunft.«

Paul atmete tief durch. Es war geschafft.

Dann lief er zur Tür.

KAPITEL 65
Männer und Frauen

In diesen Tagen, als die vergleichsweise junge Entdeckung der Elektrizität sowie anderer verwandter Geheimnisse der Natur Wege in das Gebiet des Wunderbaren zu öffnen schien, war es durchaus nicht ungewöhnlich, daß die Liebe zur Wissenschaft an Tiefe und verzehrender Kraft mit der Liebe zu einer Frau wetteifern konnte.

– NATHANIEL HAWTHORNE

An der Ecke Fifth Avenue und Houston Street holte Paul Agnes ein. Sie hielt bereits die Hand in die Höhe, um eine vorbeifahrende Droschke anzuhalten. Er hatte geglaubt, die todbringende Kälte ihres Zorns aushalten zu können, aber jetzt, da er sie spürte, war er vollkommen überwältigt.

»Sie sind *widerwärtig*«, schrie sie, als sie seiner ansichtig wurde.

»Agnes«, flehte Paul, »kommen Sie doch bitte wieder hinein. Lassen Sie uns doch kurz miteinander reden.«

»Auf mich haben Sie herabgesehen, weil ich mich für einen liebenswürdigen Mann entschieden habe, der zufällig reich ist. Ich möchte Ihnen sagen: Henry Jayne ist ein besserer Mensch als Sie, und zwar in jeglicher Hinsicht.«

Sie versuchte, ihn zu verletzen, und es gelang ihr.

Als Paul ihren Arm nehmen wollte, schlug sie nach ihm.

»Sie haben gerade einem unschuldigen Mann die letzten Krumen gestohlen, und er ist viel zu durcheinander, um zu ermessen, was Sie ihm angetan haben. Das ist Betrug. Sie sind ein Verbrecher.« Ihre aufgebrachten Worte dampften heiß in der Winterluft.

»Lassen Sie mich doch bitte erklären.«

»Was ist nur in Sie gefahren?«

Forschend sah sie ihm ins Gesicht, als versuchte sie, ihm direkt in die Seele zu blicken, ohne dabei etwas zu finden.

»Sie waren doch diejenige, die mir gesagt hat, ich solle alles tun, um zu gewinnen. Und Sie waren diejenige, die stärker als alle anderen daran geglaubt hat, dass ich gewinnen kann.«

»Aber nicht so, Paul.«

»Tesla wird nichts geschehen. Sie müssen doch anerkennen, was ich für ihn getan habe.« Er deutete auf das Gebäude hinter sich.

»Sie haben ihn manipuliert.«

»Ich habe ihm die Wahrheit gesagt!«

»Diesen Plan haben Sie schon seit Langem ausgeheckt, oder?«, wollte sie wissen. »Schon seit Bell?«

»Ja.«

»Und Sie haben mich diesbezüglich angelogen.«

»Es ist viel komplizierter.«

»Das hier haben Sie nicht für mich getan. Auch nicht für Westinghouse oder für irgendjemanden sonst. Ihr Bedürfnis, Edison zu schlagen, ist so überwältigend groß, Ihr Ego derart wuchernd und erstickend, dass es offenbar auch zerstört hat, was überhaupt jemals gut in Ihnen war. Sie sind keineswegs besser als Edison, sondern noch viel schlimmer.«

Der Vergleich mit Edison war zu viel für ihn. Er wusste nicht, wie er ihr erklären sollte, dass er all das in gewisser Hinsicht nur aus Liebe zu ihr getan hatte. Um ihr zu zeigen, dass er es wert war, von ihr geliebt zu werden. Sie würde niemals erfahren, wie grenzenlos er sie Tag für Tag verehrte. Immerhin wurde sie jetzt Zeugin des unvorstellbaren Erfolgs, zu dem seine Liebe ihn getrieben hatte.

»Ich hätte gedacht«, sagte Paul, »dass gerade Sie mehr Verständnis für die gelegentliche Notwendigkeit haben würden, die Wahrheit für einen höheren Zweck ein wenig zurechtzubiegen.«

»Was ich Ihnen in aller Vertraulichkeit gesagt habe, nutzen Sie jetzt aus, um Ihre eigene moralische Verwerflichkeit zu rechtfertigen? Ist Ihnen denn gar nichts mehr heilig?«

»Ich meine doch nur, wir alle haben Dinge getan, auf die wir nicht stolz sind.«

Sie verpasste ihm eine sauber platzierte Ohrfeige. Fußgänger blieben stehen und starrten sie an. Paul errötete.

Aber auch er spürte die Empörung heiß in sich aufsteigen. War es ihr denn tatsächlich nicht möglich, die Dinge von seiner Warte aus zu betrachten? Konnte sie denn nicht sehen, dass sein Verhalten dem ihrigen gar nicht so unähnlich war? Er hatte im Interesse aller Beteiligten gehandelt. Er hatte es nicht verdient, von ihr zurückgewiesen zu werden.

»Sie führen sich auf wie ein Kind«, brach es aus ihm heraus, und die Worte klangen ausgesprochen sogar noch verächtlicher, als er beabsichtigt hatte. »Sie können doch nicht derart viele champagnerselige Abende in den Salons der feinen Gesellschaft verbracht und immer noch nicht begriffen haben, wie die Welt tatsächlich funktioniert.«

Agnes stiegen die Tränen in die Augen. Sie ließ sie laufen, ohne sie mit dem Mantelärmel fortzuwischen. Unverwandt hielt sie Paul ihr gequältes Gesicht hin und zwang ihn wahrzunehmen, wie verletzt sie war.

»Wissen Sie eigentlich«, sagte sie durch einen Schleier aus Tränen, »dass ich irgendwann einmal darüber nachgedacht habe, Ihretwegen meine Verlobung zu lösen? Weil ich glaubte, dass Sie mich verstehen. Ich dachte, Sie seien vielleicht der einzige Mensch auf der Welt, der das kann. Fast wäre ich auf Sie hereingefallen. Aber Typen wie Ihnen bin ich schon begegnet. Sie sind wie alle zynischen Emporkömmlinge, die die Großstädte auf beiden Seiten des Ozeans infiziert haben. Typen wie Sie verwechseln Cleverness mit Weisheit. Typen wie Sie verwechseln erstklassiges Fallenstellen mit wahrer Klasse. Sie sind derart stolz darauf, schlau zu sein – aber wissen Sie, was das Traurige daran ist? Sie sind ja noch nicht mal dumm, Mr Cravath. Sie sind nur nicht im Entferntesten so schlau, wie Sie denken. Viel Glück! Denn Glück werden Sie brauchen. Ich hoffe ganz ehrlich, dass Sie aus dem Ganzen hier als Gewinner hervorgehen. Wirklich, das hoffe ich für Sie. Denn ich weiß etwas, was Sie nicht wissen. Nämlich, dass auch ein Sieg Sie nicht zu einem großen Mann macht. Ein Sieg wird vielmehr offenbaren, dass Sie überhaupt einen ›Mann‹ zu nennen schon zu weit geht.«

Und damit drehte sie sich um und ging. Und ließ Paul auf der Fifth Avenue stehen.

KAPITEL 66
DER STROMKRIEG GEHT ZU ENDE

Wir sind dazu berufen, die Architekten der Zukunft zu sein und nicht ihre Opfer.

– RICHARD BUCKMINSTER FULLER

Paul zwang sich, nicht mehr an Agnes' hartes Urteil zu denken. Den Abend verbrachte er mit seinen Angestellten, und gemeinsam gingen sie ein ums andere Mal die Dokumente durch, die den bevorstehenden Deal besiegeln würden. Der Putsch war eingefädelt und die Lizenzvereinbarung ausgehandelt worden. Blieb noch der Papierkram.

Er war erschöpft. Seit Silvester hatte er kaum geschlafen. Seine Mitarbeiter hatten sogar noch weniger Schlaf bekommen als er. In ihrem Verschlag auf der Greenwich Street prüften sie unermüdlich die sich ständig ändernden Verträge. Niemand traute Morgan, und niemand glaubte daran, dass die von seinen Anwälten vorgelegten Vertragsdokumente tatsächlich das spiegelten, was mündlich vereinbart worden war. Fortwährend waren sie auf der Hut, um sicherzugehen, dass sich im Kleingedruckten eines Unterparagraphen kein Hinterhalt versteckte. Zu ihrer aller Überraschung fanden sie nichts. Entweder war Morgan in diesem Fall einfach untypisch ehrlich oder hatte schlicht beschlossen, dass der Deal für ihn so, wie er vorlag, vorteilhaft genug war. Paul würde wohl nie erfahren, ob Morgan sich aus Gründen der Ehrlichkeit so zurückhaltend verhielt – oder ob er sich ausnahmsweise einmal mit etwas zufrieden gab.

Am Nachmittag des 17. Januar betrat ein abgekämpfter Paul

das Haus an der Broad Street Nummer 3 durch die Vordertür. Mit drei Tassen Kaffee hatte er sich nach nur zwei Stündchen Schlaf in Stellung gebracht. Auf dem Weg zu Morgans Büro spürte er ein koffeinhaltiges Zucken in den Fingern. Sie mussten sich nicht länger bedeckt halten. Sollte Edison jetzt etwas bemerken, war es sowieso längst zu spät für ihn, um noch etwas zu ändern.

Paul war zu Morgan ins Büro gekommen, um der endgültigen Unterzeichnung der Verträge vorzustehen. Der Raum war nicht gerade voll besetzt. Nur Westinghouse, Morgan und einige seiner Anwälte waren zugegen, um den Stromkrieg zu beenden. Obwohl sich Westinghouse und Morgan im Laufe der Jahre immer nur flüchtig begegnet waren, waren sie doch beide wohlhabend genug, um eine angenehme Vertrautheit im Umgang miteinander zu haben. Schließlich war keiner von ihnen je Ziel der Feindseligkeiten des anderen gewesen. Und jetzt waren sie Partner.

Die hohen Fenster ließen das Licht von der Wall Street herein, während auf Morgans großartigem Nussbaumschreibtisch eine einzelne, nicht brennende elektrische Glühbirne lag. Sie hinkte der aktuellen Technologie eine Generation hinterher: die erste elektrische Innenraumbirne, die kommerziell in Amerika verkauft worden war. Und zwar nicht nur dieses Modell, sondern genau diese eine Lampe. Als Thomas Edison sie endlich dazu gebracht hatte zu funktionieren, hatte er sie an Morgan verkauft. Zu einem Preis, den nur er allein sich leisten konnte. Und jetzt lag sie hier; das unbenutzte Symbol einer allseits bekannten Geschichte.

Morgans Büroräume beherbergten noch diverse weitere Schätze, aus dem Alten Ägypten und dem Alten Mesopotamien. Die erste Glühbirne der Welt war nur der jüngste Neuzugang einer Sammlung jahrtausendealter Reichtümer.

Morgan unterschrieb. Charles Coffins Unterschrift war bereits in aller Herrgottsfrühe in Massachusetts aufs Papier gesetzt worden. Und dann war der Krieg vorbei.

»Glückwunsch«, sagte Morgan in die Runde. Westinghouse

trat einen zögerlichen Schritt vom Schreibtisch zurück, als könne er es nicht ganz glauben. Es herrschte ein massives Missverhältnis zwischen der Großartigkeit des Ereignisses und der Geringfügigkeit des Augenblicks. Jeder Anwesende wusste um die Bedeutsamkeit, wusste, dass das, was sie da gerade getan hatten, noch Generationen lang nachhallen würde. Und trotzdem standen sie jetzt schweigend hier in einem verrauchten Büro: eine Handvoll Männer mittleren Alters und ein deutlich jüngerer. Die Trompeten von Jericho erklangen nicht.

Die Daumen in die Westentaschen gehakt wandte Westinghouse sich an Paul und nickte feierlich. »Sie haben es geschafft«, war alles, was er sagte, aber in seinen Augen stand einiges mehr zu lesen. Paul nickte ihm ebenfalls zu. Sie hätten noch so viel sagen können. Viel zu viel. Und deswegen sagte Paul einfach nur: »*Wir* haben es geschafft, Sir.«

Er hatte ein merkwürdiges Gefühl: Er wünschte, sein Vater wäre da. Erastus würde nicht verstehen, was Paul gerade getan hatte. Aber er hoffte, dass sein Vater trotzdem stolz auf ihn wäre.

Plötzlich quietschte die Tür in den Angeln und öffnete sich unerwartet.

Der Mann, der in Morgans Tür stand, war groß. Graue Haarsträhnen lagen ungeordnet rund um seine Glatze. Er trug Anzug und Weste, aber keine Krawatte. Die obersten Knöpfe seines weißen Baumwollhemds standen offen, und die graue Weste saß schief. Auf seinem hageren Kinn zeigten sich Bartstoppeln. Sein Gesicht war aschfahl.

Es war Thomas Edison.

KAPITEL 67
DER FALL DES THOMAS EDISON

> Ich denke, wir haben verloren, wenn wir jemals an den Punkt kommen, an dem wir glauben, vollständig verstanden zu haben, wer wir sind und woher wir kommen.
>
> – CARL SAGAN

Edisons Lippen zitterten, als er reihum die Versammelten ansah, die ihm gerade hinterrücks sein Unternehmen weggenommen hatten.

»Thomas«, ergriff Morgan mit Autorität das Wort, »ich hoffe, Sie sind nicht hier, um eine Szene zu machen.« Er kam hinter seinem Schreibtisch hervor, als wolle er zwischen Edison und den frisch unterschriebenen Verträgen eine Barrikade bilden. Aber Edison würdigte die Papiere keines Blicks. Die Männer hingegen, die gerade die Missetat vollbracht hatten, starrte er mit dem ganzen Nachdruck seiner übergroßen Verzweiflung an.

»Es ist also wahr«, sagte er.

»Hier geht es ums Geschäft«, erwiderte Morgan. »Es tut mir leid, dass ich derjenige bin, der dich daran erinnern muss, aber es ging nie um etwas anderes.«

Paul wappnete sich gegen Edisons unbeherrschten Jähzorn. Unwillkürlich sah er nach, ob hinter Edison nicht Charles Batchelor stand, das Gewehr im Anschlag. Aber hinter der Tür lag nur ein weiterer friedlicher Büroraum.

Zu Pauls großer Überraschung brach aus Edison auch keine Wut hervor. In seinem Gesichtsausdruck lag kein Zorn, aus seinem Körper schien jegliche Spannung gewichen, er wirkte, als habe ihm jemand die Luft abgelassen. Als würde ihn nur noch eine in ihm steckende Stange senkrecht halten. Er hatte verloren – und er wusste es.

»Bitte«, sagte er leise, »sagen Sie mir nur, dass die Sache mit dem Namen nicht stimmt.«

Paul wusste nicht sofort, was Edison meinte.

»Das geht auf Coffins Konto«, antwortete Morgan. »Er war es, der Ihren Namen gestrichen haben wollte.«

»Sie haben meinen Namen aus dem Unternehmen gestrichen, das ich aus dem Nichts aufgebaut habe?«

»Charles Coffin hat Ihren Namen aus dem Unternehmen gestrichen, dessen Eigentümer ich bin.«

»Aber es ist mein *Name.*« Mit einer direkt an ihn gewandten flehentlichen Geste tat er einen Schritt auf Morgan zu. »Ich werfe alles in den Ring, was mir noch geblieben ist. Aber bitte. Streichen Sie meinen Namen nicht.«

Edison stand kurz davor, unermessliche Millionen von Dollar zu verlieren, und alles, was ihn quälte, war, dass Edison General Electric ab jetzt schlicht General Electric heißen sollte?

»Es tut mir leid, Thomas«, sagte Morgan. »Du hast nichts mehr, woran ich noch Interesse hätte.«

»George.« Edison wandte sich hilfesuchend an seinen Feind. »Sie verstehen das doch. Diese Männer hier« – er deutete auf Morgan und die Anwälte – »tun das nicht. Sie haben nie irgendetwas aufgebaut. Sie haben sich nie gebückt, sie haben nie mit ihren eigenen Händen etwas aus der Taufe gehoben, das vorher noch nicht da war. Etwas, von dem vorher auch niemand *geglaubt* hätte, dass es überhaupt existieren kann. Sagen *Sie* ihnen doch, sie sollen meinen Namen lassen, wo er ist. Und unser Krieg? Sie gewinnen ihn. Hören Sie? Ich werde öffentlich zu Protokoll geben, dass Sie der Gewinner sind.« Er neigte steif den Kopf – ein geschlagener General, der vor dem Siegreichen salutierte. »Soll das Land doch mit Wechselstrom laufen. Sie wollen, dass alle Welt weiß, dass

Ihre Geräte die besseren sind? Sei's drum. Sind sie vielleicht auch. Aber lassen Sie nicht zu, dass diese Leute behaupten, die meinigen hätte es nie gegeben.«

Westinghouse' Gesichtsausdruck war voller Mitleid.

»Das wird doch niemand tun, Thomas«, sagte er. »General Electric verschwindet ja nicht von der Bildfläche. Das Unternehmen wird wachsen. Wenn überhaupt, dann wird Ihr Vermächtnis aufpoliert – aber nicht zerstört. Alle wissen doch, dass es Ihre Firma war. So viel kann ich Ihnen versprechen.«

Paul war entsetzt. Edison verdiente eine Menge, aber sicher kein Mitleid. Das hier war schließlich der Mann, der ihnen beiden so viel Schaden zugefügt hatte. Es brach aus ihm heraus:

»Ich meinerseits hoffe, dass man Sie schon übermorgen vergessen hat.« In seinem Inneren hatte seit zwei Jahren eine Bitterkeit geschwelt, die er jetzt endlich herauslassen konnte. »Sie haben gelogen. Sie haben betrogen. Sie haben uns ausspioniert. Sie haben versucht, Tesla zu töten. Mich hätten Sie dabei auch fast umgebracht. Sie haben die Polizei bestochen. Sie haben ein ganzes Parlament geschmiert. Sie haben einem Richter Geld zukommen lassen. In ihrem Begehr, die Öffentlichkeit von etwas zu überzeugen, was schlicht nicht der Wahrheit entsprach, haben Sie die Entwicklung eines schauderhaften Hinrichtungsinstruments vorangetrieben. Wissentlich hätten Sie in allen Gemeinden der Vereinigten Staaten ein elektrisches System installiert, dass jedes Jahr Tausende getötet hätte. Und das sind bloß die Verbrechen, die mir bekannt sind. Sie verdienen eine deutlich schwerere Strafe als das hier.«

Als Paul geendet hatte, herrschte Schweigen im Raum. Er hatte alles gegeben, um Edison zu schlagen. Er hatte seine eigenen Sünden begangen, nur um zu beweisen, dass Edisons noch viel schwerer wogen. Er hatte den Menschen, den er lieben gelernt hatte, von sich gestoßen. Alles, was ihm noch blieb, war seine Wut.

Es fühlte sich gut an.

»Paul«, kam es von Westinghouse, leise warnend, »es reicht.«

Edison sagte: »Ich habe sicher Dinge getan, die ich besser nicht hätte tun sollen. Das streite ich nicht ab. Aber nicht alles von dem, was Sie mir gerade vorgeworfen haben, entspricht der Wahrheit.«

Paul wollte sofort den Gegenbeweis führen, aber Westinghouse war schneller:

»Es tut mir wirklich leid, Thomas. Aber man wird Sie nicht vergessen. Ihr Name wird weiterleben. Darauf gebe ich Ihnen mein Wort.«

Zu Pauls noch größerem Entsetzen gaben sich die beiden Männer die Hand.

»Danke, George. Das, was ich getan habe, tut mir ebenfalls leid.«

»Sie können noch einmal von vorn anfangen. Wie in alten Zeiten: nur Sie, ein heißes Stück Eisen und ein staubiges Labor.«

Edison lachte heiser auf. »Mein Gott, daran kann ich mich gar nicht mehr erinnern.«

»Es ist ja auch nicht so, als würden Sie zum Almosenempfänger«, kam es von Morgan. »Sie könnten Mitarbeiter einstellen. Sie besitzen schließlich Anteile im Wert von etwas mehr als zwei Millionen Dollar.«

Das entlockte Edison gerade mal ein Schulterzucken. Er tauschte einen Blick mit Westinghouse und sagte nur: »Geschäftsleute.« Diesmal musste Westinghouse lachen.

Damit wandte Edison sich zum Gehen. Er verabschiedete sich nicht und ließ auch nicht erkennen, ob ihm bewusst war, dass er wahrscheinlich keinen der Anwesenden je wiedersehen würde. Wie ausgelaugt Paul sich auch fühlte – Edison sah doppelt so müde aus. Er schleppte sich geradezu aus dem Raum.

Westinghouse schloss hinter ihm die Tür, und es herrschte Schweigen. Die Sieger blieben allein mit ihrer stillen Beute.

Nachdem einige Augenblicke verstrichen waren, ergriff Paul als Erster das Wort.

»Ich verstehe das nicht. Wie konnten Sie sich bloß bei ihm entschuldigen? Nach allem, was er getan hat.«

Paul begriff weniger als jemals zuvor, was in Westinghouse vorging.

»Ich weiß, dass Sie das jetzt nicht verstehen«, sagte Westinghouse und legte Paul die Hand auf die Schulter. »Aber eines Tages werden Sie's.«

KAPITEL 68
FEIERLICHKEITEN

Wenn du sämtliche Möglichkeiten ausgeschöpft hast, bedenke: Hast du nicht!

– THOMAS EDISON

Der Sieg fühlte sich sonderbar an.

Nach einem knappen, förmlichen Abschied von Westinghouse und den anderen Anwälten verließ Paul in einem Zustand der Verwirrung Morgans Büro. Ohne groß zu überlegen schlug er den Weg zur Kanzlei ein – dann aber fiel ihm ein, dass Carter und Hughes dort sein würden. Sicherlich wären sie in streitlustiger Laune, schließlich würden sie alsbald erkennen, an wie vielen Fronten er sie belogen hatte. Sein Wissen um Teslas Überleben, die angestellten Anwälte, der eingefädelte Coup, um Edison zu entthronen … Es war eine eindrucksvolle Liste. Seine Partner würden ihn entweder vor die Tür setzen, oder er würde kündigen – das war wohl vor allem eine Sache der Perspektive. Carter würde brüllen, Hughes würde tadeln, und er selbst würde schweigend dasitzen, bis sie ihn schließlich die formalen Bedingungen ihrer anstehenden Trennung aushandeln lassen würden. Wahrscheinlich müssten sie für diesen Prozess andere Anwälte hinzuziehen. Anwälte, die sich Anwälte nahmen, die sich wiederum Anwälte nahmen – eine Schlange, die ihren eigenen Schwanz vor Gericht zerrte. Der gesamte Vorgang würde sie hin und wieder erzürnen, meistens aber bloß zäh und langweilig sein.

Paul verlangsamte seine Schritte. Er hatte ganz plötzlich keinen Ort mehr. Er konnte nicht sagen, ob er schlafen oder essen, feiern oder einfach nur schweigend in einem dunklen Zimmer sitzen und die Tapete anstarren wollte. Kurz dachte er darüber nach, seine jungen Mitarbeiter in ihrem muffigen, nach Schweiß riechenden Büro zu besuchen. Die fleißigen Jungs hatten sich schließlich einen Drink verdient. Und er könnte endlich herausfinden, wer von ihnen nun eigentlich Bynes war. Eine allzu ausgelassene Feier würde es allerdings wohl nicht werden. Seine Mitarbeiter waren nicht seine Freunde, sie waren seine Angestellten. Sie waren Paul so ähnlich in ihrem Ehrgeiz, dass ihm eine Feier in ihrer Gesellschaft öde erschien. Er würde ihnen sowieso bald allen eine neue Stellung in seiner neuen Kanzlei anbieten. Heute Abend konnten sie warten.

Paul dachte an die Freunde, die er aufsuchen könnte. Ehemalige Kommilitonen, deren Gesellschaft er immerhin lange Zeit geschätzt hatte. Aber seit Monaten hatte er keinen von ihnen mehr zu Gesicht bekommen. Und das wiederum bedeutete, dass ein gemeinsames Dinner dafür herhalten müsste, sich gegenseitig auf den neuesten Stand zu bringen. Ritualisiert würde ein jeder aufzählen, was bei ihm gerade anstand: Gerichtsverfahren, Klageprozesse, Partys, neue Frauen in ihrem Bekanntenkreis. Paul stellte sich vor, wie er einige Stunden lang bei zwei Flaschen Champagner und einer Wagenladung gebackener Austern die Ereignisse herunterbetete, die ihn zuletzt so vereinnahmt hatten. Es wäre eine Geschichtsstunde und kein Gespräch. Paul wollte keine gefesselte Zuhörerschaft, er wollte einen Mitmenschen.

Er dachte an Agnes. Er war noch immer wütend auf sie, immer noch ungehalten darüber, dass sie sich weigerte, seine Entscheidungen nachzuvollziehen. Die Zeit würde ihm Recht geben, dessen war er sich sicher. Und dann würde nicht sie ihm vergeben müssen, sondern er ihr.

Sie würde ja sowieso bald heiraten. Als armer Mann hatte er es nicht vermocht, ihre Hand zu gewinnen. Um ein reicher Mann zu werden, hatte er sie vertreiben müssen. Diese Ironie empfand er als beleidigend. Genau wie ihre Art, ihm einfach ins Gesicht zu sagen, dass er sogar einst eine Chance gehabt hatte, mit ihr zusammen zu sein. Was natürlich ein Irrtum war. Männer wie Henry Jayne würden immer die Nase vorn haben. Jayne hatte noch nie eine schwierige Entscheidung treffen müssen. Er hatte noch nie im Dreck wühlen müssen, um an sein Geld zu kommen. Er war gesegnet mit dem Luxus seiner unbezahlbaren Unschuld. Agnes hatte zu Paul gesagt, er solle gewinnen, war dann aber entgeistert darüber gewesen, was dafür nötig war.

Derart einsamen Gedanken hing Paul nach und landete schließlich in einer düsteren Kaschemme auf der Bowery. Er hatte nicht vorgehabt, einen so schäbigen Ort aufzusuchen, aber der durch die Tür auf die Straße dringende Lärm hatte ihn angezogen. Jetzt gab ihm die Dichte der Geräuschkulisse das Gefühl, aufgehoben und inmitten des Gelächters fremder Menschen zu Hause zu sein.

Paul trank drei Blechkrüge des gerade aus Brooklyn eingetroffenen frischen Lagerbiers. Überall um ihn herum die lauten Stimmen von Männern, die hier ihre Münder arbeiten ließen, während ihre schwieligen Hände ruhen durften. Alle wussten, dass Paul nicht hierhergehörte, aber man ließ ihn in Frieden. Es war, als erkannten alle sofort, dass er gerade nur zur Einsamkeit imstande war.

Zum Wohl, dachte er, als er an seinem bitteren Gebräu nippte. *Auf einen großen Erfolg*.

Der Alkohol kreiste bereits angenehm durch seinen Kopf, als ein Mann sich verstohlen auf den Barhocker neben ihm setzte. Paul sah zunächst nicht auf. Das tat er erst, als er hörte, wie dieser Mann ein Glas Gin bestellte. Diese Stimme hatte Paul schon einmal vernommen, wenn auch vor sehr langer Zeit.

»Was zum Teufel machen Sie denn hier?«, fragte er.

Charles Batchelor bezahlte seinen Gin mit zwei Silbermünzen. »Mr Cravath, ich würde Ihnen gern ein Angebot machen.«

Paul stieß fast sein Bier um. Er spürte eine unterschwellige Gewaltandrohung. Aber als er sah, wie Batchelor ob der schlechten Qualität des Gins das Gesicht verzog, wusste er, dass Edisons rechte Hand nicht aufgetaucht war, um handgreiflich zu werden. Nicht einmal, um damit zu drohen.

»Geht es Ihnen gut?«, fragte Batchelor. »Sie sind blass geworden.«

»Sind Sie mir hierher gefolgt?«

»Glauben Sie denn, dass ich meine Abende im Normalfall an Orten wie diesem hier verbringe?«

»Und warum?«

»Weil Sie ein Problem haben, bei dem ich Ihnen behilflich sein kann, wie ich glaube. Ich gebe auch demütig zu, dass ich ebenfalls ein Problem habe. Und vielleicht kommen wir ja gemeinsam zu dem Schluss, dass die Lösung für Ihr Problem auch die Lösung für meines ist.«

»Ich habe Sie besiegt«, erwiderte Paul. »Ich habe Edison geschlagen. Seien Sie versichert: Von mir bekommen Sie im Lebtag nicht ein Quäntchen Hilfe.«

Batchelor rollte mit den Augen. Pauls gewichtig klingende Verärgerung schien er einigermaßen drollig zu finden. »Nun machen Sie mal halblang, bitte. Wir sind doch beide Profis. Hier geht es ums Geschäft. Also verhalten wir uns doch auch so.« Batchelor stellte sein Glas auf die vernarbte Theke und fuhr dessen Rand mit dem Finger nach. »Charles Coffin, ihr frisch eingesetzter Vorstand von General Electric, ist ein Schlitzohr, wie es im Buche steht. Das wissen Sie. Er ist unehrlich und unberechenbar, und irgendwann wird er sie hintergehen. Sie müssen einen erfahrenen zweiten Mann einsetzen, jemanden, dem Morgan zutraut, dass er das Schiff auf Kurs hält. Jemanden, der die Ladung nicht nach der Hälfte der Überfahrt an den Erstbesten verhökert, der mit einem Angebot daherkommt. Ich bin seit vielen Jahren Vize-Präsident von EGE, und ich weiß besser als jeder andere, wie der Laden läuft.«

Wieder fuhr er mit dem Finger den Rand entlang, während der Gin im Glas schwappte wie die Wellen bei einem Sommergewitter. »Ich habe es in diesem Geschäft schon viel zu weit gebracht, um noch einmal von vorn anzufangen. Ich laufe Thomas nicht mit eingekniffenem Schwanz hinterher nach New

Jersey. Ich habe seinen sehr besonderen Wahnsinn lange genug mitgemacht. Es ist Zeit für mich, jemand anderes Verrücktheit auszuprobieren. Legen Sie ein gutes Wort für mich ein? Sagen Sie Morgan, er soll mich als Coffins Vize an Bord behalten, und Sie beide können sich auf meine Loyalität verlassen.«

Viele Gedanken stürmten auf Paul ein – der eindeutigste darunter der Wunsch, nicht schon drei Bier intus zu haben. Die Kombination aus Benommenheit und Erschöpfung machte es schwer, klar zu denken. Wollte Batchelor ihn in eine Falle locken? Hatte Edison ihn entsandt, um nachträglich Rache zu üben?

Andererseits: Was hatte Edison jetzt noch davon, wenn es Paul an den Kragen ging? Auch Batchelor selbst hätte davon nichts. Der Krieg war vorbei, und Batchelors Anliegen ergab nur dann einen Sinn, wenn es echt und ernst gemeint war. Trotzdem: Die Vorstellung, dass Edisons Mann mit ausgestreckter Hand auf ihn zukam, war auf unbegreifliche Weise bizarr. Paul hatte sich einen Abend gewünscht, an dem er sich in seiner wohlverdienten Wut suhlen konnte, nichts weiter als eine kurze, betrunkene Pause. Er musste nicht jetzt schon wieder Strategien für den nächsten Krieg aushecken – das würde noch früh genug kommen.

»Gehen Sie nach Hause«, sagte Paul. »Kommen Sie doch in ein paar Wochen mal bei mir vorbei, dann sehen wir, was ich tun kann.«

Pauls Zurückhaltung schien Batchelor nicht weiter zu beunruhigen. »Sie lassen es sich gut gehen, das kann ich sehen. Es ist sehr unhöflich, Sie bei Ihrer kleinen ... Feierlichkeit zu stören.« Batchelor ließ seinen Blick durch die Kneipe wandern. Die Arbeiter schienen lauter zu werden. Paul starrte seinen fast geleerten Krug an. Seine Einsamkeit ging Batchelor überhaupt nichts an.

»Und trotzdem möchte ich in einem Punkt doch zur Vorsicht mahnen«, fuhr er ungestört fort. »Wenn wir uns nicht gegenseitig helfen, muss ich davon ausgehen, dass sie lieber auf Konfrontationskurs gehen wollen. Ich möchte das nicht.

Und vergessen Sie nicht: Ich kann Ihnen weitaus stärker schaden als Sie mir.«

»Wovon reden Sie?«

»Dieser Krieg, den wir da geführt haben ... Er hat ja durchaus seine Opfer gefordert, und zwar nicht zu knapp. Und ich weiß, wo die Toten begraben sind. Die, die meine Seite zu verantworten hat, natürlich. Aber auch die Ihrige.«

Als er diese Unterstellung hörte, war Paul sofort wieder nüchtern. Und doch: Im Vergleich mit dem, was die andere Seite auf die Waage brachte, waren der Einbruch bei Brown, das, was er seinen Partnern nicht erzählt hatte, das Taktieren rund um Tesla und das latente Ausbooten seines exzentrischen Freundes doch lächerlich. Außerdem machte er keinen Hehl um seine Fehltritte. »Ich musste einige Dinge tun, auf die ich nicht stolz bin. Aber ich bin nicht derjenige, der William Kemmler auf dem elektrischen Stuhl hingerichtet, Teslas Labor in Brand gesetzt und in jeder Zeitung dieses Landes Lügen verbreitet hat.«

Batchelor runzelte überrascht die Stirn und bedachte Paul mit einem langen, fragenden Blick. »Ich muss sagen, in Bezug auf diesen einen Punkt bin ich schon eine ganze Weile neugierig. Thomas und ich haben mehr als nur einmal darüber debattiert. Aber ich vermute, Sie haben mir gerade eine Antwort gegeben.« Er sah Paul direkt an. Paul wich seinem Blick nicht aus. »Du lieber Himmel, Sie haben tatsächlich keine Ahnung.«

»Ahnung wovon?«

»Wer den Brand in Teslas Labor gelegt hat.«

»Sie natürlich.«

»Nein, wir waren's nicht«, sagte Batchelor ruhig. »Sondern George Westinghouse.«

KAPITEL 69
Die Guten und die Bösen

> Immer, wenn dir eine Theorie als die einzig mögliche erscheint, nimm das als Zeichen, daß du weder die Theorie noch das zu lösende Problem verstanden hast.
>
> – KARL POPPER

»Das ist nicht wahr«, meinte Paul.

Woraufhin Charles Batchelor ausführte: »Am Abend des Brands hat Westinghouse Ihnen doch gesagt, Sie sollen mit Tesla im Delmonico's zu Abend essen. Aber Sie sind nicht hingegangen. Er wollte, dass Sie nicht im Labor sind. Haben Sie die Adresse, die Sie von Tesla hatten, an Westinghouse weitergegeben oder nicht? Er wollte Tesla ja gar nicht umbringen – er wollte ihm nur einen Denkzettel verpassen und ihn in den Schoß der Familie zurückholen. Aber das Feuer fiel deutlich größer und heftiger aus als geplant. Sie wurden verletzt, Tesla tauchte unter. Westinghouse' Mann wusste nicht, dass Sie sich noch im Gebäude befanden, als er den Brand legte. Menschenskind, was glauben Sie denn, wer Sie aus dem Feuer gezogen und wer Tesla gerettet hat?«

»Die Polizei hat immer von einer unbekannten Person gesprochen …«

Batchelor sah Paul an wie den größten Dummkopf auf Erden. »Sie glauben wirklich, ein barmherziger Samariter hat sich in diese Flammenhölle gestürzt und Ihnen das Leben gerettet? Wir sind hier in New York. Das war einer von meinen Leuten. Ich hatte damals schon seit einem Monat jemanden auf Sie angesetzt. Und die Pinkertons sind alles andere als Weicheier. Mein Mann lief also ins Gebäude, als er die Flammen bemerkte. Als er drinnen ankam, waren Sie bereits ohnmächtig. Mit Teslas Hilfe hat er Sie aus dem Gebäude rausgeholt, aber während er noch versuchte, Sie wiederzubeleben, rannte dieser Verrückte weg. Der arme Tesla hat den Schrecken wohl nicht so ganz verwinden können, sein Gehirn ist irgendwie aus der Balance geraten. Letzten Endes bewirkte Westinghouse' Plan also das genaue Gegenteil von dem, wofür er eigentlich gedacht war. Glück für uns.«

Paul wollte unbedingt noch einen unstimmigen Punkt finden, der belegte, dass Batchelor log.

»Jetzt machen Sie nicht so ein Gesicht«, fuhr Batchelor fort. »Sie sind noch nie gut darin gewesen, den rehäugigen Naivling zu spielen. Letzten Endes haben Sie für Westinghouse die Drecksarbeit erledigt. Sie haben Tesla dazu gebracht, auf die Lizenzgebühren zu verzichten. Sie haben mit Ihren zwingenden Argumenten und einer einzigen Unterschrift mehr dazu beigetragen, Tesla ins Verderben zu stürzen, als Westinghouse mit seiner Brandstiftung.«

Paul fühlte sich, als schaue er in ein Kaleidoskop. Als wären sämtliche im Universum bekannten Farben neu sortiert worden. »Selbst wenn das, was Sie sagen, stimmt ... Woher wissen Sie das alles? Wie können Sie wissen, was Westinghouse an jenem Abend zu mir gesagt hat?«

»Die Antwort auf diese Frage kennen Sie doch längst«, sagte Batchelor. »Reginald Fessenden hat uns alles berichtet.«

Paul blieb die stickige Luft im Hals stecken. Das Bitterste an der ganzen Sache war, dass Edison mehr über die geheimen Operationen von Westinghouse gewusst hatte als er.

Die ganze Zeit über hatte er geglaubt zu wissen, wer in dieser Geschichte der Bösewicht war.

Jetzt merkte er, dass er es selbst war.

»Und wo wir gerade von ihm sprechen«, fuhr Batchelor fort. »Würden Sie ihn bitte mit Nachsicht behandeln? Fessenden? Er ist ein guter Junge. Wir haben ihn zu seiner Spionagetätigkeit gezwungen. Ich musste ihn zwangsrekrutieren. Pittsburgh war die Hölle für ihn. Ein elendiglicher Ort. Schlimmer noch als Indiana.«

Paul gingen die Argumente aus. Was er vollbracht hatte, war schlimmer als zu verlieren. Er hatte gewonnen, wusste jetzt aber, dass es besser gewesen wäre, das nicht zu tun. Er konnte Westinghouse nicht länger verteidigen. Er konnte noch nicht mal mehr sich selbst verteidigen.

Zur Hölle mit Westinghouse. Genau wie mit Edison. Mit Coffin. Morgan. Und Batchelor. Verflucht sollte sie sein, die ganze Bande. Was Paul ja schon längst war. In dieser blutigen Tragödie blieb nur eine Person übrig, die etwas Besseres verdient hatte als Pech und Schwefel.

»Ich werde Ihnen ein Angebot machen«, meinte Paul.

»Das freut mich sehr.« Mit einem Kopfnicken erhob Batchelor sich und streckte die Beine. Er hatte bekommen, was er wollte.

»Sie haben sich aber noch nicht angehört, was *ich* dafür möchte.«

»Pardon?«

»Sie wollen einen Deal? Dann machen wir einen Deal. Aber zunächst sollten Sie sich mein Angebot anhören.«

»Sie wollen immer noch verhandeln?«

»Ja«, sagte Paul. »Sobald Sie damit aufhören, wird Ihnen nie wieder etwas angeboten.«

Batchelor setzte sich.

»Das alles bleibt unter uns«, fing Paul an. »Alles, was die Seite, die ich vertreten habe, getan hat. Genauso wie das, was Ihre Seite getan hat. Sie wissen um Westinghouse' schmutzige Wäsche? Nun, ich weiß um Edisons. Ich weiß auch um seine Verbindung zu Harold Brown. Ich vertraue also darauf, dass Ihnen nicht daran gelegen ist, dass Brown noch mal die Bühne betritt.«

Batchelor schüttelte reuevoll den Kopf. »Ich habe Thomas gesagt, und zwar Hunderte Male, dass er mit diesem Mann keine Geschäfte machen soll. Vermutlich war das schon immer Thomas' Problem: seine schlechte Unternehmensführung.«

»Brown ist also weg und verkriecht sich vor dem ganzen Chaos, das er angerichtet hat?«

»Wir haben ihn in die Verbannung geschickt, das trifft es wohl besser. Er befindet sich weit weg von New York, und wir haben ihm klar zu verstehen gegeben, dass es seiner Gesundheit nicht zuträglich wäre, wenn er sich der Stadt noch einmal auf mehr als tausend Meilen nähert.«

»Ich tue Ihnen liebend gern den Gefallen, ihn da, wo er jetzt ist, nicht aufzuspüren. Sie wollen also, dass Fessenden zu Edison nach New Jersey kommt? Ich kümmere mich darum. Westinghouse will ihn zwar im Gefängnis sehen, aber ich werde mir etwas ausdenken, damit wir ihn laufen lassen können. Sie selbst wollen bei General Electric weiter eine Rolle spielen? Kein Problem. Aber dafür müssen Sie etwas für mich tun.«

Batchelor blickte ihn erwartungsvoll an.

Für die Wahrung seiner zum Himmel stinkenden Geheimnisse durfte Paul sicherlich einen hohen Preis verlangen. Aber das Einzige, das er sich wirklich wünschte, würde für Batchelor lediglich eine nicht weiter erwähnenswerte Kleinigkeit sein.

»Wir werden alle in der Hölle schmoren«, sagte Paul, »und wir alle haben es verdient. Sie. Ich. Edison. Westinghouse. Brown. Aber zusammen können wir vielleicht dafür sorgen, dass aus dieser ganzen unseligen Angelegenheit doch noch etwas Gutes wird.«

»Und das wäre?«

»Wir können uns darum kümmern, dass immerhin einer Person die Gerechtigkeit widerfährt, die wir einander auf so tiefgreifende Weise streitig gemacht haben.«

»Und wer sollte das sein, Mr Cravath?«

KAPITEL 70
ALLE MÄNNER BEKOMMEN, WAS SIE LIEBEN

Erfinden wir lieber die Zukunft und sorgen uns nicht um das, was gestern passiert ist.

– STEVE JOBS

Als Paul am Nachmittag des folgenden Tages auf ihrer Türschwelle stand, war Agnes nicht zu Hause. Er klingelte ein Dutzend Mal, aber niemand machte auf. Nicht einmal das Dienstmädchen kam zur Tür. Das Haus Nummer vier war und blieb das stillste Haus am Gramercy Park.

Als Nächstes ging Paul zum Metropolitan Opera House. Der Hausmeister druckste herum. Miss Huntington sei nicht anwesend. Paul fragte ihn, wann sie denn wohl einträfe.

»Gar nicht mehr.«

Miss Huntington habe vor ein paar Tagen bei der Verwaltung der Met ihre Kündigung eingereicht, erklärte er. Sie habe gesagt, ihr würde die Stadt nicht länger behagen. Sie habe keinen Hinweis darauf hinterlassen, wo sie hingezogen sei.

Diese Information wurde ihm von allen wiederholt, die er in den folgenden Tagen befragte. Niemand hatte Agnes gesehen. Ihr Haus stand zum Verkauf. Sogar Stanford White teilte Paul postalisch mit, er habe die Neuigkeiten von Agnes' plötzlicher Abreise auch gehört, könne aber ebenfalls nichts zu ihrem Verbleib sagen. Ob Paul sie denn, sollte er sie aufspüren, bitte zurückbringen könne?

Nach drei schlaflosen Nächten las Paul im Gesellschaftsteil der Zeitung von einer erstaunlichen Begebenheit: Die Verlobung der Chanteuse Agnes Huntington mit Henry La Barre Jayne war gelöst worden. Die augenzwinkernde Schlagzeile der *Washington Post*, die sich auf die Rolle bezog, mit der Agnes berühmt geworden war, lautete: HAT ER »PAUL JONES« SITZENLASSEN? Pauls weitere Nachforschungen ergaben, dass sich der Jayne-Clan kollektiv nach Philadelphia abgesetzt hatte. Die ganze Sache war zwar ein herber Schlag für den geliebten Sohn, aber einer, der sich überleben ließ.

Es sah so aus, als hätte Agnes sowohl der Stadt ihrer Träume als auch dem sicheren Hafen der Ehe mitsamt dem damit verbundenen Wohlstand und Ansehen den Rücken gekehrt. Sie hatte dem, wonach sie sich früher so gesehnt hatte, offenbar abgeschworen. Und jetzt war sie irgendwo anders, auf der Suche nach irgendetwas anderem.

Paul kam ziemlich schnell darauf, wohin sie gegangen war.

Die Bahn der Chicago Railway hielt nicht in Kalamazoo, die Züge von Michigan Central allerdings schon. In Toledo musste man jedoch umsteigen. Nach Kalamazoo ging man nicht, um Aufsehen zu erregen, hierhin flüchtete man.

Paul traf an einem sonnigen Wintertag ein. Seine Mietkutsche brachte ihn zu einem zweistöckigen Holzhaus im Zentrum des verschneiten Städtchens. Die Adresse ausfindig zu machen war nicht schwer gewesen. Immobilien wurden hier nicht allzu häufig ge- und verkauft, weswegen er schon nach ein paar Gesprächen mit Einheimischen alles wusste, was er wissen musste.

Fannie öffnete, als er vor dem braun vertäfelten Haus stand. Sie war eindeutig nicht erfreut, Paul die Treppe zu ihrem neuen Heim hochkommen zu sehen. Aber sie gestand ihm eine Tasse Tee und einige wenige Minuten zu, die er sich erbat, um eine Nachricht zu überbringen. Sie erkannte dann allerdings auch, dass sie nicht die Richtige war, um auf seine Erklärung und die damit verbundene Bitte zu antworten.

Als Agnes die Treppe herunterkam, zeigte sie beim Anblick von Paul so gut wie keine Reaktion.

»Welches sture Bedürfnis nach weiteren Beleidigungen hat Sie denn hergebracht?«

»Bitte, bitte«, unterbrach Fannie. »Er ist vielleicht doch nicht ganz so dumm, wie ich immer gedacht habe.«

Und damit verabschiedete Fannie sich.

Agnes lehnte am Küchenschrank und zupfte ihr orangefarbenes Baumwollkleid zurecht.

»So fidel habe ich meine Mutter ja nicht mehr erlebt, seit wir New York verlassen haben.«

»Ich habe das von Ihnen und Henry Jayne gelesen.«

»Haben Sie die Reise hierher unternommen, um einen Artikel für die Klatschspalten zu schreiben?«

»Miss Huntington«, setzte Paul erneut an, »seitdem wir uns kennen, habe ich den Großteil meiner Zeit damit zugebracht, relativ entsetzliche Entscheidungen zu treffen, und ich würde zur Abwechslung gern mal eine gute Entscheidung treffen. Deswegen bin ich hergekommen. Ich habe beschlossen, Ihnen zu sagen, dass ich Sie liebe.«

Sie blinzelte nicht mal.

»Es tut mir leid, dass ich Tesla benutzt habe. Ich habe sein Vertrauen missbraucht.«

»Genau deshalb bin *ich* ja wohl nicht die richtige Adressatin für Ihre Entschuldigung.«

»Aber ich habe auch Ihnen gegenüber etwas gutzumachen. Hören Sie: Diese Giganten, in deren Schatten wir unsere Spielchen gespielt haben, sind scheußlich. Diese großen Männer mit ihren großen Obsessionen. Ich will nichts mehr mit ihnen zu tun haben. Alles, was ich will, sind Sie.«

Von Agnes kam ein kurzes, verächtliches Lachen.

»Ich dachte, es würde reichen, wenn ich gewinne«, sagte Paul. »Aber es hat nicht gereicht. Ich dachte, dass der Erfolg … tja, ich dachte, dass Erfolg etwas bedeutet. Aber das tut er nicht. Denn ob etwas ein Erfolg ist, liegt immer im Auge des Betrachters. Und wichtig ist mir nur, in Ihren Augen zu bestehen.«

»Eloquent waren Sie ja schon immer.«

Paul sah sich in der bescheidenen Küche um. »Sie sind untergetaucht.«

»Ich bin in der Wirklichkeit angekommen.«

»Sie haben es letzten Endes dann doch nicht ausgehalten. Der falsche Name. Das angebliche Leben. Das Vortäuschen eines falschen Selbst für den gesamten Rest Ihres Lebens. Sie haben gedacht, Sie wären dazu in der Lage. Aber letzten Endes war es das dann doch nicht wert.«

Sie blickte zu Boden. Es ließ sich unmöglich sagen, ob sie sich in diesem Moment mehr über Paul oder über sich selbst ärgerte. Dann sagte sie: »Nikola hat mir mal etwas erklärt, das er ›Brechung‹ nannte. Es ging um die Art, wie Licht in seine unterschiedlichen farblichen Bestandteile gespalten wird, wenn es durch ein Prisma fällt. Ich habe mich wie ein gespaltener Mensch gefühlt. Es gab zu viele übereinanderliegende Farbtöne, die die Illusion einer kompakten, festgefügten Person erschufen. Ich war dabei nur, was andere in mir sehen wollten. Für meine Mutter die sittsame Prinzessin. Auf der Bühne die lautstarke Mimin. Für meinen Verlobten das lächelnde Schlauköpfchen. All diese Rollen wollten gespielt werden. Ich dachte, das sei es wert, bis ich sah, was ...«

»Was es mit mir gemacht hat.«

Sie hob den Kopf und sah ihn an. »Wäre ich geblieben, wäre ich keinen Deut besser gewesen als Sie.«

Diese Bemerkung versetzte ihm einen Stich.

»Also sind Sie hierher zurückgekommen. Sie werden hier in der Gegend in Kleinstadttheatern auftreten. Sollte irgendjemand Agnes Gouge wiedererkennen, macht das nichts. Meint jemand, Agnes Huntington zu erkennen, glaubt ihm das sowieso niemand.« Der Plan war wasserdicht. Aber Paul hatte alles getan, was er konnte, um ihn möglicherweise sogar überflüssig zu machen. »Was, wenn Sie in New York bleiben könnten, aber nicht mehr so tun müssten, als wären Sie jemand anderes?«

»Mit Ihnen als meinem neuen Jayne?«, fragte sie zweifelnd.

»Ich habe gelesen, dass Sie Ihren Krieg gewonnen haben. Was Ihnen aber nicht so viel Macht verleiht, wie Sie jetzt vielleicht glauben.«

»Dieser Sieg verleiht mir erst mal so gut wie gar nichts. Aber ich bin es ja auch nicht, der Ihnen New York zurückgibt.«

Ihre Augenbrauen beschrieben einen steilen Bogen.

»Sondern Thomas Edison.«

Zum ersten Mal seit seiner Ankunft hatte er sie wirklich überrascht.

»Ich habe hier einen Brief.« Er zog einen Umschlag aus der Manteltasche. »Er kommt von einem gewissen Sergeant Kroes von der Bostoner Polizei.«

Ihr war anzusehen, dass sie keine Ahnung hatte, worauf er hinauswollte.

»Darin«, fuhr Paul fort, »teilt der gute Sergeant meinem Freund Charles Batchelor mit, dass es keinerlei Aufzeichnungen über einen Diebstahl im Hause Endicott im Jahr 1881 gibt. Bei der Polizei existiert keine diesbezügliche Akte – und es hat nie eine existiert. In dem Brief steht des Weiteren, dass Kroes auch mit den Endicotts gesprochen hat, die ihm wiederum versichert haben, ein solcher Diebstahl sei bei ihnen nie vorgefallen.«

Paul sah ihr dabei zu, wie sie das Gehörte verarbeitete. Was es bedeutete, war derart groß, dass sie nicht sofort begriff.

»Aber das ist unmöglich«, sagte sie schließlich.

Paul lächelte. »Ihre Mutter ist aus dem Schneider. Und Sie auch.«

»Wie haben Sie …«

»Soweit ich verstanden habe, hat Charles Batchelor – ein überaus vertrauenswürdiger Mitarbeiter von Thomas Edison und J.P. Morgan – der Familie Endicott und der Bostoner Polizei deutlich zu verstehen gegeben, dass jener Vorfall das Interesse seiner Arbeitgeber geweckt habe. Und dass es aus Gründen, die besser unerwähnt blieben, in aller Interesse sei, wenn dieser Vorfall nie passiert wäre.«

»Die Familie hat sich darauf eingelassen, alles zu vergessen, nur weil Charles Batchelor sie darum gebeten hat?«

»Die Namen ›Edison‹ und ›Morgan‹ haben sogar in Boston einen gewissen Einfluss.«

Es sah aus, als würde ein Jahrzehnt Spannung aus ihrem Körper weichen. Paul konnte regelrecht zusehen, wie ihre Schultern anfingen, sich zu lockern.

»Sie sind jetzt frei«, sagte er. »Sie können Agnes Gouge sein. Sie können Agnes Huntington sein. Oder Sie werden doch noch Agnes Jayne, ganz wie Sie wollen. Aber Sie brauchen Jaynes Namen nicht mehr zu Ihrem Schutz. Denn Sie haben Ihren eigenen. Und Ihre Mutter den Ihrigen.«

Agnes sagte nichts. Vollkommen regungslos stand sie weiter an den Küchenschrank gelehnt da.

Paul fuhr fort: »Ich musste unehrlich sein, um all das zu erreichen. Aber sehen Sie doch, was es in der Konsequenz bedeutet. Das Leben sämtlicher Beteiligter wird besser. Ich habe gesündigt, ja, aber immer zum Wohle eines besseren Amerika. Wenn Sie mit mir nach New York zurückkehren, können wir den Rest unseres Lebens damit verbringen, alles wiedergutzumachen.«

»Nicht allen Beteiligten geht es jetzt besser, Paul.«

»Tesla ist aber auch nicht so schlimm dran, wie Sie denken mögen. Er hat nicht nur sein neues Labor, sondern auch eine neue Firma.«

»Wie kann er sich denn die Gründung einer neuen Firma leisten?«

»Ob Sie's glauben oder nicht, aber er hat selbstständig einen ersten Geldgeber an Land gezogen. Einen Mann mit überaus tiefen Taschen. J.P. Morgan nämlich. Ich setze zurzeit das Vertragswerk auf.«

Es ging ein Ruck durch sie. Es ließ sich nicht leugnen, dass Paul, wenn auch neben vielem anderen, ein sehr guter Anwalt war.

»Wir können jetzt alles Mögliche erreichen«, sagte er. »Oder alles Mögliche sein. Wir können ein Vermögen an Wohltätigkeitsvereine spenden. Wir können öffentliche Einrichtungen gründen, die uns beide überdauern. Wir können aus New

York einen Ort machen, an dem jeder dahergelaufene Junge aus Nashville und jedes dahergelaufene Mädchen aus Kalamazoo mit offenen Armen willkommen geheißen werden. Wir können uns um Tesla kümmern und dafür Sorge tragen, dass immer jemand für ihn da ist. Das alles können wir tun – und noch so viel mehr. Aber ich sehe keinen Sinn darin, wenn ich das alles nicht an Ihrer Seite tun darf. Sollten Sie also darüber nachdenken, vielleicht doch nach New York zurückzukehren«, schloss er, »dann habe ich eine bescheidene Bitte an Sie: Heiraten Sie nicht Henry Jayne. Sondern mich.«

Er ging einen Schritt auf sie zu. »Wissen Sie eigentlich, dass wir bei unseren gesammelten Abenteuern drei Männer kennengelernt haben, die alle auf ihre je eigene Art und Weise die Welt verändert haben? Und wissen Sie, was ich mich frage? Warum haben sie das getan? Was hat sie dazu gebracht, über einen so langen Zeitraum hinweg zu kämpfen, zu streben und so heftig gegeneinander zu intrigieren?«

Sie hob eine Augenbraue. »Ist das das Thema, über das Sie jetzt sprechen wollen?«

»Bitte, hören Sie mich an«, bat Paul. »Was haben diese drei geliebt? Wofür haben sie gebrannt? Edison liebt die Öffentlichkeit. Für ihn geht es immer nur um die Show, das Spektakel. Die Massen. Er ist und bleibt der berühmteste Erfinder der Welt. Ich wette, das wird auch noch über Generationen hinweg so bleiben. Er wollte den Applaus. Er hat dafür gekämpft. Westinghouse dagegen ... Bei Westinghouse ist es anders. Er liebt die Produkte selbst. Und er macht bessere als alle anderen. Er ist der ultimative Handwerker. Er will nicht die meisten Glühbirnen verkaufen, sondern die *besten* Glühbirnen *herstellen.* Es war ihm immer schon egal, ob diese Glühbirnen zu teuer sind oder viel zu spät in die Produktion kamen. Sie sollten einfach die besten sein. Die zweckdienlichsten, auf dem neuesten Stand der technologischen Entwicklung. Und das hat er geschafft, richtig? Seine Produkte sind es, die alle anderen ausgestochen haben. Er wollte die Glühbirne perfektionieren, und genau das hat er getan. Und dann haben wir Tesla. Der

Dritte im Bunde. Edisons Öffentlichkeit und Westinghouse' Produkte sind ihm völlig egal. Für Tesla zählt nur die Idee als solche. Ob sie bekannt wird oder nicht, spielt für ihn keine Rolle. Tesla ist sich selbst Publikum genug, und seine Ideen sind seine Produkte, es reicht ihm, sie für sich allein zu haben. Er ist schon fertig, wenn ihm eine Idee gekommen ist. Sobald er das eine Problem gelöst hat, wendet er sich dem nächsten zu. Er weiß, dass er es war, der Wechselstrom zum Funktionieren und damit betriebene Glühbirnen zum Leuchten gebracht hat. Aber seine Entwürfe dann auch tatsächlich zu bauen hat für ihn keine Relevanz. Da dürfen sich gern andere drum kümmern.

Sehen Sie: Alle haben bekommen, was sie wollten. Eben weil sie so Unterschiedliches wollten. Ich habe mich die ganze Zeit derart darum bemüht, diese Menschen zu verstehen, habe aber erst jetzt begriffen, dass mir das nie gelingen wird. Denn ich bin nicht wie sie.«

»Nein, denn Sie wollten gewinnen«, sagte Agnes.

»Ja. Und auch das ist mir gelungen. Aber genauso gut hätte ich verlieren können, es gibt keinen Unterschied zwischen den beiden Polen. Edison kriegt also sein Publikum. Westinghouse die Spitzenforschung. Und Tesla die Ideen. Aber das, was ich am allermeisten will, das sind Sie.«

Jetzt lächelte sie. Dieses Lächeln würde Paul in den folgenden Jahren noch häufig zu sehen bekommen. Er würde die unterschiedlichsten Arten ihres Lächelns und dessen unermessliche Herrlichkeit noch gut kennenlernen. Aber trotzdem würde von allen millionenfachen Lächeln, die sie ihm noch schenken sollte, dieses eine, das sie an jenem Nachmittag lächelte, für immer sein liebstes bleiben.

»Ihre Vorträge werden besser«, sagte sie.

KAPITEL 71
NACHKRIEGSZEIT

> Das Spiel der Wissenschaft hat grundsätzlich kein Ende: Wer eines Tages beschließt, die wissenschaftlichen Sätze nicht weiter zu überprüfen, sondern sie etwa als endgültig verifiziert zu betrachten, der tritt aus dem Spiel aus.
>
> – KARL POPPER

Die kirchliche Trauung von Paul und Agnes Huntington fand in der St. Thomas Church statt. Das Paar bezog eine Wohnung in der 58. Straße, einen Straßenblock vom Central Park entfernt. Agnes hörte kurz danach auf, beruflich zu singen, sang aber zu Hause weiter. Manchmal stellte sich Paul vor, ihre Stimme wäre so tief in das helle Holz der Wohnung eingesickert, dass in den Wänden auf ewig der Klang ihrer Arien nachhallen müsste. Ihre Tochter Vera wurde 1895 geboren. Sie war ihrer Mutter wie aus dem Gesicht geschnitten. Fannie Huntington wohnte ganz in der Nähe.

Paul und Agnes waren gemeinsam an der Gründung des Rats für Auswärtige Beziehungen beteiligt, einer Gesellschaft, deren Vizepräsident Paul später wurde. Paul fungierte als Justiziar der Metropolitan Opera und wurde einige Jahre darauf auch deren Beiratsvorsitzender. Im Laufe der Zeit wurde er außerdem Verwaltungsmitglied der New Yorker Philharmoniker, Treuhänder der Juilliard School of Music, Beiratsvorsitzender der Fisk University, Präsident der Italy America Society und Funktionär der India Society of America. Irgendwann gehörten Paul und Agnes zu den größten Mäzenen von ganz Manhattan.

Und trotzdem sollte der Name Nikola Tesla ihre Ehe auf ewig unangenehm begleiten. Dass Paul sich gegen den Mann versündigt hatte, wurde immer mal wieder hervorgeholt, wenn sie sich beide redlich darum bemühten, alles gut und richtig zu machen – und wenn sie hinter verschlossenen Türen stritten.

In den Folgejahren wurde das Wechselstromsystem der Westinghouse Electric Company zum landesweiten Standard für die Stromerzeugung und -leitung. Auf der Grundlage einer Lizenzvereinbarung mit dem jüngst aus der Taufe gehobenen Konzern General Electric schaffte es Westinghouse' Wechselstrom, das ganze Land, von der Ost- bis zur Westküste, mit Licht zu versorgen. Zur selben Zeit stieg auch GE auf Wechselstrom um und verkaufte daraufhin ein Vielfaches an Glühbirnen. Die Profitabilität des Unternehmens verdreifachte sich unter Charles Coffin. Beide Firmen wuchsen beträchtlich und gehörten irgendwann zu den weltweit größten Konzernen.

Paul blieb noch eine ganze Weile der Hauptanwalt der Westinghouse Electric Company, bis er es schaffte, das Unternehmen davon zu überzeugen, sich einen festangestellten Justiziar ins Haus zu holen. Paul selbst wählte den jungen Mann aus und blieb der Firma als Berater erhalten. Aber für ihn war die Zeit für etwas Neues gekommen.

Paul und Westinghouse blieben einander freundschaftlich verbundene Geschäftspartner, auch wenn ihr Verhältnis kein besonders enges mehr war. Paul sprach Westinghouse nie auf den Brand an. Er konnte schließlich nichts mehr daran ändern – sogar wenn Westinghouse die Sache zugegeben hätte, konnte er nichts beweisen. Von einem Streit hatte niemand etwas. Ihre Beziehung kühlte zwar merklich ab, wurde aber nie eisig. Westinghouse war nicht der Vater, den Paul sich wünschte. Dafür hatte Paul seinen eigenen. Erastus Cravath kam hin und wieder nach New York, um seine Enkelin zu besuchen.

Natürlich: Auch jene Jahre verliefen nicht ganz ohne Intrigen. J.P. Morgan versuchte es mit der feindlichen Übernahme von Westinghouse, scheiterte – und versuchte es erneut. Das Quasi-Monopol, über das die beiden Unternehmen mit ihren Lizenzvereinbarungen verfügten, war für seine Bilanzen nicht ganz so vorteilhaft, wie es ein echtes Monopol gewesen wäre. Aber mit Paul an seiner Seite war Westinghouse auf die Attacken vorbereitet. Morgan wurde zurückgedrängt, und die Westinghouse Electric Company blieb frei von außenstehenden Eigentümern. Mit seinem Geschick und seiner Cleverness machte Paul sich einen Namen, und zwar nicht nur auf dem Abschnitt des Broadway, der zahlreiche Rechtsfirmen beherbergte, sondern auch an der Wall Street.

Zusammen mit seinen angestellten Anwälten gründete Paul eine neue Kanzlei. Sein Erfolg als Westinghouse-Advokat war als Werbemaßnahme nicht zu unterschätzen: Er hatte sehr bald Dutzende neuer Mandanten. Mit größtenteils überaus renommierten Namen. Irgendwann übernahm Paul dann die alte Kanzlei von William Seward, die einige Jahrzehnte früher gegründet worden war, als Sewards Namensvetter, der amerikanische Außenminister, erfolgreich den Kauf von Alaska eingefädelt hatte. Paul holte Hoyt Moore an Bord, einen Experten auf dem noch neuen Feld des Steuerrechts, das für die größeren Firmenkunden ihrer Kanzlei immer wichtiger wurde. Und irgendwann machte Paul seinen Schützling, den schlauen jungen Bob Swaine, der erst wenige Jahre zuvor in Harvard (es war eben niemand perfekt) seinen Abschluss gemacht hatte, zum Partner. Die pyramidenartige Hierarchie, die er entwickelt hatte, um den Glühbirnenrechtsstreit in den Griff zu bekommen, erwies sich auch in anderen Fällen als sehr nützlich. In diversen Fachzeitschriften schrieb er über das »Cravath-System«, dessen Methode es war, jeden einzelnen Prozess von einem Partner der Kanzlei beaufsichtigen zu lassen, unter dem dann ein Team von angestellten Anwälten die tägliche Fron der juristischen Arbeit versah. Diese assoziierten Anwälte stiegen in ihrer eigenen Hierarchie langsam auf, einer Hierarchie, die sich aus der Zeit ergab, die ein jeder schon für die Kanzlei tätig war: Anwälte im ersten Jahr, im zweiten Jahr und so weiter, immer weiter hinauf, bis sie dann eines Tages, wenn sie Glück hatten, vielleicht selbst zum Partner ernannt wurden. Dieses System konnte es in Sachen Effizienz durchaus mit Westinghouse' Fabriken aufnehmen.

Paul hatte die Juristerei von einem Handwerk in eine Industrie verwandelt. Anwälte von Washington bis San Francisco hörten von seinem System und fingen an, seine Methoden zu übernehmen. Wenn man doch nur diese juristische Praxis genauso patentieren lassen könnte, dachte Paul, wie ein patentrechtlich geschütztes Gerät.

Sogar Nikola Tesla war erfolgreich – mal mehr, mal weniger. Auch wenn er für seine Errungenschaften in Bereich der Wechselstromtechnologie keinen Cent mehr sah, ging die Firma, die er mit J.P. Morgan gegründet hatte, erst 1903 bankrott. Verglichen mit dem von Edison oder Westinghouse war sein Privatvermögen natürlich nicht groß, aber es reichte doch, damit er sich dauerhaft ins Waldorf Astoria einmieten konnte. Von dort war es nur ein kurzer Fußmarsch zum Delmonico's, wo Tesla ohne eine einzige Ausnahme jeden Tag dinierte. Der Geschäftsführer gab ihm seinen eigenen Tisch, der allabendlich extra für ihn eingedeckt wurde.

Der Schriftsteller Robert Underwood Johnson und seine Frau Katharine machten es sich zur Aufgabe, eine passende Frau für Tesla zu finden. Sie stellten ihm die heiratswürdigsten Damen ganz New Yorks vor, von denen einige das groß gewachsene, gebieterische Genie durchaus attraktiv fanden, aber in keinem einzigen Fall erwiderte er ihre Gefühle.

Paul traf ihn hin und wieder irgendwo in der Stadt, bei einem gemeinsamen Abendessen oder auf irgendeiner Party. Agnes ging zu jeder Veranstaltung, von der sie wusste, dass er ebenfalls zugegen sein würde. Anfänglich passte sie wie ein Schießhund auf ihn auf, aber mit der Zeit verloren sie sich aus den Augen. An dem Ruhm, den sie aufgegeben hatte, fand er unverhohlen Gefallen. Eine Zeit lang wurde sein Name in der Öffentlichkeit genauso häufig genannt wie der von Edison. Die Journalisten standen Schlange, um Porträts über ihn zu schreiben. Er wurde zu einer der großen Persönlichkeiten der Stadt – ein geheimnisvoller, exzentrischer Weiser.

Ein schlaksiges Orakel von Delphi. Paul und Agnes sahen zu, wie sehr Tesla es genoss, im Licht der Öffentlichkeit zu stehen. Seine schwarzen Anzüge, fiel Agnes auf, waren jetzt immer makellos. Er, der seine Welt meist allein bewohnte, hatte gelernt, Pausen einzulegen und hin und wieder die Köstlichkeiten der restlichen Welt zu genießen.

Auch wenn Paul das nicht mehr mitbekam: Nikola Tesla würde sie letzten Endes alle überleben. Er starb erst 1943, zu diesem Zeitpunkt allerdings einigermaßen mittellos – das Waldorf Astoria hatte er eintauschen müssen gegen ein Hotel, in dem er fortan ein Einzelzimmer bewohnte.

Die Glühfadenlampe, die Paul ehedem so verzweifelt gebraucht hätte, erfand Tesla nie. Aber Westinghouse' Ingenieure schafften es schließlich. Unter seiner Führung arbeiteten sie planvoll an der Modifikation des alten Patents von Sawyer und Man. Statt einer einzelnen den Glühfaden umgebenden Glasschicht nahmen sie zwei, nannten das Ganze »Westinghouse-Stopper-Lamp«, produzierten das Glas massenhaft in Westinghouse' eigener Druckluftbremsenfabrik und wurden gerade rechtzeitig damit fertig, um noch die Chicagoer Weltausstellung von 1893 illuminieren zu können. Die Gerichte entschieden umgehend und unmissverständlich, dass sich diese Birne klar von Edisons unterschied. Und so kam es, dass die gewinnträchtigste Erfindung des gesamten Stromkriegs doch nicht einer individuellen genialen Eingebung zu verdanken war, sondern stattdessen aus einer recht einfachen, von einem Team gut organisierter Experten in dreijähriger, gewissenhafter Arbeit erzielten Modifikation eines jahrzehntealten britischen Entwurfs hervorging. Westinghouse besaß zwar das Patent an der Stopper-Lamp, aber eigentlich konnte niemand behaupten, sie tatsächlich »erfunden« zu haben.

Und dann war da natürlich noch die vielleicht größte Ironie dieser Zeit, nämlich das sonderbare und gänzlich unvorhersehbare Schicksal des US-Patents No. 223,898.

Paul und seine Mitarbeiter gingen dem Fall energisch nach. Genauso taten es Morgan und Coffin, die ihren Sieg dafür nutzten, einige kleinere Stromfirmen entweder in die Pleite oder zu vorteilhafteren Lizenzvereinbarungen zu zwingen. Westinghouse, dem das Geld seit seinem Erfolg locker in der Tasche saß, gab gern Geld für einen Gerichtsprozess aus, mit dem er seinen guten Namen verteidigen konnte. Für Paul war das Ganze eine Sache der Ehre. Immerhin war es der größte Patentrechtsstreit auf der Welt. Der Anwalt, der diesen Fall verhandelte, hatte einen Platz in der Geschichte sicher.

Und so kam es, dass Paul sich vor dem Obersten Gerichtshof der Vereinigten Staaten wiederfand, um seinen Standpunkt vorzutragen. Seine Argumentation war brillant, sein Umgang mit den verbalen Spitzen des Obersten Richters Fuller souverän. Er machte gute Arbeit und war dabei ein unvergesslicher Anblick. Alles sah danach aus, als würde dieser Prozess zur Krönung seiner Anwaltslaufbahn.

Wenige Wochen später erfuhr Paul das Urteil. Er hatte verloren.

Was niemanden groß scherte.

Edison vs. Westinghouse war zu einer Art Zombie-Verfahren geworden. Es hatte den Punkt, an dem die beteiligten Streitparteien überhaupt noch an seinem Ausgang interessiert waren, längst überschritten. Als Edisons Patent vom Gericht schließlich für gültig erklärt würde, war seine Gültigkeitsdauer so oder so schon fast abgelaufen. Westinghouse' Double-Stopper-Lampen waren längst auf dem Markt, sodass ihm letztendlich untersagt wurde, eine Glühbirne zu fabrizieren, deren Produktion er sowieso schon eingestellt hatte. Die wenigen kleineren Elektronikfirmen, die in der Hoffnung auf einen Westinghouse-Sieg immer noch gemäß der Entwürfe produziert hatten, die dem von Edison ähnelten, wurden ordnungsgemäß des Marktes verwiesen. In irgendeinem stillen, verrauchten Zimmer konnte Morgan einen weiteren Haken auf einer langen Liste von Siegen machen.

Und Paul Cravath sah ein, dass es das Schicksal von Anwälten war, einzelne Fälle zu verlieren, dafür aber Kriege zu gewinnen.

Auf Thomas Edison traf er in seinem ganzen Leben nur noch ein einziges Mal.

KAPITEL 72
NIAGARAFÄLLE, 1896

Mein Geschäftsmodell sind die Beatles. Das waren vier Jungs, denen es gelungen ist, ihre schlechten Veranlagungen gegenseitig in Schach zu halten. Sie glichen sich aus, und das Ganze war größer als die Summe der einzelnen Teile. Genauso funktionieren Unternehmen für mich: Große Geschäftserfolge werden nie von nur einer Person erzielt, sondern immer von einem Team.

– STEVE JOBS

An dem Tag, an dem er Thomas Edison zum letzten Mal treffen würde, sah Paul zu, wie hundert Millionen Gallonen weißes Wasser über die große Kante der Niagarafälle stürzten. Die rohe Gewalt dieser herabfallenden Wassermassen nutzend trieb eine Turbine von neunundzwanzig Tonnen Gewicht einen Generator an, der diese Kraft wiederum in so viel Wechselstrom transformierte, dass man damit Zehntausende Glühbirnen leuchten lassen konnte.

Paul war für den Galaempfang hier, der zur Einweihung des größten Stromgenerators der Welt stattfand. Westinghouse hatte den Generator gebaut, der Entwurf fußte auf Teslas Ideen, und er würde die von Edisons ehemaligem Konzern GE produzierten Glühbirnen entlang der gesamten Ostküste mit Strom versorgen. Die Enthüllung des Apparats geriet zu einer Zeremonie von noch nie dagewesener Größe – genau wie die Maschinenhalle selbst. Jeder, der in der amerikanischen Elektrizitätsgemeinde irgendwie von Rang und Namen war, nahm daran teil.

Was bedeutete – so stellte Paul fest, als er am Wasserfall stand –, dass an diesem einen Abend sowohl Thomas Edison und George Westinghouse als auch Nikola Tesla an einem Ort sein würden. Zu Pauls großer Verwunderung hatte sich diese Konstellation vorher noch kein einziges Mal ergeben. Und würde sich mit an Sicherheit grenzender Wahrscheinlichkeit auch nicht wiederholen.

Nach dem drögen offiziellen Teil ging Paul wieder an die frische Luft, sah dem tosenden Wasser zu und nippte dabei an seinem Champagner. Er genoss es, daran erinnert zu werden, dass von allen fantastischen Dingen, die er in seinem Leben schon gesehen hatte, von allen menschengemachten Erfindungen, deren Zeuge er geworden war, nichts über die Kraft von Niagara verfügte. Sogar Westinghouse' perfekter Strom war, um seine Energie hervorzubringen, abhängig von der Natur. Noch immer betrieb der Gott seines Vaters die Apparate seines Mandanten.

Aus dem Augenwinkel sah Paul, wie Edison an der Brüstung überm Wasser lehnte. Er war überrascht, ihn in Begleitung von Westinghouse anzutreffen. Und Tesla stand auch bei ihnen. Sie waren in ein Gespräch vertieft.

Paul war unschlüssig, ob er sich der kleinen Runde nähern sollte, aber Edison hatte ihn schon entdeckt und winkte ihn herüber.

»Mr Cravath«, sagte er. »Ich war mir nicht sicher, ob Sie hier anzutreffen sein würden.«

Paul nickte. Was sollte er sagen zu diesem Mann, der einst sein Leben derart beherrscht hatte?

»Mr Bell lässt Sie schön grüßen«, sagte Edison.

»... Entschuldigung, wie bitte?«

»Viele Grüße von Mr Bell. Vor einem Monat erst habe ich mit ihm zusammen in Nova Scotia zu Abend gegessen. Dabei hat er mir von Ihrem Besuch damals erzählt.«

Paul war erstaunt. »Er hat mir damals gesagt, dass er mir Ihnen zuliebe hilft.«

Edison nickte. »Das hat ja auch geklappt. Ich muss Sie mal

in mein neues Labor einladen irgendwann. Ich habe in letzter Zeit viel mit Film gearbeitet.«

Auf Pauls Gesicht war zu erkennen, dass er nicht die geringste Ahnung hatte, was der Begriff »Film« bedeuten mochte.

»Sie sollten ansehen, Mr Paul Cravath«, fügte Tesla hinzu. »Viele Lichtbildaufnahmen, alle in einer Reihe. Was den Anschein kreiert von echter Bewegung.«

»Und Sie haben das schon gesehen?«, fragte Paul.

»Mein Labor auf der Fifth Avenue, New York, ist übermäßig voll geworden. Ich habe manche Gegenstände kaputt gemacht.« Traurig schüttelte Tesla den Kopf. »Es ist gut möglich, dass ich ungeschicklich bin mit meinen Sachen. Mr Thomas Edison hat mir angeboten einen Raum, um allein zu arbeiten. Während gewisse Unnötigkeiten hinweg geräumt werden in dem alten.«

»Ich genieße es tatsächlich, Nikola um mich zu haben«, meinte Edison. »Es bereitet mir Freude, Ideen mit ihm zu diskutieren und zu hören, was er von den neuen Kameras hält. Meine Jungs sind geradezu in Ehrfurcht erstarrt. Direkt neben Teslas Raum habe ich mein Kameralabor eingerichtet – ich nenne es ›Black Maria‹. Es ist ein Bewegtbildstudio, in dem Filme entstehen. Es macht wirklich Spaß. Alles in allem sind die letzten Jahre ... nun ja, die bisher glücklichsten meines Lebens gewesen. Welche Rolle Sie bei der ganzen Sache auch immer gespielt haben mögen, Mr Cravath, ich wollte Ihnen nur sagen: So schlecht haben Sie das alles nicht gemacht.«

Paul starrte ihn an. Nach einem langen Augenblick des Schweigens fing er an zu lachen. Damit hatte er nicht gerechnet – und er hatte sich eine ganze Menge vorgestellt, was Thomas Edison wohl zu ihm sagen würde.

Er hielt Edison die Hand hin, und der nahm und schüttelte sie.

Dann wandten sie sich alle wieder den Wasserfällen zu. Gemeinsam blickten sie in die Gischt. Feuchter Sprühnebel stieg aus dem tosenden Wasser auf und waberte gen Himmel. Der Anblick hatte etwas Hypnotisierendes. Irgendwann fiel

Paul auf, dass Teslas Blick in eine andere Richtung schweifte. An einen Ort, den keiner außer ihm sehen konnte.

»Wunder«, sagte Edison.

Paul drehte sich zu ihm hin. »Wie bitte?«

»Ich fürchte, mit den Wundern ist es bald vorbei.«

»Das wird nie vorbei sein«, sagte Westinghouse.

»Wunder?«, hakte Paul noch einmal nach.

»Unser Zeitalter der Erfindungen«, erklärte Edison. »Diese Tage der handverfertigten Wunder ... Es wird einfach nicht mehr lange so weitergehen. Bereitet Ihnen das keine Sorgen? Glühbirnen. Strom. Es ist durchaus möglich, dass die unsrige die letzte Generation ist, die mit großen Augen auf etwas wahrhaft Neuartiges schauen kann. Dass wir die Letzten sind, die ungläubig ein menschengemachtes Objekt anstarren, das eigentlich gar nicht hätte existieren dürfen. Wir haben Wunderwerke erschaffen, meine Herren. Ich frage mich nur, wie viele es davon noch geben wird.«

»Das Studium der Wissenschaft«, kam es von Tesla, »wird nicht jemals an ein Ende kommen.«

Edison nickte. »Das stimmt natürlich. Aber so wie heute wird es eben nicht mehr sein. Alles wird viel ... technischer werden. Wird sich eher im Inneren der Zauberkisten abspielen, nicht mehr außerhalb. Eine Glühbirne hat noch etwas Unmittelbares, Röntgenstrahlen dagegen sind schon fast Alchimie. Die Maschinen werden höllisch komplex werden, kaum eine Menschenseele wird noch nachvollziehen können, wie sie funktionieren. Aber das wird auch niemand mehr müssen – man wird sie benutzen, ohne sie zu verstehen. Und von diesem Punkt aus wird es nur noch in kleinen Schritten weitergehen. Es wird Verbesserungen geben, keine Revolutionen mehr. Keine neuen Farben mehr, dafür neue Farbschattierungen. Können Sie sich an das erste Mal erinnern, als Sie eine brennende Glühlampe gesehen haben?«

»Ich bin fast ohnmächtig geworden«, sagte Westinghouse. »Ich hatte so etwas nicht für möglich gehalten. Das ist kaum fünfzehn Jahre her.«

»Stimmt genau«, sagte Edison. »Aber ist es Ihnen seitdem noch einmal ähnlich gegangen?«

»Ich habe sie schon immer gesehen«, sagte Tesla. Die Männer wandten sich ihm zu. »Die elektrischen Birnen. Ich habe sie immer gesehen.« Er tippte sich mit den Fingerspitzen an die Schläfen. »Hier.«

Westinghouse und Edison lachten.

»Das wissen wir«, sagte Westinghouse. »Und wir sind Ihnen dafür dankbar.«

Edison fragte: »Haben Sie diesen jungen Kerl, na, wie heißt er noch ... Ford, haben Sie den schon kennengelernt?«

»Ich habe ihm zu seinem ersten Job verholfen«, sagte Westinghouse.

»Dann war ich der Zweite, der ihm Arbeit gegeben hat«, sagte Edison. »Er ist wahrscheinlich noch jünger als Mr Cravath hier. Es ist deprimierend. Ich halte große Stücke auf Henry Ford, ganz ehrlich, das tue ich. Aber er ist nicht ... nun ja, er ist wohl einfach von einer neueren Bauweise, das ist alles. So verdammt professionell. Alles wird bis zur Perfektion getrieben. Die Karriere ist von Anfang an durchgeplant. Er weiß genau, wo er hinwill: Er weiß, was für eine Firma er gründen will, wie er sie führen möchte und woran darin gearbeitet werden soll. Können Sie sich das vorstellen? Zu unserer Zeit hatten wir nichts außer ein paar Zentimetern Draht und – wenn wir Glück hatten – genügend Münzen für eine Briefmarke, um den Entwurf ans Patentamt zu schicken. Dieser Ford hat einen gottverdammten *Businessplan.*«

»Er ist eben professioneller Erfinder«, sagte Westinghouse.

»Ein professioneller Wissenschaftler«, sagte Edison. »Darwin hat mit dem, was er tat, nie auch nur einen Cent verdient. Newton auch nicht. Oder Hooke. Die ganzen Mitglieder der Royal Society damals, sie haben Dinge einfach nur entdeckt. Haben Sachen erfunden, weil sie es *konnten.* Und nicht, weil sich damit Geld verdienen ließ. Wir sind reich geworden mit etwas, was die Leute damals nur aus Freude taten.«

»Und jetzt macht sich eben eine ganze Generation daran,

nicht mehr einfach so vor sich hin zu basteln, sondern damit vorsätzlich ein Vermögen anzuhäufen.«

»Weswegen bald wohl niemand mehr einfach so vor sich hin basteln wird.«

Die Ironie in Edisons Worten ließ Paul lächeln, aber er behielt sein Amüsement für sich. Diese ach so schrecklich neumodische Ehe von Geschäftssinn und Wissenschaft, aus der allmählich die Technologie hervorging, war schließlich genau das, was Edison erschaffen hatte. Seine größte Erfindung. Aber es war wie immer: Der Nachwuchs überholte seine Eltern, die auf der Strecke blieben.

Paul sah, wie die drei Erfinder in Schweigen verfielen und Seite an Seite auf die tosenden Wassermassen hinausblickten.

Schon jetzt fühlte sich der zurückliegende Stromkrieg für ihn an wie eine exotische, geheimnisumwobene Auseinandersetzung. Wie ein merkwürdiger Traum der letzten Nacht, der im Licht des Morgens schon fast verblichen ist. Ihre Machenschaften würden schon bald vergessen sein. Aber die Welt, die daraus hervorgegangen war, die Welt, in der sie jetzt lebten, würde fortbestehen.

Wer erfand die Glühbirne? Mit dieser Frage war die ganze Geschichte ins Rollen gekommen.

Sie alle zusammen waren es gewesen. Nur gemeinsam hatten sie es schaffen können, dieses System zur Welt zu bringen, das schon jetzt das Knochengerüst der Vereinigten Staaten bildete. Niemand hätte das ganz allein vollbringen können. Um ein solches Wunder zu erschaffen, so viel war Paul mittlerweile klar, brauchte die Welt Männer wie sie, und zwar jeden einzelnen von ihnen. Visionäre wie Tesla. Handwerker wie Westinghouse. Und Geschäftsleute wie Edison.

Und Paul? Ja, vielleicht brauchte die Welt auch Männer wie ihn. Einfache Sterbliche, die das Chaos, das die Giganten anrichteten, wieder ordneten. Kluge Köpfe, die das, womit die Genies beschäftigt waren, bezeugten und dokumentierten. Wenn Tesla die Glühbirne genauso erfunden hatte wie Westinghouse und Edison, dann konnte vielleicht sogar Paul

Anspruch darauf erheben. Möglicherweise war er doch mehr Erfinder, als er geglaubt hatte.

Ob dieses Gedankens musste er kurz lächeln.

Die Männer verabschiedeten sich voneinander. Einer nach dem anderen tranken sie ihre Gläser aus und verließen den dunstumwölkten Felsvorsprung.

Paul blieb als Letzter zurück. Er sah die Sonne hinter den Wasserfällen untergehen. Der Tag neigte sich dem Ende zu, und der Fluss erglühte noch ein letztes Mal in einem Regenbogen aus Goldgelb und leuchtendem Orange. Paul wandte sich ab und stieg die Treppe hinunter ins trübe Zwielicht eines Landes, das noch dabei war, Amerika zu werden.

NACHBEMERKUNG DES AUTORS

Dieser Roman ist ein Werk historischer Fiktion und damit nicht als protokollarische Dokumentation gedacht, sondern als belletristische Bearbeitung. Nichts von dem, was Sie gelesen haben, sollten Sie als belegte Tatsache missverstehen. Dennoch hat der Großteil der in diesem Buch beschriebenen Ereignisse tatsächlich stattgefunden, alle wichtigen Protagonisten hat es wirklich gegeben. Vieles des in den Dialogen Gesagten stammt entweder direkt aus den Mündern der historischen Charaktere oder ist aus ihren Federn geflossen. Nichtsdestoweniger habe ich viele der Ereignisse in eine neue Reihenfolge gebracht, manche der Protagonisten treten auch an Orten auf, an denen sie möglicherweise nie gewesen sind. Wiederholt habe ich Szenen erfunden, die sich zwar durchaus ereignet haben könnten, die aber trotzdem durch nichts belegt sind. Dieses Buch ist ein gordischer Knoten aus nachweislich Wahrem, auf Nachforschungen beruhender Mutmaßung, Dramatisierung in Romanform und absoluter Spekulation. Mit dieser Nachbemerkung möchte ich besagten Knoten gern für Sie auflösen.

Der Großteil aller Ereignisse, die die Historiker im Allgemeinen dem so genannten »Stromkrieg« zuschreiben, hat sich zwischen 1888 und 1896 zugetragen. Ich habe die Geschichte auf zwei Jahre komprimiert, auf die Zeit von 1888 bis 1890. Und auch wenn die meisten der zentralen Szenen so oder so ähnlich tatsächlich stattgefunden haben, habe ich ihre chronologische Reihenfolge durcheinandergebracht – was ich noch weiter ausführen werde. Manches, was sich im echten Leben zeitgleich abgespielt hat, passiert in diesem Buch nacheinander. Häufig habe ich auch mehrere aufeinanderfolgende Ereignisse oder mehrere historische Charaktere zu jeweils einem verschmolzen. Den chaotisch kleinteiligen, unzusammenhängenden historischen Geschehnissen habe ich in dem Bemühen eine narrative Form gegeben, Ihnen, den Leser*innen, zu helfen, die vielen Stränge dieser Geschichte nachvollziehen zu können.

Das beste Sachbuch über den Stromkrieg ist meiner Meinung nach *Empires of Light: Edison, Tesla, Westinghouse, and the Race to Electrify the World* von Jill Jonnes. Darin finden sich neben großartig geschriebenen Porträts von Thomas Edison, George Westinghouse und Nikola Tesla auch sorgfältig recherchierte Einsichten in ihre jeweiligen Rivalitäten und Antipathien.

Als ich entdeckt habe, dass ein sechsundzwanzigjähriger Anwalt, der erst anderthalb Jahre vorher das Studium beendet hatte, im Zentrum des Stromkrieges stand und in der Folge eine der führenden Kanzleien der USA gründete, wollte ich sofort so viel wie möglich über ihn wissen. Zu meiner großen Überraschung gibt es aber keine richtige Biografie über Paul Cravath. Das Fehlen einer akademischen Aufarbeitung dieses Menschen inspirierte mich zu diesem Buch, und der Mangel an Material über ihn zwang mich dazu, es einen Roman werden zu lassen.

Die grundlegenden biografischen Informationen, die dieses Buch über Paul Cravath und seine Familie vermittelt, sind korrekt. Meine Beschreibungen von Paul und seinem Leben habe ich den wenigen uns zur Verfügung stehenden Quellen entnommen: der Schrift *The Cravath Firm and Its Predecessors 1819–1948* (Robert Swaine; Eigenverlag); einem Porträt, das der *New Yorker* über ihn brachte, als er 1932 Aufsichtsratsvorsitzender der Metropolitan Opera wurde (»Public Man«, *The New Yorker*, 2. Januar 1932); einem Eintrag in der *National Cyclopaedia of American Biography* (Band 11, 1902); seiner und Agnes' Heiratsanzeige (»Marriage of Agnes Huntington«, *Chicago Tribune*, 16. November 1892); der Studentenzeitung des Oberlin College – und natürlich seinen Gerichtsakten.

Meine Darstellung von Thomas Edison beruht in weiten Teilen auf dem Buch *The Wizard of Menlo Park: How Thomas*

Alva Edison Invented the Modern World von Randall Stross, einer großartigen, ihre Leserinnen und Leser hochgradig in Bann schlagenden Biografie, die mir für mein eigenes Buch eine Menge Informationen über Edisons Charakter und Werdegang lieferte. Edisons Wortlaut ist seinen Briefen und Tagebüchern entnommen, die an der Rutgers University verwahrt werden. Edison schrieb sein ganzes Leben lang so gut wie täglich Tagebuch, das uns heute faszinierende Einblicke in seine innere Gedankenwelt gewährt. Der Großteil der im Rutgers-Archiv liegenden Edison-Dokumente ist auch online verfügbar, was ebenso für viele weitere seiner Schriften gilt.

Über George Westinghouse existiert noch keine maßgebliche Biografie – ich hoffe sehr, ein solches Buch irgendwann einmal zu lesen zu bekommen.

Sämtliche persönlichen und biografischen Details über Nikola Tesla entsprechen den Tatsachen. Margaret Cheneys Buch *Nikola Tesla: Eine Biographie* sowie Teslas Autobiografie *My Inventions: The Autobiography of Nikola Tesla* waren überaus hilfreiche Quellen für mich. Die Autobiografie ist übrigens eine so einzigartige Leseerfahrung, wie man es nicht anders erwarten würde.

In vielen Berichten aus der damaligen Zeit werden Nikola Teslas schwer verständlicher Akzent und die Schwierigkeiten erwähnt, die anscheinend alle hatten, die mit ihm kommunizieren wollten. In Wahrheit jedoch war seine Grammatik tadellos, wenn nicht sogar gewählt. Es war allein sein starker Akzent, der ihn so unverständlich machte. Was für mich ein Problem darstellte: Wie Teslas Akzent auf die gedruckte Seite bekommen? Ich hätte seinen serbischen Zungenschlag eins zu eins aufschreiben können, aber das erschien mir nicht sehr elegant (»Miiiisterr Crahvahth…«).

Als ich Teslas Autobiografie las, bot sich eine Lösung für dieses Problem: Tesla schreibt in langen, gewundenen, grammatikalisch abenteuerlichen Sätzen. Sein Englisch ist flüssig, hat aber eine fast archaische Anmutung, was auch in den 1880er-Jahren schon so gewesen sein muss. Jeder Satz liest sich, als würde er demnächst über seine grammatikalische Umständlichkeit und unkalkulierbare Wortwahl stolpern. Ich habe dann Teslas Schreibstil als Vorlage für seinen Redestil genommen und, um die Unverständlichkeit noch zu erhöhen, zusätzlich die Grammatik etwas verdreht – was seine Sätze so verworren zu lesen macht, wie sie sich angehört haben müssen.

Historische Dokumente über Agnes Huntington gibt es schockierend wenige. Sämtliche über sie verfügbaren Informationen entstammen einem Artikel über ihre Karriere und ihre Hochzeit im *Illustrated American* (3. Dezember 1892), einem Eintrag in dem Bühnenglossar *The Dramatic Peerage* aus dem Jahr 1892, einem Eintrag im *Woman's Who's Who of America* (1914/15), einem Interview, in dem sie über ihre juristischen Querelen mit W.H. Foster sprach (»Agnes Huntington's Story«, *The New York Times*, 4. Dezember 1886), einem Beitrag über sie in *Lippincott's Magazine of Literature, Science and Education* (Band 49, 1892), einer Kritik ihres Auftritts als *Paul Jones* (»Paul Jones in New-York«, *The New York Times*, 21. September 1890), den bei einer Volkszählung erhobenen Daten in Kalamazoo sowie Berichten der Boulevardpresse über ihre Verlobung mit Henry Jayne (*Town Topics*, 3. November 1892, »Did He Jilt ›Paul Jones‹«, *The Washington Post*, 30. Oktober 1892, »Denied by Miss Huntington«, *The New York Times*, 30. Oktober 1892).

Ausgehend von diesen Quellen kann ich Folgendes mit Bestimmtheit behaupten: Agnes Huntington wurde in Kalamazoo, Michigan, geboren, hatte es aber vor ihrem ersten Auftritt als Sängerin in London zu keinerlei Bekanntheit (oder auch nur einer Erwähnung!) gebracht. Einen Namen machte sie sich in Europa, wo sie ständig in Begleitung ihrer Mutter erschien, die sich auffallend bedeckt hielt, was ihren familiären Hintergrund anbelangte. Soweit ich das sehe, waren Agnes und Fannie nicht mit den berühmten Namensvettern verwandt, weder mit dem kalifornischen noch mit dem Ostküstenzweig der Familie Huntington. Mit dem Geschäftsführer der Boston Ideals hatte Agnes undurchsichtige rechtliche

Streitigkeiten. Auf beiden Seiten des großen Teichs hatte sie viele gesellschaftlich sehr hoch stehende männliche Verehrer. Eine Zeitlang war sie mit Henry Jayne verlobt, der die Verlobung im Jahr 1892 allerdings löste. Später heiratete sie Paul Cravath, einen aufstrebenden New Yorker Anwalt, der zum damaligen Zeitpunkt auf der sozialen Leiter ein beträchtliches Stück unter ihr stand.

Alles andere an Agnes' Geschichte in diesem Buch ist frei erfunden (das geklaute Kleid, der angenommene Name etc.). Auch die Umstände, unter denen sie Paul kennenlernt – sie engagiert ihn als Anwalt –, sind fiktiv, obwohl es den Fall, für den sie ihn anheuert, wie gesagt wirklich gegeben hat. (Eigentlich hieß ihr Anwalt allerdings Abram Dittenhoefer.) Um die Ereignisfolge zu verdichten, habe ich den Rechtstreit mit Foster von 1886 nach 1888 verlegt. In Wahrheit war dieser Fall schon abgeschlossen, als Paul Westinghouse' Anwalt wurde.

Obwohl ich es nicht belegen kann, glaube ich fest daran, dass die historische Agnes Huntington etwas über ihre Vergangenheit verbarg. Ich hege sogar die Vermutung, dass ihre tatsächliche Geschichte noch fantastischer war als die, die ich mir hier für sie ausgedacht habe.

Kapitel 1: Die Eröffnungsszene mit dem verbrennenden Arbeiter basiert auf zwei tödlichen Unfällen, geschehen am 11. Mai 1888 (»A Wireman's Recklessness«, *The New York Times*, 12. Mai 1888) und am 11. Oktober 1889 (»Met Death in the Wires«, *The New York Times*, 12. Oktober 1889). Wahrscheinlich war Paul bei keinem dieser Unfälle zugegen; da sich der erste allerdings nur wenige Straßenblocks von seinem Büro entfernt ereignete, schien es mir durchaus plausibel, ihn in die Szene hineinzusetzen.

Kapitel 7: Reginald Fessenden arbeitete tatsächlich erst für Edison und dann für Westinghouse, mit einem kurzen Zwischenstopp bei der Purdue University. Allerdings habe ich die zeitliche Abfolge dieser Stationen im Buch etwas gestrafft.

Edisons Maulwurf bei Westinghouse war Fessenden hingegen nicht. Der wahre Spion stand nicht ganz so weit oben in der Hierarchie: ein einfacher technischer Zeichner, der 1893 festgenommen wurde.

Kapitel 15–16: 1888 arbeitete Tesla tatsächlich nahe Pittsburgh für Westinghouse und gewährte diesem im Gegenzug eine Lizenz auf seine Wechselstrompatente. Den grundlegenden Strategiewechsel bei Westinghouse – von einem elektrischen System, in dem jeder Haushalt als autarke Einheit gesehen wurde, hin zu einem »Stromnetz« – erläutert Thomas P. Hughes in seinem faszinierendem Buch *Networks of Power: Electrification in Western Society, 1880–1930*. In Wahrheit kam dieser Wechsel allerdings nicht ganz so plötzlich, wie ich ihn dargestellt habe. Als Tesla seine Forschung zum Thema öffentlich vorführte – bei dieser Demonstration war Westinghouse nicht zugegen –, hatte Westinghouse sich schon seit einigen Jahren für die Wechselstromtechnologie interessiert. Bereits 1886 hatte er ein ganzes Paket an Wechselstrompatenten erworben, es nur noch nicht geschafft, die Technologie zum Laufen zu bringen.

Kapitel 21: Die Krise, in die Westinghouse und seine Anwälte wegen gewisser zu entrichtender Lizenzgebühren schlitterten, nachdem Tesla sehr plötzlich seinen Hut nahm, hat es tatsächlich gegeben, obwohl ich auch in diesem Fall die Folge der Ereignisse verdichtet habe und wir nicht wissen, ob es tatsächlich Paul war, dem dieser Verhandlungsfehler unterlaufen ist.

Kapitel 25: Sowohl der mysteriöse Brand in Teslas Labor als auch Teslas mentaler Zusammenbruch und sein Gedächtnisverlust im Anschluss sind wirklich passiert. Sie fanden nur zu zwei verschiedenen Zeitpunkten und auch in anderer Abfolge statt, als ich es hier aufgeschrieben habe.

1892 erlitt Tesla einen Nervenzusammenbruch, nachdem er viele Stunden in seinem Labor an der Idee eines »kabellosen Telefons« gearbeitet hatte. Er verlor das Bewusstsein und wachte – abgesehen von einigen unzusammenhängenden Bildern aus seiner Kindheit – bar jeder Erinnerung wieder auf. Während er darum kämpfte, sein Gedächtnis zurückzuerlangen, verbrachte er Monate im Bett. Es dauerte geraume Zeit, bis er wieder in der Lage war zu erfinden.

Diese Episode ähnelt anderen Phasen psychischer Erkrankung in Teslas Leben. Laut seiner Autobiografie hatte er regelmäßig Halluzinationen, sowohl visuelle als auch auditive. Er schrieb: »Im üblichen Fall traten diese Halluzinationen auf, wenn ich mich in einer gefährlichen oder anstrengenden Situation befand oder wenn mich etwas sehr freute. Gelegentlich ist die Luft um mich herum erfüllt gewesen mit lebendigen Feuerzungen.« Über diese Visionen erlangte er Einsicht in die Maschinen, die er im Anschluss dann konkret entwarf. Thomas Hughes und andere haben sich die Frage gestellt, ob Tesla, wenn er heute leben würde, mit Schizophrenie diagnostiziert würde. Ich halte das für wahrscheinlich. Im übertragenen Sinn betrachtete Tesla die Welt, wie es sonst niemand tat – was zu großen Teilen daran lag, dass er sie auch ganz *buchstäblich* sah wie niemand sonst.

Drei Jahre nach seinem Zusammenbruch und seiner Heilung, am 13. März 1895, fiel Teslas Labor den Flammen zum Opfer. Als das Feuer ausbrach, war Tesla nicht dort – er erfuhr erst am nächsten Morgen davon und war ob der Zerstörung seiner Maschinen untröstlich.

Kapitel 34: Dass Paul die große Idee hatte, ein quasiindustrielles System auch für das Rechtswesen zu entwickeln – so wie Westinghouse es für Fertigungs- und Edison es für Erfindungsprozesse getan hatten –, entspricht voll und ganz den Tatsachen. Wer behauptet, dass Edison, Westinghouse und Tesla die Glühbirne erfunden haben, kann mit Fug und Recht behaupten, dass Paul Cravath die moderne Kanzlei erfunden hat.

Die Erfindung des »Cravath-Systems« durch Paul wird auf jeden Fall meisthin erst auf die ersten Jahre des 20. Jahrhunderts datiert. Ich habe den Moment, in dem ihm diese Idee kommt, in die Zeit zwischen 1888 und 1890 verschoben, damit er Teil meiner Geschichte werden konnte. Ob Paul, als er die Idee hatte, tatsächlich an Edison und Westinghouse dachte, lässt sich nicht mehr sagen. Wenn man sich aber ansieht, welche Erfahrungen er mit den beiden Erfindern im Vorfeld gemacht hat, scheint mir das doch sehr wahrscheinlich.

Kapitel 36: Agnes hat der *New York Times* tatsächlich ein Interview gegeben. Ich habe hier allerdings zwei Texte aus der *Times* fusioniert: »Agnes Huntington's Story«, 14. Dezember 1886, und »Paul Jones in New-York«, 21. September 1890.

Kapitel 37: Die Figur des Harold Brown und ihre Geschichte sind in weiten Teilen tatsachengetreu wiedergegeben. Brown findet Erwähnung in Jill Jonnes Buch *Empires of Light*, in Tom McNichols *AC/DC: The Savage Tale of the First Standards War*, in Mark Essigs *Edison and the Electric Chair* und in Richard Morans *Executioner's Current.*

Die Abfolge der Ereignisse, die zu Browns Werbefeldzug für den elektrischen Stuhl gehörten, wurde von mir komprimiert: In meiner Darstellung finden die erhitzte Diskussion um den Stuhl sowie sämtliche sie begleitende Aktionen Anfang 1889 statt, obwohl sich das Ganze in Wahrheit schon Ende 1887 abspielte. Die Beschreibung von Browns entsetzlichen Tierexekutionen qua Strom ist korrekt. Browns Worte in diesen Szenen sind teilweise wortwörtlich so von ihm gesagt worden, obwohl ich hier und da etwas gekürzt oder bearbeitet habe, um einen umgangssprachlicheren Ton hineinzubringen. Was er den armen Tieren angetan hat, habe ich eher kleiner als größer gemacht: In Wirklichkeit widmete er sich nach den Hunden sehr schnell Pferden und einmal auch einem Elefanten. Ernsthaft.

Kapitel 38–39: Im August 1889 wurde in Harold Browns Büro tatsächlich eingebrochen. Im Anschluss wurden der *New York Sun* gestohlene Briefe zugespielt, die eine Verbindung zwischen Edison und Brown belegten.

Ob diese Vorgänge auf Pauls Konto gingen? Die meisten Historiker gehen davon aus, dass es *irgendjemand* aus dem Westinghouse-Lager war. Wenn dem so war, dann steht zu vermuten, dass Paul zumindest ein Mitwisser dieses Einbruchs war und ihn lange geheim gehalten hat. Die Einbruchszene selbst ist also erfunden, man kann aber mit einiger Sicherheit davon ausgehen, dass Paul an diesen Vorgängen zumindest moralisch mitschuldig war.

Kapitel 41: Was Paul als »Lüge« in Edisons Patentantrag bezeichnet – den Unterschied zwischen dem im Antrag benannten Glühfaden und dem Glühfaden, der bei der Fertigung schließlich zum Einsatz kam –, ist tatsachengetreu. Ich habe lediglich die Abfolge von Edisons Glühfadenexperimenten gestrafft. Ob sein Vorgehen nun eine offensive Täuschung war oder nicht, hängt wohl von der persönlichen Einstellung gegenüber dem Wesen des Erfindens ab.

Edisons unbestreitbare Lüge, was den Zeitpunkt der definitiven Funktionstüchtigkeit seiner Birne anbelangt, ist dagegen bereits ausführlich behandelt worden. Seine Angewohnheit, der loyalen Presse gegenüber grob zu übertreiben – oder die Journalisten, wie in diesem Fall, skrupellos zu beschwindeln –, begleitete seine gesamte Karriere.

Kapitel 48: Die Gerichtsszene, in der Paul gegen den Einsatz von Wechselstrom bei Hinrichtungen im Staat New York plädiert, ist die fiktionalisierte Fassung eines tatsächlichen Vorgangs. Der Mord hat stattgefunden, ich habe ihn allerdings von März 1889 auf Mai 1889 verlegt.

Westinghouse wurde tatsächlich in der von mir beschriebenen Art und Weise von Charles Coffin betrogen, mit einer Hinterlist, die niemand in Westinghouse' Stab so erwartet hätte. Einer von seinen Anwälten ist damals auch wahrhaftig nach Buffalo gefahren, um in dieser Sache vor Gericht zu gehen, aber Paul war es nicht – und Harold Brown war im Gerichtssaal auch nicht zugegen.

Kapitel 49: Die Beschreibung der Hinrichtung von William Kemmler ist historisch akkurat. Ich habe sie zeitgenössischen Zeitungsberichten entnommen, beispielsweise dem Artikel »Far Worse Than Hanging« in der *New York Times* vom 7. August 1890.

Die Hinrichtung ist korrekt beschrieben, allerdings waren weder Paul noch Harold Brown Zeugen derselben.

Kapitel 50–52: Die Finanzkrise im Anschluss an den Zusammenbruch der Baring Brothers hat stattgefunden; ich habe sie allerdings vom November 1890 auf den September 1889 vorverlegt. Die Taktik, mit der Paul und Westinghouse die Krise zu überstehen gedachten, ist ebenfalls korrekt wiedergegeben. Es stimmt, dass Edison und Morgan ihre nicht unbeträchtliche Macht an der Wall Street dafür genutzt haben, Westinghouse noch weiter in Richtung des Bankrotts zu treiben, es ist allerdings nicht genau bekannt, welche Hinterzimmer-Deals im Verlauf der Finanzkrise tatsächlich geschlossen wurden.

Kapitel 55: Alle Beschreibungen der Fisk University sowie des Engagements der Familie Cravath in dieser Bildungseinrichtung sind einwandfrei und beruhen auf den Veröffentlichungen *The Cravath Firm and Its Predecessors 1819–1948* von Robert Swaine und *Thy Loyal Children Make Their Way: Fisk University since 1866* von Reavis Mitchell, Jr.

Die Beschreibung der Experimente, die Tesla dort mit Röntgenstrahlen durchführt, ist angelehnt an das, womit Tesla im Jahr 1895 tatsächlich beschäftigt war, wenn auch nicht an der Fisk University. Die Fisk-Studenten selbst sind als Charaktere erfunden.

Kapitel 56/57: Die Szene bei Alexander Graham Bell ist ausgedacht, obwohl Bells Geschichte und Persönlichkeit so präzise wie möglich wiedergegeben werden. Alles Hintergrundwissen über Bell, das im Buch eine Rolle spielt, entspricht den – eventuell hier und da etwas vereinfacht dargestellten – Tatsachen und ist dem Buch *Reluctant Genius: Alexander Graham Bell and the Passion for Invention* von Charlotte Gray entnommen.

In den letzten Kapiteln dieses Buchs entwickelt Paul Cravath einen facettenreichen Plan, um den Stromkrieg zu gewinnen – den er schließlich auch umsetzt. Teil dieses Plans ist es, einen geheimen, von J.P. Morgan mitgetragenen Putsch bei Edison General Electric anzuzetteln, Edison als Kopf des Unternehmens ab- und durch Charles Coffin zu ersetzen. Schlussendlich wird Nikola Tesla noch dazu gebracht, den

Anspruch auf die ihm zustehenden Beteiligungen an Westinghouse' Wechselstromsystemen fallenzulassen. Und so wird der Stromkrieg dann beendet: mit einem Sieg für Westinghouse und der tragischen Exkommunikation Edisons aus dem von ihm gegründeten Unternehmen.

Das alles hat sich so zugetragen. Die Abfolge der Ereignisse ist lediglich gestrafft und von einigen Jahren auf nur ein paar Monate verdichtet worden, außerdem stelle ich Paul als führenden Kopf hinter der ganzen Sache dar. Tatsächlich wissen wir nicht, welche Rolle er genau gespielt hat.

Dass Paul anwesend war, als Tesla ausgetrickst wurde, ist sogar unwahrscheinlich. In Jonnes' Beschreibung sucht Westinghouse Tesla allein auf und unterbreitet ihm jene Argumente, die in meinem Buch von Paul formuliert werden. Teslas eigenen Schriften zufolge war er stolz auf seine Entscheidung, die finanziellen Ansprüche aufgegeben zu haben. Er glaubte wirklich an das, was Westinghouse ihm erzählt hatte.

Kapitel 72: Paul, Westinghouse und Tesla waren anwesend bei einer Veranstaltung im Kraftwerk an den Niagarafällen am 19. Juli 1896. Ich habe der Beschreibung dieser Veranstaltung noch einige Details aus einer erst im Folgejahr, im Januar 1897, dort stattfindenden weiteren Feier hinzugefügt, bei der Tesla allein zugegen war.

Edison war bei keiner dieser Feierlichkeiten präsent. Tesla hat nach dem Brand in seinem Labor 1895 aber tatsächlich Zuflucht in Edisons Labor in West Orange gesucht. Die beiden Männer wurden Freunde. Und als Tesla auf dem Weg zu den Niagarafällen war, stattete er Westinghouse in seinem Haus am Rand von Pittsburgh de facto einen Besuch ab. Er verbrachte in jener Zeit viele Stunden in der Gesellschaft sowohl von Westinghouse als auch von Edison. Als Westinghouse' Anwalt war Paul Zeuge einiger dieser Zusammenkünfte.

Graham Moore
Los Angeles
5. Februar 2016

DANKSAGUNG

Es wäre schlichtweg nicht möglich – und alles andere als ratsam – gewesen, dieses Buch ohne die unentbehrliche Sorgfalt und Anleitung folgender Menschen zu schreiben:

Jennifer Joel, meine Literaturagentin und kreative Partnerin
Noah Eaker, mein Lektor und loyaler Gegenspieler
Susan Kamil, meine Verlegerin und Heldin
Keya Vakil, meine Rechercheassistentin und Komplizin
Tom Drumm, mein Manager sowie unbeirrbare Stimme der Ruhe

Mein tiefster Dank gehört ebenfalls all meinen großzügigen Freunden, die (eine Menge) erste Entwürfe gelesen und unschätzbar wertvolle Anmerkungen gemacht haben: Ben Epstein, Susanna Fogel, Alice Boone, Nora Grossman, Ido Ostrowsky und Suzanne Joskow.

Die erste Idee zu dieser Geschichte entstand bei einem langen Gespräch während einer Autofahrt durch Pennsylvania mit Helen und Dan Estabrook. Bei beiden stehe ich tief in der Schuld: für ihren Enthusiasmus und ihre Fahrkünste.

All meine Überlegungen zum Thema Erfindungen und technologische Innovation wurzeln in Tausenden von gemeinsamen Mittagessen und nächtlichen Gesprächen mit Avinash Karnani, Matt Wallaert, Samantha Culp und meinem (kleinen) Bruder Evan Moore – gemeinsam sind wir diesen Gedanken nachgegangen und haben ihnen einen Feinschliff verpasst.

Bei der Titelsuche für dieses Buch bekam ich glücklicherweise Unterstützung (und Beileid) von Sam Wasson und Mary Laws.

Ein großes Dankeschön geht an das Korrektorat in Gestalt von Dennis Ambrose, Benjamin Dreyer, Deb Dwyer und Kathy Lord, von denen ich mehr über englische Grammatik gelernt habe, als ich es je in der Schule getan habe.

Ganz erheblich dankbar bin ich den Rechtshistorikern Christopher Beauchamp von der Brooklyn Law School und Adam Mossoff von der George Mason University. Beide haben mir am Telefon in vielen danklosen Stunden die Geschichte des Patentrechts erklärt. Bessere Lehrer kann man sich nicht vorstellen – ich muss feststellen, dass ich neidisch bin auf ihre Studierenden, die sich glücklich schätzen dürfen. Sollte es in diesem Buch juristische Fehler geben, dann gehen sie ganz allein auf mein Konto.

Des Weiteren bin ich folgenden Sachverständigen zu Dank verpflichtet, die alle so freundlich waren, mit ihrer Expertise die zahllosen historischen und wissenschaftlichen Details in diese Geschichte zu tragen:

Christopher T. Baer (Hagley Museum and Library)

John Balow und Madeleine Cohen (New York Public Library)

Kurt Bell (Pennsylvania State Archives, Pennsylvania Historical and Museum Commission)

Nathan Brewer und Robert Coburn (IEEE History Center, Stevens Institute of Technology)

Mike Dowell (Louisville & Nashville Railroad Historical Society Archives)

C. Allen Parker, Deborah Farone und Diane O'Donnell (Cravath, Swaine & Moore)

Jennifer Fauxsmith (Massachusetts Archives)

Mark Horenstein, Professor für Angewandte Elektromagnetik (Boston University)

Paul Israel, Direktor und Herausgeber der Thomas A. Edison Papers (Rutgers University)

Deborah May (Nashville Library)

John Pennino (Metropolitan Opera)

Henry Scannell (Boston Public Library)
Nicholas Zmijewski (Railroad Museum of Pennsylvania)

Und zu guter Letzt: Ein Dank an meine Familie, die mich das hier aus meinem Leben machen lässt.

QUELLEN DER VERWENDETEN ZITATE

Seite 7 (Teil 1): Walter Isaacson: Steve Jobs. Die autorisierte Biografie des Apple-Gründers. Gütersloh 2011, S. 353.

Seite 38 (Kapitel 4): James D. Watson: Die Doppelhelix. Reinbek bei Hamburg 1973, S. 26.

Seite 74 (Kapitel 10): Karl Popper: Ausgangspunkte. Hamburg 1992, S. 36.

Seite 84 (Kapitel 12): Karl Popper: Die offene Gesellschaft und ihre Feinde. Band 2. Tübingen 1980, S. 293f.

Seite 93 (Kapitel 13): Walter Isaacson: Steve Jobs. Die autorisierte Biografie des Apple-Gründers. Gütersloh 2011, S. 650.

Seite 133 (Kapitel 20): Thomas Kuhn: Logik oder Psychologie der Forschung? In: Thomas Kuhn: Die Entstehung des Neuen. Studien zur Struktur der Wissenschaftsgeschichte. Frankfurt a.M. 1992, S. 363.

Seite 170 (Kapitel 25): Thomas Kuhn: Die Struktur wissenschaftlicher Revolutionen. Frankfurt a. M. 1976, S. 133.

Seite 192 (Kapitel 29): Thomas Kuhn: Die Struktur wissenschaftlicher Revolutionen. Frankfurt a. M. 1976, S. 65.

Seite 197 (Kapitel 30): James D. Watson: Die Doppelhelix. Reinbek bei Hamburg 1973, S. 15.

Seite 214 (Kapitel 33): Zitiert nach Thomas Hughes: Die Erfindung Amerikas. München 1991, S. 98f.

Seite 278 (Kapitel 44): Karl Popper: Von den Quellen unseres Wissens und unserer Unwissenheit. Vorlesung vor der Britischen Akademie am 20. Januar 1960. In: Karl Popper: Vermutungen und Widerlegungen. Band 1. Tübingen 2009, S. 45

Seite 288 (Kapitel 46): Karl Popper: Von den Quellen unseres Wissens und unserer Unwissenheit. Vorlesung vor der Britischen Akademie am 20. Januar 1960. In: Karl Popper: Vermutungen und Widerlegungen. Band 1. Tübingen 2009, S. 333.

Seite 359 (Teil 3): Thomas P. Hughes: Die Erfindung Amerikas. Der technologische Aufstieg der USA seit 1870. München 1991, S. 15.

Seite 405 (Kapitel 65): Nathaniel Hawthorne: Das Muttermal. In: Nathaniel Hawthorne: Des Pfarrers schwarzer Schleier. Unheimliche Geschichten. München 1985, S. 141.

Seite 423 (Kapitel 69): *Karl Popper*: Objektive Erkenntnis. Ein evolutionärer Entwurf. Hamburg 1973, S. 278.

Seite 435 (Kapitel 71): Karl Popper: Logik der Forschung. Zur Erkenntnistheorie der modernen Naturwissenschaft. Wien 1935, S. 26.

Ein brutaler Killer, ein verschollenes Tagebuch und ein tödliches Geheimnis

Graham Moore
DER MANN, DER
SHERLOCK HOLMES
TÖTETE
Roman
Aus dem amerikanischen
Englisch von
Kirsten Riesselmann
480 Seiten
ISBN 978-3-8479-0085-6

Arthur Conan Doyle tritt in die Fußstapfen seiner berühmtesten Figur Sherlock Holmes: Weil Scotland Yard keinen Anlass sieht, den Mord an einem augenscheinlich leichten Mädchen aufzuklären, macht er sich selbst auf die Suche nach dem Mörder. Er schleicht durch die dunklen Straßen des viktorianischen London und landet an Orten, die kein Gentleman betreten sollte.
Etwa hundert Jahre später ist ein junger Sherlock-Fan in einen Mordfall verstrickt, bei dem Doyles verschwundenes Tagebuch und einige Fälle seines berühmten Detektivs eine wichtige Rolle spielen.
Zwei Morde, zwei Amateurdetektive, zwei Welten!

Eichborn